도화선桃花扇 1

The Peach Blossom Fan

도화선桃花扇 1

The Peach Blossom Fan

지은이 공상임孔尚任(1648~1718)은 산동山東 곡부曲阜 대호촌大湖村 사람으로, 자가 빙지聘之·계중季重, 호가 동당東塘·안당岸堂이며, 스스로는 운정산인雲亭山人으로 불렸다. 공자孔子의 64세손으로 젊은 시절 고향의 석문산石門山에 은거하며 학문에 전념하던 그는 강희康熙 23년(1684) 강남 시찰을 마치고 귀경하던 길에 곡부에 들른 강희제의 눈에 들어 파격적으로 국자감 박사國子監博士에 기용된 이래 호부 주사戶部主事·원외랑員外郞 등의 벼슬을 두루 거쳤다. 강희 29년(1690) 치수사업을 마치고 귀경하여 국자감 박사로 복귀한 그는 10여 년 동안 세 번이나 원고를 고치면서 심혈을 기울인 끝에 강희 38년(1699) 〈도화선桃花扇〉을 완성하였다. 이 작품은 완성되자마자 당시의 문화계에 큰 반향을 불러일으켜, 그로 하여금 극작가로서 큰 명성을 얻어 〈장생전長生殿〉을 지은 강남의 홍승洪昇과 더불어 "남홍북공南洪北孔"으로 불리게 해주었다. 그에게는 이 밖에도 그가 지은 전기傳奇 〈소홀뢰小忽雷〉, 시문집 『호해집湖海集』, 『안당문집岸堂文集』, 『장류집長留集』, 『회심록會心錄』, 『인서록人瑞錄』 등이 있다.

옮긴이 송용준宋龍準은 1952년에 태어나 1971년 서울대학교 문리과대학 중어중문학과에 입학하였고, 졸업 후 서울대학교 대학원에서 중국 고전시가를 전공하여 석사학위와 박사학위를 받았다. 공군사관학교 중국어 교관, 영남대학교 문과대학 중어중문학과 교수를 역임하였고, 미국 스탠퍼드대학과 중국사회과학원 등에서 연구하였으며, 현재 서울대학교 인문대학 중어중문학과 교수로 있으면서 중국 고전시가를 강의하고 있다. 『송시사宋詩史』(공저), 『송시선宋詩選』(공편), 『중국시율학中國詩律學』, 『소순흠시역주蘇舜欽詩譯注』, 『구북시화역해甌北詩話譯解』, 『고계시선高啓詩選』, 『진관사연구秦觀詞硏究』, 『당송사사唐宋詞史』(공역), 『유영사선柳永詞選』, 『진관사선秦觀詞選』, 『중국어 어법 발전사』(공역), 『현대 중국어문법의 제문제』 등의 저역서와 「당시형성과정연구」, 「송시형성과정연구」, 「북송사론연구」, 「이색李穡시의 송시 수용과 그 극복」 등 다수의 논문이 있다.

옮긴이 문성재文盛哉는 1965년에 태어나 1984년 고려대 중문과 입학 후 경극京劇에 관심을 가지게 된 것을 계기로 1989년부터 서울대 대학원에서 중국 희곡을 전공하기 시작하였다. 1994년 국비로 남경대학南京大學에 유학하여 『심경 극작 연구沈璟劇作之硏究』로 박사학위를 받았으며, 귀국 후 당·송·원·명대 조기백화早期白話(근대한어)로 연구분야를 확대하여 2002년에 서울대 대학원에서 「원간잡극 삼십종 동결구조 연구」로 박사학위를 받았다. 현재는 서울대에 출강하면서 번역 및 연구에 주력하고 있다. 저역서로는 『중국 고전희곡 10선』(공역), 프랑크푸르트 국제도서전 한국의 책 100 『고우영 일지매』(중역) 등이 있으며, 논문으로는 「원곡의 언어예술」, 「중국의 종교극 목련희」, 「근대한어의 家/價 연구」, 「명대 희곡의 출판과 유통」, 「안중근 열사를 제재로 한 중국연극」, 「원대 잡극 속의 몽골어」, 「근대중국어의 s'o'(也)似 비교구문 연구」 등이 있다. 이 밖에도 『경본통속소설』, 『진시황은 오랑캐였다』(국역) 및 『한국의 전통연희』(중역) 등의 역서가 있다.

도화선桃花扇 1

1판 1쇄 인쇄 2009년 10월 20일
1판 1쇄 발행 2009년 10월 25일

역주자 / 송용준·문성재
펴낸이 / 박성모
펴낸곳 / 소명출판
등록 / 제13-522호
주소 / 137-878 서울시 서초구 서초동 1621-18 (란빌딩 1층)
대표전화 / (02) 585-7840
팩시밀리 / (02) 585-7848
somyong@korea.com / www.somyong.co.kr

ⓒ 2009, 한국학술진흥재단

값 33,000원

ISBN 978-89-5626-434-9 93820
ISBN 978-89-5626-433-2 (전2권)

도화선 1

桃花扇

공상임 지음 │ 송용준 · 문성재 옮김

소명출판

◆ 일러두기

1. 본서는 왕지쓰[王季思]·쑤환중[蘇寰中]·양떠핑[楊德平]이 공동으로 주석 작업에 참여한 〈도화선〉(1959, 인민문학출판사)을 저본으로 삼았으며, 삽화는 난홍실(暖紅室)에서 펴낸 〈도화선(桃花扇)〉(상·하권, 서울대학교 도서관 소장)의 것을 사용하였다. 본서의 원본은 무대상연을 염두에 둔 까닭에 상·하 양권이라는 관례적인 구성방식을 따르고 있다. 본서는 기본적으로 독서를 목적으로 기획된 책이라는 점을 고려하여 원래의 틀을 깨고 대목별로 재구성하였다.
2. 본서의 번역은 기본적으로 직역을 원칙으로 하였다. 직역은 다소 번다한 감이 없지는 않지만 나중에 원의를 더듬어 볼 수 있는 반면, 의역은 역자의 주관적인 해석에 치우쳐 원작자가 추구하거나 표현하고자 하는 메시지를 간과할 우려가 있다. 때문에 독자가 본문을 읽을 때 별 무리 없이 이해할 수 있는 부분에 대해서는 가급적 직역을 하여 원작의 맛을 살렸다. 다만, 이해가 어렵다거나 생소한 표현이 있을 경우에는 원의를 왜곡하지 않는 한도 내에서 우리말에 가깝게 번역하고자 노력하였다.
3. 본서는 독자들의 이해를 돕기 위해 서두에 해제를 배치하였다. 해제는 명청대 전기의 역사를 소개하는 부분과 전기의 체제를 소개하는 부분, 그리고 원작자 공상임의 일생과 왕조 교체기인 당시의 사회 상황을 소개하는 부분 등 크게 세 부분으로 나누어서 배치하였다. 해제를 읽지 않아도 작품 감상에는 별 무리가 없겠지만, 극 중에서 전개되는 전후의 맥락과 상황들을 보다 입체적으로 이해하는 데에는 해제가 어느 정도 도움이 될 것이다.
4. 본서에 등장하는 인명·지명 등의 고유명사, 인용 원문은 우리말 표기와 함께 한자를 부기하되, 거듭해서 언급될 때에는 한자를 생략하였다. 다만, 해당 고유명사·전고들 간의 간격이 크거나 특별히 역자가 필요성을 느꼈을 경우에는 이미 다룬 항목이라 할지라도 다시 한자를 기입하였다.
5. 본서에서는 보다 완전한 번역을 위해 국민문고간행회(國民文庫刊行會)판 〈도화선〉(1924, 일역본, 국민문고간행회)과 천메이린[陳美林]의 각색을 거친 *The peach blossom fan*(1999, 영역본, 신세계출판사)을 참고하는 한편, 독자들의 이해에 도움이 되는 각주들을 갖추기 위해 기존의 주석본들도 아울러 참고하였다. 다만, 명대의 인명·지명·관명·풍속이나 문맥 이해에 필요한 경우에는 다른 문사철 서적들을 참고하여 역자들이 새로 각주를 마련하였다.
6. 희곡은 언제나 무대상연을 염두에 두고 창작된다. 때문에 동작과 동작, 대사와 대사 사이에는 항상 일정한 시간적인 휴지나 공간적인 이동이 존재하기 마련이지만 이것을 극본에서 모두 표시하지는 않는다. 본서에서는 일부 장면에서 문장부호 "(…)"를 사용하여 전후의 대사나 동작 사이에 일정한 시공적인 휴지(interval)가 존재한다는 점을 환기시킴으로써 독자가 극중 상황을 이해하는 데에 문제가 없도록 하였다.
7. 본문에서 글씨 크기가 작고 들여 쓴 것은 노래 가사 부분이며, 각 대목의 마지막 네 구절은 퇴장시이다.
8. 본서에서 사용한 문장부호는 대략 다음과 같다.

> 『 』−단행본 서명
> 「 」−단행본 내의 편명, 글 제목
> " "−인용문이나 대화 부분
> ' '−역자의 임의적인 강조 부분
> (…)−전후 대화·동작 사이의 휴지
> 〈 〉−노래·희곡·그림·연극의 제목

공상임孔尙任이 지은 〈도화선桃花扇〉은 이 수많은 인간세계의 덕목과 가치들, 그리고 그것을 추구하던 명·청 왕조 교체기의 인간 군상에 대한 이야기이다. 그리고 각자가 자신의 자리에서 자신의 신념을 지키지 못할 때 결과적으로 어떤 일이 발생하는지 보여주는 이야기라고 할 수 있다. 공자孔子도 말한 바 있듯이, 임금은 임금답고 신하는 신하다우며, 부모는 부모답고 자식은 자식답게, 각자가 자신의 자리에서 자신의 본분을 다할 때 모두가 발전을 이룰 수 있는 법이다. 그런데, 어떻게 보면 너무나도 당연해 보이는 이 사회적 불문율이 무시된 채, 임금이 임금답지 못하고 신하가 신하답지 못하며 부모가 부모답지 못하고 자식이 자식답지 못한 가치의 혼란이 야기된다면, 자신은 말할 것도 없고 궁극적으로 자신이 몸담은 공동체 사회조차 파멸에 이를 수밖에 없다.

공상임이 〈도화선〉을 통해 독자/관중에게 들려주고 싶었던 것도 바로 이러한 메시지였다. 작자가 전면에 내세운 이향군李香君과 후방역侯

方域의 애틋한 사랑도 사랑이지만, 이보다 더한 의의를 가지는 것은 무엇보다도 당시 인간 세상에 대한 성찰인 것이다. 나라의 안위나 백성들의 고통은 안중에도 없이 오로지 자신들의 부귀와 영화를 누리는 데에만 급급한 권력자들, 구태의연한 이념에 매몰되어 오로지 배타적인 코드 찾기에만 집착하는 지식인들, 적을 눈 앞에 두고서도 오로지 자리싸움에만 혈안이 되어 있는 장수들…… 관용이나 타협의 정신이라고는 조금도 찾아볼 수 없는 이들 집단의 첨예한 갈등과 대립은 궁극적으로는 어느 누구 할 것 없이 나라를 무너뜨리고 왕조를 멸망시켰을 뿐 아니라 자신들이 몸담고 있던 사회 기반까지 와해시킴으로써 결국 모두가 공멸하는 참담한 교훈을 남겼다. 이 모두가 각자의 자리와 본분을 지키지 않은 대가이니, 이러한 일들이 어디 명나라에만 해당되는 이야기이겠는가? 우리 주위를 한번 돌아보더라도 이 같은 사례들은 부지기수不知其數일 것이다. 공상임이 〈도화선〉 속에 거듭 개입하여 역사적 사건과 등장인물에 대한 평가를 시도한 것과는 별도로, 여기에 등장하는 인물 군상과 그들 사이에서 벌어지는 수많은 사건들은 그 자체만으로도 오늘날의 우리들에게 고스란히 '타산지석他山之石'이 되고 있다. 그리고 바로 이 같은 이유 때문에 이 작품이 수백 년이 지난 오늘날까지도 동서를 막론하고 수많은 사람들로부터 명작으로 인정받고 있는 것이다.

명작이란 그 가치나 영향이 시공을 초월해 영속되기 마련이다. 〈도화선〉이 세계적으로 명작으로 인정받는 이유는 이처럼 수백 년 전 창작 당시의 독자들에게 교훈을 가져다 준 것과 똑같이 오늘날의 독자들에게도 커다란 교훈을 가져다주기 때문이며, 또한 중국의 독자들에게 감동을 주는 것과 똑같이 우리나라 독자들에게도 잔잔한 감동을 안겨다 주기 때문이다.

중국의 고전극은 전통적으로 시·산문·소설 등의 문학 장르들을 아우를 뿐만 아니라 음악·미술·연극·무용·곡예 등의 예술 장르들이 혼재하는 종합예술이었다. 때문에 그 같은 다양한 문화현상을 담고 있는 텍스트를 번역해 낸다는 것은 그렇게 호락호락한 작업이 아니다. 특히 공상임의 〈도화선〉은 문학사적으로도 상당히 지명도가 높은 작품이기 때문에 위의 다양한 장르에 대한 기초지식이나 천착도 없이 섣불리 덤벼들었다가는 중요한 메시지를 전하고자 하는 원작의 취지에 흠결을 남기는 것은 말할 것도 없고, 중국의 정통 희곡을 음미하기를 원하는 독자들을 자칫 엉뚱한 길로 오도할 우려까지 있다. 이 같은 점들을 감안하여 이번 번역에서는 오랜 기간 중국 시문학과 희곡문학·조기백화早期白話의 연구에 동참해 온 우리 두 사람이 종잇장을 맞들기로 하였다.

현재까지 이 작품의 외국어 번역본으로는 1924년에 일본에서 간행된 일역본 〈도화선〉과, 1999년에 중국에서 간행된 영역본 *The peach blossom fan*이 있다. 중국의 경우 중요 부분에 각주를 단 주석본들이 몇 가지가 간행되었을 뿐, 현대 중국어로 새롭게 번역된 중역본은 전무한 실정이다. 어쩌면 이 또한 이 작품의 번역이 중국인들에게조차 결코 쉬운 일이 아님을 반증해 주는 증거가 아닐까 싶다. 이상의 번역들은 기본적으로 주관적인 해석에 치중한 의역본들이어서 오역도 상당히 많기 때문에 원작의 진수를 즐기기에는 여러 모로 부족한 점이 많은 것이 사실이다. 그럼에도 불구하고 이번에 우리의 번역작업이 별 무리 없이 완성될 수 있었던 것은 이들의 노력이 선행되었기 때문이 아닐까 싶다. 어쩌면 이 같은 의역본들이 없었더라면 우리의 번역은 시간적으로 상당히 지체되었을지도 모른다. 그런 의미에서 이 자리를 빌어 우리에게 많은 영감과 안목을 제시해 준 번역 선배들께 감사의 뜻을 표하는 바이다.

우리는 이번에 번역을 진행하면서 작품의 지명도도 지명도겠지만, 학술재단의 지원 취지에도 걸맞도록 〈도화선〉 원본을 다양한 시각에서 정독·분석·재해석하면서 가능한 한 완벽한 번역이 될 수 있도록 최선을 다하였다. 원문의 풀이에 있어서도 단순히 기존의 역서·주석서들이 닦아 놓은 길만 따라가지 않고 충분한 고민을 통해 해당 대목이나 문맥에 어울리도록 재해석하고자 노력하였다. 아울러, 구성이나 수사에

있어서도 원작자 공상임이 제시한 창작원칙과 배치되는 일이 없도록,
또한 독자들이 〈도화선〉의 원형에 보다 가깝게 다가갈 수 있도록 주의
를 기울였다. 그럼에도 불구하고 이 책에서 오역이 있거나 독자들의 순
조로운 독서 / 이해가 지연되었다면 그것은 전적으로 우리 역자들의 불
찰 때문일 것이다.

우리의 번역작업은 이것으로 일단락되었지만 오역을 바로잡는 작업
은 앞으로도 계속될 것이다. 모쪼록 부족한 역자들에 대한 독자 여러분
의 새로운 자극과 기탄없는 지적을 당부 드리는 바이다.

〈도화선〉 번역이 진행되는 동안 한국학술진흥재단에서는 연구비와
출판비를 지원해주었고, 소명출판 편집부에서는 우리 원고를 깔끔하고
보기 좋게 바꾸어주었다. 역자들로서는 여간 뿌듯하고 고마운 일이 아
니기에 이 자리를 빌려 깊은 감사의 뜻을 전한다.

2009년 5월 22일
송용준·문성재 삼가 씀

桃花扇 전체 차례

桃花扇 2

명청 전기의 역사

남송南宋 시기에 남방에서 발흥한 남희南戲[1]는 원래 소박한 민간연극의 일종으로, 북방에서 유행하던 잡극雜劇과 대조적으로 초기에는 음악에서 구성에 이르기까지 모든 것이 투박하고 체제도 느슨하였다. 그러

---

1) 남곡南曲은 절강성浙江省 온주溫州 일대에 유행하던 민요와 무용으로부터 비롯되었다고 전해진다. 명대 중기의 극작가이자 화가였던 서위徐渭는 "영가잡극이 흥기하여 또 시골의 짧은 노래에 준하여 그것을 지었는데, 원래는 궁조가 없고 절주도 드물어서, 그저 그곳 논밭의 농부나 저잣거리 아녀자가 되는 대로 노래할 수 있는 것들을 취한 것일 뿐이었다. 속담에서 '마음 가는 대로 부르는 노래'라고 하는 것이 바로 그것이 아니겠는가[永嘉雜劇興, 則又卽村坊小曲而爲之, 本無宮調, 亦罕節奏, 徒取其畸農市女順口可歌而已, 諺所謂'隨心令'者, 卽其技歟]?"(『남사서록南詞敍錄』)라고 말하고 있는데, 이것은 현지의 민요가 남곡의 기원임을 설명해 준다. 물론, 종합예술인 연극에서 사용되는 노래를 오로지 민요나 짧은 노래에만 전적으로 의존하기는 부족했기 때문에, 그 부족한 부분은 송대에 유행하던 유행가라고 할 수 있는 송사宋詞 식의 노래나 원대 잡극에서 사용되던 노래들로 보충하기도 하였다. 이와 함께, 당송대의 대곡大曲이나 금대의 제궁조諸宮調·창잠唱賺·전답轉踏 등, 기존의 전통적인 음악에서 많은 노래를 흡수함으로써, 다양한 음악적 요소들이 한 데에 어우러진 체제를 수립하였다.

다가 명나라 건국 초기인 홍무洪武(1368~1398) 연간에 〈비파기琵琶記〉 등의 남희 희곡이 통치자들로부터 호평을 얻으면서, 성화成化·홍치弘治 연간에 이르러 전국적으로 우세를 차지하게 된다. 게다가 지금까지 통속문학이라 하여 희곡을 폄하하던 정통파 문인들도 통치자들의 후원 하에 기존의 작품을 각색하거나 새로운 작품을 창작하는 등, 적극적으로 남희 창작에 참여하면서, 남희는 "논밭의 농부나 저잣거리 아녀자가 되는대로 노래할 수 있는" 소박하던 모습을 탈피하고 "구성지고 아름다워 한번 노래하면 몇 번이나 감탄하게 되며, 그래서 아름다움과 훌륭함에 동시에 도달하여 노래 가락의 극치를 이룬"2) 세련미를 점차 더해 갔다.

남희는 〈환문자제착립신宦門子弟錯立身〉이나 〈소손도小孫屠〉에서 사용된 '남북합투南北合套'를 통해서 엿볼 수 있는 것처럼, 그 발전과정에서 잡극의 예술적 요소들을 광범하게 수용하였다. 명대에 남곡과 북곡의 교류가 더욱 광범해지고 극작가와 음악가가 북곡의 예술적 경험들을 적극적으로 흡수하여 남희에서 순수한 북곡이나 남북합투를 활용하게 되면서 남희도 서서히 변모하기 시작하였다. 즉, 남곡을 위주로 하면서 북곡의 요소를 일부 흡수한 새로운 연극 체제가 수립되었으니, 이것이 바로 명청대의 전기이다.

전기는 "신기한 이야기를 전한다"라는 뜻으로, 원래는 당대에 단편소설을 가리키는 말이었다. 이 말이 명사화 되어 연극을 가리키는 말로 사용되기 시작한 것은 원대로, 이때부터 당시 유행하던 연극인 잡극과 남희가 모두 전기로 불리게 되었다. 처음에는 단순히 연극을 가리키는 일반명사로 사용되던 전기는 남희가 연극무대를 장악하게 되는 명대 이후로 남곡 계열의 음악/노래를 사용하여 특정한 이야기를 다루던 연극/희곡을 가리키는 고유명사로 굳어졌다. 그 극본과 공연체계는 모두가 송원 남희의 전통을 계승한 것이었다. 때문에, 그 구조와 줄거리 역시

---

2) 왕기덕王驥德, 『곡률曲律』. "婉麗嫵媚, 一唱三歎, 于是美善兼至, 極聲調之致."

기본적으로 남희와 일치하면서도 보다 복잡하고 치밀하게 변모하였다.

명청 전기의 역사는 크게 명대 전기와 후기, 그리고 청대 전기의 세 시기로 나뉜다.

1. 명대 전기—홍무 초기에서 정덕 말기까지(1368~1521)

일련의 전제적인 문화정책이 시행된 이 시기에는 연극의 발전이 상당히 큰 제약을 받았다. 궁정에서는 연극이 수시로 상연되었지만, 민간에서는 공연활동이 엄격하게 통제 당했으며 관료 사대부들의 참여 역시 철저하게 금지되고 있었다. 홍무제洪武帝 주원장朱元璋은 팔고문八股文으로 인재를 등용하는 과거제도와 유가경전을 이용하여 지식인들을 통제하는 한편, 정권을 공고하게 다지고 윤리덕목을 창도하기 위해 엄격한 법령을 제정하여 여러 차례에 걸쳐 연극의 창작 및 상연에 제약을 가하였다. 때문에 당시 사대부들이 "사곡에 마음을 두는 것을 부끄럽게 여기는 바람에 잡극과 옛 희문들이 모두 전하지 않게 되어버렸다."[3] 때문에 이 시기는 백스무 편이 넘는 전기가 창작되기는 했지만, 여러 가지 사회·문화적 요인들로 인하여 발전 속도가 더뎌 유명한 작가나 작품이 적었다. 그 이유는 전란이 그친 후 사회가 가까스로 안정을 찾아가고 있던 시기여서 경제나 오락의 발전을 기대할 수 없었기 때문이다. 게다가, 잡극은 지배층의 후원으로 공연계에서 여전히 위세를 떨치고 있었으며, 〈오륜전비기五倫全備記〉나 〈향낭기香囊記〉처럼, 간혹 전기 창작에 참여하는 문인들은 지나치게 수사적인 아름다움을 추구하거나 봉

---

3) 하량준何良俊, 『곡론曲論』. "恥留心詞曲, 雜劇與舊戲文皆不傳."

건도덕의 선전에만 과도하게 집착할 뿐, 정작 관중에게 다가서려는 노력이나 고민은 부족하였다. 이 시기의 작품들 중 비교적 우수한 것으로는 소복지蘇復之의 〈금인기金印記〉, 무명씨의 〈수유기繡襦記〉, 왕제王濟의 〈연환기連環記〉, 심채沈采의 〈천금기千金記〉 등이 있었다.

그러나 성화成化 연간에 이르면 절강 각지에서 이미 연극이 유행하기 시작하면서 "가흥의 해염, 소흥의 여요, 영파의 자계, 태주의 황암, 온주의 영가에 공히 (연극을) 배워 배우가 되는 이들이 있어서 '희문자제'라고 불렀는데, 비록 양갓집 자제라 해도 그런 일을 하는 것을 부끄럽게 여기지 않았다".4) 이 네 가지 지방극 중에서 "지금 소리꾼들이 '익양강'이라고 부르는 것은 강서지역에서 나온 것으로 북경과 남경, 호남, 복건, 광동에서 사용하고 있고, '여요강'이라고 부르는 것은 회계에서 나온 것으로 상주, 윤주, 지주, 태주, 양주, 서주에서 사용하고 있으며, '해염강'이라고 부르는 것은 가흥, 호주, 온주, 태주에서 사용하고 있는데, '곤산강'만 오중 지역에서 유행하고 있을 뿐이다".5) 그러나 곤산강은 얼마 후 위량보魏良輔 등의 음악가들이 창법이나 연출에서 보다 구성지고 아름답게 개량하면서 소주蘇州·태창太倉을 중심으로 사방으로 전파되어 두루 호평 받았다. 또, 친화력이 강한 익양강은 현지의 민간음악·방언과 결부되어 독특한 지방색을 띠면서 청양강靑陽腔·휘주강徽州腔·악평강樂平腔 등의 새로운 지방극을 파생시키면서 점차 영역을 넓혀갔다. 이 시기에 지방극들 간의 경쟁과 연극에 대한 각계각층의 열광은 극작가들의 창작의욕을 자극하여 전기가 대량으로 창작되었다. 예를 들어, 해염강에서는 〈유지원홍포기劉智遠紅袍記〉, 〈옥환기玉環記〉, 〈쌍충기雙忠記〉, 〈환대기還帶記〉, 〈사절기四節記〉 등이, 익양강에서도 〈삼국지三國

---

4) 육용陸容, 『숙원잡기菽園雜記』. "嘉興之海鹽, 紹興之餘姚, 寧波之慈溪, 台州之黃岩, 溫州之永嘉, 皆有習爲倡優者, 名曰'戲文子弟', 雖良家子不恥爲之."

5) 서위徐渭, 『남사서록南詞敍錄』. "今唱家稱'弋陽腔', 則出於江西, 兩京·湖南·閩·廣用之; 稱'餘姚腔'者, 出於會稽, 常·潤·池·太·揚·徐用之; 稱'海鹽腔'者, 嘉·湖·溫·台用之; 惟'崑山腔'止行於吳中."

志〉, 〈서유기西遊記〉, 〈봉신전封神傳〉 및 영웅담을 소재로 한 전통 역사극과 함께 〈장성기長城記〉, 〈진주기珍珠記〉, 〈동창기同窓記〉, 〈직금기織錦記〉 등이 선보여졌다. 또, 후발주자인 곤산강의 경우 양진어梁辰魚가 성률에 의거하여 창작한 〈완사기浣紗記〉가 대성공을 거두면서 전기 창작의 열풍을 불러일으켰다.

2. 명대 후기—가정 초기에서 숭정 말기까지(1522~1644)

가정嘉靖 · 만력萬曆 연간에 이르면 사회 분위기에 변화가 발생하고 자유사조가 유행하면서 관료 사대부로부터 일반 백성들에 이르기까지 사고방식이나 생활 패턴에 커다란 변화가 나타났다. 새로운 기술의 도입으로 농업생산수준이 향상되면서, 그 과정에서 초기 자본주의적 생산관계가 모습을 드러내어 소주蘇州 · 항주杭州 등의 강남 도시들에서 방직업이 발달하면서 크고 작은 수공업 작방作坊들이 세워졌다. 아울러, 상품 생산이 더욱 발전하고 도시가 번영하면서 사회경제의 거듭된 발전에 따라 시민계층이 부단히 확대되어 갔는데, 그 같은 추세가 지배층의 물질에 대한 욕구와 향락을 자극했으며, 오락업과 공연활동이 지속적으로 발전하는 데에 유리한 환경을 조성해 주었다. 이 과정에서 각지에 연고를 둔 상인들이 무역활동을 통해 상당한 재력을 갖추게 되었고 다양한 생산/소비도시들의 발전에 힘입어 필연적으로 새로운 사회세력—시민계층이 대두하였다.6) 게다가, 사상적으로도 급진적인 양명학

---

6) 이와 함께 정치적 부패상이나 계층갈등의 격화 지배층 내부의 분열 등은 봉건적인 정통사상에 대한 진보사상가들의 비판을 촉진하였다. 이 같은 사회적 변화에 따라 전기의 소재도 점차 외연을 확대하여, 시정을 비판하는 시사극이 나타나는가 하면 남녀

파陽明學派 사상가들의 출현으로 송대 이래로 국가이념으로서 숭배되었던 정주이학程朱理學도 점차 그 권위가 도전을 받기 시작하였다. 태주학파泰州學派의 왕간王艮·하심은何心隱은 "매사에서 본심에 따라 실천하는 사람이야말로 바로 대장부이다"7)라거나 "내 마음이 잘 안다吾心良知"라고 주장하면서 사상계에서 그 동안 주류로 자리 잡고 있던 정주이학에 맞섰다. 심학가들이 '양지'를 척도로 삼았다는 것은 사실상 객관적 기준을 포기하고 독립된 사고를 제창한다는 뜻으로, 인성 해방에 적극적인 역할을 하였다. 이지李贄 같은 심학자는 심지어 이학의 남존여비사상을 비판하면서 과부의 재가나 자유연애를 제창했는데, 이 같은 주장들은 왕수인王守仁 이래로 끊임없이 진행되어왔던 명대 후기 사상해방운동의 산물이었다.

연극계 상황을 중심으로 살펴보자면, 이 시기는 중국연극이 일대 번영을 이루었던 황금기라고 해도 과언이 아니었다. 이 시기에는 남곡이 날로 번성하면서 여요강餘姚腔·해염강海鹽腔·익양강弋陽腔·곤산강崑山腔 등 4대 지방극의 성행으로 전기의 창법 및 공연예술이 다채롭게 발전하였다. 그 토대 위에서 유명한 작가와 작품들이 부단히 배출되어, 칠백여 편 이상의 전기가 지어졌을 정도였다. 원대보다 몇 배가 넘는 극작가들이 배출되면서 우수한 전기 작품들이 대량으로 창작되었는데, 양진어梁辰魚의 〈완사기浣紗記〉, 이개선李開先의 〈보검기寶劍記〉, 무명씨의 〈명봉기鳴鳳記〉, 장봉익張鳳翼의 〈홍불기紅拂記〉, 고렴高濂의 〈옥잠기玉簪記〉, 서복조徐復祚의 〈홍리기紅梨記〉, 탕현조湯顯祖의 〈모란정牡丹亭〉·〈한단기邯鄲記〉, 심경沈璟의 〈의협기義俠記〉·〈박소기博笑記〉, 원우령袁于令의 〈서루기西樓記〉, 무명씨의 〈팔의기八義記〉, 왕옥봉王玉峰의 〈분향기焚香記〉, 손인유孫仁孺의 〈동곽기東郭記〉, 육채陸采의 〈회향기懷香記〉, 맹칭순孟稱舜의

간의 자유연애를 찬미하는 애정극들이 많이 창작되었다.

7) 황종희黃宗羲, 『명유학안明儒學案』 「태주학안泰州學案」. "凡事只依本心而行, 便是大丈夫."

〈교홍기嬌紅記〉, 완대성阮大鋮의 〈연자전燕子箋〉, 정약용丁若庸의 〈옥결기玉玦記〉 등은 모두가 당시 큰 호평을 받았다.8) 현실 사회의 어두운 면을 폭로하고 인성 해방을 추구하는 반면 봉건 예교에 반대하는 작품들이 전기 창작의 주류를 형성하고 있었는데, 그 중에서도 가장 걸출한 작품이 바로 탕현조湯顯祖의 〈모란정牡丹亭〉이었다. 이처럼 활발한 희곡 창작은 필연적으로 다양한 유파의 출현 및 경쟁을 가져왔으며, 특히 이 시기를 대표하는 탕현조의 임천파臨川派와 심경의 오강파吳江派는 서로 간의 경쟁과 학습을 통해 전기 희곡의 수준 향상과 공연문화의 저변화에 크게 이바지하였다.

　이와 함께 연극에 대한 사람들의 인식에도 변화가 나타나 당시 사람들 특히 사대부들에게 연극을 즐기는 것은 더 이상 부끄러운 일이 아니었다.9) 이 과정에서 사대부들의 사교활동에서 연극공연은 빠질 수 없는

---

8) 이 시기에 창작된 전기 희곡들은 곤산강을 주로 노래에 사용하면서도 부차적으로 다른 곡조 체계를 차용하기도 하였다. 이와 함께, 각 극종마다 〈빙산기冰山記〉, 〈금간기金鐗記〉, 〈소관기昭關記〉, 〈장성기長城記〉, 〈수호전水滸傳〉, 〈서유기西遊記〉, 〈삼국지三國志〉 등 대량의 작품들이 창작되었는데, 이 모두가 통속성이 강하고 형식이 자유로우며 언어가 평이하여 사람들로부터 인기를 모았다.

9) 하량준何良俊은 『사우재총설四友齋叢說』에서 가정 연간 초기에 소주태수가 "날마다 배우들 한 조를 문간에 대기시키면서 상연에 대비하게 했는데 손님이 없을 때도 그렇게 하였다[每日有戲子一班在門上伺候承應, 雖無客亦然]"고 적고 있다. 당초에는 사곡에 마음을 두는 것을 부끄럽게 여기던 사대부들이 이번에는 거꾸로 가사를 짓고 곡률을 다듬는 것을 풍류로 여기게 되었고, 심지어 어떤 사람은 자진해서 배우들과 섞여서 무대에 올라가기도 하였다. 만력 연간에 형부 우시랑으로 있던 진찬陳瓚은 그 대표적인 인물이었다. 벼슬살이를 마치고 낙향한 그는 하루는 "흰 옷에 뿔 허리띠를 두르고 '십붕이 강에 제사를 올리다' 대목을 몸소 무대에 올리다가 순안 대감이 내방하자 (그 차림 그대로) 바로 가서 마중을 하였다[正素服角帶串'十朋祭江', 而按臺來拜, 卽往出迎]"(『우양설원虞陽說苑』 乙編). 가정현령嘉定縣令을 지낸 복건福建의 진일원陳一元은 곤곡崑曲을 즐겨서 고향 집에 소리를 할 줄 아는 동자들로 구성된 극단을 운영하면서 늘 자신이 대면大面으로 분장해서 '진대화陳大花'라는 별명이 있을 정도였다고 한다. 또, 천계天啓 원년에는 회시會試가 끝나자 급제자 이름이 적힌 방을 붙일 때 장원狀元을 차지한 왕소평王昭平은 한 극단에 어울려 〈서상기西廂記〉의 '초교에서 놀라 꿈을 깨다[草橋驚夢]' 대목을 직접 연기하면서 무대에서 내려오지 않았다고 한다. 『우곡문집愚谷文集』 권6.

중요한 접대 절차의 하나가 되었다. 그래서 명대에는 거부들은 물론이
고 사대부·지주들도 오락과 접대를 위해 집안에 개인 극단이라고 할
수 있는 '가악家樂' 또는 '가반家班'을 운영하는 경우가 많았다.10) 정덕正
德(1506~1521) 연간에 이미 나타난 '가악'은 명대 후기에 이르러서는, 이
미 강남지역 사대부가에 널리 보급되어서, 상해의 반윤단潘允端, 상숙常
熟의 전대錢岱, 무석無錫의 추적광鄒迪光, 소주의 신시행申時行, 복주福州의
조학전曹學佺, 의흥宜興의 오병吳炳, 산음山陰의 기치가祁彪佳 및 장대張岱
등의 집안에서 상당히 수준 높은 연극을 선보이는 가악을 운영하고 있
었다. 이로써 연극 감상은 당시로서는 최고급의 문화활동으로 격상되어,
위로는 황실과 고관대작으로부터 아래로는 사대부·지주·거부 및 일
반 시민에 이르기까지 오락은 물론이고 접대나 축하를 위한 연회에서
빠지는 일이 없을 정도였으며, 명나라가 멸망하는 순간까지도 이 같은
풍조는 변함이 없었다.11) 때문에 이 시기에는 민간에서 직업적인 극단

---

10) 만력 이전에는 연회에서의 공연물이 잡극인 경우가 많았다. 그러나 만력 이후로 정
규적인 연회에서는 대부분의 경우 전기가 공연되었다. 점잖고 우아한 분위기의 해염
강과 곤산강도 연회의 공연에 적합했지만, 익양강과 여요강 같은 투박한 지방극들도
연회 양탄자 위에서 공연되는 경우가 적지 않았다. 물론 당시 연극이 집안에서만 공연
된 것은 아니었다. 〈도화선〉의 '공연 염탐偵戲' 대목에서도 볼 수 있는 것처럼, 물의 고
장으로 유명한 강남에서는 환경적 요인으로 인하여 놀이배 위에서도 연회와 함께 연
극이 공연되었다. 이와 유사한 공연활동으로는 '회관會館'에서의 공연이다. 가정 연간
이후로 도시 상업이 발전하면서 동향인들 간에 유대를 강화하고 정보를 교환하기 위
해 각지에 연고를 둔 상인들이 회관을 세우기 시작했는데, 만력 연간에 이르면 소주의
삼산회관三山會館의 경우처럼, 도시의 회관에 상설 연극무대가 세워졌으며, 귀빈의 접
대를 위한 공연활동도 활발하게 이루어졌다.

11) 단적인 사례를 『원산당곡품遠山堂曲品』의 작자 기표가祁彪佳가 남긴 『기충민공일기祁
忠敏公日記』에서 찾아보자면, 명대 말기 사대부들이 연회에서 연극 공연에 얼마나 광적
으로 탐닉했는지 생생하게 엿볼 수가 있다. 숭정崇禎 6년, 기표가는 어명을 받들어 소
주·송강松江 지역을 순무巡撫하게 되었는데, 출발 직전까지 그는 북경에서 거의 날마
다 연회에 참석했고 그때마다 연극접대를 받았다고 한다. 그는 『역남쇄기役南瑣記』에
서 정월 초여드레로부터 정월 스무이레까지 거의 하루도 연극을 보지 않은 날이 없을
정도였다고 상세하게 그 상황을 적고 있다. 이보다 더 극단적인 사례도 적지 않았다.
〈도화선〉에도 등장하는 남명의 홍광제는 청군이 대거 남하하는 국난 속에서도 "초열
흘에 도성의 각 성문을 닫아걸고 오후에는 여전히 배우를 모아 궁중으로 불러들여 연

들이 큰 발전을 이루고 연극에 종사하는 사람도 많아서, 가정·만력 연간에는 소주 한 곳만 보더라도 "이것으로 의식을 해결하는 사람이 몇천 명이나 되는지 모른다"12)고 할 정도였다고 한다.

연회나 회관에서의 공연이 사대부나 거상들을 위한 접대행사였다고 한다면, 묘회廟會에서의 공연은 일반 시민을 대상으로 한 오락행사였다. 사원들은 묘회에서의 공연상의 편의를 위하여 고정된 연극무대인 '묘대廟臺'를 설치하는 경우가 많았다. 〈남중번회도南中繁會圖〉라는 그림에도 극단이 남경 거리에 무대를 가설하고 연극을 공연하는 장면이 생생하게 묘사되고 있듯이, 묘회에서의 공연은 민속과 관련이 있어서 상당히 떠들썩하게 거행되었다. 소주에서는 "4~5월만 되면 무대를 높이 세우고 신을 맞이하고 연극을 공연했는데, 그때마다 배우들을 정선해서 모여서 보는 이들이 각지에서 열광적으로 몰려들었다. 부녀자들 역시 아름다운 화장에 화사한 복장을 하고 손을 마주잡고 몰려왔는데, 앞에서 밀고 뒤에서 몰리는 바람에 무대가 기울어서 팔다리가 다치고 부러질 정도였다".13) 민간에서의 이 같은 공연활동은 늘 상업활동 및 제사·기도 등의 종교활동과 결부되어 이루어졌기 때문에 농한기에만 한정되지는 않았다.

이와 함께, 민간에서는 극중 삽입곡이나 민요를 부르는 노래 경연대회가 벌어지기도 했는데,14) 이 행사들은 만력 연간부터 청대 초기까지 민

극을 상연하게 하였다[初十日閉京師各城門, 午後猶集梨園入內演戲]"(『충문정절편忠文靖節編』). 남명 조정이 멸망하고 절중浙中의 의병들이 소흥紹興에서 노왕魯王을 옹립했을 때에도 군신 간에 여전히 "날마다 술을 준비하고 연극을 상연하여, 노래와 음악 소리가 백여 리까지 이어졌을 정도였다[日置酒唱戲, 歌吹聲連百餘里]"(『천향각수필天香閣隨筆』 권2).

12) 장한張翰, 『송창몽어松窗夢語』 권7. "衣食于此者不知幾千人矣." 이와 함께 탕현조湯顯祖의 「의황현희신청원사묘기宜黃縣戲神淸源師廟記」에 의하면, 강서江西 의황현宜黃縣 같은 작은 도시에서조차 해염강海鹽腔 배우들이 "거의 천여 명에 육박했다[殆千餘人]"고 한다.

13) 육문형陸文衡, 『색암수필嗇庵隨筆』 권4, "每至四五月間, 高搭臺廠, 迎神演劇, 必妙選梨園, 聚觀者通國若狂. 婦女亦靚妝炫服, 相携而集. 前擠後擁, 臺傾傷折手足."

간에서 성행하면서 일개 지방극에 불과하던 곤산강을 고급 문화상품으로 격상시켰으며, 그 과정에서 곤산강을 개량한 위량보魏良輔나, 〈완사기浣紗記〉를 지은 양진어梁辰魚, 곡률 지침서인 〈도곡수지度曲須知〉를 쓴 심총수沈寵綏 등의 유명한 곤산강 대가들이 배출되기도 하였다.

3. 청대 전기 ─ 순치 초기에서 건륭 말기까지(1644~1795)

이 시기에는 명나라가 멸망하고 청나라 조정이 수립되는 과정에서 사회가 격렬하게 요동치고 계급간·민족간의 갈등이 첨예해졌다. 그런 의미에서 홍승洪昇의 〈장생전長生殿〉과 공상임孔尙任의 〈도화선桃花扇〉이 관중들에게 선을 보였다.

이 시기는 농민 봉기와 시민 폭동 등 사회가 격렬하게 요동치고, 급기야 명나라에서 청나라로 왕조가 교체되는 격동기였다. 때문에 극작가들은 자기반성을 통해 전기를 빌어 왕조 흥망의 감회를 피력하고 역사적 교훈을 주려는 의식이 강했으며, 역사적 사건들 속에 새로운 인물과 시대정신을 담음으로써 작품들이 각기 다른 시각에서 사회현실을 관조하게 해주었다. 강희康熙 연간에 창작되어 전기의 '압권작'으로 일컬어지는 공상임의 〈도화선〉과 홍승의 〈장생전〉은 역사적 소재를 운용하여 당시 사람들이 공감대를 형성하고 있던 국가 흥망이라는 역사적 교훈을 줌으로써, 청대를 대표하는 걸작으로 대단한 찬사를 받았다. 이 무렵 곤산강은 지배층의 제창과 다른 지방극들과의 경쟁으로 인하여 창법·

---

14) 특히 소주에서는 추석만 되면 호구산虎丘山의 천인석千人石 위에서 달을 감상하면서 노래자랑을 하는 '호구곡회虎丘曲會'가 펼쳐졌다. 이 행사에 대해서는 당시의 문장가 원굉도袁宏道도 「호구虎丘」라는 글에서 비교적 상세하게 언급하고 있다.

연출 등의 부문에 있어 상당한 발전을 이룩하여 당시 공연예술을 선도
하는 주류로 부상했으며, 익양강은 민간에서 널리 전파되면서 각 지방
의 지방극·민요와의 상호작용을 통해 수많은 새로운 지방극들을 만들
어내면서 판도를 넓혀갔다. 또, 이어李漁 같은 걸출한 연극이론가가 배
출된 것도 바로 이 무렵이었다. 그러나 건륭乾隆 연간 이후로는 청나라
조정이 '문자옥文字獄'을 일으켜 사대부들에 대한 사상통제를 강화하면
서 자유분방하던 창작의 분위기는 크게 위축되고 전기 창작도 이로부
터 점차 시들해지면서 곤산강의 주류로서의 지위도 새롭게 부상하는
각종 지방극들에 의해 위협받게 된다.

명청 전기의 체제

음악적 특성상 남곡 계열에 속한 명청 전기는 그 체제에 있어서 송원 남희나 명대 초기의 희문과 일맥상통하는데, 그 체제상의 특징을 살펴보면 대략 다음과 같다.

1. 제목과 퇴장시

원대 잡극의 '제목정명題目正名'처럼, 명대 초기 희문戲文은 앞머리에 해당 작품의 대체적인 줄거리를 개괄하는 네 구절의 시가 사용되었는데, 이를 '제목題目'이라고 하며, 〈비파기琵琶記〉에서도 그 전형적인 형태를 엿볼 수 있다.

極富極貴牛丞相 施仁施義張廣才
有貞有烈趙貞女 全忠全孝蔡伯喈

　명대 중엽 이후 보다 완전한 형태로 진화한 전기에서는 제목이 사용되지는 않았지만, 첫 번째 대목[齣]에서 부말이 마당을 여는 대사[開場白]을 마치면 네 구절의 퇴장시[下場詩]로 해당 작품의 대체적인 줄거리를 개괄하는 방식을 취하였다. 이 퇴장시는 희문의 '제목'이 변화한 것으로, 그 마지막 구절은 해당 작품의 정식 제목인 경우도 있었는데, 탕현조湯顯祖가 지은 〈모란정牡丹亭〉이 그러한 경우라고 할 수 있다.

杜麗娘夢寫丹靑記 陳敎授說下梨花槍
柳秀才偸載回生女 杜平章刁打狀元郎

　명청 전기에서 첫 대목의 퇴장시가 '제목'의 역할을 한다면, 이하 각 대목의 퇴장시는 주로 해당 대목의 줄거리를 정리하거나 작자의 소감을 피력하는 창구로서의 역할 이외에도 관중을 대상으로 한 광고의 역할까지 수행하였다. 이 시들은 작자가 직접 짓기도 했지만, 많은 경우 남이 지은 당시唐詩를 통째로 빌려 쓰거나, '집구集句'라 하여 당시 시구를 한 구절씩 조합하는 방법을 선호하였다. 홍승洪昇이 지은 〈장생전長生殿〉의 경우, 각 대목의 퇴장시는 모두가 여러 시인의 당시 시구들을 일일이 조합한 것으로, 서로 다른 시구들이 모여 극적 줄거리를 부연하고 있다는 점에서 독특한 심미효과를 만들어내고 있다. 그러나 엄밀하게 말하면, 그 각각의 시구들은 서로 다른 시인들이 해당 작품과는 무관하게 지은 것들이어서, 〈도화선〉의 창작의도나 극적 줄거리를 효과적으로 전달한다고 말할 수는 없다. 때문에, 공상임은 '(등·퇴장시는) 옛 문구나 통속적인 문구를 써서 얼렁뚱땅 미봉책으로 넘어가려고 하면, 대목 전체가 제 색깔이 바래게 된다. 요즘 작품들은 당시 시구를 모아 쓰는 것을 즐기는 경우가 많은데, 이 역시 상투적인 수법이라고 할 수밖에 없다"[1]고 생각하였다. 실제로 〈도화선〉에 사용된 퇴장시들은 모두 작자가 직접 지은 것으로, 작품의 내용과 유기적인 관계를 잘 보여주고 있다.[2]

2. 대목 나누기

원대 잡극에서는 한 대목을 '절折'로 계산하고 상황에 따라 짧은 대목인 '설자楔子'를 한두 개 추가로 사용하는 것이 보통이었다. 반면에, 송원 남희는 대목을 나누지 않고 극적 줄거리의 전개에 따라 장면과 장면을 이어 붙여 차례로 상연하는 것이 일반적이었다.[3] 그러던 것이, 명청 전기에 이르면 기존 체제를 유지하면서도 극적 줄거리의 전개에 맞추어 대목을 나누고 이를 '착齣'으로 부르게 되었고,[4] 그러면서 정식 제목 이외에도 첫 번째 대목[第一齣]에 '청패聽稗', 두 번째 대목[第二齣]에 '전가傳歌' 하는 식으로, 대목마다 새로 소제목을 달기 시작하였다. 이렇게 붙여지는 소제목은 독자 / 관중들이 해당 대목을 보다 쉽게 이해할

---

1) 〈도화선桃花扇〉 '범례凡例'. "(上下場詩) 倘用舊句·俗句, 草草塞責, 全齣削色矣. 時本多尙集唐, 亦屬濫套."
2) 〈도화선〉의 '보물 쟁탈劫寶' 대목을 예로 들면, 황득공이 스스로 목을 베어 자결하면 퇴장시가 없이 바로 다음 대목으로 넘어간다. 그는 여기에 촌평을 달고 "장군이 이미 죽었는데 누가 오열하는 노래를 부르겠가[將軍已死, 誰發咽鳴之歌耶]?" 하고 이유를 설명하고 있다. 이처럼, 원칙적으로는 퇴장시를 사용하는 것이 관례이지만 공상임은 극적 줄거리와 상황에 맞게 탄력적으로 퇴장시를 운용하고 있다.
3) 때문에 송원대에 간행된 〈장협장원張協狀元〉, 〈환문자제착립신宦門子弟錯立身〉, 〈소손도小孫屠〉, 〈원본채백개비파기元本蔡伯喈琵琶記〉 등 초기의 남희 작품들에서는 대목 구분을 위한 어떠한 표시나 장치도 사용되지 않았다.
4) 선덕宣德 6년의 필사본 〈유희필금채기劉希必金釵記〉나 가정嘉靖 연간의 방각본坊刻本 〈채백개비파기蔡伯喈琵琶記〉에서 이미 대목을 나누고 있는 것을 확인할 수 있다.

수 있도록 배려한 장치이기도 했지만, 이를 통해 이 시기에 이미 희곡을 '읽는 극본lese drama'으로 즐기는 독자들이 존재하고 있었음을 짐작할 수 있다.

희곡은 잡극과는 대조적으로 길이가 훨씬 긴 편이어서 보통 상·하 두 권5)으로 구성되는 전기 작품은 상권의 결말부인 '소수살小收煞'에서 이후의 줄거리가 어떻게 전개될지에 대한 단서를 제공하고, 하권의 결말부인 '대수살大收煞'에 이르러 이제까지의 극적 상황들이 최종적으로 마무리되는 구조여서 마흔 대목을 상회하는 경우가 많았으며 심지어 어떤 작품은 쉰 대목을 넘기기도 하였다. 때문에, 전기 한 편을 끝까지 감상하려면 반나절 넘게 그 자리를 지키고 있어야 하였다. 실제로 쉰 대목이나 되는 〈장생전〉의 경우, 강희康熙 43년(1704)에 조인曹寅이 작자 홍승을 위시한 남북의 명사들을 초대하여 〈장생전〉 전본을 감상했는데 사흘이 지나서야 공연이 끝났다고 한다. 이처럼 문인 극작가들이 읽기를 목적으로 짓는 장편 전기들은 연극이라기보다는 소설과도 같아서, 직접 연기를 하는 배우의 입장에서는 원작을 그대로 무대에 올리기는 체력적으로도 여간 힘든 일이 아니었다. 그래서 많은 극단은 원작을 각색하거나 훌륭한 대목만 선별해서 무대에 올리는 식으로 현실과 타협하는 경우가 많았다.6)

---

5) 물론 여기에는 드물지만 예외적인 사례도 있다. 정지진鄭之珍의 〈목련구모권선기目連救母勸善記〉 같은 경우는 상·중·하의 세 권으로 구성되는데, 이는 불교 종교극의 일종인 목련회目連戲가 보통 사흘 동안 상연되었기 때문이다.

6) 실제로 문학적으로 높은 평가를 받는 〈장생전〉도 연극무대에서 관중에게 환영받는 것은 총 쉰 대목에 달하는 원작이 아니라, 중요 대목을 중심으로 과감하게 스물여덟 대목으로 압축한 오서부吳舒鳬의 각색본이었다고 한다.

3. 가문家門—서막 장식하기

전기의 첫 번째 대목은 보통 '가문家門', '가문시말家門始末', '가문대의家門大意', '개장가문開場家門' 등으로 부르거나 "부말이 마당을 연다[副末開場]'고 하는데, 그 과정을 살펴보면 대략 다음과 같다.

본극이 공연되기 직전에 부말副末이 무대에 등장하여 사詞를 두 편 읊음으로써 작품의 대의를 관중 / 독자에게 고지하는데, 보통은 작자의 창작의도나 연극론을 담은 사를 먼저 읊고 이어서 작품 전체의 줄거리를 요약한 사를 읊는다. 노래를 마친 부말이 무대 뒤[後臺](즉 스탭들)에 "오늘 뉘집 이야기를 올리기로 하셨소[今日搬演誰家故事]?" 하고 물으면 무대 안에서는 곧 상연하게 될 작품의 제목을 고지한다. 부말은 그 말을 받아서 네 구절의 시를 읊어 줄거리의 대강을 다시 한 번 소개한 후 퇴장한다.

송원 희문에서 비롯되어 상당히 양식화된 형태로 진행되는 이 '가문'은 잡극의 설자楔子나 서양 연극의 프롤로그prologue와 유사한 극적 장치로, 본극의 내용과는 무관한 부분이어서 일반적으로 "평소와 같이 문답을 한다[問答照常]"라는 지문으로 간단히 처리되는 경우가 많다. '가문'이 종료되고 두 번째 대목 즉 제2착第二齣이 시작되면, 남자 주인공 '생生'이 등장하여 먼저 긴 서문[引子]을 노래한 후 시나 사로 간단하게 자기를 소개하며, 이어지는 제3착第三齣에는 여자 주인공 '단旦'이 등장하여, 마찬가지로 서문을 노래한 후 자기를 소개한다. 이처럼 남녀 주인공이 차례로 등장하여 자기를 소개하는 절차가 완료되면 극중 등장인물들이 차례로 등장하면서 본격적으로 연극이 시작된다.

4. 각색 체제

중국 고전극에서는 배우가 극중에서 담당하는 배역을 '각색脚色'이라 한다. 명청 전기에서는 원대 잡극의 각색 체제를 기본적으로 계승하면서도 전기의 극적 규모에 발맞추어 생·소생小生·단·노단老旦·첩貼·외外·말末·정淨·부副·축丑의 열 가지 각색이 운용되는데, 그 중에서도 남녀 주인공을 담당하는 생·단과 함께, 악역이나 희극적인 인물을 맡는 정·축이 비교적 중요한 배역으로 손꼽힌다. 전기의 각색은 작품이나 출연진의 규모에 따라 생이 다시 노생老生·소생小生, 단이 다시 노단老旦·정단正旦·소단小旦·작단作旦·척살단刺殺旦·규문단閨門旦, 정이 다시 정정正淨·부정副淨, 축이 부副·축丑으로 각각 세분되기도 한다. 이와 함께 '잡雜' 또는 '잡당雜當'으로 불리는 배역은 극중에서 하인·사자·행인 등과 같이 작은 역할을 맡거나, 임시로 등·퇴장하면서 엑스트라나 무대정리 등의 자잘한 일들을 담당한다. 명청 전기의 각색은 청대 건륭乾隆 연간에 비로소 '강호 십이각색江湖十二脚色'7)이라는 이름으로 정비된다.

전기에서는 전통적으로 생과 단을 이야기의 흐름을 주도하는 구심점으로 간주하여, 이들의 극중 조우나 애환을 빌어 작품의 대의를 천명하거나 사회상을 반영하는 방식을 즐겨 사용해 왔다. 많은 경우 극중에서는 남녀 주인공의 이야기를 주된 플롯으로 하여 전체적으로 하나의 통

---

7) 청대 중기에 확립된 곤산강의 각색 체제로서, 이두李斗의 『양주화방록揚州畫舫錄』에 따르면, "연극계는 부말이 마당을 열어 극단을 이끌며, 부말 다음으로 노생·정생·노외·대면·이면·삼면의 일곱 명은 '남각색'이라고 하고, 노단·정단·소단·첩단은 '여각색'이라고 하며, 또 재담을 하는 한 사람은 '잡'이라고 한다. 이것이 강호의 열두 각색이다[梨園以副末開場, 爲領班, 副末以下, 老生·正生·老外·大面·二面·三面七人, 謂之男脚色; 老旦·正旦·小旦·貼旦, 謂之女脚色; 又有打諢一人, 謂之雜. 此江湖十二脚色]."

일되고 완전한 이야기로 끝까지 일관했으며, 다른 등장인물들의 이야기는 이 두 각색의 이야기를 중심으로 전개되도록 배치한다. 하나의 이야기로 하나의 작품을 일관하는 전기의 전통적인 극작법은 명대 후기에 극단/배우가 무대효과나 관중의 반응을 의식하면서 여러 가지 형태로 변모하였다. 그 중에서도 '오강파吳江派'를 이끌던 심경沈璟(1553~1610)이 지은 총 스물여덟 대목의 〈박소기博笑記〉는, 기존의 작품들과는 달리 열 개의 서로 독립된 이야기들이 옴니버스 방식으로 교묘하게 묶어져 있는데다가, 생과 단이 등장하기는 하지만 오히려 정·축 등의 부차적인 각색이 상대적으로 더 강렬하게 부각되고 있다. 또, 이 작품에서는 상권 공연이 끝난 후 막간에 말末이 등장하여 연극이 잠시 휴지됨을 고지하기도 하는데, 이처럼 독특한 연출기법은 이후로 실험적인 극작가들에 의해 수시로 모방되었다.

5. 무대 음악

　명청 전기의 음악은 기본적으로 원대 잡극의 궁조宮調 체제를 계승하고 있다. 중국 전통극에서 궁조宮調는 악기 음색의 고저를 나타내는 음악적 개념으로, 궁조마다 독특한 음률적 풍격과 희노애락의 감정을 내포한다. 전기에서는 황종黃鐘, 정궁正宮, 선려仙呂, 중려中呂, 남려南呂, 상조商調), 월조越調, 쌍조雙調, 대석조大石調 등 이른바 '오궁사조五宮四調'가 사용되고 있는데,8) 허지형許之衡의 『곡률역지曲律易知』에 따르면 '선

---

8) 전기에 사용되는 곡패는 상당히 풍부해서, 건륭 11년(1746)에 완성된 『신정구궁대성
　남북사궁보新定九宮大成南北詞宮譜』의 통계에 따르면, 총 568개(변체 1670개 제외)의 곡
　패를 보유한 북곡 계열의 곡패에 비해 남곡 계열의 곡패는 총 1513개에 이르는데 만

려궁·남려궁·선려입쌍조에는 만곡이 비교적 많아 남녀의 사랑을 다룬 작품에 적당한데, 소위 참신하고 은근한 맛을 고루 갖추고 있다. 정궁·황종궁·대석조는 우아하고 엄숙하면서 웅장한 맛이 곁들여진다. 월조·상조는 애잔하거나 한스러운 감정을 싣는 경우가 많은데 상조가 특히 은근하다. 중려궁·쌍조의 경우는 짧지만 중요한 투수(장면)에 사용하기 적당한 것들이 많다. 때문에, 전기에서는 극적 줄거리의 변화에 따라 그에 어울리는 궁조를 골라 사용함으로써 줄거리와 음악/노래가 서로를 보완하도록 안배하는 경우가 많다. 물론, 전기는 기본적으로 곡률이 잡극처럼 엄격하지 않은 까닭에 하나의 투수가 한 궁조뿐 아니라 두세 궁조에 속한 곡패들을 함께 섞어 사용할 수 있는 등, 궁조의 제한이나 평측平仄·성률에 얽매이지 않고 되는 대로 노래할 수 있었다.

반면에, 곡패는 궁조에 예속된 노래가락으로, 각자 희노애락의 상이한 감정들을 표현한다. 전기는 원래 원시적인 형태의 송원 남희에서 기원한 까닭에9) 사용할 수 있는 음악이 극히 한정되어 있었다. 때문에 음악적으로 '곡패曲牌'라는 몇 개의 노래가락들을 차례로 연결하여 일종의 조곡組曲인 '투수套數'를 구성함으로써 특정한 이야기를 기술하는 원대 잡극의 '곡패연투체曲牌聯套體'를 수용하여 무대음악으로 사용하였다. 전기에서는 각 궁조에 부속된 곡패들이 인자引子－과곡過曲－미성尾聲의 구성방식에 따라 단계별로 배열되는데, 대목마다 사용되는 투수의 길이에는 별다른 제한이 없지만, 극적 줄거리의 전개나 인물형상의 조형 등 연출상의 필요에 따라 적절하게 조절되었다.

명청 전기에서는 이와 함께, '남북합투南北合套'의 작곡법도 자주 사

약 변체變體까지 합산하면 4,321개나 된다.

9) 송원 남희의 악곡들은 민요에서 유래한 경우가 많아서 음악적으로 민간예술의 임의성을 수반하고 있다. 때문에, 사대부들은 남희의 음악을 거론할 때 비하하는 시각을 드러내는 경우가 많았다. 축윤명祝允明 같은 사람은 "음률이나 가락이 거의 없다시피 하여, 아둔한 사람이나 굼뜬 악공이 멋대로 바꾸고는 한다[略無音律腔調, 愚人蠢工, 徇意更變]"고 남희의 음악을 거리낌 없이 폄하하기도 하였다.

용된다. '남북합투'란 동일한 궁조에 속한 투수에서 곡률적으로 서로 어울리는 남곡과 북곡의 곡패를 몇 곡 골라 교대로 엇섞어 배열하는 기법으로, 다양한 등장인물의 복잡한 심리상태를 표현하는 데에 효과적이다. 원대 말기에 심화沈和가 처음으로 남곡과 북곡의 가락을 노래에 섞기 시작했다고[10] 전해지는 이 작곡법의 실례를 구체적으로 살펴보면 다음과 같다.

[中呂] 〈北粉蝶兒〉-〈南泣顔回〉-〈北石榴花〉-〈南泣顔回〉-〈北鬪鵪鶉〉-〈南撲燈蛾〉-〈北上小樓〉-〈南撲燈蛾〉-〈南尾聲〉

물론, 이처럼 곡률적으로 비교적 자유로운 남곡이었지만 음악적으로는 나름대로 논리적인 순서가 정해져 있어서, 하나의 투수 내에서는 노래 즉 곡패들이 뒤바뀜이 없이 순서대로 배열되어야 했다.[11] 당시의 사대부들은 남희의 연극언어를 우아하게 다듬는 데에 노력했을 뿐만 아니라 음악적으로도 남희의 "임의적인" 작풍을 일소하고자 애썼다. 명대 중기 이후인 가정 연간에 장효蔣孝가 기존의 음악적 토대 위에서 『남구궁보南九宮譜』를 엮고, 그 뒤를 이어 '오강파'의 거두 심경이 『남구궁보』를 보완하여 『남구궁십삼조곡보南九宮十三調曲譜』를 완성하여 남곡의 음악을 집대성하면서 비로소 남곡의 곡률이 비교적 완전하게 정비되었다.[12]

---

10) 종사성鍾嗣成, 『녹귀부錄鬼簿』. "以南北調合腔, 自元甫始."
11) 『남사서록南詞敍錄』에서도 말하고 있는 것처럼, 각 대목의 투수는 "소리가 서로 가까운 것들로 한 벌을 이루어야[須用聲相鄰以爲一套]" 하였다. 예를 들어, 〈황앵아黃鶯兒〉 뒤에는 반드시 〈족어림簇御林〉이 와야 했고, 〈화미서畵眉序〉 뒤에는 반드시 〈적류자滴溜子〉가 이어져야 하는 것이다. 또, 남곡의 월조越調에 속한 곡패 〈소도홍小桃紅〉의 경우 반드시 가사에 '야也'자가 두 번 들어가야 하며, 첫 번째 '야'는 반드시 두 번째 구절 끝에 위치하고 두 번째 '야'는 여섯 번째 구절 끝에 위치해야 하는 것이 그것이다. 또, 곡패 〈수홍화水紅花〉의 경우 노래의 맨 마지막에 '야라也囉'라는 후렴구를 넣도록 정해져 있었다.
12) 남희가 막 성장기에 들어섰던 원대 말기에 이미 남곡의 곡률을 정리한 『구궁십삼조보九宮十三調譜』가 등장하였다. 물론, 곤산강의 전아화와 만력萬曆시대 이후의 곡보曲譜

6. 노래—다양한 창법의 개발

명청 전기의 관중은 연극 상연에서 노래를 듣는 데에 상당한 비중을 두었다. 당시 유행하던 소설인 『금병매金甁梅』를 살펴보더라도, 연극 상연 장면을 묘사하는 대목마다 예외 없이 어떻게 노래하는가 하는 문제를 다루고 있다. 전기의 가창방식은 원대 잡극의 가창 체제를 부분적으로 채용하고 있지만, 그와 비교할 때 상당한 진화를 이룩하였다. 즉, 잡극의 경우 한 작품에서는 남주인공이든 여주인공이든 단 한 사람만 끝까지 노래할 수 있는 '일인주창一人主唱' 체제를 고수했지만, 명청 전기에서는 주연 배우 이외에도 다양한 배역의 등장인물들이 누구나 다 노래를 부를 수 있게 되었다. 이 같은 가창방식상의 진화는 음색에 변화를 줌으로써 등장인물의 다양한 성격을 표현할 수 있게 해 주었다.13)

명대 중기 이후로 전기 작품이 대량으로 창작되고 노래를 위주로 하던 데에서 극적 연출을 위주로 하는 단계로 발전하면서, 노래는 갈수록 극적 서정성이 풍부해졌다. 아울러, 극중 배역의 성격적 특징을 표현하는 데에 있어서도, 각 배역마다 양식화된 창법이 발전되었으며, 각 지역의 연극들도 상연방식이나 수용자의 성향에 따라 서로 독특한 음악적 풍격을 지니게 되었다. 예를 들어 생·단 같은 주인공들은 우아하고 점잖은 송사宋詞 식의 노래를 부르는 경우가 많았고, 정·축 등의 희극적

연구 추세에 따라, 전기의 곡패에도 곡률과 격식이 생겨났다. 전기에서 사용하는 각 곡패의 구절·글자·문법·평측平仄·각운 등은 대다수가 나름대로의 규율을 가지고 있었고, 동시에 박자나 작사법에도 구체적인 요구가 있었다. 각종 곡보들도 이에 대한 명확한 규정이 있었다.

13) 이와 함께, 전기에서 사용되는 곡패들은 노래를 담당하는 극중 인물의 배역과도 밀접한 관계를 갖고 있다. 즉, 어떤 곡패들은 생·단이 노래하기에 적합하도록, 어떤 곡패들은 정·축이 노래하기에 적합하도록, 또 어떤 곡패들은 등장인물 전원이 다 같이 노래하기에 적합하도록 준비되는데, 이러한 점은 공연이 시작해서 끝날 때까지 단 한 사람이 노래를 부르는 잡극과는 확실히 구별되는 전기만의 특징이다.

인 인물은 우스꽝스럽고 가벼운 민요 식의 노래를 많이 사용하였다. 익양강弋陽腔 역시 통속화의 노선을 걸으면서 독특한 창법과 연출기법들을 개발해내었다. 따라서, 창법에 있어서도 단조롭게 독창만 사용했던 원대 잡극과는 달리, 독창은 물론이고 두 사람 이상의 배우가 동시에 노래하는 '대창對唱'이나 교대로 노래하는 '윤창輪唱', 여러 사람이 서로 돌림으로 노래하는 '접창接唱', 전원이 다함께 노래하는 '합창合唱'까지 다양한 창법이 두루 사용되었다. 그 중에서도 특히 합창은 장엄한 장면이나 역동적인 분위기를 연출하거나 등장인물의 내면세계를 세밀하게 표현하는 데 특히 유용하게 사용되었다.

공상임과 도화선

一

  공상임(1648~1718)은 산동 곡부현曲阜縣 사람으로, 자가 빙지聘之·계중季重, 호가 동당東塘·안당岸堂이며 스스로는 운정산인雲亭山人으로 불렀다. 유가의 대성인으로 추앙되는 공자의 64세 손이었던 공상임은 소년기부터 곡부 북쪽 석문산石門山에 머물며 글공부에 전념하던 중, 부인의 장례를 주재해 달라는 친척 공육기孔毓圻의 요청으로 하산했다가 강희 23년(1684) 겨울 강남 순시를 마치고 귀환하던 강희제康熙帝가 공자에게 제사를 올리러 곡부에 들르자 어전에서 경전 강의를 한 것이 황제의 눈에 들어 국자감 박사國子監博士로 발탁되었다.

  〈도화선〉 창작을 위한 정지작업은 공상임이 벼슬길에 오르기 전에 "산 속에 머물며 제법 여가가 많던 시기에 그간 사람들 입에 오르내리던 소문들을 두루 수집하고 거기에 음악을 입히면서"1) 시작되었다. 집필사업이 본격적으로 진행되기 시작한 것은 치수사업을 위해 공부시랑工部侍郎 손재풍孫在豐의 수행원 신분으로 회양淮揚으로 파견된 강희 25년(1686)부터였다

> 공동당(상임)은 손사공(재풍)을 수행하여 고향 하하의 준설작업을 감독하면서 고인이 되신 영벽의 조원에 머물렀다. 그때는 〈도화선〉 희곡이 탈고되기 전이었는데, 한밤중에도 박자를 맞추면서 노랫소리가 울리곤 했는데, 한 대목이 완성될 때마다 영벽을 초대하여 함께 감상하곤 하였다.2)

그는 이 기간 동안 모벽강冒辟疆, 여회余懷, 황선상黃仙裳, 등효위鄧孝威, 예영청倪永淸, 두우황杜于皇 등 명나라 시절의 유민들과 교류하면서 그들로부터 남명과 관련된 일화들을 전해듣게 되었다. 그 중에서 특히 후방역侯方域, 진정혜陳貞慧, 방밀지方密之와 더불어 '복사의 네 공자[復社四公子]'로 일컬어졌던 모벽강은 '엄당閹黨'의 잔당 완대성과의 투쟁에 참여하면서 남명의 흥망을 생생하게 목도한데다, 실제의 이향군李香君, 양용우楊龍友, 유경정柳敬亭, 소곤생蘇崑生과도 절친한 사이여서 집필과정에 많은 도움을 주었다. 공상임은 역사 유적의 답사에도 공을 들여 양주揚州에 들렀을 때에는 매화령梅花嶺에 올라 사가법史可法의 의관총衣冠塚에 참배하는가 하면, 남경에서는 연자기燕子磯, 진회하秦淮河, 명나라 고궁[明故宮], 명나라 효릉[明孝陵] 등지를 두루 편력하고 서하산棲霞山 백운암白雲菴의 도사 장요성張瑤星을 방문하기도 하였다. 이 같은 답사 작업은 명나라 유민과의 공감대 형성에 도움이 되었을 뿐 아니라 〈도화선〉의 주된 사건을 구성하는 자료들을 풍부하게 제공해 주었다.
　　삼년 후 치수사업을 마치고 원직에 복귀한 공상임은 〈도화선〉을 서

---

1) 〈도화선桃花扇〉 '소인小引'. "山居多暇, 博採遺聞, 入之聲律."
2) 이남李枏, 『약과용담藥裹悁談』 卷一. "孔東塘隨孫司空勘里下河浚河工程, 住先映碧東園中. 時譜〈桃花扇〉傳奇未畢, 更闌按拍, 歌聲嗚嗚, 每一齣出, 輒邀映碧共賞."

둘러 완성해 달라는 지인 전문田雯의 거듭된 당부에 "어쩔 수 없이 등불을 밝혀가며 가사를 써서"[3] 집필 작업에 박차를 가하였다. 그는 강희 34년에 호부 주사戶部主事로 전보된 후 오년이 지나 호부 광동사 원외랑戶部廣東司員外郎으로 승진하는 동안 세 번이나 초고를 고쳐 쓰는 강행군 끝에 강희 38년(1699) 6월 마침내 〈도화선〉을 완성하였다. 십여 년의 시간과 노력으로 완성된 〈도화선〉은 왕조의 흥망이라는 대사건을 생생하게 반영하고 예술적으로도 큰 반향을 불러일으켜 "왕공·사대부들이 서로 경쟁적으로 빌려다 필사하는 바람에 당시 '종이 값이 올랐다'는 찬사가 다 나올 정도"[4]였고, 심지어 항간의 찬사를 전해들은 강희제까지 내시를 시켜 〈도화선〉을 구해오게 했을 정도였다고 하니, 당시 그 인기가 어느 정도였는지 짐작할 수 있을 듯하다.

이 무렵은 중국에서 청나라 조정의 정치적인 입지가 이미 확고해져, 왕조 교체로 일시적으로 위축되었던 사회경제도 점차 활성화되기 시작했고 연극 공연도 활발해지고 있던 시점이었다. 〈도화선〉은 이 같은 사회적 분위기에 힘입어 공상임을 일약 유명인사로 만들었다. 예컨대, 그가 회양에 파견되었을 때 편의를 제공해 준 지인의 자제로 당시 좌도어사左都御史로 있던 이남李枬 같은 사람은 그 해 그믐날 공상임을 초대하고 자신의 '가반家班'인 금두반金斗班에게 〈도화선〉을 공연하게 함으로써 그를 극진하게 예우하는가 하면, 이듬해에 공상임이 파직된 후에도, 여전히 친우들을 초대하여 〈도화선〉 공연을 즐겼는데, "한림원과 각 부에서 여러 대감들이 다 모여 들어", 공상임을 상석에 앉히고 "배우들에게 명하여 번갈아 술을 올리게"[5] 하는가 하면, 배우들의 기량을 평가하는 자리에 초대하여 좌중의 귀빈들이 연신 찬탄해 마지않아, 공상임이 상당한 자부심을 느꼈다고 토로하고 있다.

---

3) 〈도화선桃花扇〉 '본말本末'. "(予)不得已, 乃挑燈塡詞."
4) 〈도화선桃花扇〉 '본말本末'. "王公薦紳, 莫不借鈔, 時有紙貴之譽."
5) 〈도화선桃花扇〉 '본말本末'. "翰部臺垣, 群公咸集 (…중략…) 命諸伶更番進觴."

그런 공상임도 벼슬살이에서만큼은 그다지 운이 좋지 못하였다. 〈도화선〉을 탈고한 이듬해에 참소를 당해 파직당한[6] 그는 그 후 2년 동안 북경에 더 머물다가 강희 41년(1702) 겨울 결국 벼슬에 대한 미련을 버리고 낙향하였다. 그 후로 초야에 묻혀 궁핍한 생활을 하던 공상임은 강희 47년에 이르러 진문津門의 시인 동자촌佟蔗村의 도움으로 비로소 정식으로 〈도화선〉을 출간하였으며, 다시 고향을 떠나 각지를 유람하다가 강희 57년(1718) 봄 향년 일흔의 나이로 세상을 떠났다.

공상임은 일생 동안 『공자세가보孔子世家譜』, 『궐리신지闕里新誌』, 『평양부지平陽府誌』, 『내양부지萊陽府誌』, 『출산이수기出山異數記』, 『인서록人瑞錄』, 『향금부享金簿』, 『화림안탑畵林雁塔』 등의 저서와 『전당집鱣堂集』, 『호해집湖海集』, 『장류집長留集』, 『석문집石門集』, 『안당고岸塘稿』 등의 시문집을 남겼다. 희곡으로는 고채顧采와 합작하여 〈소홀뢰전기小忽雷傳奇〉를 지었는데, 이때 축적된 예술적 경험들은 그의 두 번째 희곡이자 대표작이 된 〈도화선〉에 그대로 반영되었다. 〈도화선〉은 강희 47년에 그 최초의 판본이 나온 후로 난설당본蘭雪堂本, 서원본西園本, 난홍실본暖紅室本 등 다양한 형태의 판본들이 차례로 선보이면서 당시는 물론이고 오늘날까지도 독자 / 관중들로부터 널리 사랑을 받고 있다.

二

〈도화선〉은 명대 말기 복사復社의 문인 후방역과 진회의 명기 이향군

---

6) 공상임의 〈도화선〉에서는 명나라의 충신인 사가법史可法 · 좌량옥左良玉 · 황득공黃得功 등을 긍정적으로 묘사하는 반면, 청나라에 투항한 유량좌劉良佐 · 유택청劉澤淸 · 전웅田雄 등에 대해서는 부정적으로 묘사하고 있다. 마옹馬雍 같은 사람은 이 점에 주목하여 강희제가 〈도화선〉을 구해 읽은 사실과 연계시켜 〈도화선〉의 내용이 황제의 노여움을 사서 파직 당했다고 주장하였다.

의 러브 스토리를 빌어 남명南明의 흥망사를 다룬 역사극이다. 이 작품의 내용을 보다 잘 이해하기 위해서는 당시 중국의 역사적 상황을 먼저 살펴볼 필요가 있다. "명이 망한 것은 숭정 시대가 아니라 만력 시대였다"라는 말도 있듯이, 명나라 멸망의 조짐은 이미 만력시대에 나타나기 시작하였다. 만력제萬曆帝는 자신의 스승이자 재상이던 장거정張巨正의 비리로 정치에 환멸을 느끼고 그로부터 수십 년 동안 국정을 환관과 대신들에게 일임한 채 후궁에 틀어박혀 사치와 향락에만 탐닉하였다. 설상가상으로 소위 "만력 삼대 정벌[萬曆三大征]"7)이 잇따라 발생하여 막대한 군사비가 지출되면서 지금까지 축적되었던 재정이 점차 악화되었다. 탐욕스러운 황제는 막대한 궁중 경비와 군사비를 조달하기 위해 온갖 변칙적인 증세를 다 단행하는가 하면, 환관들을 각지로 파견하여 가혹한 수탈을 일삼았다. 이 같은 사태에 직면한 강남 시민들은 조세 반대투쟁을 벌여 조정의 폭거에 맞섰고, 크고 작은 소작쟁의나 신분해방 운동이 각지에서 빈발하였다.

　만력은 정치적으로도 망국의 화근을 키웠다. 우리나라의 역사에서도 그러했지만, 세계사에 있어 통치자의 후계자를 둘러싼 지지세력과 반대 세력 간의 권력투쟁과 이합집산은 언제나 왕조의 명운을 결정하는 중요한 변수로 작용해 왔다. "삼대 사건[三案]"8)으로 요약되는 '국본國本'

---

7) 명나라 신종神宗 주익균朱翊鈞의 치세인 만력萬曆(1573~1618) 연간에 발생한 몽골족의 반란을 평정한 영하 전투[寧夏之役]과 토호 양응룡楊應龍의 반란을 진압한 파주 전투[播州之役], 그리고 임진왜란 때 조선에 원군을 파견한 조선 전쟁[朝鮮之役]을 가리킨다. 명나라는 이 삼대 원정에서 나름대로 승리를 거두기는 했지만 인적·물적으로 엄청난 손실을 보았다.

8) 동림당 세력이 정국을 주도하던 시기에 황제의 후계자 문제 때문에 발생한 세 가지 사건을 가리킨다. 정격안廷擊案은 만력제의 장남 주상락朱常洛이 태자에 책봉되어 동궁東宮에 머무를 때 정귀비鄭貴妃와 그 오라비의 사주를 받은 소주의 건달 장차張差가 몽둥이를 들고 동궁에 난입한 사건을 가리키고, 홍환안紅丸案은 황제로 즉위한 후 한 달 만에 이질로 몸져누운 광종光宗 주상락이 정귀비가 보낸 설사약을 먹고 병세가 악화되자 홍려시승鴻臚寺丞 이가작李可灼이 바친 경혈로 만든 '붉은 환약[紅丸]'을 두 알 먹고 즉사한 사건을 가리키며, 이궁안移宮案은 주상락 사후에 정귀비 일파가 태자 주유교朱

논쟁은 명나라가 멸망할 때까지 수십 년간 지루하게 이어진 당쟁의 시작이었다. 황제가 삼남 주상순朱常洵을 국본으로 세우기 위해 고의로 후계자 지명을 무기한 연기하자 이부낭중吏部郎中 고헌성顧憲成 등이 장자를 국본으로 세워야 한다는 상소를 올렸다. 이 일로 황제의 노여움을 사 파직된 그는 낙향하여 동림서원東林書院을 세우고 동지들과 뜻을 모아 '강학'을 열고 현실 정치를 비판하면서 명성을 얻기 시작하더니, 얼마 후 각지의 학자·관료·지식인들로부터 광범한 지지를 얻게 되었다. 이들은 고헌성이 세운 서원의 이름을 따서 '동림당東林黨'으로 불렸다. 동림당의 급부상에 위협을 느낀 조정의 실권파들은 위충현魏忠賢(?~1627)을 중심으로 한 환관세력과 결탁하여 공동전선을 구축하니, 이들이 바로 '엄당閹黨'이다.

천계天啓(1621~1627) 초기 동림당의 득세로 일시적으로 조정에서 배척당한 엄당은 위충현과 황제의 유모 객씨客氏를 앞세워 정치적 실권을 장악하자 서원을 파괴하고 강학을 금지하는 등 동림당을 박해하였다. 천계제가 이렇다 할 치적도 남기지 못한 채 젊은 나이에 죽자 이어서 즉위한 그의 아우 숭정제崇禎帝(1628~1644)는 제국 부흥에 뜻을 두고 위충현 일당을 숙청하고 국정쇄신을 위해 동림당 인사들을 전격적으로 내각에 기용하였다. 그러나 위충현에 의해 지리멸렬된 동림당에는 인재가 말라 얼마 지나지 않아 그 기세가 꺾이고 만다. 그 뒤를 이어 일어난 복사는 정치적 열정과 사명감으로 시문을 통해 조정의 정치를 비판하는 방식으로 정치활동을 벌였지만, 이들 역시 대부분이 수권능력도 없이 극한적인 탁상공론에만 몰두하고 있었다.

이 무렵 요동遼東 방면에서는 또 하나의 재앙이 움트고 있었다. 만력

由校를 건청궁乾淸宮으로 옮기고 제삼자를 태자로 세우려 하자 동림당이 주유교를 다시 동궁으로 돌려보낼 것을 요구한 사건을 가리킨다. 나중에 주유교는 황제가 되자 정귀비 일파를 타도하고 자신을 도운 동림당을 중용하여 조정에서는 한동안 동림당 세력이 요직을 거의 독점하다시피 하였다.

중기 이래 누르하치가 여진족女眞族을 통일하면서 요동의 정세가 급박해져 군사비 조달을 위해 증세를 거듭하자 각지에서 반란이 잇따라 일어나면서 급기야 이를 진압하기 위해 새로 증세를 하는 증세의 악순환이 반복되었다. 설상가상으로 숭정제가 즉위한 1627년에는 섬서陝西 일대에서 대기근이 발생하면서 극심한 기아와 착취에 시달리던 농민들이 일제히 봉기하면서 섬서 전역이 대규모 반란에 휩싸였다. 이처럼, 만력시대에 표면화되기 시작한 정치-경제-군사적 갈등요소들이 숭정시대에 접어들어 하나로 연동되어 파열음을 내면서 사태는 이미 수습할 수 없는 파국으로 치닫고 있었고, 민심도 이미 명조에서 떠나고 있었다.

그런 의미에서 1644년이라는 해는 중국역사에 있어 파란만장한 해였다. 역사적으로 '유적流賊', '틈적闖賊' 등으로 기록되고 있는 이자성李自成의 농민 봉기군이 북경을 함락시키자 숭정제는 매산煤山에서 목을 매어 자결하고 산해관山海關을 지키던 오삼계吳三桂는 청나라 군사를 이끌고 농민 봉기군을 대파하는 등, 황하黃河 이북은 그야말로 일대 혼란 상태에 빠졌다. 명나라 조정이 농민 반란이라는 난제에 봉착하여 자멸의 위기에 처하자 중국 전토를 지배할 수 있는 호기를 맞은 청나라(의 어린 황제 세조 순치제順治帝(1643~1661))는 섭정왕 도르곤(1612~1650)의 지휘 하에 "명조를 쓰러뜨린 적을 정벌한다"는 대의명분을 내걸고 명나라의 투항부대를 앞세워 같은 해 5월 마침내 북경성에 입성함으로써 자금성의 주인이 되었다. 같은 시기에 남경에서는 봉양총독鳳陽總督 마사영馬士英이 조강제독操江提督 유공소劉孔昭, 남경수비南京守備 서홍기徐弘基를 비롯하여 황득공黃得功·유택청劉澤淸·유량좌劉良佐·고걸高傑 등의 무장들과 결탁하여 복왕福王 주유숭朱由崧을 홍광제弘光帝로 옹립하고 '남명南明' 왕조를 수립하였다. 양자강揚子江 하류에 자리 잡은 남경은 이미 태조太祖 주원장朱元璋 때부터 이백여 년 동안 유사시를 대비한 임시수도-'유도留都'로서 정치·경제·문화적으로 상당한 영향력을 지니고 있었다. 반면에, 이제 막 중원으로 진출한 청나라는 병력이 십만도 되지 않는데다가 하북河北·산동山東 등 강북의 일부 지역을 점령하고 있을 뿐이었다. 만약 남명 조정이 제대로 된 정치를 펼쳐 흐트러진 민심을 추슬러 일치단결해서 청나라에 대항했다면 실지를 회복하고 재기를 노릴 수도 있었을 것이다. 그러나 그 같은 요행은 일어나지 않았다. 황제는 황제대로 국정에 전념하기는커녕 주색과 연극에만 탐닉했고, 조정은 조정대로 서로 편을 갈라 당쟁과 복수에만 골몰했으며, 백성들은 백성들대로 국난을 앞두고도 사치와 향락에만 빠져 있었다. 때문에, 왕조 수립 후 오래지 않아 청나라 군사가 황하를 넘어 남하하기 시작하자 왕조는 내부로부터 저절로 와해되기 시작하였다. 결국, 국방을 책임졌던 장수들이 저마다 도주하거나 투항하고 급기야 최후의 방어선이던 양주까지 함락되면서 남명 조정은 단 일 년 만에 멸망하고 말았다.

三

"천하의 흥망에는 필부에게도 책임이 있다[天下興亡, 匹夫有責]."

파란 만장한 격동기를 거쳐 만주족이라는 소수의 변방민족이 세운 왕조가 중원에 들어서는 것을 지켜본 고염무顧炎武·황종희黃宗羲 등 많은 문인·학자들은 자신들의 글을 통해 명나라 부흥세력들이 제대로 된 저항조차 하지 못한 채 허무하게 자멸해 버린 원인을 진단하면서 명나라 조정과 재야 문인들의 무능·부패를 이렇게 질타하였다. 〈도화선〉을 지은 공상임도 그러한 사람들 중의 하나였다. 왕조의 흥망사를 남녀 주인공의 러브 스토리를 통해 다루는 역사극은 이미 명대 가정嘉靖·융경隆慶 연간(1570년 전후)부터 극작가들에게서 시도되었다. 즉, 범려范蠡와 서시西施의 러브 스토리를 통해 춘추시대春秋時代 오吳·월越 두 나라의 흥망성쇠를 그려낸 양진어梁辰魚의 〈완사기浣紗記〉를 위시하여, 명나라 멸망 후 남당南唐의 서적徐適과 황전낭黃展娘의 러브 스토리를 통해 남당南唐의 멸망을 그린 오위업吳偉業의 〈말릉춘秣陵春〉, 그리고 공상임보다 조금 일찍 현종玄宗과 양귀비楊貴妃의 러브 스토리를 통해 당나라의 성쇠를 그린 홍승洪昇의 〈장생전長生殿〉 등이 그 대표적인 작품들이다. 이 작품들은 일부 줄거리가 유사한 것은 차치하고라도 남녀 주인공의 이합과 애환의 러브 스토리를 통해 한 왕조의 흥망성쇠를 그리고 있다는 점에서 〈도화선〉에도 어느 정도 영향을 주었을 것이다. 게다가 청대 초기에 극성했던 고거학考據學의 유행은 그가 실증적인 시각으로 남명의 역사를 재조명하고 당시의 인물들을 재해석하는 데에 기여한 것으로 보인다.

공상임이 〈도화선〉을 통해 의도한 것은 "이별과 재회의 감정을 빌어 흥망·성쇠의 감회를 그린 것[借離合之情, 寫興亡之感]"이라는 그의 말처럼, 후방역과 이향군 두 연인의 파란만장한 인생 역정을 통해 남명 멸망의 원인을 성찰하는 일이었다.

> 무대 위에서의 가무나 극장 밖에서의 지적들을 통하여, 명나라 왕조 삼백 년의 국권이 누구 때문에 망쳐지고 무슨 사유로 상실되었으며 언제 사라지고, 어디에서 멈추게 되었는지 알고 나면, 보는 이로 하여금 가슴이 뭉클해져 눈물을 흘리게 만들 뿐만 아니라, 사람의 마음까지 스스로 경계할 수 있으니, 어지러운 세상을 헤쳐 나갈 수 있는 하나의 방책이 될 수 있으리라.9)

공상임과 비슷한 시기에 활동한 홍승洪昇의 〈장생전〉이 흥망의 감회를 빌어 남녀의 사랑을 그려낸 애정극이라면 〈도화선〉은 남녀의 사랑을 빌어 흥망의 감회를 그린 역사극이다. 애정극은 역사적 상황이 남녀 주인공의 사랑과 내면심리를 폭넓게 다루기 위한 수단으로 사용되는 것이 보통이지만 〈도화선〉의 경우는 오히려 무거운 상징성을 띤 남녀

---

9) 〈도화선桃花扇〉 '소인小引'. "場上歌舞, 局外指點, 知三百年之基業, 隳於何人, 敗於何事, 笑於何年, 歇於何地? 不獨令觀者感慨涕零, 亦可懲創人心, 爲末世之一救矣."

주인공의 이야기가 역사적 사건을 보다 곡진하게 반영하기 위한 수단으로 운용되었다. 후방역과 이향군의 러브 스토리를 집중적으로 다루는 것은 '설서 감상聽稗', '노래 수업傳歌' 등 열다섯 대목인데, 그 중에서 애절하면서도 낭만적인 사랑을 다루는 것은 '미인 대면訪翠', '백년 가약眠香' 두 대목 정도에 그쳐서, 독자 / 관중이 기대하는 낭만적인 분위기가 주조를 이루는 두 사람의 사랑 이야기는 그다지 많지 않다.

작자의 창작 의도는 극 전개과정에서도 여실하게 드러난다. 작자는 첫머리부터 복사 문인 진정생陳定生·오차미吳次尾와 '엄당' 완대성 사이의 갈등을 전면에 배치하는데, 이는 작자가 왕조 몰락의 원인을 만력萬曆·천계天啓 이래 수십 년간 지속되어 온 당쟁에서 찾고 있음을 의미한다. '엄당'의 잔당인 마사영과 완대성은 강북 네 진영[四鎭]의 무장 황득공黃得功·고걸高傑·유량좌劉良佐·유택청劉澤淸과 결탁하여 무능한 복왕福王을 황제로 옹립하려 하지만, 복사 문인의 지지를 받던 사가법史可法과 좌량옥左良玉은 이 같은 움직임에 반발한다. 결국 홍광제弘光帝로 즉위한 복왕은 복왕대로 국정에 전념하기는커녕 주색과 향락에만 탐닉하고, 조정에서는 마사영과 완대성이 실권을 장악하고 사리사욕을 채우기에만 바쁘다. 게다가, 청나라가 중원 통일을 위해 호시탐탐 강남을 노리던 당시에 강북의 수비를 책임지고 있던 네 진영의 장수들은 양자강 상류에 주둔하던 좌량옥을 견제하면서 서로 간에 힘겨루기에만 급급하고, 조정의 유일한 희망이던 사가법만 청나라 군사를 상대로 고군분투하지만 결국 대세를 만회하지 못하고 양주揚州의 함락과 동시에 자결하고 만다. "조정이 변경의 장수와 불화하고, 조정과 조정이 불화하고, 변경 장수들과 변경 장수들이 불화하여, 붕당이 발호하고 파벌이 극성하니 오랑캐의 침노 따위의 일은 못 들은 척 버려두었다"10)라는 말처럼, 문관과 무장이 한결같이 매관매직과 가렴주구를 일삼으면서 날마다 사

---

10) 하완순夏完淳, 『속행존록續幸存錄』. "朝堂和外鎭不和, 朝堂和朝堂不和, 外鎭和外鎭不和, 朋黨勢成, 門戶大起, 虜寇之事, 置之蔑聞."

치와 향락에만 빠져 있던 남명 조정에서 정작 청나라 군사가 대거 남하했을 때 나라를 위해 내부 역량을 결집시키고 국난을 극복할 영웅은 어디에도 없었다.

공상임은 남명 조정에서 벌어진 당파싸움과 내부분열의 면면을 생생하게 묘사함으로써 조정이 왜 지리멸렬 되고, 결국 파죽지세로 남하한 청나라 군사에 의해 멸망당할 수밖에 없었는지를 보여준다. 왕조의 흥망 원인에 대한 작자의 비판의 눈길은 〈도화선〉에서의 기술방식에서도 확연하게 느껴진다.

四

〈도화선〉의 노래들은 독서용으로 읽기에는 상당히 아름답고 감동적이지만 막상 연극무대에 올려 서로 다른 극중 역할을 맡은 배우들이 노래할 때에는 가사가 극중 인물의 이미지나 성격과 잘 어울리지 않는 경우가 제법 발견된다. '설서 감상聽稗'에서 유경정이 부르는 〈나화미懶畵眉〉나 '황제 애도哭主'에서 좌량옥이 부르는 〈성성만聲聲慢〉 등, 극중 인물들의 일부 가사나 희극적 역할을 담당하는 정淨·축丑 등의 배역의 대사들이 지녀야 할 발랄함이나 재치가 상대적으로 덜하다. 이러한 사례들은 명대 중기 이래로 문인들이 전기 창작에 대거 참여하면서 무대 연출이나 등장인물의 성격 등의 무대요소는 전혀 고려하지 않고 자신의 박학다식을 과시하기 위해 가사는 물론 대사에서까지 미사여구를 남용했던 병폐의 어두운 흔적이라 할 수 있는데, "차라리 덜 통속적이더라도 고아한 경지에 영향을 주지 않겠다"11)라는 그의 언어관은 어떤 점에서는 〈모란정〉 등에서 극도의 수사적 아름다움을 추구한 탕현조의 작풍과 유사한 경향을 보이는 반면, 가사나 대사에서 극중 인물에 어울리는 언어를 사용할 것을 강조한 심경沈璟이나 이옥李玉, 이어李漁 등의 이른바 '본색론本色論'과는 배치되는 모습을 보인다.

그럼에도 불구하고, 공상임이 〈도화선〉에서 구사하고 있는 희곡언어들은 무대와 관중의 소통에 주목한 나름대로의 철학과 원칙에 부합되는 것들이었다. 그는 노래가 무엇보다도 "가사의 의미를 명료하게 전달하는 것을 전제로 하고" 난해하거나 견강부회하는 방식에는 반대하면서도, 대사에 있어서는 자세하게 갖출 것을 주문하면서 "억양이 낭랑하고 어구가 정제되어야 한다"12)고 주장하는 등, 가사와 대사를 짓는 데 있어 각기 다른 접근방식을 주문하고 있다.

> 가사는 모두가 아무렇게나 쓴 것이 아니라, 말로 형용할 수 없는 내면의 감정이나 눈으로는 볼 수 없는 눈앞의 전경을 가사를 빌어 노래하는 방식을 택하였다. 또 어떤 일을 재차 언급할 때에도 앞서 이미 대사로 처리했다면 다음 차례에는 가사로 대체하였다. 만일 대사로 처리해야 할 것을 가사로만 처리한다면, 듣는 이가 이를 이해할 수 없게 되어 앞뒤 맥락이 단절되게 될 것이다. 이미 대사로 처리한 내용을 다시 반복해서 가사로 처리할 필요가 어디에 있겠는가?13)

말하자면 극중 인물의 감정을 표현하거나 경물을 묘사할 때에는 가사를 사용하고, 극중 줄거리를 언급하거나 일반적인 사실을 전달할 때에는 대사를 사용하는 등, 가사와 대사에 각각 상이한 역할을 부여하고 이를 절도 있게 교대로 운용함으로써 배우가 극중 의사 전달과정에서 독자나 관중과의 소통에 문제가 발생할 여지를 최소화했다는 뜻인데,

---

11) 〈도화선桃花扇〉 '범례凡例'. "寧不通俗, 不肯傷雅."
12) 〈도화선桃花扇〉 '범례凡例'. "全以詞意明亮爲主(…중략…) 抑揚鏗鏘, 語句整練."
13) 〈도화선桃花扇〉 '범례凡例'. "詞曲皆非浪塡, 凡胸中情不可說, 眼前景不能見者, 則借詞曲以詠之. 又一事再述, 前已有說白者, 此則以詞曲代之. 若應作說白者, 但入詞曲, 聽者不解, 而前後間斷矣. 其已有說白者, 又奚必重入詞曲哉!"

이 같은 발언은 희곡의 가사와 대사가 무대에서 각기 다른 역할을 수행해야 한다는 작자의 인식을 반영한 것이라고 할 수 있다. 이 같은 사례는 '황제 애도', '순국 충신沉江' 두 대목에서 각각 숭정제의 죽음과 남명의 멸망을 노래하는 데에 사람들의 심금을 울리는 애절한 가사를 사용한 것이나, '노변 담소閑話' 대목에서 극중 상황에 걸맞게 대사만 적지적소에 사용함으로써 무대효과를 크게 강화시킨 일에서도 쉽게 확인할 수 있다.14) 또, 〈도화선〉 '범례'에서 긴 대목에서는 여덟 곡을 사용하고 짧은 대목에서는 네 곡 내지 여섯 곡을 사용했다고 밝히고 있는 것처럼, 〈도화선〉의 사곡은 전반적으로 번다한 폐단이 적고 정제된 느낌을 주는데, 이 역시 작자가 창작과정에서 당시 연극무대에서 통용되던 절충안을 대체로 충실하게 반영하고 있음을 의미한다.

공상임은 노래를 극적 줄거리나 등장인물과 조화시키는 데에 각별한 정성을 기울였다. 예컨대 '노래 수업傳歌', '미인 대면訪翠', '백년 가약眠香' 등 남녀 간의 사랑을 다루는 대목에서는 화사하면서도 부드러운 분위기의 가사를 쓰고 '황제 애도哭主', '항전 맹세誓師', '순국 충신沉江' 등 남명 조정의 중대한 사건들을 다루는 대목에서는 비장하면서도 장엄한 분위기의 곡패를 쓰는 등, 전반적으로 노래가 극중 줄거리와 잘 조화를 이루고 있다. 아울러, '설서 감상聽稗'에서 후방역이 노래하는 〈연방춘戀芳春〉이나, '무창 입성投轅'에서 유경정이 노래하는 〈신수령新水令〉, '간신 질타罵筵'에서 완대성이 노래하는 〈누루금縷縷金〉 등도 모두가 "당사자의 소리를 듣는 것 같고 당사자의 모습을 보는 것 같다[如聞其聲, 如見其人]"고 할 정도로 가사가 극중 인물의 성격이나 이미지와 잘 조화되고 있다.

---

14) 그 구체적인 사례를 '순국 충신' 대목에서 찾아보면, 양주성이 함락된 후 사가법이 의진·남경 방면으로 피신하고 남경성에서는 황제가 도주하여 온 성내가 대혼란에 휩싸이는 상황이 사가법의 전언과 늙은 찬례의 대화를 통해 전달되는데, 이때 〈금전도錦纏道〉, 〈보천락普天樂〉 두 곡이 진퇴양난의 곤경에 빠져 결국 자결을 택하는 비장한 심정을 피력하는 데에 효과적으로 사용되고 있다.

五.

　　공상임의 인물 처리에 있어 특기할 만한 특징은 무엇보다도 대칭성이라고 할 수 있다. 그는 인물 처리과정에서 무엇보다 "이별과 재회의 감회를 빌어 흥망의 감회를 쓴다[借離合之情, 寫興亡之感]"라는 〈도화선〉의 취지에 걸맞게 등장인물들을 몇 가지 유형의 주종관계로 구분하였다. 그는 등장인물을 좌부左部, 우부右部, 기부奇部, 우부偶部, 총부總部 등 총 다섯 유형으로 분류하고, 좌부와 우부에서 각각 정생正生 후방역과 정단正旦 이향군을 주축으로 삼으면서 좌부의 진정생陳定生·오차미吳次尾·유경정柳敬亭이나 우부의 이정려李貞麗·양용우楊龍友·소곤생蘇崑生 등과 같이, 남녀 주인공과 직접적으로 관계가 있는 인물 총 열여섯 명을 포함시켜 두 사람의 이별과 재회의 감회를 표현하였다. 또, 기부와 우부에서는 각각 명나라에 충성한 우국지사 사가법史可法·좌량옥左良玉·황득공黃得功 등을 '중기中氣', 악역을 담당한 홍광제弘光帝·마사영馬士英·완대성阮大鋮 등을 '여기戾氣', 명나라에 중용되었다가 결국 변절하는 전웅田雄·유량좌劉良佐·유택청劉澤清 등을 '살기煞氣'로 각각 분류하고, 이 열두 명이 당시 정치무대에서 취한 입장들을 펼쳐 보임으로써 남명 멸망의 원인을 반영하는 한편, 마지막으로 총부에서는 장요성張瑤星과 늙은 찬례贊禮를 씨줄과 날줄로 삼아 작품 전체를 관통하는 이합과 흥망의 감회를 총정리하게 하였다.15)

　　〈도화선〉의 등장인물 중 가장 빛나는 인물형상은 바로 이향군이다. 실제의 이향군은 복사 문인들과 사이가 좋고 비파에 능했다는 점 이외

---

15) 이와 함께, 부차적인 인물들에 대해서는 다른 극중 인물의 입을 통해 간접적으로 묘사／설명하거나 '잡색雜色'으로 등장시키는 방법을 선택함으로써, 무대연출상의 번다한 절차를 과감하게 축약하는 한편 독자／관중이 공연에 극적으로 몰입할 수 있도록 세심한 주의를 기울였다.

에는, 미모로는 진원원陳圓圓보다, 기예로는 정타낭鄭妥娘보다, 시화로는 유여시柳如是나 동소완董小宛보다 나을 것이 없는 인물이었다. 그러나 극중에서 이향군은 아름다운 이상과 고결한 정신의 상징으로 등장한다. 공상임은 '혼수 거절却奩', '개가 종용拒媒', '바꿔치기守樓', '부채 그림寄扇', '간신 질타罵筵'에서 이향군의 의연한 모습들을 심도 있게 다룸으로써, 아래로는 동료와 지인들로부터 위로는 복사의 문인들에 이르기까지 두루 사랑받는 여성으로 독자 / 관중의 뇌리에 각인시키고 있다. 여주인공으로서의 이향군의 인물형상(캐릭터)이 집중적으로 부각되는 대목은 '혼수 거절', '바꿔치기', '간신 질타' 정도에 불과하지만 그 대목들을 통해 그려지는 이향군의 모습은 자못 생동적이고 강렬하다. 그녀의 흔들림 없는 사랑과 불굴의 투쟁정신은 마사영과 완대성 같은 소인배들과의 대비 속에서 더욱 빛난다. 〈도화선〉이 문단과 무대에서 문학성과 예술성을 동시에 높이 평가받고 있는 것은 작자가 이향군이라는 보잘 것 없는 기생을 정의롭고 고결한 성녀의 모습으로 성공적으로 재창조해낼 수 있었기 때문인데, 이는 어떤 의미에서는 당시 도덕군자를 자처하던 복사 문인들에 대한 통렬한 풍자이자 아쉬움의 표현으로, 동시대 사람들의 시각과 평가를 대변한다고 할 수 있다.

이에 비해, 후방역의 이미지는 오히려 이향군보다 나약하고 무기력하게 그려진다. 사실 역사 속에 실재한 후방역은 변절자였다. 그는 순치順治 8년에 과거에 응시하여 부방副榜으로 급제함으로써 당시는 물론 후대까지 비난의 대상이 되었다. 후방역은 '복사의 네 공자' 중 한 사람으로, 당시 엄당과 대립했던 복사 선비들을 대표하는 그의 정치적 입장은 확고해 보인다. 그러나 양용우의 감언이설과 완대성의 물량 공세 속에서 지금까지 자신이 견지해 왔던 정치적 신념은 너무도 쉽게 흔들리고 만다. 〈도화선〉이 본질적으로 애정극이 아닌 역사극인 까닭에 어떤 의미에서는 이향군이 등장하지 않더라도 남명의 흥망사를 그대로 그려낼 수 있지만, 후방역이라는 인물이 없다면 〈도화선〉의 줄거리는 더 이상

진행될 수가 없다. 더욱이 남명 몰락 후 가까스로 감옥을 탈출한 후방 역을 포함한 복사 문인들은 사가법이 강물에 투신하여 자결했다는 소 식을 전해 듣자 통곡하면서 절을 올리지만 이내 뿔뿔이 흩어지고 만다. 사가법의 정의로운 죽음과 비교할 때, 남명의 멸망을 만회하지도 자신 의 운명을 개척해 나가지도 못한 채 뿔뿔이 흩어져 가는 그들의 모습은 나약하고 초라하기 짝이 없어 보는 이로 하여금 환멸을 느끼게 만든다. 말하자면, 작자는 후방역을 통해 엄당에 대한 분노의 감정을 표출하는 한편, 복사 문인들에 대한 실망의 감정을 나약하고 무기력한 후방역에 게 투사하고 있는 것이다. '복왕 성토阻奸'에서처럼 때로는 정치적으로 강인한 모습을 보여주다가 '고걸 암살賺將'에서처럼 때로는 무기력한 모습을 여지없이 드러내는 그의 모습은 상당히 모순적이어서, 단순히 호오나 선악의 기준으로 평가할 수 없을 정도이다. 때문에 후방역으로 대표되는 복사 문인들의 모습은 극중에서 강렬한 인상을 남기는 진회 의 기생 이향군과 민간 예인 유경정 등의 인물들과 선명하게 대비되어 초라하기 짝이 없다.

　작자는 극중 주인공인 후방역과 이향군은 물론이고, 당시 정치무대 에서 중요한 역할을 수행했던 충신으로는 사가법과 좌량옥을, 간신으로 는 마사영과 완대성을 집중적으로 부각시킴으로써 이들이 지닌 충신과 간신의 이미지가 서로 간의 대칭 속에서 선명하게 드러나도록 손질을 가하였다. 이와 함께 양용우에 대해서도 약간의 허구성을 가미하여, 그 를 후방역 등의 복사 문인이나 진회의 기생 이정려와 왕래하면서 시화 와 풍류를 즐기는 한편, 실제와는 상관없이 그를 마사영의 친척이자 완 대성의 동지로 가공함으로써 양쪽을 오가면서 고비마다 중요한 역할을 수행하도록 처리하고 있다.

六

　명청 전기는 한 대목에서 사용하는 노래의 개수에 제한이 없었다. 때문에 많은 문인 극작가들이 공연효과와는 상관없이 열 곡 이상의 노래를 연거푸 사용하는 경우가 많았다. 그러나 공연과정에서는 시간적 제한, 관중의 취향, 또는 극단이나 배우의 역량상의 한계 등의 이유로 인하여, 극작가의 원작을 그대로 무대에 올리지 못하는 경우가 많았다. 〈도화선〉을 살펴보면 작자가 무대와 원작 사이의 괴리를 줄여 관중에게 보다 가깝게 다가서기 위해 고심한 흔적이 역력하다. 전체적으로 볼 때, 대목마다 다른 작품들보다 적은 평균 6.4곡의 노래를 사용하고 있는데, 이 점은 '범례'에서도 알 수 있듯이, 무대에서의 2차 창작을 중시하는 창작관을 갖고 있던 작자의 치밀한 계산에 따른 결과로서, 작자가 이처럼 적지적소에서만 노래를 사용하고 있어서 대체로 번다한 폐단이 없고 상당히 절제된 느낌을 준다.

　전기에서는 극적 줄거리 변화에 따라 그에 걸맞는 곡패와 음악을 골라 사용함으로써 줄거리와 음악／노래가 서로를 보완하도록 안배하는 경우가 많다. 총 123개의 곡패가 사용된 〈도화선〉에서는 참신하고 구성진 선려궁仙呂宮과 부드럽고 화사한 남려궁南呂宮이 주조를 이루는 가운데 그 뒤를 이어 중려궁中呂宮, 정궁正宮, 황종궁黃鐘宮의 순으로 사용빈도가 높으며, 상조商調, 고대석조高大石調, 대석조大石調는 일부 장면에만 한정시킴으로써, 노래의 풍격을 극적 줄거리와 조화시키는 데에 노력을 기울이고 있다. 예컨대 진회秦淮의 풍류나 남녀의 사랑을 주로 다룬 '노래 수업傳歌', '미인 대면訪翠', '백년 가약眠香', '옥중 해후會獄' 등에서는 각각 남려궁南呂宮, 정궁, 남려궁, 선려궁을 사용함으로써 아름다우면서도 부드러운 분위기를 효과적으로 연출한다든지, 남명 조정의 중대한 사건들을 주로 다루는 '복왕 성토阻奸', '황제 애도哭主', '항전 맹세誓師', '순국 충신沉江’ 등에서는 상조, 우조羽調, 쌍조雙調, 정궁을 사용하여 격앙된 감정을 생생하게 표현해내고 있는 것이 그 대표적인 사례들이라고 할 수 있다.

〈도화선〉에서 남려궁으로 구성된 대목은 ‘설서 감상聽稗’, ‘노래 수업’, ‘백년 가약’, ‘화의 중재和戰’, ‘야반 도주逃難’ 등이다. 이 중 ‘설서 감상’에는 후방역이 등장하여 노래하는데, 노래가 정의감은 있으나 실행능력은 모자란 나약한 선비의 성격과도 어울릴 뿐 아니라, 술과 시가 어우러져 풍류가 넘치는 전반부와도 조화를 이룬다. 또 ‘노래 수업’에서는 담력과 기백에서 후방역을 능가하는 여주인공 이향군을 위해 쌍조에 속한 곡패들을 대량으로 안배하고 있는데, 그 수가 대체로 선려궁과 남려궁을 합한 것과 비슷하다. 남려궁 투곡套曲을 적절하게 사용하고 있는 ‘화의 중재’, ‘야반 도주’ 대목 역시 장면마다 빠른 템포와 반복되는 소절 때문에 리듬감이 특히 강한 〈향류낭香柳娘〉 곡패만 사용함으로써 남명의 멸망을 맞은 악인들의 모순된 심리를 풍자·생동적으로 표현해내고 있다.

〈도화선〉은 남곡南曲이 주로 사용되는 전기이지만 특정한 인물이나 장면에서 북곡北曲을 적절하게 운용함으로써 극적 줄거리를 음악적 분위기와 조화시키는 데에 공을 들이고 있다. 특히 ‘부채 그림寄扇’에서는 그녀가 여성임에도 불구하고 총 열두 곡의 노래를 모두 길이가 비교적 짧고 친자襯字가 많으며 템포가 빠른 쌍각雙角의 북곡으로 안배하고 있는데, 간신들의 횡포에 대한 통한을 표현하고 나아가 그녀의 강인한 이미지를 부각시키는 데에 적절하게 사용하고 있다. 마찬가지로, 유경정의 경우도 쌍각의 북곡을 많이 안배하여 그의 살신성인의 정신을 생생하게 느낄 수가 있어서 다른 전기들과는 확연히 구별된다.

공상임은 이와 함께 일부 장면에서 ‘남북합투’의 작곡법도 사용하고 있다. 예를 들어 ‘무창 입성投轅’에서 재치 있고 의협심이 넘치는 유경정柳敬亭의 모습을 표현할 때는 힘차면서도 격앙된 북곡을 안배하고, 유경정의 달변과 의리에 감복하는 좌량옥의 모습을 묘사할 때는 은근하면서도 우아한 남곡을 사용하는 등, 북곡과 남곡을 조화롭게 운용하고 있다. 특히 본극의 결말부인 '대오 각성入道'에서는 황종조에 속한 총 열네 곡의 노래를 북곡과 남곡으로 엇섞어 사용함으로써 명나라의 유민들이 도교 사원에서 숭정제崇禎帝와 충신·열사들에게 경건하게 추모제를 올리는 장면을 엄숙하고 성대하게 마무리하고 있다.

〈도화선〉 음악의 또 하나의 특징은 '집곡集曲'이 여느 작품들에 비해 적다는 것이다. '집곡'이란 명청대에 극작가가 기존의 곡패들을 나름대로 소화하고 재해석하여 또 하나의 새로운 곡패로 창조해내던 편곡 기법을 말하는데, 예를 들어 〈춘종천상래春從天上來〉, 〈면탑서綿搭絮〉, 〈일강풍一江風〉, 〈주운비駐雲飛〉 등 자수나 분위기가 다른 몇 개의 곡패를 조합함으로써 〈춘서일강운春絮一江雲〉이라는 새로운 제목의 곡패로 재구성하는 것이 그러한 경우이다. 다만, 명청대에는 음률에 어두운 문인 극작가들이 이를 남용하거나 음률을 위반하는 경우가 많아서 배우들이 무대에서 그것을 노래하는 데에 오히려 부담을 주는 경우도 많았다. 때문에, 홍승洪昇이 〈장생전長生殿〉 창작과정에서 '집곡'을 즐겨 사용한 것과는 대조적으로, 공상임은 〈주노척은등朱奴剔銀燈〉, 〈감주가甘州歌〉, 〈산도홍山桃紅〉, 〈이범강아수二犯江兒水〉 등 단 네 곡만 사용하는 등 '집곡'의 사용을 가급적 자제하였다. 이는 공상임이 음률에 밝지 않아서이기도 하겠지만, 음악을 운용함에 있어 관중과의 소통에 더 큰 비중을 두었던 그의 음악관과도 무관하지 않을 것이다.

七

　연극은 창작과정에서 구성을 우선으로 삼는다. 소위 구성이란 문학 작품의 틀을 이루는 것으로, 공상임도 여기에 상당한 주의를 기울였다. 공상임은 〈도화선〉이 역사에 근거를 두고 있음을 강조하기 위해 다른 작품들과는 다르게 편년체編年體의 기술방식을 취하여 대목마다 해당 제목 아래에 극중 사건이 발생한 구체적 시점을 밝히고 있다.

시1착	마당 열기	갑자(1684) 8월	강희 23년, 공상임 하산
제1착	설서 감상	계미(1643) 2월	숭정 16년
제13착	황제 애도	갑신(1644) 3월	숭정 17년 / 순치 원년
제21착	아부 경쟁	갑신(1644) 10월	청군 북경입성
제24착	간신 질타	을유(1645) 정월	순치 2년 / 홍광 원년
제40착	대오 각성	을유 7월	
속40착	망국 여담	무자(1648) 9월	순치 5년 / 영력 2년

　본극 부분에서는 숭정 계미 2년의 '설서 감상' 대목에서 시작하여, 홍 광 을유 7년의 '대오 각성' 대목으로 종결되기까지 3년의 기간 동안 생 과 단 두 연인의 이별과 재회 및 나라의 흥망에 대한 감회가 서로 대비 를 이루며 순차적으로 일목요연하게 사건이 전개된다. 그 중 1~12번째 대목은 계미 2월에서 8월까지의 사건을 기술하고, 13~23번째 대목은 갑신 3월에서 11월까지의 사건을 기술했으며, 24~40번째 대목에서는 을유 2월에서 7월까지의 사건을 기술하고 있는데, 해마다 기술되는 달 수가 일곱 달, 여덟 달, 여섯 달로 별 차이가 없다. 이 과정에서 시간과 공간은 때로 나란히 언급된다. 공상임은 극중 사건이 발생한 시점을 안 배할 때 그것들이 서로 유기적으로 연결되도록 노력했으며, 공간의 설 정에 있어서도 마찬가지이다. 극중 각 대목에서 언급되는 공간은 남경

南京·무창武昌·양주揚州·하남河南의 네 곳인데, 그 중에서도 남경은 많은 대목에서 중요한 극적 상황이 발생하는 중심지로 등장한다.

그는 줄거리가 기복과 반전이 있어야 하고 독창적인 영역을 개척해야 한다고 주장한 바 있는데, 이 같은 그의 원칙은 〈도화선〉에도 적절하게 반영되고 있다. 우선, 본극의 첫 번째 대목인 '설서 감상'으로부터 여섯 번째 대목인 '백년 가약'까지는 주로 후방역과 이향군의 결합과정을 묘사하는 한편, 복사 문인들과 완대성 간의 투쟁을 펼쳐보여 주었다. 일곱째 대목인 '혼수 거절却奩'로부터 열두 번째 대목인 '남경 탈출辭院'까지는 주로 연인으로 지내던 후방역과 이향군이 타의에 의해 어쩔 수 없이 이별하는 과정을 묘사하면서, 좌량옥의 동진과 후방역의 제지, 유경정의 서찰 전달 과정을 차례로 펼쳐보여 주었다. 열세 번째 대목인 '황제 애도哭主'로부터 열여섯 번째 대목인 '내각 구성設朝'까지는 왕조가 교체되고 당쟁과 내홍으로 대혼란에 휩싸인 국면을 서술하여 두 사람이 헤어지고 만나는 곡절을 야기한 정치적 배경을 다루고 있는데, 여기서 복사 문인들의 지지를 받는 사가법의 정치적 좌절은 후방역과 이향군이 이후로 겪게 될 온갖 박해들의 단서가 된다. 열일곱 번째 대목인 '개가 종용拒媒'으로부터 서른 번째 대목인 '산중 은거歸山'까지는 극적 줄거리가 후방역과 이향군 두 쪽으로 이원화된 채 번갈아가면서 전개된다. 즉, 이향군을 주축으로 한 줄거리는 마사영·완대성 등의 간신배들의 박해를 통해 남명 조정의 타락상을 고발하는 동시에 이향군이 사랑과 신념을 지키기 위해 의연히 수절하는 모습을 보여주며 후방역을 주축으로 한 또 다른 줄거리는 네 진영 장수들 간의 내홍, 고걸의 피살, 마사영·완대성의 복사 박해 등 일련의 역사적 사건들을 결부시켜 남명 조정의 권력투쟁이 점차 격화되는 모습을 보여주면서 절정으로 치닫는다. 끝으로 서른한 번째 대목인 '격문 작성草檄'으로부터 마흔 번째 대목인 '대오 각성入道'까지는 후방역과 이향군이 정치적 대격동 속에서 온갖 우여곡절 끝에 재회하는 모습을 묘사하는 동시에 좌량옥의 간신 성토, 마사영·

완대성의 병력 이동, 사가법의 양주 사수, 나아가 남명의 멸망을 차례로 다루면서 본극을 마무리한다.

공상임은 이와 함께, 전기의 기존 구성체제를 지양하고 네 대목을 새로 추가하였다. 즉, 상본上本 첫머리의 도입 대목 '마당 열기先聲'와 하본下本 첫머리의 추가 대목 '인생무상孤吟', 그리고 상본의 마지막 부분인 잉여 대목 '노변 담소閑話'와 하본의 마지막 부분인 후속 대목 '망국 여담'을 각각 추가함으로써, 앞의 '마당 열기'과 뒤의 '노변 담소'로 중간의 스무 대목을 싸고, 앞의 '인생무상'과 뒤의 '망국 여담'으로 중간의 스무 대목을 싸는 형태로, '프롤로그＋1～20번째 대목＋잉여 대목'과 '추가 대목＋21～40번째 대목＋후속 대목' 식으로 대응되도록 배치함으로써, "시작과 끝이 있고 기운과 정신이 넘치는데다 이별과 만남, 슬픔과 기쁨이라는 뻔한 길에서 탈피하였다".16) 물론, 이 같은 독특한 기법과 그 효과에 대해서는 평가가 서로 엇갈리고 있지만,17) 작품 전체를 살펴보면, 이 네 대목을 단순히 군더더기로 치부하기는 어려워 보인다. 왜냐하면 '노변 담소'를 제외한 나머지 세 대목에서 공히 늙은 찬례를 주연으로 전후 줄거리가 서로 호응되도록 유기적으로 연결시키고 있으며, 작자도 등장인물을 통해서는 전달하기 어려운 비애와 침통한 감정을 그의 입을 빌려 표현하는 등, 나름대로 극적 기능을 수행하고 있기 때문이다.

이와 함께, 스무 번째 대목인 '황하 전출'은 전반부의 결말부 즉 '소수살小收煞'로, 발전부와 절정부를 연결하는 표지인 동시에 전반부와 후반부가 나뉘는 분수령으로서의 역할을 하고 있는데, 이 같은 독특한 작

---

16) 〈도화선桃花扇〉 '범례凡例'. "有始有卒, 氣足神完, 且脫去離合悲歡之熟徑."
17) 근대의 지식인 양계초梁啓超는 이 점에 수긍하면서 "〈도화선〉 맨 앞의 '마당 열기' 대목과 맨 뒤의 '망국 여담' 대목은, 모두가 운정이 창조한 격식으로 이전에는 없었으며 후세사람들도 흉내낼 수 없는 것이었다"(『곡해양파曲海揚波』 권1)라고 호평하는 반면, 양정담梁廷枏은 새로 늘린 몇 대목이 "사족으로, 아무래도 불필요한 글에 속한다"(『곡화曲話』 권3)고 폄하하고 있다.

품 구성은 전기의 역사상 공상임이 유일하게 시도한 것으로, 작품 전체를 일관되고 짜임새 있게 구성하고 있다.

결론적으로 말하자면, 〈도화선〉의 극적 줄거리는 발생과 발전 단계에서 절정 결말 단계에 이르기까지, 극중 사건들이 정연하게 전개되면서 복선과 전환 및 호응이 이루어지고 있다. 극중 주요한 시간과 공간 역시 극본의 대목 수와 대체로 호응하고 도처에서 교묘하게 연결되면서 인위적 조작의 흔적이 보이지 않는다. 때문에 청대 말기의 지식인 양계초梁啓超도 "구성의 정교함, 문사의 장려함, 기대의 심오함으로 따져보자면, 개인적으로 공운정의 〈도화선〉은 천고에 으뜸이라 할 수 있을 것이다. 그 사적은 본래 천년 역사상 최대의 사적이었다. 이러한 시대에만 이 같은 문장이 나올 수 있는 것이다. 비록 그렇다고는 하지만, 같은 시대의 문학가 역시 많을 텐데도, 이처럼 뛰어난 구성은 오로지 운정에게만 보이니, 운정 역시 시대의 총아라고 할 수 있겠다!"18)는 격찬을 했을 정도였다.

八

〈도화선〉은 희곡을 경시하던 전통적인 중국사회에서 '신사信史'라는 찬사를 받아왔고 작자 공상임 역시 "남녀의 연정이나 손님의 해명에 관해서는, 다소 꾸민 것이 있기는 하지만, 마찬가지로 전혀 허황된 것은 아니었다"(〈도화선〉 '범례')고 자부한 바 있다. 그러나 희곡은 역시 희곡일 뿐 역사가 아니다. 역사극은 역사적 사실에 근거해서 지어지지만, 그 인

---

18) 양계초梁啓超, 『곡해양파曲海揚波』 권1. "但以結構之精嚴, 文藻之壯麗, 寄托之遙深論之, 竊謂孔雲亭〈桃花扇〉冠絶千古矣! 其事迹, 本爲上千歲歷史上最大關系之事迹. 唯此時代, 才能産此文章. 雖然, 同時代之文家亦多矣, 而此蟠天際地之傑構, 獨讓雲亭, 雲亭亦可謂時代之驕兒哉!"

물이나 사건에 대한 해석은 작자의 주관적인 경향을 반영하기 마련이다. 따라서, 공상임이 남명 멸망의 원인을 규명하는 데에도 다소 주관적인 시각이 개입되고 있다는 점에 주의할 필요가 있다. 때문에, 공상임은 역사라는 대동맥을 파악하는 원칙을 준수하면서도 세부적인 부분 특히 인물의 형상에 대해서는 예술적으로 적당히 손질을 가하였다. 〈도화선〉에서 다루어지는 주요한 사건들을 중심으로 그 원형을 살펴보도록 하자.

1) 「유도방란공게留都防亂公揭」 사건

〈도화선〉의 시말을 살펴보면 후방역과 이향군이 겪게 되는 기구한 역정들은 진정혜 등의 복사 문인과 완대성 간의 갈등에서 비롯된 것이며, 양측의 투쟁이 촉발되는 직접적 계기는 「유도방란공게」 사건이다. 원래 동림당의 일원이었던 완대성은 엄당으로 전향한 후인 천계 4년 이부의 동료이자 경쟁자이던 위대중魏大中 및 좌광두左光斗·왕문원汪文元을 탄핵함으로써 이 세 사람이 모진 고문을 당하고 옥사하는 원인을 제공하였다. 숭정 2년 엄당이 타도되자 정계에서 실각한 완대성은 남경으로 내려가 칩거하는 동안에도 엄청난 재력을 동원하여 '가반'을 운영하고 사교활동을 벌이면서 재기를 노렸다. 자숙은커녕 오히려 기고만장한 그의 모습에 반감을 가진 진정혜는 급기야 동지 오응기를 내세워 「유도방란공게」를 써서 완대성이 죽어 마땅한 역당의 일원임에도 불구하고 남경에서 수십만 냥에 이르는 거금을 부정으로 축재했으니 농민군의 반란으로 어지러운 이 시국에 그를 속히 제거하지 않으면 훗날 남경에 위기가 닥칠 것이라고 우려를 나타내었다. 이 사건이 발생하자 애초부터 완대성에게 대립하던 동림당 및 복사의 선비들이 연명으로 궐기하여 그를 공격한 것은 물론, 평소에 그와 원만한 관계를 유지하던 인사들까지 그에게 등을 돌리게 되었다.

2) 완대성과 마사영의 결탁

진정혜의 증언에 따르면, 「유도방란공게」 사건으로 남경에서 버틸 재
간이 없게 된 완대성은 의흥宜興의 주연유周延儒에게 가서 몸을 의탁하
였다. 주연유는 천계 연간에 조정에서 동림당과 엄당 사이에서 중립을
지키던 인물로, 나중에 동림당과의 불화로 재상에서 물러나 낙향했다가
동림당과 엄당이 모두 실각당한 숭정 말기에 복사를 세운 그의 제자 장
부張溥의 도움으로 다시 재상으로 재기하였다. 『명사明史』에 의하면, 주
연유가 내각을 꾸미자 완대성이 그 기회를 놓치지 않고 뇌물을 써서 재
기를 노리다가 자신의 전력을 문제 삼자 궁여지책으로 자신과 의기투
합하던 마사영을 천거했다고 한다. 얼마 후 주연유는 마사영을 병부 우
시랑兵部右侍郞으로 기용하고 봉양총독鳳陽總督을 맡김으로써 마사영이
자신의 병권을 기반으로 남경에서 복왕을 추대하고 남명 조정을 농단
하는 단서를 제공해 주었다. 공상임이 〈도화선〉에서 마사영이 자신의
출세 길을 열어 준 완대성을 정치적 파트너로 삼고 행동을 같이 하는
것으로 묘사하고 있는 것도 어찌 보면 당연한 일이다.

3) 복사 문인 검거사건

여회余懷의 『판교잡기板橋雜記』 등에 따르면, 진정혜는 갑신년(1644) 9
월 남경 금의위南京錦衣衛 교무사校撫司에 의해 체포되어 그 수장인 풍가
종馮可宗에게 수모를 당했다고 한다. 당시 금의위는 통상적인 사법절차
를 거치지 않고 직접 죄인을 체포하는 등의 특권을 행사하는 기관이었
기 때문에 특별한 경우가 아니면 함부로 죄인을 방면하지 않았다. 그가
방면된 데 대해서는 후방역이 인맥을 동원하고 풍가종에게 뇌물을 주
어 해결했다는 주장도 있지만, 당시 집권파인 연국사練國事 등이 풍가종

을 설득하여 석방시켰다는 주장이 더 우세하다. 반면에, 후방역은 진정혜의 중재로 을유년(1645) 5월 이전에 석방되었다. 고난을 함께 한 두 사람은 곧 사돈지간이 되었다. 나중에 진정혜는 의홍 부근 엄화계罨畵溪에 은거하면서 평생 동안 세상에 나오지 않았지만, 후방역은 청나라가 중원을 평정한 후인 순치 8년에 명나라에 대한 절개를 꺾고 향시鄕試에 응시했다고 한다. 〈도화선〉에서는 후방역과 진정혜·오응기 세 사람이 남경 서점가에서 기세등등한 완대성과 마주치자 그를 성토한 후 모두 검거되지만 정직한 관리인 장미의 보호를 받아 남경이 혼란에 빠진 날 밤중에 감옥을 탈출하는 것으로 묘사되고 있다.

4) 후방역의 행적

후방역이 이향군을 만나게 된 것은 〈도화선〉에서도 묘사하고 있는 것처럼, 그의 나이 스물두 살이던 숭정 12년(1639)이었다. 두 사람은 서로에게 반했지만 두 사람이 함께 한 시간은 그다지 길지 않아서, 첫 만남으로부터 후방역이 남경 과거에서 낙방하고 하남의 고향으로 돌아가기까지의 몇 달 정도뿐이었다. 그 후로 숭정 14년(1641) 중원이 위태로워지자 후방역이 부친 후순의 명령에 따라 난리를 피해 남경으로 돌아오지만, 두 사람이 다시 만났다는 기록은 보이지 않는다. 또, 〈도화선〉에서는 양용우의 중재로 두 사람이 부부의 연분을 맺는 것으로 묘사되고 있지만 그 부분은 남명의 흥망사를 펼쳐 보이기 위해 두 사람의 관계를 보다 가깝게 묘사하기 위한 예술적인 처리인 것으로 보인다. 다만 '혼수 거절却奩'에서 다루어지는 일화는 어느 정도 사실에 근거한 것이다. 후방역이 이향군의 사적을 적은 『이희전李姬傳』에 의하면, 완대성과 친한 왕장군王將軍이 술과 음식을 싣고 자신을 찾아와 완대성과의 관계 회복을 부탁했는데 그 옆에 있던 이향군이 진정혜·오응기가 다 명망이 높고 "모두 공자와 절친한데 어째서 완공 때문에 그 같은 막역지우를 저버리려 하십니까? (…중략…) 공자는 책을 만 권이나 읽었으면서 식견은 어찌 쉰네보다 못합니까?[皆與公子善, 奈何以阮公負至交乎? (…중략…) 公子讀萬卷書, 所見豈後於賤妾耶]" 하고 나무라자 흔들리던 자신의 마음을 추스르고 그를 돌려보냈다고 한다.

이와 함께, 〈도화선〉에서는 후방역이 사가법의 면전에서 "세 가지 큰 죄[三大罪]"와 "다섯 가지 불가함[五不可]"을 들어 복왕 옹립에 반대한 것으로 묘사하고 있지만 그것은 복왕과 노왕潞王 중 누구를 추대할 것인가를 놓고 벌어진 논쟁에서 제기된 "일곱 가지 불가함[七不可]"을 가리키는 것으로, 실제로 이 주장을 제기한 것은 여대기呂大器·장신언張愼言 등이었다. 이 무렵 후방역은 세 번째로 남경으로 갔다가 그 해 가을 진정혜가 체포되자 박해를 피해 양주의 사가법에게 몸을 의탁했는데, 이때 그는 사가법을 대신해서 청나라 조정의 실력자 도르곤에게 보내는 서찰을 꾸몄을 뿐, 사가법에게 조언을 할 처지가 못 되었다. 게다가 황제 추대논쟁이 벌어진 시점은 후방역이 의흥 진정혜의 집이나 남경에 머무르면서 사가법의 군영으로 떠나기 전이었다. 양주를 떠난 후방역이 의흥 진정혜의 집으로 피신했다가 거기서 체포된 것은 을유년(1645) 연초로, 이것이 〈도화선〉의 '서찰 대필修札'에서 '검거 선풍逮社'까지의 대목에서 다루어진 일화들의 원형인 것이다. 〈도화선〉에서 다루지 않은 이야기를 보충하자면, 을유년 5월 후방역은 진정혜의 도움으로 석방된 후로 부친을 봉양하면서 고향 하남에서 머물다가, 그로부터 육년 후인 청나라 순치 8년(1651)에 명나라에 대한 절개를 꺾고 서른네 살의 나이로 청나라 조정이 주재한 하남 향시鄕試에 응시하고 책론策論 다섯 편을 써서 자신의 포부를 밝혔으며, 그로부터 삼년 후에 죽었다고 한다.

5) 좌량옥의 품성

갑신년의 변고 후로 형초荊楚지역에 할거하던 좌량옥은 남명 최대의
군사력을 갖춘 군벌로 정국에 막대한 영향력을 행사한 인물이다. 그는
요동 사람으로 젊어서 군대에 투신하여 전공을 쌓으면서 요동도사遼東
都司가 되었다. 그러나 부대의 군수 물자를 강탈했다가 파직되어 당시
창평昌平에 주둔하던 후방역의 부친 후순에게 몸을 의탁하였다. 숭정 4
년 가을, 청군이 대준하大凌河를 공격하자 후순이 일개 졸병이던 좌량옥
을 장군으로 중용하여 누차 혁혁한 전공을 세움으로써 서른두 살에 총
병관總兵官으로 승진하였다. 그로부터 십여 년 후인 숭정 15년에는 이자
성의 군대가 개봉을 포위공격하자 삼십만의 원군을 이끌고 주선진朱仙
鎭 일대에 집결했다가 농민군의 위세에 눌려 싸움을 벌이기도 전에 퇴
각하여 양양襄陽까지 도주하는 바람에 관군은 지리멸렬되어 엄청난 손
실을 입었다. 패전 후 염선鹽船을 노략질하면서 장강 상류에 할거하던
좌량옥은 숭정 16년 구강九江으로 병력을 이동시키고 남경으로 가서 군
량을 취하겠다고 선언하는데, 이것이 '무창 입성投轄'의 배경이다. 숭정
제 사후에 강남의 남명 조정은 황제 옹립문제를 놓고 두 파로 대립했는
데, 마사영·고걸·황득공·유량좌 등의 회사淮泗 방면의 군벌은 복왕
을 옹립하려 했지만 동림당은 노왕을 지지하고 있었다. 당시 두 파의
군사력을 비교해 보면, 상류의 좌량옥과 하류의 사가법이 연합전선을
구축했다면 충분히 마사영 일파를 제어할 수 있었지만, 우유부단한 사
가법이 때를 놓치고 그들을 저지하지 못함으로써 결국 복왕이 황제로
즉위하고 자신은 양주로 밀려날 수밖에 없었다. 사가법과는 달리 매사
에 거침이 없던 좌량옥은 남경의 동림당 세력과 호응하여 왕지명王之明
사건을 구실로 전군을 총동원하여 기세등등하게 남경으로 전진하였다.
그러나 구강에 당도하자마자 부하들이 군률을 어기고 방화와 강탈을
일삼자 화병이 나서 피를 토하고 죽었다. 장수들은 그의 아들 좌몽경左

夢庚을 수장으로 추대하고 계속 동진하다가 마사영과 완대성이 동원한 황득공과 대치하던 중 강북에서 청나라 팔기군이 대거 남하하자 제대로 싸워보지도 못한 채 청군에 투항하고 말았다. 얼마 후 을유년 4월 25일 양주가 함락되고 5월 15일 결국 남경이 청군에게 점령되고 말았다.

6) 진회의 명기들

공상임은 진회秦淮의 명기들에 대해서도 극중 필요에 따라 예술적인 처리를 가하였다. 명나라 유민 여회余懷의 『판교잡기板橋雜記』 등의 문헌에 의하면, 〈도화선〉에 등장하는 진회 기생들의 실상은 다음과 같다.

이향군은 실제의 이름이 이향李香으로 체구는 왜소하지만 살결이 옥처럼 고운데다가 슬기롭고 애교가 넘쳐서 사람들이 '향기로운 부채추[香扇墜]'라고 불렀다. 그녀는 열세 살 때부터 소주 출신으로 극중에서 '소곤생蘇崑生'으로 등장하는 주여송周如松으로부터 노래를 배워 탕현조의 '사몽四夢'에 능했고 특히 〈비파기琵琶記〉에 정통했다고 한다. '개가 종용拒媒'에서도 잠시 언급되지만, 그녀가 당시 회양순무淮陽巡撫이던 전앙田仰의 부름을 거부한 일은 유명하다. 후방역이 피신한 후 전앙이 삼백 금을 내고 그녀를 불렀으나 "전공께서 완공과 무엇이 다릅니까? 제가 여태껏 후공자로부터 칭찬받는 이유가 무엇입니까? 지금 그 돈을 바라고 댁으로 달려간다면 그것은 쇤네가 후공자를 파는 짓입니다![田公豈異於阮公乎? 吾向之所讚於侯公子者何? 今乃利其金而赴之, 是妾賣侯公子矣]" 하면서 끝내 부름에 응하지 않았다. 그녀는 나중에 궁궐에서 공연할 배우로 차출되었으나 남경성이 함락당할 때 홀몸으로 피신했다가 나중에 변옥경에게 몸을 의탁하여 일생을 마쳤다고 한다.

이정려李貞麗는 자가 담여淡如로 서화에 능했으며 『흠방집歆芳集』을 지었다. 그녀는 제법 품격을 갖춘 명기로 진정혜처럼 당대의 명사들과 교

류했으며, 돈 씀씀이도 상당히 호탕한 여장부였다고 한다. 그녀의 수양
딸인 이향군이 진회의 기생들 중에서 가장 정치적 안목이 높았던 것은
동림당 및 복사 인사들과 교류했던 이정려의 영향을 받았기 때문이었다.

변옥경卞玉京은 실제의 이름이 변새卞賽, 자가 운장雲裝으로 나중에 도
사가 되어 스스로를 '옥경도인玉京道人'으로 불렀다. 그녀는 학식이 있고
난초를 잘 그렸으며 거문고 연주에도 뛰어났다고 한다. 기록에 따르면,
꾸미는 것을 좋아하지 않던 그녀는 거처가 티끌 하나 없을 정도로 청정
했으며 아무 손님이나 함부로 받지 않았다고 한다. 만년에는 따로 거처
를 마련하고 혀를 찔러 그 피로 『법화경法華經』을 베낄 정도로 독실하
게 불도를 닦았다고 한다.

구백문寇白門은 실제의 이름이 구미寇湄 자가 백문白門으로 아름답고
풍류가 넘쳤다고 한다. 음악에도 조예가 있고 난초를 잘 그렸으며 시에
도 능했던 그녀는 열여덟 살 무렵 보국공保國公의 소실로 갔다가 갑신년
의 변고로 형편이 나빠진 보국공에게 천금을 내고 인신의 자유를 얻어
남경으로 돌아와 기방을 열고 문인들과 교류했다고 한다.

桃花扇

도화선 소인桃花扇小引

전기(傳奇1))는 하찮은 기예라고는 하지만 시詩·부賦·사詞·곡曲·사륙四六2)·소설小說 등 아우르지 않은 체재가 없을 정도이다. 인물을 묘

---

1) 전기傳奇 : '신기하여 전할 만한 가치를 가진 이야기' 또는 '신기한 이야기를 전한다'라는 뜻이다. 당대唐代의 배형裵鉶은 소설 여섯 권을 짓고 이를 '전기傳奇'라고 명명했는데, 이때부터 당대의 소설을 '전기'라고 부르게 되었다. 그 후로 전기라는 명칭의 내용은 부단히 변화하여, 명청대明淸代 이후로는 일반적으로 남곡南曲을 위주로 하는 장편 희곡을 의미하는 용어로 정착되었다. 중국의 문인들은 전통적으로 '정통문학'으로 간주되어 온 시나 고문을 숭상하는 반면, 희곡이나 소설 같은 통속문학을 '하찮은 기예[小道]'로 경시하는 경향이 있었다.

2) 사륙四六 : 사륙문四六文은 네 자와 여섯 자로 이루어진 구절들을 통하여 대구·음률·전고·문사의 아름다움을 추구하는 산문 형식. 마차를 끄는 한 쌍의 말이나 부부처럼 가지런하게 구성된 글이라는 뜻에서 일반적으로 '변려문駢儷文'이라고 불린다. 중국에서는 동한東漢 말부터 대구가 많이 사용되기 시작하고, 위진魏晉에 이르러 이러한 경향이 더욱 뚜렷해진다. 남북조에 이르러서는 유미주의·형식주의의 문학이 성행하여 내용보다는 형식의 아름다움을 추구하는 분위기가 압도하여 문학작품은 물론이고 조서詔書·장표章表·서간書簡 또는 학술저서 등과 같은 비문학적인 글들조차 모두 사륙문으로 쓰여질 정도였다. 사륙문은 외형적인 형식미를 지나치게 추구하는 까닭에 내

사하고 경물을 꾸미는 데에 이르러서는 바로 회화의 경계까지 아우르고 있다고 할 것이다. 그 종지는 실로 '삼백편三百篇'3)에 뿌리를 두고 있으되 의의는 『춘추春秋』에, 글을 쓰고 문장을 짓는다는 점에서는 또 『좌전左傳』, 『국어國語』, 태사공太史公의 『사기史記』에 뿌리를 두고 있어, 세상에 경종을 울리고 풍속을 고치며 성현의 법도를 기리고 군왕의 교화를 보좌하기에는 가장 가깝고도 적절한 셈이니, 지금의 음악이 옛적의 음악과 같다고 한들 어찌 믿지 않을 수 있겠는가? 〈도화선桃花扇〉이라는 작품이 다루고 있는 것은 모두가 남조南朝4)에서 얼마 전에 있었던 일들로, 여기에 관련된 어르신들 중에는 아직 살아 계신 분도 계시다. 무대 위에서의 가무나 극장 밖에서의 지적들을 통하여, 명나라 왕조 삼백 년의 국권이 누구 때문에 망쳐지고 무슨 사유로 상실되었으며 언제 사라지고, 어디에서 멈추게 되었는지 알고 나면, 보는 이로 하여금 가슴이 뭉클해져 눈물을 흘리게 만들 뿐만 아니라 사람의 마음까지 스스로 경계할 수 있으니 어지러운 세상을 헤쳐 나갈 수 있는 하나의 방책이 될 수 있으리라. 이 작품은 내가 벼슬길에 나서기 전 산 속에 머물며 제법 여가가 많던 시기에 그간 사람들 입에 오르내리던 소문들을 두루 수집하고 거기에 음악을 입히며, 한 마디 한 글자마다 온 심혈을 다 기울여 완성해 내었다. 이에 그것을 들고 도성을 거닐면 빌려 읽는 이는 많아도 한 마디 한 글자에까지 관심을 기울이며 끝까지 읽어 주는 이는 없어서 번번이 가슴을 쓸어내리며 큰 한숨을 쉬다 보니 하마터면 그것을 태워 없애버릴 뻔하기까지 하였다. 돌이켜 생각해 보면 천하는 크기도

용이 상대적으로 공허하고 빈약하게 되어버려 문학적으로 높은 가치를 지닌 것은 찾기가 쉽지 않다. 유명한 것으로는 공치규孔稚圭의 「북산이문北山移文」, 유협劉勰의 『문심조룡文心雕龍』, 종영鍾嶸의 『시품詩品』 등이 있다.

3) 삼백편三百篇 : 『시경詩經』을 가리킨다.

4) 남조南朝 : 원래 5세기 초부터 6세기 말까지 중국 화북華北지방에서 다섯 북방민족[五胡]이 세운 왕조인 북조北朝와 대조적으로, 그 북방민족에게 밀려 강남江南으로 이주한 한족漢族이 세운 왕조들을 말하지만, 이 극에서는 명나라 멸망 직후에 남경南京에 세워진 '남명南明 왕조'를 가리키는 말로 주로 사용되고 있다.

하거니와 후세는 아득히 많이 남아 있으니 어찌 초동焦桐 거문고의 진
가를 알아 줄 중랑中郎이 없을 리가 있겠는가?5) 내 잠시 그것을 기다려
볼 따름이다.

강희康熙연간 기묘己卯6)년 삼월

운정산인雲亭山人7)이 쓰다

---

5) 초동焦桐 거문고~ : 동한東漢시대에 오동나무가 불 속에서 터지는 소리를 듣고 있던
  문인 채옹蔡邕은 그것이 거문고를 만들기에 좋은 재료임을 깨닫고 그것을 꺼내어 거문
  고를 만들었는데, 그 거문고 끝부분에 불에 탄 흔적이 남아 있어서 그것을 '초동焦桐'
  이라고 불렀다고 한다. 이 부분은 머지않아 〈도화선〉의 진가를 알아줄 사람이 나타날
  것이라는 뜻으로 한 말이다. '중랑中郎'은 채옹을 말하는데, 한나라 헌제[漢獻帝] 때에
  좌중랑장左中郎將으로 제수되었기 때문에 그 후로 '채중랑蔡中郎'으로 불리기도 하였다.
6) 기묘己卯 : 강희 38년 즉 서기 1699년.
7) 운정산인雲亭山人 : 작자 공상임孔尙任의 별호別號.

도화선 소지桃花扇小識

'전기傳奇'라는 것은 기이한 일을 전하는 것이니 일이 기이하지 않으면 전하지 않는 법이다. 대관절 도화선桃花扇(복사꽃 부채)이 무엇이 기이하다는 말인가? 기생의 부채며 탕아의 시며 풍류객의 그림 따위는 모두가 고상하지 못한 일이다.[1] 자신을 사랑하는 이를 위하여[2] 기꺼이 얼굴을 칼로 그어 절개를 맹세하는 것도 자잘한 일이요, 남녀가 서로 희롱하며[3] 핏방울로 꽃을 그려낸 것도 가벼운 일이며, 사사로운 물건으로 사

---

1) 기생의 부채며~ : 여기에서 '기생'은 이향군李香君을, '탕자'는 후방역侯方域을, '풍류객'은 양문총楊文聰을 각각 가리킨다. 이 세 인물에 대해서는 본문의 각주를 참조할 것. 부채에 시를 쓰고 그림을 그린 일에 관해서는 본문의 네 번째 대목 '공연 염탐偵戲'과 스물두 번째 대목 '바꿔치기守樓' 부분을 참조할 것.

2) 자신을 사랑하는 사람을 위하여 : 한대의 역사가 사마천司馬遷이 쓴 「보임안서報任安書」의 "선비는 자신을 알아주는 사람을 위하여 일하고, 여인은 자신을 사랑하는 사람을 위하여 단장한다[士爲知己者用, 女爲悅己者容]" 부분을 차용한 것이다.

3) 남녀가 서로 희롱하며 : 『시경詩經』의 「정풍鄭風·진유溱洧」편의 시구를 차용한 것으로, 남녀가 서로 희롱하는 것을 가리키는 말이다.

랑을 토로하고 은밀한 편지로 믿음을 전하는 것 또한 외설스러운 일이 니 들먹일 만한 일이 못된다. 그런데 도화선이 무엇이 기이하다는 말인 가? 그것이 기이하지 않으면서도 기이한 것은 바로 부채 그림 속의 복사 꽃 때문이다. '복사꽃'이란 미인의 핏자국을 말하고 '핏자국'이란 정절 을 지키고 혼인을 기약하면서 머리를 깨고 선혈을 뿌려서라도 권세를 가진 간신배에게 능욕당하지 않으려 한 일을 두고 한 말이다. 또, '권세 를 가진 간신배'란 내시 위충현魏忠賢의 잔당4)을 말하며, '잔당'이란 연 극과 여색을 바치고 재화와 이익을 끌어 모으며 도당을 만들고 보복을 하느라 삼백 년이나 이어온 명나라 제왕의 기틀을 망친 자를 두고 하는 말이다. 제왕의 기틀이 존재하지 않는데, 권세 가진 간신배인들 어디 존 재할 수 있겠는가? 그러니 오로지 미인의 핏자국과 부채 그림 속의 복사 꽃만 사람들 입에 자자하고 사람들 눈에 역력한 것이다. 이것이야말로 기이하지 않으면서도 기이한 일이요 전해야 하는 것은 아니지만 전할 만한 일인 것이다. 미인의 얼굴인가? 복사꽃인가? 비록 수백·수천 년의 세월을 거치면서 진홍빛으로 서로를 비추는 모습을 보고 복숭아나무 심 은 도사 자취를 묻는다 해도 어디로 돌아갔는지 알지 못할 것이다.5)

강희康熙연간 무자戊子6)년 삼월
운정산인이 흥에 겨워 적다

---

4) 위충현魏忠賢의 잔당 : 여기서는 마사영馬士英과 완대성阮大鋮을 가리킨다.
5) 미인의 얼굴인가? 복사꽃인가?~ : 당대의 시인 유우석劉禹錫의 「재유현도관再遊玄都觀」
  시의 "복숭아나무 심은 도사는 어디로 돌아가셨나? 지난번의 유서방님이 이번에 또 오
  셨거늘[種桃道士歸何處? 前度劉郎今又來]" 부분을 차용한 것으로, 작자의 생명은 유
  한하지만 〈도화선〉의 이야기는 오래도록 전해질 것이라는 의미로 한 말이다. 여기에서
  '복숭아나무 심은 도사'는 작자 공상임을 두고 한 말이다.
6) 무자戊子 : 강희 47년 즉 서기 1708년.

도화선 본말桃花扇本末

일가 형님 되시는 방훈공方訓公1)은 숭정崇禎2)연간 말기에 남부조南部曹3)에서 벼슬을 하셨는데, 내 장인이신 진광의秦光儀선생께서 역시 그 분의 친척이 되신다. 장인께서 난리를 피해 그 분에게 의지하여 삼년 동

---

1) 방훈공方訓公 : 공상임과 같은 항렬인 공상칙孔尙則을 가리킨다. 공상임의 『궐리신지闕里新誌』에 따르면, "(공)상칙은 자가 의지 또는 준지이며 호가 방훈[(孔)尙則, 字儀之, 又字準之, 號方訓]"이라고 하는데, 명 천계天啓 연간의 거인擧人, 숭정崇禎 연간의 진사進士 출신으로, 숭정 말년부터 낙양지현洛陽知縣·전초지현全椒知縣·형부주사刑部主事·광서사원외랑廣西司員外郎 등의 벼슬을 역임하였다.
2) 숭정崇禎 : 명나라의 마지막 황제 사종思宗의 연호로, 1628~1643년에 해당한다.
3) 남부조南部曹 : '부조部曹'는 일반적으로 북경의 각급 부사部司에서 봉직하던 관리를 가리키는 데에 비하여, '남부조'는 남경의 정부 관리를 의미한다. 명나라는 성조成祖가 북경으로 천도한 이래로 남경을 유사시를 대비한 제2의 수도라는 의미로 '유도留都'로 정하고, 북경과 동일한 행정체제를 갖추었다. 그러나 남경의 관리들에게는 실권은 주어지지 않고 명목상의 직함만 부여될 뿐이어서, 명대 관계에서 남경의 벼슬은 한직을 의미하였다. 여기에 소개된 남부조의 벼슬이란 복왕(홍광제)이 감국監國을 맡은 후에 공상칙이 형부刑部에서 거친 주사主事·원외랑員外郎·낭중郎中 등의 벼슬을 가리키는 것으로 보인다.

안 객지에서 지내시면서 홍광弘光4) 황제 당시의 사적들을 소상하게 알게 되셨고, 귀향하신 후에는 내게 수차에 걸쳐 그 이야기를 들려주셨는데, 여러 필자들의 패관稗官 잡기들을 통해 고증해 보아도 다른 점이 없는 것으로 보아 아마도 실제로 있었던 일들인 듯하다. 다만 향군 얼굴의 피가 부채에 튀고 양용우楊龍友가 그림붓으로 그것을 꾸민 일화는 양용우의 시동이 방훈공에게 전한 이야기여서 다른 책에서는 보이지 않지만, 그 일이 신기하고도 전할 만한 것이었다. 이 〈도화선桃花扇〉이라는 희곡도 여기에서 영감을 얻어 짓게 된 것이니, 따지고 보면 남쪽 조정─남명南明의 흥망사가 이렇게 해서 마침내 복사꽃 부채로 연결되는 셈이다.

나는 벼슬길에 나서기 전에는 이 전기傳奇를 지으려 할 때마다 내 견문도 넓지 못하고 권위 있는 역사서와도 상치되는 바가 있을까 싶어 잠자리에서 일어나 흥얼거리면서 가닥만 잡아놓았을 뿐, 사실 구체적인 내용은 제대로 꾸미지 못하고 있었다. 그러면서도 가까운 벗에게는 "내게 〈도화선〉 전기가 있는데 아직은 베개 속에 비장해 놓고 있다"5) 하고 자랑하고는 하였다. 그러다가 양식을 구하러 도성에 갔을 때6) 동료들과 술자리를 가질 때마다 틈틈이 그 일을 언급하고는 했었다. 다시 십여 년이 흘러 이제는 그런 흥도 다 식었나 보다 하고 여기고 있던 차에, 하루는 소사농少司農7) 전류하田綸霞8) 선생이 도성에 오셨다가 뵈올 적마

---

4) 홍광弘光 : 명나라 말기에 복왕福王 주유숭朱由崧은 이자성李自成의 농민군이 북경을 함락시키고 숭정제가 자결하자 남경에서 황제로 즉위하고 연호를 '홍광'으로 바꾸었는데, 재위기간은 일 년에 불과하였다.

5) 베개 속에 비장해~ : 전설에 따르면, 한나라의 회남왕淮南王에게는 신선이 귀신을 부리고 황금을 만드는 술법을 기록한 『홍보원 비서鴻寶苑秘書』라는 책이 있었는데, 이 사실이 누설될까 우려하여 늘 베개 속에 몰래 감추어 놓았다고 한다. 여기서는 〈도화선〉이 아직 공개되지 않은 것을 두고 한 말이다.

6) 양식을 구하러 도성에 갔을 때[索米長安] : 상경하여 벼슬을 구한 일을 두고 한 말. 공상임의 「출산이수기出山異數記」에 따르면, 그는 강희康熙 24년(1685)에 상경하여 벼슬살이를 했다고 한다.

7) 소사농少司農 : 사농司農은 한대의 구경九卿 중 하나로, 재정과 곡물 관련 업무를 담당하였다. 그 후로 그 직무는 각 왕조에서 기본적으로 그대로 계승되다가, 청대에 이르

다 꼭 손을 잡으시면서 좀 보여달라고 부탁하시는 것이었다. 내가 어쩔수 없이 등불을 밝혀가며 가사를 써서 그 분 부탁을 들어드리겠다는 일념으로 초고를 세 번이나 고치고 나서야 마침내 탈고하니, 그때가 대략 기묘년己卯年9) 유월쯤이었다.

그 전에는 〈소홀뢰小忽雷〉라는 전기를 한 편 갖고 있었는데 그 내용이라는 것이 전부 고천석顧天石이 대신 가사를 써 준 것이었다. 나도 궁조宮調10)를 좀 알기는 했지만 노래를 부를 사람들 입에 맞지 않을까봐 걱정이 이만저만이 아니었다. 〈도화선〉을 짓겠다는 결심을 굳혔을 때에는 천석이 이미 도성을 떠난 후였던 것으로 생각되는데, 마침 오중吳中의 왕수희王壽熙라는 분이 정계지丁繼之의 벗이어서 홍란주인紅蘭主人11)의 부름을 받아 도성에 머물며 주야로 왕래하던 차에 내게 노래책의 투수套數12)를 보여주는 것이었다. 그때 음률을 잘 아는 배우가 마침내 악보에 맞추어 가사를 짓게 되었는데, 곡이 하나 완성될 때마다 꼭 장단에 맞추어 노래를 불러 보고 조금이라도 어색한 부분이 있으면 바로 수정을 가

러 호부戶部에서 조은漕銀과 전부田賦를 관리하게 되면서 호부상서를 대사농大司農, 호부시랑을 소사농少司農으로 부르기도 하였다.

8) 전륜하田綸霞 : 청대 강희 연간에 호부시랑戶部侍郎을 지낸 전문田雯은 자가 윤하綸霞, 호가 산강山薑으로 산동 덕주德州 사람이다. 강희 연간 진사進士 출신으로, 벼슬이 호부시랑에 이르렀고, 저서로는 『고관당집古觀堂集』이 있다.

9) 기묘년己卯年 : 강희 38년. 서기로는 1699년에 해당한다.

10) 궁조宮調 : 악곡의 음조를 가리키는 말. 전통적으로 그것의 차이가 성조의 높낮이의 기준이 되었다. 여기에서 '궁宮'은 황종黃鐘·대려大呂 등을 가리키며, '조調'는 대석大石·반섭般涉 등을 가리킨다.

11) 홍란주인紅蘭主人 : 안화친왕安和親王 악락岳樂의 아들 악단岳端을 가리킨다. 악단은 자가 정자正子 또는 겸산兼山, 호가 옥지생玉池生이며, 홍란주인은 별호이다. 일찍이 근군왕勤郡王으로 책봉되었는데 시사詩詞에 능했으며 저서로는 『옥지생고玉池生稿』, 『양주몽揚州夢』 등이 있다. 근대의 희곡학자 오매吳梅의 『고곡주담顧曲麈談』에 따르면, 절강 호주湖州의 악단은 손님을 반기고 사곡詞曲을 좋아하여, 왕수희王壽熙·고악정顧岳亭 등의 한량들이 모두 그의 막부幕府에 있었으며, 공상임도 이들과 음률을 논하면서 〈도화선〉을 완성했다고 한다.

12) 투수套數 : 중국 가곡의 구성 방식. 일반적으로 동일 궁조宮調에 속하는 둘 이상의 곡패曲牌를 서로 연결하여 한 벌의 가곡을 구성한다.

한 덕분에 극본을 통틀어 생경한 문제 같은 것은 찾아볼 수 없었다.

〈도화선〉 희곡이 완성되자 왕공·사대부들이 서로 경쟁적으로 빌려다 필사하는 바람에 당시에는 "종이 값이 올랐다"13)는 찬사가 다 나올 정도였다. 을묘년乙卯年 추석秋夕에는 내시內侍가 〈도화선〉 극본을 급하게 부탁한 일이 있었는데, 내 원본이 어디로 흘러갔는지 모르고 있었기 때문에 평주중승平州中丞 장공張公14) 댁에서 한 권을 구해 한밤중에 그것을 직저直邸15)로 들여보내면서 마침내 궁내에까지 들어가게 되었다.

기묘년己卯年 섣달 그믐날 밤에는 총헌總憲 이목암李木庵16)공이 사자를 보내 세뱃돈을 전하는 길에 화롯가에서 안주 삼아17) 볼거리로 〈도화선〉을 구하시더니 새해의 등절燈節18)에 벌써 배우까지 사서 공연을 하는 것이었다. 그 극단은 이름이 '금두金斗'로 원래 상국相國19) 이상북

---

13) 종이 값이 올랐다 : 진晉나라의 문학가 좌사左思가 십 년 세월이 지나 「삼도부三都賦」를 완성하자, 당시 사람들이 저마다 앞 다투어 종이를 사서 베끼려 하는 바람에 낙양洛陽의 종이 값이 크게 올랐다고 한다. 여기서는 글을 잘 써서 사람들로부터 환영받는 것을 두고 한 말이다.

14) 평주중승平州中丞 장공張公 : 장민張敏은 자가 경지敬止로 요녕遼寧 요양현遼陽縣 사람이다. 청나라 팔기八旗의 정황기正黃旗 출신으로 일찍이 산동포정사山東布政使·절강순무浙江巡撫 등의 벼슬을 지냈다. 청대에는 명대의 '순무'를 '중승'으로 불렀다. 또, 『대청일통지大淸一統志』에 따르면, 요양 사람들은 요양현 동쪽 45리 지점에 소재한 보루를 '평주平州'로 불렀다고 한다.

15) 직저直邸 : 황실을 모시는 관저. 여기에서 '직直'은 모신다는 의미이다.

16) 이목암李木庵 : 이름이 남枏 자가 목암木庵으로 하북 홍화興化 사람이다. 강희 연간에 벼슬이 도찰원都察院의 최고위직인 좌도어사左都御史에 이르렀다. 도찰원은 국가의 기강을 총괄하는 기관이기 때문에 '총헌總憲'으로 부르기도 하였다.

17) 안주[下酒之物] : 북송北宋의 시인 소순흠蘇舜欽은 장인 두연杜衍의 집에 기식할 때 매일 저녁마다 책을 읽으면서 술을 마셨다. 한번은 『한서漢書』「장량전張良傳」까지 읽었을 때 연거푸 술잔을 비웠더니 두 연이 그 모습을 보고 웃으면서 "그런 안주라면 한 말을 마셔도 모자라겠다"고 했다고 한다.

18) 등절燈節 : 음력 정월 대보름인 '원소절元宵節'을 말한다. 옛날에는 연말이 되면 집집마다 문 앞에 등불을 내걸어 조명을 하는 것은 물론 명절 분위기를 돋우었다. 섣달그믐부터 정월 대보름까지 펼쳐지는 많은 민속활동은 등불과 연관되어 있는 경우가 많은데, 원소절에도 사람들은 '원소元宵'를 먹으면서 등불을 감상했다고 한다.

19) 상국相國 : 관직 이름. 춘추시대에 제나라 경공[齊景公]이 좌상左相과 우상右相을 두면서 상相은 제나라 경대부卿大夫의 세습직이 되었으며, 그 후로 다른 제후국에서도 이를

李湘北20)선생 댁에서 비롯되었는데, 그 명성이 당대에 자자했으며 '남경 귀환' 대목을 노래하는 데에는 특히 탁월한 재주를 선보였다.

경진년庚辰年21) 사월은 이미 벼슬에서 물러난 후였지만 목암선생은 나를 초대하여 〈도화선〉을 보게 되었다. 이때 한림원翰林院과 각 부部에서 여러 대감들이 다 모였는데 상석을 내게 양보하고 배우들에게 명하여 번갈아 술을 올리게 하면서 내게 감상 소감을 부탁하였다. 좌중의 귀빈들이 연신 혀를 차며 찬탄해 마지않는 지라, 이에 상당히 뿌듯한 자부심을 느꼈다.

도성에서 〈도화선〉 공연은 일 년 동안 하루도 쉴 날이 없었다. 그 중에서도 유독 기원寄園22) 한 곳이 가장 성황을 이루어 당대의 고관대작과 문장가들이 줄줄이 모여들어 발 디딜 틈조차 없을 정도였는데, 하사했다 하면 비단과 자수가 하늘과 땅을 뒤덮고 늘어놓았다 하면 금은과 보화가 산과 바다를 이룰 지경이었다. 배우는 두 조를 선발하되 우수한 조에게 정색正色을 맡기고 굼뜬 조에게는 잡각雜脚을 맡겼는데,23) 체말砌抹24)로 사용되는 물건들까지 손 닿는 것마다 넉넉하게 쓰지 않는 것이 없었다. 배우들도 그 후한 하사품에 감복하여 최선을 다해 열연을 펼치니 소리와 감정이 모두 다 절묘하게 어우러졌다. 주인은 고양高陽

모방하여 상국相國·상방相邦·승상丞相 등의 이름으로 설치하였다. 다만 초楚나라는 전국시대 내내 따로 재상을 두지 않고 여전히 영윤令尹을 최고직으로 두었다. 한나라 때에는 먼저 승상을 두었다가 나중에 상국으로 개칭하였다. 이후로는 실질적으로 재상의 직책을 수행하는 관리에 대한 존칭으로 사용되는 경우가 많아졌으며, 명청대에는 내각대학사內閣大學士에 대한 존칭으로 사용되었다.

20) 이상북李湘北 : 이천복李天馥은 자가 상북湘北으로 강소성 합비合肥 사람이다. 강희 연간에 벼슬이 이부상서吏部尚書·무영전학사武英殿學士에 이르렀다. 그의 고향인 합비에는 금두하金斗河라는 강이 있는데, 그가 개인적으로 육성한 극단인 금두반金斗班은 이 강의 이름에서 따온 것이라고 한다.

21) 경진년庚辰年 : 강희 39년. 서기 1700년을 말한다.

22) 기원寄園 : 청대 초기의 재상 이위李霨의 별장으로, 북경 하사가下斜街에 있었다고 한다.

23) 정색正色·잡각雜脚 : 정색은 극중에서 주인공을 맡는 정생正生·정단正旦 등의 주역을, 잡각은 보조역을 맡는 단역을 가리킨다.

24) 체말砌抹 : 극 중에서 사용되는 도구를 나타내는 연극용어로, '砌末'로 쓰기도 한다.

상공相公25)의 손자로, 시와 술에 있어 그 풍류가 실로 당대의 왕씨王
氏・사씨謝氏라고 할 만 했던 터인지라 물심양면으로 아끼지 않고 그 자
리를 위해 호탕하게 인심을 썼다. 그런데 음악이 화려하게 연주되는 자
리에서 때로 소맷자락으로 얼굴을 가린 채 외로이 앉아 있는 이들은 바
로 명나라의 옛 신하와 유민들로서 등불이 꺼지고 술이 바닥날 즈음이
되자 한숨만 쉬다가 자리를 떠나는 것이었다.

　초楚 땅의 용미容美26)는 첩첩 산 속에 자리 잡아 근접하기조차 어려
울 정도로 가로막혀 있으니 바로 옛날의 도원桃源27)이다. 그 고을 수령
전순년田舜年28)이 시서詩書를 꽤나 좋아하여, 내 지인인 고천석顧天石이
유자기劉子驥의 소망29)을 품고 마침내 그곳을 찾았다가 그를 예방하고
몇 달 머물면서 대단한 예우를 받았다. 연회를 열 때마다 늘 그 댁 가희
歌姬에게 〈도화선〉 음악을 연주하게 했는데, 또한 아름다워서 즐길 만하
기는 했지만 누가 그것을 전한 것인지는 알 수 없었다. 어쩌면 계림鷄林
상인30)이 아니었을까?

　병술년丙戌年31)에는 내가 수레를 몰고 항산恒山32)에 갔다가 상사였던

---

25) 고양高陽 상공相公 : 고양 사람인 이위李霨는 순치順治 연간의 진사 출신으로, 태자태
　　사太子太師・호부상서戶部尙書・보화전학사保和殿學士 등의 벼슬을 역임하였다.
26) 용미容美 : 지금의 호북성湖北省 학봉현鶴峰縣. 원대와 명대에 차례로 이곳에 용미선무사
　　容美宣撫司를 두었으며, 청대에 이르러 비로소 학봉주鶴峰州로 불리게 되었다. 이 글에서
　　작자는 이곳이 사방이 가로막힌 첩첩 산중임을 염두에 두고 '동굴[洞]'로 부르고 있다.
27) 도원桃源 : 진대의 시인 도연명陶淵明이 지은 「도화원기桃花源記」에 따르면, 어떤 어부
　　가 길을 잃고 잘못해서 도화원으로 들어가게 되었는데, 그 안에 별천지가 있었고 그
　　곳 주민은 모두 진秦나라 때 피난 온 사람들의 후손으로 아주 평화롭고 즐거운 생활을
　　영위하고 있었다고 한다.
28) 전순년田舜年 : 자가 구봉九峰으로 청대 초기에 호북 미용의 토사土司로 있었으며, 저
　　서로는 『백록당집白鹿堂集』, 『용양세술록容陽世述錄』 등이 있다.
29) 유자기劉子驥의 소망 : 도연명의 「도화원기」에 따르면, 도화원을 나온 어부가 다시
　　그 곳을 찾아가려 했지만 도무지 길을 찾을 수가 없었다. 이에 남양南陽 땅에 살던 선
　　비 유자기가 직접 찾아 나섰다가 머지않아 병을 얻어 죽었다고 한다.
30) 계림 상인[鷄林之賈] : 『당서唐書』「백거이전白居易傳」에 따르면 당대에 신라新羅 계림
　　鷄林(경주慶州)의 상인이 백거이의 시를 수집하여 신라의 재상에게 거금을 받고 팔았는
　　데, 그 재상은 그 속에 끼인 위작을 가려낼 정도로 문학에 조예가 깊었다고 한다.

유우봉劉雨峰공을 뵈었는데 그 군의 태수太守로 계셨다. 그때 마침 여러 동료들을 초대하여 잔치를 벌이던 참이었던지라 나를 붙잡아두고 〈도화선〉 공연을 보게 해 주었는데, 이틀 동안 구성진 가락이 절정을 이루었다. 그의 동료들은 그것이 내가 지은 작품이라는 사실을 알고는 앞 다투어 술을 권하며 장수를 기원하는 것이었다. 그래서 내 뜻에 미흡한 구석이라도 보이면 극단장을 불러 즉석에서 바로잡아 주었다.

고천석은 내 〈도화선〉을 읽은 후 각색하여 〈남도화선南桃花扇〉으로 개명하고 생生과 단旦이 그 자리에서 재결합하는 것으로 수정하여 보는 이들의 눈을 즐겁게 해 주었다. 그 문채가 세련되고 깊이가 있어서 임천臨川33)에 필적할 정도인데다 내 부족함을 보완하여 졸지에 나를 몹쓸 사람으로 만들어 놓기는 했지만, 내 어찌 그런 자리인들 마다할 리가 있겠는가?34)

---

31) 병술년丙戌年 : 강희 45년. 서기 1706년에 해당한다.

32) 항산恒山 : 중국의 오악五嶽 중 하나인 북악北嶽을 가리킨다. 주봉은 하북성 곡양현曲陽縣에 자리 잡고 있다.

33) 임천臨川 : 명대의 유명한 극작가인 탕현조湯顯祖(1550~1616)를 말한다. 탕현조는 자가 의잉義仍 호는 약사若士이며, 강서江西 임천臨川 사람이다. 그는 어려서 태주학파泰州學派의 대가인 나여방羅汝芳을 사사했고, 융경隆慶 5년(1571)부터 네 번이나 과거에 도전했지만 재상 장거정張居正의 회유를 거절한 까닭으로 번번이 낙선하였다. 만력萬曆 11년(1583)에 드디어 진사가 된 그는 이듬해 가을에 남경태상시의 박사南京太常寺博士로 임명되었으며 차례로 첨사부 주부詹事府主簿, 남경예부 사제사 주사南京禮部祠祭司主事 등의 벼슬을 거쳤지만 조정을 공격했다 하여 광동廣東 서문현徐聞縣의 전리典吏로 좌천되었다. 만력 21년(1593)에 절강浙江 수창현遂昌縣 지현知縣으로 임명되었으나 오년 후에 사임하고 낙향하여 창작에 몰두하였다. 〈모란정牡丹亭〉을 위시하여 〈한단몽邯鄲夢〉, 〈남가기南柯記〉, 〈자차기紫釵記〉 등, 꿈을 모티브로 하여 창작한 총 네 편의 전기傳奇작품은 '임천사몽臨川四夢'으로 불려지며 당시와 후세의 문단에 큰 영향을 주었다.

34) 내 부족함을 보완하여~ : 전통적으로 아시아 특히 중국의 고전극에서는 남녀 주인공이 온갖 시련과 고난을 극복하고 재결합하여 부귀영화를 누리는 식의 '대단원大團圓' 또는 '해피 엔드Happy-end'로 극을 마무리하는 것을 미덕으로 삼아 왔다. 그런데 공상임의 원작 〈도화선〉은 후방역과 이향군 두 주인공이 만명 왕조의 멸망으로 진리를 깨우치고 각자 종교에 귀의하는 것으로 마무리하였다. 모르긴 몰라도 당시 '대단원'식의 행복한 결말에 익숙해 있던 독자 / 관중들에게 이 같은 비극적 결말은 도저히 받아들일 수 없는 상황이었을 것이다. 그래서 이러한 결말에 불만을 느낀 고천석이 두 주인공이 행복하게 재결합에 성공하는 것으로 결말부를 수정한 〈남도화선〉을 선보이게

〈도화선〉을 읽는 분을 위하여 머리말과 발문을 써서 지금 이미 앞뒤로 수록해 놓았다. 또 비평과 시가도 안배해서 각 대목의 문구에 대한 촌평은 쪽머리에 배치하고 총평은 끝머리에 두어 내 마음을 헤아리는 데에 백에 하나도 놓치는 일이 없도록 해 놓았다. 이 모두가 빌려 읽은 독자들이 붓 가는 대로 적은 것이 지면을 가득 채운 것으로, 이미 누구 손에서 지어진 것인지 알 수 없을 정도가 되었지만 이제 그것을 모두 남겨 둠으로써 지기知己들의 애정에 보답하고자 한다. 증답시들의 경우는 이미 상자에 차고도 넘쳐서, 훌륭해도 다 수록할 수 없을 정도이므로 따로 전집에 수록할 날을 기다리기로 하였다. 어쨌든 이런 과정을 거쳐 〈도화선〉의 필사본은 오래되고 닳아서 거의 알아볼 수조차 없게 되어 버렸다.

진문津門35)의 동자촌佟蔗村이라는 사람은 시인으로, 월동粤東의 굴옹산屈翁山36)과 절친한 사이여서 옹산이 남긴 아들을 자신의 집에서 양육해 주었다. 동씨는 그 아이에게 혼처까지 중매해 주는 등, 친자와 다를 바가 없을 정도로 대해 준 까닭에 세상에서 그를 의롭게 여기는 사람이 많았다. 한번은 그가 동로東魯37)를 유람하던 중 내 집을 지나다가 필사본을 요청해 몇 줄을 읽기도 전에 찬탄해 마지않으면서 선뜻 주머니에서 오십 냥을 내놓더니 각서공刻書工에게 맡기자고 제안하는 것이었다. 그 작업이 완성될 날을 따져 보면 백 리 길38)에서 반을 왔다고 하기에

<hr>

된 것이다. 여기서 '몹쓸 사람'이란 공상임이 두 주인공에게 비극적 결말을 안겨준 자신에 대한 세간의 평판을 염두에 두고 한 말로 보인다.

35) 진문津門 : 지금의 천진시天津市를 가리킨다.

36) 굴옹산屈翁山 : 청대 초기의 시인이자 교육가인 굴대균屈大均(1630~1696)은 자가 옹산翁山으로 광동 번우番禺 사람이다. 명대 말기에 제생諸生이 되었다가 명나라가 멸망하자 삭발을 하고 불가에 귀의하였다. 중년에 이르러 환속한 그는 시에 뛰어나 진공이陳恭伊·양패란梁佩蘭과 함께 '영남의 세 대가[嶺南三家]'로 일컬어졌다. 저서로는 『옹산시외翁山詩外』「문외文外」, 『시략詩略』, 『광동신어廣東新語』 등이 있다.

37) 동로東魯 : '로魯'는 산동山東 태산泰山 일대를 부르는 이름으로, '동로'는 그 동쪽 지역, 즉 공자의 고향인 태산 '곡부曲阜' 지역을 말한다.

38) 백 리 길 : 인생 역정을 가리키는 것으로 보이는데, 여기서는 책을 간행하는 일이 여간 힘든 일이 아니라는 뜻에서 한 말이다.

도 어렵겠지만 책을 낸다는 것이 어디 쉬운 일이겠는가!

운정산인이 되는 대로 쓰다

도화선 범례桃花扇凡例

○ 본 작품을 〈도화선桃花扇〉이라고 명명한 것은 복사꽃 부채는 구슬에 비유되고 〈도화선〉을 지은 붓은 용에 비유되기 때문이다. 구름을 뚫기도 하고 안개 속에 깃들기도 하며 때로는 바르게 때로는 비스듬히 있기는 하지만, 용의 눈과 발톱은 언제나 구슬을 떠나지 않는 법이므로 작품을 감상하는 분들은 눈을 크게 떠야 할 것이다.

○ 정치적인 이해득실이나 문인들의 이합집산은 모두 시점과 지점을 확실하게 고증한 것으로 거짓으로 빌어온 것은 전혀 없다. 남녀의 연정이나 손님의 해명에 있어서는 꾸민 것이 일부 있기는 하지만 이 역시 전혀 허황된 것은 아니다.

○ 구성에는 기복과 전환이 있는데, 다 독특한 경지를 열면서도 갑자기 나타났다가 별안간 사라지는 식으로 보는 이로 하여금 그 상황

을 예측할 수 없게 만든다. 상황을 예측 가능하게 안배하는 것은
진부한 수법이다.

○ 각 대목은 맥락이 연결되어 있어서, 바꿀 수도 없고 줄일 수도 없
다. 기존의 작품들처럼 여기서 갖다 붙이고 저기서 끌어들여 대충
한 대목을 만들어 낸 것이 아니기 때문이다.

○ 대목마다 가사를 쓸 때에는 관례를 좇아 긴 대목에서는 열 곡을
사용하고 짧은 대목에서는 여덟 곡을 사용하였다. 지금까지는 간
혹 배우들이 번다함을 줄이고 간소함을 취하는 방식으로 대여섯
곡만 노래하는 등 취사선택에서 합리적이지 못하여 작자가 기울
인 정성이 허사가 되는 경우도 더러 있었다. 본 작품은 긴 대목에
서는 여섯 곡만 가사를 쓰고 짧은 대목에서는 여섯 곡 내지 네 곡
을 쓰되, 대신 그 이상 줄이는 일은 없도록 하였다.

○ 노래 제목은 새로운 것은 취하지 않았으며[1] 그 연결방식에 있어
서도 예외없이 현재 널리 배우고 있는 방식을 취함으로써, 연구하
느라 따로 고생할 필요 없이 입에 담으면 바로 노래를 부를 수 있
도록 하였다. 물론 가사는 반드시 새롭고 교훈적인 것만 취하였으
며 남들이 입에 담고는 하는 상투적인 표현은 답습하지 않았다.

○ 가사는 모두가 아무렇게나 쓴 것이 아니라 말로는 형용할 수 없는

---

1) 새로운 것은 취하지 않았으며 : 명청대 전기 작가들은 규정된 궁조宮調 이외의 것을
차용하거나 원래의 곡패曲牌 이름을 분할하여 전혀 새로운 이름을 다는 사례가 많았
다. 예를 들면, 〈춘종천상래春從天上來〉, 〈면탑서綿搭絮〉, 〈일강풍一江風〉, 〈주운비駐雲飛〉
등 네 곡의 일부분을 조금씩 짜깁어서 〈춘서일강운春絮一江雲〉이라는 새롭고 독특한
곡을 만들어낸 것이 그러한 경우라고 할 수 있다. 공상임은 희곡을 창작할 때 당시의
이 같은 악습을 고치려 하였다.

내면의 감정이나 눈으로는 볼 수 없는 눈앞의 전경을 가사를 빌어 노래하는 방식을 택하였다. 또 어떤 일을 재차 언급할 때에도 앞서 이미 대사로 처리했다면 다음 차례에는 가사로 대체하였다. 만일 대사로 처리해야 할 것을 가사로만 처리한다면 듣는 이가 이해를 할 수 없게 되어 전후 맥락이 단절되게 될 것이다. 이미 대사로 처리한 내용을 다시 반복해서 가사로 옮길 필요가 어디 있겠는가?

○ 노래를 지을 때에는 목적을 가지고, 한 편을 짓더라도 한 편의 문장이 되도록 하고 한 마디를 지어도 한 마디의 문장이 되도록 하였다. 책상 맡에 펼쳐 읽거나 무대 위에서 노래하더라도 감동스럽고 흥겨워서 사람들로 하여금 장단을 맞추고 감탄을 하면서 즐기게 해 주는 것이야말로 '노래 중의 으뜸'이라고 할 수 있을 것이다. 만일 억지로 장황스럽게 늘어놓기만 할 뿐 전혀 아무 의미도 담겨 있지 않다면 노래하는 사람이나 듣는 사람이나 똑같이 고통스럽게 여길 것이다.

○ 가사를 궁조宮調에 맞추고 평측平仄2)을 맞출 때에는 언제나 그 의미를 명료하게 전달하는 것을 전제로 하였다. 남곡南曲을 볼 때마다 느끼는 점이지만 난해하거나 억지로 짜맞추어 이해조차 할 수 없게 만들어 놓는 경우가 있는데, 그런 경우는 억지로 음악을 입힌다 하더라도 그저 악보3)로나 어울릴 뿐이지 어떻게 가사라고 할 수 있겠는가?

---

2) 평측平仄 : 사성四聲에서 '평平'은 평성平聲을 가리키고, '측仄'은 상성上聲·거성去聲·입성入聲을 가리킨다. 사곡詞曲에서 평·측 글자의 발음은 해당 사곡의 악보에 의거하여 조화시켜야 격률에 맞게 되는데 이를 "평측을 맞춘다[叶平仄]"라고 한다.
3) 악보[工尺字譜] : 중국 고전음악에서 사용되는 악보를 말한다. 공척보工尺譜라고도 한다. 여기서 '공척工尺'은 일종의 음악부호로, 합合·사四·일一·상上·척尺·공工·범凡 등 총 일곱 음으로 구분된다.

○ 대사에서 사용하는 전고典故는 임의로 골라 쓰되 장황하게 미사여
구만 늘어놓는 티는 남기지 않으려 노력하였다. 진부한 표현을 참
신하게 만들고 상투적인 표현은 활기차게 바꾸었다. 구닥다리 전
고만 잔뜩 늘어놓는 것은 피해야 될 일이다.

○ 대사를 전달할 때에는 억양이 낭랑하고 어구가 정제되어 연기를
하고 농담을 구사할 때4)에도 언제나 남다른 맛을 가지도록 하였
다. 차라리 덜 통속적이더라도 고아한 경지에 영향을 주지 않도록
함으로써 나름대로는 '풍인風人'5)의 정신을 최대한 살리려 하였다.

○ 기존의 작품들에서는 대사를 삼할만 쓰고 배우가 등장해서 나머
지 칠할을 임의로 늘여 써서 저속한 몸짓이나 혐오스러운 농담으
로 훌륭한 원작을 졸작으로 전락시켜 원작자에게 누를 끼치는 경
우가 더러 있었다. 본 작품에서는 대사가 상세하게 갖추어져 있으
므로 한 글자도 별도로 추가할 필요가 없다. 분량이 다소 긴 것도
바로 이 같은 이유 때문이다.

○ 연기에 있어서는 장난치고 웃거나 성내며 꾸짖는 것은 회화에서
인물에 색상을 입힐 때6) 대상물의 모발까지 다 세밀하게 묘사하
는 것과 같기 때문에 사람을 몰입하게 만들고자 할 때에는 전부
이 방법을 빌려 쓰고는 한다. 본 작품에서는 모두를 상세하게 제

---

4) 연기를 하고 농담을 구사할 때[設科打諢] : 중국 고전극에서 동작이나 연기를 '과科'
라고 하며, 익살스러운 농담으로 좌중을 웃기거나 특정한 인물이나 사건을 풍자하는
연출기법을 '타원打諢'이라고 부른다.
5) 풍인風人 : 고대 중국에서 민요나 풍속을 채집하여 민심의 동향을 살피던 관리를 말
한다.
6) 색상을 입힐 때[白描] : '백묘白描'는 동양화의 채색기법으로, 어떠한 채색도 사용하
지 않고 오로지 연한 먹물만으로 대상물의 윤곽을 그리는 것을 말한다. 여기서는 배우
가 분장을 하는 것을 두고 한 말이다.

시함으로써 등장인물의 면목이나 정신이 종이 위에서 유감없이 발휘되고 생기가 넘치도록 해 놓았다. 여기에 우맹優孟[7]처럼 훌륭한 연기까지 더해진다면 금상첨화이리라.

○ 배역에서는 군자와 소인을 구분하되 정색正色―주연배우로 부족할 때에는 축丑·정淨[8]―조연배우를 추가로 운용하였다. 맨 얼굴과 분칠을 한 얼굴[9]은 아름답고 추한 얼굴과 같으므로 성별이나 색깔 이면의 의미[10]에도 주의를 기울여야 할 것이다.

○ 등·퇴장시는 하나의 운韻으로 짜임새 있게 일관해야 하는 것이다. 만일 구식이거나 통속적인 어투로 얼렁뚱땅 넘어가려고 하면 대목 전체가 제 색깔이 바래게 된다. 요즘 작품들은 당시唐詩 시구

---

7) 우맹優孟: 춘추시대 초楚나라의 유명한 배우. 『사기史記』「골계열전滑稽列傳」에 따르면, 우맹은 늘 우스갯소리로 초나라 장왕[楚莊王]에게 간언을 하고는 하였다. 한번은 재상 손숙오孫叔敖가 죽은 후 그 아들이 가난하게 산다는 소리를 듣고 손숙오의 의관을 착용하고 장왕을 알현하는데 그 모습이나 행동이 손숙오와 똑같았다. 장왕이 손숙오가 환생한 줄 알고 재상으로 다시 기용하려 하자 장왕에게 손숙오 아들의 형편을 전하여 그에게 벼슬을 내리도록 간언했다고 한다. 그 후로 '우맹의 흉내[優孟衣冠]'라는 말은 옛 사람으로 가장하거나 다른 사람을 모방하는 것을 가리키는 말로 사용되었다. 여기서는 청대의 연극배우를 두루 가리키는 말로 사용되고 있다.

8) 축丑·정淨: 중국 고전극에서 조연을 맡는 배역, '축丑'은 우스꽝스러운 인물로 분장하며 '정淨'은 사악한 간신이나 용맹스러운 장수·거친 호걸 등으로 분장하는 경우가 많다.

9) 맨 얼굴과 분칠을 한 얼굴[潔面花面]: 중국 고전극에서 '생生'이나 '단旦' 같은 주연배우들은 얼굴화장을 하지 않고 맨 얼굴로 연기하는 것이 보통이지만, '축丑'이나 '정淨' 같은 조연배우들은 흰색·검은색 등의 단색이나 다양한 색채가 사용된 얼굴화장을 하는 경우가 많다. 고전극에서 얼굴화장을 한 얼굴을 일반적으로 '화면花面' 또는 '화검花臉'이라고 한다.

10) 성별이나 색깔 이면의 의미: 『열자列子』「설부說符」에 따르면, 진나라 목공[秦穆公]이 구방고九方皐를 보내어 명마를 사오게 했더니 나중에 돌아와서 누런 수컷 말을 구해 왔다고 보고하였다. 목공이 보니 사실은 검은 암컷 말인지라 몹시 언짢아했다고 한다. 당시 유명한 말 감정가인 백락伯樂은 그 소리를 듣고 구방고가 말의 부차적인 특징인 겉모습이 아닌 본질에 주목한 점을 들어 그를 두둔해 주었다고 한다.

를 모아쓰는 방식11)을 즐기는 경우가 많은데, 이 역시 상투적인 수법이라고 할 수밖에 없다. 본 작품에서는 모두 신작시를 새로 사용하여 도입부에도 단서가 있고 결말부에도 실마리가 있도록 처리했으므로 원작자의 저술과 수식의 취지를 더듬어 볼 수 있지 않을까 싶다.

○ 본 작품은 모두 마흔 대목이다. 이 중 상권 도입부의 프롤로그(도입 대목)와 결말부의 여분의 스무 번째 대목(잉여 대목), 하권 도입부의 추가한 스물한 번째 대목(추가 대목)과 결말부의 이어지는 마흔 번째 대목(후속 대목), 역시 마흔 대목 전체를 짜임새 있게 일관하고 있다. 시작과 끝이 있고 기운과 정신이 넘치는 데다 이별과 만남, 슬픔과 기쁨이라는 뻔한 길에서 탈피했으니 '희곡'이라고 불러도 괜찮지 않겠는가?

운정산인이 적다

---

11) 당시 시구를 모아쓰는 방식[集唐] : 당대 시인의 시구를 모아 한 편의 시로 완성시키는 작시법.

도화선 고거桃花扇考據

무명씨^{無名氏}, 〈초사^{樵史}〉 스물네 대목

갑신년^{甲申年}(1644)

4월 13일   복왕 옹립을 논의하다^{四月十三日議立福王}

4월 29일   어가를 영접하다^{四月二十九日迎駕}

5월 초하루   효릉을 참배하고 내각을 구성한 후 재상을 임명하다^{五月初一日謁孝陵設朝拜相}

5월 초열흘   복왕이 감국을 맡고 무관들을 임명하다^{五月初十日福王監國拜將}

5월   내각의 사가법이 양주에 막부를 열다^{五月內閣史可法開府揚州}

6월   황득공·유량좌가 군사를 내어 양주를 탈취하다^{六月黃得功劉良佐發兵奪揚州}

6월   고걸이 반란을 일으켜 양자강을 넘다^{六月高傑叛渡江}

6월   고걸을 개봉·낙양 방면 방어선으로 전출시키다^{六月高傑調防開洛}

을유년乙酉年(1645)

정월 초이레　완대성이 구원 기녀를 차출하여 입궁시키다
正月初七日阮大鋮搜舊院妓女入宮

정월 초열흘　고걸이 피살되다正月初十日高傑被殺

2월　　완대성에게 망포와 옥대를 내리고 양자강 방어를 명하다
二月賜阮大鋮蟒玉防江

3월　　복사의 동인들을 검거하다三月捕社黨

3월 19일　제단을 설치하고 숭정제 추모제를 올리다
三月十九日設壇祭崇禎帝

3월 25일　왕지명을 심문하다三月二十五日訊王之明

3월 27일　동씨를 심문하다三月二十七日訊童氏

3월　　독무 원계함·영남후 좌량옥이 태자(왕지명)의 구명을 주청하다
三月督撫袁繼咸寧南侯左良玉疏請保全太子

3월　　주표·뇌연조를 주살하다三月殺周鑣雷繽祚

4월　　좌량옥이 격문을 내고 군사를 일으켜 간신배를 일소하고자
나서다四月左良玉發檄興兵淸君側

4월　　황득공을 차출하여 좌량옥의 군사를 막게 하다
四月調黃得功堵截左兵

4월　　예부상서 전겸익이 황후 간택을 주청하다
四月禮書錢謙益請選淑女

4월 23일　청나라 대군이 회하를 건너다四月二十三日大兵渡淮

4월 24일　사가법이 장병들 앞에서 맹세를 하다四月二十四日史可法誓師

4월 26일　홍광제가 천도를 하려 하다四月二十六日弘光帝欲遷都

5월 초이레　양문총이 소주·송강 방면 순무로 승진하다
五月初七日楊文驄升蘇松巡撫

5월 초열흘　홍광제가 야음을 틈타 남경을 탈출하다
五月初十日弘光帝夜出南京

후조종侯朝宗, 『장회당집壯悔堂集』 열세 수

　　(후)사도공을 위해 영남공께 드리는 글爲司徒公與寧南侯書

　　계미년 금릉을 떠나며 광록대부 완공에게 드리는 글癸未去金陵與阮光祿書

중승 전공에게 답하는 글答田中丞書

진정혜형께 드리는 서문贈陳郎序

주중예형의 문집 뒤에 쓰다書周仲馭集後

오차미형을 위한 제문祭吳次尾文

금릉에서 부채 그림에 다는 시金陵題畫扇

영남후께 부치는 글寄寧南侯

영남후의 자제 몽경군에게 부치는 글寄寧南小侯夢庚

연자기에서 오차미형을 전송하며燕子磯送吳次尾

진회의 춘흥秦淮春興

각부 대신 사(가법)공을 애도하며哀史閣部

오차미형을 애도하며哀吳次尾

가정자賈靜子, 『사억당시집四憶堂詩集』 주석 열두 항목

9월의 우화대九日雨花臺

하도독과 작별하며別賀都督

장상서께 드리는 글贈張尙書

갑신년 새로 입각한 대신들의 소식을 듣고甲申聞新參相公口號

갑신년 경구를 건너다甲申渡京口

연자기에서 오차미형을 전송하며燕子磯送吳次尾

해릉 관서에서海陵署中

아석시我昔詩

양주의 하도독께 부치는 글寄揚州賀都督

영남후께 부치는 글寄寧南侯

각부대신 사(가법)공을 애도하며哀吏閣部

오차미형을 애도하며哀吳次尾

가정자賈靜子, 『후공자전侯公子傳』

전목재錢牧齋, 『유학집有學集』 열한 수

정(계지)선생 댁 강변 정자에 다는 시題丁家河房亭子

금릉 정옹의 초상화에 다는 시題金陵丁老畫像

정계지옹의 일흔 생신을 축하하며 壽丁繼之七十
양용우공의 화첩에 다는 시 題楊龍友畫冊
장연축선생에게 드리는 시 贈張燕筑
영남후 좌공의 초상화에 유경정옹을 위해 다는 시 左寧南畫像爲柳敬亭題
정선생 댁 강변 누각에 다는 절구 留題丁家水閣絶句
상구의 후공께 드리는 시 贈侯商邱
금릉 잡제 절구 金陵雜題絶句
정노행이 정계지옹을 전송하며 丁老行送繼之
유경정옹의 장례비 추렴을 위한 글 爲柳敬亭募葬引

오준공 吳駿公, 『매촌집 梅村集』 일곱 수
여도사 변옥경의 탄금가를 듣고 聽女道士卞玉京彈琴歌
양선의 진정생형께 드리는 시 贈陽羨陳定生
구백문에게 주는 시 贈寇白門
초량생형 전별시 및 서문 楚兩生行幷序
모벽강옹의 생신을 축하하는 서문 冒辟疆壽序
유경정전 柳敬亭傳
유경정옹 초상화 상찬 柳敬亭像贊

오매촌 吳梅村, 『수구기략 綏寇紀略』

양용우 楊龍友, 『순미당집 洵美堂集』

모벽강 冒辟疆, 『동인집 同人集』 두 수
득전당야연기 得全堂夜宴記
득전당야연 후기 得全堂夜宴後記

심미생 沈眉生, 『고산초당집 姑山草堂集』 네 수
무릉의 양공을 탄핵하는 상소문 劾楊武陵疏
고 진성생형의 초상화에 적다 書陳定生遺像
양유두공 문집 원고 서문 楊維斗稿序

유백종형께 답하는 글答劉伯宗書

진기년陳其年,『호해루집湖海樓集』세 수
    모벽강옹의 생신을 축하하는 서문冒辟疆壽序
    영남후 좌공과 유경정옹이 언급한 〈검도〉에 대한 서문
            左寧南與柳敬亭說劍圖序
    후조종형 영전에 통곡하며哭侯朝宗

공효승龔孝升,『정산당집定山堂集』스물한 수
    장요성이 송풍각에 신도들을 모으다張瑤星招集松風閣
    심미생의 고산초당을 읊은 노래沈眉生姑山草堂歌
    방밀지형께 드리는 서문贈方密之序
    방밀지형을 기리는 시懷方密之詩 여덟 수
    장연축옹의 생신을 축하하며壽張燕筑
    정계지옹의 진회 강변 누각에 다는 시題丁繼之秦淮水閣
    청하 길에서 정계지옹 송별회에서 지은 즉흥 시淸河道上丁繼之送別卽席口號
    회녕 완공 댁 소리꾼 주음선에게 드리는 4언 절구口號四絶贈阮懷寧歌者朱音仙
    유경정옹을 위해 여러 공자들과 함께 드리는 시贈柳曳敬亭同諸子限韻
    9일 여러 공자를 초대해 장연축·정계지옹의 노래를 듣고
            九日邀諸君聽張燕筑丁繼之度曲
    조우근을 위해 양용우형의 화첩에 다는 시爲趙友沂題楊龍友畫冊
    유경정옹에게 드리는 하신랑 가사賀新郎詞贈柳曳敬亭
    유경정옹에게 드리는 심원춘 가사沁園春詞贈柳曳敬亭

완원해阮圓海,『석소전기石巢傳奇』두 편
    〈십착인춘등미十錯認春燈謎〉
    〈연자전燕子箋〉

도화선 강령桃花扇綱領

좌부左部

정색正色1) : 후조종侯朝宗(生)

간색間色2) : 진정생陳定生(末) 오차미吳次尾(小生)

합색合色3) : 유경정柳敬亭(丑) 정계지丁繼之(副淨) 채익소蔡益所(丑)

윤색潤色4) : 심공헌沈公憲(外) 장연축張燕筑(淨)

---

1) 정색正色 : 극중에서 주인공을 담당하는 인물.
2) 간색間色 : 극중에서 남녀 주인공 사이에서 매개역할을 하는 인물.
3) 합색合色 : 극중에서 남녀 주인공을 연결시켜 주는 인물.
4) 윤색潤色 : 극중에서 극적 재미를 더해 주는 역할을 하는 인물.

우부右部

정색正色 : 이향군李香君(旦)

간색間色 : 양용우楊龍友(末) 이정려李貞麗(小旦)

합색合色 : 소곤생蘇昆生(淨) 변옥경卞玉京(老旦) 남전숙藍田叔(小生)

윤색潤色 : 구백문寇白門(小旦) 정타낭鄭妥娘(丑)

각 부部는 좌·우 각 네 색色씩 총 열여섯 명

기부奇部

중기中氣5) : 사도린史道鄰(外)

여기戾氣6) : 홍광제弘光帝(小生)

여기餘氣7) : 고걸高傑(副淨)

살기煞氣8) : 전웅田雄(副淨)

---

5) 중기中氣 : 남명의 흥망사에서 충절을 보이는 인물.
6) 여기戾氣 : 남명의 흥망사에서 망국의 대죄를 짓는 인물.
7) 여기餘氣 : 남명의 흥망사에서 존재감이 없는 하찮은 인물.
8) 살기煞氣 : 남명의 흥망사에서 왕조의 명줄을 재촉하는 인물.

우부偶部

중기中氣 : 좌곤산左昆山(小生) 황호산黃虎山(末)
여기戾氣 : 마사영馬士英(淨) 완대성阮大鋮(副淨)
여기餘氣 : 원림후袁臨侯(外) 황중림黃仲霖(末)
살기煞氣 : 유량좌劉良佐(淨) 유택청劉澤淸(丑)

각 부部는 기·우 각 네 기氣씩 총 열두 명

경부經部

경성經星 : 장도사張道士(外)
위성緯星 : 늙은 찬례老贊禮(副末)

전체 인원은 경·위 각 한 성星을 포함 모두 서른 명

'색色'이라는 것은 이합離合의 형상이다. 사내에게는 그 짝이 있고 계집에게는 그 동반자가 있으니, 좌와 우로 그것을 구분하기는 했지만 양 부는 한 치도 차이가 없다. '기氣'라는 것은 흥망興亡의 운수이다. 군자는 벗을 사귀고 소인은 떼를 지으니, 기(홀)와 우(짝)로 그것을 세기는 했지만 양 부는 터럭만치도 차이가 없다. 장도사張道士는 제삼자의 입장에서 흥망의 사건을 모두 총괄하며, 늙은 찬례는 무명씨9)의 입장에서 이

합의 장면을 자세하게 살핀다. 거울과도 같이 밝고 저울대와도 같이 고
르니 '전기'라고는 하나 사실은 하나의 음陰과 하나의 양陽이 똑같이 진
리를 이루는 격이라 하겠다.

운정산인이 되는 대로 정하다

9) 무명씨無名氏 : 여기서는 운정산인 즉 작자 공상임을 빗댄 말이다.

도화선 서桃花扇序

양계梁溪의 몽학거사夢鶴居士[1]가 쓰다

예전에 백자산초百子山樵[2]가 지은 네 편의 전기傳奇에서 등장인물들이 하나같이 다 성과 이름을 바꾸고 참모습을 남들에게 드러내기를 꺼리는 것을 의아스럽게 여겼었다. 그런데 〈춘등미春燈謎〉 극본에서는 설상가상으로 잘못에 잘못을 거듭하더니 그 잘못을 열 번이나 되풀이 할 때까지도 멈추지 않는 것이었다.[3] 속으로 가책을 느끼면 그것을 대사가 반영하는 것과 같은 이치로, 이 분(백자산초)이 평생의 잘못을 모르지 않았기

---

1) 양계梁溪의 몽학거사夢鶴居士 : 고채顧彩는 자가 천석天石, 별호가 몽학거사로, 강소성 무석無錫 사람이다. 공상임과 함께 전기傳奇 〈소홀뢰小忽雷〉를 공동 창작했으며, 나중에 다시 공상임의 〈도화선〉을 개작하여 남녀 주인공이 재결합하는 대단원大團圓으로 처리하고 〈남도화선南桃花扇〉으로 불렀다. 양계는 무석을 가리킨다.

2) 백자산초百子山樵 : 명대 말기의 극작가 완대성阮大鋮의 별호. 〈춘등미春燈謎〉, 〈연자전燕子箋〉, 〈쌍금방雙金榜〉, 〈사자잠獅子賺〉 등 네 편의 전기를 지었다.

3) 〈춘등미春燈謎〉~ : 완대성이 숭정崇禎 말기에 지은 전기. 마지막 대목에 '십착인十錯認'으로 불리는 평화平話를 한 편 담고 있는데, 완대성이 실각한 후 자신의 과거의 잘못을 참회하기 위해 지었다고 전한다.

에 모습을 바꾸는 방편을 통해 그 잘못을 참회하는 모습을 보이려 했음을 알 수 있다. 그럼에도 불구하고 청류파淸流派 군자들4)은 그를 너무도 거칠게 다루고 너무도 가혹하게 몰아붙여, 그가 역사에 향기를 남길 길을 아예 막아버림으로써 악취를 남길 모진 마음을 기꺼이 품게 하여5) 막상 나라에 재앙이 닥치고 가시밭의 청동 낙타6)까지 피해를 입어도 아랑곳하지 않게 만들고 말았으니, 그 재앙이 이문夷門7)에게서 비롯된 것은 아니었지만 그 역시 책임을 면할 수는 없는 구석이 있다 하겠다.

오호라! 지조는 떨쳤어도 결국 동한東漢은 멸망했고8) 이학理學은 번창했어도 끝내 남송南宋은 멸망하지 않았던가?9) 명나라가 말기에 아녀자조차도 동림당東林黨을 동경하며 천하의 중대사에 관심을 기울였건만

---

4) 청류파淸流派 군자들 : '청류淸流'란 일반적으로 인품이 고결한 선비를 말하는데, 여기에서는 명나라 말기의 문인 단체인 복사復社의 동인들을 가리킨다.

5) 향기를 남길 길을~ : 청류파 선비들이 지나치게 완대성을 배척하여 그가 자포자기의 심정으로 더더욱 악행을 일삼도록 조장했다는 뜻이다.

6) 가시밭의 청동 낙타[荊棘銅駝] : 진晉나라의 색정索靖은 예지력이 있어서, 천하가 대란에 빠질 것을 알고 낙양洛陽 궁궐 대문의 청동 낙타를 가리키면서 "머지않아 네가 가시밭 속에 있는 꼴을 보겠구나!" 하면서 한숨을 쉬었다고 한다. 여기에서는 정치투쟁과는 무관한 무고한 백성들을 가리키는 것으로 보인다.

7) 이문夷門 : 후방역을 두고 한 말. 전국시대 위魏나라 사람인 후영侯嬴(?~B.C. 257)은 집안이 가난했는데 늘그막이 되어서야 지금의 개봉開封인 대량大梁의 이문夷門을 지키는 미관말직을 얻었다. 신릉군信陵君은 그의 명성을 흠모하여 직접 수레를 몰아 그를 예방하고 상객上客으로 모셨다. 기원전 257년에 진秦나라가 조趙나라를 서둘러 공격하여 한단邯鄲을 포위하자 조나라는 위나라에 구원을 요청하였다. 위나라 왕은 장군 진비晉鄙로 하여금 십만 대군을 이끌고 조나라를 구하게 했는데, 도중에 군사를 멈추고 움직이지 않았다. 이에 후영은 병부兵符를 훔쳐내어 진비의 권한을 빼앗아 진나라를 물리쳐서 조나라를 구했으나, 자신이 위나라 임금에게 충성하지 못했다고 여겨 스스로 목을 베어 죽었다고 한다. 여기서는 후방역이 후영의 후손인 점에 주목하여 그를 그렇게 부른 것이다.

8) 지조는 떨쳤어도~ : 동한東漢 말기에 태학생太學生의 영도자였던 곽태郭泰·가표賈彪 등은 조정 관료 진번陳蕃·이응李膺 등과 연합하여 지조를 펼쳐 환관세력에 저항하였다. 그러나 오히려 환관들에게 모함을 당하여 그 후로 세 차례의 '당고의 재앙[黨錮之禍]'를 야기하고 말았다. 이들은 황건적黃巾賊이 난리를 일으키자 겨우 풀려났으나 국난의 위기를 타개하지 못해 결국 나라가 멸망하고 말았다.

9) 이학은 번창했어도~ : 이학理學은 송대에 유행했던 유가철학의 일파로, 송대 내내 크게 기세를 떨쳤으나 몽골의 정벌로 송나라가 멸망하면서 그 기세가 크게 꺾이고 말았다.

그것이 대체 무슨 도움이 되었는가? 그 무렵에는 위대한 인물이 아무리 나라의 명운을 일으켜 세우려 해도 권력이 자신에게 쥐어져 있지 않았고, 소인배들은 산해진미가 담긴 솥도 다 뒤엎을 수 있을 큰 권력을 쥐고 있었지만 잔치자리와 무사안일에만 탐닉해 있었다.[10] 당시와 같은 난국에 주먹을 쥐며 의분을 느끼는 이들은 고작 띠모자나 쓰고 푸른 신발이나 신는[11] 민초들뿐이었으며, 그때 뜨거운 피를 쏟아내던 이들은 때로 엉뚱하게도 배우와 이야기꾼들뿐이었다. 이것이 도대체 어찌 된 세상이란 말인가!

그렇게 용문龍門이나 창려昌黎의 문장[12]으로 통쾌하게 피력하는 일도 생기지 않았고, 그렇다고 태백太白이나 소릉少陵의 시[13]로 목 놓아 노래하며 이를 두고 후련하게 통곡하는 일도 벌어지지 않다가 무슨 생각에서였던지 육십 년 후에 운정산인雲亭山人이 태평성대의 성인의 후예[14]요 도성의 한가한 관리[15]로 있으면서 문득 흥이 올라 〈도화선〉 한 권을

---

10) 소인배들은 산해진미가~ : 하나라의 우 임금[夏禹]은 아홉 땅[九州]의 구리와 쇠를 거두어 아홉 개의 솥[九鼎]을 주조하여 국통國統을 전하는 보물로 삼았는데, 그 후로 천하를 얻는 것을 두고 "솥을 세운다[定鼎]"라고 부르게 되었다. 이 부분은 소인배들이 나라를 무너뜨릴 만큼 큰 권력을 가지고 있으면서도 오로지 사치와 향락에만 탐닉하면서 나라의 명운에는 아랑곳하지 않는 것을 두고 한 말이다.
11) 띠모자[席帽]·푸른 신발[青鞋] : '띠모자[席帽]'는 당대의 선비들이 착용하던 모자의 일종으로 여기에서는 선비를 가리키는 말로 사용되고 있으며, '푸른 신발[青鞋]'은 서민들이 신던 신발로 여기에서는 초야에 은거하는 재야인사들을 가리키는 말로 사용되고 있다.
12) 용문龍門이나 창려昌黎의 문장 : '용문'은 한대漢代의 역사가인 사마천司馬遷을 가리키며, '창려'는 당대의 문학가인 한유韓愈를 가리킨다. 두 사람 다 문학적인 재능이 뛰어났지만 그 중에서도 산문이 유명하다.
13) 태백太白이나 소릉少陵의 시 : '태백'은 당대의 유명한 시인인 이백李白을 가리키며 '소릉' 역시 당대의 유명한 시인이던 두보杜甫를 가리킨다.
14) 성인의 후예[聖裔] : 고대 중국에서는 공자의 후손들을 성인의 후예 즉 '성예聖裔'로 부르면서 예우하였다. 여기에서는 공자의 후손이면서 〈도화선〉의 작자인 공상임孔尚任을 두고 한 말이다.
15) 도성의 한가한 관리[京國閒曹] : 청대에는 각 부사部司의 관리를 부조部曹라고 불렀는데, 공상임은 〈도화선〉을 완성할 무렵에 북경에서 호부戶部 광동사廣東司 원외랑員外郎을 맡고 있었다.

지었는데, 위로는 여론의 논란과도 배치되지 않을뿐더러 아래로도 남녀 사이의 농담거리로 삼을 수도 있는 것이었다.

아아, 기이하구나! 왕년에 환성晥城16)은 희곡 창작으로는 천하에서도 통달해 있다고 자부하더니만 이제 다른 사람이 똑같은 재능으로 그의 자리를 차지하고, 거기다 옥의 티를 감추기도 전에 그의 기백마저 넘보는 경지에까지 이를 줄이야!17) 물론, 그렇다고 해서 작자가 천년을 넘나들면서 당시의 상황은 고려도 하지 않고 무작정 동림당의 남은 지게미만 탐낸 것은 아니었다.18) 또한 푸른 일산과 누런 깃발19)에 관한 일화를 가지고 「교동狡童」·「서리黍離」의 비애20)를 펼쳐 보이려고 한 것도 아니었다. 그저 벼슬살이가 한가하고 창가도 밝고 책상 맡도 잘 정돈된 기회에 가슴 속에서 터져 나올 것 같은 글을 갖고 있다가 우연히 신기한 이야기에 영감을 얻어 책을 지었을 뿐이다. 이때 마침 혼수를 물린 의로운 여인21)이 있었고, 마침 열변을 토한 두 청객淸客22)이 있었으며, 마침 흥망의 와중에 벼슬을 한 사람이 있었으니, 이 모두가 이른바 '기이하여 전할 만한 것'들이었던 것이다. 그가 손목 아래로 붓끝을 놀리고23) 나

---

16) 환성晥城 : 완대성阮大鋮을 가리킨다. '환晥'은 안휘성安徽省을 약칭한 것으로, 완대성이 안휘성 회녕懷寧 사람이기 때문에 그렇게 부른 것이다.

17) 그의 얼까지~ : 공상임이 〈도화선〉에서 완대성을 통렬하게 비판하고 폄하한 것을 두고 한 말이다.

18) 동림당의 남은 지게미~ : 작자 공상임이 무조건 동림당을 비호하거나 그들의 영향력에 편승하려는 것이 아니라는 뜻이다.

19) 푸른 일산과 누런 깃발[靑蓋黃旗] : 고대의 군주가 행차할 때 내세우던 의장. 여기에서는 명나라 왕조의 멸망을 두고 한 말이다.

20) 「교동」·「서리」의 비애 : 「교동狡童」과 「서리黍離」는 둘 다 『시경詩經』에 수록된 시로, 옛 나라·옛 임금에 대한 그리움을 주로 담고 있다. 이 부분은 공상임의 〈도화선〉이 명나라의 망국을 애도하기 위한 작품이 아니라는 뜻으로 한 말이다. 혹자는 고채의 이 말을 망국의 슬픔을 노래한 공상임의 혐의를 감추기 위한 변명으로 해석하기도 한다.

21) 혼수를 물린 의로운 여인[却奩義姬] : 〈도화선〉의 여주인공 이향군李香君을 말한다. 자세한 내용은 일곱 번째 대목 '혼수 거절却奩'을 참조할 것.

22) 열변을 토한 두 청객[掉舌二客] : 명청 왕조 교체기에 활동했던 민간의 재담가 유경정柳敬亭과 소곤생蘇崑生을 말한다.

23) 손목 아래로 붓끝을 놀리고 : 일필휘지로 〈도화선〉 희곡을 썼다는 말이다.

역시 그 가슴 속 응어리를 풀어줌으로써, 목 놓아 부르는 노래로 삼을
수도 통곡을 대신할 수도 "남겨진 향과 끊어진 분내음[零香斷粉]"24)을 애
도할 수도 "화려한 집과 산 언덕[華屋山邱]"25)을 슬퍼할 수도 있게 되었
던 것이다. 물론, 비록 이 작품 속에 등장하는 사람들이 실제의 인물이
고 다루는 사건도 실제의 사건이어서 하나도 거리는 것이 없다 하더라
도 그것을 '노래 역사책[詞史]'으로 간주할 것까지는 없으리라.

　지금도 기억하고 있는데, 갑술년甲戌年26)에 선생이 관서 서재에 걸려
있던 당나라 때의 악기 소홀뢰小忽雷27)를 가리키면서 내게 그 악보를 쓰
게 하기에 한 동안 초에 새기고 편지지를 나누었는데,28) 북을 치고 피리
를 불어제치노라면 가슴 속이 트이면서 후련함을 느끼게 되었으며, 오
밤중의 합작시29)라도 되는 것처럼 성정이 가뿐해지는지라, 다음날이 되
면 노래하는 아이가 박판을 들고 악보를 기다리고, 또 그 다음날이 되면
저잣거리 술집에도 벌써 붉은 깃발이 내걸릴 정도로 성공을 거두었
다.30) 이 희곡을 지을 때도 그때와 같았으니, 이것이 과연 말하고자 하

---

24) 남겨진 향과 끊어진 분내음[零香斷粉] : "지금은 사라지고 없는 향기와 분내음의 흔
　　적"이라는 뜻이다.
25) 화려한 집과 산 언덕[華屋山邱] : 위魏나라의 시인 조식曹植이 지은 「공후인箜篌引」
　　시의 "생시에는 화려한 집에서 지내다가, 죽어서는 산 언덕으로 돌아가네[生存華屋
　　處, 零落歸山邱]" 부분을 차용한 것으로, 앞서의 "영향단분零香斷粉"이라는 말과 나란
　　히 흥망을 애도하는 뜻으로 한 말이다.
26) 갑술년甲戌年 : 청나라 강희康熙 33년 즉 서기 1694년.
27) 소홀뢰小忽雷 : 당대에 진공晉公 한황韓滉이 만들어 헌종憲宗에게 바쳤던 호금胡琴으로,
　　나중에 궁중의 변란으로 민간으로 흘러나와 청대까지 전해지던 것을 공상임이 사들였다
　　고 한다. 공상임은 전기 〈소홀뢰〉를 짓고 고천석으로 하여금 노래를 쓰게 했다고 한다.
28) 초에 새기고 편지지를 나누었는데[刻燭分箋] : 남제南齊의 경릉왕竟陵王 소자량蕭子良
　　이 하루는 저녁에 학사를 초청한 후 초에 표시를 하고 시를 짓는 시간을 제한한 후 시
　　를 지었다고 한다. "초에 새기고 편지지를 나누었다"는 말은 시한을 정해 놓고 공동작
　　업으로 노래를 썼다는 뜻이다.
29) 합작시[聯詩] : 연시聯詩는 옛날 여러 사람이 합작하여 한 편의 시를 짓던 작시법을
　　말하는데, 사람마다 한두 구절을 짓고 이를 연결하여 한 편의 시로 완성시켰다고 한다.
30) 저잣거리 술집에는~ : 당대 시인 왕창령王昌齡·고적高適·왕지환王之渙 등의 "기정
　　화벽旗亭畵壁"의 고사를 차용한 것으로, 여기서는 그의 희곡이 광범하게 유행한 것을
　　두고 한 말이다. 또, "붉은 깃발이 내걸렸다[樹赤幟]"는 것은 한대의 전략가 한신韓信

는 바가 있어서일까 없어서일까? 어쨌든 마지막 대목까지 읽다보면 "판교의 썰렁한 낙조[板橋殘照]"니 "허리 구부린 버드나무[楊柳彎腰]"니 하는 표현31)들을 볼 수 있는데, 설사 유칠랑柳七郎32)이 되살아난다 하더라도 작자에게 큰 절을 해야 하지 싶다. 이와 같을진데 천년을 거슬러 올라가거나 천년이 흐른다 한들 책상을 두드리며 찬탄하거나 비분강개하며 춤을 추지 않는 이가 있을 수 있겠는가? 훌륭하고도 대단하여 더 이상 중언부언할 것도 없을 지경이다! 다만 만일 이문이 다시 나와 과거에 응시한다면, 은자로서의 안목은 부족해 보인다.33) 그리고 도엽桃葉이 혼약을 물렸다는 일화 역시 단지 「중승께 드린다[與中丞]」 한 곳에만 보일 뿐으로34) 극중 사건이 전부 실제로 있었던 일만 다룬 것은 아니기에, 작자가 아무리 대단한 글재주를 펼쳐 보인다고 해도 내게는 그저 허공의 뜬구름이나 공중의 누각으로만 보일 따름이다.

이 조趙나라를 공격하여 승리를 거둔 고사를 차용한 것으로, 여기서는 대성공을 거두었다는 뜻이다.

31) 판교의 썰렁한 낙조~ : 〈도화선〉의 마지막 대목인 '망국 여담餘韻'의 〈고미주沽美酒〉 노래를 참조할 것.

32) 유칠랑柳七郎 : 송대의 유명한 사인詞人인 유영柳永(987?~1053?)은 본명이 삼변三變 자가 기경耆卿이며, 복건성福建省 숭안崇安 사람이다. 인종仁宗 때 진사進士가 된 후로 둔전 원외랑屯田員外郎을 지내 유둔전柳屯田으로 불리기도 하고, 집안에서 일곱째여서 유칠柳七로 불리기도 하였다. 그의 사는 대체로 재능이 있음에도 불구하고 시절을 잘못 만난 울분과, 부역과 객지생활을 통해 느낀 이별의 슬픔을 묘사한 것이 많다. 평생을 한 곳에 머무르지 않고 자유분방하게 살았으며, 가기歌妓의 생활과 도시의 풍경을 읊은 그의 많은 작품들은 당시 민간에서 널리 유행하여 우물가에서도 그의 노래를 하는 아낙네들을 만날 수 있었다고 한다. 음악에 정통했던 그는 통속적인 구어를 적절히 잘 사용하여 당唐·오대五代의 수식적인 사풍詞風을 바꾸어 놓았다. 저작으로는 『악장집樂章集』이 있다.

33) 이문이 다시 나와~ : 〈도화선〉에서 묘사되는 허구인물로서의 후방역侯方域은 서하산棲霞山에 은거하다가 출가하는 것으로 그려지지만, 실존인물로서의 후방역은 명나라에 대한 절개를 지키지 못하고 순치順治 8년(1651)에 청나라 조정에서 실시한 과거科擧에 응시했다고 한다. 여기서도 그가 과거에 응시한 일을 두고 한 말이다.

34) 도엽이 혼약을 물렸다는 일은~ : 도엽桃葉은 원래 진晉나라의 실력가 왕헌지王獻之의 애첩을 말하지만, 여기서는 이향군을 가리킨다. 〈도화선〉의 '바꿔치기守樓'에서 이향군이 전앙田仰에게 출가하기를 필사적으로 저항한 일은 후방역이 지은 『장회당집壯懷堂集』에 수록된 「이희전李姬傳」과 「중승 전공에게 드리는 글[與田中丞書]」에서 언급되고 있다.

프롤로그

마당 열기

先聲

원제는 "선성先聲"으로, 앞서서 하는 말 또는 일러두기라는 뜻이다. 명대明代에 지어진 전기傳奇 작품은 일반적으로 첫 번째 대목—제일착第一齣[1]으로 시작되는데, 〈도화선桃花扇〉에서는 그보다 앞서 시험적인 대목(프롤로그)—"시일착試一齣"이 선행되고 있다. 이 대목에서는 본극으로 들어가기 전에 명明나라 때 조정에서 남경 태상시南京太常寺의 집례관(찬례贊禮)을 지냈고 그로부터 수십 년이 지난 청淸나라 강희康熙 23년에 태평성대를 구가하는 한 노인이 대강의 줄거리를 독자 / 관중에게 소개하는 것을 주된 내용으로 하고 있다. 부말副末이 연기하는 이 노인은 극적 공간과 현실세계를 수시로 넘나들면서 때로는 극중 등장인물을 연기하기도 하고 때로는 해설자로서 작자의 목소리를 대변하기도 한다.

---

1) 착齣 : 송원 남희宋元南戲나 명청 전기明淸傳奇 극본에서 대목을 세는 단위로서, 원 잡극元雜劇 극본에서 사용되는 '절折'과 유사하다. 원래 송원 남희나 초기의 전기에서는 사용하지 않았지만 명대明代 중엽 이후로 출판 및 독서상의 편의를 위하여 차츰 극본을 약간의 단락으로 나누고 대목마다 숫자를 달고 소제목을 붙이기 시작했다고 한다. 본 번역본에서는 특별한 경우가 아니면 '착齣'을 '대목'으로 번역하였다.

청 강희 연간 갑자년(1684) 8월

등장인물

부말 : 늙은 찬례

양털 두건과 도포를 착용한 부말副末²⁾이 흰 수염을 늘어뜨리고 등장한다.

부말 :　　　　〈접련화蝶戀花〉

골동품³⁾ 치고 나 같은 이가 또 누가 있겠나?

옥도 아니요 구리도 아닌 것이

온 얼굴이 풀이라도 바른 듯 반질거리지.

가까스로 살아남은 모진 인생이라 짝 할 사람조차 없다며

세상 사람들이 손가락질 하고 비웃는다고 피할 거야 없지.

울컥하던 왕년의 한⁴⁾일랑 죄다 지워 버렸나니

술 있고 노래 있는 데라면

---

2) 부말副末 : 중국 고전극의 말색末色에 속한 배역. 송 잡극宋雜劇·금 원본金院本·원 잡극元雜劇에서 이미 그 명칭이 보이는데, 원대元代 도종의陶宗儀의 『철경록輟耕錄』에서 "부말은 옛날에는 '창골'이라고 하였다[副末, 古謂之蒼鶻]"는 설명에서 보듯이, 그 원류를 고대 참군희參軍戲에서 참군參軍의 상대역을 맡는 창골에서 찾아볼 수 있다. 송원 남희宋元南戲나 명청 전기明淸傳奇 체제에서 연극 상연이 시작되는 첫 번째 대목에서는 예외 없이 먼저 부말이 등장하여 〈서강월西江月〉이나 〈접련화蝶戀花〉, 〈수조가두水調歌頭〉 등의 노래를 부르며 효도나 선행을 권하는 덕담이나 우스갯소리를 한 후 노래나 시로 당일 상연하게 될 작품의 줄거리나 등장인물을 소개하게 되는데 이를 "부말이 마당을 연다[副末開場]" 또는 '가문종시家門終始'라고 한다.

3) 골동품[古董先生] : 뒤에 이어지는 "온 얼굴이 풀이라도 바른 듯 반질거리지"와 연계되어 산전수전을 다 겪은 인물 또는 구시대의 인물이라는 의미로 사용되고 있다. 여기서는 작자인 공상임孔尙任이 스스로를 일컬은 말로 볼 수 있다.

4) 왕년의 한[舊恨] : 명말에 있었던 사건들에 관한 온갖 감회를 가리킨다.

어디 머문다 해도 좋아라.
자식 효성스럽고 신하 충성스러워 모두가 제 도리 다하고 있으니
거기다 인삼과5)까지 탐내진 말자꾸나!

해도 아름다운 요堯·순舜 시절6)이요
꽃조차 흐드러진 갑자년甲子年7)이라
산에는 도적도 없고
땅에는 모두가 신선들이구나.

이 몸은 원래 남경 태상시南京太常寺의 찬례였는데,8) 대단한
벼슬을 한 건 아니니 이름은 안 밝혀도 되겠지요. 천만 다행
으로 별다른 낭패도 보지 않고 아흔일곱 해를 살면서 몇 번

---

5) 인삼과人參果 : 전설상의 과일로, 삼천년 만에 꽃이 피고 또 삼천년 만에 열매를 맺으
며 다시 삼천년 만에 완전히 익는데 그것을 먹으면 불로장생한다고 한다.
6) 요堯·순舜 시절 : 중국 전설 속의 성군인 당요唐堯와 우순虞舜이 다스린 시대를 가리
키는데, 뒤에 나오는 '갑자년'과 맞물려서 태평성대를 나타낸다. 당요는 제곡帝嚳의 아
들로 이름이 방훈放勳이며 도당씨陶唐氏라고 부르기도 하는데, 왕위를 아들에게 넘기지
않고 순에게 선양禪讓하여 대표적인 현군으로 전해진다. 순은 전욱顓頊의 후예로 이름
이 중화重華이며 유우씨有虞氏라고 부르기도 하는데, 당요가 그에게 이십 년간 직무를
수행하게 한 후 왕위를 선양禪讓하였다. 여기에서는 청나라 성조[清聖祖]의 재위기간
인 강희康熙 연간을 요순시절에 비유한 말로 사용되고 있다.
7) 갑자년甲子年 : '갑자'는 고대 중국에서 통용된 수사의 일종으로, 십간十干과 십이지十
二支가 차례로 조합되어 예순 번째에 다시 원래의 자리(갑자)로 되돌아 온다. 중국에서
는 보통 연대를 계산하는 데에 사용하는데, 여기서는 청나라 성조[清聖祖]의 강희康熙
23년(1684)을 말한다.
8) 태상시太常寺 : 고대에 제사와 예악을 관장하던 기관. 진대秦代에 봉상奉常을 두고 한
대漢代에 이를 태상太常으로 개칭하였다. 그 수장의 호칭은 북위北魏에서는 태상경太常
卿, 북제北齊에서는 태상시경太常寺卿, 북주北周에서는 대종백大宗伯, 수대隋代부터는 태
상시경으로 인습되었다. 명대明代에는 주원장朱元璋이 오吳 원년(1367)에 태상사太常司
를 설치했다가 홍무洪武 30년(1397)에 다시 태상시로 개칭하고 경卿·소경少卿·시승寺
丞 등의 관리를 두었다. 성조成祖가 도읍을 북경北京으로 천도한 후에는 남경南京과 북
경에 동시에 태상시를 두되 남경의 경우에는 앞에 '남경' 두 글자를 첨기하게 하였다.
이어서 언급되는 '찬례贊禮'는 나라에 제사가 있을 때 왕을 도와 의식을 거행하는 벼
슬아치를 가리킨다.

이나 흥망성쇠를 겪더니만 이제 다시 첫 번째 갑자년9)을 만

났습니다그려! 요·순 임금께서 국정에 임하시고 우禹·고

皐10)께서 자리 하신 듯, 방방곡곡 온 백성들이 태평을 누리

고 해마다 오곡11)이 풍년을 이루는군요. 지금은 바로 강희康

熙 23년인데, 상서로운 징조들이 열두 가지나 나타났답니다.

무대 뒤12) : (묻는다) 어떤 징조들인데요?

부말 :　　　(손을 꼽으면서) 황하黃河에선 그림이 나왔지,13) 낙수洛水에선

책이 나왔지,14) 경성景星15)은 밝아지고, 경운慶雲16)도 나타나

고, 단 이슬17)이 맺혔지, 단 비18)도 내렸지, 봉황이 모여들

---

9) 첫 번째 갑자년[上元甲子] : 고대 중국의 술수가術數家에서는 백팔십 년을 '한 주기
[一周]'로 하되, 그것을 다시 상원上元·중원中元·하원下元의 세 갑자로 나누었다. '첫
번째 갑자년'이란 상원 갑자를 가리키는데, 여기서는 청나라가 중원 통일 이후로 처음
맞이한 갑자년 강희康熙 23년(1684)을 말한다.

10) 우禹·고고皐 : 하우夏禹와 고요皐陶를 가리키는데, 두 사람 모두 순 임금 때의 명신이
다. 곤鯀의 아들인 하우는 성이 사姒 이름은 문명文命으로, 우순虞舜시대에 홍수가 나서
곳곳이 범람하자 아홉 강[九河]을 소통시켜 홍수를 퇴치하였다. 치수의 공을 인정받은
그는 우순의 선양으로 왕위를 계승한 후 법률 정비와 이민족 정벌을 거쳐, 자신의 아
들인 계啓에게 왕위를 물려줌으로써 중국 역사상 최초의 왕조인 하夏를 수립하였다.
중국 고대 전설상의 인물인 고요는 우순시대에 대리大理로 있으면서, 시비와 선악을
가릴 줄 아는 외뿔 짐승인 해치獬豸를 부려서 천하의 죄악을 평정하여 백성들이 편안
히 살면서 즐겁게 생업에 종사할 수 있게 해 주었다고 한다. 여기에서 '우·고'는 어진
재상의 의미로 사용되었다.

11) 오곡五穀 : 원래는 벼·수수·기장·보리·콩의 다섯 가지 곡물을 말하는데, 나중에
는 농작물들을 두루 일컫는 말로 사용되었다.

12) 무대 뒤[內] : 중국 고전극에서 직접 무대에 등장하지 않으면서 무대 위 배우들과 극
중 행위를 수행하는 스태프(staff) 또는 그들의 대기 공간을 가리킨다.

13) 황하에선 그림[河出圖] : 전설에 의하면 임금이 된 복희씨伏羲氏는 황하에서 그림을
진 용마가 나타나자 그 그림에 근거하여 '팔괘八卦'를 만들었다고 한다.

14) 낙수에선 책[洛出書] : 전설에 의하면 하우가 치수를 할 때 낙수洛水에서 등판에 글
자들이 적힌 거북을 발견하고 그 글귀에 근거하여 『구주九疇』를 지었다고 한다.

15) 경성景星 : '덕성德星'이라고도 부르는데, 전설에 의하면 깨끗한 정치가 이루어지는
시대에만 모습을 나타낸다고 한다.

16) 경운慶雲 : '경운景雲'으로 부르기도 하는데, 전설에 의하면 천하가 태평할 때에만 나
타난다고 한다.

17) 단 이슬[甘露] : 전설에 의하면 하늘에서 단 이슬이 내리면 천하가 태평해진다고 한다.

고, 기린도 노닐고,[19) 명협蓂莢20) 풀이 돋아나고, 영지靈芝21)
가 생기는가 하면, 바다에는 파도도 없고,22) 황하까지 맑아
졌다우!23) 가지가지로 구색을 갖추었으니 축하할 일이 아니
고 무엇이겠소? 이 늙은 것이 기쁘게도 태평성대를 만나서
방방곡곡 유람을 하다가, 어제는 태평원太平園24)에서 〈도화
선桃花扇〉이라는 새로 나온 연극을 하나 봤는데, 바로 명나라
말기에 남경南京에서 얼마 전에 있었던 일입디다. 이별과 재
회의 감정을 빌어 흥망·성쇠의 감회를 그리고 있는데, 실제
로 있었던 일과 살았던 사람들을 다루어서 제법 근거가 있더
군요. 이 몸이 들은 소문들뿐 아니라 예전에 죄다 직접 봤던
일들입니다. 더 신나는 건 늙수그레한 이 늙은 것까지 한 패
에 집어넣고 부말이라는 배역을 맡겨설랑 날더러 울었다 웃
었다 화냈다 욕했다 하게 해 주더라는 거지요. 만장하신 손
님들이 나라는 사람이 바로 극중 인물이란 걸 어떻게 알았겠
습니까 글쎄!

무대 뒤 :　대체 그 대단한 극본을 누가 지었답디까?

---

18) 단 비[膏雨] : 오랜 가뭄 끝에 내리는 비를 가리킨다.
19) 봉황鳳凰·기린麒麟 : 옛날에는 봉황을 상서로운 새로, 기린을 상서로운 짐승으로 간
　주했는데, 전설에 의하면 성인이 세상에 존재할 때에만 모습을 나타낸다고 한다.
20) 명협蓂莢 : 전설 속에 등장하는 풀의 일종으로, '역목曆木'이라고도 한다. 매월 초하루
　부터 열닷새까지 하루에 열매가 하나씩 모두 열다섯 개가 열리고, 열엿새부터 월말까
　지 하루에 열매가 하나씩 지는데, 그것으로 날짜를 세었다고 한다. 일설에 따르면 요
　임금 때에 그것이 계단 앞에 생겼다고 한다.
21) 영지[芝草] : 옛날에는 그것을 상서로운 풀로 간주하였다.
22) 바다에는 파도도 없고 : 옛날에는 바다에 파도가 일지 않는 것이 일종의 상서로운
　조짐으로 여겨졌다. 전설에 의하면 주나라 성왕[周成王] 때 월상씨越裳氏가 조공을 왔
　다가 중국의 네 바다에 삼년 동안 파도가 일지 않는 것을 보고 중국에 성인이 나온 것
　으로 여겼다고 한다.
23) 황하까지 맑아졌다우[黃河淸] : 옛날에는 혼탁한 황하의 물이 맑아지는 것을 천하가
　태평해지는 상서로운 조짐으로 간주하였다.
24) 태평원太平園 : 청대에 남경에 있었던 극장 이름.

부말 :   (대답한다) 여러분들은 모르시겠지만서두, 자고로 대단한 극작
가들은 이름을 밝히지 않는 법25)입니다. 다만 그 양반이 추
켜올렸다 깎아내렸다 하는 모양을 볼작시면, 『춘추春秋』26)를
짓는 것도 분명 조상님의 가르침27)을 좇은 일인데다가, 읊을
수도 노래할 수도 있어서 아雅·송頌28)과도 진 배가 없으니
어찌 교훈이 없을 수가 있겠소이까!

무대 뒤 :   그럼 운정산인雲亭山人29)이시겠군요?

부말 :   (대답한다) 누구라고 했소이까?

무대 뒤 :   오늘 사대부들의 격조 있는 모임이 있으니 당장 그 극본을
상연해야겠습니다. 어르신께서는 춘추 높은 분이기도 하시
거니와 새 노래도 들으셨다니, 그 연극의 시말을 미리 한번
들려주어 우리 귀를 좀 씻겨 주심이 어떻겠습니까?

부말 :   (대답한다) 장張도사30)가 지으신 〈만정방〉31)이라는 가사가 있

---

25) 대단한 극작가들은 이름을 밝히지 않는 법[塡詞名家不著姓名] : 중국에서는 전통적
  으로 정통파 문인들은 희곡을 경시하는 경향이 강했기 때문에, 본명을 밝히지 않고 가
  명을 사용하는 경우가 많았다.

26) 『춘추春秋』~ : 노魯나라의 역사로, 공자가 그 내용을 첨삭하고 역사적 사건과 인물
  들에 대한 자신의 의견을 피력하였다. 그래서 공자가 『춘추』를 짓자 천하의 난신적자
  들이 모두 두려워했다고 한다. 여기에서 '춘추'는 공자의 64대손인 공상임이 남명南明
  조정의 실상을 반영한 역사극 〈도화선〉을 지은 일을 공자가 『춘추』를 엮은 고사에 빗
  대어 한 말이다.

27) 조상님의 가르침[庭訓] : 가훈을 말한다. 〈도화선〉은 희곡이지만 그 속에는 포폄의
  뜻을 담고 있어서, 공자가 '아'와 '송'을 바로잡고 『춘추』를 엮은 취지와 일치한다. 공
  상임이 이 말을 꺼낸 것은 자신이 정통파 문인들이 경시하는 희곡을 지은 것이 사실
  은 공자의 가르침에 충실하고자 한 결과물이라는 자신의 입장을 밝히기 위해서라고
  할 수 있다.

28) 아雅·송頌 : 중국 고대의 시가집인 『시경詩經』은 풍風·아雅·송頌의 세 부분으로 나
  뉘는데, 주나라 사람들은 궁중에서 사용되는 노래를 '아', 제사에 사용되는 노래를 '송'
  이라고 하였다. 공자는 집안에 칩거할 때 아들 백어伯魚에게 『시경』을 가르친 적이 있는
  데, '아'·'송'은 바로 그 고사에 빗대어 한 말로, 여기에서는 희곡을 가리킨다.

29) 운정산인雲亭山人 : 공상임의 아호雅號.

30) 장도사張道士 : 여분의 스무 번째 대목 '노변 담소閑話'에 등장하는 장미張薇를 가리킨
  다. 구체적인 사항은 '노변 담소'를 참고하기 바람.

는데, 어디 한 번 들어 보시지요.

〈만정방滿庭芳〉
공자 후侯군32)이
말릉秣陵33)에 잠시 머물며
우연히 남쪽 땅 가인34)과 단짝이 되었다가
험담과 음해에
이 봉새와 난새가 하룻밤 사이에 헤어지고 말았더라.
거기다 온 세상이 어지러워져
강회江淮35)에 할거하는 군웅들이 분분히 일어났다네.
어리석은 임금을 세웠더니만
가희歌姬 끌어 모으고 무희舞姬 뽑는 데만 급급하다가
당쟁이 일어나고 간신배만 득세했었지.
좋은 인연은 다시 이어지기 어려운지
누각에서 거세게 저항하고36)
감옥에서 희망을 잃나 싶더니만37)
소蘇옹과 유柳옹38)이
구명운동에 온갖 정성을 다했더라.
한밤중에 임금도 달아나고 정승도 내빼버리니39)

---

31) 만정방滿庭芳 : 이 사詞는 〈도화선〉의 전체 줄거리를 개괄하고 있는데, 이처럼 "부말 개장"의 말미에서 〈만정방〉으로 극의 전체 줄거리를 개괄하는 것은 당시의 전기傳奇에서는 일종의 관례로 여겨졌다.
32) 공자 후군[侯生] : 남자 주인공 후방역侯方域을 가리킨다.
33) 말릉秣陵 : 남경南京의 다른 이름.
34) 남쪽 땅 가인[南國佳人] : 강남 땅의 미인이라는 뜻으로, 여기서는 이 극의 여주인공 이향군李香君을 가리킨다.
35) 강회江淮 : 지금의 강소성江蘇省 북쪽, 즉 장강長江 이북 지역.
36) 누각에서~ : 스물두 번째 대목 '부채 그림守樓' 부분을 참조할 것.
37) 감옥에서~ : 스물아홉 번째 대목 '검거 선풍逮社' 부분을 참조할 것.
38) 소蘇옹과 유柳옹 : 극중 인물인 소곤생蘇崑生과 유경정柳敬亭을 말한다.

물가에는 안개만 자욱할 뿐 그 누가 충신의 얼[40]을 위로해 줄꼬?
복사꽃 부채일랑은 제단에서 꺾어 버려라.[41]
내가 올바른 길로 이끌어 주리니…….

무대 뒤 : 훌륭하군요, 훌륭해! 하지만 소리가 쩌렁쩌렁해서 제대로 알
아듣지 못했으니, 새로 몇 마디 말로 요약해 주시겠습니까?
부말 : (대답한다) 내 일러 드리지!

간악한 마사영·완대성[42]은 안팎으로 긴 칼에 응징 당하고
재주 많은 유경정·소곤생은 오가며 인연의 줄을 이어 주었다
네.[43]
후공자는 아름답던 꽃과 달의 연분[44]을 끊어 버리고
장도사는 흥망성쇠의 대사건을 매듭지었구나.

말이 끝나기도 전에 벌써 그 공자가 등장했구려. 여러분, 보
시지요!

---

39) 한밤중에~ : 서른여섯 번째 대목 '야반 도주逃難' 부분을 참조할 것.
40) 충신의 얼[忠魂] : 서른여덟 번째 대목 '순국 충신沉江' 부분을 참조할 것. 여기서 충
신이란 남명의 명장 사가법史可法을 가리킨다.
41) 복사꽃 부채[桃花扇] : 마흔 번째 대목 '대오 각성入道' 부분을 참조할 것.
42) 간악한 마사영·완대성[奸馬阮] : 만력萬曆 연간에 전횡을 일삼던 환관 위충현魏忠賢
의 잔당으로, 여기서는 두 사람의 운이 다하여 천벌을 받은 일을 언급하고 있다.
43) 인연의 줄을~ : 소곤생과 유경정이 후방역과 이향군을 맺어주기 위해 애쓴 것을 두
고 한 말이다.
44) 꽃과 달의 연분[花月緣] : 재자와 가인의 연분. 여기서는 후방역과 이향군의 연분을
가리킨다.

桃花扇

설서 감상

聽稗

원제는 "청패^{聽稗}"로, 패관문학^{稗官文學} 즉 이야기를 듣는다는 뜻이다. 여기에서 "패^稗"는 패사^{稗史}의 줄임말로, 예로부터 전해져 오는 소설이나 야사를 가리킨다. 이 대목에서는 명나라 말기에 재사^{才士}로 명성이 높았던 후방역^{侯方域}과 그가 참여했던 문인들의 사교 겸 문학 동인 단체인 복사^{復社}의 선비들이 당시 나라에서 명성을 떨치던 이야기꾼 유경정^{柳敬亭}을 찾아가 당시의 정국을 풍자하는 설서^{說書}를 듣는 것을 주된 내용으로 다루고 있다. 이 대목은 남경^{南京} 교외와 유경정의 처소를 무대로 하는 두 개의 장면으로 구성되는데, 작자는 앞 장면을 후방역의 노래로 시작하고 뒷 장면은 제목에서도 알 수 있듯이, 유경정의 설서로 마무리하는 연출방식을 택하고 있다.

난홍실본 도화선 삽화   서울대학교 도서관 소장

명 숭정 연간 계미년(1643) 2월

등장인물

> 생 : 후방역
>
> 말 : 진정혜
>
> 소생 : 오응기
>
> 축 : 유경정
>
> 부정 : 동자

생生이 선비로 분장하고 등장한다.

선비 : 　　　〈연방춘戀芳春〉

　　　　　손초루孫楚樓[1] 옆

　　　　　막수호莫愁湖[2] 위

　　　　　거기다 수양버들까지 몇 그루 어울렸구나.

　　　　　바로 빼어난 강산에서

　　　　　해 저물녘에 술 팔며

　　　　　행락객들 마시고 놀다 가라 잡아끄는 모습

　　　　　분내 요란하던 남조南朝[3]와 진배없도다.

---

1) 손초루孫楚樓 : 손초孫楚는 동진東晉의 유명한 시인이다. 당나라 시인 이백李白의 시에도 등장하는 손초루는 남경성南京城 서쪽에 자리 잡고 있으며, 막수호莫愁湖와도 가깝다.

2) 막수호莫愁湖 : 양梁나라 명기 막수莫愁가 살던 호수를 말하는데, 남경 서문西門 밖에 있다. 양나라 무제[梁武帝]는 막수를 위해 노래를 짓기도 했다고 한다.

3) 분내 요란하던 남조[金粉南朝] : 분粉은 원래 얼굴에 바르던 납 성분의 화장품을 가리키지만, 여기서는 강남의 미녀를 가리키는 말로 사용되고 있다. '남조南朝'는 남경에 도읍을 정했던 송宋, 제齊, 양梁, 진陳 등의 왕조를 가리키는데, 대체로 문약하고 사치와 향락에 빠져 있었다고 전한다. 숭정崇禎 연간에는 명나라가 풍전등화 같은 위기에

곰곰이 생각해 보니
사랑 놀음 바쁜 저 꾀꼬리·제비들4)이야
나라가 흥하든 말든 무슨 상관이랴!

〈자고천鷓鴣天〉
뜨락 고요하고 휘장 밖 썰렁한데 늦게 자고 늦게 일어나니
그야말로 말릉秣陵 양반들 꽃 감상하는 때로다.
성에는 새벽 비 이어져 메마른 황릉 나무에 내리고
강에는 봄 물결 들어와 허물어진 옛 궁궐터를 드나든다.5)
옛 일을 슬퍼하며
새 가사를 쓰노라니
나그네 슬픔이며 고향 꿈이 실타래처럼 뒤엉키누나.
안개 서린 서쪽 고을 집에서
제비는 올해 뉘집에 머물런지6)…….

소생은 성이 후侯 이름이 방역方域 자가 조종朝宗으로, 중주中
州 귀덕歸德7) 사람입니다. 이문夷門8)의 명문가요 양원梁園9)의

처해 있었음에도 불구하고 강남 사람들은 오로지 사치와 향락에만 탐닉하고 있었다.
작자는 후방역의 입을 통해 그들이 망국 직전의 남조를 고스란히 흉내 내고 있다고
풍자하고 있다.
4) 사랑 놀음 바쁜 저 꾀꼬리·제비들 : 여기에서는 나라의 흥망에는 아랑곳하지 않고
오로지 사치와 향락에만 탐닉하는 군상을 비유한 말로 사용되고 있다.
5) 성에는 새벽 비 이어져~ : 남경에는 태조太祖 주원장朱元璋의 황릉인 효릉孝陵과 궁
전·나무와 집터가 남아 있는데, 제3대 황제 성조成祖가 도읍을 자신의 근거지 북경北
京으로 천도하면서 남경은 '유도留都'라는 이름의 유명무실한 도읍지로 남게 된다. 여
기에서는 메마르고 허물어진 남경의 모습을 통해 임박한 명나라의 멸망을 암시하는
말로 사용되고 있다.
6) 제비는 올해 뉘집에 머물런지[燕子今年宿誰家] : 후방역이 자신을 제비에 빗대어 한
말로, 원래는 당대 시인 유우석劉禹錫이 지은 「잡시雜詩」의 시구에서 비롯된 말이다.
7) 중주 귀덕中州歸德 : 중주中州는 하남성河南省의 다른 이름이며, 귀덕歸德은 지금의 하
남성 상구현商邱縣을 가리킨다.

사대부로, 조부께선 태상시경太常寺卿이셨고 가친께선 사도司徒이셨지요.10) 이 몸은 오랫동안 동림東林11)의 깃발을 펄럭이면서 운간雲間서 시를 뽑고 백하白下에서 글을 모으다가12) 이제 막 복사復社13)에 등단했답니다. 초년에는 해맑은 가사로 반고班固의 향기와 송옥宋玉의 화려함14)을 토해내었고 중년에는 호탕한 기개로 소동파蘇東坡의 바다와 한유韓愈의 파도15)를 이루었지요. 이 몸은 요화궁耀華宮16)에 이웃했던 몸이

---

8) 이문夷門 : 하남河南 개봉부開封府의 다른 이름. 전국戰國시대에 후영侯嬴이라는 사람이 이문을 지킨 고사에서 비롯되었다고 한다. 여기서는 후방역이 명문가 출신임을 나타내는 말로 사용되었다.

9) 양원梁園 : 서한西漢의 양 효왕梁孝王이 세웠다는 정원. 여기서는 위魏나라의 도읍지이던 개봉開封을 가리키는 말로 사용되었다. '양원의 선비'란 원래 양원에 손님으로 자주 드나들던 사대부를 가리키지만, 여기서는 후방역이 중주에서 고귀한 가문 출신임을 나타내는 말로 사용되고 있다.

10) 조부께선 태상시경이셨고~ : 후방역의 조부 후집포侯執蒲는 벼슬이 태상시경太常寺卿에 이르렀으며, 부친 후순侯恂은 호부상서戶部尙書에 이르렀다. 호부상서는 그 직위가 고대의 '사도司徒'와 유사하기 때문에 여기서도 후순을 사도로 부르고 있다.

11) 동림東林 : 만력萬曆 연간에 환관 위충현魏忠賢 일당이 백성들을 가혹하게 수탈하자 당시 무석無錫에 낙향해 있던 고헌성顧憲成, 고반룡高攀龍 등의 사대부들이 중심이 되어 동림서원東林書院을 세우고 국정을 농단하던 환관세력의 폭거를 비판하고 강남 시민·상인들의 권익을 보호하는 등 현실 정치에도 지대한 관심을 보였다. 당시 사람들은 이들을 '동림당東林黨'으로 불렀는데, 후방역의 부친 후순 역시 이 동림당의 일원이었다.

12) 운간雲間·백하白下 : '운간'은 지금의 강소성江蘇省 송강현松江縣, '백하'는 남경의 다른 이름이다. 당시 문인결사인 복사復社의 영도자 장부張溥와 기사幾社의 영도자 하윤이夏允彝가 모두 운간 출신이었다.

13) 복사復社 : 명말인 천계天啓 연간에 장부張溥 등이 동림당의 전통을 계승하고자 남북 각지의 문인들을 규합하여 조직한 문인결사로, 후방역은 복사의 중요한 인물이었다.

14) 반고의 향기와 송옥의 화려함 : 초楚나라의 송옥宋玉과 후한後漢의 반고班固는 모두 유명한 사부辭賦 작가로서, 작품들이 화사한 풍격을 가지고 있어서 "반고는 향기롭고 송옥은 화려하다[班香宋艶]"는 찬사를 들었다고 한다.

15) 소동파의 바다와 한유의 파도 : 당대唐代의 한유韓愈와 송대宋代의 소식蘇軾은 모두 유명한 문학가로서, 작품들이 호방한 풍격을 지니고 있어서 "소동파는 바다 같고 한유는 조류 같다[蘇海韓潮]"는 찬사를 들었다고 한다.

16) 요화궁耀華宮 : 서한西漢의 양 효왕梁孝王이 지었다는 궁궐. 양 효왕은 풍류가 넘치고 문사를 좋아하여 사마상여司馬相如 등의 문장가들이 그를 따랐다고 전한다. 여기서는 후방역의 고향인 상구현商邱縣이 한대의 양梁 지역에 해당되기 때문에 그 지역의 왕으

라 가무와 음주를 몹시 좋아하는데다, 집은 낙양현洛陽縣과 가까워[17] 따로 꽃을 가꿀 일이 없었지요. 작년 임오년壬午年에 남경 향시鄕試[18]에서 낙방한 후로 이곳 막수호 가에 머물고 있습니다. 봉화가 그치지 않아[19] 집에 소식 전하기도 어려운데 어느 덧 다시 봄이 왔군요 이것 좀 보소, 푸른 풀이 두루 펼쳐졌지만 뉘 있어 고향길 동무 삼을꼬? 누런 먼지는 땅에 자욱한데 홀로 피난민 신세가 돼 버렸으니……. (한숨을 쉰다) 슬퍼하지 마오[20] 슬퍼하지 마오 하지마는 어찌 슬퍼하지 않을 수 있겠습니까! 다행스럽게도 복사의 동지인 진정생陳定生과 오차미吳次尾가 채익소蔡益所[21]의 서점에 머물며 수시로 왕래하는 덕에 그리 적적하진 않군요. 오늘은 야성도원冶城道院[22]에 가서 같이 매화를 감상하기로 했으니 서둘러 나서야겠습니다.

로 책봉되었던 양 효왕의 고사를 인용한 것이다.

17) 집은 낙양현과 가까워 : 중국의 고도古都 중 하나인 낙양洛陽은 예로부터 꽃의 명소로 유명하였다. 서진西晉의 부호였던 석숭石崇은 낙양 북서쪽 자기 집에 '금곡원金谷園'이라는 정원을 가지고 있었는데, 당시 그곳의 화초가 대단히 유명했다고 한다.

18) 남경 향시[南闈] : 성조成祖 이후로 기본적으로 양경兩京제도를 채택했던 명대에는 예부禮部가 주관하는 향시鄕試가 북경北京과 남경南京에서 각각 시행되었는데, 전자를 '북경 향시[北闈]' 후자를 '남경 향시[南闈]'라고 불렀다. 이처럼 북경과 남경에서 동시에 향시를 거행하는 과거제도는 청대까지 이어졌다.

19) 봉화가 그치지 않아 : 중국에서는 예로부터 군사적으로 중요한 지역에는 산봉우리마다 초소를 두고 봉화를 써서 적군의 동태를 신속하게 조정에 알림으로써 적의 침입에 제때에 대비할 수 있게 하였다. "봉화가 그치지 않는다"는 것은 전란이 끊이지 않고 일어났다는 뜻으로, 여기에서는 이자성李自成 등의 민란과 만주족滿洲族의 월경으로 내우외환을 앓던 명말의 상황을 빗대어 쓰고 있다.

20) 슬퍼하지 마오[莫愁] : 양梁나라 명기 막수莫愁의 이름은 원래 글자 그대로 풀면 "슬퍼하지 말라"라는 뜻이 된다. 후방역은 여기서 그 이름을 원래의 의미로 사용하여 자신의 어지러운 심사를 토로하고 있다.

21) 채익소蔡益所 : 명말에 남경에서 도서 출판과 유통으로 명성이 높던 서상書商.

22) 야성도원冶城道院 : '야성'은 남경성南京城 서쪽에 소재한 곳으로, 삼국시대에 오吳나라에서 철기를 생산했기 때문에 그렇게 불리게 되었다. '야성도원'은 야성이 있던 자리에 세운 도교 사원으로 오늘날 남경 조천궁南京朝天宮으로 불리는 곳이다.

〈나화미懶畵眉〉

갑자기 날 풀려 바람 안개 강변 고을에 가득하다마는

꽃동산 소풍 반합에는 옥 술잔 챙기자꾸나.

피리 소리가 나그네 애간장 뒤집어 놓으리니

오의항烏衣巷23) 골목일랑 지나지 말자.

어차피 딴 사람 새 기둥일 테니…….

퇴장한다. 말末24)과 소생小生이 선비로 분장하고 등장한다.

두 선비 :　　〈전강前腔〉25)

제왕의 기운이 서린 금릉金陵은 쇠퇴해 가는데

전장의 북과 깃발은 어드메서 분주한고?

매화·버들 소식 따라 봄 강을 넘어올까 걱정이로다!26)

진정혜 :　　소생은 의흥宜興의 진정혜陳貞慧27)올시다.

---

23) 오의항烏衣巷 : 동진東晉의 명문가로 일컬어졌던 왕王·사謝 양대 문벌이 이 골목에
　　몰려 살았다고 전해지는데, 일반적으로 덧없는 부귀공명을 가리키는 말로 사용된다.
　　여기에서 후방역의 말은 "옛적 왕씨 사씨네 집 앞에 노닐던 제비가 평범한 백성들 집
　　으로 날아드누나[舊時王謝堂前燕, 飛入尋常百姓家]"라고 노래한 당나라 시인 유우
　　석劉禹錫의 「오의항」 시에서 비롯된 것이다.

24) 말末 : 원 잡극元雜劇에서부터 사용된 중국 고전극 배역의 하나로, 원래는 주인공을 주
　　로 맡았지만 명청대明淸代 이후로는 조연 배우들이 주로 맡는 배역으로 변화하였다.

25) 전강前腔 : 송원 남희宋元南戱나 명청 전기明淸傳奇에서는 동일한 곡패曲牌를 연이어
　　사용할 경우 두 번째부터는 곡패 명칭을 쓰지 않고 간단히 '전강前腔' 또는 '전강환두
　　前腔換頭'로 부른다. '환두換頭'는 해당 곡의 앞머리와 앞 곡의 앞머리가 글자 수에 있
　　어서 약간의 변동이 있다는 것을 의미한다.

26) 매화·버들 소식~ : "매화·버들 소식이 강을 건너며 봄이 오네[梅柳渡江春]"라는
　　싯귀는 당나라 시인 두심언杜審言의 시 「진릉 육승의 「조춘유망」 시에 화답하여[和晉陵
　　陸丞早春遊望]」에서 비롯된 것으로, 여기에서는 명나라 조정이 날로 기울고 전란이 강
　　남까지 미칠 것을 근심하는 부정적인 의미로 사용되었다.

27) 진정혜陳貞慧(1604~1656) : 자가 정생定生으로, 상주常州 의흥宜興 사람. 재능이 출중하
　　여 모양冒襄·방이지方以智·후방역侯方域과 함께 '강남의 네 공자江南四公子'로 불렸다.

오응기 :   소생은 귀지貴池의 오응기吳應箕28)올시다.

진정혜 :   오형께서는 유적流賊29)들 소식을 아십니까?

오응기 :   어제 저초邸抄30)를 보니 유적이 관군을 연거푸 격퇴하면서
　　　　　서서히 서울로 죄어들어온다고 합디다. 영남후寧南侯 좌량옥
　　　　　左良玉31)은 양양襄陽으로 회군해 버렸으니, 중원은 이제 무주
　　　　　공산이 된 셈이지요. 이미 국가대사를 알 수 없게 되었소마
　　　　　는 우리는 봄 경치나 즐깁시다. (합창한다)

두 선비 :   주인도 없이 봄기운만 요동을 치니
　　　　　비바람이 배꽃에 몰아치면 새벽 화장도 지워지고 말겠지…….

실각했던 '엄당閹黨' 완대성阮大鉞이 다시 정치활동 재개를 도모하자 오응기吳應箕 등과
함께 「유도방란공게留都防亂公揭」를 써서 완대성을 공격하였다. 남명南明 조정에서 재기
에 성공한 완대성은 병부상서兵部尙書가 되자 과거의 원한을 갚기 위해 그를 금의위錦
衣衛에 투옥하였다. 진정혜는 명나라가 멸망한 후 고향에서 은거했으며, 저서로는 『황
명어림皇明語林』, 『산양록山陽錄』, 『설잠집雪岑集』, 『추원잡패秋園雜佩』, 『팔대가문선八大
家文選』 등이 있다.

28) 오응기吳應箕(1594~1645) : 자가 봉지鳳之·차미次尾로, 안휘성安徽省 귀지貴池 사람이
　　다. 숭정崇禎 연간에 부방副榜에 합격하여 관계에 진출하였다. 숭정 11년(1638)에는 「유
　　도방란공게留都防亂公揭」를 써서 복사復社의 황종희黃宗羲 등과 함께 환관세력에 부역했
　　던 완대성阮大鉞을 성토하였다. 나중에 완대성이 다시 득세하여 그를 음해하려 하자 피
　　신했다가 남경이 청군淸軍에게 함락되자 의병을 일으켜 항전운동을 벌이다가 사로잡혀
　　죽음을 당하였다. 저서로는 『누산당유서樓山堂遺書』, 『독서지관록讀書止觀錄』이 있다.

29) 유적流賊 : 명대 말기에 조정에서 이자성李自成이 이끄는 농민 봉기군을 비하해서 부
　　르던 이름으로 '틈적闖賊'으로 부르기도 하였다.

30) 저초邸抄 : 한대의 제후 및 당대의 번진藩鎭들은 도읍지에 관저를 두고 조공을 온 제
　　후들의 거처로 사용하게 하였다. 보통 이곳에서 황제의 칙명이나 신하들의 상소문을
　　필사하여 제후들에게 보고하고는 했기 때문에, 이를 '저보邸報' 또는 '저초邸抄'라고 불
　　렀으며, 나중에는 관청에서 발행하는 관보를 가리키는 말로 전용되었다.

31) 좌량옥左良玉(1599~1645) : 자가 곤산崑山으로, 산동 임청臨淸 사람이다. 병졸로 종군하
　　면서 여러 차례 전공을 세워 당시 창평 독치昌平督治이던 후순侯恂에 의해 부장副將으로
　　발탁되었다. 나중에는 민란을 진압한 공로로 영남백寧南伯에 책봉되었는데 막강한 군사
　　력에 기대어 매사에 거리낌이 없었다. 복왕福王이 즉위한 후 영남후寧南侯로 승격되어
　　무창武昌을 지키다가, 홍광弘光 원년(1645)에 복왕 측근의 간신배를 응징한다는 명목으
　　로 휘하 병력을 이끌고 강남으로 이동하던 중 구강九江에서 병사하였다.

생이 등장하여 두 사람과 대면한다.

후방역:　어서…… 역시 두 분께서 먼저 나오셨군요.
오응기:　어찌 늑장을 부리겠습니까!
진정혜:　소생이 벌써 사람을 시켜 복사꽃 화원을 청소하고 술을 받아
　　　　　모시라고 일러두었습니다.

부정이 동자로 분장하고 급히 등장한다.

동자:　　날씨 썰렁하여 술은 좀 차가운 듯하다마는
　　　　　꽃이 좋다 보니 끄는 사람 많기도 하구나.

　　　　　상공님들, 늦으셨습니다. 그냥 돌아가시지요!
진정혜:　뭐가 늦었다는 말이냐?
동자:　　위부魏府의 서徐공자32)께서 손님들을 모시고 꽃구경을 하신
　　　　　다는 바람에 이 큰 화원이 벌써 꽉 찼답니다요.
후방역:　그렇다면, 일단 진회秦淮33) 강변 정자로 가서 미인이라도 찾
　　　　　아보는 것도 재미있겠지요.
오응기:　굳이 멀리까지 갈 필요도 없겠습니다. 두 분도 아시겠지만
　　　　　태주泰州 출신의 유경정柳敬亭34)이 설서說書35) 솜씨가 썩 대단

---

32) 서공자徐公子 : 명나라 태조 주원장의 의형제이자 개국공신인 서달徐達의 후손 서청
　　군徐青君을 가리킨다. 서달이 위국공魏國公에 책봉되고 후손들이 그 벼슬을 대대로 세
　　습했기 때문에 그 직계 자손의 저택을 '위부魏府'로 불렀다.
33) 진회 : 남경南京을 거쳐 흐르는 강의 이름. 전설에 따르면 진나라 시황[秦始皇]이 남부
　　를 순방하다가 용장포龍藏浦에 이르러 제왕의 기운이 있는 것을 보고 지맥을 끊어 제왕
　　의 기운이 강으로 빠져나가게 했다 하여 진회秦淮로 부르게 되었다고 한다. 진회는 '십
　　리진회十里秦淮'라 하여 예로부터 기방과 상가가 즐비했으며, 언제나 등롱을 단 등선燈船
　　이 용처럼 이어져 "진회의 등선은 천하에서 으뜸[秦淮燈船, 天下第一]"이라는 찬사가
　　나올 정도로 사치와 풍류가 넘치는 명소로 알려졌다.

하답니다. 전번에 오교吳橋의 범范대사마36)와 동성桐城의 하何
상국37) 댁에서도 들어봤습니다. 듣자니 이곳에 머문다고 하
던데 같이 가서 들으면서 이 봄의 시름을 떨쳐버리지 않으시
렵니까?

진정혜 : 그것도 좋지요!

후방역 : (화를 내면서) 그 곰보 유가는 이번에 내시의 자식인 털보 완阮
가38)의 식객이 됐다는데, 그런 자의 설서라면 안 듣는 게 낫

---

34) 태주 출신의 유경정[泰州柳敬亭] : 명대 말기부터 청대 초기까지 전국에 명성을 날린
설서說書 예인 유경정(1587~1668)은 이름이 봉춘逢春이며 강소성 태주 사람이다. 원래
는 조曹씨였는데, 원수를 피해 세간을 떠돌던 중 버드나무 아래에서 잠시 쉬게 된 것을
계기로 성을 유柳씨로 바꾸었다고 한다. 한때는 좌량옥左良玉의 막부幕府에 있다가 그가
싸움에서 패하자 다시 송강松江 마제독馬提督의 진영에 의탁하기도 했으나 좀처럼 뜻을
펴지 못하였다.

35) 설서說書 : 우리나라의 판소리와 유사한 중국의 전통 연희. 공연 양식이나 지역에 따
라 설서說書·평서評書·평탄評彈 등의 이름으로 불리며, 지난 시대의 역사 이야기를
다루는 경우가 많기 때문에 때로는 강사講史·연사演史 등으로 불리기도 한다. 산문과
운문을 엇섞어 가면서 불교 교리를 들려주던 당대 변문變文과 도시 시민을 대상으로
단편 에피소드나 대하 역사 이야기를 들려주던 송대 화본話本의 예술 전통을 계승하
여, 기본적으로 이야기를 위주로 하면서 중간 중간 노래를 더하는 형태를 취하는 것이
보통이다. 북경北京 일대에서 공연되는 경운대고京韻大鼓처럼 한 사람이 한 손으로 박
판拍板을 놀리고 한 손으로는 북을 치면서 공연하기도 하지만, 소주蘇州 일대에서 공연
되는 평탄評彈의 경우처럼 한 사람은 이야기와 노래를 전담하고 한 사람은 비파 등의
악기를 연주하면서 공연하는 형태를 취하기도 한다. 송원대에 유행하던 이야기들을
다룬 『전상평화오종全相平話五種』, 『대송선화유사大宋宣和遺事』나 『경본통속소설京本通俗
小說』, 『청평산당화본淸平山堂話本』 등은 설서의 대본을 소설화 한 것으로, 문학적으로
가치가 높을 뿐 아니라, 어학적으로도 당시의 구어체 중국어(백화白話) 연구에 있어 대
단히 중요한 가치를 지니고 있다. 명대 소설을 대표하는 『삼국지연의三國志演義』나 『수
호전水滸傳』, 『금병매金甁梅』 역시 원래 설서 예인이 들려주던 이야기들을 소설로 각색
한 것들이다.

36) 범대사마[范大司馬] : 범경문范景文은 하북성 오교 사람으로, 위충현에게도 동림당에
도 속하지 않는 중도파였는데, 숭정 7년에 병부상서兵部尙書를 배수 받고 숭정 말기에
동각대학사東閣大學士를 겸하면서 내각에서 국정을 보좌하다가 북경이 함락되자 순절하
였다. '대사마大司馬'는 고대의 벼슬 이름으로, 여기서는 병부상서를 두고 한 말이다.

37) 하상국[何相國] : 하여총何如寵은 안휘성 동성 출신으로, 숭정 2년에 예부상서禮部尙書
로서 동각대학사東閣大學士를 겸했으며, 내각에 참여하여 국정을 보좌하였다. '상국相
國'은 고대의 벼슬 이름으로, 여기서는 재상에 빗대어 한 말이다.

오응기 :   습니다!

오응기 :   후형은 아직 모르시는군요. 털보 완가는 전번 검거 선풍[39]에
        서 살아남은 주제에 근신할 생각은 않고 아직도 여기서 기생
        이나 키워 조정 대신들과 줄을 대어보겠다고 난리랍니다. 소
        생이 「유도留都의 난리를 막고자 하는 격문」[40]이라는 글을
        써서 놈의 죄상을 공론화 했더니, 그 식객들도 그제서야 놈
        이 역적 최崔가와 위魏가[41]의 도당이라는 것을 알고는 노래

---

38) 내시의 자식인 털보 완가[閹兒阮鬍子] : 완대성阮大鋮(1587~1646)은 명말의 문학가로
자는 집지集之 호는 원해圓海·석소石巢·백자산초百子山樵이며, 안휘安徽 회녕懷寧 사람
이다. 만력萬曆 연간에 진사進士가 된 그는 처음에는 천계 연간天啓年間(1621~1627)에
당시의 세도가였던 환관 위충현魏忠賢의 양아들이 되어 아부하면서 광록경光祿卿이 되
었으나 동림당東林黨을 적대했다가 숭정제崇禎帝 즉위 후 '위당魏黨'으로 지목되어 삭직
되었다. 나중에 남경南京에 체류하면서 재기를 노리던 중 숭정 11년(1638)에 다시 전력
이 문제가 되어 복사復社의 비난의 표적이 되었다. 명나라가 망한 후에는 지인이던 마
사영馬士英의 추천으로 병부좌시랑兵部左侍郎·병부상서兵部尙書에 임명되었지만 동림
당을 공격하는 데에 몰두하였다. 남경이 함락되자 도주했다가 청조淸朝에 투항하고 청
군淸軍을 따라 복건성福建省까지 종군하다가 선하령仙霞嶺에서 죽었는데 일설에 따르면
청군에게 살해되었다고 한다. 정치와 문학에서의 평가가 크게 엇갈리는 그는 '석소의
네 가지 전기[石巢四種傳奇]'로 일컬어지는 〈연자전燕子箋〉, 〈춘등미春燈謎〉, 〈모니합牟
尼合〉, 〈쌍금방雙金榜〉 등의 희곡을 남겼는데, 작풍은 시종 탕현조湯顯祖를 본뜨고 있으
나 대사의 화려함과 형식만을 추구하는 유미적唯美的인 경향에 빠져, 구성의 교묘함과
는 달리 그 내용은 평범하고 통속적이다.

39) 검거 선풍 : 숭정 즉위 초기에 황제가 동림당의 협조하에 진행한 위충현 일당에 대
한 대대적인 숙청작업을 가리킨다. 이 무렵 완대성도 과거에 왕원汪元을 무고한 이른
바 '왕원안汪元案'에 연루되었으나 중벌을 받은 다른 사람들과는 달리 가까스로 삭직
되는 정도의 가벼운 처분을 받고 고향 회녕懷寧에서 근신하였다.

40) 유도의 난리를 막고자 하는 격문[留都防亂揭帖] : 오응기가 완대성의 죄상을 폭로하
기 위해 쓴 격문을 가리킨다. 당시 이 격문에 서명을 한 사람은 명말에 강남의 진보세
력을 대표하던 오응기·진정혜·고자방顧子方 등 140여 명의 문인들이었다. 자세한 경
위는 본서의 해제 부분을 참조할 것.

41) 역적 최가와 위가 : '최가'는 최정수崔呈秀를 가리키며, '위가'는 위충현을 말한다. 최
정수는 하북 계주薊州 사람으로 전이경田爾耕과 함께 '엄당閹黨' 즉 위충현魏忠賢 일당
의 주축이었다. 만력萬曆 연간의 진사進士 출신으로 행인行人에 임명되었고, 천계天啓
초기에는 어사御史로 발탁되었으나 독직 죄로 파직되자 위충현에게 의탁하여 양자가
되었다. 이듬해에 『천감록天鑒錄』, 『동림동지록東林同志錄』을 헌상하여 동림당東林黨을
배척하고 그 공로로 천계 6년(1626) 벼슬이 공부상서工部尙書 겸 좌도어사左都御史에 이

가 끝나기도 전에 다들 소맷자락을 떨치고 떠나가 버렸답니다. 곰보 유옹도 그 양반들 사이에 있었으니 어찌 존경스럽다 하지 않을 수 있겠소이까!

후방역 : (놀라면서) 저런! 그 부류들 중에도 그런 호걸이 있을 줄이야 ……. 그렇다면 당연히 물색해야지요! (함께 간다)

〈전강前腔〉

신선의 도량 즐비하고 생황笙簧 부는 소리 들리는데

사람은 깊디깊은 붉은 동굴42) 옆에 머물며

푸른 바다가 뽕밭 되는 모습 두 눈으로 태평스레 지켜보노라.

동자 : 여기예요, 쉰네가 사람을 부릅지요. (부른다) 곰보 유씨, 게 있수?

진정혜 : (호통을 친다) 예끼! 그 분은 세간의 명사이시니 '유 상공43)'이라고 불러 드려야지!

동자 : (다시 부른다) 유 상공 어르신님, 대문님 좀 여셔 보실래요?

축丑이 작은 모자·검푸른 도포44)·흰 수염을 하고 유경정으로 분장하여 등장한다.

유경정 : 대문 잠근 사이 푸른 이끼만 길게 자랐는데

르렀다. 이듬해에 다시 병부상서兵部尚書가 되었지만 숭정제의 즉위로 탄핵을 당하자 처벌을 두려워하여 스스로 목을 매어 자결하였다.

42) 붉은 동굴[丹洞] : 고대의 지리서인 『산해경山海經』에서는 신선이 은거하는 곳을 이르는 말. 여기서는 유경정의 거처를 두고 한 말이다.

43) 상공相公 : 원래는 재상에 대한 존칭으로 사용하던 말. 나중에는 선비나 관리를 부르는 말로도 두루 사용되었다.

44) 검푸른 도포[海靑] : 소맷자락이 넓은 짙은 남색 두루마기.

옛 이야기 나누던 나무꾼·어부[45]께서 이 도량을 찾아오셨나?

(보더니) 이제 보니 진정혜·오응기 두 분이셨군요. 이 늙은 것이 실례했습니다요! (생을 보면서 묻는다) 이 분은 누구신지…….

진정혜: 이 분은 소생의 친구인 하남河南의 후조종이올시다. 당대의 명사인데 전부터 선생의 설서 솜씨를 흠모하던 차에 가르침을 얻고자 일부러 찾아뵈었습니다.

유경정: 당치도 않습니다, 앉으십시요, 차를 올리겠습니다. (모두 앉는다) 상공들께서는 모두 글을 하는 군자들이신데『사기史記』,『통감通鑑』[46]은 읽지 않으시고 난데없이 늙은이의 변변찮은 설서를 들으러 행차하시다니요! (가리킨다) 보십시오.

〈전강前腔〉

퇴락한 뜨락의 마른 소나무는 허물어진 담장에 기대어 있고
실 같은 봄 비에 궁궐의 풀 향기롭기만 한데
여섯 왕조[47] 흥망의 역사가 불현듯 뇌리에 떠오르누나.
북과 박판 살며시 내려놓고
눈물 흘리며 들려주는 이야기는 남녀의 애를 끊나니…….

후방역: 너무 겸손해 하실 것 없으니, 한 수 가르쳐 주시지요.

---

45) 나무꾼·어부[樵漁] : '어초漁樵'는 원래는 나무꾼과 어부를 가리키는 말이었지만, 나중에는 이해타산과 부귀공명에 집착하는 속세를 떠나 유유자적하는 은자를 가리키는 말로 주로 사용되었다.

46) 『사기史記』·『통감通鑑』:『사기』는 서한西漢의 문인 사마천司馬遷이 지은 역사서를,『통감』은 송대의 정치가 사마광司馬光이 지은 역사서인『자치통감資治通鑑』을 가리킨다.

47) 여섯 왕조[六朝] : 중국 역사상 남경南京을 도읍으로 정했던 오吳·동진東晉·송宋·제齊·양梁·진陳의 여섯 왕조를 가리키는데, '육대六代'라고도 부른다. 이 여섯 왕조는 주로 장강 이남 지역에 세워졌다는 뜻에서 '남조南朝'로 불리기도 한다.

유경정:　기왕에 이렇게 왕림해 주셨으니 이 늙은이도 더 이상 고사할
　　　　수는 없겠습니다만, 이런 연의演義·맹사盲詞48) 따위가 여러분
　　　　귀에 거슬리지나 않을까 걱정될 뿐입니다. 어쩔 수 없군요,
　　　　상공들께서 읽으시는『논어論語』라도 한 구절 들려 드리지요!
후방역:　그것 참 이채롭군요.『논어』를 어떻게 설서로 들려주겠다고
　　　　하시는지?
유경정:　(웃으면서) 상공께서도 하시는데 이 늙은이라고 못 하겠습니
　　　　까? 아무튼 오늘 문자 좀 써가면서 한번 읊어 보렵니다.

　　윗자리로 가 앉더니 북과 박판을 두드리면서 설서를 시작한다.

　　　　날더러 어째서 푸른 산 속에 사느냐고 묻길래
　　　　웃기만 하고 대꾸하지 않지만 마음은 절로 편해지누나.
　　　　복사꽃이 물 따라 멀리 흘러가는 곳에
　　　　인간 세상 아닌 별천지가 펼쳐져 있는 것을49)……

　　(성목醒木50)을 울리더니 이야기를 시작한다) 여러
분께 삼가 아룁니다. 오늘 들려드릴 이야
기는 다른 것이 아니오라 노魯나라의 세
가문51)이 군주를 능멸한 죄상을 고하고

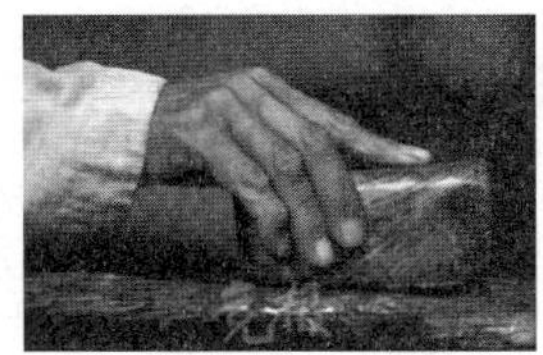

성목

---

48) 연의演義·맹사盲詞 : '연의'란 역사적 사실에 근거하면서 민간의 전설을 첨가하여 통
　속적이고도 이해하기 쉽게 엮은 역사소설을, '맹사'란 맹인이 노래와 이야기로 특정한
　이야기를 들려주던 일종의 설서를 가리킨다.
49) 날더러~인 것을 : 당대 시인 이백李白이 지은 시「산중문답山中問答」에 나오는 시구.
　중국의 설서에서는 이야기를 시작할 때 이처럼 고시나 전고를 다음 대목의 화두를 이
　끌어내는 수단으로 사용하는 경우가 많다.
50) 성목醒木 : 민간의 설서 예인이나 관청의 관리가 청중의 주의를 환기시키기 위해 사용
　하던 직육면체의 나무토막으로, '경목驚木' 또는 '경당목驚堂木'으로 부르기도 한다.
51) 노나라의 세 가문[魯三家] : 춘추시대 노나라의 중손仲孫·계손季孫·숙손叔孫의 세

성인 공자孔子께서 예악을 바로잡으신 공적을 기리는 이야기 올시다. 당시 노나라에서는 도의가 쇠퇴해지고 사람들마다 하극상을 일삼았는데, 우리 스승님께서 위衛나라에서 노나라로 돌아오시고52) 나서야 예악이 바로잡혔습니다. 그 악관樂官들은 그제서야 깨달은 바가 있었던지 부끄러움과 후회로 착잡해져서 사방으로 뿔뿔이 흩어져 떠나버리니, 그 권문세족의 시끌벅적하던 공연장을 금새 썰렁하게 만들고 말았지 뭡니까! 성인의 수완이 대단합니까 안 대단합니까? 놀랍습니까 안 놀랍습니까? (북과 박판을 두드리며 노래한다)

〈고사일鼓詞一〉53)
예로부터 성인께서는 수완이 대단하셔서
바람 일으키고 비를 부르는가 하면
콩 뿌려 병정까지 만들어낼 줄 아셨답니다.
난신적자 무리가 무례하게도 가무 가르치는54) 걸 보시더니만

가문은 당시 노나라 군주에게 봉사하는 대부大夫이면서도 군주보다 더한 권세를 누리던 세도가 집안이었다. 계급질서가 대단히 엄격하던 고대 중국에서는 낮은 계급에 속한 가문이 그보다 높은 계급의 의례를 함부로 따르는 행위를 '참절僭竊'이라 하여 일종의 하극상으로 간주하였다. 앞서의 세 집안은 제후에 봉사하는 대부의 가문이면서도 천자나 제후의 예법을 따랐기 때문에 당시 사람들에게 빈축의 대상이 되었다. 유경정이 들려주는 이 이야기는 『논어論語』「미자微子」의 태사 지가 제나라로 가 버린 고사[太師摯適齊]에 근거한 것이다. '태사'는 고대에 궁중에서 음악을 관장하던 악관樂官을 가리킨다.

52) 위나라에서 노나라로 돌아오시고[自衛反魯]: 『논어論語』「자한子罕」에 나오는 공자의 일화를 설서로 엮고 있다.

53) 여기서 유경정이 노래하는 〈고사일〉에서 〈고사오〉까지의 내용은 명대 말기의 고사鼓詞 작가 가부서賈鳧西(1590?~1676?)의 원작으로 『목피인 고사木皮人鼓詞』에 수록되어 있는 「태사 지가 제나라로 가다[太史摯適齊]」 대목을 차용한 것이다. 가부서는 이름이 응총應寵, 자가 사퇴思退, 호가 부서鳧西, 별호가 목피산객木皮散客이다. 공상임과 동향인 그는 공상임이 어릴 때부터 교분을 가지면서 민족의식과 사회비판정신을 불어넣어 주었다고 한다.

54) 무례하게도 가무 가르치는: 『논어論語』「팔일八佾」에 언급된 계손季孫씨가 팔일무八

아주 작은 수완들을 갖고서도

놈들을 흔적도 없게 만드셨지요

천한 앞잡이와 잡것들만 줄지어 있는 것을

고고한 절개 맑은 인품 지닌 대단한 영웅들로 만들어 놓으셨지요

(성목을 울리더니 이야기를 시작한다) 그 태사太史는 이름이 지摯였
는데, 제일 먼저 제齊나라로 가 버렸습니다. 왜 제나라로 가
버렸을까요? 제 이야기를 들어 보십시요! (북과 박판을 두드리며
노래한다)

〈고사이鼓詞二〉

우두머리 격이던 그 대단한 태사 지,

그가 말했습니다.

"허허, 내가 왜 세 집안을 위해 경양景陽의 종55)을 친단 말인가?

예전엔 눈이 멀어 그 진흙탕 속에서 어울렸지만

이제는 몸 털고 깨끗이 떠나 버리련다.

성큼 걸음으로 바로 동북 녘으로 향하여

경중敬仲선생56)과 힘 모아야 내 이름을 날릴 수 있으리라.

분명 기쁜 나머지 공자께서 석 달 동안 고기 맛을 잊어버리고57)

佾舞를 즐긴 고사를 가리킨다. '일佾'은 무용수의 대열을 말하는데, 전통적인 예법에 따
르면 중국에서는 지위에 따라 즐길 수 있는 춤의 규모가 조금씩 달라서, 천자天子는
여덟 줄, 제후諸侯는 여섯 줄, 대부大夫는 네 줄로 정해져 있었다. 공자는 계손씨가 대
부이면서도 천자의 춤을 즐겼다고 비난하였다고 한다.

55) 경양의 종[景陽鐘] : 남제의 무제[南齊武帝]가 시간을 알리기 위해 경양루景陽樓에
설치한 종. 춘추시대의 태사 지와 남제의 경양의 종은 시간적으로 거의 천 년이나 차
이가 나지만, 중국의 민간 연회에서는 고사를 인용할 때 이처럼 시간적·공간적 혼동
이 수시로 관찰된다. 여기서도 특별한 의미 없이 연회 시간을 알리는 종의 의미로 경
양의 종을 언급하고 있을 뿐이다.

56) 경중선생[敬仲老先] : 여기서 '경중'은 전국시대 제齊나라의 군주이던 전씨田氏의 조
상인 전경중田敬仲을 가리킨다.

경공景公58)도 눈물 훔치며 귀 기울여 들을 테니
저 난신적자들이 표범 심장, 곰 간을 먹었다59) 해도
감히 강태공姜太公 댁60)까지 쫓아가 악관을 잡아들이진 못할 게다!"

(성목을 울리더니 이야기를 한다) 아반亞飯61)을 맡은 간干은 초楚나라로 가고, 삼반三飯을 맡은 요繚는 채蔡나라로 가 버렸으며, 사반四飯을 맡은 결缺은 진秦나라로 가 버렸지요. 세 사람이 왜 덩달아 가 버렸느냐구요? 제 이야기를 들어 보십시요! (북과 박판을 두드리며 노래한다)

〈고사삼鼓詞三〉
식욕을 돋우던 이 악관들 자기네 대장이 사라지자
하나하나 제 갈 길 찾아 떠나기 시작했지요
아반이 말했답니다.
"난신적자가 당상에서 사발을 들고 있는 동안
난 엉뚱하게 불고 두드리며 놈이 듣는 걸 시중만 들고 있었다니!
보게나 대장이 이번에 제나라로 가 버려도 아무도 찾지 못하잖나?
나도 저 웅역熊繹62) 대왕께 찾아가

---

57) 석 달 동안 고기 맛을 잊어버리고[三月忘肉味] :『논어論語』「술이述而」에 따르면 공자는 제나라에서 소악韶樂을 듣고나서 석 달 동안 고기 생각을 하지 않았다고 한다.
58) 경공景公 : 제나라의 군주.
59) 표범 심장, 곰 간을~ : 흉악하고 대담한 것을 비유한 말. 아무리 흉악하고 대담한 난신적자라도 제나라 군주의 영토를 침범하면서까지 태사 지를 끌고 갈 수는 없다는 뜻이다.
60) 강태공姜太公 댁 : 강태공은 주나라 문왕文王을 도와 천하의 패업을 이룬 후 제나라의 왕으로 책봉되었다. 여기에서 '강태공 댁'이란 강태공의 영지인 제나라를 가리킨다.
61) 아반亞飯 : 두 번째 식사 때에 음악을 연주하여 식욕을 돋우던 악관을 '아반'이라고 부르고, 세·네 번째 식사의 식욕을 돋우던 악관을 각각 '삼반三飯', '사반四飯'이라고 불렀다.
62) 웅역熊繹 : 주나라 성왕成王 때 사람으로 초나라를 건국한 개국 군주이다.

그의 위엄 덕이나 보련다.”
삼반이 말했지요
“하남의 채蔡나라[63]가 작기는 하지만
그 당당한 중원은 서울과 아주 가깝다지.”
사반도 거들었지요
“멀리 서진西秦을 바라보니 천자의 기운이 서려 있으니
그 막강한 군대의 진영으로 내가 가서 아쟁을 뜯으리라.”
그러더니 일제히 말했답니다.
“너희가 매일같이 새문塞門[64] 기둥에 기댄 채 날 부렸지만
이제부터는 너희도 내 소문 들으면서 골머리 꽤나 앓게 될 게다.”

(성목을 울리더니 이야기를 한다) 북 치던 방숙方叔은 황하로 숨고,
작은 북 두드리던 무武는 한수漢水로 숨었으며, 소사少師[65] 양
陽과 편경 치던 양襄은 바다로 숨어 버렸습니다. 이 네 사람
에게는 저마다 가는 방법이 다 있었답니다. 제 이야기를 들
어 보십시오! (북과 박판을 두드리며 노래한다)

〈고사사鼓詞四〉
편경 두드리고 북 치던 이 서너 양반
그가 말했답니다.
“당신이 이 엉망진창인 역할을 죄다 팽개쳤으니 나도 못하겠어.
당신은 여기서 못된 놈이 왕초 노릇 한다며 딴 데서 주인을 찾지만

---

63) 채蔡나라 : 춘추시대 소국의 하나.
64) 새문塞門 : 병풍을 가리킨다. 고대의 예법에서는 천자는 노문路門 바깥에, 제후는 문
　　안에 각각 병풍을 설치할 수가 있었지만, 대부는 발을, 사인士人은 휘장만 치도록 규정
　　하였다. 『논어』 「팔일」에서도 나오는 것처럼, 여기서는 노나라의 세 대부가 군주를 능
　　가하는 권세를 누리며 위세를 부리는 것을 비꼬는 말로 사용되고 있다.
65) 소사少師 : 고대의 악관.

거기 가서도 굽신거리면서 그래 봤자 했던 짓 또 해야 될 걸?
우리는 잎새처럼 작은 쪽배로 무릉도원으로 가 버릴 거야.
이 정도는 되어야 세상천지에 몇 안 되는 어부[66] 소릴 들을 수
있지."

(성목을 울리더니 이야기를 한다) 이 네 사람은 잘 떠났고 멋지게
떠났으며, 썩 재미있게 떠났습니다그려! 그들이 뭐라고 했는
지 들어 보실랍니까? (북과 박판을 두드리며 노래한다)

〈고사오鼓詞五〉
그가 말했답니다
"열 길이나 되는 산호는 햇빛 받아 불그레하고
진주는 수정으로 된 용궁 받치고 있는 가운데
용왕님께서 우리를 잔치 자리에 앉히시니
저 금동金童·옥녀玉女[67]가 예사롭지 않구나.
봉황 퉁소·상아 피리가 용 울음 소리처럼 곱게 울린다지만
누구더러 불고 치라고 해야 우리가 듣는 게지.
고 난신적자 미끄러지듯 황하 가로 달려나와 날 쫓아온다 해도
만 리나 덮고 있는 이 안개 때문에 길마저 헷갈릴 걸?
산 높고 물 멀어 참된 친구 없다 말하지 마소.
보시오들 바다 끝·하늘가에 온통 내 옛 형제들이라오
모두들 창호지 뚫고 세상 구경 하려던 차에
고맙게도 저 신명님께서 불 구덩이에서 날 구해 주시네.

____

66) 세상천지에 몇 안 되는 어부: 당대 시인 두보杜甫의 시 「추흥秋興」(제7수)에 나오는
   "세상천지 단 하나의 어부[江湖滿地一漁翁]"이라는 시구에서 비롯된 말로, 여기에서
   는 욕망으로 가득 찬 세속을 떠나 자유롭게 천하를 떠도는 자유인으로서의 어부를 나
   타내는 말로 사용되었다.
67) 금동·옥녀: 신선의 시중을 드는 동자·동녀를 말한다.

이 세상 푸른 바다가 밭 되고 밭이 바다 되는 동안에도
우리 고매하신 스승님께선 두 눈 다 버려가며 '육경六經'68)을 다
듬으셨다오.”

(설서를 마치고 일어서면서) 부끄럽습니다, 부끄러워!
진정혜 : 훌륭합니다, 훌륭해! 당대의 응제應制·강의講義69)라 한들 이
처럼 후련할 수가 있겠소이까? 참 대단한 솜씨올시다!
오응기 : 경정敬亭께서 완가 집을 나오신 후로는 다른 후견인은 찾지
않으신다고 하더니만, 이렇게 체험담70)을 잘 각색해 놓으셨
구려!
후방역 : 제가 보기에 경정께서는 인품이 고결하고 속이 털털하신 것
이, 우리와 의기투합하는 분이니 설서는 그저 재미 삼아 하
시는 듯싶습니다 그려!

세 선비 : 〈해삼정解三酲〉
어둡던 세상이 눈 내리자 금새 하얘진 듯
덥던 봄빛에 한 바탕 선선함이 밀려온 듯하구나.
고결한 사람만 어려운 셈을 할 줄 아는 법.

다 함께 웃는다.

이 웃음과 풍자가 풍류롭고 흥겹기도 하구나.

---

68) 육경六經 : 유가의 대표적인 경전인 『시경詩經』, 『서경書經』, 『역경易經』, 『예기禮記』, 『악
기樂記』, 『춘추春秋』를 가리킨다.
69) 응제應制·강의講義 : 고대 중국에서 황제의 칙명에 따라 지은 작품을 '응제', 경전의
의미를 강론한 저술을 '강의'라고 하였다.
70) 체험담[現身說法] : '현신설법現身說法'은 원래 불교용어인데, 나중에는 자신의 경험
을 그대로 다른 사람들을 가르치는 데에 활용하는 것을 가리키는 말로 사용되었다.

유경정 :   한 차례 박판 소리 점잖으면서도 매섭고
           세 차례 어양漁陽의 북 소리71) 시원하면서도 호탕타!
유경정 :   또 들러 주십시오
           복사꽃 속에서 길 잃으셨을72) 적엔
           언제든 이 어부에게 물어 보소서.

후방역 :   어제 같이 완가의 집을 나온 분은 어느 분들인지요?
유경정 :   다 벌써 떠나 버렸고, 노래 잘 하는 소곤생만 아직 이웃에 머
           무르고 있답니다.
후방역 :   그 분도 찾아뵈어야겠군요. 다시 찾아뵙고 가르침 받겠습니
           다.
유경정 :   물론 언제든 환영이올시다.

유경정 :   노래 소리 잦아든 곳에는 벌써 해 기울고
진정혜 :   채 지지 않은 꽃만 남아 뜨락 너머로 향기를 흘리누나
오응기 :   수많은 누각과 풀들 속에서
후방역 :   선문답73)과 패업 모두 그저 아득하기만 할 뿐이로다.

---

71) 세 차례 어양의 북소리 : 동한東漢 말기의 유명한 정치가인 조조曹操가 선비 예형禰衡
   에게 모욕을 주기 위해 북 치는 관리로 임명하고 북을 치게 했더니, 예형이 〈어양참과漁
   陽摻撾〉를 연주하며 조조를 욕하는데 그 북소리가 하도 비장하여 듣던 사람들이 큰 감
   동을 받았고, 후세 사람이 이를 〈어양삼롱곡漁陽三弄曲〉으로 엮었다고 한다. 여기서는
   유경정의 설서가 대단히 감동적임을 나타내는 말로 사용되고 있다.
72) 복사꽃 속에서 길을~ : 서진西晉의 문인 도연명陶淵明이 지은 「도화원기桃花源記」의
   이야기를 차용하고 있다.
73) 선문답[淸談] : 천지 만물의 근본을 무無에서 구한다는 '청담淸談'은 위진魏晉시대에
   유행했는데, 오늘날의 선문답과 비슷하다.

두 번째 대목

노래 수업

傳歌

원제는 "전가傳歌"로, 노래를 전수한다는 뜻이다. 이 대목에서는 명나라 말기의 가객 소곤생蘇崑生이 남경 진회秦淮의 기생어멈 이정려李貞麗의 초빙으로 명기 이향군李香君에게 당시 강남에서 인기를 모으고 있던 노래들을 가르치는 내용을 주로 다루고 있다. 작자는 전반부에서는 이정려의 오랜 지인인 양문총楊文驄의 입을 빌려 그녀가 운영하는 기방의 풍경을 묘사하는 것을 기조로 하여 이 대목에 등장하는 배우 전원이 노래에 참여하도록 설정하는 한편, 후반부에서는 기방에서의 노래 수업을 묘사하면서 제목에 걸맞게 노래를 전수받는 이향군에게 보다 많은 노래를 안배하고 있다. 이 대목에서 이향군이 익히는 〈조라포皂羅袍〉, 〈호저저好姐姐〉는 명나라 만력萬曆 연간에 활약한 극작가 탕현조湯顯祖의 대표작 〈모란정牡丹亭〉에 나오는 노래로, 당시 강남의 기녀들이 자신의 몸값을 높이기 위해 경쟁적으로 배우고 애창했다고 한다.

난홍실본 도화선 삽화 서울대학교 도서관 소장

계미년(1643) 2월

등장인물

    소단 : 이정려

    말 : 양문총

    단 : 이향군

    정 : 소곤생

화사하게 단장한 소단小旦[1]이 기생어미 이정려李貞麗[2]로 분장하고 등장한다.

이정려 :   〈추야월秋夜月〉[3]

      눈썹 짙게 그리고

      붉은 누각[4] 닫지 않아

      장판교長坂橋[5] 어귀 가냘픈 수양버들은

      줄기 줄기 나그네의 말을 유혹하누나.

---

1) 소단小旦 : 중국 고전극에서 운용되는 배역의 하나. 주로 조연에 해당하는 젊은 여성을 연기하는 배우들이 속하는 배역이라 할 수 있다.

2) 이정려李貞麗 : 명말 남경南京에 실존했던 명기. '진회의 8대 미인[秦淮八艶]'의 하나인 이향군李香君의 기생어미이면서 복사復社의 명사 진정혜陳貞慧와 절친한 관계였다. 여기에는 자字가 정려貞麗로 나오지만 실제로는 담여淡如였던 것으로 보인다.

3) 추야월秋夜月 : 남곡南曲 곡패曲牌로, 〈상추월賞秋月〉이라고 부르기도 한다. 보통 연극의 도입부에서 해당 연극의 대의를 독자나 관중에게 전하기 위해 서론에 해당하는 '인자引子'를 본곡보다 먼저 부르게 되어 있는데, 〈추야월〉 같은 일부 곡패는 인자와 본곡의 역할을 동시에 수행하기도 한다. 송사宋詞에서 사용되는 같은 이름의 사패詞牌와는 체제가 다르며, 한 번만 쓰거나 두 번 연거푸 사용한다.

4) 붉은 누각[紅樓] : '홍루紅樓'는 기방을 가리킨다. 여기서 "붉은 누각을 닫지 않았다"는 것은 기방이 문을 열고 손님을 맞이한다는 말이다.

5) 장판교長板橋 : 남경南京 진회秦淮에 세워져 있던 다리로, '장교長橋'라고 부르기도 한다.

아쟁 줄 팽팽하게 매고
생황 주머니 정교하게 꾸미노라.

배꽃은 눈송이 같고 풀은 안개 같은데
봄은 진회 양 기슭에 다달았네……
일대의 장루粧樓6)들 물을 굽어보며 늘어섰는데
집집마다 그림자 흩뿌리며 달덩이 같은 미인을 비추네.

쉰네는 성이 이李, 자가 정려貞麗로, 화류계의 묘부妙部요 풍월계의 명반名班7)이랍니다. 구원舊院8)에서 나서 자라고 장교長橋에서 손님을 모셔 왔지만 분 바른 용모는 시들지 않았고 풍만한 운치는 여전하지요. 양녀를 하나 거두어 기르고 있는데, 부드럽고 섬세하여 어찌어찌 명사들의 연회에서 시중을 들기는 합니다만, 얌전한데다 수줍음이 많아서 아직 부용 휘장9) 안에는 들어가지 못하고 있답니다. 이곳에는 현령縣令 벼슬을 그만둔 양용우楊龍友10)라는 분이 있는데, 바로 봉양독

---

6) 장루粧樓 : 여인들이 기거하는 누각.
7) 묘부妙部·명반名班 : 고대에는 기녀들이 가무나 때로는 연극 상연에도 참여했는데, '부部'나 '반班'은 이를 염두에 둔 말이다. 여기서 '묘부'나 '명반'은 훌륭한 가무단이라는 뜻으로, 이정려가 자신이 경영하는 기방을 자랑하는 말로 사용하였다.
8) 구원舊院 : 명대에 기녀들이 주로 모여 살던 남경 진회 일대를 가리키는 말. 청대 사람 여회餘懷의 『판교잡기板橋雜記』에 따르면 "앞 문은 무정교를 마주보고 뒷 문은 초고가로 나 있는데 기방이 즐비하게 집집마다 있었다[前門對武定橋, 後門在鈔庫街, 妓家鱗次, 比屋而居]"고 한다.
9) 부용 휘장[芙蓉帳] : 원래는 부용꽃 무늬가 찍혀 있는 화려한 휘장을 가리키는 말이지만, 당대 시인 이백李白의 「대주對酒」에서 "성대한 연회에서 품속에서 취했으니 부용 휘장 속에서 그대를 어이 할꼬?[玳瑁筵中懷裡醉, 芙蓉帳裏奈君何]"라고 노래한 것처럼, "부용 휘장에 들어간다"는 말은 신방을 차리거나 수청을 드는 것을 암시한다. 여기에서도 이향군李香君이 손님의 수청을 드는 것을 의미한다.
10) 양용우楊龍友 : 양문총楊文驄(1597~1646)은 자가 용우龍友로 귀주貴州 귀양貴陽 사람이다. 만력萬曆 연간의 거인擧人 출신으로, 숭정崇禎 연간에 강녕지현江寧知縣에 임명되었

무鳳陽督撫11) 마사영馬士英12)의 매부이자 전직 광록대부光祿大
夫13) 완대성阮大鋮의 의형제로, 늘 이곳에 와서 우리 아이를
칭찬하면서 손님을 모셔 머리를 올려줘야겠다고14) 다짐하셨
지요. 오늘은 봄볕도 화사하니 행차하실 법도 한데……. (부
른다) 얘들아, 발을 걷어올리고 땅바닥도 쓸도록 해라, 손님
을 모셔야지!

무대 뒤 : (대답한다) 알았사와요!

말末15)이 양문총楊文驄으로 분장하고 등장한다.

다가 곧 휴직하였다. 남명南明의 복왕福王 때 벼슬이 우첨도어사右僉都御史에 이르고, 상
주常州·진강鎭江 두 곳의 순무巡撫를 지냈다. 청군淸軍이 양자강揚子江을 넘어 남하하자
처주處州로 달려가 명조明朝의 종실인 당왕唐王 휘하에서 병부우시랑 겸 첨도어사兵部右
侍郎兼僉都御史를 제수 받고 군대를 일으켜 청군에 대항하였다. 나중에 청군에게 사로잡
혔지만 투항을 거절하고 포성浦城에서 살해당하였다. 문재가 있고 사교를 좋아했으며
산수화에 능했다고 한다. 시문으로는 『순미당집詢美堂集』, 『산수이山水遂』 등이 있다.
11) 봉양독무鳳陽督撫 : 안휘성安徽省에 있는 '봉양'은 주원장朱元璋의 고향으로, 그가 명나
라를 세우면서 이곳을 '중도中都'로 격상시키고 5개 주州 13개 현縣을 관할하게 하였다.
'독무'는 총독總督과 순무巡撫를 동시에 일컫는 말로, 명청대明淸代에 지방관으로서는
최고위직이었으며, 군정軍政·형옥刑獄의 관할권까지 지니고 있었다.
12) 마사영馬士英(1591~1646) : 자가 요초瑤草이며 귀주貴州 귀양貴陽 사람으로 봉양독무鳳
陽督撫를 지냈다. 만력萬曆 연간의 진사進士 출신으로, 남경 호부주사南京戶部主事에 제
수되고, 천계天啓 연간에 호부낭중戶部郎中을 거쳐 숭정崇禎 5년(1632)에 우첨도어사右僉
都御史로 승진하였으나 공금 유용 죄로 파직된 후로 남경南京에 머물렀다. 숭정 15년에
재기하여 병부 우시랑 겸 우첨도어사兵部右侍郎兼右僉都御史에 임명되어 여주盧州·봉양
鳳陽 등지의 독무督撫로 있다가 숭정 17년에 이자성李自成이 북경北京을 함락시키자 복
왕福王을 옹립하고 그 공로로 동각대학사 겸 병부상서東閣大學士兼兵部尙書로 중용되었
다. 그러나 복왕福王의 신임을 믿고 완대성阮大鋮을 기용하고 동림당東林黨을 공격하는
한편 온갖 부정부패를 일삼았다. 홍광弘光 원년(1645)에 청군淸軍이 남경南京·항주杭州
를 차례로 함락시키자 여러 곳을 전전하다가 청군에게 살해되었다.
13) 광록대부光祿大夫 : 명대에 문·무관 종일품從一品 관리가 승진하여 오르는 관직을 가리
킨다. 참고로 '광록시光祿寺'는 제사·연회·음식 등의 일을 전담하던 명대의 관청이었다.
14) 머리를 올려줘야겠다 : 옛날 화류계의 처녀는 땋은 머리를 하고 지냈으며 손님을 받
아 처음으로 동침을 하고 나면 머리를 틀어 올려 쪽머리를 했는데 이를 '소롱梳櫳'이
라 한다. 때로는 머리를 올린다는 뜻을 그대로 표현하여 '상두上頭'라고 하기도 한다.
'소롱'은 원래 빗 또는 빗질을 한다는 의미이다.

양문총 :　　　삼산三山[16]의 경치는 그림으로 올릴 만하고

　　　　　　　육대六代[17]의 풍류는 시 제목으로 삼을 법 하구나

　　　　　　소관 양문총은 자가 용우龍友로, 을방乙榜[18] 출신의 현령이었
　　　　　　지만 지금은 벼슬을 그만두고 한가롭게 소일하고 있습니다.
　　　　　　이곳 진회의 명기 이정려가 내 오랜 벗이니 이 봄날을 틈 타
　　　　　　그녀를 찾아가 한담이나 나누어 볼까 합니다. 벌써 다 왔군
　　　　　　요. 바로 들어가 봅시다. (들어간다)
　　　　　　정려, 어디에 있는가? (대면한다) 옳커니! 보시게, 매화는 벌써
　　　　　　지고 버들가지가 이제 파릇파릇 보드랍고 진한 것이, 온 뜨
　　　　　　락에 봄기운이 완연해졌는데, 내가 어떻게 태평하게 집에만
　　　　　　있겠는가?

이정려 :　　　그러시겠지요. 누각으로 가셔서 향을 사르고 차도 끓여 드시
　　　　　　면서, 시라도 감상하실까요?

양문총 :　　　그거 좋지! (누각을 오른다) 발의 무늬는 횃대 위 새를 가리고
　　　　　　있고, 꽃 그림자는 어항 속 고기를 지키고 있구나. (들여다본다)
　　　　　　여기가 영애의 거처인가 본데 (…) 영애는 어딜 갔는고?

---

15) 말末 : 원대 잡극[元雜劇]에서부터 사용된 중국 고전극 배역의 하나. 처음에는 주인공
　　을 주로 맡았지만 명청대 이후로는 조연 배우들이 주로 맡는 배역으로 변하게 된다.

16) 삼산三山 : 남경南京 남서쪽 양자강揚子江 남안에 위치한 산. 당대 시인 이백李白의 시
　　「등금릉봉황대登金陵鳳凰臺」에도 "삼산의 반은 푸른 하늘 너머로 떨어지고, 두 물은 중
　　간에 백로주에서 나뉘네[三山半落靑天外, 二水中分白鷺洲]" 구절에서 그 경치를 언
　　급하고 있다.

17) 육대六代 : '육조六朝'라고도 하며, 역사상 남경南京을 도읍으로 정했던 오吳 · 동진東
　　晋 · 송宋 · 제齊 · 양梁 · 진陳의 여섯 왕조를 가리킨다.

18) 을방乙榜 : 명대明代에는 문관 대다수가 과거科擧를 통해 관계에 입문했는데, 첫 단계
　　의 합격자를 '생원生員'이라고 불렀다. 생원은 삼년마다 한 번씩 향시鄕試를 볼 수 있었
　　는데 여기에 합격한 사람을 '거인擧人'이라고 불렀다. 이들은 북경에서 최종적으로 치
　　러지는 회시會試 · 전시殿試에 응시할 수 있었다. 전시에 합격하면 진사進士로 불리면서
　　칠품七品의 관직에 임명되는 것이 보통이었다. 때로는 진사進士를 '갑방甲榜', 거인擧人
　　을 '을방乙榜'이라고 부르기도 하였다.

이정려 : 새벽 화장이 채 끝나지 않아서 아직 침실에 있답니다.

양문총 : 나오라고 이르시게.

이정려 : (부른다) 애야, 나와 보거라! 양 나리께서 이곳까지 행차하셨
느니라!

양문총 : (벽 사방에 걸린 시구들을 둘러보면서) 모두가 명사들의 증답시로
군? 정말 진품들이로고! (뒷짐을 지고 흥얼거린다)

단旦[19]이 아름답게 단장하고 등장한다.

양녀 : 　　〈전강前腔〉
향그러운 꿈에서 깨어나니
그제서야 붉은 원앙 금침 빠져나오네.
붉은 입술에 거듭 찍은 연지 반들거리며
총총히 포가抛家의 머리[20]를 틀어 올리네.
이 봄날의 시름을 어이 없앨꼬!
그저 저 새 노래나 외울 수밖에…….

포가의 머리

(대면한다) 나리, 안녕하십니까?

양문총 : 며칠 안 본 사이에 더더욱 아름다워졌구나! 이 시들도 그런
대로 괜찮고……. (다시 둘러보다가 놀라면서) 아이고, 장천여張天

---

19) 단旦 : 중국 고전극에서 운용되는 배역의 하나로, 극중에서 여자 주인공으로 연기한
다. 등장인물의 신분이나 연령·성격에 따라 다시 주인공 격인 정단正旦을 위시하여
소단小旦, 첩단貼旦, 외단外旦, 노단老旦, 화단花旦, 차단搽旦, 도마단刀馬旦 등으로 세분된
다. 이 중에서 주인공을 맡는 배역인 정단은 남자 주인공을 맡는 배역인 정말正末 또
는 생生과 나란히 제일 중요한 배역으로 간주되었다.

20) 포가의 머리[抛家髻] : 『신당서新唐書』 「오행지五行志」에 따르면 "당대 말기에 낙양의
부녀자들은 머리 손질을 하면서 양쪽 귀밑머리로 얼굴을 감쌌는데 그 형상이 망치 같
은 쪽머리여서 당시 사람들이 그것을 '포가의 머리'라고 불렀다[唐末京都婦人梳髮,
以兩鬢抱面, 狀如椎髻, 時謂之'抛家髻']"고 한다.

如21) · 하이중夏彝仲22) 같은 대명사들의 증답시도 있었구만! 본관이라고 화답시가 없을 수 없지. (소단이 붓과 벼루를 대령한다) (말이 붓을 들고 한참을 읊어대더니) 남들 재간을 따를 수는 없으니 아예 유치한 글재주일랑 감추어 놓고, 심심파적으로 난이나 좀 쳐서 흰 벽을 장식해야겠군.

이정려 : 더 좋지요

양문총 : (벽을 바라보더니) 이건 남전숙藍田叔23)이 그린 권석拳石24)이구만? (···) 오, 그래! 이 돌 옆에다 난을 쳐서 대비효과를 노려도 좋겠지. (그림을 그린다)

---

21) 장천여張天如 : 장부張溥(1602~1641)는 자가 천여天如, 호가 서명西銘이며, 태창太倉 사람으로 명말의 문단을 대표하는 유명한 문학가이자 환관의 정치간섭을 반대하는 사회운동가이기도 하였다. 마테오 리치Matteo Ricci(1552~1610)의 '서학西學'을 중국에 소개한 서광계徐光啓를 사사했으며, 어릴 때부터 공부하기를 좋아하여 읽는 책은 반드시 몇 번이고 필사를 하고는 하였다. 숭정崇禎 2년(1629)에 동림東林 학풍의 계승을 주장하며 강남지역의 문학사단들을 복사復社로 통합하고 복고운동을 주도하였다. 숭정 4년 진사 출신으로 서길사庶吉士가 되었으나 부친상을 당하여 벼슬을 버리고 낙향하였다. 숭정 6년에는 호구虎丘에서 이루어진 복사의 모임을 주관하였다.

22) 하이중夏彝仲 : 하윤이夏允彝(?~1645)는 자가 이중彝仲으로 화정華亭 사람이며 명말의 유명한 사단인 복사復社·기사幾社의 영도자였다. 어려서부터 배우기를 좋아하고 시문에 능하였다. 복사의 창립 소식을 듣고 동향인 진자룡陳子龍 등과 함께 기사幾社를 창단하여 그 운동에 호응하였다. 숭정 10년(1637)에 복건福建 장락長樂의 지현知縣에 임명되었는데, 재판에 능하여 훌륭한 관리로 인정받았다. 숭정제가 그를 친히 접견하고 북경으로 불렀으나 모친상을 당하여 뜻을 이루지 못하였다. 북경이 함락되자 병부상서兵部尚書 사가법史可法과 합류하고 복왕福王에 의해 이부吏部의 고공사 주사考功司主事로 발탁되었으나 완곡하게 거절하였다. 얼마 후 청군淸軍에 의해 남경까지 함락되자 지인인 후사증侯嗣曾 등과 함께 항청운동을 벌이다가 강물에 투신하여 죽었다.

23) 남전숙藍田叔 : 남영藍瑛(1585~1664)은 자가 전숙田叔 호는 접수蝶叟·석두타石頭陀로 전당錢塘 사람이며 명말의 걸출한 절파浙派 화가이다. 산수山水·화조花鳥·매죽梅竹의 그림에 뛰어났는데, 그 중에서도 산수화는 송원대宋元代의 화풍을 계승·발전시켜 발군의 재능을 보여서 때로는 문징명文徵明·심주沈周와 나란히 거명되기도 한다.

24) 권석拳石 : 화가가 장식으로 배치하는 주먹만큼 작고 영롱한 돌을 가리키는데, 선주宣州에서 나는 것이 특히 유명했다고 한다.

〈오동수梧桐樹〉

비단 무늬처럼 흰 벽에서 빛을 발하며

시인의 풍격 그려내노라니

부드러운 잎새에 향그러운 꽃 봉오리

비에 시달린 안개의 흔적에 취하겠구나!

선주宣州의 권석에 묵화는 그려지고

몇 점 푸른 이끼가 어지러이 섬돌을 물들인다.

(멀리서 바라보더니) 그래도 봐 줄 만은 한걸?

원元나라 사람들 소탈하게 난 치던 뜻에 어찌 비기랴마는

미인들이 상란湘蘭25)으로 차기에는 어울리겠지.

이정려 :   정말 명필이십니다! 저희 누각이 한결 훤해졌군요.

양문총 :   부끄럽구먼! (단을 마주보면서) 존호尊號를 말해 보시게나, 여기
다 낙관落款을 찍을테니…….

양녀 :   나이가 어려서 아직 호가 없사옵니다.

이정려 :   나리께서 아이에게 두 자만 내려 주시지요.

양문총 :   (생각에 잠기더니)『좌전左傳』에 이르기를 "난에는 나라의 향기
가 있어서 모두가 이를 즐겨 쓴다"26)고 했으니, 저 아이를
'향군香君'이라고 부르는 게 어떻겠나?

이정려 :   좋구 말구요! 향군아, 이리 와서 감사를 드리려무나!

이향군 :   (절을 올리면서) 감사합니다, 나리.

---

25) 상란湘蘭 : 굴원屈原의 「이소離騷」에 "가을 난꽃을 엮어서 찼다[紉秋蘭以爲佩]"라는
구절이 있는데, '상란湘蘭'은 그 구절에서 비롯된 말이다. 여기서 상湘은 호남성湖南省
에 있는 강 이름이다.

26)『좌전』에 이르기를~ : "난에는 나라의 향기가 있어서 모두들 이를 즐겨 쓴다[蘭有
國香, 人服媚之]"는 『좌전左傳』「선공宣公 3년三年」에 나오는 말이다.

양문총 : (웃으면서) 누각에도 이름이 생겼구나! (낙관을 찍는다) "숭정崇
       禎27) 계미년癸未年 중춘仲春에 우연히 미향루媚香樓에서 난을
       치고 향군의 웃음을 얻다. 귀축貴筑의 양문총이……"

이정려 : 글씨와 그림 둘 다 훌륭하니, 가히 쌍벽을 이룬 셈이로군요?
       감사합니다! (모두 앉는다.)

양문총 : 내 보기에는 향군의 미모가 온 나라에서 으뜸인 것 같은
       데…… 기예는 어떤지 모르겠군?

이정려 : 여태껏 응석받이로 키워서 배운 것이 없사옵다가 그저께에야
       한 청객淸客28)을 뫼셔서 노래를 가르치고 있사옵니다.

양문총 : 누군고?

이정려 : 뭐라더라 …… 소곤생蘇崑生29)이라던가요?

양문총 : 소곤생이라면 …… 원래 성이 주周로 하남河南 사람인데 무석
       無錫에 머물고 있지. 전부터 서로 잘 아는 사이인데, 과연 대단
       한 명인이라네. (묻는다) 어떤 노래를 가르치고 있는고?

이정려 : 바로 옥명당玉茗堂30)의 〈사몽四夢〉이랍니다.

---

27) 숭정崇禎 : 명나라의 마지막 황제인 주유검朱由檢의 연호年號로, 계미년은 서기 1643
   년에 해당한다. 주유검은 매일 두 시간만 잘 정도로 국정에 전념했지만 이미 부패·타
   락한 명조의 기강을 바로잡기에는 역부족이어서 도처에서 민란이 빈발했고, 결국 이
   듬해(1644년)에 이자성李自成이 북경北京을 함락시키자 매산煤山에서 목을 매고 자결하
   였다고 전한다. 사후에 사종思宗으로 추존되었다.

28) 청객淸客 : 권문세가의 문하에서 기식하는 문인·한량을 높여 부르는 말로, 여기서는
   주로 기녀들에게 기예를 가르치는 예인을 가리키는 말로 사용되고 있다.

29) 소곤생蘇崑生 : 하남河南 고시固始 사람으로 본명은 주여송周如松이며, 명말부터 청초
   까지 활동한 가객이다.

30) 옥명당玉茗堂 : 명말의 극작가인 탕현조湯顯祖의 당호堂號. 탕현조(1550~1616)는 자가
   의잉義仍 호는 약사若士이며, 강서江西 임천臨川 사람이다. 어려서 "태주학파泰州學派"의
   대가인 나여방羅汝芳을 사사했고, 융경隆慶 5년(1571)부터 네 번이나 과거에 도전했지만
   재상 장거정張居正의 회유를 거절한 까닭으로 번번이 낙선하였다. 만력萬曆 11년(1583)
   에 드디어 진사가 된 그는 이듬해 가을에 남경태상시의 박사南京太常寺博士로 임명되었
   으며 차례로 첨사부 주부詹事府主簿, 남경예부 사제사 주사南京禮部祠祭司主事 등의 관직
   을 거쳤지만 조정을 공격했다 하여 광동廣東 서문현徐聞縣의 전리典吏로 좌천되었다. 만
   력 21년(1593)에 절강浙江 수창현遂昌縣 지현知縣으로 임명되었으나 5년 후에 사임하고

양문총 :   얼마나 배웠는데?

이정려 :   이제 막 〈모란정牡丹亭〉을 반 정도 배웠을 뿐입니다. (부른다)
           애야, 양 나리께서는 남이 아니시니 악보를 가져와서 어서
           복습이나 하거라! 네 사부님께서 맞추어 보시고 다음 부분으
           로 넘어가시게 말이다.

이향군 :   (눈썹을 찌푸리며) 손님께서 계시는데 노래 공부만 하라시면 어
           떻게 해요?

이정려 :   참 바보 같은 소리구나. 이 바닥 사람들한테는 춤과 노래가
           바로 음식이 나오는 터전인데, 노래를 안 배우면 놀면서 뭘
           하겠다는 거냐? (단이 악보를 본다)

           〈전강前腔〉
           나면서부터 분대粉黛 행렬에 에워싸이고
           앵화鶯花 무리로 뛰어들었다면31)
           한 가닥 목청이 우리의 재물 나는 터전이란다.
           붉은 콩32) 쉬이 뿌리진 마라.
           새벽 바람 희미한 달33) 읊는 노래 배우고
           천천히 붉은 상아 박판 두들기다 보면

낙향하여 창작에 몰두하였다. 〈모란정牡丹亭〉을 위시하여 〈한단몽邯鄲夢〉, 〈남가기南柯
記〉, 〈자차기紫釵記〉 등, 그가 꿈을 모티브로 하여 창작한 네 편의 전기傳奇작품은 '사몽
四夢'으로 불리며 당시와 후세의 문단에 큰 영향을 주었다.

31) 분대粉黛・앵화鶯花 : 중국문학에서 미녀나 기녀를 가리키는 말. 여기서는 이향군李香
    君이 어려서부터 기방에서 자라고 생활해 왔다는 것을 알려주고 있다.

32) 붉은 콩[紅豆] : '상사자相思子'로 불리기도 하는데, 중국문학에서는 보통 남녀 간의
    사랑을 나타내는 상징물로 비유되고는 한다. 여기서 "붉은 콩 쉬이 뿌리지 말라"는 말
    은 아무에게나 경솔하게 정을 주지 말라는 뜻이다.

33) 새벽 바람 희미한 달[曉風殘月] : 송대 가객 유영柳永이 지은 가사 〈우림령雨霖鈴〉의
    "버드나무 늘어선 강 언덕에는 새벽 바람 희미한 달만 남았는데[楊柳岸曉風殘月]" 구
    절을 차용한 것으로, 여기서는 사랑을 묘사한 노래를 가리키는 말로 사용되었다. 원문
    에는 압운押韻을 살리기 위해 '추墜'자를 함께 사용하고 있다.

의춘원宜春院[34]의 푸르름을 능가하게 되어
문전에 왕후장상의 말 행렬이 줄줄이 늘어설 테지.

정淨[35]이 편건扁巾[36]·접자褶子[37]를 착용하고 소곤생으로 분장하여 등장한다.

소곤생 :　　　한가하게 푸른 집 찾아와 앵무의 노래 가다듬을지언정
　　　　　　　붉은 문 찾아가 모란꽃 감상하기는 싫기만 하다.[38]

　　　　　　　소생은 고시固始 출신인 소곤생이올시다. 완씨댁 관저를 나
　　　　　　　와서 기방에 의탁하긴 했지만, 미인을 가르치는 이 일이 저
　　　　　　　내시 양자의 들러리나 서는 짓거리보다야 훨씬 낫지 않겠습
　　　　　　　니까? (바로 들어가 대면한다) 양 나리께서 여기 계셨군요? 오랫

---

34) 의춘원宜春院 : 당나라의 수도 장안長安에 소재한 황궁인 의춘궁宜春宮의 정원으로, 개
　　원開元 2년에 현종玄宗에 의해 설치되어 궁중의 예인들에게 가무를 가르치던 공간이다.
　　『신당서新唐書』「예악지 십이禮樂志十二」에 따르면 "현종이 음률을 잘 아는 데다가 법곡
　　도 몹시 즐겨서 좌부기 예인 삼백 명을 골라 이원에서 가르치며 혹시라도 가락이 틀리
　　면 반드시 이를 눈치 채고 바로잡아 주었는데, (그들을) '황제의 이원제자'라고 불렀다.
　　궁녀 수백 명은 '이원제자' 역할도 했는데 의춘궁의 북쪽 정원에 살았다[玄宗旣知音
　　律, 又酷愛法曲, 選坐部伎子弟三百敎於梨園, 聲有誤者, 帝必覺而正之, 號'皇帝梨園
　　弟子'. 宮女數百, 亦爲梨園弟子, 居宜春北院]"라고 한다. 의춘원은 낙양洛陽에도 설치
　　되었는데, 보응寶應 원년에 병란으로 소실되었다고 한다. 여기서는 이향군의 미색과 기
　　예가 출중하게 발전하기를 바라는 이정려의 소망을 나타내는 말로 사용되고 있다.
35) 정淨 : 중국 고전극에서 운용되는 배역의 하나로, 화검花臉·화면花面으로도 불리며, 역
　　할의 경중에 따라 다시 정정正淨·부정副淨·이정二淨·외정外淨 등으로 세분된다. 정이
　　라는 배역은 당대唐代의 참군희參軍戲에서 주역을 맡던 참군을 거쳐, 송대 잡극[宋雜劇]
　　의 부정副淨에서 발전된 것으로, 많은 경우 성격·외모상 특이한 면모를 가진 남자를
　　주로 연기한다. 초기에는 희극적인 연기를 하기도 하고 사악한 악인 역할을 하기도 했지
　　만, 명대明代 이후로는 희극적인 연기가 새로 출현한 배역인 축丑에게 완전히 인계되고
　　정은 악인이나 호탕하고 용맹한 장수·호걸을 연기하는 배역으로 전문화된다.
36) 편건扁巾 : 옛날 일반인이 착용하던 검은 두건.
37) 접자褶子 : 연극배우들이 착용하는 간편한 저고리.
38) 푸른 집[翠館]·붉은 문[朱門] : 일반적으로 중국문학에서 '푸른 집'은 기방을 '붉은
　　문'은 권문세가의 집을 가리킨다. 여기서는 전자가 이정려의 기방을, 후자는 완대성의
　　집을 가리키는 말로 사용되고 있다.

만이올시다!

양문총 :　곤崑옹, 축하드리오. 이처럼 훌륭한 제자를 두셨으니!

이정려 :　소 사부님 오셨습니까? 애야, 인사 올리거라.

단이 절을 한다.

소곤생 :　됐느니라. (묻는다) 어제 배운 노래는 다 외웠느냐?

이향군 :　외웠나이다.

소곤생 :　양 나리께서도 여기 계시니, 저를 따라 맞춰 보시면 고쳐주
　　　　　기가 수월하겠습니다.

양문총 :　안 그래도 한 수 배워볼 참이었습니다.

정과 단이 마주앉아서 노래한다.

이향군 :　　　〈조라포皂羅袍〉39)

　　　　　　"원래는 울긋불긋 아름다운 꽃들 두루 피었더니만
　　　　　　이처럼 우물이고 담장이고 모든 것이 허물어져 버리고 말았구나.
　　　　　　좋은 나날 아름답던 경치는 어느 세월이었으며…….

소곤생 :　잠깐, 잠깐! "아름답던"은 센 박자이고 "어느 세월이었으며"
　　　　　도 센 박자니까 이어서는 안 되지. 다시, 다시.

이향군 :　　　좋은 나날 아름답던 경치는 어느 세월이었으며
　　　　　　즐겁던 마음 기쁘던 일은 뉘집 뜨락에?

---

39) 〈조라포皂羅袍〉: 탕현조湯顯祖의 대표작 〈모란정牡丹亭〉 '놀라깬 꿈[驚夢]'에 나오는 가
　　사이다. 이 뒤에 이어서 나오는 〈호저저好姐姐〉 역시 같은 대목에 나오는 가사이다.

아침에 날고 저녁에 마는
구름과 노을은 집을 푸르게 물들이며
빗줄기 바람 조각…….

소곤생 :　　또! "줄기"는 중점[40]이니까 목청에서 소리가 나와야 돼!

이향군 :　　"빗줄기 바람 조각
　　　　　　물안개 화려한 배 위에서
　　　　　　비단 병풍 안의 사람에겐 이 꽃다운 나날도 유난히 무료하기만
　　　　　　한지?"

소곤생 :　　좋았어, 좋아! 아주 정확해! 계속!

이향군 :　　〈호저저好姐姐〉
　　　　　　"두루 청산은 두견새 울어 붉게 물들고
　　　　　　등나무 꽃 밖으로 안개 줄기 취한 듯 늘어지누나.
　　　　　　모란 비록 좋다지만
　　　　　　그것도 봄 가고나면 어이 으뜸이라 하리오?"

소곤생 :　　거기가 좀 어색한데, 다시 한 번!

이향군 :　　"모란 비록 좋다지만
　　　　　　그것도 봄 가고나면 어이 으뜸이라 하리오?

---

40) 중점[務頭] : '무두務頭'는 중국 전통극에서 사용되는 전문용어로서, 그것이 의미하는
　　내용에 관해서는 이설이 분분하다. 혹자는 노래에서 가장 중요하거나 가장 정채롭고
　　감동적인 구절을 가리킨다고 주장하기도 하고, 혹자는 노래에서 평성平聲·상성上聲·
　　거성去聲이 절묘하게 어우러지는 부분을 가리킨다고 주장하기도 한다. 여기서는 전자
　　의 의미에 따라 번역하였다.

하염없이 바라보노라니

생생한 제비의 말은 칼로 벤 듯 또렷하고

꾀꼴꾀꼴 꾀꼬리 소리는 동글동글 굴러 나오누나."

소곤생 : 잘했다, 잘했어! 또 한 장면을 끝냈구나.

양문총 : (소단을 마주보면서) 영애가 총명하기 짝이 없으니, 명기가 못될
까 걱정할 필요는 없겠군 그래. (정을 보면서) 어제 후侯사도의
자제 후조종41)을 만났는데, 나그네 주머니 치고는 꽤나 두둑
한 데다 재주까지 출중합디다. 지금 이름 난 미녀를 물색중
이라던데, 곤옹께서는 알고 계시는지요?

소곤생 : 그는 소생 고향의 명문가 출신으로, 과연 큰 재주가 있습니
다만 …….

양문총 : 그런 인연은 놓치면 안 되지요

〈쇄창한瑣窗寒〉

이팔청춘 벽옥碧玉42) 같은 아름다운 나이에

---

41) 후조종侯朝宗 : 명말의 유명한 지식인인 후방역侯方域(1618~1654)은 자가 조종朝宗, 호
가 설원雪苑으로 하남河南 상구商丘 사람이다. 그 조부 후집포侯執蒲는 태상시경太常寺卿
을 지냈고 부친 후순侯恂은 병부시랑兵部侍郎과 호부상서戶部尚書를 차례로 지냈으며
숙부 후각侯恪은 국자감 좨주國子監祭酒를 지냈으나 그들 모두 동림당東林黨 사람들로
환관의 전횡에 반대했다가 축출당하거나 투옥 당하였다. 어릴 때부터 문재文才가 출중
했던 그는 복사復社에 참여하여 한유韓愈 · 구양수歐陽修 등 '당송 팔대가唐宋八大家'의
문풍을 제창하는 한편 강남의 명사들과 두루 교분을 가졌다. 아울러, 조정의 실권을
장악하고 있던 환관들에 대항하는 한편 진정혜陳貞慧 · 오응기吳應箕와 함께 「유도방란
공게留都防亂公揭」를 써서 완대성阮大鋮의 죄상을 성토하여 당시 사람들이 그를 모양冒
襄 · 진정혜 · 방이지方以智와 함께 '강남의 네 공자江南四公子'로 부르기도 하였다. 명조
멸망 후 한때는 사가법史可法의 휘하에서 일했지만 얼마 후 청조淸朝가 중원을 장악하
자 순치順治 8년(1651)에 하남향시河南鄕試에 응시하여 부공생副貢生이 됨으로써 변절의
오명을 남겼다. 저서로는 『장회당문집壯悔堂文集』이 있다.

42) 이팔청춘 벽옥 : 남조南朝시대의 송나라 여남왕汝南王의 애첩을 가리킨다. 여남왕은
벽옥을 위해 〈벽옥가碧玉歌〉를 지었는데 그 속에 "벽옥이 16살 되었을 때[碧玉破瓜

교태로운 노래 부르며 미끈한 말에 오르누나.

상[43]으로 비단을 내리고는

손 마주잡고 술잔을 기울이네.

신부의 화장을 재촉하는 아름다운 시구[44]와

혼례를 맞이하는 기름칠한 수레[45]로

그녀에게 어울리는 공자는 천금의 귀인이러니

해마다 완阮도령님[46] 돌아가게 놔두지 말라.

사는 곳은 복사꽃잎[47] 흐드러진 봄 강물이로다.

이정려 :　그런 공자께서 머리를 올려 주신다면야, 정말 좋지요 그저
　　　　　양 나리께서 적극 도와주셔서 이 좋은 일을 성사시켜 주시기

時]"라는 구절이 있다. 여자 나이가 16살이 되면 '파과破瓜'라고 하는데 왜냐하면 과瓜
자를 나누면 두 개의 팔八자, 즉 16이 되기 때문이다. 혹자는 '파과'가 여성이 처음으
로 성 경험을 하는 것을 가리킨다고 주장하기도 한다.

43) 상 : '전두纏頭'는 고대에 배우나 예인이 가무를 마치면 손님이 그들에게 내리던 상을
가리킨다. 처음에는 주로 비단을 상으로 주었지만 나중에 재물로 대체되었다. 『태평어
람太平御覽』에서는 『당서唐書』를 인용하여 당대의 풍속을 언급하면서 "가무를 하는 예
인에게 상을 내릴 때 비단을 그 머리 위에 올렸기 때문에 '전두'라고 하였다[賞歌舞
人, 以錦綵置之頭上, 謂之'纏頭']"고 전하고 있다.

44) 신부의 화장을 재촉하는~ : 옛날에는 남녀가 혼인을 하면 피로연에서 하객들이 시를
써서 축하하고는 했는데, 이런 시를 '화장을 재촉하는 시[催粧詩]'라고 불렀다.

45) 기름칠한 수레[油壁車] : 옛날 민간의 부녀자들이 타던 수레로, 수레 벽을 기름으로
칠하여 장식했기 때문에 이렇게 불렀다고 한다. 고악부古樂府 〈소소소가蘇小小歌〉에도
"소녀는 기름칠 한 수레 타고 도령님은 푸른 갈기 말 타셨네[妾乘油壁車, 郎騎青驄
馬]"라는 구절이 나온다.

46) 완도령님 : 완조阮肇를 가리킨다. 동한東漢 영평永平 연간에 섬剡 사람인 유신劉晨과
완조阮肇는 천태산天台山에 약재를 캐러갔다가 그 산에 사는 두 선녀와 혼인을 하게 된
다. 반년이 지나 선녀들이 두 사람을 풀어주어 귀가했더니 이미 세월이 흘러 그들을
기다리고 있는 것은 그들의 7대손이었다고 한다.

47) 복사꽃잎[桃葉] : 진회하秦淮河와 청계青溪가 합류하는 곳에 자리 잡은 도엽도桃葉渡
를 가리킨다. 여기서 '도엽桃葉'은 원래 진晉나라 왕헌지王獻之의 애첩 이름인데, 그녀
가 여기서 강을 건넌 적이 있어서 후세 사람들이 '도엽의 나루[桃葉渡]'라고 부르게
되었다고 한다. 여기서는 '도엽桃葉'이 왕헌지의 애첩 이름과 함께 '복사꽃잎'이라는
글자 그대로의 의미로 중의적으로 사용되고 있다.

만 바라겠습니다요!

〈미성尾聲〉48)
손바닥 위 여식은 훌륭한 구슬조차 비길 수가 없나니
새 꾀꼬리 흉내 내어 이제 마악 울어 제치고
봄날 겹겹의 문 굳게 닫아걸면 아무도 모르게 되겠지?

이런 봄날은 헛되게 보내서는 안 되는 법이니, 누각 아래로
내려가서 술이나 좀 하실까요?
양문총 :　재미있겠군! (함께 간다)

소소소蘇小小49)네 발 앞에는 꽃이 두렁에 가득하고
이정려 :　꾀꼬리의 거나함과 제비의 나른함이 봄날 제방을 마주하니
이향군 :　붉은 비단 손수건으로 앵두 알 고이 싸 두고
소곤생 :　반潘도령님 수레50)가 골목 서쪽을 지나기만 고대하네.

---

48) 미성尾聲 : 남곡南曲 곡패曲牌로, 해당 대목을 마무리하는 마지막 노래로 사용되는 것
　　이 보통이지만 경우에 따라서는 사용하지 않을 수도 있다.
49) 소소소蘇小小 : 육조六朝시대 남제南齊의 소소소(479~501)는 어려서 양친을 잃고 생계
　　를 꾸리기 위해 가기歌妓가 되었는데 다재다능하고 가무에도 능하여 다루지 않는 악기
　　가 없을 정도였다. 전당錢塘의 명기였던 그녀는 서호西湖의 경치를 좋아하여 스스로 벽
　　을 기름으로 칠한 수레를 만들어 타고 늘 서호를 거닐고는 하였다. 그러던 어느 날 우
　　연히 푸른 말을 타고 오는 완욱阮郁이라는 청년에게 반하여 나중에 "소녀는 기름칠한
　　수레 타고 도령님은 푸른 갈기 말 탔네요. 어디서 한 마음으로 맺어졌을까요? 바로 서
　　릉의 소나무·측백나무 아래에서랍니다[妾乘油壁車, 郎騎靑驄馬. 何處結同心? 西陵
　　松柏下]" 하는 내용의 시를 지어 자신의 연정을 표현했고, 그 소문을 전해 들은 완욱
　　이 그녀를 찾아가 마침내 사랑을 이루었다고 전한다.
50) 반도령님 수레[潘車] : 서진西晉의 문학가 반악潘岳(247~300)은 자가 안인安仁으로 형양
　　滎陽 중모中牟 출신이다. 그는 부유한 집안에서 태어나 어릴적부터 문학적인 훈도를 받아
　　마을에서 '기동奇童'으로 불렸으며, 외모가 수려하여 매번 그가 수레를 타고 거리에 나타
　　나기만 하면 부녀자들이 그 수레를 에워싸고 과일을 그에게 던지면서 그에 대한 연정을
　　표현했다고 한다. 그 후로 중국문학에서 반악은 미남의 대명사로 다루어지며, '반도령의
　　수레'는 여인이 연모하는 남자를 가리키는 경우가 많다.

桃花扇

세 번째 대목

석전 대제

鬪丁

원제는 "홍정鬨丁"으로, 제사를 지내는 자리에서 소동이 벌어졌다는 뜻이다. 이 대목에서는 숭정崇禎 연간 계미년癸未年(1643)에 남경 국자감南京國子監에서 유교의 성인인 공자孔子를 기리는 중춘 정제仲春丁祭 자리에서 발생하는 사건을 주로 다루고 있다. 독자와 관중은 이 대목을 통해 당시 해마다 거행되던 중춘 정제의 준비과정·절차 등에 대한 정보를 얻을 수 있는 것은 물론이고, 극중 중요한 등장인물인 완대성阮大鋮과 복사復社 선비들 간의 갈등이 어디에서 기인하는지, 또 양자의 갈등이 앞으로 어떤 양상으로 전개 될지에 대한 단서를 엿볼 수 있다. 작자는 주요 등장인물들의 독창을 기조로 하면서도 요소마다 극중 인물 전원이 참여하는 대규모의 합창을 안배함으로써 정제라는 엄숙하고 장엄한 제례의 분위기를 효과적으로 연출해내고 있다.

계미년(1643) 3월

등장인물

> 부정 : 당지기 갑 ⇒ 완대성
>
> 축 : 당지기 을
>
> 부말 : 늙은 찬례
>
> 외 : 남경 국자감 좨주
>
> 말 : 남경 국자감 사업
>
> 소생 : 오응기
>
> 잡 : 남경 국자감 감생

부정副淨과 축丑[1])이 당지기로 분장하고 등장한다.

당지기 갑 : 적대며 접시 대대로 이어받은 당지기입지요.

당지기 을 : 할애비 적부터요.

당지기 갑 : 각 제단의 제기마다 장부가 있습지요.

당지기 을 : 점검해 볼까요?

당지기 갑 : 초하루와 보름에 문 열고 초를 켜지요.[2])

당지기 을 : 길도 쓸구요.

당지기 갑 : 무릎 꿇고 새벽같이 등청하시는 좨주祭酒[3])어른 맞이하지요

---

1) 축丑 : 중국 고전극에서 운용되는 배역의 하나로, 등장인물의 신분에 따라 다시 문축 文丑·무축武丑으로 세분된다. 코 부위에만 흰 분을 바르기 때문에 '소화검小花臉'이라 고 부르기도 하며, 주로 우스꽝스러운 인물을 연기하는 경우가 많다.

2) 초하루와 보름에~ : 음력 매월 초하루를 '삭朔', 보름날을 '망望'이라고 부르는데, 옛 날에는 이 두 날이 오면 향을 피우고 신명에게 제사를 올렸다.

3) 좨주祭酒 : 한대漢代 이후로 사용된 관직 이름. 한대에는 박사 좨주博士祭酒가 있었는데 박사의 수장을 가리켰다. 서진西晉에 이르러 국자 좨주國子祭酒를 두었고 수·당대隋唐代 이후로 국자감 좨주國子監祭酒로 부르기 시작하면서 인재 육성의 최고기관인 국자감國子

당지기 을 : 잘못하면 안 된다구요 (…) 아니, 어째 고 따위 체통 없는 소
　　　　　　리만 하는감?

당지기 갑 : 할 줄 알거든 어디 네가 한번 해 봐라! (…)

당지기 을 : 철마다 양곡 타러 호부戶部4)로 들어가지요.

당지기 갑 : 돈 자랑 하는 게지요.

당지기 을 : 붉은 담장·푸른 기와 아래 온 가족이 모여 살지요.

당지기 갑 : 마누라도 들이구요.

당지기 을 : 마른 장작은 톱 한 자루만 있으면 되지요.

당지기 갑 : 땔감은 훔치면 되니까요.

당지기 을 : 일 년 내내 푸성귀는 먹지도 않지요.

당지기 갑 : 절인 고기만 먹거든요.

당지기 을 : 나 참, 네가 제대로 못 받는 바람에 금새 들통이 나 버렸잖
　　　　　　아! (같이 웃는다)

　　　　　　우리 남경 국자감南京國子監 당지기들이 여섯 달 동안 참은 끝
　　　　　　에, 오늘 다시 중춘仲春 정제丁祭5) 날이 돌아왔구나! 태상시太
　　　　　　常寺에서 벌써 제물을 보내 왔으니 내가 상이나 차려 볼거나?

　　　　　　(젯상을 차린다)

당지기 갑 : 밤, 대추, 가시연밥, 마름, 개암에다

　　監의 책임자(오늘날로 말하면 국립대학교 총장)를 가리키는 말로 고정되었다. 나중에는
　　문단이나 예술계·학술계·문화계의 수장을 두루 가리키는 말로 사용되기도 하였다.
　4) 호부戶部 : 고대 관청의 이름으로, 진대秦代에는 치속내사治粟內史, 한대漢代에는 대사
　　농大司農으로 일컬어졌다. 삼국시대 이후로 탁지상서度支尙書 및 좌민상서左民尙書를 상
　　설하고 재정과 호구를 관장하게 하였다. 수대隋代에 민부상서民部尙書를 설치한 후로
　　당대唐代에 이를 인습하였으나 고종高宗이 즉위하면서 태종太宗 이세민李世民의 휘를
　　피하여 호부로 부르기 시작하였다. 호부는 육부六部의 하나로서, 전국의 토지·호구·
　　조세·재정 등의 사무를 관장했는데 그 수장을 호부상서戶部尙書라고 부르면서 오대五
　　代부터 청대까지 변함없이 인습되었다.
　5) 중춘 정제 : 옛날에는 음력으로 간지干支상 정丁에 해당되는 날을 ‘정일丁日’이라고 불
　　렀는데, 매년 2월과 8월의 첫 번째 정일에 각각 한 차례씩 공자孔子에게 제사를 올렸는데
　　이를 ‘정제丁祭’라고 불렀다. ‘중춘 정제’란 2월 첫 번째 정일에 올리는 제사를 말한다.

당지기 을 : 소, 양, 돼지, 토끼, 사슴,

당지기 갑 : 물고기, 미나리, 무, 죽순, 부추에다

당지기 을 : 소금, 술, 향, 폐백, 초……

당지기 갑 : 하나도 빠진 게 없지? 잘 지키고 있으라구. 찬례들이 훔쳐 먹
　　　　　 기라도 하면 우리가 낭패를 보니까…….

부말副末이 늙은 찬례로 분장하고 몰래 등장한다.

늙은 찬례 : 예끼, 네놈들이 안 훔쳐 먹으면 되는 거지 괜히 우리 탓은 왜
　　　　　 하고 야단이냐!

당지기 갑 : (두 손을 모으면서) 잘못했습니다요. 제 말씀은 고 체통 없는 샌
　　　　　 님들을 두고 드리는 말씀이구요, 선생님이야 도덕군자이신
　　　　　 데 몰래 훔쳐 자실 리가 있나요!

늙은 찬례 : 실없는 소리 그만 하고, 날이 벌써 밝아 때가 되었으니 냉큼
　　　　　 향과 초에 불이나 붙이거라!

당지기 을 : 예! (둘이 우스갯소리를 하면서 퇴장한다)

외外6)가 의관을 정제하고 홀笏을 든 채 좨주로 분장하고 등장한다.

좨주 : 　　　　〈분접아粉蝶兒〉

　　　　　 소나무·측백나무에는 안개가 자욱하게 서렸는데
　　　　　 두 계단에서 붉은 초는 방금 심지를 잘라 내었도다.7)

홀

---

6) 외外 : 중국 고전극에서 운용되는 배역의 하나로, 이미 원 잡극元雜劇 때부터 외말外
末·외단外旦·외정外淨 등의 배역이 존재했는데, 대체로 말末·단旦·정淨 등의 배역
에 대해 조연을 맡는 배역을 말한다. 명청대 이후로 노년기의 남자를 전문으로 연기하
는 배역으로 고정되었다.

7) 붉은 초는 방금~ : '붉은 촛불[蠟紅]'은 방금 심지를 잘라내어 촛불이 밝게 빛나는
것을 말한다.

생황 연주하자

당상堂上에선 왕가의 제례악8) 울려 퍼지누나.

잔과 폐백 받들고

제물 · 감주 바치고

향이며 미나리도 서둘러 올려라.

말이 의관을 정제하고 홀을 든 채 사업司業9)으로 분장하고 등장한다.

사업 :　　　줄줄이 늘어서서

　　　　　경건하게 남옹南雍의 석전제釋奠祭10) 모시노라.

좨주 :　　　본관은 남경 국자감의 좨주입니다.

사업 :　　　소관은 사업입니다. 오늘 문묘文廟11)의 정제를 맞이하였으니

　　　　　법도도 석전제에 걸맞게 해야겠지요. (나누어 선다)

---

8) 왕가의 제례악[宮懸] : 고대 왕실의 음악제도. 고대에는 종鐘 · 경磬 등의 악기를 걸개에 걸었는데 그 형태나 체제는 청중의 지위에 따라 차등을 두어 안배되었다. 제왕의 경우는 사방에 악기를 걸어 궁궐 사방의 장벽을 상징했기 때문에 이를 '궁현宮懸'이라고 불렀다. 『주례周禮』 「춘관春官」, 「소서小胥」에 따르면 "왕은 '궁현'을 하고 제후는 '헌현'하며 경대부는 '판현'하고 향리에서는 '특현'한다[王宮懸, 諸侯軒懸, 卿大夫判懸, 土特懸]"라고 설명하고 있는데, 정현鄭玄의 주에 따르면 궁현은 사방에 악기를 거는 것을 가리키고, 헌현은 그 중 한쪽을 비우고, 판현은 거기서 또 한쪽을 비우며, 특현은 거기서 또 한쪽을 비우는 것을 의미한다.

9) 사업司業 : 고대 학관學官의 명칭. 수대隋代 이후로 국자감國子監에 사업을 두고 좨주祭酒를 보좌하여 유학의 훈도를 관장하게 했는데, 오늘날의 국립대학교 부총장에 해당한다.

10) 남옹의 석전제[南雍釋奠] : '남옹南雍'은 남경 국자감南京國子監을 가리키며, 석전釋奠은 고대에 학교에 술과 음식을 마련하고 공자에게 올리는 제사를 말한다. 『문왕세자文王世子』에서는 "무릇 배우는 자는 봄에 관리가 그 옛 스승에게 석전을 올리고 가을 겨울도 그렇게 한다. 무릇 배우기를 시작하는 자는 반드시 옛 성인 옛 스승에게 석전을 올려야 한다[凡學, 春官釋奠于其先師, 秋冬亦如之. 凡始立學者, 必釋奠于先聖先師]"고 설명하고 있다.

11) 문묘文廟 : 공자의 사당 즉 공자묘孔子廟를 가리킨다. 당대唐代에 공자를 문선왕文宣王으로 책봉하면서 그 사당을 '문선왕묘'로 부르기 시작했으며, 원 · 명대元明代 이후로는 이를 줄여 '문묘'로 불렀다.

소생이 의관을 갖춘 채 오응기로 분장하고 등장한다.

오응기 :　　　〈사원춘四園春〉

　　　　　　영고楹鼓12) 둥둥 울리는 동안 날 밝아오니

　　　　　　유생들 발맞추어 살구나무 제단13) 앞을 걷는데

잡雜14)이 네 사람의 감생監生15)으로 분장하고 등장한다.

감생들 :　　　장엄한 예악은 북적이는 삼천 제자16) 사이로 감돌고

　　　　　　만 길이나 될 것 같은 대문이며 담장은 성현을 우러러 보누나.

---

12) 영고楹鼓 : 고대 악기의 일종으로 건고建鼓라고 부르기도 하였다. 북 가운데로 나무기
　둥을 관통시켜 수직으로 세워 놓은 것으로 기둥 아래에는 버팀대가 네 개 달려 있다.
　『예기禮記』「명당위明堂位」에 따르면 "하후씨는 북에 발을 달고 은나라는 북을 꿰어
　세웠고 주나라는 북을 매달았다[夏後氏之鼓足, 殷楹鼓, 周縣鼓]"고 한다. 또 『수서隋
　書』「음악지音樂志」에 따르면 "건고를 하후씨는 발을 네 개 달아 '족고'라고 부르고 은
　나라 사람들은 기둥으로 꿰어서 '영고'라고 불렀다[建鼓, 夏後氏加四足, 謂之'足鼓';
　殷人柱貫之, 謂之'楹鼓']"고 한다.
13) 살구나무 제단[杏壇] : 공자가 제자들을 모아 놓고 강의를 펼쳤다고 전해지는 장소.
　『장자莊子』「어부漁父」에는 "공자가 치유의 숲을 거닐다가 살구나무 제단 위에 앉아
　쉬었다. 제자들은 책을 읽고 공자는 노래하며 금을 연주하였다[孔子遊乎緇帷之林, 休
　坐乎杏壇之上. 弟子讀書, 孔子絃歌鼓琴]"고 기록하고 있는데, 후세 사람들이 이 이
　야기에 근거해서 산동성山東省 곡부曲阜의 공묘孔廟 대성전大成殿 앞에 제단을 쌓고 살
　구나무를 심고 비를 세웠다고 한다. 여기서는 남경南京의 공자묘孔子廟를 가리킨다.
14) 잡雜 : 중국 고전극에서 운용되는 배역의 하나로, '잡당雜當'이라고 부르기도 한다. 이
　미 원 잡극元雜劇에서부터 그 이름을 찾아볼 수 있는 이 배역은 일반적으로 극중에서
　하인과 같이 작은 역할을 맡거나, 임시로 등·퇴장하면서 엑스트라나 무대 정리 등의
　자잘한 일들을 담당한다. 이와 비슷한 역할을 담당한 것은 근대의 경극京劇에서 볼 수
　있는 '검장적檢場的'이나, 일본 가부키[歌舞伎]의 '구로코[黑子]'가 있다.
15) 감생監生 : 국자감國子監의 학생. 처음에는 학정學政이나 황제의 특별 허가를 거쳐 선
　정되었으나 나중에는 헌금을 통해 그 칭호를 얻을 수도 있었다.
16) 삼천 제자 : 『사기史記』「공자세가孔子世家」에 따르면 "공자가 시·서·예·악으로
　가르치니 제자가 삼천에 이르렀다[孔子以詩書禮樂教, 弟子蓋三千焉]"고 하며, 나중
　에는 '삼천 제자'가 공자의 제자들을 두루 이르는 말이 되었다. 여기서는 제사에 참석
　한 유생들을 두고 한 말이다.

부정이 털보 얼굴에 의관을 정제한 채 완대성으로 분장하고 등장한다.

완대성:　　　부끄러운 얼굴 말끔하게 씻었으니
　　　　　　성대한 의식에 끼어들자꾸나.

오응기:　　　소생은 오응기인데, 양유두楊維斗·유백종劉伯宗·심곤동沈崑
　　　　　　銅·심미생沈眉生17) 등 여러 사형社兄들과 함께 제례에 참례
　　　　　　하러 왔습니다.
감생들:　　　오형께서는 오신 지가 제법 되었으니, 다들 차례로 줄을 서
　　　　　　십시다.
완대성:　　　(얼굴을 가리고) 본관은 완대성으로 남경에서 한가하게 지내던
　　　　　　중 성대한 의식을 참관하러 왔습니다. (앞줄로 가 선다)

　　부말이 등장하여 구령을 먹인다.

늙은 찬례 : 열을 지으시요
　　　　　　나란히 서시요
　　　　　　고개를 숙이시요,
　　　　　　엎드리시요,
　　　　　　일어나시요!
　　　　　　엎드리시요,
　　　　　　일어나시요!
　　　　　　엎드리시요,
　　　　　　일어나시요!
　　　　　　엎드리시요,

---

17) 양유두楊維斗·유백종劉伯宗·심곤동沈崑同·심미생沈眉生 : 당시의 문사들. 오응기吳應
　　箕와 함께 '복사의 다섯 수재[復社五秀才]'로 일컬어졌다.

일어나시오!

사람들이 순서에 따라 네 번씩 절을 한다. 합창한다.

일동 :   〈읍안회泣顔回〉18)

             백 척이나 되는 푸른 구름 꼭대기로

             황제께서 쓰신 금빛 글자의 편액 우러러 보이는데

             무관의 제왕19)께서는 단아하게 손 모으고 자리 잡으셨고

             안회顔回·증삼曾參 등 사대 제자20)는 위풍도 당당하다.

             신명을 모시는 음악이 울려 퍼지니

             붉은 계단 아래서는 절 올리며 모두가 도포며 홀 펼치네.

             학문으로 말하자면 교상膠庠21)에도 부끄럽지 않나니

---

18) 읍안회 : 남곡南曲 곡패曲牌, 행군·점호 등과 같이 장엄하고 웅장한 분위기의 장면을
    연출하는 데에 적합하다. 여기에서도 정제丁祭를 경건하게 참례하는 유생들의 무리가
    웅장하고 절도 있게 움직이는 모습을 나타내기 위해 이 노래를 사용하고 있다. 극중
    분위기를 고양시키기 위해 보통은 여기서처럼 두 번 연거푸 사용한다.
19) 무관의 제왕[素王] : 제왕의 자리에 있지는 않지만 제왕의 덕을 지닌 인물을 가리키는
    말로, 나중에는 공자를 의미하는 경우가 많았다. 『회남자淮南子』「주술훈主術訓」에서도
    "공자의 통달함이여! 지혜로는 장굉을 능가하고 용기는 맹분을 탄복하게 하였다. (…중
    략…) 그러나 용력을 듣는 이가 없고 기교를 알아주는 이가 없자 오로지 교육의 길만
    걸음으로써 무관의 제왕이 되었다[孔子之通, 智過於萇宏, 勇服於孟賁 (…중략…) 然
    而勇力不聞, 伎巧不知, 專行教道, 以成素王]"라고 하였다.
20) 안회·증삼 등 사대 제자[顔曾四座] : 안회顔回·증삼曾參·자사子思·맹자孟子 등,
    공자묘孔子廟에 배향配享되는 네 명의 제자를 가리킨다. 안회(B.C. 521~B.C. 490)는 자
    가 자연子淵이고 노魯나라 사람으로 가난하게 살면서도 낙천적인 성격을 잃지 않았다
    고 한다. 증삼(B.C. 505~B.C. 436)은 자가 자여子輿이고 노나라 남무성南武城 사람으로
    효자로 칭송 받았다. 청대의 전대흔錢大昕은 『십가재양신록十駕齋養新錄』「선성배향宣聖
    配享」에서 "원대 초기에 옛 성인께 석전제를 올릴 때에는 안자와 맹자를 함께 제사 지
    냈는데 아마도 송·금대의 옛 제도일 것이다. 연우 3년에 이르러서 비로소 증자와 자
    사를 추가로 배향하기 시작하였다[元初, 釋奠先聖, 以顔孟配享, 蓋用宋金舊制, 至延
    祐三年, 始增曾子子思配享]"라고 하였다.
21) 교상膠庠 : 주대周代의 학교 이름. 주나라에서는 대학을 '교膠' 소학을 '상庠'이라 했는
    데, 나중에는 이 둘을 함께 써서 학교를 통칭하는 말로 사용하였다.

그저 선현께서 위대한 모습 나타내지 않으실까 싶구나!

절을 마치자 일어선다.

늙은 찬례 : (구령을 먹인다)

폐백을 태우십시요.

의식이 끝났습니다.

사람들이 서로 마주보고 읍례를 올린다.

좨주 사업 :　　〈전강前腔〉

북향한 신하들 어깨를 나란히 한 채

중춘 정제의 영예로운 의식을 함께 치르노라.

잰 걸음에 패옥 소리 울리며

봉황·백로 같은 선비들의 행렬22)이 선회하누나.

오응기 :　　변籩 들고 두豆 잡은23)

노魯나라 뭇 유생들은 저마다 정선된 옥그릇24)이러니

완대성 :　　유도留都25)에 한직으로나마 유유자적하게 될까 싶어 기쁘더니

---

22) 봉황·백로 같은 선비들의 행렬 : 원래는 조정 신하들의 행렬을 가리키는 말이지만,
여기서는 제사에 참석한 선비들의 행렬을 말한다.

23) 변 들고 두 잡은 : 변籩과 두豆는 고대의 제기로서, 댓살을 엮어 만든 변은 제사를 올
릴 때 과자 등속을 담으며, 나무로 만든 두는 술과 고기를 담는 데에 사용되었다.

24) 옥그릇[瑚璉] : 원래는 종묘宗廟에서 사용되는 진귀한 제기를 말하는데, 『논어論語』「공
야장公冶長」에 따르면 공자가 자공子貢을 '옥그릇'이라고 불렀다고 한다. 여기서는 나라
의 귀중한 인재를 가리키는 말로 사용되고 있다.

25) 유도留都 : 고대에는 왕조가 새 도읍으로 천도하더라도 원래의 도읍에 관리를 두어
지키면서 정사를 펼치게 했는데, 이를 '유도留都'라고 하였다. 특히 명나라의 경우, 태
조太祖 주원장朱元璋이 남경南京에 도읍을 정했지만, 제위를 찬탈한 성조成祖가 북경北
京으로 천도하면서 원래의 도읍인 남경을 유도 또는 배도陪都로 삼고 실권은 없지만
북경과 동일한 행정체제를 그대로 유지하게 하였다. 그래서 후방역侯方域은 『마령전馬

마는

궁지에 버려져26) 배척당한 명사의 신세가 안타깝구나.

외와 말이 퇴장한다. 부정이 손을 모으고 인사를 한다.

오응기 : (놀라서 쳐다보면서 묻는다) 네놈은 털보 완가로구나! 어째서 제
례를 모시러 왔는가? 선현을 모독하고 사문斯門을 우롱하다
니! (호통을 친다) 썩 꺼지지 못하겠느냐!

완대성 : (화를 내면서) 나는 당당한 진사進士요 훌륭한 명문가 출신이거
늘, 무슨 죄가 있다고 참례하지 못한단 말이요?

오응기 : 네놈의 죄상을 온 천하가 다 알고 있거늘, 낯짝에 철판을 깔
고 양심도 없이 감히 문묘에까지 기어들다니……. 전날 「유
도의 난리를 막고자 하는 격문」에서도 네놈의 죄과를 따지
지 않았더냐!

완대성 : 그렇지 않아도 내 본심을 보여 드리려고 이렇게 참례하러 온
것이외다.

오응기 : 네놈 속셈을 내가 대신 들려주마!

〈천추세千秋歲〉27)

위魏가28)네 의붓아들이 되고

伶傳』에서 "금릉(남경)은 명조의 유도여서 사직과 문무백관이 다 있었다[金陵爲明之
留都, 社稷百官皆在]"라고 적고 있다.
26) 궁지에 버려져[投閑] : "투한치산投閑置散"이라고도 하는데, 고대에 벼슬아치가 한적한
곳으로 추방되거나 한직으로 좌천되는 것을 가리킨다. 당대의 문장가 한유韓愈도 『진학
해進學解』에서 "걸핏하면 비방 당하고 명성 또한 그 세태를 좇으니, 궁지에 버려지고
한직으로 내몰리는 것은 분수에 어울리는 일[動而得謗, 名亦隨之. 投閑置散, 乃分之
宜]"이라고 말하였다.
27) 천추세千秋歲 : 남곡南曲 곡패曲牌. 보통 한 번만 사용하기도 하지만, 여기에서처럼 때
로는 두 번 연거푸 사용함으로써 떠들썩하고 흥청거리는 분위기를 연출하기도 한다.

이어서 객客가29)네 의붓자식이 되더니

어딜 가나 자식 노릇 하는 꼴을 면치 못했지.

최정수崔呈秀30)·전이경田爾耕31)과 한 통속 되어

최정수·전이경과 한 통속 되어

우애 있는 형제인 양 똥 다투어 맛 보고

28) 위가 : 위충현魏忠賢(1568~1627). 하간河間 숙녕肅寧 사람으로 젊어서 건달 행세를 하
다가 스스로 거세를 하고 만력萬曆 연간에 입궁하여 환관이 되었다. 희종熹宗이 즉위하
자 사례병필태감 겸 제독보화삼점司禮秉筆太監兼提督寶和三店으로 승진하더니, 대신들과
결탁하여 황제에게 아부하였다. 천계天啓 3년(1623)에는 동창東廠을 장악하고 희종의
유모 객씨客氏와 결탁하여 반대파들을 배척하고 국정을 농단하였다. 그는 또 상소문을
함부로 열람하고 언관言官들을 축출하는가 하면 동림당東林黨 세력을 박해하는 등 온
갖 악행을 일삼았다. 이듬해에 양련楊漣이 자신을 24가지 죄목으로 탄핵하고 이어서
위대중魏大中 등 70여 명이 번갈아 자신의 처벌을 요구하자 즉시 반격에 나서서 수십
명의 대신을 파직·축출하고 양련·위대중·좌광두左光斗처럼 끝까지 협력을 거부하
는 자들을 모조리 동림당으로 몰아 차례로 주살하였다. 더욱이 내각內閣에서 지방관에
이르기까지 도처에 자신의 수족들을 심는 한편 살아 있는 자신을 모시는 사당을 도처
에 짓게 하여 "구천세九千歲"로 불릴 정도로 엄청난 세도를 부렸다. 그러나 숭정제의
즉위와 동시에 정군淨軍으로 강등하여 봉양鳳陽에 안치하라는 처분을 받은 후 귀양길
에 스스로 목을 매어 죽었다.

29) 객가 : 명나라 희종[明熹宗]의 유모 객씨客氏(?~1627)를 가리킨다. 객씨는 보정保定
정흥定興 사람으로, 원래는 서민 후이侯二의 아내였다가 나중에 입궁하여 희종熹宗의
유모가 되었다. 희종 즉위 후 봉성부인奉聖夫人에 책봉되었으나 위충현魏忠賢과 결탁하
여 국정을 농단함으로써 세상 사람들에 의해 '객客·위魏'로 일컬어지면서 나라에 큰
해악을 남겼다. 희종 사후에 출궁 처분을 당한 3개월 후 완의국浣衣局으로 끌려가 매질
을 당해 죽었다.

30) 최정수崔呈秀 : 하북 계주薊州 사람으로 전이경田爾耕과 함께 '엄당閹黨' 즉 위충현魏忠
賢 일당의 주축이었다. 만력萬曆 연간의 진사進士 출신으로 행인行人에 임명되었고, 천계
天啓 초기에는 어사御史로 발탁되었으나 독직 죄로 파직되자 위충현에게 의탁하여 양자
가 되었다. 이듬해에 『천감록天鑒錄』, 『동림동지록東林同志錄』을 헌상하여 동림당東林黨
세력을 배척하고 그 공로로 천계 6년(1626) 벼슬이 공부상서 겸 좌도어사工部尚書兼左都
御史에 이르렀다. 이듬해에 다시 병부상서兵部尚書가 되었지만 숭정제 즉위 후 탄핵을
당하자 처벌을 두려워하여 스스로 목을 매어 자결하였다.

31) 전이경田爾耕(?~1628) : 하간河間 임구任丘 사람. 음서蔭敍로 금의위錦衣衛 지휘첨사指揮
僉事에 임명된 이래 벼슬이 좌도독左都督에 이르렀다. 천계天啓 4년(1624) 금의위의 실
권을 장악하고 위충현魏忠賢을 도와 동림당東林黨 세력을 배척하였으며 수차례에 걸쳐
서 무고한 희생자들을 만들어 내었다. 나중에는 소사少師가 되고 태자태사太子太師를
겸하는 등 승승장구하다가 숭정제의 즉위와 함께 피살되었다.

종기까지 함께 빨았지.

동림東林32)서는 동지를 음해하더니만

서창西廠33)서는 은밀히 줄 대기에 바빴으면서

어찌 사람들 눈을 가리려 드는가!

일동 :   우습구나 얼음 산34) 녹고

쇠기둥 뒤집혀 버린 꼴이!

완대성 :   사형들이 내 고충을 헤아리진 않고 다짜고짜 날 모욕하려고
            만 들지만, 이 완원해阮圓海가 실은 충의공忠毅公 조남성趙南
            星35)선생의 문하생이라는 것을 알기나 하시오? 위가 일당이

---

32) 동림東林 : 명말에 강남江南의 사대부들을 중심으로 형성된 정치세력인 동림당東林黨
   을 가리킨다. 만력萬曆 연간에 파직되어 낙향한 무석無錫 사람 고헌성顧憲成이 동향 출
   신의 고반룡高攀龍 등과 함께 고향의 동림서원東林書院에서 유학을 강의하고 국정을 논
   하면서 다수의 조정 관료와 사대부들이 여기에 합세하니 당시 사람들이 이들을 '동림
   당'이라고 불렀다. 그들은 '청류淸流'를 자처하면서 조정의 가혹한 징세와 가렴주구에
   반대하고 민중의 부담을 탕감시켜 줄 것을 주장하는 한편, 국정을 개혁하고 인재를 중
   용하고 인사를 공정하게 관리할 것을 요구하였다. 이 같은 동림당의 요구는 당시 국정
   을 농단하던 권신들의 시기와 공격을 받아, 희종熹宗 때의 세도가였던 위충현魏忠賢과
   그의 수족인 위당魏黨은 『동림점장록東林點將錄』, 『동림동지록東林同志錄』 등의 살생부
   를 작성하여 동림당 세력을 차례로 축출하거나 포살하였다. 아울러 『삼조요전三朝要典』
   을 지어 '삼안三案'을 빌미로 타격을 가하여 양련楊漣·좌광두左光斗·황존소黃尊素·주
   순창周順昌·고반룡高攀龍 등이 차례로 죽임을 당하였다. 천계天啓 7년(1627)에 사종思宗
   숭정제崇禎帝가 즉위하여 위충현과 그 일당을 처벌함으로써 동림당 인사들에 대한 박
   해가 비로소 중지되었다.
33) 서창西廠 : 명대에 환관들이 관장했던 특무조직으로, 명말에 이르러 충신을 해치고 악
   행을 자행하여 만인의 지탄을 받는 폭압 집단으로 전락하였다. 여기서는 완대성阮大鋮
   이 위충현魏忠賢 일당에게 아부하면서 동림당을 음해한 일을 가리킨다.
34) 얼음산[氷山] : 오래 가지 못하는 권력을 말한다. 당대의 장단張彖은 어떤 사람이 당
   시의 세도가였던 양국충楊國忠의 비위를 맞출 것을 권하자 태산처럼 단단할 것 같은
   양국충도 알고 보면 해가 뜨면 녹아서 흔적도 없는 얼음산과 같다고 말하면서 그 제
   안을 물리쳤다고 한다.
35) 충의공 조남성趙南星(1550~1627) : 자가 몽백夢白, 호가 제학儕鶴으로 고읍高邑 사람이
   다. 만력萬曆 연간의 진사進士 출신으로, 인사를 관장하는 이부 고공낭중吏部考功郎中에
   임명되어 만력 21년(1593)에 경관京官 감사 과정에서 관리의 공과를 엄격하게 처리했다
   하여 권신의 미움을 사서 휴직하고 낙향하였다. 천계天啓 초기에는 좌도어사左都御史에

전횡을 일삼을 때는 내가 부친상36)도 채 마치기 전이었는데
언제 사람을 하나라도 해친 적이 있다고 그러시오들! 이 사
정을 도대체 어떻게 하소연해야 좋을지…….

〈전강前腔〉

오뉴월 된서리 부르는 억울함37)이라 한들

대야 뒤집어쓴 듯한 이 억울함에 비길까?

하나하나가 바람이나 그림자 잡듯 꾸며낸 소리들인 것을!

애초에 충신과 알게 되어

애초에 충신과 알게 되어

주조서周朝瑞38) · 위대중魏大中39)을 구하고자

자랑스러운 이 한 몸의 명예

깎이는 일조차 달갑게 여겼건마는…….

제수되고 다시 이부상서吏部尙書에 임명되기도 했지만 천계 3년(1623)에 위충현魏忠賢에
게 미움을 사 대주代州로 귀양 가서 죽었다. 고헌성顧憲成 · 추원표鄒元標와 나란히 우국지
사로 이름을 날렸으며 사후에 충의공忠毅公으로 추증되었다. 저서로는 『조충의공문집趙
忠毅公文集』, 『미벽재유서味檗齋遺書』, 『사운史韻』이 있다.
36) 부친상[丁艱]: 옛날에는 벼슬아치가 부모의 상을 당하면 벼슬에서 물러나 삼년 동
안 상례를 치러야 했고 선비는 과거에 참가할 수 없었으며 민간에서도 그 기간 동안
은 혼인이나 잔치를 거행할 수 없었다.
37) 오뉴월 된서리 부르는 억울함: 전설에 따르면 춘추春秋시대에 연나라 혜왕[燕惠王]
이 측근의 참언을 믿고 추연鄒衍을 투옥시켰는데, 그가 하늘을 우러러보며 통곡을 하
자 하늘이 감동하여 오뉴월에 서리가 흩날렸다고 한다.
38) 주조서周朝瑞(?~1625): 자는 사영思永 호는 형대衡臺이며 산동山東 임청臨淸 사람이다.
만력萬曆 연간의 진사進士 출신으로 중서사인中書舍人에 제수되고 태복소경太僕少卿을
거쳤다. 위충현을 탄핵한 양련楊漣과 친하다는 이유로 천계天啓 5년(1625)에 엄당閹黨의
무고를 당해 박해를 당하다가 옥사하였다.
39) 위대중魏大中: 자는 공시孔時 호는 곽원廓園으로 절강浙江 가선嘉善 사람이다. 만력萬
曆 연간의 진사進士 출신으로, 행인行人을 제수 받고, 천계天啓 4년(1624)에 이과 도급사
중吏科都給事中에 임명되었다. 양련楊漣과 함께 위충현을 탄핵했다가 이듬해에 투옥되
어 혹형을 받고 옥사하였다. 저서로는 『장밀재집藏密齋集』이 있다.

선배 강대산康對山께서 이공동李空同을 구하겠다고 유근劉瑾의
문하에 들어간 일이 있었소.[40] 내가 지난날 절개를 굽힌 것
도 오로지 동림당 군자들을 위해서였거늘, 어째서 되레 나를
책망한단 말이요?

　　　〈춘등미春燈謎〉를 그 누가 보지 않은 이 있소?
　　　'십착인十錯認'[41] 가지고도 아무도 왈가왈부 않더니만
　　　죄다 날 힐난하는구려.
　　　(가리키면서) 안타깝도다 맹랑한 신진들조차
　　　턱없는 헛소리 막말을 해 대다니!

오응기 :　욕 먹어도 싸지, 욕 먹어도 싸!
일동 :　　네놈 같은 인간이 감히 문묘에서 공공연히 사람들을 헐뜯다
　　　　　니, 참으로 무엄하구나!
늙은 찬례 : (역시 고함을 치면서) 무엄하구나, 무엄해! 찬례이신 이몸께서
　　　　　네 이 간신배를 패 주마! (때린다)
오응기 :　놈의 주둥이를 치고 털을 뽑아 버립시다!

　　사람들이 부정의 수염을 마구 잡아뜯고 삿대질을 하면서 욕을 퍼붓는다.

---

40) 강대산康對山·이공동李空同 : 명대 중엽 문단의 거두인 이몽양李夢陽이 죄를 지어 투
　　옥되었을 때 강해康海에게 편지를 써서 구명을 간청하자, 강해는 그를 위해 당시 실권
　　을 장악하고 있던 환관 유근劉瑾을 찾아가 구명운동을 벌였다고 한다. 나중에 유근이
　　실각하고 여기에 강해까지 연루되었지만 그의 은혜를 입었던 이몽양은 그를 변호해
　　주지 않아 세상 사람들로부터 비난을 받았다고 한다. 여기서는 완대성阮大鋮이 자신을
　　강해에 비기면서 자신의 전과를 변명하기 위해 이 고사를 언급하고 있다.
41) 〈춘등미春燈謎〉·'십착인十錯認' : 숭정崇禎 말년에 완대성阮大鋮이 지은 전기傳奇〈춘등
　　미〉의 마지막 장에는 '십착인'으로 불리는 평화平話가 나오는데, 혹자는 이것이 완대성
　　이 실각한 후 자신의 죄상을 참회하기 위해 썼다고 주장하기도 한다.

일동 :　　　　〈월임호越恁好〉42)

　　　　내시의 의붓자식놈

　　　　내시의 의붓자식놈

　　　　누가 네놈더러 문선왕文宣王43)께 참배하라더냐!

　　　　더러운 인간이 천박한 행실로

　　　　신성한 향교를 더럽히고

　　　　사문을 모독하다니!

　　　　당장 우리 동지들에게 북 울려 알리고

　　　　네놈을 끝까지 공격하여44)

　　　　산간벽지45)로 내쫓아 한 곳에서 지내지 못하게 만들리라

　　　　이리·범에게 굴복한 놈은 개·돼지만도 못하나니!

완대성 :　　그래, 쳐라 쳐! (부말을 가리키면서) 네 놈까지 나를 쳤겠다?

늙은 찬례 : 나같이 연륜 있는 찬례님이시니까 네놈처럼 부화뇌동하는46)

　　　　화상을 치신 게다.

완대성 :　　(수염을 살피면서) 수염을 몽땅 뽑아 놨으니 앞으로 어떻게 사

　　　　람을 볼꼬? 분하구나! (허둥지둥 달아난다)

---

42) 〈월임호越恁好〉: 남곡南曲 곡패曲牌. 극중 상황이 긴박하거나 떠들썩한 분위기를 연
　　출하는 데에 주로 사용된다. 여기에서도 복사復社의 선비들이 완대성을 거세게 몰아붙
　　이는 장면을 부각시키기 위해 사용하고 있다.
43) 문선왕文宣王: 공자를 가리키는 말. 당나라 현종[唐玄宗]은 개원開元 27년(729)에 공
　　자를 문선왕에 책봉하였다.
44) 우리 동지들에게 북 울려 알리고~ : 춘추春秋시대에 공자는 자기 문하의 염구冉求가
　　노魯나라의 경卿인 계씨季氏의 가신이 되어 가렴주구를 일삼자 제자들에게 북을 울리
　　며 그를 공격할 것을 호소했다고 한다.
45) 산간벽지[荒服]: 고대에는 도읍지로부터 2,000~2,500리 떨어진 변방을 '황복荒服'이
　　라고 하였다.
46) 부화뇌동하는[知和而和]: 『논어論語』「학이學而」의 "타협만을 능사로 알고 예로써 그
　　것을 조절하지 않는다면 그 또한 안 될 일이다[知和而和, 不以禮節之, 亦不可行也]"에
　　서 유래한 말이다. 〈도화선桃花扇〉 '석전 대제闡丁'의 논평에 따르면, 이 말은 당시 산동山
　　東 곡부曲阜 일대에 유행하는 속어였다고 하는데 그 의미는 확실하지 않다.

〈홍수혜紅繡鞋〉
약한 급소를 주먹질,47) 주먹질 하는 통에
난데없이 팔 꺾이고 허리 삐었네, 팔 꺾이고 허리 삐었어!
어서 달아나자
머뭇거리지 말고! (퇴장한다)

일동 :　　　불의와 정의를 가려내고
　　　　　간신과 현자를 따져야 하고 말고
　　　　　위가놈 일당의 모반이 철석같이 엄연한 사실일진대!

〈미성尾聲〉
지난날 그 위세가 하늘조차 뒤집어 놓을 듯 대단하더니만
지금은 쫓겨 다니는 꼴이 되고 말았으니 불쌍도 하구나!
선비의 모자는 그 와중에 일찌감치 납작해져 버렸으니
돌아가거든 붓이며 벼루는 알아서 태워버려라!

오응기 :　　오늘의 이 쾌거로 동림당을 대신해서 원수를 갚고, 남경 국
　　　　　자감의 명예를 지켰으니 참으로 후련합니다 그려! 앞으로도
　　　　　다들 분발하여 그런 화상들이 다시는 얼씬도 못하게 합시다!
일동 :　　　그럽시다, 그래요!

　　　　　당당한 의거가 성현의 사당 앞에서 있었도다.
오응기 :　　　검은 돌 흰 돌도 한 수를 다투어야 하는 법.48)

---

47) 약한 급소를 주먹질 : '계륵鷄肋'은 원래 닭갈비를 가리키는 말이지만 여기서는 허약
　한 몸을 말한다. 진晉나라의 유령劉伶은 술에 취해 싸움을 하다가 상대가 소매를 걷어
　붙이고 자신을 때리려 하자 "닭갈비가 어떻게 당신의 주먹을 감당하겠소?"라고 말해
　서 상대가 실소를 하며 중지했다고 한다.
48) 검은 돌 흰 돌도~ : 바둑판의 검은 돌과 흰 돌을 가리키는데, 여기서는 정치상의 투

일동 :   다만 승부가 나지 않은 것이 걱정이로구나.
오응기 :   정치는 사람에게 달렸고, 난세는 하늘의 뜻에 달린 법.

쟁을 빗댄 말로 사용되었다.

네 번째 대목

공연 염탐

偵戲

원제는 "정희偵戲"로, 연극 공연 상황을 염탐한다는 뜻이다. 이 대목에서는 남경 석소원石巢園에 은거하면서 재기를 노리던 완대성阮大鋮이 복사復社 선비들의 요청에 자신이 소유한 극단을 빌려 준 후 하인에게 그들의 반응을 염탐하도록 지시하지만 나중에 그것이 사실은 자신을 조롱하기 위해 벌인 일임을 알고 분통을 터뜨리는 내용을 주로 다루고 있다. 작자는 여기서 완대성의 석소원을 무대로 삼되 무대에서 다루기 어려운 연극 공연 장면은 암장暗場 처리 하는 한편 완대성·양문총楊文驄 두 사람의 노래를 기조를 하면서, 후반부에서는 축丑에게도 노래를 안배하여 극적 반전反轉의 효과를 노리고 있다. 독자 / 관중은 이 대목을 통해 완대성의 인간성, 그와 복사 선비들 사이의 갈등관계는 물론이고, 서예·회화 등 당시의 인문환경에 대해서도 다소간의 정보를 얻을 수 있다.

계미년(1643) 3월

등장인물

      부정 : 완대성

      축 : 하인

      말 : 양문총

      잡 : 동자

부정副淨이 완대성으로 분장하고 침울한 표정으로 등장한다.

완대성 :   〈쌍권주雙勸酒〉

        전날의 국면 모두 뒤집히고

        옛 지인들은 죄다 흩어져 버렸는데

        귀밑머리는 희끗희끗해져

        푸념하는 새 노래조차 귀찮아지누나.

        다시 사람에게 모욕당하고 지내자니

        어찌 편히 누워 음식인들 넘길 수 있겠나!

        소관 완대성은 별호가 원해圓海올시다. 글월의 재주꾼이요 과거科擧의 명문가 출신이지요 지금은 광록대부光祿大夫의 지체로1) 시나 읊고 지내노라니 그야말로 술 즐기던 보병步兵2)

---

1) 광록대부의 지체로~ : 남조南朝의 안연지顔延之는 벼슬이 금자광록대부金紫光祿大夫에 이르렀기 때문에 '안광록顔光祿'으로 불린다. 완대성阮大鋮도 과거에 환관 위충현魏忠賢의 후광으로 광록경光祿卿을 지냈기 때문에 여기서 자신을 안연지顔延之에 빗대어 말하고 있다. 광록光祿은 고대에 황제가 음용하는 음식을 관장하던 관청인 광록시光祿寺를 가리킨다.

과도 똑같은 신세올시다. 황금 같은 간담은 중원을 주시하고 백설 같은 명성3)은 온 나라에 자자하건만, 일신을 생각하는 마음 간절하고 권세를 추구하는 감정이 지나친 나머지 우연히 객客씨·위魏씨 집안에 의탁했다가 그 자손 항렬에 끼었던 것이 한스럽습니다그려! 그때는 권세가 타오르는 불길과도 같아서 마음껏 휘두르며 길 막고 선 이리 행세를 했건만 (…) 이제 그 권세가 싸늘한 재 마냥 사그라져 이 메마른 수풀 속 올빼미 신세로 전락한 나만 홀로 남고 나니 사람들마다 욕을 퍼붓고 곳곳에서 공격을 하는군요!

곰곰이 따져 보면 나 완대성도 만 권의 책을 독파한4) 몸! 어디 충성과 아첨·어짊과 간사함인들 분간하지 못할 리 있겠는가? 그때는 실성한 일도 없고 신들린 것도 아니었건만 어쩌자고 한때 생각을 잘못해서 위당魏黨이 되었더란 말인가! (발을 동동 구르면서) 이제 지난 일을 떠올리고 보니 만감이 다 교차하는구나! (…) 아서라, 아서! 다행히 이곳 도성이 넓어 별의별 사람들을 다 포용하는 덕에 이번에 이 고자당褲子襠5)

---

2) 술 즐기던 보병[步兵愛酒]: 삼국시대의 시인 완적阮籍은 보병교위步兵校尉를 지냈기 때문에 '완보병阮步兵'으로 불린다. 당시 현실에 불만을 품고 있던 그는 늘 술에 취해 있어서 화를 피했다고 전한다. 여기서는 완대성阮大鋮이 자신의 억울한 심정을 토로하기 위해 같은 성씨인 완적의 고사를 인용한 것이다.

3) 백설 같은 명성: 여기서 '백설'은 〈양춘백설陽春白雪〉의 줄임말이다. 초楚나라 시인 송옥宋玉의 「초왕의 물음에 답하다[對楚王問]」의 설명에 따르면 "그가 〈양아〉, 〈해로〉를 부르면 나라에서 따라 부르는 자가 수백 명이나 되었지만, 〈양춘〉, 〈백설〉을 노래하면 나라에서 따라 부르는 자가 수십명을 넘지 않았다[其爲〈陽阿〉〈薤露〉, 國中屬而和者數百人, 其爲〈陽春〉〈白雪〉, 國中屬而和者不過數十人而已]"고 한다. 나중에는 이것이 고고하고 격조 높은 음악을 두루 가리키는 말로 사용되었다.

4) 만권의 책을 독파[讀破萬卷]: 당대 시인 두보杜甫의 시 「봉증위좌승장이십이운奉贈韋左丞丈二十二韻」의 "만 권의 책을 독파하여, 붓 놀리는 것이 마치 신이 들린 듯하다[讀書破萬卷, 下筆如有神]"에서 비롯된 말로, 보통 박학다식함을 나타내는 말로 사용된다. 여기에서도 완대성이 자신의 박학다식을 과시하는 말로 쓰였다.

5) 고자당褲子襠: 남경南京의 거리 이름. 완대성이 여기에 살았다고 전해진다.

에다 큰 저택을 하나 사다가 정원과 정자를 빼어나게 짓고 노래와 춤을 꼼꼼하게 가르치면서6) 권세를 쥔 조정 중신들 중에 교제를 허락해 주는 사람만 있으면 재물과 인력을 아끼지 않고 각별하게 기분을 맞춰주고 있다. 혹시 도덕군자라도 만나서 그가 이 몸을 딱하게 여기고 거두어 주기라도 한다면 그나마 개과천선한 귀신은 될 수 있을 텐데…….

(혼잣말을 한다) 만약 형세가 호전되어 꺼진 재가 되살아나는 날이 오기만 하면, 나 털보 완가, 명예나 절개 따위는 아랑곳하지 않고 온갖 못된 짓을 다 골라서 할 테다! 그건 그렇고 …… 어제 문묘文廟의 정제丁祭에서는 복사復社의 애송이들로부터 수모를 당했는데, 놈들도 맹랑하기는 했다만, 나도 괜한 고생을 사서 했지……. 그런데, 무슨 뾰족한 수로 고 맹랑한 것들과 사이를 튼다지? (머리를 긁적이며 골똘히 생각한다)

---

6) 노래와 춤을 꼼꼼하게~ : 명대 중엽부터 관료나 사대부들이 오락·접대 등 개인적인 용도를 위해 극단을 매입·운영하는 경우가 많았는데 이를 '가반家班' 또는 '가악家樂'으로 불렀다. 곤곡崑曲의 출현에 따라 이러한 가반들은 융경隆慶·만력萬曆 연간에 더욱 발전하여, 신시행申時行·전대錢岱·왕석작王錫爵 등 고관대작들의 가반은 모두 당시에 대단한 명성을 얻었다. 연극에 관심이 많은 사대부들은 단순한 운영으로 그치지 않고 자기 극단의 배우들에게 직접 노래를 가르치거나 스스로 연출에 참여하는 경우도 적지 않았는데, 그 중에서도 탕현조湯顯祖·심경沈璟·이어李漁 등의 극작가들과 그들이 운영한 가반이 중국연극사에 준 영향은 대단히 크다. 이런 사회적 분위기에 힘입어 천계天啓·숭정崇禎 연간에는 완대성阮大鋮 등의 노력으로 가반이 공전의 번영을 누려서 곤곡 상연 및 가창의 중요한 하나의 장르를 이루었다. 명말 청초에는 전란의 여파와 함께 옹정雍正 초기에 조정에서 관료의 가반 운영을 금지하면서 그 기세가 꺾이고 민간의 전문 극단이 날로 번창하게 된다. 여기에 등장하는 완대성 역시 자신이 지은 전기傳奇 작품을 가반을 통해 직접 무대에 올리고 사교활동에 이를 이용한 것으로도 유명하다.

〈보보교步步嬌〉7)

애숭이들 펄펄 죄다 맹랑도 하다.
작당 해서 이름난 관리를 능욕하는
그런 풍파가 몇 번이나 터졌더냐?
시인의 수염이 뽑히고 선비의 팔까지 꺾였구나.
깊은 원한을 갚을 도리조차 없어서
난 그저 문 닫아걸고 괜스레 낯만 붉힐 뿐……

축丑이 하인으로 분장하고 명첩名帖을 든 채 등장한다.

하인 :　　　장소는 후미져서 벼슬아치마저 드물고
　　　　　　문 안은 깊숙하여 제비·꾀꼬리조차 떨어져 있네.

　　　　　　나리, 극단을 빌려 달라는 요청입니다요!
완대성 :　　(명첩을 본다) "오랫동안 교분을 나눈 동문 아우 진정혜陳貞慧
　　　　　　올림"이라 …… (놀라면서) 오호라, 이건 명성이 자자한 의흥宜
　　　　　　興의 진정생陳定生이렷다? 대단한 공자가 어쩐 일로 나한테서
　　　　　　극단을 빌릴 생각을 다 했을까? (묻는다) 심부름 온 자가 뭐라
　　　　　　더냐?
하인 :　　　심부름꾼이 고하기를, 따로 공자 두 분이 합석해 계신데, 뭐
　　　　　　라더라 …… 방밀지方密之8) 하고 모벽강冒辟疆9)이라나요? 어

───────────────

7) 보보교步步嬌 : 남곡南曲 곡패曲牌. 각 대목의 첫 번째 노래로 사용되는 것이 보통이다.
　여기서는 반대로 마지막 부분에서 사용되고 있지만, 이처럼 다른 곡패 뒤에 사용되는
　일은 드물다. 남곡에서 사용되는 많은 곡패들이 북곡北曲 즉 원 잡극元雜劇의 곡패와는
　체제가 다르지만 〈보보교〉는 북곡에서 비롯된 것이다.
8) 방밀지方密之 : 방이지方以智(1611~1671)는 자가 밀지密之, 호가 만공曼公으로 동성桐城
　사람이다. 젊었을 때 강남에서 복사復社에 가입하여 시정을 비판하는 등 진정혜陳貞慧·
　모양冒襄·후방역侯方域과 함께 '강남의 네 공자[江南四公子]'로 나란히 명성을 떨쳤다.
　숭정崇禎 연간의 진사進士 출신으로 한림원 검토翰林院檢討에 임명되었는데, 고증학·천

쨌든 다들 계명태鷄鳴埭10)에서 술을 마시다가 나리께서 새로
지으신 〈연자전燕子箋〉11)을 보려고 일부러 빌리러 방문했답
니다요.

완대성 :　　　(분부한다) 서둘러 누각으로 올라가서 최고급 행두行頭12)를

문학·지리학·수학·철학·소학·미술에 두루 조예가 있었다. '서학西學'에도 관심이
많아 당시 중국에 체재하던 선교사 아담 샬Johann Adam Schall(중국 이름 湯若望, 1592~1666)
등과도 교분이 있었다. 숭정 17년(1644)에 이자성李自成이 북경北京을 함락시키자 강남으
로 피신했지만 복왕福王 정권에서 배척당하자 다시 영남嶺南으로 망명하였다. 계왕桂王이
옹립되자 예부상서禮部尙書와 동각대학사東閣大學士를 제수 받았으나 고사하고 상계湘桂
에 은거하였다. 나중에 청군淸軍의 포로가 되었지만 오주梧州에서 출가하여 사면되었다.
순치順治 10년(1653)에 남경南京에서 정식으로 출가하여 포교활동에 전념하다가 강희康熙
연간에 다시 체포되어 광서廣西로 압송되던 중에 병사하였다. 저서로는 『통아通雅』, 『물
리소식物理小識』, 『동서균東西均』, 『약지포장藥地砲莊』, 『부산문집浮山文集』 등이 있다.
9) 모벽강冒辟疆 : 명말 청초의 문학가인 모양冒襄(1611~1693)은 자가 벽강辟疆, 호가 소민
巢民·박소樸巢로서 강소江蘇 여고如皐 사람이다. 명문가 출신인 그는 어려서부터 조부
밑에서 공부를 하면서 14살 때에 벌써 자신의 시집인 『향려원우존香儷園偶存』을 간행하
여 당시 문단의 거두이던 동기창董其昌이 그를 초당初唐의 왕발王勃에 비유하며 기대감
을 나타낼 정도로 문재가 출중하였다. 그러나 남경南京 향시鄕試에서는 여섯 번이나 낙
방을 하고 겨우 부방副榜에만 두 번 합격하여 거인擧人조차도 되지 못했으며, 숭정崇禎
15년(1642)에는 태주추관台州推官을 제수 받았으나 이를 사양하였다. 명나라 멸망 후에
는 수회원水繪園에 은거하여 화초를 가꾸면서 여생을 보냈다. 방이지方以智·진정혜陳貞
慧·후방역侯方域과 함께 '강남의 네 공자'로 일컬어지며, 저서로는 『선세전징록先世前徵
錄』, 『박소시문집樸巢詩文集』, 『수회원시문집水繪園詩文集』, 『영매암억어影梅庵憶語』, 『한
벽고음寒碧孤吟』, 『육십년사우시문동인집六十年師友詩文同人集』 등이 있다.
10) 계명태鷄鳴埭 : 지금의 계명사鷄鳴寺로, 남경南京의 명승지 중의 하나.
11) 〈연자전燕子箋〉 : 제비가 편지를 물고 가서 선비 곽도량霍都梁과 화행운華行雲·역비
운酈飛雲 세 사람을 맺어주는 사랑 이야기를 다룬 전기. 완대성阮大鋮의 '석소의 사대
전기石巢四種傳奇' 가운데 가장 뛰어난 작품으로 손꼽힌다.
12) 행두行頭 : 고대부터 중국 연극계에서 무대복장을 지칭하는 데에 사용한 전문용어. 원
대元代 산곡散曲인 〈담행원淡行院〉에서는 연기 수준이 낮은 극단을 묘사하면서 "꾀죄죄
한 소도구 하며 잡다한 행두[唵嗜砌末, 猥瑣行頭]"라는 표현을 쓰고 있는데, 이를 통하
여 이 말이 금원대金元代부터 사용되고 있었다는 사실을 알 수가 있다. 청대 사람 이두李
斗의 『양주화방록揚州畵舫錄』에서 "공연 도구를 '행두'라고 부른다. '행두'는 옷·투구·
잡다한 물건·무기 등의 네 상자로 나뉜다[戲具謂之'行頭'. 行頭分衣·盔·雜·把四
箱]"라고 말한 바에 근거하자면, 때로는 연극상연에 사용되는 도구들을 모두 가리키는
말로 사용되기도 한 것으로 보인다. 중국연극사에서는 행두를 소유자나 사용장소 등에
따라서 '강호행두江湖行頭', '내반행두內班行頭', '사방행두私房行頭', '관중행두官中行頭'
등으로 구분하고 있다.

준비하고 단원들에게도 머리 빗고 얼굴 씻은 다음 상자를 가
지고 냉큼 달려가라고 일러라! 자네도 명첩을 가지고 따라가
서 매사를 꼼꼼히 챙기도록 하게! (축이 대답하고 퇴장한다)

잡雜이 상자를 메고 단원들과 요장繞場13)을 돈 다음 퇴장한다.

완대성: (축을 부른다) 되돌아 오렷다! (귓속말을 한다) 자네는 그 자리에
          도착하면 그 자들이 연극을 보면서 무슨 말을 하는지 잘 듣
          고 냉큼 돌아와서 보고하도록 하렷다.
하인: 옛! (퇴장한다)
완대성: (웃으며) 하하하, 그 자들이 이 몸을 염두에 두고 있을 줄이
          야…, 재미있군, 재미있어! 어디 서재에 앉아서 보고나 차근
          차근 들어볼까? (잠시 허하虛下14)한다)

말末이 의관을 갖추고 양문총楊文驄으로 분장하여 등장한다.

양문총: 주周도령15)은 부채 아래로 새 곡을 듣고
          미米옹16)은 배 안에서 친구를 예방하네.

---

13) 요장繞場 : 중국 고전극에서 운용하는 연출 기법. '원장圓場'으로 부르기도 한다. 보통
    공간적으로 제약이 있는 무대 위에서 극중 인물이 무대를 둥그렇게 선회함으로써 먼
    거리를 가는 것을 표현하는 데에 주로 사용한다.
14) 허하虛下 : 중국 고전극에서 운용하는 연출 기법. 보통 한 장면내에서 장면의 전환이
    나 연출상의 필요에 따라 무대에 있던 극중 인물이 일시적으로 퇴장하는 것을 말한다.
15) 주도령[周郎] : 삼국시대 오吳나라의 명장. 주유周瑜는 "음악에 잘못이 있으면 주도령
    이 바로잡아 주었다[曲有誤, 周郎顧]"는 말이 있을 정도로 음률에 정통했다고 한다.
    여기서는 완대성阮大鋮이 음률에 정통한 것을 두고 한 말이다.
16) 미옹[米老] : 북송北宋의 유명한 서화가. 미불米芾은 숭녕崇寧 연간에 강회발운江淮發運
    으로 재임할 때에 배에 '미옹의 서화선[米老書畵船]'이라는 현판을 달고 유람을 다녔
    다고 한다. 같은 시대의 시인인 황정견黃庭堅이 지은 「희증미원장戱贈米元章」에서도 "맑
    은 강 조용한 밤에 무지개가 하늘을 관통하니 아마도 미옹댁 서화선인가 하노래[滄江

소관은 양문총입니다. 원해와는 필묵으로 사귄 절친한 사이
로, 그의 가사와 나의 서화는 둘이 절묘한 기교를 이루면서
한 시대를 풍미하고 있습니다. 오늘은 별 일이 없으니, 그가
지은 〈연자전〉의 새 노래나 들어 봐야겠습니다. 바로 들어가
볼까요? (들어간다)

여기가 석소원石巢園17)이렷다? (…) 저것 좀 보게, 산석山石과
화초의 배치가 예사롭지가 않은 것이, 화정華亭 사람 장남원
張南垣18)의 솜씨가 분명하구먼! (가리킨다)

〈풍입송風入松〉19)

꽃 수풀은 듬성듬성 돌들은 알록달록

예찬倪瓚20)과 황공망黃公望21)의 안목을 받아들였구나.

靜夜虹貫月, 定是米家書畫船"라고 노래하고 있다. 나중에는 문인들의 놀이배를 두
루 가리키는 말로 사용되기도 하였다.

17) 석소원石巢園 : 완대성阮大鋮의 집에 조성한 정원의 이름.

18) 장남원張南垣 : 화정華亭 출신으로 명말에 정원 설계에 출중한 재능을 보였던 인물.
석가산石假山을 쌓는 데에 특히 능했다고 한다.

19) 풍입송風入松 : 남곡南曲 곡패曲牌. 그 뒤에 오는 〈급삼창急三槍〉과 긴밀하게 연결되어
"〈풍입송〉-〈급삼창〉-〈풍입송〉-〈급삼창〉" 식으로 연쇄적으로 사용되는 것이 보통
이다. 이처럼 두 개의 곡패를 연쇄적으로 몇 번씩이나 사용하는 것을 '자모조子母調'라
고 부른다. 여기서는 〈풍입송〉 다음에 바로 〈급삼창〉이 이어지지 않고 "〈풍입송〉-
〈전강〉(즉 〈풍입송〉)-〈급삼창〉-〈풍입송〉-〈급삼창〉" 하는 식으로 〈풍입송〉이 다시
한 번 사용되고 있는 것이 특이하다.

20) 예찬倪瓚(1301~1374) : 원말元末의 화가. 자가 원진元鎭, 호가 운림자雲林子·환하자幻
霞子로 강소江蘇 무석無錫 사람이다. 가산을 팔아치우고 세상을 떠돌면서도 평생 동안
배우기를 좋아했고 시·서·화에 뛰어났다. 그의 수묵산수화는 동원董源의 화풍을 배
운 것으로 작품 다수가 항주杭州 태호太湖 일대의 경치를 소재로 삼았다. 그의 화풍은
명청대 산수화에도 비교적 큰 영향을 주었으며, 왕몽王蒙·황공망黃公望·오진吳鎭과
나란히 '원대의 네 대가[元季四大家]'로 불렸는데, 『담실시淡室詩』, 『자서시고自書詩稿』
등의 작품이 있다.

21) 황공망黃公望 : 원말元末의 화가. 자가 자구子久 호는 일봉一峰 또는 대치도인大癡道人
으로 서예에 능하고 음률에 통달했으며 산수화에 뛰어났다. '천강산수淺絳山水'를 처음
으로 창조하여 일가를 이루었으며, 후세에 '남종화南宗畵'의 거두로 추앙되었다. 오진吳
鎭·예찬倪瓚·왕몽王蒙과 함께 '원대의 네 대가'로 불리며, 중국회화사에 심대한 영향

(올려다보면서 읽는다) "영회당詠懷堂. 맹진孟津의 왕탁王鐸22)이 쓰다." …… (감탄한다) 힘차게도 써 내렸구나! (내려다보면서) 온통 붉은 융단이 깔린 걸 보니, 여기가 연극을 즐기는 곳인 게로군.

    초당 그림 속에 검은 두건23)은 우뚝도 하다.
    은색 아쟁·붉은 박판은 가르치기도 좋겠구나.
    (가리키면서) 저쪽은 온갖 꽃들로 가득한데,
    어째서 을씨년스레 문을 닫고 있는지?
    아마도 새 가사 다듬고 옛 원고 손질이라도 하나 보다.

    (서서 듣더니) 은은하게 흥얼거리는 소리가 들리는 걸 보니, 완옹이 안에서 책을 읽는 게로군? (부른다) 완형, 좀 쉬면서 하시구려, 건강이 중요하지 않소!

완대성 :   (나와서 대면하고 크게 웃으면서) 누군가 했더니 용우龍友였구려. 앉으시요, 앉아! (앉는다)

양문총 :   이런 봄날에 어째서 문을 걸어 잠그고 계십니까?

    을 주었다. 대표작으로는 〈부춘산거도富春山居圖〉가 있다.

22) 맹진의 왕탁[孟津王鐸]: 명말 청초의 유명한 서화가인 왕탁(1592~1652)은 자가 각사覺斯, 호가 치암癡庵·송초松樵이며, 대대로 낙양洛陽 맹진孟津에 살았기 때문에 '왕맹진王孟津'으로 부르기도 하였다. 명청 두 왕조에서 차례로 태자태보太子太保를 지냈으며, 나중에 벼슬이 예부상서禮部尙書·동각대학사東閣大學士에까지 이르렀다. 그의 작품들은 명청대 서예계에 새로운 바람을 불러일으키는 등, 중국서예사에서 중요한 위치를 차지하고 있다. 작품으로는 『의산원첩擬山園貼』, 『낭화관첩琅華館貼』, 『귀룡관첩龜龍館貼』 등이 있다.

23) 검은 두건 : '오건烏巾'을 말하며, '오각건烏角巾'으로 부르기도 하였다. 남조南朝 양흔羊欣의 『채고래능서인명採古來能書人名』에서 "오나라 때 장홍은 배우기를 좋아하면서도 벼슬길에 나서지 않고 늘 오건을 썼기 때문에 당시 사람들이 그를 '장오건'이라고 불렀다[吳時張弘好學不仕, 常著烏巾, 時人呼爲'張烏巾']"라고 언급한 것처럼, 나중에는 벼슬길에 나가지 않는 은자들이 착용하던 모자를 가리키는 말로 주로 사용되었다.

완대성 : 지금 전기傳奇 네 편24)을 찍어낼 참이라, 혹시 틀린 글자라도
있나 싶어서 여기서 교정을 보던 참이요.

양문총 : 그러셨군요. 〈연자전〉은 벌써 극단에 넘기셨다길래 일부러
감상하려고 왔소이다.

완대성 : 공교롭게도 오늘은 극단이 없는데…….

양문총 : 어디라도 보내셨습니까?

완대성 : 공자 몇이 불러가서 즐기고 있소이다.

양문총 : 그럼 초고라도 주시지요, 『한서漢書』 안주 삼아 술이나 마시
게25)…….

완대성 : (부른다) 시동에게 술상을 좀 보라고 일러라. 양 나리와 여기
서 술이나 좀 하련다.

무대 안 : 알겠습니다요!

잡이 등장해서 술과 안주를 차린다. 말과 부정이 함께 마시면서 책을 읽는다.

양문총 : 〈전강前腔〉

검은 칸에 새 가사 쓴 것이

모두가 모래 속에서 사금을 줍는 격이로다.

꽃 꽂은 미녀26) 마음은 느긋한데

---

24) 전기 네 편 : 완대성阮大鋮이 지은 전기인 〈연자전燕子箋〉, 〈춘등미春燈謎〉, 〈모니합牟
尼合〉, 〈쌍금방雙金榜〉을 가리키는데, 보통 '석소의 사대 전기[石巢四種傳奇]'라고 부
른다.

25) 『한서』 안주 삼아[漢書下酒] : 북송北宋의 시인 소순흠蘇舜欽은 장인 두연杜衍의 집에
기식할 때 매일 저녁마다 책을 읽으면서 술을 마셨는데, 한번은 『한서漢書』「장량전張
良傳」까지 읽었을 때 연거푸 술잔을 비웠다고 한다. 그러자 두연이 그 모습을 보고 웃
으면서 "그런 안주라면 한 말을 마셔도 모자라겠다"고 했다고 한다.

26) 꽃 꽂은 미녀[簪花美女] : 양梁나라 무제武帝는 위항衛恒 서예의 풍격을 "꽃을 꽂은
미녀가 거울을 들고 봄날처럼 웃는 것과 같다[如揷花美女, 援鏡笑春]"라고 평하였다.
여기서 '꽃 꽂은 미녀'는 빼어난 서예 솜씨를 빗대어 이르는 말이다.

거기다 안개 노곤하고 구름 나른하게[27] 만드네.

(말한다) 여기까지 보고 나니 흠뻑 빠져드는 걸요?

이 제비가 봄을 남김없이 물어 가면[28]
버들개지 하얘지고 사람 살쩍 희끗해질 테지?

완대성 : 보잘 것 없는 노래, 부끄럽구려! (권한다) 한 잔 비웁시다!

함께 마신다. 축이 황급히 등장한다.

하인 :   입에서 나오는 말 전하여
         마음 있는 이에게 알리네.

         나리, 소인 계명태에 갔다가 술이 열 순배를 돌고 연극이 세
         대목까지 공연한 걸 보고 서둘러 보고를 드리러 왔습니다요!
완대성 : 그래 공자들이 뭐라던가?
하인 :   나리의 새 연극을 보더니 크게 칭찬을 하던뎁쇼

---

27) 안개 노곤하고 구름 나른하게[煙憁雲懶] : 남녀 사이의 은밀한 사랑을 상징하는 말.
   여기서는 〈연자전燕子箋〉의 남녀 주인공이 나누는 사랑을 노래하고 있다.
28) 제비가 봄을 남김없이 물어 가면[燕子啣春未殘] : 중국 고전시에서는 제비가 봄을
   물고 간다는 모티브가 사용되는 것을 자주 찾아볼 수 있다. 예를 들어 전당錢塘 명기
   소소소蘇小小가 지었다는 〈접련화蝶戀花〉에도 "쉰네 본래 전당강 살며 꽃 피고 꽃 져도
   세월 가는 것 괘념하지 않았는데, 제비가 봄을 물고 가니 비단 창문에는 몇 차례 장맛
   비만 흩뿌리네[妾本錢塘江上住, 花開花落, 不管流年度. 燕子銜將春色去, 紗窓幾陣
   黃梅雨]"라는 구절이 나온다. 여기에서도 그 모티브를 차용하고 있다.

〈급삼창急三鎗〉29)

고개 끄덕이며 듣고

박자 맞추며 감상하고

술잔 멈추고 보더이다.

완대성 : (기뻐하면서) 대단하군, 대단해! 그래도 뭘 좀 아는 걸? (묻는다)
무슨 말을 하지는 않더냐?

하인 : 다들 "참으로 재주꾼이로고,
필치가 비범하구나" 하더이다.

완대성 : (놀라면서) 허허, 그렇게 넋이 다 나가다니 뜻밖인 걸? (묻는다)
또 무슨 말을 하더냐?

하인 : 글재주를 따지자면
하늘나라 신선경의 문관이 인간 세상에 강림한 격
쇠귀 잡고30) 문단의 맹주 되는 건 따 논 당상이로다!

완대성 : (걱정하는 척 하면서) 이거 너무 과찬을 해 줘서 주체를 할 수가

---

29) 급삼창急三鎗 : 남곡南曲 곡패曲牌. 개별적으로 사용되는 일은 없으며, 항상 〈풍입송〉
과 연쇄적으로 사용된다. 여기서처럼 〈급삼창〉 뒤에 〈풍입송〉만 남겨두는 것은 상당
히 특이한 경우이다.

30) 쇠귀 잡고[執牛耳] : "귀를 잡는다[執耳]"고 하기도 하는데, 원래는 동맹의 주재자를
나타내는 말이다. 한대漢代의 정현鄭玄은 『주례周禮』 「천관天官」 「옥부玉府」에서 주를
달아 "제후들을 모으는 자는 반드시 쇠귀를 잘라 그 피를 모으고 그것을 (동맹 가담자
들이) 마시게 함으로써 맹세를 하고는 하였다. 구슬로 만든 쟁반에는 쇠귀를 담은 후
동맹의 주재자가 그것을 들었다[合諸侯者, 必割牛耳, 取其血, 歃之以盟. 珠盤以盛牛
耳, 屍盟者執之]"고 설명하고 있다. 나중에는 이 말을 어떤 일을 주재하거나 지도자
격인 사람을 가리키는 데에 사용하였다.

없군 그래. 뒤로 가면 어떻게 될지 모르겠는걸? (분부한다) 다시 가서 알아보고 얼른 보고하도록 하렷다.

축이 급히 퇴장한다.

완대성 :　(크게 웃으면서) 그 공자들이 바로 내 지음知音이었을 줄이야! (권한다) 한 잔 비웁시다!

　　　　〈풍입송風入松〉
　　　　나는야, 남조南朝31)에서 옛 강산 두루 살피고
　　　　풍류로운 옛 사건들 뒤적이면서
　　　　꽃 핀 누각·비 오는 정자에서 등불 밝힌 창 어두워져 가도
　　　　피와 땀 한 없이 쏟아 부었었지.
　　　　매일같이 담만 마주보면서 거문고만 뜯고 지냈는데
　　　　지음의 감상은 이번이 처음일세!

양문총 :　극단을 빌려간 게 뉘 댁 공자들인지요?
완대성 :　의흥의 진정생과 동성桐城의 방밀지, 여고如皐의 모벽강 등… 모두가 대단한 학문을 한 자들인데, 그런 그들이 소생한테 탄복해 마지않는다는구려!
양문총 :　그들은 쉬이 남을 칭찬하는 자들이 아니올시다. 〈연자전〉은 애초부터 가사가 좋은 건데, 무슨 여러 말이 필요하겠습니까? (축이 급히 등장한다)

하인 :　　갈 때는 달음박질 하는 토끼마냥

---

31) 남조南朝 : 강남江南에 왕조를 세웠던 오吳, 동진東晋, 송宋, 제齊, 양梁, 진陳 등 여섯 왕조를 가리키는 말. 여기서는 남명南明 정권을 가리킨다.

올 적에는 나는 새와도 같구나.

　　　나리, 쇤네 다시 계명태에 가서 연극이 절반을 공연하고 술
　　　자리가 끝나 가는 것을 보고 서둘러 돌아와 아룁니다요!
완대성 :　그 공자들이 또 뭐라고 하더냐?
하인 :　　나리를 이르기를 말씀입니다요,

　　　〈급삼창急三鎗〉
　　　"남국의 수재요
　　　동림의 동량이며
　　　옥당玉堂32)의 수장이면서

완대성 :　(놀라는 척 하면서) 마디마디 나를 칭찬하니, 더더욱 몸 둘 바를
　　　모르겠군! (묻는다) 또 뭐라더냐?

하인 :　　어쩌자고 최가와 위가 일당에 투신하여
　　　스스로를 망쳤더냐"고 하더이다!

완대성 :　(눈썹을 찡그리고 책상을 두들기면서 괴로워 한다) 바로 그 작은 실수
　　　를 가지고! …… 이젠 말 할 필요도 없는 것을……. (묻는다)
　　　그래 또 뭐라고 하더냐!
하인 :　　한 말이야 많습지요마는, 쇤네 (…) 차마 말씀을 못 드리겠습

---

32) 옥당玉堂 : '옥으로 장식된 전당'이라는 뜻으로 원래는 한대漢代의 궁전을 가리키는
　　말이었지만, 나중에는 한림원翰林院을 가리키는 말로 사용되었다. 한림원은 한대漢代에
　　는 옥당서玉堂署로 불리며, 송대宋代 이후로는 '옥당'으로 별칭되기도 하였다. 때로는
　　지위가 높고 고귀한 문사를 두루 '옥당인물玉堂人物'이라고 부르기도 한다. 여기서도
　　복사復社의 공자들이 초기에 좌광두左光斗와 가깝게 지냈고 재주도 비상했던 것을 염
　　두에 두고 완대성阮大鋮을 이렇게 표현하고 있다.

니다요.

완대성 :　해도 괜찮다니까!

하인 :　　나리께서 "친아비라 부르고 의붓아들을 자처하며
　　　　　그 부끄러운 낯짝을 핥는 꼬락서니가
　　　　　주인 권세 빌린 개 새끼와 한 가질세" 하더이다!

완대성 :　(화를 내면서) 얼씨구, 잘 한다! 이제는 욕까지? 울화가 뻗쳐서
　　　　　죽겠구나!

　　　　　〈풍입송風入松〉
　　　　　풍월을 평론하는 데에 그게 대체 무슨 상관있다고…….
　　　　　네놈들 꽃 보고 잔 마주 하는 잔치 자리 흥을 도왔더니
　　　　　새 연극 한 편에 부질없는 찬사만 남발했구나!
　　　　　내 심경은 해명도 하지 않았거늘
　　　　　다짜고짜 악담에 독설까지 늘어놓다니
　　　　　이 수모를 정말 견디기가 어렵구나!

양문총 :　어째서 욕을 했을까요?
완대성 :　나도 모르겠소이다. 전번에는 경건하게 문묘에 제사 지내러
　　　　　갔다가 수재秀才 다섯 놈한테서 몰매를 맞았는데, 오늘은 극
　　　　　단까지 잘 빌려 주고서도 또 저 세 놈한테서 고약한 욕을 먹
　　　　　고 말았으니……. 이제 방법을 강구하지 않는다면 어디 외출
　　　　　인들 제대로 하겠소이까! (괴로워한다)
양문총 :　인형께서는 괴로워하실 것 없습니다. 제게 방법이 있긴 한
　　　　　데, 따를 생각이 있으신지…….
완대성 :　(기뻐하면서) 그렇다면 썩 좋은 일인데 어찌 따르지 않을 리가

있겠소이까!

양문총 :　완형께서도 아시다시피, 오차미吳次尾는 수재들의 영수요 진정생陳定生은 공자들의 수장이올시다. 두 장수가 군사를 물린다면 천군만마가 갑옷을 벗게 될 것입니다.

완대성 :　(책상을 치면서) 그렇군! (묻는다) 하지만 …… 누가 설득을 하겠소?

양문총 :　다른 자는 쓸모가 없고 (…) 오로지 하남河南의 후조종侯朝宗만은 글로 보나 술로 보나 두 사람과 막역한 사이이니 따르지 않는 말이 없을 겁니다. 어제 듣자니 그가 혼자 지내기 적적했던지 진회秦淮에서 미녀를 찾고 있답디다. 소생이 그를 대신해서 벌써 하나를 물색해 놓았는데, ‘향군香君’이라고 (…) 자색과 기예가 다 뛰어나서 그의 마음에도 흡족할 겁니다. 완형께서 머리를 올려줄 자금을 쾌척하셔서 그 소망을 풀어주신 다음 두 사람에게 해명해 보도록 부탁한다면 일석이조가 되겠지요.

완대성 :　(손뼉을 치고 웃으면서) 놀랍소, 놀라워! 훌륭한 계책이올시다! (생각한다) 그 후조종이라는 자도 알고 보면 내 연질年侄33)이니 당연히 손을 써야겠군요. (묻는다) 그런데 (…) 얼마나 필요할지 모르겠습니다?

양문총 :　혼수품에 술자리까지 얼추 이백 금金34) 정도면 충분할 겁니다.

---

33) 연질年侄 : 명청대에는 같은 해에 과거에 급제한 동기생을 ‘동년同年’이라고 하고, 서로에 대해서는 ‘연형年兄’, ‘연제年弟’라고 불렀다. ‘연질’은 동기생의 아들을 부르는 호칭이다. 청초淸初의 고염무顧炎武도 「생원론중生員論中」에서 이에 대해 “함께 급제한 선비를 ‘동년’이라고 하며 동년의 자제를 ‘연질’이라고 한다[同榜之士謂之‘同年’, 同年之子謂之‘年姪’]”고 언급하고 있다. 여기서 완대성阮大鍼이 후방역侯方域을 연질뻘이라고 한 것도 자신이 후방역의 부친 후순侯恂과 같은 해에 급제한 동기생이기 때문이다. 반대로, 후방역의 입장에서는 완대성이 ‘연백年伯’이 된다.

34) 금金 : 화폐를 세는 단위로, 시대마다 조금씩 차이가 있다. 전국戰國시대와 진대秦代에는 ‘일금一金’은 스무 냥에 해당되었고, 한대漢代에는 황금 한 근에 해당되었으며, 송대宋代에는 한 돈을 가리켰다. 청초淸初의 문인 황종희黃宗羲가 지은 『명이대방록明夷待訪錄』 「재계이財計二」의 “숭정 연간에 동성의 제생인 장신이 화폐법 시행이 가능하며, 매년

완대성: 그건 어렵지 않지! 당장 삼백 금을 댁에 보내 드릴 테니, 양
형만 믿겠소이다!
양문총: 무슨 여러 말이 필요하겠습니까!

양문총: 백문白門의 가냘픈 버들35)이 누가 접근인들 용납하랴마는
완대성: 글월도 술도 노랫가락도 죄다 말짱 도루묵
양문총: 오로지 미인이 끼어야 묘책이라 할 수 있는 법.
완대성: 형은 눈썹 먹 사서 봄 산36)이나 그려 주시구려!

삼천만 관을 주조하고 한 관을 한 금으로 치면 매년 금 삼천만 냥을 얻을 수 있다고
주장했다[崇禎間, 桐城諸生蔣臣, 言鈔法可行, 歲造三千万貫, 一貫直一金, 歲可得金
三千万兩]"는 언급에서 보는 것처럼, 명대 이후로 일금은 은 한 냥 또는 은화 1원에
해당되었다.
35) 백문의 가냘픈 버들[白門弱柳]: 이향군李香君을 가리킨다. '백문白門'은 남조南朝시대
에 도읍인 건강建康(남경南京)의 성문인 선양문宣陽門에 대한 속칭으로, 『남사南史』「송
기하宋紀下」「명제明帝」의 기록에 따르면 "선양문을 '백문'이라고 불렀는데 주상이 '백
문'은 불길하다고 여겨 그 말을 피하였다. 한번은 상서우승 강밀이 실수로 그 말을 하
자 주상이 안색이 바뀌면서 '흰 것은 그대 집의 대문'이라고 했다[宣陽門謂之'白門',
上以白門不祥, 諱之. 尙書右丞江謐嘗誤犯, 上變色曰：'白汝家門']"는 이야기도 있다.
나중에는 백문이 남경 자체를 가리키는 말로 사용되기도 하였다.
36) 봄 산: 원래는 봄날의 산을 가리키는 말이지만, 봄날의 산빛이 검푸른 것에 주목하
여 여인의 아름다운 눈썹을 비유하는 말로 사용되기도 한다. 만당晩唐 시인 이상은李商
隱도 자신의 시 「동수재를 대신하여 부채를 거두며[代董秀才却扇]」에서 "화려한 부채
가 휘장 밖으로 나오게 하지 말라, 봄 산(눈썹) 가려서 훌륭한 재주 막히도록[莫將畫
扇出帷來, 遮掩春山滯上才]"라고 미인의 눈썹을 묘사하는 데에 이 말을 사용하고 있
다. 여기서 "봄 산을 그려 보자"는 말은 미인을 주선해 달라는 뜻이다.

桃花扇

다섯 번째 대목

미인 대면

訪翠

원제는 "방취^{訪翠}"로, 미인을 방문한다는 뜻이다. 이 대목에서는 본극의 남녀 주인공인 후방역^{侯方域}과 이향군^{李香君}이 첫 대면을 가지는 과정을 주로 다루고 있다. 이 대목은 후방역이 남경^{南京} 교외를 봄나들이 하는 장면과 주요 등장인물들이 이정려^{李貞麗}가 운영하는 남경 진회^{秦淮} 기방에서 명절 놀이를 즐기는 장면 등 크게 두 장면으로 구성되는데, 이를 통해 명나라 말기의 청명절^{淸明節}과 이 날 행해지던 습속들의 이모저모를 엿볼 수 있다. 작자는 여기에서 후방역과 유경정이 서로 번갈아 노래를 하도록 설정함으로써 청명절의 명절 분위기를 한껏 고양시키고 있다.

계미년(1643) 3월

등장인물

        생 : 후방역

        축 : 유경정

        말 : 양문총

        정 : 소곤생

        소단 : 이정려

        단 : 이향군

        잡 : 보아

생生이 화려한 복장을 하고 등장한다.

후방역 :   〈구산월緱山月〉

          금가루1) 스러지지 않았고

          육조六朝의 향기 그윽하건만

          하늘가에 가득한 안개와 풀은 사람 애를 끊누나.

          꽃 재촉하는 소식 서두르다가

          잦은 비바람에

          봄 경치 그르칠까 걱정이로다.

---

1) 금가루: 수·당대隋唐代 이후로 중국에서는 남조 귀족들의 호화로운 생활을 '육조의 금가루[六朝金粉]'로 불렀다. 이하 두 구절은 당시 남경에서 호화로움을 추구하는 풍조가 유행하고 있었음을 말해 준다. 여기서 '금가루'는 미인을 가리키는 말로 사용되고 있다.

소생 후방역侯方域, 책과 칼을 지고 떠돌지만 집에 돌아갈 날은 언제가 될지……. 햇볕도 따사로운 삼월 호시절에 화려한 육조의 명소에 머무노라니, 떠돌이 신세 처량하기는 하지만 춘정春情은 억누르기 어렵군요. 어제는 양용우楊龍友를 만났는데 이향군李香君이 나이가 어리긴 해도 절색이어서 가히 화류계2)의 으뜸이라며 극찬을 하더군요. 지금 소곤생蘇崑生이 그 아이에게 악기와 노래를 가르친다면서 나를 찾아와 머리를 올려 주라고 권합디다마는, 주머니 사정이 여의치 못하니 좋은 인연 만들기는 틀린 것 같습니다. 오늘은 청명절淸明節인데 혼자 앉아만 있자니 따분하기만 하군요. 차라리 발길 닿는 대로 답청踏靑3)하러 나갔다가 그 김에 구원舊院이나 들러보는 것도 나쁠 건 없겠지요. (나선다)

〈금전도金纏道〉

화류계 바라보자니

봉황의 도시4) 동녘 수많은 집들이 파릇한 버드나무 속에 안겨 있구나.

---

2) 화류계[平康]: 오대五代 때의 왕인유王仁裕가 지은 『개원천보유사開元天寶遺事』에 따르면, 당대에 "장안에는 '평강방'이라는 곳이 있었는데 기녀들이 거주하는 구역으로 도성의 젊은 의협들이 이곳으로 몰려들었고, 또 해마다 급제한 새 진사들도 붉은 종이를 가지고 그 구역을 순례하여 당시 사람들이 그 곳을 '풍류의 요람'이라고 일컬었다[長安有平康坊, 妓女所居之地, 京城俠少萃集於此, 兼每年新進士, 以紅箋名紙遊謁其中, 時人謂此坊爲'風流藪澤']"고 하는데, 이때부터 '평강'이 기방이나 화류계를 가리키는 말로 사용되기 시작하였다.
3) 답청踏靑: 매년 청명절淸明節에 교외로 나가 묘역을 소제하거나 나들이를 즐기던 중국의 전통적인 풍속을 가리킨다.
4) 봉황의 도시[鳳城]: 한대의 문인 유향劉向이 지은 『열녀전列女傳』에 따르면, "소사는 진나라 목공 때 사람으로 통소를 잘 불어서 공작이나 흰 학을 마당에 불러 올 수가 있었다. 목공에게는 농옥이라는 딸이 있었는데 그를 좋아하여 나중에는 딸을 그에게 아내로 삼게 하였다. (소사가) 농옥에게 날마다 봉황 소리 내는 법을 가르쳤더니, 몇 년이 지나 봉황 울음과 비슷하게 소리를 내어 봉황이 와서 그 집에 멈추는 것이었다. 목공이 봉황을 위해 '봉황의 집'을 짓고 부부가 거기서 지내면서 내려오지 않다가 몇 년

도중에 자주색 술 달린 고삐가

들놀이 나온 도령님네 안내하는데

뉘 집 어린 제비들이 쌍쌍이 노니는고!

축丑이 유경정柳敬亭으로 분장하고 등장한다.

유경정 :　　노란 꾀꼬리는 새벽 꿈 놀라 깨고

　　　　　흰 머리는 봄 시름을 일으키네.

　　　　　(부른다) 후 상공, 어디 나들이라도 나오셨습니까?

후방역 :　　(뒤돌아 보더니) 이제 보니 경정이시구려? 마침 잘 만났습니다!
　　　　　성 동쪽에 답청하러 가는 길에 길동무가 없어서 아쉽던 참이
　　　　　었습니다.

유경정 :　　이 늙은이가 별 일이 없으니 동행해 드리면 되겠군요. (함께
　　　　　간다)
　　　　　(가리키면서) 저건 진회秦淮 강변에 세워진 정자올시다.

후방역 :　　봄 물결 사이에 두고

　　　　　푸른 물안개는 창문을 물들이는데

　　　　　개인 하늘 기댄 채

　　　　　붉은 살구꽃이 담장 안을 엿보누나.

유경정 :　　(가리키면서) 이건 장교長橋올시다. 우리 천천히 걸읍시다.

이 지나 어느 날 갑자기 봉황을 따라 승천하였다"고 한다. 후세사람들은 이때부터 도
읍지를 '봉황의 도시'라고 부르기 시작했다고 한다. 여기서는 명나라의 수도이던 남경
을 달리 부르는 말로 사용되었다.

후방역 :　　　한 줄기 길게 놓인 널다리
　　　　　　　태평스레 찻집이며 술 파는 배 가리키고 있네.

유경정 :　　　어느 새 구원까지 왔군요

후방역 :　　　마디마디 분주하게 꽃 파는 소리 들으며
　　　　　　　구석구석 깊은 골목 지나네.

유경정 :　　　(가리키면서) 이 골목이 온통 유명한 아가씨 집들이지요
후방역 :　　　역시 뭔가 다르군요. 보십시오, 검은 칠을 한 솟을대문에는

　　　　　　　이슬 머금은 샛노란 버들가지가 꽂혀 있구려.

유경정 :　　　(가리키면서) 이 솟을대문이 바로 이정려李貞麗의 집이올시다.
후방역 :　　　그럼 …… 이향군이 저 대문 안에 살고 있는 건가요?
유경정 :　　　향군이는 이정려의 여식이랍니다.
후방역 :　　　거참 잘됐군요, 제가 마침 그 아이를 찾아볼 요량이었는데,
　　　　　　　제대로 온 셈이군요!
유경정 :　　　제가 대문을 두드리겠습니다. (대문을 두드린다)
대문 안 :　　(묻는다) 뉘시요?
유경정 :　　　늘 들르던 유가라네. 귀한 손님을 모시고 왔어.
대문 안 :　　마님이랑 향군 아씨 다 집에 안 계신데요?
유경정 :　　　어딜 가셨는고?
대문 안 :　　변옥경 이모님 댁에서 '찬합 모임[盒子會]'을 하고 계실 겁니
　　　　　　　다요.
유경정 :　　　그렇지, 그걸 까먹고 있었구만! 오늘은 성대한 모임이 있는
　　　　　　　날이었지.

후방역 : 어째서 오늘 모임을 가진답니까?

유경정 : (다리를 두드리면서) 이 늙은이 다리가 피곤한가 보니 이 돌 계
단에서 좀 쉬면서 차근차근 말씀드리지요. (함께 앉는다)
상공은 모르시겠지만, 이 구원의 명기들은 '손수건 자매'5)로
결연을 하는데, '향불 형제'6)처럼 절기마다 성대한 모임을
가진답니다.

〈주노척은등朱奴剔銀燈〉
비단 손수건 이어붙이며
기녀들은 기러기 행렬 이루고
절기가 찾아오기만 하면
기방마다 새 화장을 뽐낸답니다.

후방역 : 올커니, 오늘이 청명절이라서 다들 모임에 간 게로군요. 그
런데 어째서 '찬합 모임'이라고 부릅니까?

유경정 : 모임 날이면 다들 찬합을 하나씩 갖고 나오는데, 그 속에 든
게 죄다 진기한 물건들로,

해산물에 바닷조개며 이름난 술이 들었지요.

---

5) 손수건 자매[手帕姉妹] : 기녀들 간의 결의자매를 가리키는 말. 청대의 주량공周亮工
이 지은 『서영書影』에 따르면, "남경의 기방에서 재색을 겸비한 기녀들이 이삼십 명씩
결의하여 '손수건 자매'가 되는데, 매년 정월 대보름이 오면 술과 음식을 담은 '춘경'
이라는 찬합에 육류나 과일을 담아서 서로 겨루기를 했는데 이를 '찬합 모임'이라고
불렀다[南京舊院有色藝俱優者, 或二十三十姓, 結爲'手帕姉妹', 每上元節, 以春擎具
肴核相賽, 名'盒子會']"고 한다.

6) 향불 형제[香火兄弟] : 신 앞에서 향을 사르고 형제의 결의를 하는 것을 말한다. 당
대의 최영흠崔令欽이 지은 『교방기教坊記』에 따르면, 당시 "화류계의 여인들은 뜻이 맞
는 사람들끼리 결의하여 '향불 형제'가 되고는 했는데, 매번 많을 때는 열너댓 명에 이
르고 적어도 8,9명 아래로 내려가지 않았다[坊中諸女, 以氣類相似, 約爲香火兄弟, 每
多至十四五人, 少不下八九輩]"고 한다.

후방역 :　모이면 뭘 하는데요?

유경정 :　다들 기예를 겨루곤 하는데,

　　　　거문고며 완함阮咸[7]을 뜯는가 하면
　　　　생황에 퉁소도 시원스레 불어제치지요.

완함

후방역 :　거참 재미있겠군요! 그런데 …… 손님도 끼워 주는지요?

유경정 :　(손사래를 치면서) 천만에요, 천만에! 손님들이 분위기라도 망칠
　　　　까 싶어서 문을 단단히 닫아걸고, 기껏해야 아래층에서 구경
　　　　하는 정도만 허락해 준답니다.

후방역 :　그러다가 마음에 드는 사람이라도 있으면 어떻게 만나봅니
　　　　까?

유경정 :　마음에 들 때는 바로 소지품을 누각 위로 던져 주면 상대도
　　　　위에서 과일을 던져 준답니다.

　　　　서로 마음에 들면
　　　　마침내 날아온 술잔 받쳐 들고
　　　　부용꽃 수놓인 비단 침실에서의 밀회를 기약한답니다.

후방역 :　정말 그렇다면 소생도 한번 가보렵니다.

유경정 :　가보시는 건 문제가 없지요.

후방역 :　한데 …… 변씨가 어디 사는지 모르거든요.

유경정 :　난취루蘭翠樓에 산답니다. 여기서 멀지 않으니 당장 같이 가

---

7) 완함 : 중국의 전통악기로 월금月琴으로 불리기도 한다. 생김새는 비파와 비슷한데,
　　전설에 따르면 진晉나라의 완함이 만들었다고 한다.『진서晉書』「완함전阮咸傳」에 따르
　　면, '죽림칠현竹林七賢'의 한 사람인 완함은 자가 중용仲容으로 활달하고 구애됨이 없어
　　서 숙부인 완적과 같이 죽림의 현자들과 어울렸는데, 음률에 밝고 비파 연주에 능했다
　　고 한다.

시지요. (나선다)

후방역 :　　청명절에 나서니 집집마다 버드나무 서 있고
유경정 :　　엿장수 퉁소 소리[8] 여기저기 들리누나.
후방역 :　　꾀꼬리와 꽃은 삼 리나 이어진 골목서 노닐고
유경정 :　　안개와 물은 두 개의 다리에서 한데 어울리네.

(가리킨다) 바로 여기올시다. 상공, 들어가시지요. (함께 들어간다)

말末이 양문총楊文驄으로, 정淨이 소곤생으로 분장하고 두 사람을 마중한다.

양문총 :　　떨기 떨기 꾀꼬리와 꽃의 대열 한가하게 짝하며
소곤생 :　　멀리서 미인들이 모여든 광경을 같이 바라보네.

대면한다.

양문총 :　　후형이 어쩐 일로 여기를 다 오셨소이까? 해가 서쪽에서 뜨
　　　　　　겠구려!
후방역 :　　양형께서는 오늘 털보 완阮가를 보러 간다고 하시더니만, 뜻
　　　　　　밖에도 여기서 뵙는군요?
소곤생 :　　후 상공의 경사 건으로 일부러 들렀지요.
유경정 :　　앉으시지요 (모두 자리에 앉는다)
후방역 :　　(둘러보면서) 참 멋들어진 난취루올시다 그려!

---

8) 엿장수 퉁소 소리[吹餳] : 옛날 중국에서는 엿장수가 퉁소를 불면서 엿을 팔았다고
　한다.

〈안과성雁過聲〉
찬찬히 살펴보니
창문은 밝고 뜨락은 훤한 것이
포근한 꿈나라에라도 온 것 같구나.

(묻는다) 이향군은 왜 안 보이는 겁니까?
양문총 :   지금 누각 위에 있소이다.
소곤생 :   (가리키면서) 보세요, 위에서 악기를 연주하는군요.

무대 뒤에서 생황과 피리를 분다. 생이 그 소리를 듣는다.

후방역 :   난새 생황·봉새 피리는 구름 속에서 울리는데

무대 뒤에서 비파와 아쟁을 탄다. 생이 그 소리를 듣는다.

후방역 :   현악기 소리 구성지고

운라

무대 뒤에서 운라雲羅9)를 두드린다. 생이 그 소리를 듣는다.

후방역 :   옥은 쨍그렁
후방역 :   소리 소리 부드러운 내 애간장을 녹이누나!

무대 뒤에서 퉁소를 분다. 생이 그 소리를 듣는다.

후방역 :   날아 오르기라도 했나 두 마리 봉황새10)가?

---

9) 운라雲羅 : 중국의 전통악기. 음색이 다른 여러 개의 꽹가리를 하나의 나무틀에 고정
   시켜 연주한다.

(크게 소리친다) 이 퉁소 소리를 듣노라니 내 넋이 다 빠지는 것 같군요! 더 못 견디겠습니다, 소생은 짝이나 찾으러 가렵니다! (부채 장식을 끌러서 누각 위로 던진다)

해남海南의 진기한 보배[11] 바람처럼 날아가
미인 마음속 가려운 데를 맞혀 주면 좋으련만…….

무대 뒤에서 흰 비단 손수건에 앵두를 싸서 던져 준다.

유경정 : 　재미있군, 재미있어! 과일을 던졌군요.
소곤생 : 　(흰 손수건을 끌러 앵두를 쟁반에다 쏟아 놓더니) 거참 이상하다? 이
　　　　번에는 앵둘세 그려.
후방역 : 　누가 던졌을까? 향군이가 던진 거라면 얼마나 좋을까!
양문총 : 　(손수건을 집어서 살펴보면서) 이 흰 비단 손수건은 (…) 십중팔구
　　　　그 아이 것이겠구만!

소단小旦이 이정려로 분장하고 찻주전자를 들고 있고, 역시 꽃병을 받쳐 든 향군을 데리고 등장한다.

이정려 : 　나비 부채는 유독 향기로운 풀만 좇는데
　　　　미인이 다시 봉황대鳳凰臺를 내려오네.[12]

---

10) 두 마리 봉황새[雙鳳凰] : 소사簫史와 농옥弄玉의 퉁소 소리를 듣고 봉황새 두 마리가
　　나타나 두 사람을 데리고 승천했다고 전한다. 앞의 '봉황의 도시' 각주를 참조할 것.
11) 해남의 진기한 보배[海南異品] : 중국 해남에서 생산되는 단향목檀香木으로 만든 부채
　　장식을 가리킨다.
12) 나비 부채~ : '향초'는 기녀를 '나비'는 손님을 의미한다. 원래는 "蝴蝶偏隨香草扇"
　　이지만 다음 구와 대구를 만들기 위하여 "香草偏隨蝴蝶扇"으로 도치시키고 있다. 여
　　기서는 원래의 순서에 맞추어 번역하였다.

소곤생 :　(놀라 가리키면서) 다들 속세에 내려온 선녀를 보십시오!

유경정 :　(합장하면서) **나무아미타불!** (사람들이 자리에서 일어난다)

양문총 :　(생을 잡아끌면서) 후형, 좀 보시지요. 이쪽은 정려고 (…) 여기
　　　　가 향군이외다.

후방역 :　(소단을 보더니) 소생은 하남의 후조종이올시다. 전부터 흠모해
　　　　왔는데 이제야 소원을 푸는군요.
　　　　(단旦을 보면서) 과연 묘령의 절색입니다! 그렇게 칭찬을 하시
　　　　더니 …… 양형의 눈은 참으로 법안法眼13)이올시다! (자리에 앉
　　　　는다)

이정려 :　호구虎丘14)의 햇차이옵니다. 끓여 올립지요. (차를 따른다) (다함
　　　　께 차를 마신다)

이향군 :　파릇한 버들가지며 발그레한 살구꽃이 갓 돌아온 명절을 장
　　　　식하는군요.

일동 :　(칭찬을 한다) 재미있구나, 재미있어! 차도 마시고 꽃도 보고,
　　　　그야말로 격조 높은 연회올시다!

양문총 :　이처럼 격조 높은 자리에 술이 빠지면 안 되지!

이정려 :　술은 벌써 준비되었사오나 옥경玉京이는 모임을 주재하는 중
　　　　이라서 내려와 모시지 못하오니 쉰네가 주인을 대신합지요.
　　　　(부른다) 보아保兒15)야, 술을 데워 오너라!

　　잡雜이 술을 가지고 등장한다.

---

13) 법안法眼 : 불가에서는 보통사람이 가진 눈을 육안肉眼, 천인天人이 가진 눈을 천안天
　　眼, 소승小乘이 모든 색色·상相·의식意識을 초월한 이치를 비춰보는 눈을 혜안慧眼,
　　보살이 중생을 구제하기 위해 모든 법문法門을 다 비추어 보는 눈을 법안法眼, 부처가
　　여러 가지 눈으로 중도中道의 실상을 비추어 보는 눈을 불안佛眼이라고 말한다. 법안은
　　때로는 예리하고 심오한 안목을 가리키기도 하며, 여기에서는 높은 감식능력을 지닌
　　사람을 나타내는 말로 사용되고 있다.
14) 호구虎邱 : 강소성 오현吳縣 서북쪽에 위치한 소주蘇州의 명승지. '虎丘'로 쓰기도 한다.
15) 보아保兒 : 기방에서 잡 심부름을 하는 시동.

이정려 : 다들 주령酒令 판이라도 벌여서 진탕하게 마시지 않으시구
        요?
유경정 : 주인께서 시작해 주셔야지!
이정려 : 어찌 제가 먼저 …….
소곤생 : 그거야 기방의 관례 아닙니까!
이정려 : (주사위 놀이판을 가지고 오더니) 그럼 실례하겠습니다요. (부른다)
        향군이가 술을 올리고 쉰네는 주사위를 던지도록 합지요.
일동 : 명령대로 거행합지요!
이정려 : (주령을 내린다) 술은 차례대로 마시되, 잔을 비울 때마다 각자
        자기 장기를 뽐내는 걸 여흥거리로 삼는 걸로 하고, 주사위
        눈 하나는 앵두, 둘은 차, 셋은 버드나무, 넷은 살구꽃, 다섯
        은 향나무 부채 장식, 여섯은 흰 손수건으로 정하겠습니다.
        (부른다) 향군이는 후 상공께 술을 올려라.

    단이 술을 따르자 생이 마신다. 소단이 주사위를 던진다.

이정려 : 향나무로 된 부채 장식이군요 (권한다) 후 상공, 어서 잔을 비
        우고 여흥거리를 보여 주시지요
후방역 : (잔을 비우더니) 소생은 시를 짓도록 하겠습니다. (읊는다)

        남국의 가인이 찼으니
        소매 속에 감추라 하지 마소
        낭군의 둥근 부채 그림자 좇아
        흔들자 온 몸에 향기가 감도누나.

양문총 : 훌륭한 시로군요, 훌륭한 시야!
유경정 : 그렇게 좋은 부채 장식이 너무 흔들다가 망가질까16) 걱정입

니다그려.

이정려 :　양 나리께 술을 올릴 차례군요.

단이 술을 따르자 말이 마신다. 소단이 주사위를 던진다.

이정려 :　흰 손수건이네요.
양문총 :　나도 시를 읊어야겠군.
이정려 :　따라 하시면 안 됩니다.
양문총 :　에라, 소관은 파破·승제承題[17]나 지을랍니다. (읊는다)

　　　　땀 닦는 물건 보노라니
　　　　봄빛이 사람을 유혹하네.
　　　　무릇 땀이 수건에 묻었다면
　　　　아마도 봄이 얼굴에 생겨서일 터
　　　　그 뉘 얼굴이길래
　　　　하얀 깁으로 그것을 닦았을꼬?
　　　　붉은 빛과 하얀 색[18] 서로 어울린다면
　　　　그 또한 몹시 아리땁지 않겠는가?

후방역 :　대단한 명문이올시다.

---

16) 너무 흔들다가 망가질까~ : 유경정柳敬亭이 놀이판에서 부채 장식을 두고 우스갯소
　　리로 하는 말이지만, 후방역과 이향군 두 연인의 장래의 운명을 예고하는 일종의 복선
　　伏線으로 사용되고 있다.
17) 파破·승제承題 : 명대에 과거에 주로 사용되었던 문체인 팔고문八股文의 첫 절을 '파
　　제破題'라고 부르며, 그 뒤를 잇는 절을 '승제承題'라고 부른다. 여기서는 양문총이 읊
　　는 "땀 닦는 물건을 보노라니, 봄빛이 사람을 유혹하네" 부분이 파제이고 그 다음의
　　몇 구절이 승제에 해당된다.
18) 붉은 빛과 하얀 색[紅素] : '붉은 빛'은 미인의 홍조 띤 뺨을, '하얀 색'은 흰 비단 손
　　수건을 말한다.

유경정 :   이처럼 훌륭한 문채라면 급제를 해도 겹급제를 하시겠습니
           다그려!

           단이 술을 따르자 축이 받는다.

이향군 :   사부님, 술 드십시오.
이정려 :   (주사위를 던지더니) 차로군요.
유경정 :   (술을 마시면서) 난 참 운이 없다니까!
이정려 :   (웃으면서) 아니죠 당신 여흥거리는 차올시다.
유경정 :   난 '장씨네 셋째 도령이 차 마시는 대목[張三郎吃茶]'19)이나
           해 볼랍니다.
이정려 :   설서는 너무 기니까 우스개 이야기나 하나 해 주시면 더 좋
           겠네요.
유경정 :   그럼 우스개 이야기를 하도록 합시다. (이야기를 한다)
           소동파蘇東坡가 황산곡黃山谷20)과 같이 불인선사佛印禪師21)를
           방문했는데, 동파는 정주定州산 도자기 찻주전자를 하나 선물

---

19) 장씨네 셋째 도령이 차 마시는 대목[張三郎吃茶] : 〈수호전水滸傳〉 제20회에서 염파석
閻婆惜이 장씨네 셋째 도령 장문원張文遠에게 차 대접을 하는 대목을 가리킨다. 장문원은
그 집안의 셋째이기 때문에, 여기에서도 '셋째 도령[三郎]'이라고 부른 것이다.
20) 황산곡黃山谷 : 송대 시인이자 화가인 황정견黃庭堅(1045~1105). 자가 노직魯直, 호가
산곡도인山谷道人으로, 시문에 뛰어날 뿐 아니라, 그림에 있어서도 소식蘇軾의 문하에
서 배워 화풍이 비슷한데다 정치적인 역정도 비슷해서 나란히 '소황蘇黃'으로 병칭되
는 경우가 많다. 때로는 소식·미불米芾·채양蔡襄과 함께 '송대의 네 대가[宋四大家]'
로 불리기도 한다. 또 글씨에 있어서는 당대의 승려 회소懷素의 맥을 잇는 분방한 초
서체로 명성을 떨치기도 하였다.
21) 불인선사[佛印] : 불인(1032~1098). 송대에 진강鎭江 금산사金山寺 주지를 지낸 승려
로, 본명은 요원了元, 호가 각로覺老이다. 세 살 때 『논어論語』를 외우고 다섯 살 때에는
시를 천수나 외워서 신동으로 불렸다. 소식과 절친한 사이였던 그는 여산廬山에 머무
르던 중, 소식이 황주黃州로 귀양을 가자 수시로 그를 방문하여 담소를 나누었다고 한
다. 송대 이후로 불인과 소식에 관한 이야기는 소설이나 희곡에도 여러 편이 남아 전
해지고 있다.

하고, 산곡은 양선陽羨산 차22)를 한 근 선물했답니다. 셋이 소나무 아래서 차를 즐기는데, 불인이 말하는 것이었다. "황수재의 차벽茶癖은 천하에 이름이 자자합디다만, 털보 소선생은 차량茶量이 얼마나 되시는지요? 오늘 같은 날 누가 많이 마시고 덜 마시는지 안 겨뤄 볼 수가 있겠습니까?" 동파가 "어떻게 겨룰까요?" 하니, 불인이 "그대가 화두話頭23)를 내고 황수재더러 대답하게 하되, 황수재가 대답을 못하면 그대가 한 대를 때리고 나는 '털보가 수재를 때리다'라고 쓰겠습니다. 만약 그대가 대답을 못하면 황수재가 한 대를 때리고 나는 '수재가 털보를 때리다'라고 쓰지요. 나중에 합산해서 한 대에차 한 잔씩 마시기로 합시다" 하니 동파가 "분부대로 합지요" 하는 것이었다. 동파가 먼저 묻기를 "바늘귀가 없으니 실은 어떻게 꿰나요?" 하길래, 산곡이 "바늘끝을 갈아버리면되지요" 하니까 불인이 "잘 대답했습니다" 하는 것이었다.이어서 산곡이 "조롱박에 손잡이가 없으니 어떻게 들까요?"하길래, 동파가 "물 속에 던져버리면 되지" 하니까, 불인이"역시 잘 대답했습니다" 하는 것이었다. 동파가 또 "이가 바지 속에 있는데, 보이는가 안 보이는가?" 묻더니만 산곡이 대답도 하기 전에 몽둥이를 들고 때리는 것이었다. 산곡이 마침주전자를 들고 차를 따르다가 실수로 땅에 떨어뜨려 산산조각이 났네그려. 동파가 큰소리로 "스님 쓰십시오, '털보가 수재를 때리다'라고" 하고 외치니까 불인이 웃으면서 이렇게말하는 것이었다. "방금 못 들으셨습니까? 털보가 수재를 때

---

22) 양선산 차 : 양선陽羨은 차 생산지로 유명한 강소성 의흥宜興을 가리키는데, 당대唐代에는 이곳에서 난 차가 으뜸으로 평가되어졌다고 한다.
23) 화두[機鋒] : '기봉機鋒'이란 중국의 선종禪宗 불교 수행승들이 대화를 나누면서 서로를일깨워 줄 때 사용하는 말을 가리킨다. 이렇게 대화를 나누다가 상대방이 그래도 깨닫지못하면 고함을 지르거나 방망이로 치기도 하는데 이를 '봉갈棒喝'이라고 부른다.

리기도 전에 수재가 먼저 주전자를 때린걸요."

　　　모두 웃는다.

유경정 :　　여러분, 웃지 마십시요. 수재가 참 대단하지 않습니까? (주전
　　　　　자를 손으로 튕기면서) 이렇게 단단한 주전자도 깨뜨리는데 하
　　　　　물며 '물러터진 주전자'24)야 어떻겠습니까?
후방역 :　　유옹께서는 기인이십니다. 되는 대로 내뱉는 우스개 이야기
　　　　　조차 다 화두가 되니 ……
이정려 :　　향군아, 네 사부님께 한 잔 올려라.

　　　단이 술을 따르자 정이 마신다. 소단이 주사위를 던진다.

이정려 :　　살구꽃이네요. (정이 노래한다)

소곤생 :　　　밤 단장 하는 누각에서 살구꽃이 지니
　　　　　　아직은 옷 얇을까 홀로 걱정하네.25)

이향군 :　　(소단에게) 소녀, 어머님께 술 한 잔 올리겠사옵니다.

　　　소단이 술을 마신 후 주사위를 던진다.

이정려 :　　앵두로구나.

---

24) 물러터진 주전자 : 털보인 완대성을 두고 한 말. 여기서는 '털보 완개[阮鬍子]'와 같은
　　발음을 가진 '물러터진 주전자[軟壺子]'를 써서 완대성을 비꼬는 말로 사용하고 있다.
25) 밤 단장 하는~ : 이 두 구절은 원대의 극작가 왕실보王實甫의 〈서상기西廂記〉(제3본
　　제2절)에 나오는 구절을 차용한 것이다.

소곤생 :   제가 대신 노래를 하지요 (노래한다)

          앵두 빨갛게 터지고
          멥쌀 하얗게 드러나더니
          한참 지나서야 말을 하네.26)

유경정 :   소형도 벌을 줘야겠소이다. 노래한 건 입술을 가리키는 앵두
          지 쟁반의 앵두가 아니었소이다!
소곤생 :   마시지요 (직접 따라서 마신다)
이정려 :   향군이는 알아서 따르고 마셔야겠구나.
후방역 :   소생이 따르도록 하지요

   생이 따르자 단이 마신다. 소단이 주사위를 던진다.

이정려 :   맞출 필요도 없구만. 버드나무니까 향군이가 노래를 부르거
          라. (단이 부끄러워한다)
          이 아이가 수줍어 하니 대신할 분을 모셔야겠군요. (주사위를
          던진다)
          셋이니까 (…) 유 사부님이시네요.
소곤생 :   잘됐군, 잘됐어! 오늘은 유옹이 당번이라도 서는 날인가 보
          구려.
유경정 :   이 늙은이 성이 '버들 유'이다 보니, 반평생을 전전하면서 제
          일 겁내는 게 '버들 유'자랍니다. 오늘이 청명절이라고 하필
          이면 버들 고리27)를 이 늙은 놈 머리에 씌우시는구려.

---

26) 앵두 빨갛게 터져~ : 역시 〈서상기〉(제1본 제1절)에 나오는 구절이다. '앵두'와 '멥
  쌀'은 원래 〈서상기〉의 여주인공 최앵앵崔鶯鶯의 아름다운 입술과 치아를 묘사한 말이
  지만 여기에서는 이향군의 미모를 묘사하는 말로 사용되고 있다.

다함께 웃는다.

소곤생 : 우스개 이야기는 그만 하십시오

후방역 : 술은 진작부터 준비해 두었으니 다들 그냥 넘어가면 안 됩니
다?

유경정 : 출중한 사나이와 아리따운 여인은 다시 만나기 어려운 법.
(생과 단을 잡아끌면서) 두 사람이 한 쌍 되어 합환주合歡酒나 나
누는게 어떠실런지?

단이 부끄러워서 소매로 얼굴을 가린 채 퇴장한다.

소곤생 : 향군이가 얼굴이 여려서 대놓고 말하기가 쑥스러운 게지요
일전에 말씀 드렸던 머리 올려주기로 하신 일 (…) 상공의 의
향은 어떠신지요?

후방역 : (웃으면서) 소생이 장원으로 급제한다면야 마다할 리가 있겠습
니까?

이정려 : 마음이 있으시다면 길일을 택해서 쇤네가 모시기로 합지요

양문총 : 이번 삼월 보름날이 꽃 피고 달 휘영청 한 길일이니 가약 맺
기에 좋겠소

후방역 : 다만 한 가지 …… 객지에서 주머니가 가벼워 예물 마련하기
가 어렵지 않을까 싶습니다만 …….

---

27) 버들 고리[柳圈] : 옛날 중국 강남에서는 청명절이 되면 버들가지로 고리를 엮어 머리
에 쓰고 독을 제거하고 사악한 기운을 없애는 풍속이 있었는데, 이때 씌워주는 버들
고리는 '개머리 고리[狗頭圈]'로 불리기도 하였다. 송대의 가객 장염張炎이 지은 〈경춘궁
慶春宮〉 사詞의 서문에 따르면, "도읍지에서는 청명절에 행락객들이 대단히 많아서 물가
나 꽃밭 밖에 아름다운 여인들이 둥그렇게 모여 각자 버들 고리로 액운을 물리쳤는데
이 또한 경기지역의 옛 풍속이었다[都下寒食, 遊人甚盛, 水邊花外, 多麗環集, 各以柳
圈祓禊而去, 亦京洛舊事也]"고 한다.

양문총 :　그건 걱정할 것 없소이다. 혼수품과 술자리는 소관이 준비하
　　　　　기로 하지요.
후방역 :　이렇게 폐를 끼쳐 드려서야…….
양문총 :　당연히 도와 드려야지요.
후방역 :　감사합니다.

〈소도홍小桃紅〉
우연히 무산巫山[28] 봉우리 위까지 올랐다가
운우雲雨의 사념 더하고 보니
신선의 모습일랑 서둘러 지워 버리네.
봄 밤의 꽃과 달이 거짓말 되어서는 안 되며
좋은 인연 이제 와서 물리기도 어려우니
이 몸은 고당高唐 달려갈 채비나 하리다.

작별한다.

이정려 :　더는 붙잡지 않겠습니다. 보름으로 날을 정해서 청객들도 모
　　　　　시고 자매들도 초대해서 풍악을 울리면서 가약을 맺어드리
　　　　　도록 합시다. (퇴장한다)
유경정 :　(정을 향하여) 아이고! 깜빡 했네, 깜빡 했어. 우리 둘은 안 될
　　　　　것 같습니다그려!

---

28) 무산巫山 : 전국시대 초나라의 시인 송옥宋玉이 지은 「고당부高唐賦」에 등장하는 산.
초나라의 양왕[楚襄王]이 고당高唐으로 유람을 갔다가 꿈에 어떤 여자를 만났는데, 작
별할 때 "소녀는 무산의 남쪽 고구의 험지에 산답니다. 아침에는 떠다니는 구름이고
저녁에는 움직이는 비가 되어 아침저녁으로 양대 밑에 있답니다[妾在巫山之陽, 高丘
之阻. 朝爲行雲, 暮爲行雨, 朝朝暮暮, 陽臺之下]"라고 말했다고 한다. 다음날 아침
양왕이 현장으로 가보니 그 여인의 말과 같아서 그 곳에 사당을 짓고 '조운朝雲'이라
고 이름 붙였다고 전한다. 중국문학에서는 이로부터 남녀 간의 정사를 형용할 때 무
산·고당·양대陽臺·운우雲雨 등의 말을 사용하게 되었다.

양문총 :　왜요?

소곤생 :　황黃 장군29)의 배가 수서문水西門30)에 정박해 있는데 역시 보
　　　　름날 제기祭旗 의식을 거행하는 자리에서 우리와 한 잔 하기
　　　　로 약속하셨거든요

후방역 :　그러면 어떤다?

양문총 :　정계지丁繼之·심공헌沈公憲·장연축張燕筑31)도 있소이다. 다
　　　　대단한 한량들이니 그 양반들 신세를 좀 집시다.

소곤생 :　난취루 앞에 분과 먹 향기 그윽하니

양문총 :　육조 시절 기분으로 화류계 일을 이야기해 보자꾸나.

유경정 :　답청 마치고 돌아가도 봄은 아직 더디지만

후방역 :　내일 다시 오면 꽃으로 침상이 흐드러지겠지?

---

29) 황 장군 : 황득공黃得功(1594~1645). 성이 왕王, 자가 호산虎山, 별명이 황틈자黃闖子로,
　안휘 합비合肥 사람이며, 나중에 요녕遼寧 개원위開原衛로 이사하였다. 원래는 병졸로
　종군했지만 수차례 세운 전공으로 유격遊擊을 거쳐 숭정 11년(1638)에 총병總兵에 임명
　되고, 숭정 17년에 다시 정남백靖南伯에 책봉되었다. 복왕福王이 즉위하자 진후晉侯로
　승격되어 '강북 네 진영[江北四鎭]'의 한 사람으로 일컬어지면서 여주廬州를 거쳐 태
　평太平에 주둔하였다. 순치順治 2년(1645)에 무호蕪湖에 주둔하던 중 복왕이 자기 진영
　으로 피신하여 청나라가 이미 투항한 유량좌劉良佐를 보내 압박을 가했지만 끝내 투항
　하기를 거부하고 자결하였다.
30) 수서문水西門 : 남경성의 문 이름.
31) 정계지丁繼之·심공헌沈公憲·장연축張燕筑 : 명말의 유명한 연극배우들. 여회余懷의 『판
　교잡기板橋雜記』에 따르면, "정계지는 장려아로 분장하고 장연축은 빈두로로 분장했는데
　모두가 당시 대단히 훌륭했다[丁繼之扮張驢兒, 張燕筑扮賓頭盧, 皆妙絶一世]". 또 "심
　공헌은 일반인으로서 연기를 잘해서 당시 으뜸으로 꼽혔다[沈公憲以戲擅長, 當時推第
　一]"고 한다.

桃花扇

백년 가약

眠香

원제는 "면향眠香"으로, 향기가 배인 여인의 처소에서 잠을 청한다는 뜻이다. 이 대목에서는 후방역이 사람들의 축하 속에서 이향군과 백년가약을 맺는 내용을 주로 다루고 있다. 여기에서는 앞 대목에서 우연히 등장했던 부채 장식이 주요한 오브제objet로 부각되기 시작한다. 작자는 이정려의 기방을 주 무대로 남녀 주인공과 이정려·양문총 등의 주요 인물들 이외에도 정계지丁繼之·변옥경卞玉京 등 주변 인물들까지 등장한 가운데, 이정려·양문총·후방역·이향군의 독창을 거쳐 남녀 주인공의 합창, 그 뒤를 이어 등장인물 전원이 참여하는 대 합창으로 마무리함으로써 흥청거리고 떠들썩한 결혼 피로연 분위기를 효과적으로 연출해내고 있다.

난흥실본 도화선 삽화 서울대학교 도서관 소장

계미년(1643) 3월

등장인물

    소단 : 이정려

    잡 : 보아

    말 : 양문총

    생 : 후방역

    부정 : 정계지

    외 : 심공헌

    정 : 장연축

    소단 : 구백문

    노단 : 변옥경

    축 : 정타낭

소단小旦이 화사하게 단장하고 등장한다.

이정려 :   〈임강선臨江仙〉

        짧디 짧은 봄 저고리에 양 소매 걷어붙이고

        황홀한 누각1) 꽃밭에서 아쟁을 조율하네.

        오늘 모두 비단 발 걷어 올린 뜻은

        금실처럼 늘어진 버들가지

---

1) 황홀한 누각[迷樓] : 『미루기迷樓記』에 따르면, 미루迷樓는 수나라 양제[隋煬帝]의 행궁行宮으로, 절강 출신의 장인 항승項升의 설계로 수만 명의 인부가 동원되어 일 년 만에 완성되었는데, 장관을 이룬 미루를 본 양제는 "진짜 신선이 이곳을 거닌다 해도 길을 잃고 말겠다[使眞仙游此, 亦當自迷]"고 찬탄했다고 한다. 미루는 수나라의 멸망과 함께 사라졌으며, 여기에서는 이향군이 기거하는 미향루媚香樓를 가리킨다.

목란 배 가릴까 싶어서라네.

(말한다) 쇤네 이정려李貞麗, 우리 아이 향군香君이가 벌써 꽃다
운 나이가 되었건만 머리 올려줄 사람이 없어서 주야로 걱정
이 태산 같았습니다. 다행스럽게도 양용우楊龍友가 명문가 공
자를 한 분 소개해 줬는데, 바로 일전에 같이 술을 마신 후조
종侯朝宗으로, 가문과 재능에서 공히 으뜸이라 할 만합디다.
오늘은 머리 올리기에 좋은 길일이라 떠들썩하게 잔칫상을
차리고 악단을 두루 배치했는데, 청객들도 다 오고, 자매들도
모두 와서 정말 정신이 다 없네요 (부른다) 보아야, 어디 있니?

잡雜이 보아保兒로 분장하고 부채질을 하면서 느릿느릿 등장한다.

보아 :   술상 맡에선 되는 대로 농담 짓거리 하고
             꽃밭에선 남 몰래 사랑의 밀어 훔쳐 듣지.

             마님, 이불이랑 베개는 어디로 갖다 드릴까요2)
이정려 :   (화를 내며) 예끼! 오늘은 향군 아씨가 머리를 올리는 날이라
             귀인들이 곧 들이닥칠 텐데 넌 여태 잠꼬대나 하고 있는 거
             냐? 냉큼 비단 발이나 걷어 올리고 마당 쓸고 상과 의자도
             준비해라!
보아 :   알았어요

소단이 술상 보는 일을 지시한다. 말末이 새 옷을 차려입고 등장한다.

---

2) 이불이랑 베개~ : 기방에서 기녀가 손님 수청을 들러 가서 하룻밤을 보내는 것을 말
한다.

양문총:　　　　〈일지화一枝花〉

　　　　뜨락의 복사꽃은 붉기가 비단 수를 놓은 듯

　　　　화사하기 그지없는 탁문군卓文君의 술3)이며

　　　　병풍 펼치자 모습을 드러낸 금 공작4)은

　　　　봄날의 낮을 에워싸누나.

　　　　금 사발 깨끗이 부셔 두고

　　　　향 뿜는 괴수 장식 향로엔 불도 붙여 놓았네.

　　　　이 선반 지키는 붉은 소매 미녀로는

　　　　누가 제일 부드러워

　　　　사마상여司馬相如와 해로하게 될까?

　　　　(말한다) 소관 양문총은 완원해阮圓海의 부탁으로 이번 경사에
예물을 전하러 왔습니다. (부른다) 정려 어디 있는가?

소단이 대면한다.

---

3) 탁문군의 술: 한대의 갑부 탁왕손卓王孫에게는 거문고를 잘 연주하는 문군文君이라
는 딸이 있었다. 문장가로 대성하기 전의 사마상여司馬相如는 이 소문을 듣자 거문고로
〈봉구황鳳求凰〉이라는 곡을 연주하여 문군의 마음을 사로잡은 후 함께 야반도주를 하
였다. 『사기史記』「사마상여전司馬相如傳」에 따르면, 얼마 후 자신의 재산을 처분한 사
마상여는 임공臨邛 저자 거리에 술집을 낸 후 문군에게 주방을 맡기고 자신은 일꾼과
함께 길거리에서 술그릇을 씻었다고 한다. 이 소식을 전해들은 탁왕손은 화병으로 한
동안 두문불출 했지만, 결국 어쩔 수 없이 문군에게 상당한 재산을 분배해 주고 두 사
람의 결혼을 인정해 주었다고 한다. 여기에서는 이향군이 손님들에게 술을 대접하는
것을 두고 한 말이다.
4) 병풍 펼치자~: 당나라 고조[唐高祖] 이연李淵이 화살로 병풍에 그린 공작의 눈을 맞
혀 두의竇毅의 사위가 된 일을 가리킨다. 『구당서舊唐書』「후비전后妃傳」에 따르면, 두의
는 재능이 출중한 자신의 딸에게 훌륭한 신랑을 짝지어 주기 위해 병풍에 공작새 두
마리를 그려 놓은 후 구혼하려는 공자들에게 화살을 두 자루씩 주고 그것을 맞히면 자신
의 딸을 출가시키겠다고 약속하였다. 수십 명의 구혼자가 도전했지만 맞히지 못하다가
나중에 이연이 두 마리의 눈을 차례로 명중시키자 크게 기뻐하면서 그를 사위로 삼았다
고 한다. 여기에서는 후방역이 이향군의 머리를 올려주게 된 일을 두고 한 말이다.

이정려 : 중매를 서 주셔서 고맙습니다. 피로연은 벌써 다 준비해 놨
답니다.
(묻는다) 웬일로 신랑이 여태 안 보이시네요.

양문총 : 곧 오겠지. (웃으면서) 본관이 상자며 바구니 몇 개를 마련해서
향군이한테 혼수품으로 부조 좀 하려고 지고 오게 했네.

잡이 상자와 바구니·장신구·의상을 지고 등장한다. 분부한다.

양문총 : 신방으로 지고 들어가서 가지런하게 진열해 놓게!

잡이 대답하고 퇴장한다. 소단이 기뻐하면서 감사의 말을 전한다.

이정려 : 어쩌자고 이렇게 돈을 들이셨답니까! 고맙습니다요, 나리!

말이 소맷부리에서 은괴를 꺼낸다.

양문총 : 그리고 …… 잔칫상 차릴 돈 서른 냥일세. 주방에 건네고 술
과 안주 일체를 넉넉히 준비하시게.

이정려 : 더더욱 송구스럽습니다요! (부른다) 향군아, 얼른 오너라!

단이 화려하게 차려 입고 등장한다.

이정려 : 양 나리께서 이렇게 많은 물건을 내리셨구나. 가까이 와서 감
사하다고 인사를 드려야지? (단이 절을 하면서 감사의 말을 전한다)

양문총 : 하찮은 성의 좀 보였기로서니 인사는 당치도 않네. 돌아가시게.

단이 바로 안으로 들어간다. 잡이 급히 등장하여 고한다.

보아 :　　　새 신랑께서 도착하셨습니다요!

생이 화려하게 차려 입고 종복과 함께 등장한다.

후방역 :　　　급제한 하늘가 귀빈5)은 아닐지언정
　　　　　　항아婥娥6)의 달 속 손님이라네.

말과 소단이 마중 나와 대면한다.

양문총 :　　　축하드리오, 후형. 화류계의 미인을 얻으셨구려! 성의 표시
　　　　　　할 게 없어서 변변찮은 혼수나 장만하고 대충 잔칫상을 마련
　　　　　　해서 첫날밤의 즐거움을 조금이라도 보태 드릴까 합니다.
후방역 :　　　(읍례를 올리면서) 너무 마음을 써 주시니 몸 둘 바를 모르겠습
　　　　　　니다.
이정려 :　　　앉으시지요. (…) 차를 올려라.

모두 자리에 앉는다. 잡이 차를 들고 등장한다. 차를 마신다.

양문총 :　　　피로연은 다 잘 준비되었는가?
이정려 :　　　나리 덕분에 모든 것이 완벽합니다.

---

5) 하늘가 귀빈[天邊客] : 중국에서 송대 이래의 선비들은 "신방에서 화촉을 밝히는 밤
　과 급제자 명단에 이름을 올리는 때[洞房華燭夜, 金榜題名時]"를 인생 최대의 행복으
　로 여겼다. 또 옛날 선비들은 과거에서 급제하면 세도가들의 사윗감이 되는 경우가 많
　았기 때문에 '하늘가의 귀빈'으로 불리기도 하였다. 후방역이 이 말을 쓴 것도 바로 이
　고사를 염두에 둔 것이다.
6) 항아婥娥 : '姮娥'로 쓰기도 한다. 항아는 제곡帝嚳의 딸로 요 임금의 사수였던 후예后
　羿의 아내가 되었는데 미모가 출중했다고 한다. 『회남자淮南子』「현명훈賢冥訓」에 따르
　면, 남편 후예가 서왕모西王母에게서 불로장생의 영약을 구해 오자 그것을 몰래 훔쳐
　먹고 신선이 되어 월궁月宮으로 승천하여 영생을 살았다고 한다.

말이 손을 모으고 생에게 인사한다.

양문총 :　오늘은 길한 자리라서 소생도 끼어들지 않겠소이다. 이쯤에
　　　　서 작별하고 내일 일찍 축하인사나 드리러 오리다.
후방역 :　합석하신들 무슨 상관이겠습니까?
양문총 :　불편하지요, 불편해. (작별하고 퇴장한다)
보아 :　　새 신랑께서는 옷을 갈아입으시죠. (생이 옷을 갈아입는다)
이정려 :　쉰네도 일어나야겠군요 신랑을 위해 신부 화장도 시키고 축
　　　　하주도 준비해야겠습니다. (작별하고 퇴장한다)

　부정副淨·외外·정淨이 세 명의 한량으로 분장하고 등장한다.

세 사람 :　평생 꽃과 달을 벗 삼은 건 장삼영張三影[7]이요
　　　　　풍악 속에 소일한 건 이이홍李二紅[8]이었다네.

부정 :　　소생은 정계지丁繼之.
외 :　　　소생은 심공헌沈公憲.
정 :　　　소생은 장연축張燕筑이올시다.
정계지 :　오늘은 후공자의 축하주를 마시는 날이니 일찍 와야지요

---

7) 장삼영張三影 : 송대의 유명한 가객 장선張先을 가리킨다. 송대의 진사도陳師道가 지은
『후산시화後山詩話』에 따르면, 상서랑尙書郎으로 있던 장선은 전사塡詞에 뛰어나 그의
작품이 많은 인기를 얻었는데, 그 중에서도 '그림자 영影'자가 들어가는 "雲破月來花
弄影", "嬌柔嬾起, 簾壓捲花影", "柳徑無人, 隨風絮無影" 등의 세 구절은 특히 애송
되어 사람들이 그를 '장삼영'으로 부를 정도였다고 한다.
8) 이이홍李二紅 : 원대의 극작가이자 배우였던 홍자이이紅字李二를 가리킨다. 섬서陝西
서안西安 사람인 그는 원나라 때 대도교방大都敎坊의 색장色長이던 유사화劉耍和의 사위
로 무협극의 일종인 녹림잡극綠林雜劇 창작에 능하였다. 종사성鍾嗣成의 『녹귀부錄鬼簿』
나 가중명賈仲明의 『증보녹귀부增補錄鬼簿』 등에 따르면, 잡극雜劇 창작과정에서 마치원
馬致遠 등, 동시대의 다른 극작가들과의 공동작업을 통해 연극성이 두드러진 작품들을
많이 지었다고 한다.

장연축 : 어떤 명창들을 불러서 우리를 대접할지 모르겠구려.

심공헌 : 구원舊院의 명창 몇 사람이라더군요.

장연축 : 그럼 죄다 내가 머리를 올려 준 아이들이겠구만?

정계지 : 그대가 재산이 얼마나 많길래 그렇게 많은 아이들 머리를 올려 주었단 말이요?

장연축 : 사람마다 후견인이 다 있기 마련이지요. 오늘의 후공자를 보십시요. 단 한 푼이라도 쓴 줄 아십니까?

심공헌 : 여러 말 할 것 없고, 후공자가 대청에서 옷을 갈아입는다니 다들 인사나 하러 갑시다.

세 사람이 생에게 읍례를 올린다.

세 사람 : 축하드립니다, 축하드려요!

후방역 : 오늘 신세 좀 지겠습니다.

소단小旦 · 노단老旦 · 축丑이 세 명의 기녀로 분장하고 등장한다.

세 기녀 : 사랑은 꽃풀 같아 매일같이 취해 있고
　　　　　몸은 버들개지처럼 종일토록 바쁘구나.

대면한다.

장연축 : 불려 온 가기들은 이름을 고하시게.

축 : 당신이 교방사教坊司9)라도 되우, 우리더러 이름을 고하라 마

---

9) 교방사教坊司 : 수·당대 이래로 가무·연회 및 여기에 종사하는 예인[樂戶]들에 관련된 사무를 관장하던 관청. 여기서는 교방사에 소속된 관리를 가리키는 말로 사용되고 있다.

라 난리게?

후방역 :　(웃으면서) 지금 성함을 여쭤 볼 생각이었습니다.

노단 :　쉰네는 변옥경卞玉京이옵니다.

후방역 :　과연 옥경玉京10)의 선녀님이올시다!

소단 :　쉰네는 구백문寇白門이옵니다.

후방역 :　과연 백문白門11)의 미색이시군요!

축 :　쉰네는 정타낭鄭妥娘이라고 합니다요.12)

후방역 :　(주춤하더니) 과연 …… 딱 …… 잘 어울리는군요

장연축 :　안 어울리지, 안 어울려!

심공헌 :　어째서 안 어울린다는 말씀이오?

장연축 :　오입질에는 이력이 났단 말이지.

정타낭 :　예끼! 내가 오입을 안 했으면 당신이 어떻게 그렇게 토실토
실해질 수 있었겠어!

다함께 우스갯소리를 하며 웃는다.

변옥경 :　신랑이 여기 계시니 어서 향군이더러 나오라고 하세요

소단과 축이 향군을 부축하고 등장한다.

심공헌 :　우리는 풍악을 울리면서 맞이합시다.

---

10) 옥경玉京 : 중국 전설에서 옥황상제玉皇上帝가 산다는 천상의 도읍지.

11) 백문白門 : 육조시대에 지금의 남경인 건강성建康城의 서쪽 성문을 가리키는 말로, 나
중에 남경을 가리키는 말로 전용되는 경우가 많았다. 자세한 내용은 네 번째 대목 '공
연 염탐偵戱'의 '백문의 가냘픈 버들' 각주를 참조할 것.

12) 변옥경卞玉京·구백문寇白門·정타낭鄭妥娘 : 명말 청초에 남경에서 명성을 날리던 명
기들. 이들에 대한 자세한 사항은 본서의 해제 부분을 참조할 것.

부정·정·외가 열 가지[13] 취타 악기를 일제히 울린다. 생과 단이 대면한다.

정타낭 :   구원의 법도에 따르면 우리 기생들은 맞절을 하는 법이 아니
니까 그냥 축하주나 마십시다!

생과 단이 상석으로 가 앉는다. 부정·외·정은 왼쪽에 앉는다. 소단·노단·
축은 오른쪽에 앉는다. 잡이 주전자를 들고 등장한다. 왼쪽에서 술을 받쳐 들고
오른쪽에서는 음악을 연주한다.

후방역 :   〈양주서梁州序〉
제齊·양梁 시절 노래의 기풍인가?
진晉·수隋 시절 화류계 생활이런가?[14]
나날이 미인의 사랑에 빠져드누나.
푸른 저고리에 기대고 보니[15]
이번에는 양주揚州 놀러간 소두小杜[16]가 되었구나.
눈썹 그려 주려 애쓰고
퉁소 불기 가르치다 보니
그렇게 봄이 손 안에 들어왔도다.

---

13) 열 가지[十番] : 일종의 음악 합주로, 사용되는 악기는 열 가지로만 한정되지 않고
상황에 따라 차이가 있었다. 일반적으로 사용되는 악기는 태평소[嗩吶]·생황[笙]·소
형 날라리[海笛]·꽹과리[小鑼]·성당星堂·제발齊鈸·호금胡琴·회고懷鼓 등이었지만,
지금은 관현악기는 사용되지 않고 꽹과리·심벌즈[鈸]·당고堂鼓·목어木魚 등의 타악
기만 사용된다.
14) 제齊·양梁, 진晉·수隋 : 화려하고 퇴폐한 사회풍조가 만연했던 이 네 왕조는 얼마
가지 못하고 멸망하였다.
15) 푸른 저고리에~ : 화류계를 드나들면서 여색에 탐닉한다는 말이다.
16) 소두小杜 : 당대 말기의 시인 두목杜牧은 '시성詩聖'으로 일컬어진 두보杜甫와 비교되
여 '소두小杜'로 불리는데, 절도서기節度書記의 신분으로 우승유牛僧孺를 수행해 양주揚
州로 내려갔을 때 이름난 기방을 자주 출입했다고 한다. 여기에서는 작자가 후방역의
풍류생활을 두목의 고사에 빗대어 한 말이다.

수재의 소갈증[17]을 서둘러 고쳐야 되건만

기운 해 누각 아래로 지는 것이 어찌 이다지도 더딜꼬?

금새 술 한 잔 들이키노라.

오른쪽에서 술을 받쳐 들고 왼쪽에서 음악을 연주한다.

이향군 :　　　〈전강前腔〉

　　　　　　누대에선 꽃잎 떨리고

　　　　　　발은 바람에 흔들리는데

　　　　　　늠름한 영웅께 기대고 있노라니

　　　　　　춘정은 한도 없건만

　　　　　　금비녀[18]가 기꺼이 머리를 빗겨드리려 하네.

　　　　　　이름 없는 꽃은 화사함을 더하고

　　　　　　들녘의 풀은 향기가 감도니[19]

　　　　　　마님 되는 영광을 누리게 되었구나.

　　　　　　오늘밤 등불은 비단 사이에서 유난히 밝으니

　　　　　　이력이 난 사공司空[20]이라 해도 부끄러워 할 판에

---

17) 수재의 소갈증 : 소갈증은 원래 당뇨병의 한 증상으로 입이 잘 마르는 증세를 가리
　　키지만, 여기에서는 혼례를 치른 신랑 후방역이 신방에서 화촉을 밝히기만을 고대하
　　며 애를 태우는 것을 두고 한 말이다.

18) 금비녀[金釵] : '금차金釵'는 원래 금비녀를 말하지만, 옛날에는 귀족의 머리를 빗겨
　　주는 일은 시중을 드는 시녀나 첩이 맡아 했기 때문에 여기서는 시중을 드는 첩을 가
　　리키는 말로 사용되고 있다.

19) 이름 없는 꽃[閒花]·들녘의 풀[野草] : 원래는 기녀를 가리키는 말인데 여기에서는
　　출신이 미천한 이향군이 자신을 이름 없는 하찮은 꽃이나 들녘의 풀에 빗대어 한 말이다.

20) 이력이 난 사공 : 당대 시인 유우석劉禹錫이 소주자사蘇州刺史를 맡고 있을 때 양주로
　　돌아가게 된 사공司空 이신李紳이 유우석에게 잔치를 베풀고 기녀에게 술을 권하게 하
　　였다. 그 기녀에게 연정을 느낀 유우석은 시를 지어 "사공께서는 익숙해진 하찮은 일
　　이겠지만 소주자사는 애간장이 다 끊어집니다[司空見慣渾閒事, 斷盡蘇州刺史腸]"라
　　고 속내를 토로하였다. 그 후로 사람들은 일상적으로 보고 겪는 일을 "사공에게 익숙
　　하다[司空見慣]"고 부르기 시작했다고 한다. 사공司空은 주周나라의 육경六卿중 하나

처음이니 정말 민망스러울 수밖에…….

정계지:　보시오, 붉은 해는 산을 머금고 까마귀도 둥지로 돌아갔으니,21) 얼른 신랑·신부를 신방으로 보내 드립시다.

심공헌:　서두를 것 없어요. 당대의 재사才士 후공자께서 절세가인의 머리를 올려 주는 날 아니겠어요? 합환주가 있는데 정혼을 기념하는 시가 없으면 되겠습니까!

장연축:　일리가 있구만! 제가 먹을 갈고 종이를 준비할 테니 휘호를 좀 부탁드립니다.

후방역:　종이는 필요 없습니다. 궁궐에서 쓰는 부채[宮扇]를 소생이 하나 갖고 왔으니, 거기다 글을 써서 향군이에게 선사하고 영원히 정표로 삼도록 하지요.

정타낭:　좋지요, 좋구 말굽쇼! 내가 벼루를 들지요.

구백문:　네 낯짝으로 볼작시면 신발이나 벗기는 게 낫겠다.22)

변옥경:　이 벼루는 아무래도 향군이한테 들게 해야 겠구만.

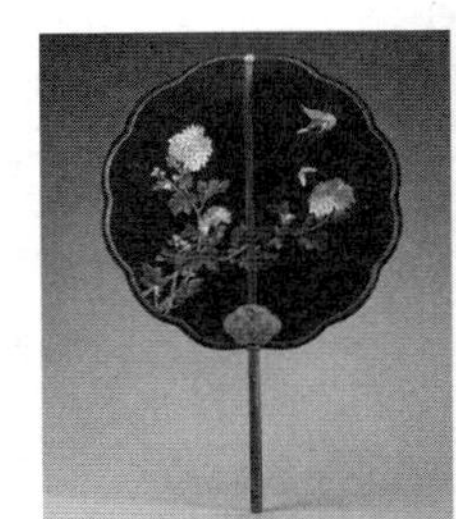

궁선(궁궐에서 쓰는 부채)

로 토목을 관장했으며, 한대 이후로 대대로 인습되다가 명나라에 이르러 폐지되어 공부工部에서 그 업무를 주관하였다.

21) 붉은 해는~ : 황혼녘의 풍경을 표현한 것으로, 여기에서는 날이 저물었다는 뜻으로 사용되고 있다.

22) 네 낯짝으로 볼작시면~ : 일설에 따르면 하루는 당나라 현종[唐玄宗] 이융기李隆基가 귀비 양옥환楊玉環과 함께 침향정沉香亭에서 꽃을 감상하던 중에 한림翰林이던 이백李白을 불러 시를 짓고 흥을 돋우게 하였다. 술을 마시고 있다가 갑자기 소환된 이백은 술김에 현종의 측근 내시로 황제에게서조차 형 대접을 받던 고력사高力士에게 종이를 대령하고 먹을 갈게 한 후 단숨에 「청평조清平調」 세 수를 짓고, 한 술 더 떠서 자신의 신발까지 벗기게 했다고 한다. 고력사는 이때부터 앙심을 품고 있다가 양귀비 앞에서 이백을 헐뜯어 결국 벼슬을 떠나게 만들었다고 한다. 중국 고전극에서는 이 장면에서 이백(생)이 시를 쓰는 동안 벼루를 받쳐 드는 것은 양귀비(단)이며 신발을 벗기는 것은 고력사(축)이어서 후방역(생)·이향군(단)과 정타낭(축)의 각색과도 부합되기 때문에 여기에 빗대어 이런 표현을 한 것이다.

일동 :   아무렴요!

단이 벼루를 받쳐 들자 생이 부채에 글을 쓴다. 사람들이 소리 내어 읽는다.

일동 :   길 양편으로 늘어선 붉은 누각 길목에서23)
             왕손王孫께서 이제 새로 부평거富平車24)를 모누나.
             청계淸溪 개울엔 온통 목련25)이라지만
             동풍에 나부끼는 복사꽃에는 미치지 못 할레라.

             (말한다) 훌륭한 시올시다, 훌륭한 시야! 향군아, 받으럼!

단이 부채를 받아 소매 속에 넣는다.

정타낭 :   우리가 복사꽃에는 못 미친다 칩시다. 하지만 왜 하필 목련
             이랍니까?
장연축 :   목련이라면 고목이 봄을 만난 셈이 아닌감.
정타낭 :   지금은 고목이 봄을 만났다고 타박이지만, 왕년엔 나도 이슬
             비 맞는 가냘픈 꽃 같았던 적이 있었다구!

---

23) 길 양편으로~ : 이 네 구절은 원래 후방역의 『사억당시집四憶堂詩集』에 수록되어 있
   는 「증인贈人」이라는 제목의 시이다.
24) 부평거富平車 : 권문세가의 수레를 가리킨다. 한대에 장안세張安世는 부평후富平侯에
   책봉되고 자손들이 그 작위를 세습했다고 전한다.
25) 목련[辛夷樹] : 높이가 몇 길이나 되고 개화기가 가장 빨라 초봄에 꽃이 피기 때문에
   강남 사람들은 이를 '영춘迎春'이라고 부르기도 하였다. 후방역의 시 「증인」에는 "청계
   에는 온통 목련을 심고 동풍 속의 복사꽃 오얏꽃은 치지도 않는구나[靑溪盡種辛夷樹,
   不數東風桃李花]"로 되어 있어서, 목련을 복사꽃·오얏꽃보다 더 귀하게 보았지만,
   여기에서는 정반대의 의도로 사용되고 있다. 이는 아마도 이향군의 성씨가 '오얏 리
   [李]'여서 이향군을 복사꽃과 오얏꽃에 비유하다 보니 거꾸로 목련을 상대적으로 낮
   게 평가하게 된 것으로 보인다. 청계淸溪는 지금의 강소성 강녕현江寧縣 북동쪽에 위치
   해 있다.

잡이 종이를 들고 등장한다.

보아 :   양 나리께서 시를 보내셨습니다요.

생이 받아서 읽는다.

후방역 :   어려서부터 성을 기울게 만든26) 건 이향군이러니
             품속의 미녀는 소매 속에 감추어야 하는 법.
             어이 하여 열두 봉우리 무산巫山27)의 선녀께서
             꿈속에서 공교롭게 초楚나라 임금 뵈러 오셨는고?28)

             (웃으며) 이 분이 정이 많으셔서 화장 재촉하는 시까지 다 보
             내셨군요! 대단하십니다, 대단하셔!
장연축 :   "품속의 미녀는 소매 속에 감추어야 하는 법"이란 향군이의
             가녀린 몸을 두고 한 말이니, 향나무로 된 부채 장식이겠군요?

---

26) 성을 기울게 만든~ : 이향군의 미모를 두고 한 말이다. 『한서漢書』「외척전外戚傳」에
   따르면, 한나라 무제[漢武帝] 때 궁중 음악을 관장하는 협률도위協律都尉로 있던 이연
   년李延年은 무제 앞에서 "북방에 가인이 있어 세상과 떨어져 홀로 섰구나. 한번 돌아보
   면 남의 성이 기울고 다시 돌아보면 남의 나라가 기우누나. 성 기울고 나라 기우는 줄
   을 어찌 모르리오만은 어여쁜 미인은 다시 얻기 어렵구나[北方有佳人, 絕世而獨立,
   一顧傾人城, 再顧傾人國. 寧不知傾城與傾國, 佳人難再得]" 하고 노래하면서 춤을
   추었다. 무제가 그 노래를 듣고 그런 미인이 어디에 있겠느냐고 한숨을 쉬자 그 곁에
   있던 무제의 누이 평양공주平陽公主가 이연년의 누이가 바로 그 미인이라고 말해 주었
   다. 무제가 이연년의 누이를 만나보니 정말로 아름답고 춤을 잘 추어서 자신의 총희로
   삼았다고 한다. 이때부터 '경성傾城' 또는 '경국傾國'은 미인을 가리키는 말로 사용되기
   시작하였다.
27) 열두 봉우리 무산[十二巫峰] : 송옥宋玉이 지은 「고당부高唐賦」에 등장하는 무산 열
   두 봉우리를 말한다. 자세한 내용은 다섯 번째 대목 '미인 대면訪翠'의 '무산' 각주를
   참조할 것.
28) 어려서부터~ : 여회의 『판교잡기』에 따르면, 이 네 구절의 시는 원래 여회가 이향군
   에게 선사한 것이라고 한다.

정타낭 : 그 놈의 부채 장식이 몇 푼이나 된다고 그러서? 내 요 호박
색 묘안석 장식에 비길 수나 있남? (다함께 웃는다)
정계지 : 여러분, 풍악을 울리고 신랑·신부한테 몇 잔 더 권합시다.
정타낭 : 말마따나 술기운이 좀 오르면 신방에 들기에도 좋다네!

좌우에서 음악을 연주하고 생과 단은 서로 술을 권한다.

신랑신부 : 〈절절고節節高〉
황금 술 단지 곁에는 산가지 두고
쉴 새 없이 술을 권하니
잔뜩 취해 해 지고나면 널브러지겠지.
살포시 손 마주잡고 보니
눈썹은 시름에 젖고
향기로운 살은 야위었구나.
봄 밤 일각은 날이 길기도 한데
남 앞서 부용꽃 단추 어찌 풀겠나?
등불 어두워지고 피로연 파하여
궁호宮壺 물이 연꽃 물시계29)에 다 떨어질 때까지 기다릴 수밖에
…….

정계지 : 고루鼓樓에서 이경二更을 알리는군. 시간이 너무 늦었으니 자
리를 정리합시다.
장연축 : 이렇게 좋은 자리에서 다 먹지도 않고 돌아가면 얼마나 아깝
겠수?

---

29) 연꽃 물시계[蓮花漏] : 옛날에는 지금과 같은 시계가 존재하지 않아서 궁궐에서 구
리 그릇으로 된 물시계로 시간을 알렸다. 궁호의 물이 연꽃 물시계에 다 떨어졌다는
말은 밤이 깊어진 것을 의미한다.

정타낭:　　난 제대로 먹지도 못했으니까 다들 좀 기다리라구 글쎄!

변옥경:　　호들갑 좀 작작들 떨게! 여러분, 풍악을 울리면서 신랑·신
　　　　　부를 신방으로 보내드립시다.

　　다함께 일제히 취타 악기를 울리면서 생과 단을 배웅한다. 합창한다.

일동:　　　〈전강前腔〉
　　　　　생황·퉁소 소리 속에 화려한 누각 내려가며
　　　　　노래 흥얼거리노라니
　　　　　몽롱한 등불은 봄 낮 같구나.
　　　　　천태산天台山 봉우리에서
　　　　　완조阮肇와 유신劉晨을 만난30) 격이니
　　　　　참으로 훌륭한 배필이로다!
　　　　　겹겹의 비단 휘장엔 향내 진하게 배여 있고
　　　　　옆 사람은 시샘하며 눈썹을 찡그리네.
　　　　　취해 서로 부축한 모습 참으로 풍류로우니
　　　　　꽃 탐하는 염복은 날 때부터 타고나는 걸까?

　　잡이 등불을 들고 생과 단은 손을 맞잡은 채 퇴장한다.

장연축:　　우리도 쌍쌍이 자러나 가세그랴!

정타낭:　　장씨, 주제 넘는 생각 좀 작작 하슈. 이 타낭이는 무조건 현
　　　　　찰 박치기란 말이야!

---

30) 천태산 봉우리~ : 전설에 따르면 완조阮肇와 유신劉晨은 천태산天台山에 약초를 캐러
　　갔다가 선녀를 만났다고 한다. 두 번째 대목 '노래 수업傳歌'의 '완도령님' 각주를 참조
　　할 것.

　　정이 돈 열 문文을 세어 주고 끌고 간다. 축이 돈을 받아 다시 세더니 상태가
안 좋은 돈을 바꾼 후 우스갯소리를 하면서 퇴장한다. 합창한다.

일동 :　　　　〈미성尾聲〉
　　　　　　　진회秦淮의 풍류에는 새 것·묵은 것 구분일랑 없이
　　　　　　　향기로운 연지며 진한 분은 강물 따라 동녘으로 흘러
　　　　　　　밤마다 춘정 다하는 일은 없으리.

정계지 :　　　강남엔 꽃 피고 강물은 유유하여
구백문 :　　　사람이 진회에 오면 온갖 시름 다 사라져 버리지.
심공헌 :　　　전화에 휩싸인 고향은 만 리나 떨어졌어도
변옥경 :　　　오경五更이 지나도록 품속에선 노래 소리만 들리겠지?

桃花扇

일곱 번째 대목

훈수 거절

却奩

원제는 "각렴却奩"으로, 혼수를 물리친다는 뜻이다. 이 대목에서는 혼례를 앞둔 후방역侯方域이 정치적 재기를 노리며 복사復社 선비들과의 관계 개선을 도모하던 완대성阮大鉞의 혼수품을 받지만 이향군李香君이 그의 죄상을 조목조목 따지는 바람에 결국 그 혼수품을 물리치는 내용을 주로 다루고 있다. 스텝을 담당하는 잡雜을 제외하면 네 명의 극중 인물만 등장하는 가운데, 기녀 이향군이 보여 주는 정치적 각성과 고결한 기상은 후방역·완대성·양문총 등과 같이 당시 사회적 지위가 높고 학식도 풍부하던 문인들보다 훨씬 강렬한 인상을 남긴다. 이향군의 고고한 모습이 부각되는 이 대목에서 작자는 그녀에 대한 직접적인 묘사보다는 양문총·이정려 등 방관자의 눈을 통해 남녀 주인공을 묘사하는 방법을 택하고 있다.

나홍선 도화서 삽화　서울대학교 도서관 소장

계미년(1643) 3월

등장인물

    잡 : 보아

    말 : 양문총

    소단 : 이정려

    생 : 후방역

    단 : 이향군

잡雜이 보아保兒로 분장하고 변기를 든 채 등장한다.

보아 :   거북이 오줌, 거북이 오줌에서

        새끼 거북 빠져나오고

        자라 피, 자라 피가

        새끼 자라로 변해버렸네.

        거북 오줌·자라 피는 분명히 구분할 수 없고

        자라 피·거북 오줌은 뭐라고 말할 수도 없지.

        분명히 구분을 못 하니까 친아비가 헷갈리고

        뭐라고 말하지 못 하니까 친백부가 혼동되지.

        (웃는다) 법석이구나, 법석이야! 어제는 향군香君 아씨 머리를 올린다고 밤새도록 떠들썩하더니만, 오늘은 일찍 일어나 변기 씻고 요강까지 비우느라 바쁘기 짝이 없구나. 저 기둥서방과 화냥 것들은 언제까지 끌어안고 뒹굴려는지, 원! (변기를 비운다)

말이 등장한다.

양문총 :　　　〈야행선夜行船〉
　　　　　　이 사람은 화류계 깊은 버들 골목에 기숙하다가
　　　　　　문 밖 꽃 장수 때문에 좋은 꿈 깨고 말았네.
　　　　　　수놓은 문은 열리지도 않고
　　　　　　발의 고리 그제서야 소리를 내지만
　　　　　　봄이 열 겹 비단 휘장을 가로막고 있구나.

　　　　　　소관은 양문총楊文驄입니다. 후형에게 축하인사를 하러 서둘
　　　　　　러 왔습니다만, 뜨락 문도 깊이 닫혔고 하녀들도 아무 기척
　　　　　　없는 걸 보니, 깊이 잠들어서 여태 일어나지 않았나 봅니다.
　　　　　　(부른다) 보아야, 신랑·신부 창가로 가서 내가 벌써 축하인사
　　　　　　드리러 왔다고 여쭈어라!
보아 :　　　어제 늦게서야 잠드시느라 아직 안 일어나셨을 거예요. 나
　　　　　　리, 가셨다가 내일 다시 오시지요?
양문총 :　　(웃으면서) 안 될 소리. 썩 가서 물어 보라는데도!

　　　소단小旦이 무대 뒤에서 묻는다.

이정려 :　　보아야, 오신 분이 뉘시냐?
보아 :　　　양 나리께서 축하인사 드리러 오셨어요 (소단이 서둘러 등장한다)

이정려 :　　　베개 맡에 누웠더니 봄날 밤은 짧기만 하고
　　　　　　문을 두드리니 좋은 일은 많기도 하구나.

　　　　　(대면한다) 나리, 아이의 평생의 인연을 맺어주셔서 감사합니

다요!

양문총 : 천만의 말씀! (묻는다) 그래, 신랑·신부는 일어났는가?

이정려 : 어젯밤 늦게 잠들더니만 여태 일어나지 않았네요. (자리를 권하며) 나리, 앉으시지요. 쉰네가 아이를 채근해 보지요

양문총 : 그럴 것 없네, 그럴 것 없어! (소단이 퇴장한다)

〈보보교步步嬌〉

남녀의 진한 사랑이란 꽃으로 빚은 술 같은 법.

아름다우면서도 잡생각 없이

달콤하게 한 곳에서 함께 할 테지.

정말이지 내 도움 덕분이렸다?

진주며 비취는 휘황찬란하고

명주며 비단은 나부끼는 것이

하나하나가 새 단장을 도와

풍류 넘치는 방문 내걸었구나.

소단이 등장한다.

이정려 : 우습구나, 정말 우스워! 둘이 저기서 서로 정향꽃 동정 채워 주고 마름꽃 거울1) 챙겨 주고 하면서, 빗고 씻는 건 금방 끝냈지만 입고 쓰는 게 아직 끝나지 않았더군요. 나리께서도 같이 화촉동방華燭洞房으로 가셔서 불러내시지요. 머리를 맑게 해 줄 해장술2)이나 좀 마시게 말이에요.

---

1) 마름꽃 거울[菱花]: 고대에는 청동으로 거울을 만들었는데, 한 면은 얼굴을 비춰볼 수 있도록 반들반들하게 갈고 한 면에는 장식용으로 다양한 도안을 새겼다. 이때 일반적으로 사용하던 것이 마름꽃 도안이었기 때문에 나중에는 '마름꽃' 자체가 거울을 나타내는 말로 받아들여지는 경우가 많았다.

2) 해장술[卯酒]: 중국에서는 옛날 묘시卯時(오전 5시에서 7시)를 전후해서 마시는 술을

양문총 :　달콤한 꿈을 놀라 깨게 만들었으니, 지은 죄가 막중하구만!

(함께 퇴장한다)

생生과 단旦이 화사하게 단장하고 등장한다.

신랑신부 :　〈침취동풍沉醉東風〉

이 구름의 사랑이 비의 모습으로 이어져3)

막 마음속 가려운 곳 긁어주나 싶더니만

누가 잠든 원앙새를 훼방하는가?

이불은 붉은 파도처럼 뒤집어 놓고

기뻐서 서둘다 보니 온 마음이 즐겁구나.

베개에 남은 향기며

손수건에 배인 향기에

넋 나간다는 참뜻을

이제야 꿈속에서 맛보았노라.

말과 소단이 등장한다.

양문총 :　정말 일어나셨구려? 축하하외다, 축하해! (읍례를 한번 올리고 앉
는다)

어젯밤 애간장을 다 녹이던 제 싯귀가 …… 그래, 제법 솔깃
합디까?

후방역 :　(읍례를 올리면서) 감사합니다! (웃으면서) 훌륭하기는 썩 훌륭하
더이다마는, 다만 한 가지…….

양문총 :　한 가지라시면?

‘묘주卯酒’라고 불렀다.
　3) 구름의 사랑~ : 남녀 간의 밀애를 묘사한 말이다.

후방역 : 향군이 나이가 적기는 합니다마는, 응당 황금 집4)에다 모셔
야겠던걸요! (소매를 보면서) 소생 소매에 어떻게 담을 수가 있
겠습니까? (다함께 웃는다)

양문총 : 밤새 사랑을 나누셨으니 분명히 걸작이 나왔을 테지요?

후방역 : 얼렁뚱땅 해치우느라 가르침도 제대로 못 받겠습디다.

양문총 : 시는 어디에 있소이까?

이향군 : 부채에 있사옵니다. (소매 속에서 부채를 꺼낸다)

양문총 : (받아서 살펴보면서) 흰 깁으로 만든 궁궐 부채로구만? (냄새를 맡
더니) 향기도 좋고! (시를 읊는다) 훌륭하다, 훌륭해! 오로지 향
군이만 이 시에 부끄럽지 않겠구나! (단에게 돌려주며) 잘 간수
하시게! (단이 부채를 받는다)

〈원림호園林好〉
바야흐로 향기로운 복사꽃 향 오얏꽃 향을
죄다 둥근 비단 부채에 담았구나.
광풍 거세게 휘몰아칠지 모르는 일이니
단단히 소매 속에 보관하시게.
단단히 소매 속에 보관하시게.

(단을 바라보더니) 이것 봐라? 향군이가 머리를 올리고 나더니
만 훨씬 예뻐진 것 같구만! (생을 향하여) 후형께서 복이 많아
서 이런 보배를 얻으셨군요!

후방역 : 향군이는 하늘이 내리신 자태요 나라에서 으뜸가는 미색인

---

4) 황금 집[金屋] : 대단히 화려한 집을 가리킨다. 전설에 따르면 한나라 무제[漢武帝]
가 태자로 있을 때 무제의 고모인 장공주長公主가 딸 아교阿嬌를 무제에게 출가시킬 작
정으로 의향을 묻자 무제는 "아교를 얻으면 황금으로 만든 집을 지어주겠다"고 약속
했다고 한다.

데, 오늘 몇 송이 보석 꽃 장식 꽂고 비단옷까지 한 벌 걸치
고 나니, 꽃 같은 미모 십분十分에 이분二分만큼을 더 더한 셈
이니 당연히 사랑스러울 수밖에요!

이정려 :　이게 다 양 나리께서 도와주신 덕택입니다요!

　　　　　〈강아수江兒水〉
　　　　　비단 예물에 보물 상자
　　　　　구슬 달고 비취 두른 데다 술 달린 휘장5)까지 보내주셔서
　　　　　은 초 밝힌 침실 휘장은 밤새껏 밝혀지고
　　　　　금 잔에 술 권하며 한 자리에서 노래하게 해 주시고
　　　　　오늘 또 일찌감치 찾아와 주기까지 하셨으니
　　　　　마치 몸소 낳으시고 직접 기르신 듯…….
　　　　　혼숫감 신세를 졌는데
　　　　　거기다 일찍 문 두드리며 보러 오기까지 해 주시다니!

이향군 :　소녀, 양 나리께서 비록 마독무馬督撫 님의 지친이시기는 하
　　　　　지만, 옹색한 형편의 나그네 처지이시라는 걸 아는데, 어쩌
　　　　　자고 재물을 이토록 쉽게 화류계에 뿌리셨습니까? 소녀로서
　　　　　는 이걸 받자니 부끄럽사옵고, 나리로서도 이렇게 베푸셔도
　　　　　아무 이름도 나지 않으실 터인지라, 오늘 분명히 여쭙고 다
　　　　　음에 꼭 보답하고자 하옵니다.

후방역 :　향군이가 잘 여쭈었구나. (…) 소생도 양형과는 부평초와 물
　　　　　의 만남6)과도 같은 사이에, 어제 받은 우정이 너무 과분해서

---

5) 술 달린 휘장[流蘇帳] : 유소流蘇는 채색된 깃털이나 비단 실로 만든 술 모양의 장식
물로, 보통 수레나 말·휘장을 장식하는 데에 사용되었다.
6) 부평초와 물의 만남[萍水相交] : 부평초가 물 위를 떠도는 것처럼 우연히 마주쳐서
교분이 두텁지 않은 사이를 가리킨다.

마음이 편치 않던 참입니다.

양문총 :　기왕에 물어 보시니, 사실대로 말씀 드릴 수밖에요. 그 혼수
　　　　품과 피로연 경비 이백여 금은 모두가 회녕懷寧 분 수중에서
　　　　나왔소이다.

후방역 :　회녕 분이라시면 …….

양문총 :　전에 광록대부光祿大夫를 지냈던 완원해阮圓海 말씀이외다.

후방역 :　안휘安徽 출신의 그 완대성 말씀이십니까?

양문총 :　그렇소이다.

후방역 :　그가 어째서 이렇게 주선을 했답니까?

양문총 :　귀하와 친교를 맺고 싶어서 한 일일 뿐이랍니다.

〈오공양五供養〉
당신의 풍류며 명망과
낙양洛陽의 재주·서한西漢의 문장7)을 흠모한 것이외다.
반기는 사람 곳곳에 있어
다투어 수레 탄 도령8) 보려 한다오
진회秦淮라는 이 명승지에서
잠시 서로 의지할 가인을 얻으려면
얼마간의 원앙금침과
부용 화장품은 필요한 법.
누구냐 하시는데
저 남쪽에 이웃한 큰 댁 완씨9)께서

---

7) 낙양의 재주, 서한의 문장[東洛才名, 西漢文章] : 후방역의 재능과 명성이 출중하고
　문장이 뛰어난 것을 두고 하는 말이다. 여기에서 '낙양의 재주'란 진晉나라의 문장가
　좌사左思가 「삼도부三都賦」를 지은 일을, '서한의 문장'은 사마천司馬遷·사마상여司馬相
　如 등과 같은 전한시대 문장가들의 명문을 각각 가리킨다.
8) 수레 탄 도령 : 두 번째 대목 '노래 수업傳歌'의 '반도령님의 수레' 각주를 참조할 것.
9) 큰 댁 완씨[大阮] : 진晉나라 때 완씨는 나라의 남쪽과 북쪽에 모여 살았는데, 당시

혼수 일로 내내 바쁘셨소이다.

후방역 :　완옹은 원래 소생에게는 선배님뻘 되지만, 그 사람 됨됨이를
　　　　경멸하여 절교한 지가 오래되었습니다. 그런데 그가 오늘 까
　　　　닭 없이 이런 배려를 다 해 주다니 …… 도무지 영문을 알 수
　　　　가 없습니다 그려.
양문총 :　완옹에게는 말 못할 고충이 있는데, 귀하게 말씀드려도 되겠
　　　　습니까?
후방역 :　말씀하시지요.
양문총 :　완옹은 과거 조몽백趙夢白[10]의 문하에서 수학할 때까지는 사
　　　　실 우리 당이었습니다. 나중에 위당魏黨과 왕래하게 된 것도
　　　　오로지 동림당東林黨을 지키려는 일념에서 한 일이었는데, 뜻
　　　　밖에도 위당이 실각하자 동림당이 오히려 그를 물과 불 같은
　　　　원수로 만들고 말았습니다. 근자에는 복사復社의 선비들이
　　　　타도를 외치면서 흠씬 때리고 모욕하는 지경에까지 이르렀
　　　　으니, 한 집안에서 분란이 일어난 꼴이 아니고 무엇이겠습니
　　　　까? 완옹에게 오랜 지인들이 많다지만 그의 행적이 의심스럽
　　　　다 하여 아무도 그를 위해 변호해 주는 이가 없습디다. 날마
　　　　다 하늘을 우러러 대성통곡 하면서 "같은 편이 서로를 해치
　　　　려 드니, 가슴 아프고 끔찍스러운 노릇이다! 하남河南의 후군
　　　　이 아니면 나를 구해 줄 사람이 없겠구나!" 합디다. 그래서
　　　　오늘 간곡하게 친교를 맺으려 하는 겁니다.
후방역 :　그랬군요? 완옹의 말씀이 절박한 걸 보니, 딱하기는 합니다

　　완적阮籍·완함阮咸 등의 명사들은 모두 남쪽에 사는 완씨였다. '큰 댁 완씨'는 원래 완
　　적을 말하지만, 여기에서는 완대성을 가리키는 말로 사용되고 있다.
　10) 조몽백趙夢白 : 명말의 정치가 조남성趙南星을 말한다. 자세한 것은 세 번째 대목 '석
　　　전 대제闈丁'의 '충의공 조남성' 각주를 참조할 것.

그려. 설사 정말 위당이었다고 하더라도, 진심으로 회개하고 귀순한다면 너무 지나치게 핍박해도 안 될 일이지요. 게다가, 죄를 짓는 데는 다 저마다 사연이 있기 마련이라고들 하지 않습니까? (…) 진陳공이나 오吳공은 저와 절친한 사이이니, 내일 만나면 화해시키도록 해 보겠습니다.

양문총 : 정말 그렇게만 해 주신다면 우리 당의 행운이올시다!

이향군 : (성을 내면서) 서방님, 그게 무슨 말씀이십니까! 완대성은 세도가들에게 빌붙어 염치라고는 아예 내팽개친 위인이어서 아녀자들조차 침 뱉고 욕 하지 않는 사람이 없을 정도입니다. 남들은 공격하는데 서방님만 그 자를 구해 주겠다고 나서신다면, 서방님 처지가 어떻게 되시겠어요?

　〈천발도川撥棹〉
　생각도 없이 말씀을 마구 하시네요
　그 자의 재앙 풀어 주시려거든
　그 자의 재앙 풀어 주시려거든
　주위 사람들 이러쿵저러쿵 떠드는 소리 조심하소서!

서방님 뜻은 그저 그 자가 제게 혼수를 도운 것 때문에 사사로움을 좇아 공론을 버리는 짓일 뿐입니다! 이 몇 점의 비녀며 팔찌, 옷가지 따위는 전혀 소녀 향군이의 안중에 없다는 걸 모르십니까? (비녀를 뽑고 옷을 벗는다)

　치마 저고리 벗어던지고
　가난하게 산들 어떠하리오?
　무명 치마에 가시 비녀11) 한 사람일지라도
　그 이름만으로도 향기롭기만 한 것을…….

양문총 : 허허, 향군이가 성질이 참 매섭구나!

이정려 : 훌륭하디 훌륭한 물건들을 몽땅 바닥에 내던지다니… 아깝
기도 해라, 아깝기도 해! (줍는다)

후방역 : 그래. 좋다, 좋아! 그 안목은 나조차도 따라가지 못할 정도이
니, 실로 이 후가의 존경스러운 벗이로구나!

(말을 향하여) 노형께서는 너무 탓하지 마십시오. 소생도 못 알
아들은 것은 아니오나, 다만 …… 아녀자들에게까지 비웃음
을 살까 싶어서요.

〈전강前腔〉

화류계에서

그녀조차 절개를 중시하건만

유독 우리 학교며 조당朝堂12)만은

유독 우리 학교며 조당만은

어질고 간사함을 혼동하고 푸르고 누런 것조차 따지지 않다니!

복사의 동지로 평소 소생을 우러러 보는 이들도 오직 이 의
기 하나 때문에 그러는 것입니다. 제가 만약 간신배에게 빌
붙는다면, 그때는 무리를 지어 공격을 할 겁니다. 이 한 몸
건사하기에도 겨를이 없는 판국에 어찌 남까지 챙길 수가 있
겠습니까?

절개와 명분이란

---

11) 무명 치마에 가시 비녀 : 중국 고전문학에서 '무명 치마[布裙]'와 '가시 비녀[荊釵]'
는 가난한 집안 출신 여자들의 차림새를 묘사하는 말로 주로 사용되는데, 때로는 그
의미가 더욱 확장되어 가난한 여자를 가리키기도 한다.

12) 학교며 조당 : 원래는 각각 학교와 조정을 말하지만, 여기에서는 학식이 높은 선비와
벼슬이 높은 관리를 가리키는 말로 사용되고 있다.

예사로운 것이 아니니

매사에 경중은

반드시 꼼꼼히 따져보아야 하는 법.

양문총: 완옹의 호의가 그렇게 과분한 것도 아니지 않소이까!

후방역: 제가 참 어리석기는 하지만, 그렇다고 우물에 빠진 사람까지
구해낼 수는 없지요.

양문총: 정 그러시다면, 소생 이만 실례하리다!

후방역: 이 함짝들도 따지고 보면 완가의 물건이니, 향군이도 원치
않을 겁니다. 남겨 두셔도 쓸모가 없으니, 역시 도로 갖고 가
심이 좋을 듯합니다.

양문총: 그야말로 "다정한 사람이 거꾸로 무정한 사람에게 무안을 당한
다"[13]더니
흥에 겨워 왔다가 시무룩해져서 돌아간다[14]는 꼴이로구나!

퇴장한다. 단이 분을 참지 못한다.

후방역: (단을 바라보면서) 하늘이 내리신 향군이 같은 미색이 화려한
비녀 뽑고 비단옷 벗어던지는 모습을 보니, 십분十分의 미모
에 또 십분十分을 더한 듯, 더더욱 사랑스럽구나!

---

13) 다정한 사람이 거꾸로~ : 송대 시인 소식蘇軾이 지은 〈접련화蝶戀花〉 사詞에 나오는
말이다.

14) 흥에 겨워 왔다가~ : 왕휘지王徽之는 자가 자유子猷로 동진東晉의 명사이다. 그는 하
루는 밤사이에 눈이 내려 한층 아름다워진 경치를 보다가 문득 친한 벗인 대안도戴安
道가 생각이 나서 즉흥적으로 배를 타고 그가 사는 섬계剡溪로 떠났다. 그런데 정작 대
안도의 집이 가까워지자 갑자기 뱃머리를 돌려 자기 집으로 돌아왔길래 사람들이 갑
자기 생각을 바꾼 이유를 묻자 "나는 원래 흥이 나서 나선 것이었고 지금은 흥이 사그
라져서 돌아왔을 뿐"이라고 태연하게 대답했다고 한다.

이정려 :   그렇기는 하시겠지만, 그렇게 많은 물건들을 포기하시다니
         어쨌든 아깝네요!

         〈미성尾聲〉
         쥐었던 금 구슬 미련 없이 내려놓다니
         방자한 성미가 버릇이 되었구나!
         나처럼 애쓰는 어미를 저버리다니…….

후방역 :   대수롭지도 않은 물건인데 괘념할 필요야 있겠소? 이 몸이
         그대로 배상해 드리리다!
이정려 :   그러시다면 또 모르지만 말씀입니다요!

이정려 :   꽃 값·분 값 흥정 한번 어렵구나!
이향군 :   무명 치마에 가시 비녀인들 상관있나요?
후방역 :   상군湘君만이 패옥를 풀어버릴 수 있나니[15]
이향군 :   아리따운 자태는 세상에 유행하는 화장 따위는 흉내 내지 않는
         법이랍니다.

---

15) 상군만이~ : 상군湘君은 순 임금의 왕비가 되었던 요 임금의 두 딸로, 사후에 상수湘
   水의 신이 되었다고 한다. 한대의 문인 유향劉向이 지은 『열녀전列女傳』「유우이비有虞
   二妃」에 따르면, "두 왕비가 상수에서 죽었기 때문에 세간에서 그녀들을 '상군'이라고
   불렀다[二妃死於江湘之間, 俗謂之'湘君']." 여기에서는 절개를 중시하는 이향군을 두
   고 한 말로, 완대성이 뒷돈을 댄 혼수를 이향군이 거절한다는 의미로 사용되었다.

桃花扇

여덟 번째 대목

단오 야경

鬧榭

원제는 "요사鬧榭"로, 강변의 정자가 인파로 홍청거린다는 뜻이다. 이 대목에서는 단오절端午節을 맞아 나들이를 나온 복사의 선비들이 진회秦淮 강변에 세워진 정계지丁繼之의 정자에 들렀다가 뒤이어 나타난 후방역·이향군 일행과 함께 유락객과 유람선 행렬로 불야성을 이룬 화려한 야경을 즐기는 모습을 주로 다루고 있다. 작자는 노래의 운용에 있어서도 처음에는 진정혜陳貞慧·오응기吳應箕의 독창을 시작으로, 중반에는 이 두 사람과 유경정柳敬亭·소곤생蘇崑生, 이어서 남녀 주인공의 합창을 거쳐서 등장인물 전원의 대합창으로 단오절을 맞이한 명나라의 배도陪都―남경의 홍청거리는 축제 분위기를 한껏 부각시키고 있다. 또, 여기서는 좁은 무대에서 수많은 유람선과 유락객의 행렬들을 묘사하면서 동선 처리·공간 활용의 과정에서 작자가 구사하는 독특한 연출기법이 특히 눈에 띤다.

계미년(1643) 5월

등장인물

  말 : 진정혜

  소생 : 오응기

  잡 : 동자

  생 : 후방역

  단 : 이향군

  축 : 유경정

  정 : 소곤생

  말末과 소생小生이 진정혜陳定慧와 오응기吳應箕로 분장하고 등장한다.

진정혜 : 〈금계규金鷄叫〉

     공원貢院[1]은 진회秦淮와 가까워

     검푸른 옷 입은 이[2]들 앞 다투느라

     돈도 분도 남아나지 않는다더라.[3]

오응기 : 명절의 흥청거림으로 단오절端午節 한 순간에

     온 거리가 다 북적거리건만

---

1) 공원貢院 : 향시鄕試나 회시會試가 거행되는 시험장을 말하며, 명대에는 남경과 북경 그리고 각 성省마다 설치되어 있었다. 남경의 공원은 기방이 집중되어 있던 구원舊院과 마주보고 있어서 과거를 보러 온 선비들이 진회의 기방에 들러 기녀들과 어울리는 일이 많았다고 한다.

2) 검푸른 옷 입은 이[青衿] : '청금青衿'은 명청대에 향시에 급제한 수재秀才들이 입던 평상복을 가리키지만, 때로는 수재 또는 선비를 나타내기도 한다.

3) 돈도 분도~ : 과거를 보러 온 선비들이 기녀들과 어울리느라 가진 돈을 탕진한다는 말이다.

왕王씨·사謝씨를 묻는 이는 아무도 없구나.4)

말이 소생을 부른다.

진정혜 :　차미次尾형, 우리가 객주가 갑갑해서 일부러 진회로 나와 명
　　　　절을 즐기기로 한 건데 어째서 우리 복사 사람은 하나도 보
　　　　이지 않는 거지요?
오응기 :　다들 등불을 밝힌 등선燈船 위에 있는 게지요 (가리키면서) 여기
　　　　는 정계지丁繼之의 물가 정자인데 경치 조망하기에 딱 좋구려.

무대 위에 물가의 가옥을 하나 세운 후, 등롱
을 달고 발을 늘어뜨린다. 함께 올라간다. 말이
부른다.

진정혜 :　정선생 계십니까?

잡雜이 동자로 분장하고 등장한다.

진회야경과 등선

동자 :　　석류꽃은 불같이 빨갛고
　　　　쑥잎은 연기처럼 푸르네.

　　　　(대면하더니) 이제 보니 공자님들이셨군요 우리 주인님은 등
　　　　선 모임에 가셨습니다. 가실 때 집안에 술자리를 마련해 놓

───────────────

4) 왕씨·사씨를 묻는 이 아무도 없구나 : 남조시대에 남경에서 이름난 명문귀족이었던
왕씨와 사씨 두 가문은 수·당대 이후로 정치의 중심지가 북방으로 이동하면서 점차
몰락하고 말았다고 한다. 이에 대한 보다 자세한 설명은 두 번째 대목 '노래 수업傳歌'
의 '오의항烏衣巷' 각주를 참조할 것.

으시고 혹시 손님이라도 들르시면 편하신 대로 머물라 하셨
습니다.

진정혜 : 그거 재미있구만.

오응기 : 주인께서 호사가다우시구려!

진정혜 : 우리가 여기서 모임을 갖는다면 시정잡배들이 멋대로 들어
올 수가 있으니, 그들을 사절할 방법을 강구해야겠구려. (부른
다) 동자야, 등롱을 가지고 오거라.

잡이 대답하고 퇴장한다. 등롱을 들고 등장한다. 말이 글을 쓴다.

진정혜 : "복사復社의 글모임이 있사오니, 관계자 외에는 출입을 금합
니다."

잡이 등롱을 건다.

오응기 : 혹시라도 우리 복사 사람들이 여기를 찾는다면 모임에 끼워
줘야겠군요.

진정혜 : 그렇고 말구요!

동자 : (가리키면서) 풍악 소리를 들어보십시오. 등선이 벌써 왔습니
다요.

말과 소생이 난간에 기댄 채 바라본다.

생生과 단旦이 단아하게 화장을 하고, 축丑은 유경정柳敬亭으로, 정淨은 소곤생
蘇崑生으로 각각 분장하고 풍악을 울리면서 배를 타고 등장한다.

진정혜 :   〈팔성감주八聲甘州〉
            음악 소리 은은하게
            한 무리의 악단과 미녀 싣고 오네.
            천연의 바람 소리 속에
            버드나무 서 있는 언덕에선 지는 해 비치고 있구나.
            이름난 미인은 이름난 선비와 짝 이루듯
            화려한 배는 화려한 누각과 딱 어울리도다!
오응기 :   넋이 다 빠지누나
            선선한 저녁 맞아 신선들이 몰려 들었으니!

진정혜 :   (가리키면서) 저기 등선 위에 있는 건 …… 후조종侯朝宗 같구려?
오응기 :   후조종은 우리 복사 사람이니 응당 초대해야 지요.
진정혜 :   (가리키면서) 저 여손님은 이향군李香君인데, 그녀를 초대해도
            될지…….
오응기 :   이향군은 털보 완阮가의 혼수를 받지 않았으니, 따지고 보면
            복사의 벗인 셈입니다. 초대해도 상관없지요.
진정혜 :   그렇다면 (가리키면서) 저기 음악을 연주하고 노래하는 유경정
            과 소곤생도 털보 완가의 문객이 되길 거부했으니 모두가 복
            사의 벗인 셈이구려. 누각으로 초대하면 한층 더 재미가 있
            겠습니다.
오응기 :   제가 그들을 부르지요. (부른다) 후형, 후형!
후방역 :   (바라보더니) 저 정자에서 큰 소리로 나를 부르는 건 진정생과
            오차미로군. (두 손을 모으고) 안녕하십니까?
진정혜 :   (두 손을 모으면서) 여기는 정계지의 정자입니다. 술자리가 마련
            되어 있으니 후형도 향군·경정·곤생과 같이 누각으로 올
            라와 함께 명절을 즐기도록 합시다.
후방역 :   조고 말구요! (축·정·단을 향하여) 우리 다 같이 누각으로 올

라갑시다. (풍악을 울리며 올라간다)

신랑신부 :　　　〈배가排歌〉
　　　　　　　용선龍船들 나란히 늘어서고
　　　　　　　화려한 노들 나뉘니
　　　　　　　해바라기 꽃·창포 잎이 금잔 속에서 넘실거리네.
　　　　　　붉게 칠한 누각들 즐비하고
　　　　　　　보랏빛 병풍 잘도 어울리는데
　　　　　　　퉁소 불고 북 치는 소리 겹겹의 구름 너머로 울려 퍼지네.

　　대면한다.

진정혜 :　　네 분이 오시니까 정말로 '복사의 글모임'이 만들어졌습니다
　　　　　　그려.
후방역 :　　'복사의 글모임'이라니요?
오응기 :　　(등롱을 가리키면서) 보시지요.
후방역 :　　(등롱을 보면서) 오늘 글모임에 소생이 제 때에 온 셈이군요
유경정 :　　"관계자 외에는 출입을 금한다"라, …… 우리는 주책없이 끼
　　　　　　어든 셈이군요.
오응기 :　　두 분은 완가의 식객이 되기를 거절하셨으니, 복사의 벗이
　　　　　　아니고 무엇이겠소이까?
후방역 :　　그럼, 향군이도 복사의 벗이 되는 셈인가요?
오응기 :　　향군이가 혼수를 물리친 일은 아마 복사의 벗들조차도 따르
　　　　　　지 못할 행동일 걸요.
진정혜 :　　앞으로는 우리 복사의 형수님으로 불러 드려야겠습니다그
　　　　　　려!
이향군 :　　(웃으면서) 부끄럽사옵니다.

진정혜 :　　(부른다) 동자야, 술을 따르거라. (…) 우리는 명절이나 즐깁시
　　　　　　　다.

　　　말·소생·생이 한쪽에 앉고, 축·정·단이 다른 한쪽에 앉는다. 술을 마신다.

진·오 :　　　〈팔성감주八聲甘州〉
　　　　　　　서로 다정한 모습이
　　　　　　　그야말로 풍류 넘치는 명사인지
　　　　　　　모두가 저마다 봄날처럼 따스하게 담소를 나누누나.
유·소 :　　　양梁나라·수隋나라 망국의 한일랑
　　　　　　　저 제비 꾀꼬리들이나 슬퍼하라지.
신랑신부 :　　석류꽃은 불타오르듯 누각을 비추어도
　　　　　　　여름철 땀도 백옥 같은 미인5) 적시진 못하리.

동자 :　　　(고한다) 등선이 도착했습니다요, 등선이! (가리키면서) 보세요
　　　　　　　인산인해를 이룬 사람들이 촉룡燭龍을 에워싸고 있잖아요.
　　　　　　　얼른 와 보세요!

　　　다함께 일어나 난간에 기댄 채 구경한다.
　　　오색 각등角燈이 걸린 등선으로 분장하고 풍악 소리도 요란하게 무대에서 요장
繞場을 몇 바퀴 돈 후 퇴장한다.

유경정 :　　　보십시오. 이 화려한 것들이 다 세도가들의 집이올시다.

---

5) 백옥 같은 미인[白玉人] : 아름다운 여인을 가리키는 말로, "얼음 같은 살결에 옥 같
　은 몸매는 원래부터 청량하여 땀조차 없구나[冰肌玉骨, 自淸凉無汗]"라고 노래한 소
　식의 〈동선가洞仙歌〉 사詞에서 비롯되었다.

다시 등선으로 분장하고 오색 비단등을 내걸고 취타吹打 악기를 요란하게 울리면서 요장을 몇 바퀴 돈 후 퇴장한다.

소곤생 :　이쪽은 거상과 관청 서리들인가 본데, 정말 떠들썩하군요.

다시 등선으로 분장하고 오색 종이등을 내걸고 취타 악기를 잔잔하게 울리면서 요장을 몇 바퀴 돈 후 퇴장한다.

진정혜 :　보십시오 배에서 술을 마시는 게 다 한림翰林6) · 부원部院7)의 원로들입니다그려.

오응기 :　우리 행색은 역시 "궁상맞은 맹교孟郊나 비쩍 마른 가도賈島"8) 꼴이로군요

---

6) 한림翰林 : 역대 왕조의 체례를 계승한 명대의 한림원翰林院은 어명의 출납이나 역사 편찬 · 도서 관리 등의 사무를 관장하던 관청으로, 그 수장을 장원학사掌院學士라고 하고, 그 아래에 시독학사侍讀學士 · 시강학사侍講學士 · 시독 · 시강 · 수찬修撰 · 편수編修 · 검토檢討 등의 관리를 두어 이들을 '한림翰林'으로 통칭하였다. 명대에는 인사에 있어 한림원 출신자를 특히 중용하여, 내각內閣을 필두로 이부吏部, 예부禮部의 상서尙書와 시랑侍郎들이 한림원 출신인 경우가 많았다. 북경의 한림원과 비교할 때, 남경 한림원에는 학사만 두고 상설화하지 않아 상황에 따라 시독학사나 춘방서자春坊庶子 등의 관리가 그 직무를 수행하기도 하였다.

7) 부원部院 : '부'는 육부六部를, '원'은 도찰원都察院을 말한다. 육부六部는 명대의 대표적인 중앙정부기관인 이부吏部, 호부戶部, 예부禮部, 병부兵部, 형부刑部, 공부工部를 아울러 부르는 말이다. 명나라 태조[明太祖] 때에 설치된 육부는 처음에는 중서성中書省에 예속되었다가 중서성의 철폐와 함께 황제에 직속되었다. 각 부에는 관련 업무를 주재하는 상서尙書와 그를 보좌하는 좌우 두 명의 시랑侍郎을 중심으로 하되 그 예하에 낭중郎中 · 원외랑員外郎 · 주사主事 등을 두었다. 성조成祖의 북경 천도를 계기로 북경과 남경 두 곳에 각각 육부를 두었는데, 남경의 육부는 직명 앞에 '남경'을 부기하도록 규정하였다. 그러나 정치적 중심이 북경으로 이동함에 따라서 북경의 육부가 실권을 행사하는 반면 남경의 육부는 유명무실하여 한직으로 여겨졌다. 도찰원都察院은 명대의 감찰기관으로, 좌우로 각각 도어사都御史 · 부도어사副都御史 · 첨도어사僉都御史를 중심으로 예하 기관을 거느리고 절강浙江 등 열세 곳[十三道]에 분소를 두고 내외직 관리들을 감찰하였다. 육부와 도찰원은 황제의 중앙집권을 강조하는 명나라의 통치체제에서 중추적인 기관을 이루었다.

8) 궁상맞은 맹교나 비쩍 마른 가도[郊寒島瘦] : 당대 시인 맹교孟郊와 가도賈島는 시풍

다함께 웃는다. 합창한다.

일동 : 떠들썩하기도 하다
　　　　금빛 물결 바라보니 은하수의 뱃나루 같구나![9]

후방역 : 밤도 깊었고 등선들도 다 지나갔으니, 시가라도 지으면 글모
　　　　임의 취지에도 걸맞을 듯싶습니다만…….
진정혜 : 그렇소, 그래. 그런데 …… 무슨 제목으로 지을까요?
오응기 : "상군湘君을 애도하는 노래"를 짓는 것도 재미가 있겠군요.
후방역 : 소생 생각으로는 즉흥시 이어짓기[10]를 하는 편이 더 흥겨울
　　　　것 같습니다만…….
진정혜 : 좋지요, 좋고 말구요! (묻는다) 우리 세 사람 중에 누가 시작하
　　　　고 누가 마무리할까요?
후방역 : 당연히 진형께서 시작하고 마무리해 주셔야지요.
유경정 : (묻는다) 세 분 공자께서 이어짓기를 하면서 밤을 쇠시는 동안
　　　　우리 세 사람은 옆에서 졸기만 하는 겁니까?
진정혜 : 물론…… 부탁드릴 일이 있지요.
소곤생 : 무슨 일을 시키시렵니까?
진정혜 : 우리가 시를 네 편 짓고 술을 한 잔 마실 때마다 여러분은
　　　　음악을 연주해 주십시오.

　이 "엄격하고 메마른 것[淸刻瘦硬]"으로 유명하여, 소식은 「제유자옥문祭柳子玉文」이
라는 글에서 이들에 대해 "맹교는 썰렁하고 가도는 메마르다[郊寒島瘦]"고 평하기도
하였다. 여기서는 조정의 원로들에 비해 진정혜 일행의 행색이 상대적으로 초라한 것
을 두고 한 말이다.
　9) 금빛 물결~ : '금빛 물결'이란 수면 위로 어른거리는 화려한 등불 빛을 말하는 것이
며, '은하수의 뱃나루[天漢迷津]'란 진회에서 등선 행렬을 감상하는 흥청거리는 분위
기를 나타낸 말이다.
　10) 즉흥시 이어짓기[卽景聯句] : 몇 사람이 현장의 풍경을 주제로 삼아 각자 한 연씩 짓
는 식으로 시 한 편을 완성하는 놀이를 말한다.

후방역 : 　재미있네요, 재미있어! 그야말로 글과 술과 음악과 노래가
　　　　　어우러진 모임이올시다!

진정혜 : 　(두 손을 모으면서) 그럼 소생이 먼저……. (읊는다)

　　　　　진회秦淮의 정자에서 명절을 즐기고
　　　　　극맹劇孟의 집에서 흉금을 논하도다.11)

오응기 : 　노랗게 열린 것은 금빛으로 싸인 잎이고
　　　　　붉게 터진 것은 불처럼 타오르는 꽃이로다.12)

후방역 : 　창포 칼13)을 시험할 필요 어디 있는고?
　　　　　해바라기 충성심14)은 여태 저버린 적 없도다.

진정혜 : 　병란을 피하다 화려한 누각에서 상봉을 하고15)
　　　　　역귀 물리치다가 주사朱砂 부적을 얻었다.16)

　　말·소생·생이 술을 마시는 동안 축은 운판雲板을, 정은 월금月琴을, 단은 퉁

---

11) 진회의 정자~ : 진회의 정자에서 명절을 쇠는 것이 극맹劇孟의 집에서 정담을 나누
　　는 것과 같다는 뜻이다. '극맹'은 한대에 유명했던 협객으로, 낙양洛陽 사람이다. 한대
　　에 오초칠국吳楚七國의 반란이 일어나자 조정에서는 주아부周亞夫를 태위太尉로 임명하
　　고 반란을 평정하게 하였다. 주아부는 낙양에 이르러 극맹을 발탁함으로써 마침내 반
　　란군을 대파하고 난리를 평정할 수 있었다. 의협심이 강했던 극맹은 늘 가재를 털어
　　가난한 사람들을 도왔기 때문에 그가 모친상을 당했을 때에는 각지에서 조문객이 쇄
　　도했다고 한다.
12) 노랗게 열린 것은~ : 앞 구절은 원추리꽃을 뒷 구절은 석류꽃을 각각 가리키는데,
　　둘 다 단오절端午節을 전후해서 피는 꽃이다.
13) 창포 칼[蒲劍] : 옛날 중국 사람들은 단오절에 대문간에 창포 잎을 꽂아두면 사악한
　　기운을 물리칠 수 있다고 믿었다고 한다. '창포 칼'은 검처럼 가늘고 길게 생긴 창포
　　잎의 생김새를 두고 한 말이다.
14) 해바라기 충성심[葵心] : 해바라기는 아침부터 저녁까지 해를 바라보고 있어서 옛날
　　에는 늘 군왕에 대한 신하의 충성심을 해바라기에 빗대어 말하는 경우가 많았다. 앞의
　　각주를 참조할 것.
15) 병란을 피하다~ : 중국에서는 예로부터 단오절을 맞아 팔에 색실을 매면 전란을 피
　　할 수 있다고 믿었다고 한다.
16) 역귀 물리치다가~ : 중국에서는 단오절에 주사朱砂로 부적이나 종규鍾馗의 그림을
　　그려 대문에 붙이면 귀신을 퇴치할 수 있다는 속설이 있었다.

소를 각각 한번씩 연주한다.

오응기 :　　　신기루17) 누각은 아련하고

　　　　　　　무지개다리는 구멍도 둥그러네.

후방역 :　　　등선들은 희화羲和씨가 모는 듯하고18)

　　　　　　　용선들은 환룡豢龍씨가 모는 듯하네.19)

진정혜 :　　　별들이 바다를 벗어나고20)

　　　　　　　유리는 여왜女媧씨가 만들어 내네.21)

오응기 :　　　빛은 은하 물에 흐르고

　　　　　　　그림자는 적성赤城의 노을22)에 어른거리네.

　　말·소생·생이 술을 마시는 동안 축·정·단이 아까처럼 연주한다.

후방역 :　　　옥수玉樹의 음악은 박자 맞추기도 벅차고

---

17) 신기루[蜃市] : 원래는 빛의 굴절로 생겨나는 아지랑이를 가리키지만, 여기에서는 진
회 강변에 즐비한 누각들이 물에 비치면서 펼쳐지는 화려한 야경을 두고 한 말이다.
18) 희화씨 : 중국 신화에 따르면, 제준帝俊의 아내로 열 개의 태양을 낳은 태양신 희화羲和
는 늘 동남해 너머에 있는 감연甘淵에서 해들을 씻기고 차례로 하늘에 떠서 빛과 열기를
세상에 전하게 하고, 자신은 날마다 여섯 마리의 용이 끄는 수레에 해를 하나씩 태우고
동쪽에서 서쪽으로 순행했다고 한다. 여기에서는 진회의 등선 행렬을 두고 한 말이다.
19) 환룡씨 : 중국 전설에 따르면, 순 임금 때에 용을 키우고 부리는 데에 능한 사람이
있다는 것을 알고 그의 노고를 표창하고 환룡豢龍이라는 성씨와 함께 용 두 마리를 하
사했다고 한다. 여기에서는 강 위의 용선 행렬을 두고 한 말이다.
20) 별들이 바다를~ : 옛날 중국 사람들은 성수해星宿海를 황하의 발원지로 여겼는데,
거기에 있는 백여 곳의 샘에서 물이 흘러나와, 높은 산에서 내려다보면 수많은 별들이
반짝이는 것처럼 보인다고 한다. 여기에서는 강 위로 등불들이 어른거리는 모습을 두
고 한 말이다.
21) 유리는 여왜씨가~ : 중국 신화에 등장하는 여왜는 오색의 돌을 연마하여 하늘을 메
웠다고 전한다. 여기에서는 진회 강물에 비친 찬란한 광채를 여왜가 만든 오색 유리를
깔아놓은 것 같다는 뜻으로 한 말이다.
22) 적성의 노을[赤城霞] : 적성赤城은 절강浙江 천태현天台縣에 위치한 산의 이름으로, 그
산의 흙이 붉은색을 띠고 있어서 멀리서 바라보면 저녁노을이 드리워진 것처럼 보인
다고 한다.

어양漁陽의 음악은 장단조차 모르겠구나.23)

진정혜 : 구년龜年24)의 피리는 떠들썩하고

중산中山25)의 비파는 가열하구나.

오응기 : 줄로 엮은 것은 천 가닥 비단26)이고

창에 늘어선 것은 만 구멍 난 깁 등롱이로구나.

후방역 : 바둑판에선 싸움하기 멈추고

주전자 들고 연신 차 달라고 외치누나.

말·소생·생이 술을 마시는 동안 축·정·단이 아까처럼 연주한다.

---

23) 옥수玉樹의 음악은~ : 옥수玉樹는 〈옥수후정화玉樹後庭花〉를, 어양漁陽은 〈어양참과漁陽摻撾〉를 가리킨다. 〈옥수후정화〉는 진나라의 후주[陳後主]가 지은 것으로, 『진서陳書』「황후전皇后傳」에 따르면, 후주는 자신의 총희인 장귀비張貴妃를 위해 연회를 열 때마다 후궁의 여인들이 손님들과 시를 짓게 하고 그 중에서 특히 아름다운 것만 가사로 엮어 노래하게 하였다. 〈옥수후정화〉 같은 것은 장귀비와 공귀빈孔貴嬪의 미모를 칭찬하는 노래였다고 한다. 또, 〈어양참과〉는 북 연주를 위한 악곡으로, '漁陽參撾'라고도 쓴다. 유의경劉義慶의 『세설신어世說新語』「언어言語」에 따르면, 조조曹操가 자신이 북치는 관리로 좌천시킨 예형禰衡에게 북을 치게 했더니 두루마기를 걷어붙이고 〈어양참과〉를 치는데 사람들이 그것을 듣더니 그 비장함에 감동하여 표정이 바뀌었다고 한다. 여기에서 '옥수'와 '어양'은 진회를 오가는 유람선 행렬에서 들리는 요란한 노래와 음악 소리를 두고 한 말이다.

24) 구년龜年 : 당나라 현종[唐玄宗] 때 유명한 악공이었던 이구년李龜年을 가리킨다. 이구년에게는 이팽년李彭年·이학년李鶴年의 두 형제가 있었는데 모두가 가무에 뛰어났다. 그 중에서도 이구년은 후세사람들이 '음악의 성인[樂聖]'이라고 부를 정도로 피리와 북은 물론이고 노래나 작곡에서도 천재적인 재능을 보였다. 게다가 세도가들이 그를 불러 노래를 들을 때마다 큰 상을 내려 낙양에 고관대작의 저택도 견줄 수 없을 정도로 큰 규모의 저택을 짓고 호화로운 생활을 하였다. 그러나 안록산安祿山과 사사명史思明이 일으킨 반란의 여파로 강남·호남 등지를 유랑하다가 객사하였다.

25) 중산中散 : 혜강嵇康은 위魏나라에서 중산대부中散大夫를 지냈기 때문에 사람들이 '혜중산'이라고 부르기도 하였다. 평소에 음악을 즐겼던 그는 거문고 솜씨가 특히 뛰어났다고 한다.

26) 천 가닥 비단[千條錦] : 운하를 개통한 후 큰 용선을 타고 강남 유람에 나선 수나라 양제[隋煬帝]는 도중에 비단으로 줄을 엮은 후 궁녀들에게 용선을 끌게 했다고 한다. 여기에서는 진회를 오가는 배들의 화려한 모습을 두고 한 말이다.

진정혜 :　　　불길이 산초 태우는 것27)보다 매울 적에

　　　　　　　소리는 군대가 대치한 듯 요란도 하여라.

오응기 :　　　천둥 번개가 이 밤을 다툴 적에28)

　　　　　　　진주와 취옥29)은 뉘 집이 으뜸이더라?

후방역 :　　　반디가 아무도 없는 뜰 비출 때에

　　　　　　　까마귀는 관아 나무에서 우짖더라.

진정혜 :　　　난간에 기대었던 님 떠나버린 후에

　　　　　　　노래 지어 장사를 애도하노라.30)

　　말 · 소생 · 생이 술을 마시는 동안 축 · 정 · 단이 아까처럼 연주한다. 모두 일어
난다.

진정혜 :　　　재미있군요, 재미있어! 드디어 열여섯 편을 다 지었으니 내
　　　　　　　일이라도 책으로 엮을 수 있겠습니다.

오응기 :　　　우리는 많고도 많은 감회를 노래했고, 여러분은 주체할 수도
　　　　　　　없는 애절함을 연주했건만, 누각 아래 배에서는 누구 하나
　　　　　　　이해하는 이가 없겠지요?

소곤생 :　　　(축을 향하여) 다른 이야기는 잠시 접어두고 (…) 예로부터 아름
　　　　　　　다운 밤은 유난히 짧고 좋은 일은 만나기 어렵다고 했습니
　　　　　　　다. 우리 둘이 노래를 부를 테니 진 상공, 오 상공 두 분께서
　　　　　　　는 술을 권하면서 저 명사와 미인께서 풍류가 넘치는 아름다

---

27) 산초 태우는 것~ : 옛날 궁궐이나 권문세가에서는 산초나 난초 등의 향료를 태워
　　집안 공기를 향기롭게 만들거나 옷가지에 향내를 들이고는 했다고 한다.
28) 천둥 번개가~ : 진회 강 위로 반짝거리는 등불 빛과 온갖 시끌벅적한 소리들이 한
　　데 어우러지는 모습을 두고 한 말이다.
29) 진주와 취옥[珠翠] : 화려한 옷차림으로 성장을 한 진회의 기녀들을 가리킨다.
30) 장사를 애도하노래[弔長沙] : 한대의 문장가 가의賈誼가 장사長沙에서 부賦를 지어 굴
　　원屈原을 애도한 일을 가리킨다.

운 자리를 갖게 해 드리는 게 어떻겠습니까?

유경정 : 그럽시다. 그건 우리 한량들 장기니까요.

진정혜 : 저와 오형은 주인의 도리가 있으니, 조금이라도 경의를 표해
야 옳겠지요.

오응기 : 그럼 차례대로 앉아 주십시오.

생과 단이 단정하게 앉자, 말과 소생이 왼쪽에, 축과 정이 오른쪽에 앉는다.

후방역 : (단을 향하여) 여러분의 고마우신 배려 덕분에 저희 둘이 나란
히 상아 침상에 앉고 거기다 합근주合졸酒31)까지 마시게 되
었으니, 제법 운치가 있습니다그려.

단이 살포시 웃는다. 말과 소생이 술을 권하고 축과 정은 노래를 부른다.

유·소 : 〈배가排歌〉
노래는 이제 시작되고
등불은 아직 어두워지지 않았는데
어여쁜 이는 다시금 옥처럼 고운 정신을 추스르네.
시를 벽에다 쓰고
술로 입술 적시니
재주 넘치는 낭군은 말씀 참 다정도 하시지.

동자 : (고한다) 등선이 또 옵니다요.

진정혜 : 벌써 삼경三更이 넘었는데 웬일로 여태 등선이 다니는 걸까?

---

31) 합근주合졸酒 : 전통 혼례식에서 마시는 술로, 보통 교배주交杯酒라고 부른다. '합근'
이란 전통 혼례식에서 거행되는 의식으로, 표주박을 두 쪽으로 쪼개어 신랑·신부가
한 쪽씩 들고 술을 마셔 혼례를 치르는 것을 말한다. 여기서 '근졸'은 표주박을 말한다.

함께 일어나 난간에 기대고 바라본다. 부정副淨은 완대성阮大鋮으로 분장하고 등선을 탄 채, 잡은 배우로 분장하여 은은하게 악기를 연주하고 노래를 부르면서 천천히 등장한다.

소곤생 :　　저 배에는 놀이꾼[32]들이 탄 것 같군요. 다들 귀를 세우고 한 번 잘 들어 봅시다.

부정이 뱃전에 서서 혼잣말을 한다.

완대성 :　　나 완대성, 배를 사고 악단을 태워서 일찍 나와 즐길 작정이었지만, 경박한 놈들과 마주쳐서 볼썽사나운 꼴이라도 당할까봐 오밤중이 돼서야 나왔으니, 참으로 분하구나! (가리키면서) 저 정가네 정자에서 여태 등불이 보이는구만. (부른다) 동자야, 누가 거기 있는지 살펴보렴.

잡雜이 강기슭으로 내려가 살피고 돌아와서 고한다.

동자 :　　등롱에 "복사의 글 모임이 있사오니 관계자 외에는 출입을 금합니다"라고 적혀 있습니다요.
완대성 :　　(놀라면서) 야단났군, 야단났어! (소맷자락을 내저으면서) 얼른 풍악을 멈추고, 냉큼 등불을 끄도록 하렷다!

등불을 끄고 풍악을 멈춘 채 조용히 배를 저어 지나간다.

진정혜 :　　멀쩡한 등선이 어째서 연주를 하다 말고 등불까지 끄고 조용

---

32) 놀이꾼[老白相] : '백상白相'은 소주蘇州 방언으로 즐겁게 논다는 뜻이다.

히 지나가는 걸까?

오응기 : 거참 이상하군요. 어서 사람을 시켜 살피고 오라고 합시다.

유경정 : 살피러 갈 필요도 없습니다. 제 눈이 침침하긴 해도 벌써 똑
똑히 봤으니까요. 그 털보는 바로 완원해였습니다.

소곤생 : 어쩐지 음악 하며 노래가 뭔가 다르더라니…….

진정혜 : (화를 내면서) 그 노추老醜가 간이 부었군! 이 공원貢院 앞이 놈
이 감히 놀러나올 곳인가!

오응기 : 제가 달려가서 놈의 수염을 몽땅 뽑아버려야겠습니다. (내려
가려 한다)

후방역 : (만류하면서) 됐습니다, 됐어요. 그 자가 피해 가 버렸으니 우
리도 지나친 행동을 할 필요까지는 없지요.

진정혜 : 후형, 내가 지나친지는 알 수 없으나 놈이야말로 지나쳤소이
다!

유경정 : 배가 벌써 멀리 지나가 버렸으니 그만두십시다.

오응기 : 털보가 운이 좋군!

이향군 : 벌써 밤이 깊었으니 여러분들께서도 일어나시지요.

유경정 : 향군 아씨가 엄마 생각이 간절한가 봅니다. 배웅이라도 해
줍시다 그려.

진·오 : 우리 두 사람은 처소로 돌아가지 않고 여기서 묵을까 합니다.

후방역 : 두 분께서 돌아가지 않으신다니, 과객인 저희는 이쯤에서 작
별인사를 드릴까 싶습니다. 그럼…….

진·오 : 그럼……. (먼저 퇴장한다)

생·단·축·정이 배를 타자 잡이 배를 저어 간다.

진·오 : 〈여문餘文〉
누대를 내려오니

행락객도 끊겼네.
쪽배엔 한 집안의 봄이 남았건만
그저 꽃 아래로 깊은 밤에 문 두드리기 어려울까 걱정이구나.

후방역 :　　　달 지고 물안개 자욱하여 길조차 흐릿한데
이향군 :　　　작은 누각 붉은 곳은 동쪽 이웃이로구나.
유경정 :　　　진회 강물 넘실거리는 일 리 물길을
소곤생 :　　　한밤중에 봄빛 넘치는 배가 미인을 배웅하네.

桃花扇

아홉 번째 대목

진중 소요

撫兵

원제는 "무병撫兵"으로, 장병들을 위무한다는 뜻이다. 이 대목
에서는 군량미 조달이 차질을 빚어 군영에서 소요가 발생하자
병마대원수兵馬大元帥 좌량옥左良玉이 임기응변으로 위기를 극복
하는 과정을 주로 다루고 있다. 이 대목은 좌량옥의 막부를 주
무대로 삼으면서 무대에서는 다루기 힘든 장면—소요를 일으킨
병졸들에 대한 위무과정을 무대 뒤[後臺]와의 문답을 통해 처리
하는 독특한 연출기법을 선보이고 있다. 여기에서 특별한 점은
역사적으로 좌량옥은 노년기에 접어든 역전의 노장이었음에도
불구하고 여기서는 그 배역이 청장년을 주로 연기하는 소생小生
에게 맡겨지고 있다는 점인데, 긴박한 전장의 분위기와 극적 줄
거리 전개상의 필요에 따라 안배된 것으로 보인다. 작자는 도입
부에서는 군영 특유의 장엄한 분위기를 연출하기 위해 장수들의
합창을 삽입했지만, 나머지 부분은 병변의 위기에 직면한 좌량
옥의 복잡한 심경을 묘사하기 위해 모두 그의 독창으로 처리하
고 있다.

계미년(1643) 7월

등장인물

　　　부정 : 장수 갑

　　　말 : 장수 을

　　　잡 : 병졸

　　　소생 : 좌량옥

　부정副淨·말末이 두 명의 장수로 분장하고, 잡雜이 네 명의 부하로 분장하여 함께 등장한다. 합창한다.

일동 :　　　〈점강순點絳脣〉

　　　　　깃발은 군영서 휘날리는데[1]

　　　　　밀물 겨냥한 노궁 화살 날자 고래조차 두려워하누나.[2]

　　　　　활 검사하고 말 점검하노라니

　　　　　어느 새 석양 아래 북·호각 소리 울리누나.

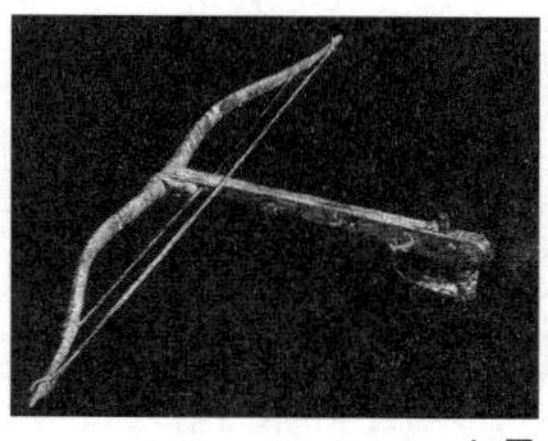

노궁

　　　우리는 무창武昌에 주둔하고 계신 병마대원수兵馬大元帥 영남후寧南侯 휘하의 장졸들입니다. 오늘은 점호[3] 날이라 원수님

---

1) 깃발은 군영서 휘날리는데[旗捲軍牙] : '아牙'는 군영 앞에 세우는 큰 깃발인 아기牙旗를 말한다.

2) 밀물 겨냥한~ : 전설에 따르면 오대五代시대에 오월왕吳越王 전류錢鏐는 궁수 오천 명에게 일제히 화살을 쏘게 하여 거세게 밀려오던 밀물을 가라앉혔다고 한다. 여기서는 좌량옥이 거느린 군대의 위엄을 두고 한 말이다.

3) 점호[點呼] : 옛날 관리들은 업무를 시작하는 묘시에 출석 여부를 확인 받았는데 이

께서 막부로 나오실 테니 여기서 대기해야겠습니다. (군악을
울리면서 문을 연다)

소생小生이 갑옷 차림에 좌량옥左良玉으로 분장하고 등장한다.

좌량옥 :   〈분접아粉蝶兒〉
             칠척장신에
             범 같은 머리 · 제비 같은 뺨4)은 그려 놓은 것 같은
             용맹스런 사나이가 온 세상을 두루 누비네.
             날렵하게 말 타는 사람
             날아서 고기를 먹으며
             바람과 구름을 질타하노라.5)
             나라의 은혜에 보답하고자
             온 몸의 뜨거운 피를 흘리도다.

             장군기 세우고 뿔고둥을 부니 떠드는 소리 하나 없고6)

를 '점묘點卯'라고 불렀다. 여기서는 군대 내에서 거행되는 점호를 가리키는 말로 사용
되었다.

4) 범 같은 머리 · 제비 같은 뺨[虎頭燕頷] : 중국 전설에 따르면, 한대에 반초班超는 공
을 세워 대업을 이루겠다는 포부를 가지고 있었지만 미천한 신분으로 인하여 뜻을 이
루지 못하였다. 나중에 한 관상가가 반초의 관상을 보더니, 범 머리에 제비 뺨을 하고
있어 날아서 고기를 집어삼키는 형국이니 장차 만 리 밖에서 공을 세워 제후가 될 관
상이라고 말해 주었다. 반초는 나중에 사신의 신분으로 서역西域에 파견되었다가 큰
공을 세워 제후로 책봉되었다고 한다. 이 비유는 나중에 위엄 있는 장수의 모습을 나
타내는 말로 주로 사용되었다.

5) 바람과 구름을~ : 전설에 따르면 항우項羽가 화를 내면서 큰 고함을 치면 바람과 구
름의 색깔이 바뀌었다고 한다. 여기에서는 좌량옥의 용맹함을 묘사하는 말로 사용되
고 있다.

6) 장군기 세우고~ : 당대 시인 유장경劉長卿이 지은 「헌회녕군절도사이상공獻淮寧軍節
度使李相公」의 시구를 차용하고 있다. 한나라 고조[漢高祖]는 젊은 한신韓信을 원수로
발탁하면서 그의 위신을 세워주기 위해 특별히 제단을 쌓고 원수에 임명했다고 한다.

서른에 단상에 오르니 만인이 추앙하도다.

가문에서 일만금을 쾌척하여 군사들 희생을 보상하고

이 몸은 칼 한 자루 남겨 군왕의 은혜에 보답코자 하노라.

이 좌량옥은 자가 곤산崑山으로 집안은 요양遼陽7)에 살면서
대대로 도사都司8)를 지내다가, 죄를 짓고 파직되어 창평昌平9)
에 군량을 보급하는 일을 맡았었습니다. 다행스럽게도 군문
軍門10)이시던 후순侯恂을 만나 일개 보병에서 발탁되어 장수
로 임명되고 한 해도 되지 않아 다시 총병總兵11) 벼슬에 배수

여기에서는 젊은 나이에 출세 가도를 달렸던 좌량옥을 두고 한 말이다.

7) 요양遼陽 : 지금의 요녕성 요양현.

8) 도사都司 : 관직명. 명초에는 한 성省의 군정상의 대권을 장악할 정도로 막강했지만,
권한이 점차 축소되어 명말에는 그 지위가 사품 무관에 불과하였다. 역사상의 후방역이
지은 『영남후전寧南侯傳』에 따르면 좌량옥은 "젊었을 때 군교로 입신하여 수급을 베는
전공으로 '요동도사'로 임명되었다[少起軍校, 以斬級功官遼東都司]"고 한다.

9) 창평昌平 : 지금의 하북성 창평현.

10) 군문軍門 : 명대에 총독總督·순무巡撫를 아울러서 부르던 별칭. '순무'는 명나라 태조
때인 홍무洪武 24년(1391)에 태자로 하여금 섬서성 일대를 순시·안무[巡撫]하도록 명
하면서 비롯되었다. 선덕宣德 5년(1430)에 우겸于謙·주침周忱 등에게 북경과 남경을 위
시하여 산동·산서·하남·강서·호광湖廣 등지를 순시·안무했고 그 후로 각 성에서
상설화 되었다. 처음에는 업무가 세량 감독·운하 관리·유민 안무·변방 정돈에 한
정되었지만 나중에는 군사 업무로 편중되었다. '총독'은 선덕宣德 연간에 순무에게 세
량稅糧의 총감독을 맡기면서 시행되었는데, 처음에는 토목 감독 및 세금·양식 징수를
맡다가 점차 그 영역이 군사 업무로까지 확대되어, 총병 이하의 관리들이 모두 그 지
휘를 받았다.

11) 총병總兵 : 총병관總兵官으로 부르기도 하며, 명대에 한 지방의 병권을 장악한 무관이
나 출정한 군대를 통솔하는 장군을 가리킨다. 처음에는 전시에 제후나 도독都督들 중에
서 추대했다가 전쟁이 끝나면 그 직함을 반환하는 임시직이었지만, 후기로 갈수록 변
방에서 군사적 충돌이 잦아지면서 상설직으로 확립되었다. 황제로부터 직접 지휘를 받
았으며 품급이나 정원도 정해져 있지 않았지만 권한이 막강하였다. 중기 이후로 그 수
가 급증하고 기강이 해이해짐에 따라 점차 총독·순무의 통제를 받게 되었고 권한 역
시 점차 축소되었다. 후방역의 『영남후전』에 따르면, 좌량옥은 요동도사遼東都司로 있
을 때 쪼들리는 군비를 보충하기 위해 금주錦州의 군장을 약탈한 죄로 참수될 위기에
처했다가 공범 구뢰丘磊가 혼자 죄를 떠안는 바람에 죽음을 면하였다. 관직을 박탈당한
후 후순의 휘하로 들어간 그는 몇 차례의 승진을 거쳐 총병으로 발탁되었다고 한다.

되었지요. 도처에서 토벌과 전쟁을 수행하면서 그 공으로 작
위가 더해지며, 용맹스런 군사를 거느리고 형양衡陽12) 땅에
주둔하기에 이르렀습니다.

(기염을 토하면서) 나 좌량옥을 볼작시면, 어려서부터 무예를 닦
아 다섯 섬 무게의 강궁을 구부릴 수 있고 양손으로 활을 쏠
수 있으니, 저 이자성李自成13) · 장헌충張憲忠14) 따위의 좀도적
들을 토벌하는 것이 무엇이 어렵겠는가? 다만 (…) 안타깝게
도 장수감이 없고 시기마저 놓친데다가, 웅문찬熊文燦15) · 양

---

12) 형양荊襄 : 지금의 호북성 일대.

13) 이자성李自成(1606~1645) : 섬서 미지米脂 쌍천리雙泉里 사람이다. 어려서부터 집이 가
난하여 출가하여 양을 방목하며 지내다가 천계天啓 6년(1626)에 역졸驛卒로 충원되었다.
그러다가 숭정 3년(1630)에 무리를 이끌고 틈왕闖王 고영상高迎祥 휘하로 들어가 '틈장闖
將'으로 불리더니, 숭정 9년에 고영상이 전사하자 틈왕으로 추대된 후 잔여세력을 이끌
고 관군의 포위망을 피해 상락산商洛山에 은신하였다. 몇 년 후 호북의 방현房縣에서 섬
서를 거쳐 하남으로 진출하여 낙양을 점령한 후 복왕 주상순朱常洵을 살해하고 창고를
열어 굶주린 백성들을 구제했으며, 숭정 16년에 양양襄陽을 양경襄京으로 개명하고 내
각과 육부를 설치한 후 스스로를 신순왕新順王으로 일컬었다. 이어서 하남 여주余州에서
섬서총독 손전정孫傳庭의 주력군을 섬멸시키고 그 여세를 몰아 서안을 점령한 후, 이듬
해에 국호를 대순大順, 연호를 창평昌平으로 정했으며, 3월 19일 북경을 함락시키고 명
나라를 멸망시켰다. 그는 나중에 산해관山海關에서 오삼계吳三桂와 청나라 팔기八旗의
연합군을 맞아 싸웠으나 패하자 북경으로 돌아와 제위에 오른 후 호광湖廣으로 퇴각하
였다. 2년 후에 호북 통산通山의 구궁산九宮山에서 복병을 만나 죽음을 당하였다.

14) 장헌충張獻忠(1606~1647) : 자가 병오秉吾, 호가 경헌敬軒으로 섬서 연안延安 사람이다.
원래는 포졸이었으나 숭정 3년(1630) 미지米脂에서 궐기하고 스스로를 '팔대왕八大王'
으로 일컫더니, 다음해에 왕자용王自用의 연합군에 가담하여 봉양鳳陽을 함락시키고 황
릉을 불태우면서 각지에서 관군을 맞아 싸웠다. 숭정 11년에 남양南陽을 기습했다가
패한 그는 거짓으로 항복하고 호북 곡성谷城에서 칩거하다가 다음해에 다시 반기를 들
고 사천 일대에서 관군을 상대로 유격전을 벌였다. 숭정 14년에 개현開縣 황릉성黃陵城
에서 관군을 대파한 그는 그 기세를 몰아 양양을 함락시키고 양왕襄王 주익명朱翊銘을
살해하고 다시 광주光州 등지를 함락시켰다. 그는 숭정 16년에 무창武昌을 점거하고 스
스로를 대서왕大西王으로 일컫더니, 이어서 장사長沙를 함락시키고 백성들에게 3년 동
안 세금을 면제해 주겠다고 선언하여 그를 따르는 자가 갈수록 많아졌다. 숭정 17년에
성도를 대파한 그는 다시 진왕秦王으로 일컫고 국호를 대서大西로 정한 후 연호를 대
순大順으로 바꾸더니, 얼마 후에 성도를 서경西京으로 정하고 황제를 자처하였다. 그러
나 대순 3년(1646)에 반청운동을 위해 군사를 이끌고 북상하던 중에 서충西充의 봉황
산鳳凰山에서 청나라 군사를 만나 전사하였다.

사창楊嗣昌16)은 인재를 편애하여 연전연패하고, 정계예丁啓
睿17)・여대기呂大器18) 또한 직분을 게을리하여 공을 세우지
못하고 있다. 단 한 분! 나의 은인 후공께서는 지혜와 용기를
겸비하시어 중원을 제어할 수 있는 분이셨건만, 뜻밖에도 간
신배들이 후공을 시기하여 중용되자마자 면직당하고 마셨으

15) 웅문찬熊文燦(1593~1640) : 사천 영녕위永寧衛 사람이다. 만력 연간의 진사 출신으로
   숭정 원년(1628)에 우첨도어사右僉都御史를 거쳐 복건순무福建巡撫를 맡았다가 정지룡鄭
   芝龍을 귀순시킨 공로로 병부우시랑兵部右侍郎으로 발탁되고 양광총독 겸 광동순무兩廣
   總督兼廣東巡撫의 직무를 수행하였다. 숭정 10년에는 병부상서로 승진하여 남경・하남・
   산서・섬서・호광・사천 등지의 군무를 총괄하면서 군사를 독려하여 각지의 민란을
   진압하였다. 그러나 숭정 12년에 거짓으로 투항한 장헌충과 나여재羅汝才에게 속아 진
   압에 실패하자 관직을 삭탈당하고 투옥됐다가 곧 처형당하였다.
16) 양사창楊嗣昌(1588~1641) : 자가 자미子微, 호가 문약文弱으로 호광 무릉武陵 사람이다.
   만력 연간의 진사 출신으로 숭정 5년(1632)에 우첨도어사로 발탁되어 영평永平・산해
   관 등지를 순시했고, 병부우시랑兵部右侍郎을 거쳐 숭정 10년에는 병부상서로 발탁되었
   다. 나중에는 예부상서 겸 동각대학사禮部尙書兼東閣大學士로 전보되어 기무에 참여하면
   서도 여전히 병부의 업무를 관장하였다. 그는 황제에게 상소문을 올려 군량미를 비축
   하고 사정육우법四正六隅法을 이용하여 철저하게 민란을 진압하되 산해관 밖의 청나라
   에 대해서는 강화를 맺을 것을 제안하기도 하였다. 그러나 숭정 12년에 독무의 신분으
   로 장헌충의 병력을 진압하러 나섰다가 장헌충이 낙양과 양양을 차례로 함락시키고
   복왕과 양왕을 살해하자 문책을 두려워하여 스스로 목을 매어 자살하였다. 저서로는
   『양문약집楊文弱集』이 있다.
17) 정계예丁啓睿 : 하남 영성永城 사람이다. 만력 연간의 진사 출신으로 숭정 13년(1640)
   에 양사창의 천거로 병부우시랑에 임명되어 섬서총독陝西總督의 직무를 수행하였다.
   이듬해에 추가로 병부상서로 임명된 그는 숭정 15년에 군사를 이끌고 개봉開封으로 진
   격하여 이자성의 군대에 맞서 싸웠으나 주선진朱仙鎭에서 패하고 황제가 내린 칙서와
   관인・보검을 잃어버렸다. 얼마 후 이자성이 제방을 허물어 개봉을 물바다로 만들자
   개봉을 버리고 여녕汝寧으로 도주하는 바람에 관군에 큰 손실을 초래하였다. 그 죄로
   관직을 삭탈당하고 투옥되었다가 낙향하였다. 얼마 후에 복왕이 즉위하자 병부상서에
   임명되었지만 청나라 팔기군이 강남으로 남하하자 고향으로 도주했다가 병사하였다.
18) 여대기呂大器 : 자가 엄약儼若으로 사천 수녕遂寧 사람이다. 숭정 연간의 진사 출신으
   로 행인行人에 배수되었다가 이부주사吏部主事로 발탁되었다. 문무를 겸비한 그는 천하
   에 변고가 잦은 것을 보고 군대를 통솔하는 일을 맡는 것을 꺼리기도 했지만, 벼슬이
   병부상서 겸 동각대학사에 이르는 동안 청렴하고 공정하게 직무를 수행하고 불의를 용
   납하지 않아 민중들로부터 존경을 받았다. 그러나 여기서도 엿볼 수 있는 것처럼 좌량
   옥과는 정치적으로 알력이 심해 지속적으로 그의 견제를 받아야 했다. 저서로는 『동천
   문집東川文集』 등이 있다.

니,[19] 내 이 뜨거운 피로 군왕께 보답코자 하나 기약이 없으니 참으로 원통하구나! (발을 구른다) 아서라, 아서! 이 호남湖南·호북湖北 땅은 그나마 공격과 수비가 다 가능한 곳이니, 일단 정세를 관망하면서 진퇴를 결정하도록 하자. (좌정한다)

무대 뒤에서 군사들이 함성을 지르자 소생이 놀라서 묻는다.

좌량옥 : 원문轅門[20] 밖에서 누가 소란을 피우는 겐가? (부정·말이 고한다)
두 장수 : 아뢰오, 원문은 지엄하온데 감히 누가 소란을 피우겠사옵니까?
좌량옥 : (성을 내면서) 지금 소란스러운데 어째서 아니라고 하는 겐가!
두 장수 : 저건 배를 주린 군사들이 군량을 보채는 것이지 소란을 피우는 것이 아니옵…….
좌량옥 : 예끼! 지난번 호남에서 배로 군량미를 서른 척이나 빌어 왔는데 한 달도 안 되서 벌써 바닥이 났단 말인가?
두 장수 : 아뢰옵기 황송하오나, 우리 진영의 병마가 삼십만이 넘사옵니다. 적은 양의 군량과 마초馬草로 어찌 감당할 수 있겠사옵니까?
좌량옥 : (책상을 치면서) 아이쿠, 그렇다면 큰일이 아닌가! (일어나서 노래한다)

---

19) 간신배들이~ : 후방역의 『영남후전』에 따르면 후순은 숭정 연간에 조정의 명령으로 군사를 통솔하다가 사람들의 시기로 파직 당했다고 하는데, 여기에서도 그 사건을 두고 한 말이다.
20) 원문轅門 : 고대에는 황제가 영토를 둘러보거나 사냥을 나갔을 때에는 행궁 주위에 수레들을 늘어놓아 울타리로 삼았는데, 출입구 쪽에는 수레 두 대를 하늘을 바라보도록 뒤집어 놓고 이것을 '원문'이라고 불렀다. 나중에는 군대를 통솔하는 장군의 군영 출입문을 이르는 말로 사용되었다.

〈북석류화北石榴花〉
보라 중원에 승냥이·범이 설치는 꼴을!
저마다 용·봉황으로 장식된 누각 즐비한 제왕의 거처를 힐끔거
리누나.
그 누가 군왕을 지키고 주군께 보답하고자
정의의 깃발을 잡으려 할꼬?
저 지휘관들 속에 노장은 간 곳도 없고
병사라고 뽑은 자들 하나같이 애송이인데
날더러 알아서 버티라 하는구나.
날더러 알아서 버티라 하는구나.
바야흐로 등등한 살기 속에
군량마저 벌써 바닥 나 버렸으니…….
줄줄이 손뼉 치며 소란 피우건만
줄줄이 손뼉 치며 소란 피우건만
정신없이 바쁜 날더러 뭐라고 해명하란 말인가?
그야말로 윙윙 대낮에 떠들썩한 벌집 꼴이로구나!

앉는다. 무대 뒤에서 또 고함을 지른다.

좌량옥:　들어보게. 바깥의 병졸들이 갈수록 소란스러워지는 것이, 마
치 병변兵變이라도 일으킬 기색이군. 자네들은 내 분부를 들
으라! (일어나서 노래한다)

〈상소루上小樓〉
자네들 날 탓하지 말게.
자네들 날 탓하지 말게.
조정의 신하 아닌 자 그 누가 있겠나?

조정은 삼백 년 동안 병사 키우기 그르치지 않았다네.

삼백 년 동안 병사 키우기 그르치지 않았다네.

다들 양심을 두들길 일이지

어이 하여 북 치고 문 두들기며 갈수록 소란을 피우는 겐가?

창고 털고 관아를 뺏기라도 할 참인가?

난 여기서 눈이 빠져라

난 여기서 눈이 빠져라

강주絳州에서 군량미 서둘러 내려오기만 기다리고 있는 것을

…….

앉는다. 영전令箭을 뽑아 땅바닥에 던진다. 부정·말이 영전을 주운 다음 무대 뒤를 향해 분부한다.

두 장수 : 원수님께서 명령을 내리셨으니 전군은 들으라! 현재 군량이 바닥난 것은 합류한 병력과 군마가 많아져서이지 비축한 군량과 마초가 부족해서가 아니다. 조정의 깊으신 은혜는 갚지 않을 수 없으며, 장군의 지엄하신 명령은 따르지 않을 수 없는 법. 강서에서 지원한 군량이 조만간 군영에 도착할 것이니, 다들 조용히 명령을 따르되 소란을 피워서는 안 될 것이다! (고한다) 원수님의 군령을 받자와 전군에게 분명하게 알렸나이다. (무대 뒤에서 또 고함을 지른다)

좌량옥 : 어째서 시끄러운 소리가 점점 원문까지 가까워진단 말인가! 자네들이 다시 가서 이르게. (일어나서 노래한다)

〈황룡범黃龍犯〉

자네들 이 하룻밤만 주린 배 참고

강서에서 올 배들을 기다려 주게.

내 급히 금릉金陵에 격문을 띄워

내 급히 금릉에 격문을 띄워

병조兵曹에 "폐하께 아뢰어 달라" 고하겠네.

우리들 진영 이동하고 집 옮기는 일 윤허하시라고

우리들 진영 이동하고 집 옮기는 일 윤허하시라고……

군량 구하러 동쪽으로 가면

진영을 정비하고 군마를 쉬게 하면서

전선 몰고 연자기燕子磯21) 어귀로 가서 즐겨나 보세그려!

부정·말이 영전을 들고 무대 뒤를 향해 분부한다.

두 장수 : 원수님께서 명령을 내리셨으니 전군은 들으라! 군량미를 실은 배가 당도하기만 하면 즉시 지급할 것이다. 아직은 조달이 용이하지 않고 허기를 견디기도 어렵겠지만, 조만간 한구漢口에서 철수하여 남경南京에서 군량을 구한다면 식량 부족 걱정일랑 영원히 사라지고 배부른 즐거움만 함께 누리게 될 테니, 모두 조용히 명령을 따르되 더 이상 소란을 피워서는 안 될 것이다!

무대 뒤에서 환호한다.

군사들 : 잘됐다, 잘됐어! 다들 군장을 챙기고 동쪽으로 떠날 채비나 하세!

---

21) 연자기燕子磯 : 남경 교외의 관음산觀音山에 위치한 곳으로, 산꼭대기에 서 있는 돌이 장강을 굽어보는 형상이 날개를 펼치고 날아오르는 제비와 비슷하다 하여 '연자기'라고 부른다. 지세가 험준하고 양자강을 굽어보고 있는 연자기는 예로부터 군사 요충지로 대단히 중시되었을 뿐만 아니라, 문인들이 거닐며 시를 짓기도 한 명승지이기도 하다.

부정 · 말이 소생에게 고한다.

두 장수 : 아뢰오. 전군이 명령을 듣고 모두 환호하면서 해산했사옵니다.

좌량옥 : 이렇게 된 이상 어쩔 도리가 없구나. 날을 잡고 진영을 이동시켜 잠시나마 군사들을 위로할 수밖에 ……. (생각하더니) 잠깐! 어명도 없이 이동시킨다면 성은이 아무리 관대하다 해도 극형을 면하기 어려울 터. 행동하는 동안 세상 사람들의 시비를 면하기 어려울까 걱정이로다! 사안이 심상치 않으니 다시 상의해야겠구나.

〈미성尾聲〉
전군을 설득하자니 다른 방법이 없구나.
군량 구하는 일 윤허해야 시끄러운 소리 잦아들 테니
그 누가 해 향한 해바라기22) 같은 내 일편단심을 알아줄꼬!

퇴장한다. 무대 뒤에서 군악을 울리면서 문을 닫고, 네 명의 병졸이 퇴장한다.

장수 갑 : 형님, 우리 둘이 생각해도, 천하에서 아무리 강하고 용맹스런 장병들이라 해도 우리 무창의 군사만은 못할 것 같지요? 내일 강을 따라 동쪽으로 이동하면 아무도 당해내지 못할 겁니다. 전군이 원수님을 모시고 바로 남경을 접수한 다음 황색 깃발을 내걸고23) 북경을 취하는 것도 안 될 것도 없겠지요?

장수 을 : (손사래를 치면서) 우리 좌원수님께서는 충의로운 분이시니, 그

---

22) 해 향한 해바라기[葵傾向日花]: 중국에서 군왕에 대한 신하의 충성심은 전통적으로 해바라기에 비유되어 왔다. 여기에 대해서는 여덟 번째 대목 '단오 야경鬧榭'의 '해바라기 충성심' 각주를 참조할 것.
23) 황색 깃발을 내걸고: "황색 깃발[黃旗]'은 황제의 깃발을 말한다. 이는 좌량옥을 황제로 추대한다는 말로서, 조정에 대항하여 모반을 일으키겠다는 뜻이다.

런 풍문일랑 꺼내지도 말게나! 내가 보기엔 역시 집을 옮기
고 군량을 구해 일단 배부르게 밥부터 먹는 게 더 나을 성
싶네.

장수 갑 : 형님은 아직도 모르겠소? 일단 남경으로 이동했다가 민심이
동요하기라도 하면, 북경北京을 취하기는커녕 그 오명도 면
하기 어렵게 될 겝니다!

장수 을 : 장병들 저마다 앞 다투어 집 옮기기 바라는데
장수 갑 : 세류細柳의 군영24)에서는 저녁 피리 소리만 들려오누나.
장수 을 : 천고의 영웅은 반드시 따져 보라.
장수 갑 : 누선樓船의 행렬이 동쪽으로 이동하면 평생을 그르치게 되리니
　　　　…….

---

24) 세류의 군영 : 한나라 문제[漢文帝] 때 종정宗正 유례劉禮가 패상覇上을, 장군 서려徐
厲가 극문棘門을, 하내수河內守 주아부周亞夫가 세류細柳를 각각 지키고 있었다. 문제가
장병들의 노고를 위로하기 위해 순시하러 갔더니 패상과 극문은 자유롭게 출입할 수
있었지만, 세류의 군영에서는 저지당해 들어갈 수 없었다. 세류의 군기가 이처럼 엄격
한 것을 본 문제는 감동한 나머지 "이 정도는 되어야 참된 장군이지 극문과 패상은 아
이들 장난에 불과하구나"라고 했다고 한다. 그 후로 군기가 엄격한 군영을 '세류의 군
영'에 비유하는 경우가 많았다.

열 번째 대목

서찰 대필

修札

원제는 "수찰修札"로, 서찰을 작성한다는 뜻이다. 이 대목에서는 설서說書예인 유경정柳敬亭의 처소에서 이야기를 감상하고 있던 후방역侯方域이 양문총楊文驄의 요청에 따라 좌량옥左良玉의 주둔지 이탈을 만류하는 요지의 서찰을 작성하는 내용을 주로 다루고 있다. 작자는 이 대목을 '과장희過場戱'(막간극)으로 처리하여, 등장인물을 세 사람으로 압축하고 모든 극중 사건이 유경정의 처소를 무대로 한 장면에서 전개되도록 안배함으로써 관중의 이목을 집중시키고 있다. 이 대목에서는 노래 역시 주요 인물인 후방역과 유경정을 중심으로 안배되고 있다.

계미년(1643) 8월

등장인물

> 축 : 유경정
> 생 : 후방역
> 말 : 양문총

축표이 유경정柳敬亭으로 분장하고 등장한다.

유경정:　　늙은 것이 세간에서 자화자찬 늘어놓고
　　　　　　고금의 일화들 모으고 파는1) 게 내 인생살이.
　　　　　　지금은 대갓집 식객 노릇 하기도 두려워
　　　　　　한가하게 길가에 앉아 식은 차만 들이키지.

　　　　　　(웃으면서) 소생 유경정, 어려서부터 의지할 곳 없이 세간을 떠
　　　　　　돌면서, 설서·노래나 파는 신세이긴 해도 밥만 축내는 놈은
　　　　　　아니랍니다.
　　　　　　(두 손을 모으면서) 여러분 보시기에 제가 무엇을 닮았습니까?
　　　　　　마치 염라대왕閻羅大王이 커다란 인명부를 들고 무수한 귀신
　　　　　　이름을 확인하는 것 같다가도,2) 또 어떻게 보면 미륵불彌勒佛
　　　　　　이 큼지막한 뱃살 내밀고서 별의별 세태와 영욕을 담는 것

---

1) 고금의 일화들~ : 역사 사건이나 시사 문제를 다룬 설서로 생계를 꾸리는 것을 말한다.
2) 무수한 귀신 이름~ : 불가에서는 염라대왕閻羅大王이 저승으로 끌려온 망자의 명부
　　를 보고 그들이 생전에 행한 선행이나 죄업의 크기에 따라 상벌을 내린다고 말한다.
　　여기서는 유경정의 설서 대본에 고금의 수많은 인물들의 이름이 망라되어 있는 것을
　　가리키는 말로 사용되고 있다.

같기도 하지 않습니까? 북과 박판 살짝 두들기면 온갖 조화
다 일어나고, 혀와 입술 놀리기만 해도 별별 시비와 포폄이
다 이루어지지요.3) 원한 품은 저 효자·충신들에겐 늘 자부
심과 위안으로 보답하고, 기세등등한 간웅·악당들에겐 재
앙과 천벌을 면치 못하게 하니, 이것이야말로 하늘을 메우고
사람을 구하는 약소한 힘이요, 선자를 표창하고 악인을 풍자
하는 절묘한 방법일 테지요.

(웃으면서) 되는 대로 헛소리를 늘어놓았지만 후련하기는 하구
만. 어제는 하남河南 출신의 후侯공자께서 찻값을 보내 오늘
오후에 설서를 들으러 오겠다고 약속했으니, 어디 북과 박판
이나 꺼내서 손님 끄는 솜씨나 부려 볼까? (북과 박판을 꺼내 놀
리면서 노래한다.4))

일 없이 한가하게 헛소리 하는 것 같아도

그 속엔 시고 단 맛 다 들었지.

예로부터 십만 하고도 팔천 년이

삽시간에 기러기 날듯 한참도 흘렀다네.

몇 차례 광풍과 폭우 휘몰아치고

수많은 군영과 누선樓船들

저마다 명리 다투느라 잠시 요란을 떨어도

늘어지게 자던 저 진단陳摶5)보다는 한 수 아래지.

---

3) 시비와 포폄이~ : 『후한서後漢書』 「허소전許劭傳」에 따르면, 후한後漢 때 명망이 높았던
허소許劭와 그 종형 허정許靖은 "고향 사람들을 평가하기를 즐겼는데, 달마다 제목을 바
꾸었기 때문에 여남에서는 인물을 평가하는 것을 '월단평'이라고 불렀다[好共核論鄉黨
人物, 每月輒更其品題, 故汝南俗有'月旦評'焉]"고 한다. 『춘추春秋』는 노나라의 편년
체 역사서를 말하는데, 공자는 이 역사서를 통해 춘추시대 이백사십 년 동안의 인물과
그들의 행적에 대해 비평을 가했다고 한다. 여기서는 유경정이 설서를 공연하면서 고금
의 인물을 평하는 것을 허소 형제와 『춘추』의 고사에 빗대어 말하고 있다.
4) 노래한다 : 이하의 여덟 구절은 〈서강월西江月〉 사詞이다.

생이 등장한다.

후방역 :   향기로운 풀 어우러진 안개 속에서 미인6)을 찾고
              저무는 해 그림자 속에서 영웅을 논하네.

              오늘 유옹의 설서를 들으러 왔는데 (…) 안에서 북과 박판 소
              리 요란한 걸 보니 벌써 누가 와서 듣고 있는 게로군.
              (대면하자 큰 소리로 웃으면서) 손님은 아무도 안 왔는데 혼자 여
              기서 누구에게 들려주고 계십니까?
유경정 :   설서는 이 늙은이 본업입니다요. 상공께서 한가하게 서재에
              앉아 거문고 뜯으며 음풍농월 하는 것과 같은데, 들어줄 사
              람이 무슨 필요가 있겠습니까?
후방역 :   (웃으면서) 말씀이 일리가 있습니다.
유경정 :   오늘은 어느 왕조 이야기를 듣고 싶으신가요?
후방역 :   왕조는 따지지 마시고 화끈하고 후련한 걸로 골라서 들려주
              시면 됩니다.
유경정 :   상공께선 모르시겠지만, 그 화끈한 국면이 썰렁함의 근원이
              요 후련한 일이 바로 집착의 지엽이랍니다. 차라리 나라 잃
              은 산하와 백성들 이야기나 몇 마디 들려드리고 다들 눈물
              좀 쏟게 해 드리는 편이 더 나을 겝니다.
후방역 :   (한숨을 지으면서) 어이쿠! 유선생께서도 그런 이치를 간파하셨

---

5) 진단陳摶 : 오대五代 때의 은자. 진원眞源 사람으로, 자는 도남圖南이며 스스로를 부요
   자扶搖子라고 불렀다. 후당後唐 때 과거에서 낙방하자 벼슬에 대한 미련을 버리고 화산
   華山에 은거했는데 한번 잠을 자면 백일이 넘어도 일어날 생각을 하지 않았다고 한다.
   그의 일화는 후대에도 희곡·소설 등의 문학작품 속에서 세상을 등진 은자의 본보기
   로 자주 등장하였다.
6) 미인[粉黛] : '분대粉黛'는 원래 부녀자의 화장품을 말하지만, 여기에서는 미인을 가
   리키는 말로 사용되고 있다.

을줄이야……. 참으로 사려가 깊으십니다!

말末이 양문총楊文驄으로 분장하고 황급히 등장한다.

양문총: 쇠사슬이 강바닥에 가라앉게 하지 말라.
            항복의 깃발 석두성石頭城에 나부낄까 두렵구나.7)

            소관 양문총, 긴급하고 중대한 일이 생겨서 후형을 찾아 의
            논하려고 오는 길에 여기저기서 물어보니 이곳에 있는 것 같
            던데 (…) 바로 들어가 봐야겠습니다. (대면한다)
후방역: 마침 잘 오셨습니다. 같이 유선생의 설서나 들읍시다.
양문총: (애가 타서) 지금이 어떤 땐데 설서나 듣고 있단 말입니까!
후방역: 어째서 이다지 허둥거리십니까?
양문총: 여태 모르셨소이까? 좌량옥左良玉이 군사를 이끌고 동쪽으로
            이동하여 남경南京을 장악하고 내친 김에 북경北京까지 넘볼
            속셈이라고 합디다! 병부상서兵部尙書 웅명우熊明遇8)도 속수

---

7) 쇠사슬이~ : 이 두 구절은 당대 시인 유우석劉禹錫이 지은 시 「서새산회고西塞山懷古」
  의 내용을 차용한 것이다. 진晉나라 태강太康 연간에 왕준王濬이 대선단을 이끌고 오吳
  나라를 공격하자 오나라 황제 손호孫皓는 양자강을 가로질러 쇠사슬을 설치하고 그들
  을 저지하려 하였다. 그러나 기지를 발휘한 왕준이 큰 불로 쇠사슬을 태워 강바닥에
  가라앉히고 파죽지세로 석두성石頭城까지 쇄도해 오자 손호도 결국 깃발을 흔들며 성
  을 나와 항복했다고 한다. 석두성은 오나라의 도성이던 말릉秣陵 즉 남경으로, 석수성
  石首城이라고도 하며, 지금의 남경 서쪽에 위치한 청량산淸凉山에 있었다. 이 성은 원래
  초나라 때에는 금릉성金陵城으로 불렸으나 삼국시대에 손권에 의해 중건되면서 석두
  성으로 부르게 되었다. 성채가 강을 굽어보고 있고 남쪽으로는 진회 강어귀까지 연결
  되어 군사적으로는 물론 교통상으로도 요충지 역할을 하였다. 여기에서는 남경을 가
  리키는 말로 사용되고 있다.
8) 웅명우熊明遇(1580?~1645?) : 자가 양유良孺, 호가 단석壇石으로 강서 진현進賢 사람이
  다. 만력 연간의 진사 출신으로, 장흥지현長興知縣에서 병과급사중兵科給事中으로 발탁되
  었고, 천계 원년(1621)에 남경첨도어사南京僉都御史로 임명됐다가 오년 후에 위충현을 거
  역한 죄로 귀주貴州로 유배되었다. 숭정제가 즉위하자 공부시랑工部侍郞을 거쳐 공부상

무책이길래 후형에게 묘책을 부탁드리러 이렇게 찾아온 겁니다.

후방역: 소생에게 무슨 계책이 있을라구요.

양문총: 듣기로는 춘부장 어른께서 영남후寧南侯의 은인이시라니 서찰 한 통만 보내면 물리칠 수 있을 겁니다. 후형 생각은 어떠신지. ……

후방역: 그런 좋은 일을 어찌 마다 하겠습니까? 다만 …… 가친이 사직하고 초야에 은거하고 계신 처지인지라, 설사 서찰을 쓰신다 해도 효과가 있을지 의문입니다. 게다가 …… 왕복으로 삼천리나 떨어져 계시니 목전의 위기를 어찌 극복할 수 있겠습니까?

양문총: 후형은 평소 의인으로 칭송이 자자하시던 분이 이 같은 중대사를 앞두고 어떻게 앉아서 보고만 계신단 말씀이오! (…) 대신 서찰을 써서라도 일단 지금의 위기부터 타개하고 춘부장 어른께는 나중에 고해도 과히 나무라진 않으실 겁니다.

후방역: 임기응변이라 ……. 시도해 볼 만하군요. 일단 거처로 돌아가 초고를 쓴 다음 여러분과 상의하도록 하겠습니다.

양문총: 지체되면 안 될 사안이라 당장 서찰을 보내도 늦을까 걱정인 판국에 상의까지 할 필요가 어디 있겠소이까?

후방역: 정 그러시다면 지금 바로 쓰면 되지요. (편지를 쓴다)

서로 승진했으며, 숭정 5년에 벼슬을 그만두고 낙향하였다. 서학西學을 좋아하여 『표도설表度說』, 『태서수법泰西水法』 등의 서양 과학기술서적들을 번역 · 소개하기도 했으며, 저서로는 『검초劍草』, 『문직행서文直行書』, 『녹운루집綠雲樓集』 등이 있다.

〈일봉서─封書〉9)

　　"이 늙은이가 어리석고 생각이 모자라기는 하오마는
　　장군이 스스로 생각하고 잘 판단하기 바라오
　　깃발의 이동은 일단 삼가도록 하시오.
　　군대가 출격하면서도 명분이 없다면 도중에 의심을 사기 십상이요
　　유도留都에는 고황제高皇帝의 능침이 버젓이 자리 잡고 있는데
　　누가 감히 함부로 말발굽으로 짓밟을 수 있단 말이요?
　　군량과 물자가 부족하다면
　　잘 조달하도록 할 터이니
　　한 조각 충성심 다하되 절대 바꾸어선 안 되오."

다 쓰고나자 말이 살펴본다.

양문총 : 훌륭하외다, 훌륭해요! 쓰신 것이 절절하고 완곡하며 이치에
　　　　도 맞으니, 그 자가 거절하기도 어려울 테고, 따르지 않을래
　　　　야 않을 수가 없을 겁니다. 후형의 경륜을 충분히 엿볼 수가
　　　　있군요.
후방역 : 그렇게 말씀하시지만, 역시 웅 대사마께 보내 꼼꼼하게 수정
　　　　해야 만전을 기할 수 있겠지요
양문총 : 걱정하실 것 없습니다. 소생이 알아서 그 분께 고하면 되니까
　　　　요. (시름에 젖어) 다만 한 가지 …… 서찰은 해결이 됐습니다만,
　　　　적당한 가솔을 시켜 속히 전하는 게 좋겠는데 말씀입니다.

---

9) 일봉서─封書 : 명대 전기傳奇에서 주로 사용되는 총 아홉 구로 이루어진 곡패曲牌로, 크게 두 가지 방식으로 사용된다. 우선, 같은 곡을 두세 번 연달아 사용하는 경우로, 이 경우에는 두 사람이 대담을 나누거나 여러 사람이 담소를 나누는 장면을 연출하기 위해 주로 사용한다. 반면에, 이 곡패를 한번만 사용하는 경우는 편지의 내용을 기술하는 장면에서 사용되는 것이 일반적이다. 여기에서는 후방역이 부친 후순을 대신해 좌량옥에게 보내는 편지의 요지를 소개하기 위해 이 곡패를 사용하고 있다.

후방역 :   소생은 간편한 차림으로 단출하게 출행하느라 동자 둘만 데
          려 왔으니, 어떻게 서찰을 전할 수 있겠습니까?

양문총 :   이런 밀서를 아무 사람한테나 맡길 수야 없지요!

후방역 :   그렇다면 방법이 없는 걸요.

유경정 :   당황하실 것 없습니다. 이 유가가 한번 다녀오면 어떻겠습니
          까?

양문총 :   좋다 마다요. 다만……도중에 검문이 있을 텐데, 그게 만만
          한 게 아니올시다.

유경정 :   솔직히 말씀드리자면, 이 곰보 유가는 원래 성이 조曹가로,
          키가 구척이나 되지만 밥만 축내진 않았습니다.10) 임기응변
          하는 입담 하며 좌충우돌 하는 완력까지 다 한 가닥씩 하는
          놈이올시다.

후방역 :   듣자 하니 좌량옥의 군영은 군기가 엄격하여 은자고 유락객
          이고 할 것 없이 함부로 들어갈 수 없다고 하더이다. 선생께
          서 이렇게 연로하신데 어찌 가시겠습니까?

유경정 :   상공께서 또 제 성미를 돋우시는군요. 그건 우리 설서꾼들이
          상투적으로 쓰는 수법이올시다. 이 늙은이는 가야 되겠다 싶
          으면 가고 그렇지 않으면 안 가는 놈입니다. 그런 떠보기 작
          전에 어디 까딱이나 한답니까! (일어나서 묻는다)

---

10) 원래 성이 조가로~ : 『맹자孟子』 「고자하告子下」에 따르면, 한번은 조교曹交라는 사
   람이 맹자에게 주나라 문왕은 키가 십척이요 상나라 탕왕은 구척이었다면 자신은 키
   가 구척 사촌이니 두 사람 중간은 되는 셈인데 어째서 두 사람은 제왕이 되고 자신은
   밥만 축낼까 하고 투덜거렸다. 그러자 맹자는 그에게 요 임금처럼 입고 말하고 행동한
   다면 요 임금이라도 될 수 있다고 위로했다고 한다. 여기에서는 유경정이 출신이나 체
   구는 조교와 비슷하지만 능력은 오히려 자신이 더 출중하다는 것을 강조하기 위해 조
   교의 고사를 언급하고 있다.

〈북투암순北鬪鵪鶉〉

귀하 쪽에서는 붓 끝으로 글월을 지으시지만

내 쪽에서는 마음속으로 계책을 그린답니다.

영웅들과 설전 벌이는 일11)일랑

소생에게 양보하시지요

유의柳毅처럼 서찰 전하는 일12)이라면

바다에 뛰어든들 무슨 상관입니까?

제 우둔함일랑 떨쳐버리고

제 익살이나 발휘하여

조용히 갔다가 당당한 모습으로 돌아온다면

만인이 갈채를 보낼 텐데요

양문총 :　참으로 훌륭한 수완이올시다. 다만 …… 서찰의 취지를 선생
　　　　이 분명하게 설명하셔야 효과를 거둘 수가 있습니다만 ……

유경정 :　〈자화아서紫花兒序〉

　　　　서찰 속뜻은 자세히 설명할 것도 없습니다.

　　　　분명히 할 필요가 어디 있답니까?

　　　　괜히 입만 아플 뿐이지요

---

11) 영웅들과 설전~ : 원대의 소설가 나관중羅貫中이 지은 『삼국지연의三國志演義』에 나
　　오는 유명한 일화 중 하나. 형주荊州를 얻은 조조曹操는 손권의 오나라[孫吳]와 대치한
　　다. 오나라에서는 모사 장소張昭가 이끄는 주화파가 병력이 막강한 조조를 두려워하여
　　저마다 항복할 것을 주장하였다. 그때 오나라와의 연합전선을 제안하기 위해 손권孫權
　　을 방문한 유비劉備의 군사 제갈량諸葛亮이 주화파 문신들과 치열한 설전을 벌여 결국
　　그들을 제압하고 손권을 설득하는 데에 성공했다고 한다. 여기에서는 유경정이 자신
　　의 달변과 기지를 과시하기 위해 제갈량의 고사를 든 것이다.
12) 유의처럼 서찰 전하는 일[柳毅傳書] : 『이문록異聞錄』에 따르면, 당대에 유의柳毅라는
　　선비가 과거에 낙방하고 귀향길에 호숫가를 지나다가 양치기 여인을 만났는데, 자신
　　이 동정호洞庭湖 용왕의 딸이라면서 편지를 자기 부친에게 전해 줄 것을 부탁하자, 동
　　정호로 가서 용왕을 만나고 그녀의 편지를 전했다고 한다.

이 두 손만으로도
심부름 가서
멋들어지게 해낼 겁니다.
제 혀끝 빌어 그의 군사 꾸짖기만 해도
팔백 리 밖 원래의 위치에까지 물러가게 할 수 있나이다.

후방역 :　선생께서 어떻게 꾸짖으신단 말씀입니까?

유경정 :　그저 "도적을 막으라 일렀더니 거꾸로 도적질을 하는 것이
　　　　　옳으냐 안 옳으냐!" 하고 따지기만 하면 되지요

후방역 :　좋습니다, 좋아요! 제가 글로 쓴 것보다 더 분명하게 말씀해
　　　　　주셨습니다!
양문총 :　선생, 속히 들어가서 짐을 챙기십시오. 선생에게 노자를 드
　　　　　릴 테니 오늘밤 꼭 성을 나서셔야 합니다.
유경정 :　알겠습니다. (두 손을 모으면서) 그럼, 실례하겠습니다. (바로 퇴장
　　　　　한다)
양문총 :　유경정이 이처럼 유용한 인재일 줄은 몰랐군요
후방역 :　그래서 제가 늘 "우리와 의기투합하는 분으로, 설서는 그저
　　　　　취미일 뿐"이라고 칭찬하고는 한답니다.

　　　　　〈미성尾聲〉
　　　　　한 통의 서찰을 임시로 대필하여
　　　　　유선생의 노련한 혀끝 말솜씨 빌어
　　　　　수많은 군사로 새벽이슬 짓밟으려는 저 억센 원수님을 돌이키고
　　　　　삼산에 저녁 안개 드리워진 이 아름다운 강변 도시를 지키자꾸나.

양문총 :	종이쪽 한 장이 군마를 동원하는 것13)보다 현명하리니
후방역 :	형주荊州에서 전선 몰려오는 일일랑 이제는 없으리라.
양문총 :	예로부터 "이름난 선비는 강좌江左가 으뜸"14)이라 했나니
후방역 :	주미塵尾15) 휘두르며 이제 배장대拜將臺16)를 오르노라!

---

13) 군마를 동원하는 것 : 이 부분은 후방역이 대필한 편지 한 장의 힘이 수많은 인명과 물자가 희생되는 큰 전쟁 끝에 거두는 공로보다 실리적이라는 뜻을 담고 있다.

14) 이름난 선비는~ : 강좌江左는 남경 일대를 가리킨다. 진晉나라가 멸망하고 '오호五胡'로 일컬어지는 북방의 유목민족이 중원으로 진출하여 남북조南北朝시대가 시작되자 북방의 명사들이 저마다 강남으로 피신하여 남경 일대로 집결하면서 수립된 왕조가 동진東晉이다. 그 뒤를 이은 송宋·제齊·양梁·진陳 등의 남조 왕조도 모두 그 정권을 강좌에 두었기 때문에 당시 사람들은 이 다섯 왕조와 이들이 통치한 지역을 전부 '강좌'로 불렀다고 한다. 여기서는 후방역의 재능을 나타내기 위해 전국의 인재들이 강좌, 특히 남경에 집중되었다고 한 것이다.

15) 주미[塵] : 주塵는 주미塵尾의 줄임말로 원래 덩치가 큰 사슴을 가리키지만, 때로는 옛날사람들이 벌레를 쫓거나 먼지를 털기 위해 지니는 도구를 의미하기도 한다. 이 도구는 가늘고 긴 나무 막대 상단이나 양쪽에 짐승의 털을 꽂거나 드리운 것으로, 진대晉代에 사람들이 담론을 나눌 때 반드시 들던 것이지만 후대에는 그런 용도와 상관없이 지니고 다니는 경우가 많았다. 여기서는 이 말이 담소를 나눈다는 뜻으로 사용되었다.

16) 배장대拜將臺 :『사기史記』「회음후열전淮陰侯列傳」에 따르면, 한나라의 재상 소하蕭何는 고조高祖 유방劉邦이 항우項羽 휘하에서 창잡이로 있던 한신韓信을 기용하고자 하자 길일을 택해 목욕재계하고 누대를 쌓아 예의를 갖출 것을 조언했고 유방이 그의 조언을 따라 한신을 대원수로 맞아들였다고 한다. 나중에는 "누대에 올라 장수에게 절을 한다[登臺拜將]"라는 말이 장수를 임명하거나 중책을 위임한다는 의미로 사용되기도 하였다. 여기서는 이전에는 과거에서 낙방한 선비에 불과하던 후방역이 지금은 편지 한 장으로 이미 한신처럼 미래가 촉망되는 인재로 주목받기 시작했음을 나타내는 말로 사용되었다.

桃花扇

열한 번째 대목

무창 입성

投轅

원제는 "투원投轅"으로, 원문轅門 즉 군영으로 뛰어든다는 뜻이다. 무창武昌으로 달려온 설서 예인 유경정이 좌량옥左良玉에게 후순侯恂 명의의 친서를 전달하는 과정을 주로 다루고 있다. 이 대목에서 특히 눈에 띄는 것은 '남북합투南北合套'라는 독특한 편곡 / 가창 기법이다. 작자는 여기서 군영의 장엄한 분위기를 기조로 하되, 구성지고 아름다운 가락의 남곡南曲은 좌량옥 군영의 등장인물에게, 힘차고 씩씩한 가락의 북곡北曲은 유경정에게 안배하고 남곡과 북곡을 번갈아 운용함으로써 무기력한 좌량옥 군영의 분위기와 주둔지 이탈을 반대하는 유경정의 단호한 의지를 강렬하게 대비시키고 있다. 아울러, 두 차례의 장면 전환이 이루어지는 좌량옥의 막부幕府를 주 무대로 삼아, 군영의 장엄한 분위기를 연출하기 위해 배역의 교체나 등·퇴장, 합창이 비교적 빈번하게 운용되고 있다.

남훈실본 도회선 삽화 서울대학교 도서관 소장

계미년(1643) 9월

등장인물

    정 : 병졸 갑 ⇒ 궁수 갑

    부정 : 병졸 을 ⇒ 궁수 을

    축 : 유경정

    말 : 중군관

    소생 : 좌량옥

정淨·부정副淨이 병졸로 분장하고 등장한다.

병졸 갑 :   유적流賊[1]을 죽이면 유적 주머니를 챙기고

          백성을 구해 주면 백성 집을 빼앗는다네.

          벼슬아치가 관청 창고 차지하고 있어서

          병졸 하나가 세 끼를 다 배불리 먹는다네.

병졸 을 :   요즘은 그렇게 부르지 않는걸.

병졸 갑 :   어디 네가 한번 불러 보지 그래.

병졸 을 :   유적은 지독해서 주머니 홀리는 일 거의 없고

          백성들은 다 달아나 텅 빈 집만 남는다네.

          벼슬아치는 쪼들려서 관청 창고도 열 생각을 않으니

          천 명이나 되는 병졸들이 한 끼도 먹지 못한다네.

---

1) 유적流賊 : 명나라 조정에서 이자성 등의 농민 봉기군을 폄하해 부르던 호칭.

병졸 갑 : 그렇게 따지면 우리 같은 가난뱅이 졸병들은 다 굶어 죽어야
겠구만?

병졸 을 : 뭐 그런 셈이지.

병졸 갑 : 일전에 소요가 일어났을 때 원수님이 당황해 하면서 남경南京
으로 군량을 구하러 가자고 하시더니만 요 며칠 동안 그럴
기미조차 안 보이니 (…) 또 생각이 바뀌셨나?

병졸 을 : 그 양반이 생각을 바꾸셨으면 우리도 전번처럼 소란을 피우
면 되지 어려울 게 뭐가 있나!

병졸 갑 : 객쩍은 소리 그만하고 일단 원문轅門으로 가서 점호부터 받
고 보자구. 그야말로

"굶어죽는 것이 겁나지 않는다면

어느 누가 국법을 어기겠는가?"

함께 퇴장한다.

축丑이 유경정柳敬亭으로 분장하고 보따리를 진 채 등장한다.

유경정 :   〈북신수령北新水令〉

낙엽 소리 부석거리며 텅 빈 숲 걸어 나오니

듬성듬성 갈대꽃 하며 붉은 여뀌가 보이누나.

그래도 접리모接䍦帽[2] 덮어쓰고

담로검湛盧劍[3] 비껴 잡은 채

---

2) 접리모 : 두건의 일종. 백로의 깃털로 두건을 장식하기 때문에 '백접리白接䍦'라고 부
르기도 한다.

3) 담로검 : 월나라의 유명한 도검장인 구야자歐冶子가 만들었다는 전설상의 명검. 한대
의 조엽趙曄이 지은 『오월춘추吳越春秋』 「합려내전闔閭內傳」에 따르면, "오나라 왕은 월
나라로부터 세 자루의 보검을 진상 받았는데, 하나가 '어장', 하나가 '반령', 하나가
'담로'였다. (…중략…) 담로검은 합려의 무도함을 싫어하여 그 자리를 떠나 나가더니
물길로 초나라로 갔다. 초나라 소왕은 자다가 잠에서 깨어 침상에서 오나라 왕의 담로
검을 얻었다[吳王得越所獻寶劍三枚 : 一曰'魚腸', 一曰'盤郢', 一曰'湛盧'. (…중략…)

허연 수염 나부끼고 있으니

익살로 세상사 풍자하는 동방東方 노인4)인줄 누가 알아보겠나?

나 유경정, 비바람을 무릅쓰고 강을 따라 오는 동안 장병이
식량을 강탈하는 광경은 전혀 보지 못했으니, 그게 와전된
소문이었나 보군. 어쨌든 벌써 무창성武昌城까지 왔으니 이
풀밭에서 보따리를 풀고 복장을 바꾼 다음 서찰을 전하러 갈
채비나 하자꾸나. (땅바닥에 주저앉더니 장화와 모자를 벗고 원래의
옷으로 갈아입는다)

부정副淨과 정淨이 등장한다.

두 사람 :　　　〈남보보교南步步嬌〉

　　　　　　　새벽 비 내리는 성 옆에선 굶주린 까마귀 떼 울며

　　　　　　　연기 피어오르는 황량한 길목 오락가락 하는데

　　　　　　　군영은 반 리 길을 떨어져 있구나.

　　　　　　　(가리키면서)

　　　　　　　바람은 깃발에 몰아치고

　　　　　　　북소리·호각 소리 아득하게 들려오네.

湛盧之劍惡闔閭之無道也, 乃去而出, 水行如楚. 楚昭王臥而寤, 得吳王湛盧之劍于
床]"고 한다.

4) 동방 노인 : 동방삭東方朔(B.C. 154~B.C. 93)은 자가 만천曼倩이며 산동 평원平原 사람이
다. 천성이 익살스러운데다 어려서부터 총명하고 배우기를 좋아하였다. 한나라 무제
[漢武帝]가 즉위하여 천하의 인재들을 모으자, 동방삭은 두 사람이 겨우 들 수 있는 삼
천 쪽의 죽간竹簡에 자기추천서를 써서 황제에게 올렸고, 두 달에 걸쳐 그것을 다 읽은
무제가 그를 태중대부太中大夫에 임명하였다. 건원建元 연간에는 무제가 무절제하게 대
규모의 토목공사를 벌여 상림원上林苑을 조성하려 하자 그 명령을 철회하게 하는 등,
늘 황제에게 간언하기를 주저하지 않았다. 그는 한대에 유명한 문학가로 사부辭賦에 능
했는데, 현재는 열여덟 편의 작품이 전해지고 있으며, 그 중에서도 「칠간七諫」, 「답객난
答客難」 등이 유명하다.

앞쪽이 원문이니까 다들 조금만 더 속도를 내세!

주린 배 견디기도 참으로 힘들건만
거기다 삼팔일 점호[5]까지 받아야 하다니 원!

유경정 : (일어나 두 손을 모으면서) 장병님네들, 말씀 좀 여쭙겠소이다. 저
쪽이 장군 막부의 원문입니까?

궁수 을 : (부정에게 귓속말을 한다) 이 영감 (…) 강북江北 말씨인걸 보니 탈
영병이 아니면 유적일거야.

궁수 갑 : 그럼 손 좀 봐 줘야지! 몇 푼 뜯어내서 밥이나 사먹세그려.

궁수 을 : 그거 좋지!

궁수 갑 : (묻는다) 당신, 장군 막부를 찾으슈?

유경정 : 그렇소이다.

궁수 을 : 내가 데려다 드리지. (포승을 끌러서 축을 포박한다)

유경정 : 아이고, 어째서 나를 묶는 게요?

궁수 갑 : 우리는 무창 군영에서 순라를 맡은 궁수들이시다. 네놈을 묶
지 그럼 누굴 묶겠느냐!

축이 두 사람을 밀어 땅바닥에 넘어뜨리더니 손가락질을 하면서 비웃는다.

유경정 : 안목이라고는 없는 거렁뱅이들 같으니라구! 어쩐지 굶어서
비실거리더라니 …….

궁수 을 : 우리가 굶는 건 어떻게 알았담?

유경정 : 네놈들이 굶지 않으면 내가 왜 여기까지 왔겠느냐!

궁수 갑 : 그럼 당신은 …… 군량을 수송해 오신 분이슈?

---

5) 삼팔일 점호[三八點] : 3·8·13·18일처럼 3이나 8이 들어가는 날 정례적으로 실시
하는 점호

유경정 :   군량 수송이 아니면 뭐란 말이냐!

궁수 을 :   이런, 우리가 눈이 멀었네그려! 얼른 짐을 옮기고 선생을 원
문까지 모시세. (부정·정이 축과 동행한다)

유경정 :   〈북절계령北折桂令〉
보아라 도도한 강물 베고 있는 무창성을!
앵무주鸚鵡洲는 드넓고
황학루黄鶴樓는 높기도 하건마는[6]
닭과 개 울음소리는 고즈넉하고
인적이며 밥 짓는 연기는 드물며
저잣거리는 을씨년스럽기만 하구나.
모두가 죄다 승냥이·이리 배만 불리느라
훌륭하던 강변 도시가 황폐해지고 말았도다!
귓가에는 울부짖는 소리 가득하고
전쟁 알리는 북소리만 요란하며
무쇠 같은 군마 울부짖는 소리만 시끄럽구나.

궁수 갑 :   (가리키며) 여기가 원수부 원문이올시다. (부르더니) 여기서 기
다리슈, 내가 북을 쳐서 알릴 테니 ……. (북을 친다)

말末이 중군관中軍官[7]으로 분장하고 등장한다.

---

6) 앵무주鸚鵡洲·황학루黄鶴樓 : 무창의 명승지. 전자는 지금의 무창 남서쪽 강에, 후자
는 무창 남서쪽 강변에 각각 자리 잡고 있다.

7) 중군관中軍官 : 명대의 하급 군관. 가정嘉靖 29년(1550)에 오군영五軍營·신추영神樞
營·신기영神機營 등 북경의 삼대 군영을 재편할 때 설치되었는데, 자체 추천을 통해
각 군영마다 열한 명씩 선발하였다. 지방의 경우에는 총독·순무·총병 휘하에도 좌
영중군관坐營中軍官을 두었다.

중군관 :   서훈하고 책봉할 때는 원수님이 으뜸이시러니

　　　　　정벌하고 살인하는 데에는 지존 못지않다네.

　　　　　(묻는다) 문 밖에서 북을 치는군. 무슨 정보인지 속히 고하라.
궁수 을 :   방금 근무지에서 수상한 행색을 한 자를 붙잡았사온데 군량

　　　　　을 이곳까지 수송해 왔다고 합니다. 사실 여부를 알 수 없어

　　　　　서 원문으로 끌고 왔사오니 분부를 내려 주소서!
중군관 :   (축에게 묻는다) 여기까지 군량을 수송해 왔다니 공문은 있는

　　　　　가?
유경정 :   공문은 없고 서찰만 있을 뿐이요
중군관 :   그렇다면 이상하군.

　　　　　〈남강아수南江兒水〉
　　　　　그대가 북쪽 땅 찾아온 이유가 참으로 궁금하구려.
　　　　　서찰에 이름도 없이
　　　　　황당한 언사는 또 얼마나 수상한지……
　　　　　근거도 없이 어디 군량이 도착했다는 겐가?
　　　　　이유 없이 이리 둘러대고 저리 얼버무리는
　　　　　그 안색을 보아하니
　　　　　탈영병 아니면 유적일 테지.

유경정 :   그 말씀은 틀렸소이다. 정말 탈영병이나 유적이라면 왜 내

　　　　　발로 원문을 찾아왔겠소이까?
중군관 :   그건 그렇군. 서찰이 있다니 내가 대신 전해 드리리다.
유경정 :   이건 밀서라서 원수님을 직접 뵙고 드려야 옳소이다.
중군관 :   그렇게 말하니 더더욱 수상하지 않나! 잠깐 밖에서 기다리시

　　　　　오. 내가 원수님께 고하고 나서 들어오라고 부를 테니…….

정·부정·축이 다함께 퇴장한다.

무대 뒤에서 군악이 울리면서 문이 열리고, 잡雜은 여섯 명의 위병으로 분장하고 각자 무기를 들고 마주보고 선다.

소생小生이 좌량옥左良玉으로 분장하고 갑옷 차림으로 등장한다.

좌량옥 :　　장강長江 기슭에 자리 잡은 형양荊襄의 웅장한 진영
　　　　　　천하의 안위가 이 칠척 장부에게 달려 있건만
　　　　　　날마다 군량 걱정에 속으로 애만 태우고 있으니…….
　　　　　　이제 언제 담소 나누며 이 세상 연기와 먼지를 다 쓸어버릴 수 있겠나?

　　　　　　(막부에 나타나 분부한다) 전번에는 허기 진 장병들이 소란을 피우길래 본관이 그들에게 군량을 구하러 남경南京으로 가겠다고 속여 넘겼지만, 나중에 곰곰히 생각해 보니 군대가 이동해서 군량을 구할 게 아니라 군량이 당도하면 병력을 움직이는 편이 더 나을 듯하다. 듣자니 구강九江 방면에서 지원한 군량이 조만간 당도한다고 하니, 오늘은 점호를 잠시 생략하고, 각자 근무지로 돌아가 군량이 당도할 때까지 차분히 기다리도록 하라.
중군관 :　　알겠나이다.
　　　　　　(허하虛下[8]했다가 곧 다시 등장한다) 원수님 명령을 받자와 패찰을 걸고 점호를 생략한다고 알리니 전군이 각자의 근무지로 돌아갔나이다!
좌량옥 :　　무슨 정보라도 있으면 속히 고하라.
중군관 :　　달리 정보라고 할 것까지는 없사옵고 (…) 사자 하나가 군량

---

8) 허하虛下 : 중국 고전극에서 사용되는 연출용어. 배우가 무대 왼쪽 입구까지 갔다가 다시 등장하는 것을 가리키는데, 이 같은 동작은 극중인물이 방금 전의 공간을 벗어나 다른 공간으로 이동했음을 의미한다.

을 수송해 왔다면서 원수님을 뵙겠다고 합니다만…….

좌량옥 : (기뻐하면서) 과연 군량을 실은 배가 도착했는가? 잘됐군 잘됐
어! (묻는다) 소지한 공문은 어느 관청 것이던가?

중군관 : 공문은 아예 없이 사신私信만 지녔사온데, 꼭 직접 뵙고 전하
겠다고 하옵니다.

좌량옥 : 그것 참 이상하군! 어쩌면 유적의 밀정일지도 모르겠는걸?
(분부한다) 위병들은 들으라, 각별히 방비를 하고, 그 자에게
무릎걸음으로 기어서 들라 이르라!

위병들 : 예!

말이 축을 불러 들어오게 한다. 양 옆에서 무기를 엇걸어 들고, 축은 그 사이로
비집고 들어와 대면한다.

유경정 : (읍례를 올리면서) 웃전에 계신 원수님께 소생 문안 여쭙사옵니
다!

좌량옥 : 예끼! 어떤 놈이기에 감히 이곳에 와서 방자하게 구는가!

유경정 : 소생은 일개 평민일 뿐이온데 어찌 방자하게 행동하겠습니까?

　　　〈북안아락대득승령北雁兒落帶得勝令〉
　　　나는야 산 나선 적도 없는 늙은 촌사람.
　　　왕후장상 대단하시고 손님은 하찮은 존재라는 이치를 어찌 알겠
　　　소마는
　　　대문간 깃발처럼 늘어선 이 긴 창·큰 칼들 따위는
　　　고작 깊고 울창한 숲 속에서 황폐한 덤불 길 지나는 것처럼 여긴다오
　　　실컷 여우처럼 활개치고 범처럼 울부짖어 보시오마는
　　　이 위풍이 대체 다 무슨 소용이 있단 말이오?
　　　이 외톨이 손님 겁주어 내뺄 문조차 없게 만드시길래

넙죽 절 올린 것뿐이지 거드름 피운 것은 아니올시다.

(두 손을 모으면서)

사죄 드리지요

영내 법도를 전혀 알지 못한 것을…….

(웃으면서)

분일랑은 삭이시고

서찰이 있사오니 장군께서 자세히 보아 주시기 바랍니다.

좌량옥 :   (묻는다) 누구의 서찰인가?

유경정 :   귀덕歸德의 후侯선생 — 후순공께서 안부 여쭙고자 부쳐온 것이
올습니다.

좌량옥 :   사도司徒께서는 내 은인이신데, 그대가 어떻게 아시오?

유경정 :   소생은 지금 후선생 댁에서 더부살이를 하고 있사옵니다.

좌량옥 :   (두 손을 모으며) 그렇다면 실례했구려. (묻는다) 서찰은 어디 있
소? (축이 편지를 바치자) 문을 닫으라 이르게.

무대 뒤에서 군악이 울리면서 문이 닫히고, 사람들이 퇴장한다.

좌량옥 :   귀빈께서는 앉으시지요

축이 옆에 앉는다. 소생이 편지를 읽는다.

좌량옥 :   〈남요요령南僥僥令〉

그 어른께서 정성스레 마음 쓰시는 모습 보노라니

아이들 가르치는 정도에 비할 바가 아니로다.

이 서찰의 속뜻을 단번에 알 수는 없겠지만, 나더러 변방을

지키며 함부로 내지로 군사를 이동하지 말라고 만류하시는
내용이로구나. (한숨을 쉬더니) 원수님이시여, 원수님이시여!
이 좌량옥을 어찌 그리도 모르십니까?

　　한 조각 충성심은 하늘에라도 아뢸 수 있사오니
　　어찌 깊으신 성은을 저버리고
　　천거해 주신 은혜를 욕보이겠습니까!9)

(축에게 묻는다) 선생께서는 존함이…….
유경정 :　송구스럽습니다. 소생 성은 유가이옵고 이름은 경정이올습
　　　　니다.

잡雜이 차를 가지고 등장한다.

좌량옥 :　유형, 드십시오 (축이 차를 받자) 아시다시피 이 무창성은 장헌
　　　　충張憲忠이 방화와 노략질을 자행한 후로 열에 아홉 집이 비
　　　　어 버렸습니다. 제가 이곳을 지키고 있긴 하나 마초馬草와 군
　　　　량이 바닥나고 날마다 소란이 생겨 저조차도 통제를 할 수
　　　　없는 실정이올시다.
유경정 :　(성을 내면서) 원수님께서 어찌 그런 말씀을 하십니까! 예로부터
　　　　"병졸은 장수를 좇아 움직인다[兵隨將轉]" 하지 않습니까? 장
　　　　수가 부하 꽁무니나 쫓아다닌다는 소리는 금시초문이올시다!

---

9) 천거해 주신 은혜를~ : '천보薦保'는 원래 추천을 한다는 의미이지만, 여기에서는 천
　　거의 주체인 후순侯恂을 가리키는 말로 사용되었다. 좌량옥과 후순의 관계에 대해서는
　　아홉 번째 대목 '진중 소요撫兵' 부분을 참조할 것.

〈북수강남北收江南〉
귀하께서는 세류細柳 군영에 앉아
손에는 범과 용의 병서[10]를 쥐고 계십니다.
천군을 통솔할 때 산은 움직일지라도
군령이 흔들려선 안 되는 법입니다.
허기 진 병졸들이 소요 일으켜 조정의 법도를 범하거늘
장군께서는 대책도 없이
그들이나 따르면서 유유자적하시다니요?
이 오명을 어찌 벗겠습니까?
이 오명을 어찌 벗겠습니까?
전군의 병권을 원수께서 행사하지 못하시다니요!

(찻잔을 땅바닥에 내동댕이 친다)

좌량옥 : (화를 내면서) 아니, 이렇게 무례할 수가! 찻잔을 땅바닥에 내
동댕이치다니 …….

유경정 : (웃으면서) 소생이 어찌 무례를 범할 수 있겠습니까? 이야기를
나누다 보니 흥에 겨워 저도 모르게 내동댕이친 것뿐이올시다.

좌량옥 : 자기도 모르게 내동댕이를 쳐요? 그대는 마음 하나도 주체하
지 못한단 말씀이시오!

유경정 : 마음을 주체할 수 있다면야 부하들이 난동을 부리도록 방치
하지도 않으셨겠지요.

좌량옥 : (웃으면서) 유형 말씀이 일리가 있소이다. 다만 …… 병사들이
몹시 허기가 진 까닭에 저들이 내지로 군량을 구하러 가는
걸 허용했을 뿐입니다. 그 또한 묘책이 없어서 그렇게 한 것

10) 범과 용의 병서[虎龍韜] : '호룡도虎龍韜'는 「호도虎韜」와 「용도龍韜」를 아울러 일컫는
말. 「호도」와 「용도」는 고대 중국의 병법서인 『육도六韜』의 편명이지만, 여기에서는
군 지휘권을 의미하는 말로 사용되었다.

뿐이올시다.

유경정 : 소생이 먼 길을 오다 보니 배가 몹시 고픈데, 원수님께서는 끝까지 한 마디도 안 물으시는군요?

좌량옥 : 잊고 있었구려. 부하들에게 속히 식사를 차리라고 이르겠습니다.

유경정 : (배를 문지르면서) 정말 배가 고프군요, 정말로!

좌량옥 : (재촉한다) 괘씸한 놈들, 냉큼 준비하지 못할까!

유경정 : (일어서더니) 더는 못 기다리겠습니다. 당장 안으로 먹으러 들어갑시다! (내실로 들어간다)

좌량옥 : (화를 내면서) 어째서 내실로 들어가려 하시오?

유경정 : (고개를 돌리면서) 배가 고파서 환장하겠습니다.

좌량옥 : 환장하면 남의 내실에까지 들어가도 된답니까?

유경정 : (웃으면서) 환장을 해도 내실까지 들어가게 내버려 두면 안 된다는 건 원수님께서도 잘 알고 계시는군요?

좌량옥 : (큰 소리로 웃으면서) 말끝마다 내 잘못을 비꼬다니……. 참으로 비상한 언변을 가진 분이시구려! 내 이 군영에야말로 그대 같은 분이 필요한데 말입니다!

〈남원림호南園林好〉
　내 비록 세간에 벗이 넘치는 몸이지만
　익살스러운 동방 노인을 알아볼 줄은 압니다.
　이 가슴 속에 담은 것도 적지 않거늘
　따끔한 충언도 할 줄 아시고
　넌지시 비꼴 줄도 아시니 말입니다.

유경정 : 천만에요, 천만에! 그저 세간을 전전하면서 밥이나 얻어먹을 뿐인 걸요.

좌랑옥 : (묻는다) 유형을 보아하니, 사대부[11]들과 왕래할 정도라면 분
명 남다른 재주가 있으실 듯한데, 가르침을 좀 받고 싶군요.

유경정 : 소생 어려서부터 배울 기회를 놓친 몸인데 무슨 재주가 있겠
습니까? 기껏 야사 몇 구절 읽고 되는 대로 떠들었더니, 오교
吳橋의 범대사마范大司馬나 동성桐城의 하상국何相國[12] 같은 분
들께서 과분한 칭찬을 해 주셔서 그 덕분에 사대부들과 교분
을 쌓은 것뿐인데……. 참으로 부끄럽습니다!

〈북고미주대태평령北沽美酒帶太平令〉
내 읽던 패관稗官의 이야기[13]에
불만을 토로하며
패관의 이야기에
불만을 토로하며
강산을 마주한 채 쓴 송료주松醪酒[14] 말술로 마신다네.
작은 북은 북채 흔들며 가볍게 두들기고
작은 박판은 부드러운 손으로 연신 흔들어 대네.

---

11) 사대부[縉紳] : '진신縉紳'은 홀笏을 큰 띠와 가죽 띠 사이에 끼운다는 의미로, 고대
중국 관리들의 옷차림새를 두고 하는 말이기 때문에, 때로는 사대부를 가리키는 말로
사용된다.

12) 범대사마·하상국 : 첫 번째 대목 '설서 감상聽稗'의 관련 각주를 참조할 것.

13) 패관의 이야기[稗官詞] : '패관稗官'은 원래 민간에서 가담항설街談巷說(거리에서 만들
어지거나 전해지는 이야기들)을 채록하는 관리를 가리키며, '패관의 이야기'는 패관이
채집한 것들 중 정사正史에 기록하기에 부적합한 자잘한 이야기를 말한다. 한대의 반고
班固가 지은 『한서漢書』「예문지藝文志」에는 소설이 패관에서 나왔으며 거리에서 만들
어진 이야기라고 말하고 있다. 패관문학에 대한 일반적인 개념은 역사적 사실이나 일
상의 잡다한 일들을 소재로 기술한 것을 의미하지만, 구성 내용과 문체가 소설과 비슷
한 점도 있기 때문에 소설의 발전과정을 이해하는 데에 대단히 중요한 문학 양식이라
고 할 수 있다.

14) 송료주松醪酒 : 송진이나 송화 가루를 넣어 만든 술을 말하는데, 송방주松肪酒·송화
주松花酒로도 불린다. 송대의 문인인 소식은 정주定州의 관리로 있을 때 곡양曲陽에서
송진을 써서 술을 빚고 「송료부松醪賦」를 지었다고 전한다.

글자마다 신하 충성스럽고 자식 효성스럽다 하고
소리마다 용처럼 읊조리고 범처럼 울부짖는다네.
날랜 혀끝은 무쇠칼이 칼집을 나오듯
쩌렁거리는 목청은 우렁찬 우레가 매섭게 작열하듯
아!
이처럼 차가운 조소며 뜨거운 풍자는
붓으로 쓸 것도 먹으로 그릴 것도 없다네.15)
영웅께·권하노니
오판하는 일 냉큼 취소하기 바라오

좌랑옥 :　이야기 참 시원하게도 해 주셨소이다. 유형께서 이처럼 뛰어
　　　　난 재주를 가지고 계신줄은 몰랐군요! 제 처소에 남으셔서
　　　　조석으로 가르침을 좀 주십시오.

　　　　〈청강인淸江引〉
　　　　이제부터 고금의 이야기들 날마다 들려주시면
　　　　비바람 몰아쳐도 실컷 경청하리다.
　　　　그대는 저 소진蘇秦16)·장의張儀17)처럼 언변이 훌륭하고

---

15) 이처럼 차가운~ : 이 두 구절은 신랄한 풍자가 정성껏 글로 남기는 정사보다 더 효
과적이라는 의미로 사용되고 있다.
16) 소진蘇秦(?~B.C. 284) : 전국시대의 유세가. 장의張儀와 더불어 종횡가縱橫家를 대표하는
인물이다. B.C. 333년에 진秦에 대항하여 여섯 나라가 연합전선을 형성해야 한다는 '합
종책合縱策'을 주장하여 연나라 소왕[燕昭王]에게 중용되었고 조趙·제齊·위魏·한
韓·초楚의 다섯 나라를 설득하여 연합전선을 구축하는 데에 성공하였다. 이로 인해 여
섯 나라의 재상으로 십여 년간 영화를 누렸으나 동문수학한 친구 장의가 새로 제시한
'연횡책連橫策'으로 인해 합종책이 깨지고 그가 그 동안 여섯 나라의 분열을 조장한 사실
이 드러나 제나라에서 살해당하였다.
17) 장의張儀(?~B.C. 310) : 위魏나라 사람인 장의는 종횡가를 대표하는 전국시대의 유세
가로, 출세를 위해 각국을 전전하다가 진나라 혜왕[秦惠王]에게 연횡책連橫策을 건의
하여 무신군武信君에 책봉되었다. 그는 또 위나라에 들어가 한韓·위 양국이 동맹하여

빼어난 내 활솜씨는 예羿[18]·오奡[19]조차 놀라게 만들 정도건만
도처에서 피어나는 저 연기와 먼지[20]는 언제나 사라질는지…….

유경정: 객쩍은 소리만 잔뜩 늘어놓으셨는데 (…) 원수님께서 무슨
속셈으로 내지로 군사를 이동시키려 하시는지 당췌 영문을
모르겠군요?
좌량옥: 분명한 신하의 마음은 오로지 하늘만 아실 것이외다. 입으로
설득할 필요도 없는 일을 무엇 하러 서찰까지 쓰셨습니까?

좌량옥: 물과도 같은 신하 마음은 맑은 하늘에까지 비치는 것을…….
유경정: 길도 멀지 않은 지척에 용안이 계시오이다!
좌량옥: 남서쪽을 위해 반쪽 천하라도 지키려 하는 것뿐이거늘…….
유경정: 동쪽 해문海門의 밀물[21]에는 눈길도 주지 마시오!

제齊·초楚 양국에 대응하게 했으며, 소양왕昭襄王 때에는 초나라에 들어가 제·초 양
국의 동맹을 와해시키고 다시 제·진 양국이 동맹을 맺고 초나라를 고립시키기도 하
였다. 그의 이 같은 연횡책은 소진蘇秦의 합종책과 더불어 전국시대에 열국의 세력균
형을 유지하는 데에 상당한 기여를 하였다.
18) 예羿 : 전설상의 인물인 후예后羿는 활쏘기를 잘하고 무예가 뛰어났다. 일설에는 하
늘에 열 개의 태양이 떠서 사람을 비롯한 생물들이 타 죽자, 요 임금의 명령을 받들어
활로 그 중 아홉 개의 태양을 쏘아 떨어뜨렸다고 한다. 또, 그에게는 항아嫦娥라는 아
내가 있었는데, 그가 서왕모에게서 장생불사의 묘약을 구해 오자 그것을 훔쳐 먹고 하
늘로 날아갔다는 전설도 전해진다.
19) 오奡 : 요澆로도 쓴다. 하夏나라 때 한착寒浞의 아들로 힘이 세었으며 육지에서도 배
를 움직일 수 있었다고 한다. 『논어論語』 「헌문憲問」에 대한 하안何晏의 집해集解에 따
르면, "(후)예는 유궁국의 군주로 하후상의 자리를 찬탈했는데, 그 신하인 한착이 그를
죽이고 그 아내를 취하여 오를 낳았다. 오는 힘이 세서 육지에서도 배를 움직일 수가
있을 정도였는데 하후소강에게 죽임을 당하였다[羿, 有窮國之君, 篡夏后相之位. 其
臣寒浞殺之, 因其室而生奡. 多力, 能陸地行舟, 爲夏后少康所殺]"고 한다.
20) 연기와 먼지[煙塵] : 각지에서 일어나는 병란兵亂을 가리키는 말.
21) 해문의 밀물[海門潮] : 해문海門은 바다와 민물이 만나는 절강성 해녕海寧의 전당강錢
塘江 구간을 가리킨다. 전당강이 바다로 진입하는 해녕 구간은 나팔 모양을 하고 있어
서 밀물 때가 되면 바닷물이 폭 100킬로미터의 강 입구로 밀려든다. 이때 밀려든 바닷
물은 서서히 좁아지는 지형으로 인해서 최고 높이가 3.5미터에 이르며 천둥 같은 소리

를 내는 거센 파도를 이루어 일대 장관을 이룬다. 전당강의 밀물을 구경하는 것은 한대에 시작되어서 송대에 가장 성행해서, 남송南宋 때부터는 밀물이 가장 장관을 이루는 매년 음력 8월 18일을 '밀물을 보는 날[觀潮節]'로 정할 정도였다고 한다. 이백李白·두보杜甫·유우석劉禹錫·범중엄范仲淹·소식蘇軾·모택동毛澤東 등, 역대의 수많은 문학가·명사들이 이 전당강의 명물을 즐기고 시문을 남겼으며, 오늘날까지도 전국 각지에서 이 장관을 감상하려는 여행객들이 이어지고 있다. 여기에서는 좌량옥이 경솔하게 동쪽으로 이동하지 말고 원래의 위치를 지키라는 의미로 사용되고 있다.

열두 번째 대목

남경 탈출

辭院

桃花扇

원제는 "사원辭院"으로, 구원舊院(기방)을 떠난다는 뜻이다. 이 대목에서는 마사영馬士英과 완대성阮大鋮의 모함으로 내통자로 몰린 후방역侯方域이 정치적 박해를 피해 남경南京을 떠나는 내용을 주로 다루고 있다. 이 대목은 국사를 논의하는 청의당淸議堂과 남녀 주인공이 기거하는 이정려李貞麗의 기방을 무대로 하는 두 개의 장면으로 구성되며, 두 사건은 양문총楊文驄을 매개로 해서 연결되고 진행된다. 두 장면에서 노래는 주요 인물들의 독창으로 처리되고 있는데, 첫 장면에서 마사영으로, 뒷 장면에서 소곤생蘇崑生으로 분장하는 정淨의 극중 역할이 돋보인다.

계미년(1643) 10월

등장인물

> 말 : 양문총
>
> 부정 : 완대성
>
> 축 : 장반 ⇒ 하인
>
> 외 : 사가법
>
> 정 : 마사영 ⇒ 소곤생
>
> 소단 : 이정려
>
> 생 : 후방역
>
> 단 : 이향군

말末이 양문총楊文驄으로 분장하여 의관을 정제하고 등장한다.

양문총 :   〈서지금西地錦〉

금수강산 동남쪽 여러 곳에서

영웅호걸 분분히 할거하더니

이제는 또 주周공자[1]의 원한 사서

강물이 동쪽으로 밀려드누나.

---

1) 주공재[周郎] : 삼국시대 오나라의 군사가 주유周瑜(175~210)를 가리킨다. 그는 자가 공근公瑾으로 여강廬江 출신으로, 홍평興平 2년(195)에 절친한 사이이던 손책孫策을 도와 강동江東에 오나라를 세웠으며, 손책이 죽자 그 동생 손권孫權을 보좌하여 전도대도독前都大都督이 되었다. 건안建安 13년(208)에 조조曹操가 대군을 이끌고 남하하여 형주荊州를 차지하자 유비劉備와 연합전선을 구축하고 적벽赤壁에서 조조의 군사를 격퇴시켰다. 여기서는 좌량옥을 두고 한 말이다.

소관은 양문총입니다. 어제는 웅熊사마의 명령으로 후侯형에게 영남후寧南侯 앞으로 서찰을 내고 그들의 북상을 저지해 줄 것을 부탁해서, 벌써 유경정柳敬亭을 보내 당일 밤 바로 부쳐 보냈습니다. 그리고 나서 서찰이 제대로 전해지지 않을까 싶어, 조정에 상소를 올려 좌량옥에게 작위를 더해 주고 그 아들·조카들에게도 음직蔭職을 내리는 한편, 각지의 독무와 도성의 대소 문·무신들까지 모두 청의당淸議堂2)에 소집하여 공동으로 논의하고 그에게 군량을 지원하기로 결정했는데, 이 또한 어쩔 수 없는 중재였습니다. 소관과 완원해阮圓海는 파직되어 타관에 머무는 처지이지만, 함께 전단을 받았으니 속히 가볼 수밖에요.

부정副淨이 완대성阮大鋮으로 분장하여 의관을 정제하고 등장한다.

완대성 :   검고 흰 것은 바둑판의 일로만 여기고
           수염과 눈썹 달고 연극 속 인물로 꾸미네.

           (대면한다) 용우龍友, 반갑소이다! 오늘 정세를 논의한다고 이리로 오라는 전갈을 받았으니 입을 다물고 있을 수는 없겠지요
양문총 :   사태가 중대합니다만 우리처럼 파직된 사람들이야 대놓고 입을 열 수는 없는 입장이고 보면, 동참하는 것 자체만으로도 큰 다행인 게지요
완대성 :   그게 무슨 말씀이시오!

---

2) 청의당淸議堂 : 명대에 조정 대신들이 모여 국가대사를 상의하던 장소

〈탁목아啄木兒〉
조정 일이라면
반드시 진지하게 임해야 하는 법.
태조太祖 황제의 거룩한 도읍지3)가 여태 진정되지 않고 있다고
한가하게 쇠사슬로 묶은 배가 풀릴 것4)만 근심하지 마오.
담장 안 사람5)이 남 끌어들이는 게 더 큰 걱정이올시다.
뿔 소리·북 소리가 온 성루를 뒤흔들고
돛 나부끼고 깃발 휘날리며 강바람조차 순조로우니
내일이라도 금릉金陵 땅을 취하려 들면
누군가 몰래 문을 열어 줄 겝니다!

양문총 :　그건 확실치도 않은 말이니 함부로 흘리지 마시오!
완대성 :　소생이 실로 들은 바가 있어서 그러는 건데, 못할 말이 뭐가
　　　　　있겠소이까?

축丑이 장반長班6)으로 분장하고 등장한다.

---

3) 거룩한 도읍지[神京] : 남경을 가리키는 말. 명나라 태조 주원장朱元璋의 황릉인 효릉
孝陵이 남경에 있기 때문에 이렇게 부른 것이다.
4) 쇠사슬[鐵鎖] : 열 번째 대목 '서찰 대필修札'의 '쇠사슬' 주석을 참조할 것.
5) 담장 안 사람[蕭牆人] : 『논어論語』「계씨季氏」에 따르면 계손씨季孫氏를 보좌하던 염
유冉有와 계로季路가 계손씨의 전유顓臾 공격계획을 상의하기 위해 공자를 방문하자 공
자는 "계손의 우환은 전유에 있는 것이 아니라 그 집 담장 안에 있을까 걱정이다[吾恐
季孫之憂, 不在顓臾, 而在蕭牆之內也]"라면서 그 계획에 반대했다고 한다. 원래 '소
장蕭牆'은 옛날 궁궐에서 보호벽으로 둘러친 낮은 담장을 말하는데, '소장 안'은 일반
적으로 내부(inner circle)를 가리키는 말로 사용된다.
6) 장반長班 : 우리나라의 방자房子처럼 명대에 경직京職 관리의 시중을 들던 수행 종복
을 가리킨다. 명대의 심덕부沈德符가 지은 『만력야획편萬曆野獲編』에 따르면, "(경직 관
리가) 손님을 접대하는 일은 모두 장반의 조언을 통해 이루어진다. 조정에 나가 중요
인사들을 뵈는 일 이외에도 이러저러한 일들 및 뵙기를 청하고 집안으로 들어가고 문
밖으로 나갈 때 안내하고 지휘하는 일은 이들이 도맡아 하였다[(京官) 拜客則皆出長
班授意, 除赴朝會謁貴要之外, 遠近遲速以及當求面、當到廳、當到門, 導引指揮, 惟

장반 :　　　　곳곳마다 상황이 긴박하여

　　　　　　　날마다 회의가 많기도 하다.

　　　나리께 아뢰오. 회안조무淮安漕撫 사가법史可法7) 대감, 봉양독

　　무鳳陽督撫 마사영馬士英 대감 모두 당도하셨습니다요!

　　　말과 부정이 나와 기다린다. 외外가 흰 수염에 사가법으로 분장하고, 정淨이 수

염 없이 마사영으로 분장하여 각자 의관을 정제하고 등장한다.

사가법 :　　　천하의 군수 물자가 오로지 조운漕運8) 하나에만 달려 있거늘

　　　　　　　무능한 이 몸은 공연히 여건呂虔의 칼9)만 차고 있구나.

마사영 :　　　장릉長陵 성역10)은 제왕의 혈맥과 직결되어 있건만

其所適]"고 한다.

7) 사가법史可法(1601~1645) : 자가 헌지憲之, 호가 도린道隣으로 하남 상부祥符 사람이다.
숭정 원년(1628) 진사 출신으로 서안추관西安推官을 제수 받는 것을 시작으로 호부주사戸部
主事 등의 벼슬을 거쳐 노상승盧象升을 좇아 농민봉기를 진압한 공로로 남경 병부상서南京
兵部尚書에 임명되기도 하였다. 숭정 17년(1644)에 숭정제가 자결한 후 남경에서 복왕福王
을 황제로 옹립한 공으로 영무전 대학사英武殿大學士로 승진하였으나, 마사영 등의 시기로
양주揚州로 전출되었다. 청나라 군사가 남하하여 양주를 공격하자 결연하게 항전을 벌이
다가 포로가 되어 장렬하게 순국하였다. 저서로는 『사충정공집史忠正公集』이 있다.
8) 조운漕運 : 명대에 세금으로 징수되던 조량漕糧의 운반을 가리키는 말로, 수로나 육로
를 통해 이루어졌다. 영락永樂 13년(1415)에 해로를 통한 운수방식인 해운海運이 폐지된
후부터 시행되었는데, 매년 세금 명목으로 미곡을 조달하는 세운歲運은 보통 400만 석
규모로 이루어졌다. 명대의 조운은 통상적으로 민간의 수요를 위한 ‘민운民運’보다는
군사적 수요를 충족시키기 위한 ‘군운軍運’ 위주로 운영되었다고 한다.
9) 여건의 칼[呂虔刀] : 삼국시대 위魏나라 사람인 여건은 보검을 지니고 있었는데, 칼
장인이 삼공三公의 반열에 오를 사람만 그것을 지닐 수 있다고 말했다고 한다. 여기에
서는 사가법 자신의 재능과 덕망이 여건보다 못하다는 뜻에서 한 말이다.
10) 장릉 성역[長陵坏土] : 장릉長陵은 원래 한나라 고조의 묘를 말하지만, 여기에서는
명나라 태조 주원장의 조상이 묻힌 고향 봉양鳳陽의 선영을 가리키는 말로 사용되었
다. 이 무렵 이자성・장헌충 등 각지에서 봉기한 농민군들은 이미 안휘성 북쪽인 봉양
부근지역을 위협하고 있었다. 당시 마사영은 봉양총독을 맡고 있었기 때문에, 봉양이
농민군에게 넘어가고 황릉이 유린되기라도 하면 엄한 처분을 받을 처지에 놓여 있었
다. 때문에 여기에서도 제왕의 혈맥[龍脈]과 직결된 장릉 일대가 전란에 휩싸일까봐

봉홧불 걱정하며 반백 머리만 긁적거리네.

말과 부정이 대면하고 서로 읍례를 올린다.

사가법 :　(묻는다) 병부상서 웅熊선생께서는 어째서 당도하지 않으셨소
　　　　　이까?
장반 :　　오늘 어명이 내려 강가로 사열하러 가셨사옵니다만…….
마사영 :　그렇다면 회의를 하기는 틀렸으니 어쩌면 좋을꼬?

　　　　〈전강前腔〉
　　　　누런 먼지 일어나
　　　　제왕의 기운이 흐려지니[11]
　　　　깃 부채로도 건업建業 땅 군대[12]를 지휘하기 어렵도다.
　　　　막부산幕府山에선 촛구슬에 담긴 격문[13]이 유성처럼 빠르고
　　　　오마도五馬渡[14]에선 누선樓船이 날 듯이 치닫누나.
　　　　강동江東은 이오夷吾[15]가 지켜야 하는 것을

　　노심초사하는 자신의 심정을 드러내고 있다.
11) 누런 먼지 일어나~ : 중국에서는 예로부터 남경에 제왕의 기운이 서려 있다고 믿어
　　왔다. 두 구절은 각지에서 전란이 끊이지 않아 나라가 어지럽고 왕조의 운명에 위기가
　　닥친 것을 두고 한 말이다.
12) 건업 땅 군대[建業軍] : 건업建業은 남경의 또 다른 이름이다. 『진서晉書』「고영전顧榮
　　傳」에 따르면, 진민陳敏이 강남에서 난리를 일으키자 고영顧榮이 깃부채를 들고 군사를
　　지휘하여 진민의 군사를 궤멸시켰다고 한다.
13) 촛구슬에 담긴 격문[臘檄] : 옛날 군사기밀을 담은 격문은 얇은 종이에 씌어져 구슬
　　처럼 동그랗게 뭉친 후 촛농으로 만든 구슬에 밀봉해서 전달되기도 하였다. 막부산幕
　　府山은 남경 북서쪽에서 장강 남안에 걸친 산의 이름으로, 동진의 왕도王導가 이곳에
　　자신의 막부幕府를 두었다고 전한다.
14) 오마도五馬渡 : 남경 근교의 땅 이름. 진나라 원제[晉元帝]와 팽성彭城 등 다섯 왕이
　　이곳에서 강을 건넜다고 전한다.
15) 이오夷吾 : 원래는 춘추시대 제나라의 명재상 관중管仲을 가리키지만, 여기에서는 왕
　　도王導(276~339)를 두고 한 말이다. 왕도는 남북조시대 동진東晉의 명재상으로, 서진西
　　晉 말기에 사마예司馬睿를 도와 동진 왕조를 수립하는 데에 큰 공을 세워 나중에 제위

탁상공론으로 어이 남조南朝의 한을 씻을 수 있으랴?16)

저마다 분발하여 늙고 병든 몸이라도 바쳐야 하는 것을…….

양문총 : 노선생께선 그리 크게 심려하실 것 없습니다. 좌량옥左良玉은 후侯사도의 옛 부하여서, 어제 벌써 서찰을 내어 중지하도록 설득했사오니, 아마 무슨 결정이든 다 따를 겁니다.

사가법 : 소생도 이 의거가 웅熊사마의 뜻에서 비롯됐지만, 실은 모두 가 양楊형의 공이라고 들었소이다.

완대성 : 그건 모르시는 말씀이올시다! 좌량옥의 군사가 쇄도하는 것 이 실은 몰래 내통하는 자가 있기 때문이라던데요.

사가법 : 누군데요?

완대성 : 바로 제 동기 후순侯恂의 아들 후방역侯方域이올시다!

사가법 : 그는 소생의 선배이기도 하지만 복사復社에서도 쟁쟁한 명성 이 있거늘, 어찌 그럴 리가…….

완대성 : 영감17)께서는 모르시겠지만, 그 자와 좌량옥은 교분이 두터 워서 평소에도 서신 왕래가 있었답니다. 속히 이 자를 제거 하지 않으면 장차 분명히 내통이 있을 겁니다!

마사영 : 옳은 말씀이외다! 어찌 한 사람을 아끼자고 온 도성 사람 목 숨을 다 희생시킨단 말이외까!

사가법 : 그건 도무지 있을 리가 없는 일18)이외다. 게다가 완阮선생은

에 오른 사마예가 그를 승상으로 중용하였다. 그는 사마예 이후 승상의 신분으로 연이 어 세 황제를 보필하면서 동진의 번영에 기여하였다. 때문에 동진의 온교溫嶠는 왕도 를 '강동의 이오[江左夷吾]'라고 칭송했다고 한다.

16) 탁상공론으로~ : 남북조시대에 남조의 사대부들은 세속을 벗어나 청담淸談에만 몰 입하는 경우가 많았다. 이 구절은 남조의 각 왕조가 국력을 떨치지 못한 것도 이 같은 기풍과 관련이 있는 것으로 인식한 작자의 시각을 반영하고 있다.

17) 영감[老公祖] : 명청대에 사대부들이 지방관을 부를 때 쓰던 말. 안휘성 회녕 출신인 완대성은 봉양독무인 마사영의 관할지역이 자신의 연고지인 안휘성 일대이기 때문에 그를 '영감'으로 부르고 있는 것이다.

파직된 분이니 국가대사는 일체 함부로 입에 올려서는 안 될
일이요! (작별한다) 그럼, 이만! (…) 그야말로

　　　"사악한 자에게는 올바른 주장이 없어서
　　　공적인 논의에서도 사사로운 감정에 치우치는 법!"
　　(퇴장한다)

부정이 손가락으로 가리키면서 분해한다.

완대성 :　(정을 향하여) 사도린史道鄰이 어째서 자리를 털고 가는 겁니까?
　　　　　소생이 드린 말씀에는 확실한 증거가 있다니까요. 듣자니 전
　　　　　날은 곰보 유柳가에게 사신私信을 전하라는 부탁까지 했다고
　　　　　합디다!
양문총 :　그건 너무 지나친 말씀이시오! 경정敬亭이 간 건 소생이 시켜
　　　　　서이고, 서찰을 쓸 때 소생도 그 곁에 있었소이다. 그가 애절
　　　　　한 심정으로 서찰을 써 준 일을 고마워하진 못할망정 어쩌자
　　　　　고 거꾸로 의심을 하십니까?
완대성 :　용우는 몰라서 그렇소이다! 그 서찰은 죄다 암호 투성일 텐
　　　　　데 남들이 어떻게 알 수가 있겠소?
마사영 :　(고개를 끄덕이면서) 그래요, 그런 놈은 없애야 됩니다! 소생이
　　　　　돌아가는 대로 사람을 시켜 당장 잡아들이겠소! (양문총을 보
　　　　　고) 매부, 지금 당장 같이 갑시다!
양문총 :　처남이 먼저 나서시면 소생도 뒤따라가겠습니다.

---

18) 있을 리가 없는 일[莫須有之事] : 송나라가 금나라와 군사적으로 대치하고 있을 때,
　　주화파인 진회秦檜는 주전파인 악비岳飛를 역모를 획책하고 있다고 모함하였다. 이에
　　한세충韓世忠이 그런 모함을 할 만한 증거라도 있느냐고 항변하자 진회는 "그런 일은
　　있을 리가 없다[這事體莫須有]"라고 대답했다고 한다. 이때부터 진회의 이 말은 아무
　　근거도 없이 자행되는 모함을 가리키는 말로 사용되었다.

완대성 :　(마사영을 향하여) 소생과 매형은 친동기보다도 가까운 사이랍
　　　　　니다. "늙어져서 영감 생각 간절할 즈음이면 오늘 같은 만남
　　　　　은 갖기 어려우리"라는 말도 있지 않습니까? 제가 심사가 많
　　　　　아 밤새도록 이야기를 나누었으면 싶은데, 어떠실런지…….
마사영 :　전부터 말씀은 익히 듣고 있던 참이라 그렇지 않아도 조언을
　　　　　좀 구하려던 참이올시다. (함께 퇴장한다)
양문총 :　이게 어찌 된 영문인가! 후형의 평소 행실을 속속들이 알 수
　　　　　야 없지만, 서찰을 쓴 일만 놓고 말하면,

　　　　　〈삼단자三段子〉
　　　　　이 억울함을 어이 풀꼬?
　　　　　억지로 "증삼曾參이 사람 죽였다"19)며 몰아세운 격이니!
　　　　　이 억울함을 어이 삼킬꼬?
　　　　　다짜고짜 "진항陳恒이 임금 시해했다"20)고 써 제친 꼴이니!

　　　　　그에게 서찰을 써서 속히 피하라고 일러야겠구나! (나선다)

---

19) 증삼이 사람 죽였다[曾參殺人] : 춘추시대에 비지費地에서 공자의 제자 증삼曾參과
　　같은 이름을 가진 사람이 살인을 하자 어떤 사람이 증삼의 어머니를 찾아가 그 사실
　　을 전했다. 증삼의 어머니는 처음에는 그 사실을 믿지 않았지만 다른 사람들도 줄줄이
　　달려와 똑같은 내용의 소식을 전하자 정말 자신의 아들이 사람을 죽인 줄 알고 슬퍼
　　했다고 한다. 이때부터 무고한 사람을 모함하는 일을 증삼이 사람을 죽인 일에 빗대어
　　말하기도 하였다.
20) 진항이 임금 시해했다[陳恒弑君] : 진항陳恒은 춘추시대 제나라의 집정대신으로, 노
　　나라 애공[魯哀公] 14년에 제나라 간공[齊簡公]을 시해하였다. 진항이 자기 나라의 임
　　금 간공을 시해한 것은 역사적으로 실제로 있었던 사건이지만, 사마천은 자신이 지은
　　『사기史記』「전경중세가田敬仲世家」에서 진항의 입장을 변호하여 그의 시해가 불가피
　　한 일이었다고 주장하였다. 일설에 따르면 공자가 처음 썼던 『춘추』에서는 그냥 "제나
　　라 사람이 그 임금을 시해했다[齊人弑其君]"고 기록했을 뿐, 진항이라는 특정인을 거
　　명하지 않았다고 한다. 여기에서도 작자는 "진항이 그 임금을 시해했다[陳恒弑其君]"
　　는 『좌전左傳』의 기록에 문제가 있다고 인식하고 있는 듯하다.

향기 속에 잠들고 꽃 따기에 여념 없을 풍류의 마당에서
오늘밤도 망사 향로 옆에서 졸고 있을 터인데
원앙 부부 떼어 놓을 금 탄환이 무서운 줄을 어찌 알겠는가!

여기가 이정려 네 별채 뜰이구만. 문을 열라고 해야겠구나.

무대 뒤에서 악기를 연주하고 노래를 부른다. 정淨이 소곤생蘇崑生으로 분장하고 등장한다.

소곤생 : 뉘시요?
양문총 : 어서 문을 열게!
소곤생 : (문을 열고 대면한다) 양 나리이셨군요? 날이 다 저물었는데 또
나들이라도 나오셨습니까?
양문총 : (상대를 알아보고) 그대는 소옹이 아니시오? (묻는다) 후형은 어
디 있소이까?
소곤생 : 오늘 향군이가 새 노래를 다 익혀서 다들 누각에서 노래를
듣는 중입니다만…….
양문총 : 속히 내려오시라 전해 주시오!

정이 들어가서 부른다. 소단小旦과 생生·단旦이 나온다.

후방역 : 정 많은 사람이야 술 지고 와서 차가운 밤 휘장 속에서 꽃에
둘러싸여 지낸다더니만, 양형께서도 흥에 겨워 밤을 쉬러 오
실 줄은 몰랐습니다그려!
양문총 : 아직 모르시겠지만, 곧 후형에게 큰 재앙이 닥칠 것이외다!
후방역 : 무슨 재앙이길래 이다지도 다급하십니까?

양문총 : 오늘 청의당에서 국사를 논의하는 자리에서 완원해가 사람
　　　　들 앞에서 후형이 영남후와 친분이 있어 평소부터 사신을 나
　　　　누면서 내통하려 들었다고 떠드는 바람에, 그 말을 들은 대
　　　　감들이 다들 후형을 잡아들이려고 합니다!

후방역 : (놀라면서) 소생은 평소 완원해와는 아무 원한도 없었는데 어
　　　　째서 그런 악독한 짓을 했을까요?

양문총 : 혼수를 물리친 일에 앙심을 품은 탓일 테지요 그래서 그 작
　　　　자가 엉뚱한 일에 화풀이를 하려는 것 같습니다.

이정려 : 이 일은 지체해선 안 되겠군요. 남들한테 누가 되지 않도록
　　　　어서 멀리 피하십시오!

후방역 : 그 말씀이 옳소이다마는, (걱정하면서) 다만 한 가지 (…) 이제
　　　　막 달콤한 신혼을 맞았는데 섭섭해서 어쩐다지요?

이향군 : (정색을 하면서) 서방님은 평소에 호걸을 자처하시더니 어째서
　　　　아녀자 같은 모습을 보이십니까!

후방역 : 그것도 그렇군! 그런데 (…) 어디로 가야 옳겠소?

〈적류자滴溜子〉
양친 계시다지만
양친 계시다지만
소식은 분명치 않고
봉화 올라
봉화 올라
개오동이며 뽕나무21)는 반이나 상했구려.

---

21) 개오동이며 뽕나무[梓桑] : 고향 산천을 가리킨다. 『시경詩經』「소아小雅·소변小弁」
의 "維桑與梓, 必恭敬止." 구절에 대해 주희朱熹는 "뽕나무와 개오동나무는 옛날 다섯
마지기의 집안에서 담장 아래에 심어 자손들이 누에를 치고 집기를 갖출 때 쓰도록
남겨주었는데, (…중략…) 뽕나무와 개오동나무는 부모가 심었다[桑、梓二木. 古者五
畝之宅, 樹之墙下, 以遺子孫給蠶食、具器用者也 (…중략…) 桑梓父母所植]"라는 주

돌아가려 해도
돌아갈 길 묻기조차 어렵거늘
하늘가마저 곳곳이 혼미하니
이 몸을 어이 감추겠소이까?
갈래 길 막힌 곳에서
하늘은 캄캄하고 땅은 컴컴하기만 하니…….

양문총 : 당황하실 것 없습니다, 이 몸에게 방책이 있으니!
후방역 : 가르침을 주십시오!
양문총 : 회의를 할 때 조무漕撫 사가법과 제 자형 마봉무馬鳳撫도 한 자리에 있었소이다. 자형 말이야 전혀 도움이 안 될 테고 사공의 힘을 빌린다면 재앙을 피할 수는 있을 겁니다. 게다가, 춘부장 어른과도 전부터 교분이 있다고 하시던데요
후방역 : (생각하더니) 그렇습니다, 그래요! 사도린은 가친의 제자이셨 지요!
양문총 : 그럼 그를 따라 하남河南으로 가서 고향댁 소식을 기다리시 지요?
후방역 : 기발하군요! 가르쳐 주셔서 감사합니다!
이향군 : 소녀가 짐을 꾸리겠사옵니다! (행장을 꾸린다)

〈전강前腔〉
즐거운 일은
즐거운 일은
두 마음속에 고이고이 새기고
생이별 고통스러워도

석을 달고 있다. 이 같은 유래로 인하여 중국에서는 이미 동한시대부터 뽕나무나 개오동나무가 고향이나 고향 어른들을 가리키는 말로 사용되어 왔다.

생이별 고통스러워도
잠시나마 울분을 삭히며
미간일랑 찌푸리지 말자꾸나.
향기 어린 비취 장식이며 이불자락
겹겹으로 단단히 묶는 사이
약 통·갓 통 모두에 눈물 자욱이 지누나.

축丑이 등장하여 행장을 진다. 생이 단과 이별한다.

후방역 :　　잠시 여기서 헤어지지만, 나중에 만날 일이 멀지만은 않을
　　　　　게다.

이향군 :　　(눈물을 쏟으면서) 온 나라가 난리 중이라, 다시 오게 되실지 기
　　　　　약조차 없사옵니다!

　　　　　〈곡상사哭相思〉
　　　　　헤어짐과 만남, 슬픔과 기쁨 속에 잠시 잠깐 떨어져 있을거라
　　　　　하시지만
　　　　　훗날 다시 만날 날조차 기약할 수 없는 것을요!

　　　　　순라꾼이 추적할 지도 모르니, 어서 떠나소서!

후방역 :　　나를 날려서 떼어놓으려는 서풍이 하도 거세어
　　　　　촌각을 머무는 것조차 바라는 이가 없구나.

　　　　　그런데 사史조무께서는 어디에 머물고 계십니까?

소곤생 :　　듣자니 그 분은 공무로 상경하여 시은원市隱園에 머무른다고
　　　　　하더이다. 제가 모셔다 드리지요

후방역 : 그렇게 해 주시면 고맙겠습니다!

   생과 정, 축이 서둘러 퇴장한다.

이정려 : 이 재앙이 모두 양 나리 탓이오니, 수습까지 양 나리께서 해
       주셔야겠습니다. 내일 정말 들이닥쳐 사람들을 잡아가기라
       도 하면 어쩐답니까!
양문총 : 임자는 마음 놓으시게. 후공자만 떠나고 나면, 자네와는 아
       무 상관이 없을 테니…….

양문총 : 인생에 만나고 헤어지는 일은 따지기 어려운 법.
이향군 : 술 다하고 노래 끝났어도 이불은 여전히 따스하건만…….
이정려 : 외롭게 꽃가지만 비추어 잠조차 편치 못하게 되겠지.
양문총 : 내일이면 비바람 몰아치고 이 집 문들도 굳게 닫히겠구나!

桃花扇

열세 번째 대목

황제 애도

哭主

원제는 "곡주^{哭主}"로, 황제의 죽음을 애도하면서 통곡한다는 뜻이다. 이 대목에서는 좌량옥^{左良玉}이 황학루^{黃鶴樓}에서 모처럼 회합을 가지고 장병들을 격려하고자 연회를 즐기려다가 숭정^{崇禎} 황제가 승하했다는 비보를 접하고 서둘러 추모제를 올려 황제의 죽음을 애도하면서 통곡하는 내용을 주로 다루고 있다. 무창성^{武昌城}의 황학루를 주 무대로 삼고 있는 이 대목은 처음에는 좌량옥의 독창과 유경정^{柳敬亭}의 설서^{說書}를 곁들이면서 평온한 분위기를 연출하다가 파발꾼의 급보를 계기로 일순간 분위기가 반전되어 황제를 애도하는 추모제가 전면에 배치되면서 등장인물 전원이 참여하는 대합창이 안배되고 후반부 내내 침울하고 비장한 분위기가 지배한다.

갑신년(1644) 3월

등장인물

      부정 : 기패관

      잡 : 군교

      소생 : 좌랑옥

      축 : 유경정

      외 : 원계함

      말 : 황주

      정 : 파발꾼

부정副淨이 기패관旗牌官[1]으로 분장하고 등장한다.

기패관 :   한양漢陽 땅 안개 서린 나무들은 강변을 사이에 두고 있어

           그림자 속 푸른 산·그림 속 미인 같다마는

           안타깝게도 무창성武昌城 서쪽 빼어난 경치가

           날마다 군마가 일으키는 흙먼지에 다 가려지고 마는구나!

           소인은 영남후寧南侯 원수부의 기패관이올시다. 우리 원수님

           께서는 무창을 수복하신 공으로 후작에 책봉되셨지요. 거기

           다 어제는 새로 성은을 받자와 태부太傅[2] 직함까지 더하시고,

---

1) 기패관旗牌官 : 장수가 군령을 내릴 때 사용하는 영기令旗나 영패令牌를 관리하는 관
   원으로, 지위는 중군中軍과 비슷했다고 한다.

2) 태부太傅 : 명대에 관리가 오를 수 있는 최고의 품계品階인 정일품正一品 벼슬로, 품계
   가 같은 태사太師·태보太保와 함께 '삼공三公'으로 일컬어졌다. 초기에는 전대의 제도
   를 인습하여 황제를 보좌하는 등 그 직무가 대단히 막중했지만, 나중에는 점차 유명무

좌몽경左夢庚3) 도련님 역시 총병總兵 벼슬을 얻으셨는데, 조
정에서 특파하신 순안어사巡按御史4) 황주黃澍5)대감이 원수부
를 예방하고 어명을 전하셨지요. 오늘은 구강독무九江督撫6)
원계함袁繼咸7)대감도 친히 배로 서른 척이나 되는 군량미를
싣고 오셨습니다. 원수님께서는 크게 기뻐하시며 소인에게
황학루黃鶴樓에 잔치 자리를 마련하여 두 분 대감을 모시고
술을 마시며 강 경치를 즐기게 하라고 명하셨습니다.

(바라보면서) 멀리로 맑게 갠 강가 나무 아래와 방초 우거진 모
래톱 가에서8) 백성들이 기쁘게 노래하고 전군이 즐겁게 웃

실해져서 황실의 인척이나 공신·문무 대신들에게 하사되는 일종의 명예직으로 전락
하였다.

3) 좌몽경左夢庚: 좌량옥의 아들. 좌량옥이 죽자 부하들에 의해 통수統帥로 추대되었으
나 나중에 청나라 조정에 투항하였다.

4) 순안어사巡按御史: 벼슬 이름. 명대에 조정에서 지방관들을 감찰하고 죄인을 심문하
거나 정사의 득실을 직언하게 하기 위해 시행하였다. 건국 초기인 홍무 연간에는 임시
로 간간이 파견하다가 영락永樂 원년(1403)부터 상설제로 바뀌어, 각 성省마다 한 사람
씩 파견되었다. 품계는 낮았지만, 황제를 대신하여 전국을 순시하며 국가대사는 조정
에 상소하고 사소한 사안들은 직접 판결을 내리는 등, 포정사사布政使司와 경쟁적인 관
계를 유지했으며, 각 부府·주州·현縣의 지방관들도 그 명령을 따라야 할 정도로 권
력이 막강하였다.

5) 황주黃澍: 자가 중림仲霖으로, 일찍이 순안어사로 호광湖廣에 파견되어 좌량옥의 군
대를 감찰하였다. 청나라 군사가 장강을 넘어 남하하자 좌몽경과 함께 청나라 조정에
투항하였다.

6) 독무督撫: 총독總督의 또 다른 이름. 명대 초기에 행중서성行中書省을 폐지하고 지방
에 포정사사布政使司·안찰사사按察使司·도지휘사사都指揮使司 등의 '삼사三司'를 두고
이들 사이에 업무 협조가 원활하지 못한 경우에는 경관京官을 파견하여 삼사의 상부기
관의 자격으로 행정·군사 등 지방의 최고 행정장관에 상당하는 업무를 수행하게 하
였다. 총독은 원래 주어진 임무가 끝나면 조정으로 복귀하는 임시직이었으나, 각 성省
의 업무가 점차 증가하면서 성화成化 6년(1470)에 정식으로 총독부總督府를 설치하고
전국 각 성에 총독을 고정 배치하였다. 명대에는 중앙정부의 병부상서兵部尚書나 도어
사都御史가 총독에 임명되는 경우가 많았다.

7) 원계함袁繼咸: 자가 임후臨侯로, 숭정 12년에 병부시랑兵部侍郎의 신분으로 강소·호
남·강서·안휘 등지에 총독으로 파견되었으며, 여대기呂大器를 대신하여 좌량옥의 군
대를 감독하기도 하였다. 좌몽경과 황주가 청나라에 투항할 때에도 절개를 굽히지 않
고 죽음을 택하였다.

고 있으니, 참으로 평화로운 모습이올시다 그려! 멀리서 길잡이의 호령 소리9)가 들리는 걸로 보아 원수님께서 곧 당도하실 듯 하니 잔치 자리를 준비해야겠습니다.

누각에 '황학루'라는 글자가 씌어진 편액匾額을 건다. 부정이 잔치를 준비하고 의자를 놓는다. 잡雜이 군교軍校로 분장하고 의장대를 앞세워 군악을 울리면서 길을 안내한다.

소생小生이 좌랑옥左良玉으로 분장하고 갑옷 차림으로 등장한다.

좌랑옥 :   〈성성만聲聲慢〉

사람 끄는 봄날의 경치며

눈길 사로잡는 청명한 햇빛

강 따라 이어지는 푸르른 방초들…….

백 척이나 되는 높은 누각서

피리 불며 매화 지는 풍경10)을 즐기네.

꽃 사이로 작은 가마를 타고

술과 음식 싣고서

허리띠 느슨하게 옷도 가볍게 행차를 하네.

우리 장수들 싸움만 좋아 한다 비웃겠지만

---

8) 맑게 갠 강가 나무 아래~ : 당대 시인 최호崔顥가 지은 「황학루黃鶴樓」 시의 "맑은 날 들에는 한양의 나무들이 뚜렷하고, 향기로운 봄풀은 앵무주에 무성하다[晴川歷歷 漢陽樹, 芳草萋萋鸚鵡洲]" 부분을 차용한 것이다. 여기서 "방초 우거진 모래톱"은 한양 남서쪽 장강 속에 토사가 퇴적되어 형성된 모래톱인 앵무주鸚鵡洲를 가리킨다.
9) 길잡이의 호령 소리[喝道] : '갈도喝道'란 옛날 관리가 행차할 때 앞장을 선 의장대나 호위대가 고함을 치면서 행인이 그 자리를 피하게 했던 행위를 말한다.
10) 매화 지는 풍경 : 『풍속통風俗通』이라는 문헌에 따르면, 오월에 바람이 불면 매화꽃이 졌다고 한다. 여기에서는 이백의 시 「황학루문적黃鶴樓聞笛」에 나오는 '황학루에서 옥피리 소리 듣노라니, 강성(무창)에서 오월에 매화가 지는 모습을 보는 것 같구나[黃鶴樓中吹玉笛, 江城五月落梅花]" 부분을 차용하여 황학루의 아름다운 풍경을 묘사하고 있다.

선비들의 풍류도 즐길줄 안다오.

나 좌량옥, 오늘 황학루에서 잔치를 마련하고 원袁공 황黃공 두 분을 모셔 술을 마시며 강 경치를 즐기기로 했으니, 미리 기다리고 있어야겠구나. (분부한다) 대소 군졸들은 누각 아래에서 시중을 들라.

사람들이 대답하고 퇴장한다. 누각에 오른다.

좌량옥 :　　　봄철의 구름과 경치가 품속에 담겨지고
　　　　　　만 리나 펼쳐진 바람과 안개가 눈 안에 들어오누나.
　　　　　　(바라보면서)
　　　　　　보라 드넓은 동정호洞庭湖와 망망한 운몽택雲夢澤11)이
　　　　　　서남쪽 요새지 제어하며 강한江漢12) 땅 요충지를 지키고 있는
　　　　　　것을!

　　　　　　나 좌량옥이 이 이름난 땅을 지키고 있으니, 참으로 장하기
　　　　　　도 하다!
　　　　　　(앉더니 부른다) 기패관은 어디에 있느냐?
기패관 :　　　(무릎을 꿇더니) 대령이요!
좌량옥 :　　　술자리는 준비되었느냐?
기패관 :　　　벌써 준비가 끝났사옵니다.
좌량옥 :　　　두 분 대감께서는 어째서 여태 당도하지 않으셨는고?
기패관 :　　　거듭 몇 번이나 연락을 드렸사온데, 원 대감께서는 지금 강변

---

11) 운몽택雲夢澤 : 지금의 호북성 안륙현安陸縣에 소재한 연못 이름.
12) 강한江漢 : 원래는 장강長江과 한수漢水를 가리키는 말이지만, 보통은 그 사이나 부근 지역인 지금의 호북성 일대를 가리키는 말로 사용된다.

에서 군량을 점검하고 계시옵고, 황 대감께서는 용화사龍華
寺13)에 손님을 뵈러 가셔서 저녁나절쯤에나 오신답니다.

좌랑옥 :　　여기서 한참을 기다리고 있자니 정말 지루하구나. 부하들에
　　　　　게 유柳선생을 속히 누각으로 모시라고 이르라. 담소를 나누
　　　　　면서 심심파적이나 해야겠다.

병졸 :　　　(무릎을 꿇고 고한다) 유선생께서 지금 밑에 대령해 계시옵니다.

좌랑옥 :　　어서 모셔라.

잡이 안내한다. 축이 유경정으로 분장하고 등장한다.

유경정 :　　　기개는 운몽택을 집어삼키고
　　　　　소리는 악양루岳陽樓를 뒤흔드누나.14)

대면한다.

좌랑옥 :　　유형께서 어떤 일로 이렇게 일찍 나와 계셨소?

유경정 :　　원수님께서 지루하게 앉아 계실 것 같아서 소생이 짝이나 해
　　　　　드리려고 일부러 왔습니다.

좌랑옥 :　　그것 참 놀랍군요. 선생께서 어떻게 아셨소이까?

유경정 :　　속담에 "선비들이 글공부를 할 적에는 등불을 켤 때나 되어
　　　　　야 모인다[秀才會課, 點燈告坐]"15)는 말도 있지 않습니까? 태생
　　　　　부터 문관인 양반들은 별로 시원스럽지 못하거든요.

좌랑옥 :　　(웃으면서) 일리가 있는 말씀입니다. (가리키면서) 보시구려, 날

---

13) 용화사龍華寺 : 호북성 무창 빈양문賓陽門 안에 있었던 사찰.
14) 기개는 운몽택을~ : 당대 시인 맹호연孟浩然이 지은 시 「동정洞庭」의 "기개는 운몽택을
　삼키고, 물결은 악양성을 뒤흔드네[氣呑雲夢澤, 波撼岳陽城]" 부분을 차용한 것이다.
15) 글공부 : 문인들이 정기적으로 모임을 가지고 습작한 글을 돌려보면서 학문을 연마
　하는 것을 '회과會課'라고 한다.

이 이제 겨우 정오를 지났는데 어느 세월에 등불을 켤 때까
지 기다린다지요?
유경정 : 시끄러운 것도 괜찮으시다면, 어젯밤 들려 드리던 〈진숙보가
고모를 만나다〉16) 대목을 계속 들려 드릴까요?
좌량옥 : 좋지요. (묻는다) 북과 박판은 가져오셨습니까?
유경정 : 예로부터 "벼슬아치는 늘 관인을 지니고 다니고, 장사꾼은
늘 팔 물건을 갖고 다닌다[官不離印, 貨不離身]" 하지 않습니
까? 그걸 뒀다 어디에 쓰겠습니까? (북과 박판을 꺼낸다)
좌량옥 : 부하들에게 개편차[岕片茶17)를 끓이고 접의자18)를 가져오라
이르라. 나는 관모를 벗고 편안하게 담소나 나누면서 기다리
련다.

잡雜이 접의자를 준비하고 차를 끓이는 동안 소생은 옷을 갈아입고 앉는다. 잡
이 등을 안마하고 가려운 곳을 긁어준다. 축은 옆에 앉아 북과 박판을 두드리면서
설서를 들려준다.

유경정 : 도도한 큰 강 그 물결 동쪽으로 흐르며
홍망의 흔적 서린 옛 나루에 몰아치누나.
손꼽아 보아도 영웅은 하나도 없으니
예로부터 한을 남기는 땅은 형주荊州였나보다!
새로운 시에 맞추기는 했어도
다루는 것은 여전히 옛 이야기로구나.

---

16) 진숙보가 고모를 만나다[秦叔寶見姑娘] : 장회소설章回小說인 『수당연의隋唐演義』(제
　13~14회)에 소개되어 있는 당나라 건국에 관한 이야기를 말한다. 일설에 따르면 실재
　했던 유경정은 이 이야기의 구연에 능했다고 한다.
17) 개편차岕片茶 : 개차岕茶. 절강성 장흥현長興縣 지역에 소재한 나개산羅岕山에서 생산되
　기 때문에 그렇게 부른다. 명대에 차를 즐기는 사람들은 이 차를 으뜸으로 쳤다고 한다.
18) 접의자[胡床] : 호상胡床은 일종의 접이식 의자를 말한다.

각설하고 인생사에 제일 이루기 어려운 것이

난리 지나간 후에 혈육 간에 재회하는 일이라네.

언제나 남북으로 서로가 멀리 떨어져

세월이 흐르고 만물이 바뀌면서

몇 번이나 가뭄이며 전란 다 겪는 동안

어찌 부평초처럼 떠도는 신세를 피할 수 있겠나?

다행히도 진숙보는 나공羅公[19]의 원수부로 압송되어

온몸에 칼 쓰고 수갑까지 찬 채

심문을 기다리던 중인데

그와 마주친 일가붙이 고모님

발을 걷고 계단으로 내려오더니

머리를 끌어안고 대성통곡을 하는 것이었다.

그렇게 바로 새 옷으로 갈아입히고

자리를 마련해 후하게 대접하니

죽기만 기다리던 죄수가

갑자기 푸른 하늘로 날아오른 셈이니

이건 말하자면

"운이 다하면 황금도 값이 떨어지지만

때가 오면 고철도 빛을 낸다"는 격이랄까?

성목醒木을 울린다.

좌랑옥 :　　(눈물을 훔치면서) 나도 그런 일들을 다 겪었었지……

유경정 :　　한편 나공은 진숙보의 무예 실력을 묻더니

---

19) 나공羅公 : 당나라 고조[唐高祖] 이연李淵을 따라 섬서도 행군총관陝西道行軍總督을 지
　　낸 나사신羅士信을 가리킨다.

몹시 기뻐하면서
일부러 자신의 실력을 뽐내고자
그 날로 포를 쏘고 훈련 명령을 내리는 것이었다.
교련장으로 가니
용맹스러운 병사 십만이
기러기 날개처럼 늘어서 있고
나공은 그 속에 혼자 앉았는데
한번 부르기만 하면 모두가 화답할 정도로
생사여탈의 권력을 쥐고 있었것다?
진숙보는 옆에 서서
고개를 끄덕이며 감탄해 마지않으면서
입으로 말은 하지 않지만
속으로는 이렇게 말하는 것이었다.
“사내대장부라면 당연히 저렇게 되어야 하는 법!”

성목을 울린다.

좌량옥 :　　(으쓱해져서 웃으면서) 나 좌량옥도 인생을 헛살지는 않았지!

유경정 :　　그 나공이 진숙보를 바라보면서
큰소리로 묻는 것이었다.
“진경秦瓊아, 너를 보니 몸집이 우람한데, 무예를 배운 적이 있느
냐?”
진숙보가 당황해서 무릎을 꿇고는
거침없이 대답하는 것이었다.
“소인, 쌍간雙鐧20)을 다룰 줄 아나이다.”
나공이 즉시 하인에게 명하여 자신이 쓰던 은간銀鐧 두 자루를

지고 오게 했는데
그 두 자루의 은간은
무게가 모두 예순여덟 근으로
진숙보가 쓰는 철간鐵鐧과 비교하면
절반이나 더 가벼웠다.
진숙보는 무거운 철간을 써 본지라
손에 건네받았지만
아무 것도 들지 않은 것 같았다.
계단을 뛰어내려 오더니
온갖 자세를 다 취하면서
좌우로 휘둘러 대는데
마치 옥 구렁이가 몸을 휘감듯
은빛 용이 몸을 지키듯하는 것이었다.
옥 구렁이가 몸을 휘감으니
만 가닥이나 되는 광채가 누각 아래로 퍼지고
은빛 용이 몸을 지키니
둥그런 달빛이 눈앞에 펼쳐지는 격이었다.
나공이 중군中軍 막부에서
큰소리로 "잘한다!" 갈채를 보내자
십만이나 되는 그 용맹스러운 군사들도
일제히 호응하는 것이었다.
(고함을 지르면서)
산이 무너지고 우레가 울리는 듯
십리 밖에서도 다 들을 수 있을 정도였다네!

쌍간

---

20) 쌍간雙鐧 : '간鐧'은 막대 모양의 병기로, 사용 방식에 따라 쌍간, 재질에 따라 은간銀
鐧・철간鐵鐧 등으로 일컬어진다.

성목을 울린다.

좌량옥 :　(거울을 비추며 살쩍머리를 뽑으면서) 나 좌량옥이 변방에서 전공을
　　　　세울 때는 만 명도 당해내지 못할 정도였으니 천하의 호걸이
　　　　라고 할 수 있겠다. 그런데 지금은 백발이 자꾸 늘어가건만
　　　　유적流賊 떼는 소탕조차 못하고 있으니, 참으로 분하구나!

부정副淨이 등장한다.

기패관 :　원수님께 아뢰오, 두 분 대감께서 누각에 당도하셨습니다.

축이 조용히 퇴장한다. 소생이 의관을 바꿔 입고, 잡은 접의자를 치우고 의자
를 늘어놓는다.
외外가 원계함으로 분장하고, 말末이 황주로 분장하고 의관을 정제한 후 길잡
이를 앞세우고 등장한다.

원계함 :　해 지는 긴 호수에선 그 기운 흐릿한데
　　　　높은 황학루에서 멀리 고향을 바라보네.
황주 :　피리 부는 신선21)은 땅 주인을 자처하며
　　　　바람 마주한 채 술잔 들고 즐거워하네.

좌량옥 :　(마중 나와 읍례를 올리더니) 두 분 노선생께서 누추한 저희 군영

---

21) 피리 부는 신선[吹笛仙人] : 황학루와 관련된 중국 전설에 따르면, 옛날 신씨辛氏가
　　술을 팔았는데, 어떤 도사가 늘 그 곳으로 술을 마시러 갔더니 신씨가 술값을 받지 않
　　았다. 도사가 그 술집을 나오면서 귤껍질에 학을 한 마리 그려 벽에 걸더니 신씨에게
　　"손님이 왔을 때 박수를 쳐서 부르면 춤을 추면서 손님에게 술을 권할 것"이라고 말했
　　고, 그 말대로 한 신씨는 큰 돈을 벌었다. 나중에 도사가 다시 나타나 허리춤에 찼던
　　쇠피리를 불더니 그 학을 타고 날아갔다고 한다.

까지 왕림하시니 대단한 영광이 아닐 수 없습니다. 약소하지
만 술을 준비했으니 함께 봄 강 경치나 즐깁시다.

원·황: 전부터 원수님을 흠모하던 차에 기쁘게도 이렇게 멋진 누각
으로 불러 성대한 잔치까지 베풀어 주시니, 평생의 기쁨이옵
니다. (의자를 가져다 앉더니 술을 따르고 마시려 한다)

정이 당보塘報[22] 파발꾼으로 분장하고 황급히 등장한다.

파발꾼: 경천동지할 큰일을 허둥지둥
군왕 호위하고 주인 구할 분들께 전하네.

원수님! 큰일 났습니다, 큰일이!

일동: (놀라서 일어나더니) 무슨 급보길래 그렇게 호들갑인가!

파발꾼: (다급하게 고한다) 아뢰오!
유적 떼가 대거 북진하여[23]
신경神京[24]을 겹겹이 포위하였사온데
사흘 동안 원병이 나타나지 않자
몰래 성문을 열고
불을 놓아 궁궐을 태우더니
칼을 들고 무고한 생명들을 앗아 갔사옵고
(땅을 치면서)
불쌍하신 우리 성상聖上 숭정崇禎 황제께옵서도
(울먹이면서)

---

22) 당보塘報: 군사정보 또는 긴급한 군사정보의 보고·회람의 목적으로 발행되었던 관
보의 일종.
23) 유적 떼가 대거 북진하여: 이 구절부터 "매산 나무 끝에 목을 매어 자진하셨다 하옵
니다"까지는 〈서강월西江月〉 가락에 맞추어 노래하는 가사이다.
24) 신경神京: 도성을 말하는데, 여기서는 북경을 가리킨다.

매산煤山 나무에 목을 매고 자진하셨다 하옵니다!
일동 :   (놀라서 묻는다) 그런 일이 있었다니! 그게 언제였더냐?
파발꾼 :   (숨을 헐떡이면서) 바로 삼, 삼, 삼월 열아흐레이옵니다!

사람들이 북쪽을 향해 머리를 조아리며 대성통곡 한다. 소생이 일어나더니 손을 비비고 펄쩍거리며 통곡한다.

좌량옥 :   성상이시여! 숭정 황제시여! 대행황제大行皇帝25)시여! 신 좌량옥, 멀리 변방에 있으면서 달려가 지켜 드리지도 못했사오니 그 죄 만 번 죽어 마땅하옵니다!

〈승여화勝如花〉
구천에 계신 고황제高皇帝께옵서
가문 망하고 사직 무너져도 굽어 살피지 않으시다니…….
그 분의 고귀하신 자손들께서
떠도는 쑥대만도 못한 신세 될 줄 어찌 알았으랴!
열일곱 해를 나라 걱정에 병까지 나시더니
하늘과 조상의 영령은 불러도 대답이 없으시고
친위대며 구원병은 불러도 오지 않는데
무정한 흰 비단이
군왕의 한 목숨을 앗아가고 말았도다!
가슴 아파라 매산에 남몰래 행차하시어26)
사직과 창생을 위해 외로이 순국하셨구나!

---

25) 대행황제大行皇帝 : 세상을 떠난 지 얼마 되지 않아 아직 시호諡號가 추증되지 않은 황제를 부르는 말.
26) 매산에 남몰래 행차하시어[煤山私幸] : 옛날에는 황제가 행차하는 것을 '순행巡幸'이라고 하였다. 작자는 숭정제가 이자성의 군사를 피해 매산으로 도주한 일을 "매산에 몰래 행차하셨다"고 완곡하게 표현하였다.

사직과 창생을 위해 외로이 순국하셨구나!

사람들이 다시 통곡한다.

원계함 : (손사래를 치면서 외친다) 통곡을 멈추십시오, 아직 상의해야 할 중대사가 있사옵니다!

좌량옥 : 중대사라니요?

원계함 : 벌써 북경北京을 빼앗겼다면 강산에 주인이 없게 된 셈입니다. 장군께서 서둘러 창의倡義의 깃발을 일으키지 않으신다면 장차 변고가 생길 텐데, 그때 가서 어떻게 진정시키시렵니까?

황주 : 맞습니다. (가리키면서) 이 강한江漢·형양荊襄 또한 서남쪽 나머지 절반의 강산이오니 지켜내지 못한다면 나라를 재건조차 할 수 없게 될 것입니다!

좌량옥 : 외람되게도 소생이 병권을 쥐고 있으나 중책을 떠넘기기가 실로 어려운 노릇이니, 두 분께서도 함께 이 변방을 지키도록 노력하도록 합시다!

원·황 : 마다 할 리가 있겠습니까!

좌량옥 : 그러시다면 다들 소복으로 갈아입고 고인이 되신 대행황제 영전에서 통곡하면서 큰절을 올린 후 맹세합시다. (부른다) 여봐라, 상복은 준비되어 있느냐?

기패관 : 하도 갑작스러워 미처 준비하지 못한지라, 급한 김에 인근 민가에서 소복 세 벌과 흰 천 세 장을 빌려 왔사옵니다.

좌량옥 : 도리 없지, 그거라도 쓸 수밖에……. (분부한다) 전군은 들으라, 그대들도 같이 절을 올리도록 하라.

소생·외·말이 옷을 입고 천을 쓴다. 병졸들을 인솔하여 다함께 절을 올리고 통곡한다.

좌량옥 : 　황제이시여! (합창한다)

일동 : 　　〈전강前腔〉
　　　　　궁거宮車 나가고[27]
　　　　　종묘가 무너지니
　　　　　산산조각 난 중원은 수습조차 어렵구나.
　　　　　문신 길렀어도 막부[28]에서는 대책조차 못 내놓고
　　　　　무신 키웠건만 변방에서는 용맹스럽지도 못하더니…
　　　　　이제 와서 산하는 조각나고
　　　　　달 밝고 물 밝은 장강長江을 마주하고 있건만
　　　　　온 누각에 울부짖음 소리·통곡 소리 가득하구나!
　　　　　(또 통곡하면서)
　　　　　이 한을 어이 삭일꼬!
　　　　　하늘이 증인이 되어 주시리라.
　　　　　이제부터 노력하고 분발하여
　　　　　나라의 원수를 갚고 속히 거룩한 도읍을 수복하리라!
　　　　　나라의 원수를 갚고 속히 거룩한 도읍을 수복하리라!

좌량옥 : 　맹세를 하고나면 형제처럼 각별한 사이로 지내도록 합시다.
　　　　　임후臨侯께서 독사督師를 맡고, 중림仲霖께서는 감군監軍을 맡
　　　　　으시오 저 곤산崑山은 장병들을 연마하여 변방을 사수하겠

---

27) 궁거 나가고~ : 옛날에는 황제의 죽음을 기휘忌諱하여 '궁거안출宮車晏出'이라고 부
　　르기도 했는데, 그것은 궁궐의 수레가 늦게 나간다는 뜻이다.
28) 막부[帷幄] : 휘장을 뜻하는 '유악帷幄'은 일반적으로 군영의 장막을 가리키는 말로
　　사용된다. 옛날에는 유능한 책사가 장막 안에서 계책을 세우면 천리 밖의 승부도 결정
　　지을 수 있다고 여겼다.

습니다. 혹시라도 태자太子나 번왕藩王 마마들께서 생존해 계
시다면 나라가 부흥하고 국면이 진정될 테니, 그때 어가를
모시고 북상하여 중원을 회복한다면 오늘의 의거의 취지를
저버리진 않게 될 것입니다.
원·황 : 잘 알겠사옵니다!
기패관 : 아뢰오, 온 성내가 떠들썩한 것이 마치 무슨 변고라도 생긴
것 같사온즉, 어서 내려오셔서 민심을 달래 주시옵소서!

다함께 누각을 내려간다.

좌량옥 : 두 분께서는 어디로 가시렵니까?
원계함 : 소장은 구강九江으로 귀환하려 합니다.
황 주 : 소장도 양양襄陽으로 돌아갈까 합니다만.
좌량옥 : 그러시다면 잠시 작별할 수밖에요, 그럼……. (작별한다)
(부른다) 돌아들 오시오 (…) 만약 나라에 중대사가 생기면 의
논을 하러 이곳으로 와 주시기 바랍니다.
원·황 : 기별만 주시면 기필코 달려오겠습니다. 그럼…….

외·말이 퇴장한다.

좌량옥 : 아아! 뜻밖에도 오늘 세상이 뒤집힐 줄이야! 참으로 놀라운
일이로고!

좌량옥 : 꽃 흩날리는 시기에 보낸 술 들기도 전에
한 마디 말 전해지자 그 자리 사람들 모두 경악하네.
황학루 사람들의 통곡 소리 그치니
강 컴컴하고 달 어두운 야밤삼경이 되었구나.

열네 번째 대목

복왕 성토

阻奸

원제는 "조간阻奸"으로, 간신을 배척한다는 뜻이다. 이 대목에서는 황제의 승하 소식을 접한 남경 병부상서南京兵部尚書 사가법史可法이 향후의 정국을 염려하며 복왕福王 옹립에 동참하려다가 마침 막료로 있던 후방역侯方域이 복왕의 세 가지 큰 죄와 다섯 가지 옹립 불가 사유를 들어 완강하게 반발하자 그의 조언을 받아들여, 밤늦게 황제 옹립을 논의하러 찾아온 완대성阮大鋮을 문전에서 박대하고 만나주지 않는다는 내용을 주로 다루고 있다. 작자는 이 대목에서 후방역과 사가법 두 사람이 대화하듯이 번갈아가면서 노래를 주고받도록 안배하고 있다.

갑신년(1644) 4월

등장인물

      생 : 후방역

      외 : 사가법

      축 : 장반

      소생 : 사자

      부정 : 완대성

      잡 : 시동

생生이 등장한다.

후방역 :   〈요지유遶地遊〉

        집 떠나 떠돌다 보니

        어디 문안 편지인들 제대로 쓸 수 있으랴?

        하늘을 우러러 통곡하노라니 목에선 피내음 가득하네.

        나라의 원수는 갚지도 못하고

        고향 생각 하소연 할 수도 없는 판국이니

        사소한 감정일랑 잠시 제쳐둘 수밖에…….

        소생 후방역侯方域, 작년 겨울 창망하게 재앙을 피해 야밤에 사史공께 의탁해 회안 조서淮安漕署[1]로 따라온 지도 어느덧 반년이 지났습니다. 어제는 남경 대사마南京大司馬 웅熊공께서

조정의 부름을 받으셔서 사공께서 바로 그 자리에 전보되신 까닭에, 소생이 다시 사공을 수행하여 강을 건너게 되었습니다. 사공께서는 제 재능을 높이 사셔서 피붙이처럼 잘 대해 주시지요. 이제 금릉金陵으로 이사를 하려던 참에, 뜻밖에도 남북의 교통이 단절되고 말았습니다. 지금은 새 황제 옹립 문제를 놓고 다들 논의가 분분하지만 아직도 결론이 나지 않았으니 참으로 답답합니다! 사공께서 관아로 돌아오시면 소식을 한번 여쭤 봐야겠습니다. (잠깐 퇴장한다)

외가 사가법으로 분장하고 우울한 표정으로, 축이 장반으로 분장하고 그의 뒤를 따라서 등장한다.

사가법 :   〈삼대령三臺令〉
산하가 이제 무너지고 말았건만
백면서생들은 병법을 들먹이며 혀를 놀리누나.
시국이 실로 통탄스럽기 짝이 없는데
멀리 장안 땅 바라보지만 누가 적통을 이으실지?[2]

소관 사가법史可法은 자가 도린道鄰이요 본관은 하남河南으로, 연경燕京 사람입니다. 숭정崇禎 신미년辛未年에 황공하옵게도 진사進士가 된 이래, 중원에 변고가 많아 안으로는 조랑曹郎[3]을 맡고 밖으로는 감사監司[4]를 맡는 등, 벼슬살이 십 년 동안 단 하루도 편히 잠을 잔 적이 없었습니다. 지금은 회안조무

---

2) 장안長安 : 장안은 역대 왕조의 도읍지였는데 나중에는 보통명사처럼 사용되어 왕조의 도읍지를 두루 가리키는 말이 되었다. 여기서는 북경을 가리킨다.
3) 조랑曹郎 : 중앙정부 각 부部·사司에 속한 관리.
4) 감사監司 : 안찰사按察使 등과 같이 각 주州·군郡의 민정을 감찰하는 관리.

에서 남경 병부상서南京兵部尚書로 전보되었습니다만, 부임한
후 한 달을 채우기가 무섭게 이같이 큰 변고를 당하고 말았
습니다. 만 번을 죽는다 해도 아무 도움도 되지 못하니 그저
속수무책일 따름입니다. 그나마 다행스러운 건 장강長江이
천혜의 험지로 이 유도留都5)를 보호하는 형세를 이루고 있다
는 점입니다. 그런데, 한 달이 다 되도록 군왕의 옥좌가 빈
채 민심이 어수선하건만, 날마다 옹립을 논의합네, 영접을
의논합네 하면서도 도무지 결론이 나지 않는군요. 오늘 아침
에는 강가에서 장병을 조련하다가 북녘 소식을 염탐해냈으
니 후형을 초대해 같이 후련하게 이야기나 나눌까 합니다.

장반 :　　후 나리, 들라 하십니다.

후방역 :　　(등장하여 사가법과 대면한다) 사선생님, 북쪽 상황은 어떻던가요?

사가법 :　　오늘 희소식이 하나 들어왔소이다. 북경北京을 지키진 못했
　　　　　지만 성상聖上께옵서는 무사하시어 벌써 바다를 통해 남하하
　　　　　셨고, 태자께서도 샛길을 따라 동쪽으로 피신하셨다고 하는
　　　　　데, 확실한지는 모르겠소이다.

후방역 :　　정말 그렇다면 만백성의 복이옵니다!

　　소생이 사자로 분장하고 등장한다.

사자 :　　　조정에서는 어명조차 내리지 않았건만
　　　　　장상將相들 사이에서 소문만 난무하네.

---

5) 유도留都 : 명나라는 태조가 남경을 수도로 정했으나, 제3대 황제 성조가 북경으로
천도한 후로 이곳을 제2의 수도 또는 비상시를 대비한 수도라는 뜻에서 유도로 불렀
다. 유도에 대한 보다 자세한 설명은 세 번째 대목 '석전 대제闡丁'의 '유도' 주석을 참
조할 것.

(문 앞에 당도하자) 게 누구 있소?

장반 :　(묻는다) 어디서 오셨수?

사자 :　봉양독무鳳陽督撫 관아에서 왔소이다. 마馬 대감께서 전갈을
　　　　기다리시니 속히 답신을 주시기 바랍니다.

장반 :　제가 전해 드리리다. (들어가 대면한다) 나리, 봉양독무 마 대감
　　　　께서 사람을 보내어 서찰을 주셨습니다.

사가법 :　(뜯어서 보더니 눈썹을 찌푸리면서) 마요초馬瑤草 이 자가 또 영접
　　　　이니 옹립이니 하는 소리를 입에 담는군!

　　　　　〈고양대高陽臺〉
　　　　청의당淸議堂에서
　　　　세 번이나 신료들이 모여
　　　　눈썹 찡그렸다 허공 쳐다봤다 발을 동동 굴렀다 하다가도
　　　　서로 마주보면 긴 한숨만 쉬고
　　　　고개 숙이고 얼빠진 듯 말을 잃어버리더니 …….
　　　　슬프도다!
　　　　군사는 국가대사라 섣불리 거론할 수 없기에.
　　　　내 설사 사직 위한 묘책이 있다 한들 말 꺼내기조차 어렵거늘
　　　　영접을 도모하고 옹립을 논의하자는 이 서찰에는
　　　　공로 세우려는 속셈만 절절하구나!

　　　　(생을 향하여) 그 자가 서찰을 보낸 속셈을 보아 하니, 복왕福王
　　　　을 염두에 두고 있는 것 같소이다. 그리고 …… 성상께옵서는
　　　　확실히 매산煤山에서 목을 매어 자진하시고 태자께서도 도망
　　　　하여 종적을 알 수가 없다는군요. 정말 그렇다면 내가 그 자
　　　　들 말을 따르지 않더라도 멋대로 추진할 것이 분명합니다. 게
　　　　다가 항렬을 따진다6) 해도 복왕 옹립은 그다지 큰 문제가 없

을 듯하군요 (…) 어쩔 수 없지요, 그 자에게 답신을 써서 내
일 모여 초안을 잡고 다 같이 서명하겠다고 할 수밖에요.

후방역 : 사선생님 말씀은 옳지 않습니다! 복왕은 소생의 고향에 책봉
됐던 까닭에 제가 아주 소상하게 알고 있습니다. 절대로 옹
립하면 안 됩니다!

사가법 : 어째서 옹립하면 안 된다는 겁니까?

후방역 : 그에게 세 가지 큰 죄가 있다는 사실은 온 세상이 다 압니다.

사가법 : 그 세 가지 큰 죄가 무엇입니까?

후방역 : 소생이 따져 보이겠습니다.

〈전강前腔〉

복왕부 살던 번왕藩王7)은

신종神宗8) 황제의 교만한 아드님이요

---

6) 항렬을 따진다[昭穆倫次] : 고대의 종묘제도에 따르면, 시조의 사당을 가운데에 두고
그 다음부터는 순서에 따라 아버지 항렬은 소昭, 아들 항렬은 목穆으로 이름 붙이고 소
를 왼쪽에 목을 오른쪽에 모시게 된다. '소목륜차昭穆倫次'는 원래 이 같은 종묘에서의
서열을 말하지만, 여기서는 황실 항렬을 가리키는 말로 사용되고 있다.

7) 복왕부 살던 번왕[福邸藩王] : 복공왕福恭王 주상순朱常洵(1586~1641)은 만력제萬曆帝
의 삼남이다. 그의 생모 정귀비鄭貴妃가 황제의 총애를 빌어 무리하게 자신의 친자(주상
순)를 태자로 옹립하려고 하면서 정격안挺擊案・이궁안移宮案・홍환안紅丸案 등 황위 계
승을 둘러싼 권력암투인 소위 '국본 싸움[爭國本]'의 원인제공자가 되었다. 그러나 동
림당 세력이 이들 모자의 음모를 격렬하게 공격하면서 결국 권력투쟁에서 패하여 만력
29년(1601)에 복왕福王으로 책봉되었으며, 만력 42년에 엄청난 재산을 상속받고 자신의
영지(낙양洛陽)에 정착하였다. 그 후로 사치스러운 생활을 하면서 주색에 탐닉하다가 숭
정 14년(1641)에 이자성李自成이 낙양을 점령했을 때 붙잡혀 죽임을 당하였다.

8) 신종神宗 : 우리나라에서는 임진왜란壬辰倭亂 때 원군을 지원해 준 황제로 알려져 있는
명나라의 제14대 황제 주익균朱翊鈞(1563~1620)을 가리킨다. 신종神宗은 그의 묘호廟號
이며, 일반적으로 연호를 따라 '만력제萬曆帝'로 불린다. 10세 때 즉위한 그는 초기에는
자신의 사부이자 대학사大學士이던 장거정張居正의 지원에 힘입어 일련의 개혁들을 단
행하여 기강을 숙정하고 전국적으로 토지의 면적을 측정, 일조편법一條鞭法 시행을 위
한 기초를 닦았다. 대외적으로는 몽골의 알탄[俺答] 부족을 회유하고 이성량李成梁을
기용하여 변경 수비를 견고하게 하는 한편, 남으로는 광서廣西의 요족瑤族・장족壯族의
봉기를 평정하기도 하였다. 그러나 1582년 장거정이 죽자 정치는 방만해지고, 삼남 주

그 생모 정비鄭妃9)는 음탕하고 사악하여

그때 태자를 음해하고 복왕을 옹립하려 했었지요.

중재하고 지켜드린 훌륭한 신료들이 없었다면
아마 황권을 찬탈하고 말았을 겁니다.

사가법 :　그 죄는 실로 작지 않소이다. (묻는다) 또 어떤 죄가 있소이까?

후방역 :　요란하고 호사스럽게
　　　　　바리바리 잔뜩 싣고10) 책봉된 땅으로 가느라
　　　　　내탕금까지 모조리 바닥나게 만들었지요.

전날 유적流賊들이 하남河南을 위협할 때에도 끝까지 군량을
댈 돈 한 푼 내놓는 것조차 아까워하는 바람에, 패가망신하
여 왕부王府에 가득 찼던 재물이 모조리 유적들 주머니로 들

상순朱常洵을 편애하여 권력암투의 빌미를 제공함으로써 이때부터 동림당東林黨과 비동
림파 간의 당쟁이 격화되었다. 그는 임진년의 조선 출병을 비롯한 '만력 연간의 3대 원
정[萬曆三大征]'으로 국력이 날로 쇠진해지자 재정 위기를 타개하기 위해 전국에 광산
을 열고 세금을 징수하였다. 그러나 이를 위해 파견된 환관의 가렴주구가 극에 달하자
전국 각지에서 항세운동과 민란이 빈발함으로써 명조 멸망의 단초를 만들었다.
9) 정비鄭妃 : 만력제가 총애하던 귀비貴妃 정씨(1564?~1630)를 가리킨다. 지금의 북경인
순천부順天府 대흥大興 사람으로, 만력 6년(1578)에 입궁하여 귀비로 책봉됐다가 셋째
황자[皇三子] 주상순을 낳고 황귀비皇貴妃가 되었다. 만력제의 총애를 믿고 자신의 아
들을 황제의 후계자로 옹립하기 위해 정격안·이궁안·홍환안 등 일련의 권력투쟁을
주도했으나, 만력제 사후에 권력을 잃고 병사하였다. 시호는 공각恭恪이다.
10) 바리바리 잔뜩 싣고[盈裝滿載] : 만력제는 주상순을 편애하여 늘 조공으로 들어온
좋은 공물들을 하사하곤 하였다. 주상순이 영지인 하남으로 떠날 때에도 수만 경傾에
이르는 전답을 하사하여 세 수입과 식염 시장을 장악하게 만듦으로써 일개 번왕인 그
의 수입이 오히려 황제를 능가하게 만듦으로써 얼마 지나지 않아 궁정의 국고가 고갈
되게 만들었다.

어가고 말았답니다.

사가법 : 그 또한 큰 죄라고 할 수가 있지요. (묻는다) 그럼, 세 번째 큰
죄란 무엇이오이까?

후방역 : 세 번째 큰 죄는 바로 지금의 세자라는 덕창왕德昌王11)이 부
왕이 유적들 손에 죽음을 당했는데도 시신조차 수습하지 않
고 모질게도 멀리 달아나고, 거기다 그 난리통에도 여염집
아내와 딸들을 첩으로 들였다는 것입니다!

　　군왕의 인덕이라고는 죄다 저버렸으니
　　어찌 황제의 대업을 도모할 수 있겠습니까!

사가법 : 틀린 말씀이 조금도 없군요. 과연 큰 죄올시다!

후방역 : 그것뿐만 아닙니다. 이 밖에도 옹립 불가 사유가 다섯 가지
나 있습니다.

사가법 : 그 다섯 가지란 또 어떤 것입니까?

후방역 : 　　〈전강前腔〉
첫째,
　　어가의 존망에 관해서는
　　소문이 한둘이 아니오니
　　하늘에 두 개의 해가 뜨게 할 수는 없는 법입니다.

　　둘째, 성상께옵서 정말 사직을 위해 순국하셨다손 치더라도
　　감국監國12)을 맡으실 태자께서 계신데,

---

11) 덕창왕德昌王 : 복왕福王 주상순의 아들 주유숭朱由崧. 처음에는 덕창왕으로 책봉되었
다가 나중에 복왕의 세자로 책봉되었다. 숭정 14년(1641) 정월에 이자성이 낙양을 공략
하고 주상순이 피살되자 회경懷慶으로 피신해 있다가 7월에 복왕의 왕위를 계승하였다.

어이 하여 저하13)를 팽개치고

결가지 방계 족보14)를 뒤진단 말씀입니까!

셋째, 중흥의 군주라고 굳이 항렬에 구애될 필요야 없겠지만,
중흥을 하자면 응당 광무제光武帝15) 같은 패자覇者이셔야 하며
찾는다면 영웅호걸을 써야 하는 법입니다.

넷째,
막강한 번왕이 이 틈을 타 옹립에 간여할까 두렵습니다.

다섯째, 또 걱정인 것은 소인배들이,
옹립의 공로 믿고 국정을 농단할까 하는 것입니다.

사가법 :　그렇군요! 후형, 탁견이십니다. 참으로 생각이 깊으시구려! 전
번에 부사副使 뇌연조雷縯祚와 예부禮部의 주표周鑣16)를 접견했

---

12) 감국監國 : 섭정攝政을 말한다.
13) 저하[儲君] : 저군儲君은 황위를 계승하기로 결정된 후계자(황태자)를 말한다. "국본
을 세운다[立國本]"라는 말은 황태자 책봉을 두고 하는 말이다. 여기에서 '저하'는 복
왕 주유숭朱由崧이 아니라 숭정제의 아들을 가리킨다.
14) 결가지 방계 족보[枝葉旁牒] : 첩牒은 옛날 씨족의 가계家系를 풀어 놓은 족보를 가
리킨다. 여기에서 "결가지 방계"란 복왕 주유숭을 두고 하는 말로, 마사영・완대성 등
이 명나라 황실의 적통 자손인 숭정제의 태자가 아닌 방계 자손 주유숭을 황제로 옹
립하려고 획책하는 것을 두고 한 말이다.
15) 광무제光武帝 : 동한東漢의 초대 황제 유수劉秀(B.C. 6~A.D. 57)를 가리킨다. 유수는 자
가 문숙文叔으로 호북 채양蔡陽 사람이다. 한나라 고조[漢高祖] 유방劉邦의 9세손인 그
는 왕망王莽이 서한西漢을 멸망시키고 신新나라를 세우자, 형인 유연劉縯과 함께 용릉春
陵에서 거병하여 왕망의 군사를 무찌르고 낙양에 도읍을 정함으로써 동한 왕조를 세
웠다. 그는 그로부터 십 년간 각지에 할거하던 군벌들을 평정하고 건무建武 12년(36)에
천하를 통일한 후 왕망이 추진했던 구체제를 철폐하고 삼공三公의 권력을 약화시켜 중
앙집권체제를 공고하게 다졌다. 그는 유학을 장려하고 선비를 우대하는 등 예교주의禮
教主義 문화정책을 편 군주로도 유명하다.
16) 뇌연조雷縯祚・주표周鑣 : 뇌연조는 자가 개지介之로 태호太湖 사람이며, 주표는 자가

을 때에도 다 그런 주장을 합디다만, 이처럼 확고하진 못했습니다. 수고스럽겠지만 후형께서 이 세 가지 큰 죄와 다섯 가지 옹립 불가 사유를 서찰로 꾸며 답신을 보내 주시지요

후방역 :   분부대로 하겠습니다. (촛불을 켜고 편지를 작성한다)

부정副淨이 완대성阮大鉞으로 분장하고, 잡雜이 시동으로 분장하고 등불을 들고 등장한다.

완대성 :   진기한 물건17)은 기필코 내 손에 넣어야 하고
            새로운 공로는 절대 남에게 양보하지 말아야지.

            소관 완대성, 은밀히 강포江浦18)로 가서 복왕을 찾아내고 밤새 돌아와 마사영馬士英과 영접과 옹립을 주창하기로 했습니다. 다만 (…) 병부兵部의 사가법이 그때 가서 훼방을 놓을까 걱정입니다. 오늘 서찰을 꾸미고 상의했지만 아직도 미흡한 것 같으니, 이 캄캄한 밤에 방문해서 그 자와 조목조목 논의해야겠습니다.
            (소생과 대면한다) 자네는 벌써 서찰을 전했을 텐데 어째서 여태 돌아가지 않았는가?
사자 :   답신을 기다리고 있사온데 여태 아무 기척도 보이지 않습니다요. (기뻐하면서) 완 나리, 마침 잘 오셨습니다요. 쉰네 대신 재촉 좀 해 주십시오

중어仲馭, 호가 녹계鹿溪로 금단金壇 사람인데, 두 사람이 모두 동림당의 주요인물로 나중에 마사영과 완대성의 모함으로 죽임을 당하였다. 여기에서 뇌연조는 산동안찰사첨사山東按察使僉事를 지냈기 때문에 '부사副使'로 부르고 있고, 주표 역시 예부 원외랑禮部員外郎을 지냈기 때문에 '예부禮部'로 부르고 있다.
17) 진기한 물건[奇貨] : 복왕 주유숭을 두고 하는 말.
18) 강포江浦 : 강소성 회안부淮安府 청강포淸江浦.

시동 :   장반 게 있수?

장반 :   누구슈?

(부정이 대면하자 굽신거린다)

완대성 :   할아범이 한 말씀 전해 주시오. 고자당褲子襠 사는 완가가 대
          감님 뵙기를 원한다고 …….

장반 :   (농담을 한다) 고자당이 어떻다굽쇼? 설마요! 속담에 "털보는
          열에 아홉이 색골[十個胡子九個騷]"19)이라던데……. 어디 한
          번 만져 봅시다, 정말 그런가 안 그런가.

완대성 :   농담하지 말고, 편의 좀 봐 주시구려!

장반 :   날이 벌써 저물어 대감께서는 쉬시는 참인데 어떻게 감히 함
          부로 고하겠수?

완대성 :   긴요한 일을 상의 드릴 게 있어서 꼭 좀 뵈어야겠소.

장반 :   그럼, 기다리시구려. (들어가 고한다) 대감님, 고자당 완가가 문
          앞에서 뵙기를 원합니다요.

사기법 :   어디 완가라고?

장반 :   고자당 사는 자야 당연히 털보 완가입죠.

사기법 :   이런 컴컴한 밤에 그 자가 무슨 일로 왔단 말인가?

후방역 :   두 말 할 것 없이 옹립 문제를 상의하자는 거겠지요.

사기법 :   작년에 청의당淸議堂에서 후형을 무고했던 자가 바로 저 자올
          시다. 원래 위당魏黨으로 그야말로 소인배이니 상대할 가치
          조차 없습니다. 장반에게 그 자를 돌려보내라 이르면 그만입
          니다.

---

19) 털보는 열에 아홉이 색골[十個胡子九個騷] : 명대 말기에 민간에 유행하던 민요인
    산가山歌들 중 〈털보[胡子]〉라는 제목의 노래에 나오는 내용이다. 현존하는 동명의 민
    요에 따르면 전문은 다음과 같다. "털보는 열에 아홉이 색골이고, 여자는 열에 아홉이
    요물이라네. 여자 역할 다 마치면 털보 흉내나 내 볼까나, 거시기 거무데데 털도 한 움
    큼 있겠다[十個胡子九個騷, 十個婆娘九個妖. 婆娘了再學子胡子個樣, 膀哈喇哩也有
    一團毛]."

장반 : (나오더니 성을 내면서) 내가 밤이 깊어서 뵙기 곤란하다고 그러지 않습디까? 괜히 무안만 당했잖수! 돌아가슈!

완대성 : (축의 어깨를 치면서) 할아범은 알 만한 사람이 왜 그렇게 모르시오? 밤늦게 뵈러 오는 사람은 아주 솔깃한 이야기를 전하는 법이고, 뻘건 대낮에 들이닥치는 자들이야말로 죄다 별 볼 일 없는 자들인 것을……

장반 : 일리 있는 말씀이올시다. 성사 되면 사례를 곱배기로 하셔야 됩니다?

완대성 : 여부가 있소? 거기다 더 후하게 쳐 주리다.

장반 : 그럼, 다시 전해 드리도록 합죠. (들어가서 고한다) 나리, 완가가 꼭 좀 뵙고 솔깃한 말씀을 전하겠다고 합니다만…….

사가법 : 예끼, 허튼 소리! 나라가 무너지고 집안이 망하는 판국에 무슨 놈의 솔깃한 말! 당장 내쫓고 대문을 닫아걸게!

장반 : 봉양독무께 드릴 답신도 아직 챙기지 못했는뎁쇼?

후방역 : 서찰은 다 썼사오니 읽어 보시기 바랍니다.

외가 읽는다.

사가법 : 〈전강前腔〉
"개국하신 두 분 선황 이하 여러 황제들[20]께옵서
경영하고 창업하신 이래
우리 성상께옵서 고생하고 애쓰셨거늘
하루아침에 사직이 기울고 말았으니
누가 이 망한 나라를 다시 이을꼬?

---

20) 두 분 선황 이하 여러 황제들[二祖列宗] : '이조二祖'는 명나라의 개국 황제인 태조 주원장과 성조成祖 주태朱棣를 가리키며, '열종列宗'은 인종仁宗 이후에 재위했던 황제들을 가리킨다.

꼼꼼히 따져보니

복왕부 번왕의 죄는 셋이나 되고

옹립 불가 사유도 다섯이나 되어

지금의 논의는 중단해야 옳으니

따로 어질고 명망 높은 분 찾아

우리의 진퇴부터 먼저 정하도록 합시다.”

사가법 : 분명하게 잘 쓰셨습니다. 이젠 그 자도 함부로 경거망동 하
진 못할 데지요.
(분부한다) 당장 봉양독무 댁 하인에게 전하고 속히 대문을 닫
아 더 이상 소란이 없도록 하게! (일어선다) 그야말로

강 위의 외로운 신하는 흰 머리가 생기고

후방역 : 등불 앞 나그네는 얼음 같은 거문고[21]를 멈추네.

외·생이 퇴장한다. 축이 나와서 부른다.

장반 : 마 대감께서 보내신 사자는 어디 계슈?

사자 : 여기 있습니다만 …….

장반 : 답장을 받았으면 냉큼 나가슈, 대문을 닫아야 하니까!

사자 : (편지를 받으면서) 완 나리도 뵙겠다고 하시는데 어째서 문을
닫는다는 겁니까?

완대성 : (축을 향하여) 그러게 말일세. 내가 방금 대감을 뵙게 해달라고
간청한 걸 잊으셨소?

---

21) 얼음 같은 거문고[冰絃] : 일설에 따르면 거문고의 현을 누에고치에서 뽑은 비단실
로 엮어 만들어서 그 소리가 얼음처럼 구슬프면서도 청아하다고 해서 ‘빙현冰絃’으로
부르게 되었다고 한다.

장반 : 　(딴청을 피우면서 묻는다) 당신은 뉘슈?

완대성 : 　바로 고자당 완가라니까!

장반 : 　퉤이, 오밤중에 고자니 뭐니 하면서 남 잠도 못 자게 굴고 난리야! (밀면서) 좋게 말할 때 꺼지시구려! (바로 대문을 닫아걸고 들어간다)

사자 : 　답신을 받았으니 쇤네는 먼저 실례하겠습니다요. (퇴장한다)

완대성 : 　(성을 내면서) 참으로 괘씸하구나! 대뜸 대문을 닫아걸고 퇴짜를 놓다니! (얼이 나가 있다가) 아서라! 나 완가, 십 년 전에도 이런 수모를 몇 번이나 당했는지 모른다. 일단은 참는 수밖에……. (손을 비비면서) 하지만 지금의 기회를 그냥 놓칠 순 없지! 사가법 저 자가 지금 병부상서의 관인을 꿰어 차고 있으면서 저렇게 심통을 부리면 옹립 건은 물 건너갈 텐데……. 이를 어쩐다지?

　　(생각하더니) 퉤이! 내가 돌았지. 지금 황제의 옥쇄도 행방을 모르는 판에 네놈의 관인 따위가 무슨 쓸모가 있다더냐! (삿대질을 하면서) 사가야, 사가! 맛좋은 고기만두를 한 접시나 챙겨 왔건만 먹기는커녕 되레 남한테 빼앗기다니! 나중에 나를 탓하지 마라! 그야말로

완대성 : 　막다른 길 닥쳐서야 완선비의 한탄22) 깨달을 텐가?
　　주인 없는 이 강산 손만 뻗으면 가질 수 있는 것을…….
　　진기한 물건 모셔두면 아무 데나 바칠 수 있으니
　　그런 복이 아무한테나 있을 줄 아는가?

---

22) 완선비의 한탄: '완선비[阮生]'는 원래 위魏나라 시인 완적阮籍을 가리킨다. 전설에 따르면 사마씨司馬氏의 전횡에 의분을 느낀 완적은 이따금 혼자 수레를 몰고 나들이를 하곤 했는데 수레가 막다른 길에 이르기만 하면 통곡을 하면서 돌아오곤 했다고 한다. 여기서는 완대성이 자신을 완적에 비겨 한 말이다.

桃花扇

어가 영접

迎駕

원제는 "영가迎駕"로, 어가를 맞이한다는 뜻이다. 이 대목에서는 복왕 옹립의 여론을 조성하는 데에 골몰하던 마사영과 완대성이 남들에게 수훈을 빼앗길새라 급조한 문무백관의 연명 상소문을 지니고 밤새 복왕이 머무는 남경 근교 양자강揚子江 강변의 강포江浦로 달려가는 내용을 주로 다루고 있다. 작자는 여기에서 마사영과 완대성이 대화를 주고받듯이 번갈아 노래하는 연출방식을 구사하고 있다.

<h1 style="text-align:center">갑신년(1644) 4월</h1>

등장인물

　　정 : 마사영

　　부정 : 완대성

　　외 : 서리

　　축 : 장반

정淨이 마사영馬士英으로 분장하여 의관을 정제하고 등장한다.

마사영 :　　　〈번복산番卜算〉

　　　　　하루아침에 도읍 잃고 나니

　　　　　보라 중원서 이리저리 뛰노는 사슴 잡으려 애쓰는구나![1]

　　　　　남에게 뒤질 새라 앞 다투며

　　　　　재상에 배수되고 후작에 책봉되는 것도

　　　　　바로 이 옹립의 공로에 따라 대권이 쥐어지겠지.

　　　　　소관 마사영, 자가 요초瑤草로 귀주貴州 귀양위貴陽衛 사람이올시다. 만력萬曆 기미년己未年[2] 진사進士를 시작으로 지금은 봉양독무鳳陽督撫를 맡고 있습니다. 다행스럽게도 변고가 잦은

---

1) 사슴 잡으려~ : 중국에서 '사슴'은 전통적으로 통치권을 비유하는 메타포metaphor로 사용되어 왔다. "중원에서 사슴을 쫓는다[中原逐鹿]"라는 말은 권력을 차지하기 위해 쟁탈전을 벌인다는 뜻으로, 여기에서는 명대 말기에 숭정제가 매산에서 자진하고 한동안 제위를 계승할 인물이 결정되지 않자 많은 사람들이 그 틈을 타서 권력을 잡으려는 계승자가 난립하던 상황을 두고 한 말이다.

2) 만력 기미년萬曆己未年 : 서기 1619년에 해당한다.

시국을 만났으니, 우리 세력이 득세할 수 있는 절호의 기회입니다. 전번에 서찰을 내어 사가법史可法과 회동하고 같이 복왕福王을 영접하려 했더니, 그 자는 답신에서 '세 가지의 대죄'니 '다섯 가지의 옹립 불가 사유'니 하는 소리만 늘어놓았더군요. 완대성阮大鉞이 달려가 면담을 요청해도 그 자는 역시나 문전에서 박대를 했다니, 뜻을 함께 할 생각이 없는 것 같습니다. 하지만 …… 그 자가 지금 병권을 쥐고 있으니, 그 같은 논리를 창도하기라도 한다면 고홍도高弘圖[3] · 강왈광姜曰廣[4] · 여대기呂大器[5] · 장국유張國維[6] 등, 저 조정 대신[7]들

---

3) 고홍도高弘圖(?~1645) : 자가 연문研文, 호가 갱재硜齋로 산동 교주膠州 사람이다. 만력 연간의 진사 출신으로 중서사인中書舍人을 배수 받고 어사御史로 발탁되었다. 천계天啓 연간에 '시정 상의 여덟 가지 우환[時政八患]'에 관한 상소를 올려 섬서순안陝西巡按으로 기용되었으나 위충현의 미움을 사서 벼슬을 버리고 낙향하였다. 숭정 연간에 원직에 복귀한 후로 태복소경太僕少卿 · 좌부도어사左副都御史 · 공부우시랑工部右侍郎 · 호부상서戶部尙書 등의 벼슬을 거쳤다. 복왕이 옹립된 후에는 예부상서 겸 동각대학사로서 마사영 · 사가법과 함께 국정을 주도하였다. 그러나 나중에 마사영에게 배척당하자 벼슬을 버리고 절강 회계會稽에 머물다가 명나라가 망하자 단식을 하다가 죽었다. 저서로는 『태고당집太古堂集』이 있다.

4) 강왈광姜曰廣(?~1649) : 자가 거지居之, 호가 연급燕及으로 강서 신건新建 사람이다. 만력 연간의 진사 출신으로, 서길사庶吉士로 선발되어 편수編修를 배수 받았다. 천계 6년(1626)에는 사신으로 조선을 방문했고, '군국에 유익한 여덟 가지 일[有裨軍國者八事]'을 상소하기도 했지만 위충현에게 동림당으로 몰려 축출되었다. 숭정 연간에는 우중윤右中允을 시작으로 벼슬이 첨사詹事에 이르러 남경 한림원南京翰林院을 관장하였다. 이자성이 북경을 함락시키자 여대기呂大器와 함께 노왕潞王 옹립을 도모하다가 마사영 일파의 반발을 샀다. 복왕이 옹립된 후에는 예부상서禮部尙書에 배수되어 동각대학사를 겸했으며, 고홍도와 함께 국정 보필에 전념했지만 마사영에게 견제 당하자 벼슬을 버리고 낙향하였다. 나중에 금성환金聲桓이 강서에서 반정反正을 도모하자 이들과 합세했으나 그가 패하자 연못에 몸을 던져 자결하였다.

5) 여대기呂大器 : 자가 엄약嚴若, 호가 선자先自로 사천四川 수녕遂寧 사람이다. 숭정崇禎 연간의 진사 출신으로, 행인行人을 배수 받았다. 숭정 14년(1641)에 우첨도어사右僉都御史로 발탁되어 감숙甘肅을 순무하였고, 시시화柴時華의 반란을 평정하였다. 그 후 총독總督으로서 장헌충張憲忠의 군대를 강서江西에서 패퇴시키는 등 전공을 많이 세웠지만, 좌량옥左良玉과의 불화로 인해 남경 병부우시랑南京兵部右侍郎으로 옮겨갔다. 홍광제弘光帝가 옹립되자 마사영을 탄핵하는 상소를 올렸다가 실패하고 피신하였다. 당왕唐王이 복주福州에서 옹립되자 병부상서 겸 동각대학사로 기용되었지만, 당왕이 패하자 광

어느 누가 내 말을 따르겠습니까! 이번 옹립 건은 좀 불만스
럽게 돼 버렸지만, 하는 수 없지요. 다시 완대성에게 부탁해
서 네 진영의 무장 및 공신·외척·내시들과 회동해 보면 또
어찌 될지 모르겠습니다. 그렇긴 해도 정말 애간장이 다 타
는군요!

부정副淨이 완대성으로 분장하고 황급히 등장한다.

완대성 :　　　마음속에 다 자란 대나무8)가 있다면
　　　　　　　산에도 베지 못할 장작일랑 없는 법.

　　　　　　　마공의 서재로군. 어서 들어가야지.
마사영 :　　 (대면하자 묻는다) 완형, 돌아오셨구려! 일은 어찌 됐소이까?
완대성 :　　 네 진영 무장들은 서찰을 보자 사월 초여드레로 날을 잡아
　　　　　　 의장을 모두 갖추고 강포江浦로 달려가겠다고 흔쾌히 약속했

동廣東으로 도주해 재기를 꾀하다가 귀주貴州 도균都勻에서 죽었다.
6) 장국유張國維(1595~1646) : 자가 정암正庵, 호가 옥사玉笥로 절강 동양東陽 사람이다. 천
계 연간의 진사 출신으로, 번우지현番禺知縣을 배수 받았다. 숭정 원년(1628)에는 형과급
사중刑科給事中으로 발탁되었다. 그 후로 우첨도어사右僉都御史를 거쳐 숭정 14년에는 병
부우시랑兵部右侍郎에 임명되고 아울러 회안淮安·서주徐州·임주臨州·통주通州 네 진영
의 군사를 감독하면서 산동에서 발생한 이청산李青山의 봉기를 진압하였다. 얼마 후 병
부상서兵部尚書로 승진했으나, 숭정 16년 청나라 군사가 북경 일대로 침입하자 독직죄로
탄핵 당하여 면직되었다. 노왕魯王 때 병부상서로 임용되었으나 항청운동이 실패하자
고향에서 강물에 뛰어들어 자결하였다.
7) 조정 대신[九卿] : 중국에서는 이미 고대부터 중앙정부의 주요 부처를 대표하는 구경
九卿이 존재했는데, 명대만 놓고 보자면 육부六部의 상서尚書와 도찰원도어사都察院都御
史, 통정사사通政司使, 대리사경大理寺卿을 합쳐서 '구경'으로 불렀다.
8) 다 자란 대나무[已成之竹] : 송대의 문학가 소식蘇軾은 『원당곡언죽기篔簹谷偃竹記』에
서 "대나무를 그릴 때에는 반드시 먼저 마음속으로 다 자란 대나무를 깨우쳐야 한다[畵
竹必先得成竹於胸中]"고 주장하였다. 때문에 후세사람들은 마음속에 확정된 계획을 가
진 사람을 두고 "마음속에 다 자란 대나무가 있다[胸有成竹]"라고 말하기도 한다.

습니다.

마사영:　잘됐구려, 잘됐어! 그 고高가·황黃가와 두 유劉가가 뭐라고
　　　　합디까? (앉는다)

완대성:　〈최박催拍〉
　　　　그들은 "황은 입어 제후 벼슬에 책봉되고
　　　　천리나 되는 강회江淮 땅 지키며 계책 도모하는 몸으로
　　　　도읍을 수복하지 못했으니
　　　　도읍을 수복하지 못했으니
　　　　보잘 것 없는 공로에도 군량이나 축내는 우리 같은 자들은
　　　　군영에서 부끄럽기 짝이 없나이다.
　　　　강포江浦에서 어가를 영접한 후
　　　　맹수 같은 정예9) 이끌고
　　　　새 군왕 모시고 명령 받들어10) 복수하기만 바라나이다.
　　　　큰일을 앞두고
　　　　어찌 감히 지체하겠나이까?" 하더이다.

마사영:　그 밖에는 또 누가 가겠다고 합디까?

완대성:　이 밖에도 위국공魏國公 서홍기徐鴻基,11) 사례감司禮監 한찬주韓
　　　　贊周,12) 이과 급사중吏科給事中 이첨李沾,13) 감찰어사監察御史 주

---

9) 맹수 같은 정예[貔貅]: '비휴貔貅'는 전설상의 맹수를 말하지만, 나중에는 용맹스러
　운 군대를 가리키는 말로도 사용되었다.
10) 명령 받들어~: 옛날 어명을 받들어 사신으로 떠나는 신하들은 부절符節을 증표로
　지참했다고 한다. 때문에 "부절을 들었다[持節]"는 것은 황제의 명령을 받들어 대행한
　다는 상징성을 갖는다. 여기에서도 역시 같은 맥락에서 사용되고 있다.
11) 서홍기徐鴻基: 명나라의 개국공신 서달徐達의 9세손. 서달 때부터 이어진 위국공魏國
　公의 작위를 세습하고 남경수비南京守備의 벼슬을 지녔다.
12) 한찬주韓贊周: 숭정 연간에 사례대당司禮大璫으로 있었던 환관. 사례감司禮監은 명대
　에 궁정 의례를 관장하던 내감內監 기관으로, 나중에는 내감들 중 황제와 가장 가까운

국창朱國昌 등이 있습니다.

마사영 : 훈勳·위衛·과科·도道14)가 모두 망라됐으니, 그만하면 됐
소이다. 그래, 그들은 뭐라고 합디까?

완대성 : 〈전강前腔〉

그들은 "마중승馬中丞께서 앞장을 서시는데

조정 중신 그 누가 주저하겠소이까?

이력서 벌써 제출했으니

이력서 벌써 제출했으니

다들 상소문 올리고

황성으로 몰려갑시다.

새 군왕께옵서 나라를 중흥하시어

궁궐서 절 올리고 춤 출 수 있다면야

오늘의 큰 공로 보답 받아

옛 품급 바꾸고

새 공적 펼치게 되겠지요"15) 하더이다.

마사영 : 정말 그렇다면 아주 잘 됐구려! 다만 한 가지 …… 나는 외
직이고 저 무장이나 공신들도 몇몇은 내직을 맡은 조정 대
신들이라 할 수 없으니, 이제 상소를 올릴 때 어떻게 거명한
다지요?

측근으로 권세를 누리는 보직으로 여겨졌다.

13) 이첨李沾 : 숭정 말년에 이과 급사중吏科給事中을 지냈으며, 봉양독무 마사영과 결탁
하여 복왕을 옹립하였다. 이과 급사중은 명대에 이과吏科의 간쟁諫諍과 규탄糾彈을 전
담하던 벼슬이다.

14) 훈勳·위衛·과科·도道 : 훈勳은 공신, 위衛는 무장을 나타내며, 과科는 육부의 급사
중給事中들을 아울러 가리키고, 도道는 각 도의 감찰어사監察御史를 가리킨다.

15) 옛 품급 바꾸고~ : 이하 두 구절은 문무백관들이 공로에 따라 상응하는 보상으로
벼슬을 얻게 된다는 뜻으로 사용되었다.

완대성 :　거기에 무슨 고증이 필요하답니까? 관원 명부16)를 가져다가
　　　　처음부터 베껴 쓰면 되지요!

마사영 :　말이야 그렇지만서도 만일 어가가 행차하셨는데 영접 나온
　　　　문무백관이 딸랑 우리 몇 사람뿐이라면 어떻게 조정으로 모
　　　　시겠소이까?

완대성 :　만조백관 어느 누가 그런 일을 염두에나 두겠습니까? 어가가
　　　　당도하기만 하면 이력서나 내 보려는 자들로 북새통을 이룰
　　　　걸요 아마?

마사영 :　그렇군, 그래! 상소문은 벌써 써 놓았소 다만 (…) 직함은 비워
　　　　놓았으니 관원 명부를 가져다가 어서어서 베끼도록 하시오.

　　외外가 서리로 분장하고 관원 명부를 들고 등장한다.

서리 :　　서하연西河沿 홍가洪家네17)에서 펴낸 "고두편람高頭便覽"18)이
　　　　여기 있사옵니다. (퇴장한다)

완대성 :　소생이 베끼도록 하지요.
　　　　(고개를 돌려 멀찍이 바라보더니) 상소문의 글자체는 가는 해서체楷
　　　　書體로 해야 되는데 (…) 눈이 침침해서 쓰기가 힘드니 이를
　　　　어쩐다? (생각을 하더니) 올커니! (허리춤에서 안경을 꺼내 쓰고 베긴
　　　　다) "이부상서吏部尚書, 신, 고홍도" …… (손을 떨면서) 이번에는
　　　　또 손이 떨리는구만. 지금 당장 출발해야 되는데 갑자기 쓸
　　　　수가 없게 됐으니 참 당황스러워서 환장하겠구나!

---

16) 관원 명부[縉紳便覽] : 명청대에 '진신縉紳'은 일반적으로 관리를 가리키는 말로 사
　　용되었으므로 '진신편람縉紳便覽'은 일종의 직관록職官錄이라고 할 수 있다.

17) 서하연 홍가네[西河沿洪家] : 명대에 북경 서하연西河沿에 소재했던 서점.

18) 고두편람高頭便覽 : 관원 명부[縉紳便覽]를 달리 부르던 이름. 여기서 '고두高頭'는 각
　　쪽마다 위쪽에 해당 직관職官에 대한 비교적 상세한 설명이 부기되어 있었기 때문에
　　그렇게 부르게 된 것이다.

마사영 :　그럼 서리한테 가서 쓰라고 이르면 되지요.

완대성 :　이 명단에는 넣을 것도 있고 뺄 것도 있는데 서리가 어떻게
　　　　　쓰겠습니까?

마사영 :　완형이 확실하게 지시하면 별 문제가 없을 겝니다. (부른다)
　　　　　서리는 어서 들라!

　　　외가 등장한다. 부정이 관원 명부에 의거하여 외에게 지시한다. 외가 퇴장한다.

마사영 :　예로부터 "중원에서 사슴을 사냥할 때는 서두르는 사람이
　　　　　먼저 잡는다[中原逐鹿, 捷足先得]"고 했으니, 우리도 남들 뒤에
　　　　　처져서는 안 되오. 어서 의관을 정제하고 짐을 챙겨서 반드
　　　　　시 오늘 중으로 성문을 나서야 하외다!

　　　축丑이 장반長班으로 분장하고 짐을 챙긴다. 부정이 묻는다.

완대성 :　대감, 소생은 어떻게 차려 입어야겠습니까?

마사영 :　어가를 영접하는 큰 행사가 아니요? 범상한 사사로운 알현은
　　　　　비할 바도 아니니 다들 사모관대를 꼭 착용하셔야 하오이다.

완대성 :　소생은 파직된 관원이온데, 사모관대를 어떻게…….

마사영 :　그렇구만! (생각하더니) 어쩔 수 없구려. 완형은 일단 상소문을
　　　　　전하는 사자를 맡아 주시오, 자존심이야 좀 상하시겠지만 말
　　　　　이요.

완대성 :　무슨 그런 말씀을! 대장부가 큰 공을 세울 판에 안 될 것이
　　　　　뭐가 있겠습니까? 이 상황에서까지 올곧은 모습만 고집해서
　　　　　야 되겠습니까?

마사영 :　(웃으면서) 맞소이다, 맞아! 그래야 부드럽고 시원한 분19)답지
　　　　　요!

부정이 사자의 복장으로 갈아입는다.

완대성 :　　　〈전강前腔〉

사그라진 썰렁한 재 같던 남은 인생 다 바쳤더니

기쁘게도 이제서야 말랐던 바닷물이 다시 흐르게 되는구나!

금 자라가 물렸으니

금 자라가 물렸으니

마치 강태공姜太公[20]이 낚시질 한번으로

천년 동안 자기 나라 이어간 격이로다!

이 풍진 세상에 소와 말 되어

굴욕 좀 당한들 무슨 걱정이랴?

도필리刀筆吏[21]도 알고 보면 승상의 근본인 것을……

남들은 비웃고 욕하겠지만

나는 부끄럽지 않다네.

---

19) 부드럽고 시원한 분[軟圓老] : 중국어에서 완대성을 부르는 호칭인 완원阮圓은 부드
럽고 원만하다는 의미를 지닌 연원軟圓과 발음이 같다. 때문에 마사영이 그 같은 발음
을 빌어 우스갯소리를 하는 데에 사용하고 있다. 여기서 '노老'는 연장자를 높여 부르
는 호칭이다.

20) 강태공姜太公 : 주나라의 정치가 강상姜尙을 가리킨다. 강상은 자가 망望으로, 성씨가
여씨라는 설도 있어서 강상・여상呂尙・강태공姜太公・태공망太公望 등으로 다양하게
불린다. 그는 나이 칠십이 다 되도록 위수渭水에서 낚시질을 하다가 그 곳을 지나던
주나라 문왕[周文王]의 눈에 띄어 그의 스승이 되었다. 문왕은 강상이 병법에 밝아서
자신의 조부인 '태공이 늘 바라던 사람'이라는 뜻에서 그를 "태공망"이라고 불렀다고
한다. 강상은 문왕 사후에 무왕武王을 도와 목야牧野의 전투에서 은나라 주왕[商紂]의
군사를 물리치고 주나라를 세우는 데에 큰 공을 세웠으며, 그 보상으로 성왕成王 때에
제나라[齊]에 영지를 분봉 받아 영구營丘에 도읍을 정하고 제나라의 시조가 되었다.
후세사람은 그의 이름을 빌어 유명한 병법서인 '육도六韜'를 지었다고 전한다.

21) 도필리刀筆吏 : 고대에 문서를 관장하던 관리. 소하蕭何는 원래 진나라 조정의 도필리
에 불과했지만, 나중에 한나라 고조 유방劉邦을 도와 천하를 통일하고 누차 큰 공을
세워 마침내 한나라의 개국공신으로까지 영달하였다. 여기에서는 완대성 자신을 두고
한 말이다.

서리 :   상소문에 이름을 다 넣었사오니 한번 살펴보십시오.
완대성 :   (보더니) 과연 조금도 틀리지 않게 했구만. 잘 싸서 상자 속에
            넣게나. (외가 싸서 상자 속에 넣는다)
            소관이 지도록 하겠습니다.

    외·축이 궤짝을 묶어 등에 진 부정과 함께 등장한다. 정이 보더니 웃는다.

마사영 :   완형이 이번에 참 공이 크십니다그려!
완대성 :   (정색을 하면서) 놀리지 마십시오. 나중에 능연각(凌煙閣22)에 제
            모습이 그려지면 그래도 제법 그럴싸해 보일 겁니다.
장반 :   (말을 끌고 오더니) 날이 저물려고 하니 나리께서는 말에 오르
            시지요.
마사영 :   (분부한다) 이번에 어가를 영접하는 중대한 행사에는 여러 사
            람을 다 데려갈 수 없으니 자네들 둘만 따르도록 하게.
완대성 :   자네들이 덕을 톡톡히 보는구만! 나중에 두 사람 다 논공행
            상을 하겠네.

    모두 말에 오르고 빠른 걸음으로 요장을 돈다. 합창한다.

일동 :   〈전강前腔〉
            해는 남산으로 기울고 비 그친 틈에
            안개 낀 역참·물가 우정郵亭에 마련된 푸른 말고삐 잡고
            황금 채찍 서둘러 휘두르니
            황금 채찍 서둘러 휘두르니
            벌써 초楚와 오吳가 만나는23) 구름 낀 포강浦江24)이 보이누나.

─────────────

22) 능연각凌煙閣 : 당나라 태종[唐太宗]이 공신들의 공로를 기념하기 위해 지었다는 누
    각으로, 그 안에 공신의 초상을 그려 놓았다고 전한다.

천운을 타고난 영웅
범같이 내달리고 용처럼 뛰어드네.
두 날개 퍼덕여 날아
은촛대 아래서
면류관冕旒冠 쓰신 황제께 큰 절 올리고 말리라.

마사영 : 부하들에게 어서 객사를 찾아보라 이르라!
완대성 : 아이쿠, 우리가 하는 일이 어떤 일인데 지금 쉴 생각을 다 하
십니까? 어서 달립시다, 어서! (채찍질을 하면서 말을 달린다)

마사영 : 강 위 구름·산 속 안개는 날 저무니 태평스럽기도 한데
완대성 : 말은 물이 흐르는 것처럼 들판을 치닫는구나.
마사영 : 뒤늦게 나타난 방풍씨防風氏25)를 배우지 말고
완대성 : 도산塗山서 내일 제후들과 회동할 생각이나 하자꾸나!

---

23) 초와 오가 만나는[楚尾吳頭] : 강서성 일대를 가리키는 말. 강소성 상류와 호북성 하
류에 걸쳐서 자리 잡고 있기 때문에 보통 '초나라 꼬리 · 오나라 머리[楚尾吳頭]'로 부
르지만, 여기서는 장강 중하류 일대를 두루 이르는 말로 사용되고 있다.
24) 포강浦江 : 장강 포구를 말한다. 명대 말기에 복왕이 난리를 피해 회안淮安에 이르자
네 진영[四鎭]의 장수들에 의해 포구까지 영접을 받았다고 한다.
25) 방풍씨[防風] : 전설에 따르면, 우 임금[夏禹]이 도산塗山에서 제후들을 소집했을 때
방풍씨는 맨 마지막으로 도착하는 바람에 죽임을 당했다고 한다. '도산'은 여기서 포
강을 가리키는 말로 사용되었다.

桃花扇

열여섯 번째 대목

내각 구성

設朝

원제는 "설조設朝"로, 조정의 내각內閣을 구성한다는 뜻이다.
이 대목에서는 남경南京에서 새로 즉위한 홍광제弘光帝가 황궁 조
회 석상에서 자신의 옹립에 큰 공로를 세운 문무백관에게 서훈
을 내리고 마사영·완대성 일파가 그 틈을 타서 파벌을 조성하
고 반대파를 배척하는 과정을 주로 다루고 있다. 작자는 여기서
홍광제의 독창과 만조백관의 대 합창을 번갈아 안배함으로써 궁
정에서 거행되는 조회의 장엄하고 화려한 분위기를 효과적으로
연출해내고 있다.

갑신년(1644) 5월

등장인물

  소생 : 홍광제

  소단 : 태감 갑

  노단 : 태감 을 ⇒ 내감

  외 : 사가법

  정 : 마사영

  말 : 황득공

  축 : 유택청

  부정 : 완대성

 소생小生이 홍광제弘光帝[1]로 분장하고 곤룡포袞龍袍에 면류관冕旒冠을 착용한 채, 소단小旦·노단老旦은 태감太監으로 분장하여 소생을 안내하며 등장한다.

홍광제 :   〈염노교念奴嬌〉

    고황제高皇帝의 옛 궁궐[2]에서

    겹겹의 궁문·전각들 다시 열리는 광경을 보노라.

    눈 가득 아른거리는 새로운 자줏빛 기운

    천 길이나 되는 종산鍾山[3]의 산세에 기대었구나.

---

1) 홍광제弘光帝 : 복왕福王 주유숭朱由崧. 주유숭은 남경에서 황제로 즉위한 후 연호를 홍광弘光으로 정하였다.

2) 고황제의 옛 궁궐[高皇舊宇] : '고황제高皇帝'는 명나라 태조 주원장을 가리킨다. 주원장은 건국 초기에 남경에 황궁을 조성했는데, 제3대 황제인 성조가 북경으로 천도하면서 주인 없는 궁궐로 남게 되었다. 이 〈염노교〉 부분은 성조 이후로 버려지다시피 했던 남경의 황궁이 홍광제의 즉위로 모처럼 다시 활기를 되찾은 것을 노래하고 있다.

조상의 음덕 다시 빛을 내니
백성들 진심으로 모두 우러러 보며
푸른 하늘 오르는 길에서 나를 마중하누나.
구름 걷히고 난 후 발 걷어 올리니
안개 낀 동남쪽 풍경이 참으로 장관이로고!

한 조각 누런 구름이 용상을 받치고 있더니
깨고나자 꿈꾸던 넋만 방황 했었지.
중흥한다며 몸소 정벌 나설 필요는 없으리니
이제야 먼지 덮힌 얼굴 씻고 곤룡포를 입노라.

과인은 바로 신종神宗 황제의 손자이자 복왕부福王府 번왕藩王의 아들로 어려서부터 덕창군왕德昌郡王에 책봉되었던 몸이시다. 작년에 유적流賊들이 하남河南을 함락시키는 바람에 부왕께서 순국하시고 과인도 강포江浦로 피신하여 간신히 목숨을 부지했다. 그런데 뜻밖에도 북경北京을 잃고 선황께서 승하하시어 남경南京의 신민들이 나를 감국監國으로 추대했다. 오늘은 바로 갑신년甲申年4) 오월 초하루이니, 아침 일찍 효릉孝陵5)을 참배하고 편전偏殿에 잠시 행차한 길에 문무백관이 어떤 상소를 올렸는지 볼까 한다.

외外가 사가법史可法으로, 정淨이 마사영馬士英으로, 말末이 황득공黃得功으로, 축丑이 유택청劉澤淸으로 각각 분장하고, 문무 신료들이 관복 차림에 홀笏을 들고

---

3) 종산鍾山 : 남경 북쪽에 소재한 자금산紫禁山.
4) 갑신년甲申年 : 서기 1644년을 말한다. 이 해에 이자성이 북경을 점거하고 숭정제가 매산에서 목을 매고 자결했으며, 복왕이 남경에서 황제(홍광제)로 즉위하였다.
5) 효릉孝陵 : 명나라 태조 주원장의 황릉. 남경 동북쪽에 소재해 있다.

등장한다.

문무백관 :　　의관 정제한 백관의 성대한 광경 다시 보고
　　　　　　궁전과 누각의 우뚝한 모습 다시 보는구나.
　　　　　　금 주발은 아직도 온전하고
　　　　　　옥 촛대도 다시 갖추었구나.6)

우리 문무백관은 어제 강포에서 어가를 영접하고 오늘 아침
에는 어가를 모시고 효릉에 참배했다. 비록 군왕께 명분은 생
기셨으나 조정의 하례는 아직 치르지 못했으니, 예법상 상소
를 올려 보좌에 오르시기를 요청함이 마땅하리라.

사람들이 앞으로 나아가 무릎을 꿇고 상소문을 올린다.

문무백관 :　　남경 이부상서南京吏部尙書 신 고홍도高弘圖 등은 삼가 폐하께옵
　　　　　　서 속히 제위에 오르시어 연호年號를 바꾸고7) 정사를 보시며 신

---

6) 옥 촛대[玉燭] : 이 부분은 황제를 찬양하는 말로 사용된 것이다. "촛대를 마련하다[調
燭]"라는 말은 때로는 현자를 등용하는 것을 가리키는 말로 사용되기도 한다. 『한비자韓
非子』 「외저설좌상外儲說左上」에 따르면, "연나라 상국에게 서신을 보내려는 자가 있었는
데 밤에 서신을 쓰려고 했지만 불이 밝지 않았다. 이에 촛불을 든 사람에게 '초(를 가까이
비추게)!' 하고 말하다가 그 말을 서신에 그대로 써버렸다. '초!'라는 말은 애초에 서신에
적으려던 말이 아니었다. 연나라 상국은 그 서신을 받고 기뻐하면서 '초는 밝은 것을
중시하지. 그리고 밝은 것을 중시한다는 것은 현명함에 따라 사람을 쓰라는 말이다!'
하고 말했다고 한다[人有遺燕相國書者, 夜書, 火不明, 因謂持燭者曰'擧'而誤書'擧',
燭非書意也. 燕相國受書而說之, 曰 : '擧者, 尙明也; 尙明也者, 賢而任之']".
7) 연호를 바꾸고[改元] : 중국 고대에는 간지干支로 연대를 표시하는 방법과 병행하여
연호年號를 사용하였다. 기원전 140년 한나라 무제는 즉위하여 건원建元 원년이라고
칭했는데, 이것이 중국 역사상 최초의 연호이다. 그 이후로 청나라의 마지막 황제 부
의溥儀의 선통宣統에 이르기까지 연호는 끊이지 않고 계속 사용되었다.
　　연호는 길상吉祥 · 태평太平 · 황권신성皇權神聖 · 국태민안國泰民安의 의미를 담기 마련
이며, 새 황제가 즉위한 이듬해를 원년元年으로 삼았다. 때로는 국가대사의 발생이나 피

민의 소망을 위무해 주시옵기를 간청하나이다. 폐하!

〈본서本序〉

복왕부에 깃들어 계시던 잠룡이시여!

뵙고 보니 의기 양양하옵고

모습도 신종황제와 흡사하시니

적통을 이으신 황족이시옵니다.

오랫동안 어질고 현명하사 그 명성 두터우시어

천하가 요堯 임금처럼 추앙하나이다.

우러러 뵈오니

혈통은 황금 가지에서 비롯되옵고

가계는 꽃봉오리로 이어지시니8)

대통을 계승하사 뭇 황족의 어른 되심이 마땅하옵니다.

신들이 엎드려 바라옵건대 제위에 오르시어

속히 고황제의 혈통을 이으소서!

절을 네 번 올린다.

홍광제:　　과인은 방계인 번왕부의 자손이라 재능과 인덕이 다 부족하

휘避諱 등의 특수한 필요에 따라 연호를 바꾸기도 하는데, 이를 '개원改元'이라고 하였다. 한나라 무제가 재위 54년 동안 11개의 연호를 사용한 데서 볼 수 있듯이, 송대 이전에는 한 황제가 여러 개의 연호를 사용하는 상황이 보편적이었으며, 원대 이후 연호의 교체가 점차 적어지고 명청대에는 기본적으로 한 황제에 하나의 연호만 사용하였다. 때문에, 현재 사람들이 고대의 황제를 호칭할 때 원대 이전은 한나라 무제[漢武帝]·당나라 태종[唐太宗]·송나라 태조[宋太祖]·원나라 세조[元世祖] 식으로 대부분 그 '시호諡號'를 부르지만, 명대 이후의 경우는 홍무제洪武帝·가정제嘉靖帝·만력제萬曆帝·숭정제崇禎帝·강희제康熙帝·옹정제雍正帝·건륭제乾隆帝 하는 식으로 그 연호로 황제를 부르는 것이 일반적이다.
8) 황금 가지[金枝]·꽃봉오리[花萼]: 이하의 두 구절은 홍광제 주유숭이 고귀한 황족 출신임을 노래하고 있다. 여기서 '황금 가지'나 '꽃봉오리' 같은 표현은 고귀한 가문 출신을 나타내는 말이다.

오. 신민의 요청을 좇아 고황제의 궁궐을 지키러 왔건만, 성상聖上과 부왕께옵서 한을 품고 승하하시고 그 큰 원수조차 갚지 못했으니, 무슨 면목으로 외람되게 제위에 오르겠소? 그래서 지금은 잠시 번왕의 신분으로 국정에 임하여 지금까지의 연호로 '숭정崇禎 17년'이라 칭하며 모든 정무를 평소처럼 처리하기로 하겠소 경들은 무리한 간청으로 과인의 죄를 더하는 일이 없기 바라오

〈전강前腔〉
강권하지 마시오!
중원이 어지러워
왕족이 강어귀에서 밥 빌어먹고
덤불 속서 사는 것이 개탄스럽소9)
돌아보니 흙먼지 자욱한데 어디로 가겠소?
이름 높던 낙양 뜰에는 꽃이 만발했을 텐데…….
간절히 바라건만
병란은 쉬이 사그라지지 않아
소나무·개오동나무10)조차 잦은 재앙에 시달리고
정호鼎湖11)에 널브러진 활과 칼은 거두어 주는 이조차 없으니

---

9) 왕족이 강어귀에서~ : 당나라 시인 두보杜甫는 자신의 시 「애왕손哀王孫」에서 안·사의 난[安史之亂]으로 도성이 함락되자 왕족들이 정처 없이 떠도는 처량한 모습을 묘사한 바 있다. 여기서도 두보 「애왕손」의 묘사를 빌어 당시 명나라 황족이 처한 궁색한 처지를 기술하고 있다.

10) 소나무[松]·개오동나무[楸] : 중국에서는 예로부터 묘지에 소나무와 개오동나무를 심는 일이 많았다. 때문에 중국의 고전문학에서 이 두 나무는 묘지, 특히 부모의 묘역을 가리키는 말로 자주 사용된다.

11) 정호鼎湖 : 황제黃帝가 쇠솥을 주조했다고 전해지는 곳. 전설에 따르면 황제는 쇠솥을 완성하자 용을 타고 승천했다고 한다. 때문에 후세 사람들은 제왕의 죽음을 완곡하게 표현하기 위해 정호의 고사를 언급하는 경우가 많았다. 여기에서도 숭정제가 자결한 후 아무도 그의 주검을 수습하지 않았음을 나타내기 위해 정호를 언급하고 있다. '활

내 어찌 차마 면류관 드리우고[12]

해 마주한 채[13] 경들의 하례를 받을 수 있겠소!

문무백관 : (사람들이 무릎을 꿇고 외친다) 만세! 만만세! 진정 성군의 옥음玉音
이시니, 신들이 어찌 어명을 따르지 않을 수 있겠나이까! 다만
큰 원수 갚기를 지체하시면 안 되나이다. 중원을 오랫동안 버
려둘 수는 없사오며 조정 중신의 자리 또한 잠시도 비워둘
수 없사온즉, 삼가 상소문을 갖추고 엎드려 윤허를 기다리나
이다! (상소문을 올린다)

〈전강前腔〉

마음이 밝아지고

온 누리에 중흥의 기상이 넘치나이다.

부시罘罳[14]를 보니 상서로운 안개며 구름 가득한 것이

왕업이 다시 일어날 조짐이옵니다.

불공대천의 원수

이제부터 와신상담[15] 하며 절대 잊으시면 안 되나이다.

부

과 칼'은 숭정제의 주검을 가리킨다.

12) 면류관 드리우고[垂旒] : '류旒'란 황제가 쓰던 황관 앞뒤로 드리우던 옥구슬 장식을
말한다. '면류관을 드리운다'는 말은 일반적으로 황제로 즉위했다는 의미로 사용되는
경우가 많다.

13) 해 마주한 채[當陽] : '해를 마주한다'는 것은 곧 북쪽을 등지고 남쪽을 바라보고 선
다는 뜻이다. 중국에서는 예로부터 방위에도 위계질서를 부여하여 황제는 "북쪽에 앉
아 남쪽을 바라본다[坐北面南]"고 인식하였다. 이 같은 방위관은 민간에도 그대로 영
향을 미쳐, 한 집안에서 연회석을 배치할 때에도 북쪽에서 남쪽으로 향한 위치를 상석
으로 간주하여 연장자나 노인·손님이 앉도록 배려하는 것이 보통이다.

14) 부시罘罳 : 옛날 궁에 세우던 문병門屛. 전설에 따르면, 부시罘罳는 "거듭 생각한다"라
는 뜻을 취한 것으로, 신하가 황제를 알현할 때 문병 밖까지 오면 그 앞에 서서 어떻
게 응대할 것인지 마음의 준비를 했다고 한다.

15) 와신상담[嘗膽眠薪] : 거친 섶 위에 누워 자고 쓴 곰쓸개를 맛본다는 뜻으로, 만족스러
운 숙식을 마다한 채 목적을 달성하기 위해 고난을 참고 견디며 스스로를 독려하는 것을

헤아려 보건대

중원을 수복하고

내각[內閣]16)을 주재하시자면

속히 충성스런 장수를 임명하시고

또 백관과 뭇 선비들이 부족하오니

삼가 인재들을 등용하시기 바라옵니다!

홍광제 :　경들이 올린 상소문을 보니 다들 복수를 하고 나라 재건하기를 간절히 요청하고 있으니 그 충정이 다 보이는구려. 장수와 재상을 발탁하는 문제에 대해서는 과인에게 진작부터 복안이 있었소이다. 경들은 들으시오

〈전강前腔〉

직무에 관해서는

우선 장수와 재상을 두고

기린각[麒麟閣]17) 오를 공로 따져

과인의 영접과 옹립에 공이 있는 자를 으뜸으로 삼겠소

그들은 강어귀까지 상소문 받들고

가리킨다. 전설에 따르면, 춘추시대에 오나라 왕[吳王] 합려闔閭는 월나라 왕[越王] 구천句踐에게 패하여 전사하였다. 그 아들 부차夫差는 이 원수를 갚고자 섶 위에서 잠을 자면서 자신의 방을 드나드는 신하들에게 "부차야, 아비의 원수를 잊었느냐!" 하고 외치게 함으로써 복수심을 불태워 결국 구천을 꺾고 천하의 패자가 되어 부왕의 원수를 갚았다. 또, 부차와의 전쟁에서 포로가 되어 온갖 고초를 다 겪은 구천은 잠자리에 곰쓸개를 매달아 놓고 그 쓴맛을 되씹으며 "너는 회계會稽의 치욕을 잊었느냐." 하고 자신을 독려하여 결국 이십 년 만에 오나라를 무찌르고 부차를 자결하게 만들었다.
16) 내각[黃閣] : '황각黃閣'은 재상이 정무를 처리하던 곳을 말한다.
17) 기린각[麒麟畵閣] : 한나라 선제[漢宣帝]는 곽광霍光·소무蘇武 등 열한 명의 공신의 초상을 그려서 기린각에 걸어두고 그들의 업적을 기렸다고 한다. 여기에서는 홍광제 주유숭이 그 고사를 빌려 자신을 옹립하는 데에 주도적인 역할을 한 마사영·완대성 일파를 염두에 두고 한 말이다.

밤새 과인의 어가와 의장 영접하러 달려와

과인을 예방한 후

황포黃袍 입히고[18]

만세 외치고 절하며 춤까지 추었었지요.

그런 들뜬 분위기 속에서 옥새를 물리치기란 어려웠소.

이제 오늘 공로 따져 상을 내리고자 하는데

문무백관 그 누가 적임이겠소?

경들은 잠시 물러가서 오문午門[19]에서 어명을 기다리도록 하시오

소생이 앞서고 내관이 그 뒤를 따라 퇴장한다. 외·정·말·축이 그 자리를 물러나와 도열한다.

사가법: 영접과 옹립의 공로를 따지자면, 오늘의 대례는 당연히 마선생에게 돌려야겠소이다.

마사영: 소관은 하찮은 외직인데, 어찌 주제넘게 승진을 바라겠습니까! 나라에서 무력을 빌려야 할 이 시점을 감안한다면, 사선생께서 지금 병부상서로 계시니 응당 으뜸가는 벼슬을 배수

---

18) 황포 입히고[加體黃袍]: 조광윤趙匡胤(927~976)이 진교병변陳橋兵變을 일으키자 그 수하의 장병들이 그에게 황포를 걸쳐주고 송나라 태조[宋太祖]로 추대했다고 한다. 조광윤은 하북 탁주涿州 사람으로, 후주後周에서 전전도지휘사殿前都指揮使·전전도점검殿前都點檢 등의 관직을 거쳐, 송주귀덕군절도사宋州歸德軍節度使로 있던 중 960년에 진교병변을 계기로 황제로 추대되어 송나라를 건국하였다. 그는 중원을 통일하자마자 병권을 장악하고 있던 석수신石守信 등의 장수들을 무장해제시키고, 각 주州에 통판通判·전운사轉運使를 파견하여 지방관의 권한을 약화시키는 등, 문치文治를 국시로 삼아 강력한 중앙집권을 도모하였다.

19) 오문午門: 황궁의 정문. 명청대에는 특히 자금성紫禁城 정문을 부르던 이름으로, 문무백관이 여기에서 입궁을 대기하거나 어명을 기다렸다고 한다.

받으셔야지요. (말·축을 향하여) 네 진영도 어가를 호위한 노고
가 있으니 작위를 받는 영광이 머지않았소이다.
황·유: 모두가 다 원수님께서 중용해 주신 덕택이옵니다!

노단老旦이 내감內監으로 분장하여 어지御旨를 받쳐 들고 등장한다.

내감: 어명이요!
"봉양독무鳳陽督撫 마사영은 영접과 옹립을 창도하여 공로가
으뜸이니 즉시 내각대학사內閣大學士로 영전시키되 병부상서
를 겸하게 하여 내각에서 정사를 처리하도록 하라. 이부상서
고홍도, 예부상서禮部尙書 강왈광, 병부상서 사가법 역시 모두
대학사大學士로 영전시키고 각자 원직을 겸하게 하되, 고홍도
와 강왈광은 내각에 참여하여 정사를 처리하고, 사가법은 강
북江北으로 가서 군사를 감독하라. 기타 각 부의 대소 관원들
은 현직에 있는 자는 전원 세 계급을 특진시키고 결원이 있
을 시에는 어가를 영접한 자를 그 공로에 따라 충원하도록
하라. 또한, 정남백靖南伯 황득공, 홍평백興平伯 고걸高傑, 동평
백東平伯 유택청, 광창백廣昌伯 유량좌劉良佐 등 네 진영의 무장
은 전원 후작으로 책봉하고 임지로 귀환하게 하라."
성은에 감사를 드리시오!

사람들이 성은에 감사 한다.

문무백관: 만세, 만만세! (일어난다)
사가법: (외·축을 향하여) 이 몸은 병부상서의 몸으로 매번 중원 수복
을 이루지 못하는 걸 부끄럽게 여겼는데, 성상께옵서 강북의
군사를 감독하라 명하시니 최선을 다해 성은에 보답하고자

하오이다. 이제 공들과 약속하여 오월 초열흘 양주揚州에 집
결하여 함께 복수를 의논하고자 하오 다들 노력하되 지체하
는 일이 없도록 합시다.

황·유 : 예!

사가법 : 이 몸은 말을 달려 떠날까 하외다. 그야말로

동한東漢을 새로 일으키고 명군을 만나니

중원을 수복하라며 이 늙은 신하 중용하시네.

작별하고 사람들이 퇴장한다. 말·축이 퇴장하려 한다. 정이 부른다.

마사영 : 장군들, 돌아오시오 (손을 붙잡고) 성상께옵서 옹립의 공을 가
상히 여기시어 우리를 재상과 후작으로 책봉하셨소. 우리는
모두가 '훈구대신'이니 남들과는 비교도 할 수 없지. 앞으로
대내외적으로 소식이 있으면 반드시 두 분이 호응하도록 하
시오 그러면 부귀공명이 천년토록 온전히 보장될 것이외다!

황·유 : 데려가 주신 덕분에 오늘의 영광이 있게 된 것이온데 어찌
말씀을 따르지 않을 수 있겠습니까! (말·축이 서둘러 퇴장한다)

마사영 : (웃으면서) 이제 뜻밖에도 당당한 수상首相이 되었으니 참으로
기쁘구나!

부정副淨이 완대성阮大鉞으로 분장하고 머리를 내민 채 쳐다본다.

마사영 : (퇴장하려다가) 아니지! 나라를 재건한지 얼마 되지 않아 매사
가 불안정한데, 고홍도·강왈광 두 사람이 내 대권을 빼앗게
만들면 안 되지. 귀가는 이따 하기로 하고 당장 내각에 들러
정무부터 처리해야겠구만! (들어가려 한다)

부정이 살그머니 등장해서 읍례를 올린다.

완대성: 감축드립니다 대감! 드디어 으뜸 가는 벼슬을 배수 받으셨군
          요!
마사영: (놀라서 묻는다) 그대는 어디서 나타난 게요?
완대성: 소생, 대기실에 숨어서 소식을 엿듣던 중이었습니다.
마사영: 여기는 금역인데다, 오늘도 방금 전에야 국법을 세운 참인데,
          평민 신분인 그대가 여기 있는 것은 불편하니 나가시오.
완대성: 소생 드려야 할 긴요한 말씀이 있어서……. (귓속말을 한다) 은
          사께서 옹립의 공로로 이처럼 큰 벼슬을 얻으셨듯이, 소생도
          상소문을 전하느라 달려왔으니 이 또한 작게나마 수고를 한
          셈인데 어째서 발탁해 주지 않으십니까?
마사영: 방금 어명을 전하지 않습디까? 각 부에서 결원이 있을 시에
          는 어가를 영접한 자를 공로에 따라 충원하는 것을 윤허하신
          다고 말이요!
완대성: (기뻐하며) 잘됐군요, 잘됐어! 은사께서도 좀 추천해 주십시오
마사영: 귀하의 일이야 새삼 이렇게 구차하게 부탁하실 필요도 없지
          요. (들어가려 한다)
완대성: 일이란 꾸물거려서는 안 되는 법입니다. 소생이 잠깐만이라
          도 부관[20] 자격으로 내각에 따라 들어가 기회를 엿보면 어
          떻겠습니까?
마사영: 이 몸도 처음으로 내각에 들어가는 터라 기무機務를 잘 알지
          못하니, 그대가 좀 도와주는 것도 상관은 없을 테지요. 하지

---

20) 부관[陪堂官] : 중국에서는 당대 이래로 중서당中書堂에서 재상 곁에서 같이 밥이나
    먹고 들러리나 서는 대신들을 '반식중서伴食中書'라고 불렀다. 여기에서도 완대성은 그
    고사를 빌어서 자신이 재상이 된 마사영과 어울리는 것을 '반식중서'에 빗대어 표현하
    고 있다.

만 조심은 하시오!

완대성 :　　알겠습니다! (정 대신 홀을 들고 그 뒤를 따라 걷는다)

마사영 :　　〈새관음賽觀音〉
　　　　　　옛 황색 문21)에
　　　　　　새 승상이라…….
　　　　　　기쁘게도 하루아침에 의기도 양양하게 발돋움을 했으니
　　　　　　스물네 번의 심사 거쳐 중서령中書令에 오른 그 모습22)이로구나!

완대성 :　　늘 성심껏 모시던 이 몸도 잊지 마소서!

마사영 :　　전각 동녘엔 새벽안개조차 상서로운 기운을 띠었구나.
완대성 :　　내각에 새로 참여하여 권력을 쥐시니23) 그 기상이 남다르기도
　　　　　　하시지!
마사영 :　　강 건넌 이는 모두가 어가를 따르는 재목24)들이도다.
완대성 :　　덩달아 홀과 주머니 끌어안고 황금 계단을 오르는구나!

---

21) 황색 문[黃扉] : 황각黃閣과 같은 말로, 재상이 정무를 보던 장소를 말한다.
22) 스물네 번의 심사를~ : 스물네 번의 심사를 거쳐 중서령中書令에 올랐다는 것은 당대
　　의 명신 곽자의郭子儀를 두고 한 말이다. 『구당서舊唐書』「곽자의전郭子儀傳」에 따르면
　　"스물네 번의 심사를 거쳐 중서령에 오르니 그 권세가 천하를 호령했다[校中書令, 考二
　　十有四, 權傾天下]"고 한다. 여기에서는 마사영을 곽자의에 빗대어 이 말을 한 것이다.
23) 내각에 새로 참여하여 권력을 쥐니[新參知政] : '신참新參'은 새로 내각에 입각하여
　　재상에 배수된 것을, '지정知政'은 집정하게 된 것을 말한다. 여기에서는 봉양독무에 불
　　과하던 마사영이 내각에 입각하여 재상이 된 것을 두고 한 말이다. 이 무렵의 정황에
　　대해서는 가정자賈靜子의 『사억당시집四憶堂詩集』에서 마사영을 풍자하는 내용을 담은
　　「갑신년 새로 입각한 대신들의 소식을 듣고[甲申聞新參相公口號]」라는 시에서도 확
　　인할 수가 있다.
24) 어가를 따르는 재목들[從龍彦] : 동진의 원제[東晉元帝]가 강남에서 동진을 건국하
　　자 중원의 명사들이 분분히 장강을 건너와 그를 따랐다고 한다. 여기에서 마사영은 그
　　고사를 빌어 그와 완대성이 홍광제 옹립을 주도한 일등 공신임을 강조하고 있다.

열일곱 번째 대목

개가 拒媒

종용

桃花扇

원제는 "거매拒媒"로, 중매를 거절한다는 뜻이다. 이 대목에서는 황제 옹립의 공로로 예부주사禮部主事가 된 양문총楊文驄이 자신의 친척 전앙田仰의 부탁을 받고 정계지丁繼之 등의 한량·퇴기들에게 궁궐에서의 수청을 면제해 주는 대가로 이향군李香君의 개가를 설득해 줄 것을 요구하지만 그 사실을 안 이향군이 완강하게 저항한다는 내용을 주로 다루고 있다. 이 대목은 양문총의 처소와 이정려李貞麗의 기방 두 공간을 무대로 하는 두 개의 장면으로 구성되며, 정계지 등의 한량·퇴기들은 두 장면을 연결해 주는 매개자의 역할을 담당한다. 작지는 부분적으로 소규모의 합창을 추가하기는 했지만 등장인물들의 독창을 기조로 하여 대목을 구성하고 있다.

<h1 style="text-align:center">갑신년(1644) 5월</h1>

등장인물

　　　말 : 양문총

　　　잡 : 장반

　　　부정 : 정계지

　　　외 : 심공헌

　　　정 : 장연축

　　　노단 : 변옥경

　　　소단 : 구백문

　　　축 : 정타낭

　　　단 : 이향군

　　　말末이 양문총楊文驄으로 분장하고 의관을 정제한 채 등장한다.

양문총 :　　　〈연귀량燕歸梁〉

　　　　　　남조南朝를 헤아려 보건대 이처럼 풍류로울 수가 없구나.

　　　　　　이제 젊으신 군왕을 모시니

　　　　　　맑은 강1)에선 탁한 연기며 재가 가시고

　　　　　　난초 관청2)엔 향기도 그윽하다.

---

1) 맑은 강[淸江] : '청강淸江'은 고유명사로는 강소성 청강포淸江浦를 가리키는 말이지
만, 여기에서는 일반명사로 풀어서 '맑은 강'으로 보아도 무방하다.
2) 난초 관청[蘭署] : 난대蘭臺를 가리킨다. 난대는 한대에 궁정에서 도서를 소장하던 곳
으로, 난대영사蘭臺令史가 장서를 관리하였다. 여기에서는 예부를 말한다.

소관은 양문총으로, 어가를 영접한 공로로 예부주사禮部主事[3]에 임명되었습니다. 뜻을 같이 한 완대성阮大鋮 역시 광록시光祿寺에 기용되고, 동향인 월기걸越其傑[4]·전앙田仰[5] 등도 모두 벼슬을 얻는 등, 한 날 한 시에 어명이 내렸으니 실로 대단한 성황을 만난 셈입니다. 지금 조무漕撫 자리가 비어서 전앙을 추천하려던 참인데, 그가 방금 혼수금 삼백 냥을 보내와 임지로 데려갈 테니 날더러 아름다운 기녀를 하나 물색해 달라는군요. 화류계에서 재색의 으뜸이라면 향군香君이만한 인물이 없는 듯하니, 부탁대로 가서 물어봐야겠습니다. (부른다) 장반長班, 이리 오게.

잡雜이 장반으로 분장하고 등장한다.

장반 :　　　　가슴 속에는 사대부들 꿰고 있고

　　　　　　발로는 천 개의 골목을 누빈다네.

　　　　(대면한다) 대감마님, 무슨 분부라도 있으십니까?

양문총 :　　어서 한량 정계지丁繼之와 변옥경卞玉京에게 가서 담소를 나누러 내 서재로 좀 오라고 이르게.

장반 :　　　마님, 쇤네는 장반이라서 그저 나리님네들이나 알지 한량[6]

---

3) 예부주사禮部主事 : 관직 이름. 명대 중앙정부에 두었던 육부 소속의 각 부서에는 주사관主事官을 두었는데, 직급은 정육품으로 원외랑員外郞 아래였다.

4) 월기걸越其傑 : 귀양貴陽 사람으로, 시문에 뛰어났으며 말을 타고 활을 쏘는 것을 잘했다고 한다. 벼슬은 하남순무河南巡撫에 이르렀다.

5) 전앙田仰 : 마사영의 친척으로, 홍광제 재위기간 동안 어명에 따라 회양淮揚 일대를 순무巡撫하였다.

6) 한량[串客] : 청객淸客을 가리킨다. 여기에서 '천串'은 전문 배우가 아닌 아마추어 배우가 연기를 하는 것을 말하는데, 이를 통해서 정계지丁繼之나 변옥경卞玉京 일행이 직업적인 배우들이 아님을 알 수 있다.

이니 계집이니 하는 부류는 어디서 찾아야 할지 모르겠습니
다요

양문총:　내 분부를 듣게.

　　　〈어등아漁燈兒〉
　　　흥겨운 단오절端午節
　　　한창 북적거리는데
　　　물가 누각들은 봄기운 머금고
　　　오의항의 저 자제들7) 다홍치마와 짝 이루었으니
　　　직녀織女와 견우牽牛가 은하수 나루에서 상봉한 격이라네!8)

장반:　진회秦淮 강변쪽이라면 쉰네도 좀 알지요

양문총:　(가리키며)
　　　자네 대추꽃·은행 수놓인 비단 발 드리워진
　　　저쪽 가서 자근자근 물어보게나.

---

7) 오의항의 저 자제들[烏衣子弟]: 부유한 대갓집 자제들. 동진시대에 왕도王導·사안
謝安 등의 귀족들은 모두 남경 오의항烏衣巷에 거주했기 때문에 이들 집안의 자제들을
'오의항의 자제'로 불렀다고 한다.
8) 직녀와 견우[織女牽牛]: 전설에 따르면, 구름으로 옥황상제玉皇上帝의 예복을 짜던
직녀는 그의 허락을 받고 지상으로 내려갔다가 소치는 목동 견우랑牽牛郎을 만나 사랑
에 빠져 혼인을 하였다. 혼인한 뒤로 자신의 책무에 태만하던 이 부부는 옥황상제의
노여움을 사서 그 벌로 직녀는 은하수 동쪽에 견우는 서쪽에 각각 떨어져 살면서 일
년에 단 한번만 만날 수 있었다. 두 사람이 은하수에 가로막혀 만날 수 없게 된 것을
슬프게 생각하고 눈물을 흘리자 어디선가 까마귀와 까치들이 날아들어 다리를 놓아
두 사람이 만날 수 있게 해 주었다고 한다. 후세 사람들은 그 다리를 까마귀와 까치가
이었다 해서 '오작교烏鵲橋', 이 날 오는 비를 '칠석우七夕雨'라고 불렀다. 이 설화는 동
양에 널리 알려진 이야기로, 유래가 가장 오래된 것은 양梁나라의 종름宗懍이 지은 『형
초세시기荊楚歲時記』이다. 우리나라의 경우도 409년에 축조된 평양 덕흥리德興里에 소
재한 고구려 고분 벽화에 은하수를 가운데 두고 앞에는 견우, 뒤에는 직녀가 그려져
있을 정도로 오래전부터 전국적으로 전승되었다.

부정副淨이 정계지로, 외外가 심공헌沈公憲으로, 정淨이 장연축張燕筑으로 각각
분장하고 등장한다.

세 사람 :　　　구원舊院에는 늘 한량들이 머물고
　　　　　　　조정에는 새로 부관들을 모시는구나.

정계지 :　　이곳이 양楊 대감의 사택이구만. 내가 불러 보리다. (부른다)
　　　　　누구 없소?
장반 :　　　(나와서 대면한다) 무슨 일로 오셨수?
정계지 :　　소생은 정계지올시다. 여기 있는 심·장 두 친구분과 같이
　　　　　양 대감을 뵙고자 하니 한 마디 고해 주시겠소?
장반 :　　　(기뻐하면서) 안 그래도 모시러 갈 참이었는데 제 때에 잘 와
　　　　　주셨소이다. 전해 드리지요. (들어가려고 한다)

노단老旦이 변옥경으로, 소단小旦이 구백문寇白門으로, 축丑이 정타낭鄭妥娘으
로 각각 분장하고 등장한다.

세 사람 :　　　자줏빛 제비가 어찌 이리 일찍 왔는고?
　　　　　　　노란 꾀꼬리는 한발 늦게 도착했는데…….

구백문 :　　(부른다) 세 분! 좀 기다리시구려, 같이 들어갑시다.
정계지 :　　이제 보니 자매님들이셨구려.
장연축 :　　임자들은 여기에 웬 일들이신가?
정타낭 :　　다들 같은 처지 아닌감? 당신들은 스승 되기 꺼리고 우리는
　　　　　제자 되기 싫고…….

다함께 들어간다.

양문총 : (기뻐하면서) 어쩌면 이렇게도 딱 맞게들 오셨을꼬!

일동 : 용무가 없으면 찾아뵐 엄두도 못 냈을 텐데 오늘은 부탁드릴 일이 있어서 찾아뵈었으니 짬을 좀 내 주십시오. (다함께 머리를 조아린다)

양문총 : (일으켜 세우면서) 앉으시오. (…) 그래, 무슨 일로 이렇게…….

정계지 : (묻는다) 새로 광록시에 임명된 완阮 대감이 양 대감님의 친구분 되시는지요?

양문총 : 그렇네.

정계지 : 듣자니 새 군왕께옵서 등극하시자마자 완 대감이 전기 네 편을 바쳤는데, 성상께옵서 크게 기뻐하시자 〈연자전燕子箋〉의 내용을 대강 필사해서 소생들을 입궁시켜 연극을 연습하고 공연하게 하라고 하셨다던데……. 그게 사실입니까?

양문총 : 정말 그런 일이 있었소이다.

장연축 : 대감께 사실대로 고하자면, 소인들은 요 입술 하나로 여덟 입을 먹여 살립니다요. 이번에 이렇게 입궁하면 "온 가족이 멸문을 당하는"9) 꼴이 아니고 무엇이겠습니까요!

정타낭 : 쇤네들도 여덟 식구가 이 입술 두 장만 바라보고 있다굽쇼.

양문총 : (웃으면서) 당황할 것 없소. 노역이나 수청10) 따위야 교방教坊에 남녀 인원이 정해져 있지 않소이까? 그대들은 모두가 명인들인데, 누가 함부로 건드리겠소이까?

일동 : 그저 대감께서 보살펴 주시기만 바라겠습니다요!

양문총 : 내일 명단을 작성해 완원해阮圓海에게 보내서 모두 면제하라

---

9) 온 가족이 멸문을 당하는~ : 원대 극작가 왕실보王實甫의 잡극 〈서상기西廂記〉 (제3본 제1절)에 나오는 말로, 여기에서는 입궁하고 나면 일가족을 먹여 살릴 생계를 꾸리기가 막막해진다는 의미로 달리 사용되고 있다.

10) 노역[當差]·수청[承應] : 옛날 중국에서는 기녀들이 수청이나 노역에 출석할 의무를 지고 있었기 때문에, 관청에서 연회를 거행한다든지 관청 수장에게 개인적인 길흉사가 있으면 반드시 가서 가무를 하거나 술시중을 들어야 했다.

고 전하면 그만이외다.
일동 :　고맙습니다요, 대감!

〈전강前腔〉
말릉秣陵의 봄을 볼작시면
물안개 드리워진 강 풍경이 사람 얼을 빼 놓아
연주하고 노래하는 기녀 · 한량들 재주 빌어 황혼녘에 취하곤 하
셨는데

만약 우리를 몽땅 차출하기라도 하신다면,

그때는 강 물결 · 저녁 비에도 사립문 닫아걸고
다시는 푸른 발 드리워진 흰 배에 술동이 실을 생각일랑 마셔야
할 터.
대감께서 정말 불쌍히 여겨 주시면, 그 공덕이 작지가 않사오니,
물 부드럽고 산 따스한 진회를 살리시는 격입니다.

양문총 :　본관도 한 가지 부탁할 것이 있소이다.
정계지 :　대감께서 무슨 분부이시온지…….
양문총 :　내 친척 전앙이 조만간 조무로 영전할 참인데, 방금 혼수금
　　　　　삼백냥을 보내서, 소실을 하나 물색해 달라고 하는구려.
정타낭 :　제가 갈깝쇼?
장연축 :　임자는 안돼! 임자가 가면 이 화류계는 판이 깨져 버리는데?
정타낭 :　어째서 판이 깨진다는 게유?
장연축 :　그렇게 되면 나랑 잘 사람이 아무도 없잖은감!
정타낭 :　예끼!
정계지 :　대감님 의중에 혹시 누구라도 있으신지요?

양문총 : 사람이야 하나 있긴 하지요. 그대가 가서 중매라도 서 주신
다면…….

정계지 : 누군데요?

양문총 : 바로 이가네 향군이외다.

정계지 : (고개를 가로저으면서) 그건 어렵겠습니다.

양문총 : 어째서 어렵다는 게요?

정계지 : 그 아이는 후侯공자가 머리를 올려주지 않았습니까!

〈금어등錦漁燈〉

지금 진秦나라 누각에 퉁소 부는 서방11)이 버티고 있는데

공명 찾아 어디론가 떠난 지 벌써 삼년이 지났다오.12)

그 아이 연자루燕子樓13)에서 종일토록 문 닫고 수절하게 놓아 두
시지

어쩌자고 개가한 탁문군卓文君을 본받으라 하십니까!

양문총 : 후공자야 엉겁결에 흥에 겨워서 그런 것이고……. 지금은 피
난하느라 멀리 떠나버렸는데 어디 향군이 생각이나 하겠소
이까? 일단 한번 가보시래두요!

변옥경 : 향군이는 후공자가 떠난 뒤로 뜻을 세워 수절하며 누각을 내

---

11) 퉁소 부는 서방[吹簫舊人] : 원래는 소사簫史를 가리키는 말이지만, 여기에서는 이향
군에게 머리를 올려주고 백년가약을 맺은 후방역을 두고 한 말이다. 소사에 대해서는
다섯 번째 대목 '미인 대면訪翠'의 '봉황의 도시' 관련 각주를 참조할 것.

12) 공명 찾아 어디론가~ : 후방역이 사가법의 막부에 몸을 의탁하고 있는 것을 두고
한 말이다. 당대 시인 왕창령王昌齡이 지은 「규원閨怨」 시의 "문득 길가의 버들 빛을
보고는, 낭군을 공명 찾아 보낸 것 후회하네[忽見陌頭楊柳色, 悔教夫壻覓封侯]" 부
분을 원용한 것이다.

13) 연자루燕子樓 : 강소성 동산현銅山縣 북서쪽에 소재한 누각. 당대에 서주徐州를 지키던
상서尚書 장건봉張建封이 애첩 관반반關盼盼에게 연자루를 지어 주었더니 그가 죽은 후
에도 그 누각을 떠나지 않고 끝까지 절개를 지켰다고 전한다.

려올 생각도 않사온데 개가라니요? (…) 가 봤자 별 소득이
없습니다!

　　〈금상화錦上花〉
　　무리 잃은 외기러기
　　외로이 물가에서 잠자며
　　홀로 구름 위에서 우짖듯
　　매일 밤 휘영청 달 밝은 누각서 황혼을 지낸답니다.
　　분이며 눈썹 화장일랑 모두 지우고
　　부채며 치마조차 죄다 팽개친 채
　　피리 불기 그치고
　　노래하던 목과 입술 멈추어
　　그야말로 오래도록 도 닦던 비구니가
　　속세에 떨어진 것이 아닐까 착각이 다 들 정도랍니다!

양문총 :　그래도 후공자보다 나은 사람만 있으면 그 아이도 기꺼이 출
　　　　가하려고 할 게요
정계지 :　향군이 어미는 전부터 대감과 친분이 있으니 대감께서 직접
　　　　말씀해 보시는 편이 낫겠습니다.
양문총 :　그대는 알게요. 후공자가 향군이 머리를 올려준 일도 실은
　　　　본관이 중매를 선 거였소이다. (…) 오늘 만난다 한들 어떻게
　　　　말이나 꺼낼 수 있겠소이까? (…) 역시 두 분이 좀 나서 주셔
　　　　야겠소. 내 단단히 사례를 하리다!
장·심 :　그러시다면 소인들도 좀 나서 볼깝쇼?
구·정 :　예끼! 몸 파는 화류계 장사를 당신들만 하라는 법이라도 있
　　　　수? 나도 같이 갈거유!
양문총 :　다툴 것 없소, 저 두 분이 제대로 설득을 못하면 그때 그대들

이 가면 되오이다.

일동: 그러문입쇼! 대감, 그럼 물러가겠습니다요.

양문총: 멀리 안 나가겠소.

가득 찬 기방 손님들이 내 시름 덜어주어도
예복 챙긴답시고 종일 남의 일로 바쁘구나.14)

퇴장한다.

정·변: 양 대감께서 우리 수청을 면제해 주셨으니 대단한 은혜를 입었네요.

심·장: 정말 그렇구 말구!

정계지: 네 사람은 먼저 돌아가시게. 나는 향군이한테 양 대감 대신 혼담이나 전하러 가야겠구만.

정타낭: 번 돈은 빼돌리지 않고 다들 공평하게 나누는 거 알죠?

사람들이 우스갯소리를 하면서 퇴장한다. 부정과 노단이 같이 간다.

정계지: 그러고 보니 후공자가 향군이 머리를 올려줄 적에도 우리가 거들었었구만!

〈금중박錦中拍〉
돌이켜 보면 당초에 피로연 떠들썩하게 열고

---

14) 예복 챙긴답시고~ : 당대 시인 진도옥秦韜玉이 지은 「빈녀貧女」 시의 "해마다 금실에 눌려 지내는 것이 한스럽구나, 남 위해 혼례복 짓는 신세라니[苦恨年年壓金線, 爲他人作嫁衣裳]!" 부분을 차용한 것으로, 남을 위해 온갖 고생을 다 겪지만 정작 자신은 아무 것도 얻는 것이 없다는 의미로 한 말이다.

재자·가인 짝지어 주느라
무리 이룬 꽃다운 기녀들 늘어서고
아쟁 소리·피리 소리가 줄을 이었었는데

지금은 또 남의 집 혼사를 거들러 가게 됐으니……. 참 민망
스럽구만!

역참 마부15)가
관리 영접하고 손님 전송하는 꼴 같구나.

변옥경 : 우리 (…) 안 가면 안 될까요?
정계지 : 만약 가지 않으면…….

그저 두렵구려 저 갓 임명된 대단하신 춘관春官16)께서
가을 궁궐 뜰 안에 억지 춘향으로 밀어 넣을까 싶어서…….

변옥경 : 그럼 어쩐다지요?
정계지 : 나한테 피차 이득이 되는 방법이 있긴 하지.

거기 가면 부드러운 말투로 의논하고
따뜻한 마음으로 물어보며
꽃 속 노니는 태평스런 벌·나비17) 노릇이나 하세그려.

---

15) 역참 마부[郵亭馬廝] : 역참에서 말을 관리하는 사람.
16) 춘관[春官] : 예부를 가리키는 말. 명대에는 예부에서 교방사敎坊司를 관할하였다. 여
기에서는 양문총이 새로 예부주사禮部主事로 임명됐으니 그의 심기를 거스르기라도 하
면 자신들을 억지로 입궁시킬 지도 모른다는 의미로 한 말이다.
17) 태평스런 벌·나비[閑蜂蝶] : 금원대金元代에는 남녀 간의 인연을 주선해 주는 중매
인을 '벌 같은 중매인蜂媒, 나비 같은 사자蝶使'로 부르곤 하였다. 여기에서 '태평스런

변옥경 : 좋아요, 좋아!
정계지 : 벌써 당도했구만? 바로 들어가세. (부른다) 정려님, 좀 나와 보
　　　　시오

단비이 등장한다.

이향군 : 　적적한 빈 누각에 시름 안고 앉았다가
　　　　　시름시름 긴 나날을 병을 달고 자누나

　　　　(묻는다) 아래층에 누구세요?
변옥경 : 정 상공이 오셨어.
이향군 : (바라보더니) 이제 보니 이모님이 정 상공님과 같이 왕림하셨
　　　　군요? 올라들 오세요!

부정·노단이 대면한다.

두 사람 : 어머니는 어째서 안 보이시니?
이향군 : 찬합 모임에 가셨어요 (권한다) 앉으세요 차 좀 드시지요 (다
　　　　함께 앉는다)
변옥경 : 향군이는 누각 창가에 한가하게 앉아서 누구랑 놀았니?
이향군 : 이모님은 몰라서 그래요

　　　　〈금후박錦後拍〉
　　　　외로이 텅 빈 누각 지키는 저는
　　　　늦봄 경치 바라보며

벌·나비'란 중매인으로서의 원래의 본분은 떨쳐버리고 친구 자격으로 편한 마음으로
방문하겠다는 의미로 한 말이다.

「백두음白頭吟」[18] 다 읊고나면 눈물로 수건을 적신답니다!

변옥경 : 새 서방을 좀 들이지 않고?

이향군 : 소녀 이미 후공자께 출가한 몸이온데 어떻게 절개를 버리겠
         어요?

정계지 : 우리야 네가 고생하는 건 다 알지. 오늘 예부의 양 대감께서
         그러시더구만. 전앙이라는 나리가 선뜻 혼수금 삼백 금을 내
         고 너를 소실로 들이려 하니 나더러 의향이나 좀 물어봐 달
         라고…….

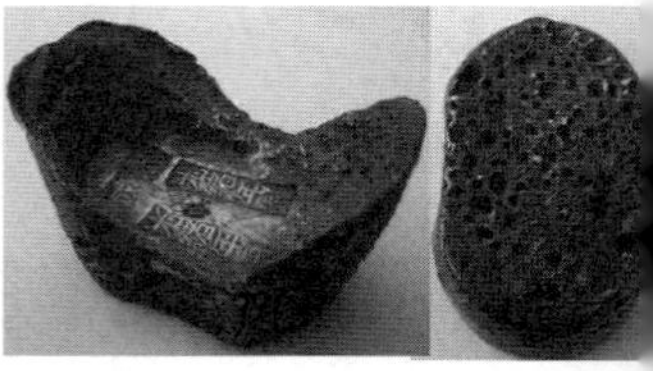

설화

이향군 : 그 말씀 터무니없군요!
         그 말씀 터무니없어요!
         홍실로 묶은 사랑의 시[19]가
         그 자들 설화은雪花銀 만 냥보다 값지다는 걸 모르시나요?

변옥경 : 이 일은 네가 결정하렴. 네가 하기 싫다면 다른 사람을 알아
         볼 테니.

이향군 : 웃음 파는 일이라면

---

18) 「백두음白頭吟」: 전설에 따르면 한나라의 탁문군卓文君은 사마상여司馬相如와 혼인한
   후 얼마 지나지 않아 남편에게 새로운 여인이 생기자 "처량하고 또 처량하구나. 시집을
   갔으면 울지 말아야지. 원컨대 마음이 한결같은 사람을 얻어, 흰 머리 되도록 서로 헤어
   지지 않기를[凄凄重凄凄, 嫁娶不須啼. 願得一心人, 白頭不相離]"이라는 내용의 「백
   두음」을 지어 그에 대한 원망을 토로했다고 한다.
19) 홍실로 묶은~ : 전설에 따르면 월하노인月下老人은 남녀의 혼인을 주관하는 신으로,
   홍실로 남녀의 발을 몰래 묶으면 반드시 부부가 되었다고 한다. '월로月老'로 불리기도
   한 월하노인의 이야기는 당대의 이복언李復言이 지은 『속유괴록續幽怪錄』에서 처음으로
   언급된 후로 다양한 문학 장르를 통해 소개되었으며, 남녀를 홍실로 묶어 부부로 선언
   하는 혼인의례 역시 당대부터 다양한 형태로 유행하였다. 여기서는 후방역이 남긴 사랑
   의 시가 홍실처럼 두 사람을 단단히 결합시켜 주고 있다는 의미로 사용되고 있다.

구란勾欄[20]에도 아리따운 절색이 있답니다.

소녀는 박복한 몸이라

붉은 대문[21] 들어가기 바라지도 않아요

변옥경 : 그럼 그렇게 고하도록 하마.

정계지 : 네 어머니가 돌아와서 돈 욕심을 부리면 곤란한데…….

이향군 : 어머님도 소녀를 아끼시니까 강요하진 않으실 거예요.

정계지 : 그럼 아주 잘됐다. 존경스럽구나, 존경스러워! (일어나면서) 이만 실례하마.

외·정·소단·축이 황급히 등장한다.

네 사람 : 양 쪽의 홍실을 천 리까지 이어주고자

한 갈래 어두운 밤길을 여섯 사람이 분주하기도 하다.

장연축 : 냉큼 가세, 냉큼 가! 그 둘이 벌써 설득해 버렸으면 우리를 모른 체 할 거라구!

정타낭 : 난 절대로 그 인간들 뜻대로 따르진 않을 거유. 그 인간들이 입 안에 삼켜버렸더래두 도로 게워내게 할 거야! (들어간다)

장연축 : 향군아 축하한다!

이향군 : 축하라니요?

구백문 : 우리 중매인이 너희 집에 쌍쌍이 들이닥쳤으니 축하할 일이

---

20) 구란勾欄 : 원래는 난간을 가리키는 말이지만, 이미 당대부터 가무와 관련된 의미를 담기 시작했고, 송원대에 이르러서는 연희의 상연을 목적으로 도시에 지어진 극장을 가리키는 말로 굳어졌다. 그러나 명대 이후로는 때때로 기방을 의미하기도 하였다.

21) 붉은 대문[朱門] : 옛날에는 귀족·부호 등 권문세가의 집 대문에 붉은 칠을 했기 때문에, 고전문학에서는 '붉은 대문' 자체가 권문세가를 가리키는 말로 사용되는 경우가 많다.

아니고 뭐겠니?

이향군 : 혹시 전앙의 일 말씀인가요?

구백문 : 그렇단다.

이향군 : 방금 소녀가 벌써 거절했답니다.

심공헌 : 양 대감의 호의를 어떻게 거역한단 말이냐?

〈북매옥랑대상소루北罵玉郎帶上小樓〉

그 분이 어려서부터 녹주綠珠처럼 아리따운 너를 위해

금은 보화 비단 속에 묻혀 사는 석계륜石季倫을 구해주겠다 잖
니?22)

이향군 : 소녀는 부귀 따위는 바라지도 않으니 그 이야기는 그만 하세
요.

정·변 : 우리 둘이 여기서 내내 설득을 했지만 끝까지 개가하지 않겠
다고 하는구려.

구백문 : 저 아이가 개가하지 않아서 내일 연극 연습에 끌려가기라도
하면 앞으로 남자는 구경도 못하게 된다구요!

노래 마치고 춤 끝나면 장문長門23) 닫아걸고

---

22) 녹주처럼 아리따운~ : 서진西晉시대의 권신이던 석숭石崇(석계륜石季倫)은 애첩인 녹
주綠珠에게 낙양 북서쪽에 호화로운 금곡원金谷園을 지어주고 살게 했다고 한다. 이 두
구절에서는 이향군을 녹주에 빗대고 전앙을 석계륜에 빗대어 표현하여, 이향군을 세도
가 전앙에게 반강제적으로 출가시키려고 하는 행동을 언급하고 있다.

23) 장문長門 : 한대의 황궁. 동시대의 사마상여가 지은 「장문부서長門賦序」에 따르면, 한
때 한나라 무제[漢武帝]의 총애를 입었던 황후 진씨陳氏는 투기가 심해 장문궁長門宮
에서 유폐 생활을 하면서 늘 슬픔에 잠겨 있었다. 하루는 사마상여가 글을 잘 짓는다
는 소문을 듣고 황금 백 근과 술을 준비해서 자신의 슬픔을 덜어줄 사부辭賦를 지어줄
것을 부탁하자 사마상여가 「장문부」를 지어 황제를 일깨움으로써 진황후가 다시 총애
를 받게 해 주었다고 한다. 나중에 장문궁은 총애를 잃은 여인이 머무는 적막하고 처
량한 유폐 장소를 가리키는 말로 자주 사용되었다.

융단에 누워 밤마다 속상해 할 텐데…….

이향군 : 소녀 평생 수절을 한다 한들 무슨 걱정이 있겠어요? 절대로
출가는 안 해요!

정타낭 : 설마 은 삼백 냥으로 너 같은 풋내기 계집 하나 못 살 성 싶
으냐!

이향군 : 돈을 원하시면 당신이 가세요. 남 일에 쓸데없이 간섭하지
말고

정타낭 : (화를 내면서) 고얀 년, 이모한테 무안을 주다니! 난 죽어도 너
희 집에서 죽을란다 왜! (소란을 피운다)

홍등가의 천한 계집
홍등가의 천한 계집
못된 혓바닥 놀리면서 어른한테 악담을 해?

장연축 : (위세를 부리면서) 이런 간 큰 계집이 있나! 양 대감께서 새로
예부를 맡으셔서 너희네 담당 관리24)까지 다 관할하시니 내
일 네 년을 끌고 가서 손가락을 다 으스러뜨리실 게다!

기생 관할하는 고관25)이시니
기생 관할하는 고관이시니
그 분 심기를 건드리면 불호령이 내릴 터!
고 복숭 같은 얼굴·버들 같은 허리 망가질 준비나 하려마!

---

24) 너희네 담당 관리들[你們的官兒] : 예부 산하의 기관 중 하나인 교방사敎坊司의 관리들
을 가리킨다. 교방사에 관해서는 여섯 번째 대목 '백년 가약眠香'의 '교방사' 관련 각주를
참조할 것.
25) 고관[要津] : '진津'은 원래 뱃나루를 말하지만, 여기에서는 요직에 있는 벼슬아치를
가리키는 말로 사용되고 있다.

이향군 :   당신들이 아무리 협박을 해도 내 생각은 변하지 않아요.
변옥경 :   저 아이가 어린 나이에도 절개 하나는 있구만 그래.
정계지 :   아무리 으름장을 놓아도 끄떡도 하지 않을 테니, 갑시다 가!
정타낭 :   내가 여기서 아무리 악다구니를 해도 누구 하나 말리는 인간
           이 없다니……. 참말로 분통이 터져서 죽겠네! 저 년이 안 가
           겠다고 버티면 내가 잡아끌고서라도 갈 테다!

           억지로 문 밖 쌍륜교까지 밀어붙이느라
           억지로 문 밖 쌍륜교까지 밀어붙이느라
           화려한 비녀 다 부러지고
           노란 치마가 다 찢어지네.

정계지 :   예로부터 돈이 아무리 많아도 팔지 않겠다는 물건을 살 수는
           없는 법. 무리하게 밀어붙인다고 되는 일이 아니지. 이제 다
           들 헤어집시다.
심·구 :   우리 둘은 안 올 생각이었는데, 장가·정가가 억지로 여기까
           지 끌고 오는 통에 이런 꼴불견을 다 당했네그랴! 갑시다 가
           요!

           얼른 대문 나가서
           부끄러운 얼굴 가린 채
           화 삭이고 소리 삼키세나.

장·정 :   우리도 가자구!

           쓸데없이 소란 피우고
           돈 한 푼 못 받고설랑

개망신만 잔뜩 당했구나.

외·정·소단·축이 다함께 우스갯소리를 하면서 퇴장한다.

정·변 :   향군아 마음 놓거라. 우리가 양 대감 부탁을 사절하고 다시
         는 너를 귀찮게 하지 않으마.
이향군 : (절을 올리면서) 그렇게 해 주신다니 정말 고맙습니다! (작별한다)

정계지 :   벌·나비 같은 중매인들이 시끌벅적하게
이향군 :   붉은 창 가 난입해 꿈꾸던 넋 어지럽혀도
변옥경 :   한 점 꽃 같은 마음은 따 갈 수 없는 법.
이향군 :   날마다 누각 위에서 서방님만 기다리리라.

열여덟 번째 대목

적전 분열

爭位

원제는 "쟁위^{爭位}"로, 자리를 다툰다는 뜻이다. 이 대목에서는 평소 양주^{揚州}에 주둔하던 고걸^{高傑}의 교만한 행태에 불만을 품고 있던 황득공^{黃得功}과 유씨 형제(유택청^{劉澤淸}과 유량좌^{劉良佐})가 남경 병부상서 사가법^{史可法}의 막부에서 회동하는 자리에서 고걸이 자신들보다 상석에 앉는 것을 보고 격분해 결투를 신청하고, 사가법과 후방역의 중재에도 불구하고 국난을 앞두고 사사로운 자존심과 개인적 이해관계에 얽매여 내부 분열을 자초하고 마는 과정을 주로 다루고 있다. 이 대목에서 작자는 사가법의 독창을 통해 강북^{江北} 이자성^{李自成}의 농민 봉기군과 청^淸나라 대군의 남하를 앞두고도 단결은커녕 오히려 자중지란이 일어난 남명^{南明}진영의 현실과, 그 광경을 목도한 사가법의 착잡한 심경을 절절하게 묘사하고 있다. 또, 무대에서 등장인물들의 퇴장 후 맨 마지막 배우가 자신의 소회나 의견을 피력하는 '조장^{弔場}'을 운용하고 있다.

갑신년(1644) 5월

등장인물

>생 : 후방역
>
>소생 : 서동
>
>외 : 사가법
>
>잡 : 위병
>
>부정 : 고걸
>
>말 : 황득공
>
>축 : 유택청
>
>정 : 유량좌

생이 등장한다.

후방역 :　　　승부 가리지 못한 것은 바둑과도 같으니

　　　　　　허공에 글자나 쓰는 은호殷浩[1]가 무엇을 하겠는가?

　　　　　　양자강은 하늘이 남이든 북이든 얽매이지 않고

　　　　　　강물에서 노 두들기며 군사들 앞에서 맹세하는 모습 보노라.[2]

---

1) 은호殷浩 : 동진東晋 장평長平 사람으로, 양주揚州 · 예주豫州 · 서주徐州 · 태주兗州 · 청주青州 다섯 주의 도독에 임명되어 요양姚襄과의 전쟁에 출정했다가 패하자 하루 종일 집안에서 허공에 손으로 "咄咄, 怪事(쯧쯧, 이상한 일이로고)" 네 글자를 썼다고 한다.

2) 강물에서 노 두들기며[中流擊楫] : 진晋나라 말기에 '여덟 왕의 난[八王之亂]'이 발생하여 권력집단 사이에 분쟁이 일어나자 북방의 다섯 이민족이 그 틈을 타서 진나라 수도 장안長安을 함락시키고 황제를 살해하는 등, 번갈아가며 중원을 유린하였다. 이에 진나라 조정은 결국 중원을 포기하고 강남의 건강建康(지금의 남경)으로 수도를 옮기게 되는데, 이것이 동진東晉이다. 『진서晉書』「조적전祖逖傳」에 따르면, 조적祖逖은 유곤劉琨 등의 동지들과 함께 좌승상左丞相 사마예司馬睿에게 「권진표勸進表」를 올리고 제위를 계

소생은 후방역侯方城입니다. 전번에 사공史公을 대신하여 서찰을 쓸 때 갑자기 감정이 격해져 '세 가지의 대죄'와 '다섯 가지의 옹립 불가 사유'를 거론했습니다. 그런데 (…) 뜻밖에도 복왕福王이 이제 막 등극하고 마사영馬士英까지 입각하여 정사를 보면서 어가를 영접했던 신하들은 모조리 논공행상으로 벼슬을 주었다는군요. 사공께서도 내각에 참여하셨건만, 따로 강북의 군사를 감독하라는 명령을 내렸다니, 이는 분명히 그 분을 배척하려는 속셈인 게지요. 사공께서는 그것도 개의치 않으시고 오히려 군사를 이끌고 유적流賊을 소탕하는 일을 흔쾌히 받아들이셨으니, 이 같은 충성심과 정의감은 좀처럼 보기 어려울 겁니다! 지금은 양주揚州에 막부를 여시고3) 저를 참사參事로 임명하셨습니다. 오늘 네 진영 장수들을 소집해 장강을 수비할 계책을 의논하기로 하셨으니, 가서 한번 여쭈어봐야겠습니다.

(서재로 가더니) 집사, 어디 있는가?

소생이 서동書童으로 분장하고 등장한다.

서동 :　　후공 오셨습니까? 제가 고해 올리겠습니다요! (소생이 외를 모신다)

승하여 국난을 타개할 것을 권하였다. 얼마 후 진나라 원제[晉元帝]로 즉위한 사마예는 그들의 애국심을 높이 사서 조적을 분위장군奮威將軍 겸 예주자사豫州刺史로 임명하였다. 이와 함께 일천 명의 병력과 삼천 필의 군포가 하사되었으나 무기 등은 주지 않아 조적이 스스로 조달해야 하였다. 그는 모든 어려움을 무릅쓰고 휘하의 병력을 거느리고 북으로 향하는 배를 탔다. 배가 강 한 가운데에 이르자 그는 분노를 이기지 못해 노를 두드리면서 "나 조적이 중원의 적들을 물리치지 못한다면 다시는 이 강을 건너지 않을 것이다"라고 맹세하였다. 강을 건넌 조적은 단숨에 황하 이남의 전 영토를 수복하고 갈족羯族의 왕 석륵石勒을 압박하여 마침내 화친을 이루었다고 한다.

3) 막부를 여시고[開府] : 한대에는 대사마大司馬·대사도大司徒·대사공大司空 등 소위 '삼공三公'만이 자신의 집무실을 둘 수 있었다. 나중에는 이 말이 장군이 막부를 열고 군무를 보는 것을 가리키는 말로 사용되었다.

외가 등장한다.

사가법:　　　〈북점강순北點絳脣〉
　　　　　　　강변서 부절符節 들고4) 있노라니
　　　　　　　용이 박차 오르고 범이 울부짖는 듯하구나!
　　　　　　　나랏일 걱정하느라
　　　　　　　늙는 몸을 살피지 않았더니
　　　　　　　두 살쩍머리가 반백이 되었도다.

부절

　　　　　　(생과 대면한다) 후형, 오늘 네 진영 장수를 모두 소집해 국가대
　　　　사를 상의하고 곧 군사를 정비해 군왕의 원수를 갚기로 했소
　　　　이다.
후방역:　　그러시다니 참 잘됐습니다. 다만 한 가지 (…) 고걸高傑은 양
　　　　주와 통주通州를 지키지만 장병이 교만하여, 황득공黃得功과
　　　　유씨 형제의 세 진영에서 번번이 불평을 늘어놓습니다. 오늘
　　　　접견하시면 중재를 하느라 단단히 수고를 하셔야겠습니다.
　　　　만일 아군끼리 반목한다면 적에게 득이 되는 일이 아니고 무
　　　　엇이겠습니까?
사가법:　　참으로 옳은 말씀이요. 오늘 만나면 내가 설득을 한번 해 보
　　　　리다.
서동:　　　(고한다) 원문에서 북이 울리고 네 진영 장수가 모두 당도하여
　　　　뵙기를 기다리는 중이라고 합니다요

생이 퇴장한다. 외가 막부에 등청하자 군악이 울리면서 문이 열리고, 잡은 좌
우로 늘어선다. 의전을 담당한 위병으로 분장하고 부정이 고걸5)로, 말이 황득공6)

---

4) 부절 들고[持節]: ‘절節’은 원래 사신이 지니는 징표를 가리키는데, 여기서는 조정에
　서 파견한 사가법이 군사를 독려하며 강변을 수비하는 것을 두고 한 말이다.

으로, 축이 유택청劉澤淸7)으로, 정이 유량좌劉良佐8)로 각각 분장하고 모두 갑옷을
입은 채 등장한다.

네 장수:　　연경燕京에 악의樂毅9)가 없었던 것이 한스럽구나
　　　　　　강좌江左에 이오夷吾10)가 있는 줄 누가 알겠는가?

　　　　　(들어가서 대면하고 고한다) 각부閣部11) 대원수님께 문안 여쭙나

---

5) 고걸高傑(?~1645): 자가 영오英吾, 호가 '번산요翻山鷂'로 이자성과 마찬가지로 섬서陝
西 미지米脂 사람이다. 처음에는 이자성을 따라 봉기했지만 숭정 8년에 홍승주洪承疇에
게 투항하여 하인룡賀人龍의 부장으로 배속되었으며, 나중에 하인룡이 주살되자 그 병
력의 일부를 인솔하고 벼슬이 총병總兵에 이르렀다. 남명 조정이 수립되고 홍광제가
즉위하자 흥평백興平伯으로 책봉되어 '강북의 네 진영[江北四鎭]'의 하나로 일컬어지
면서 과주瓜州에 주둔하였다. 한때는 군사를 매복시켜 황득공을 공격하려다가 사가법
의 중재로 처벌을 면하였다. 나중에는 북상하여 청나라 군사에 대항하다가 귀덕歸德에
이르러 반기를 든 장수 허정국許定國에게 살해당하였다.
6) 황득공黃得功: 다섯 번째 대목 '미인 대면訪翠'의 각주 '황 장군'을 참조할 것.
7) 유택청劉澤淸(?~1648): 자가 학주鶴洲로 산동山東 조현曹縣 사람이다. 명나라 조정에
서 수비守備로 시작하여 누차 승진을 거듭하여 벼슬이 우도독右都督에 이르렀으며 산
동을 지키다가 숭정 말기에 대거 남하를 감행하였다. 복왕이 집권한 후에는 동평백東
平伯에 책봉되어 회주淮州·해주海州 등 11개 주현을 관할하였다. 그러나 팔기군八旗軍
이 남하하자 청군의 선봉을 맡아 무호蕪湖까지 홍광제를 추적하였다. 순치順治 5년에
모반을 꾀했다가 피살되었다.
8) 유량좌劉良佐(?~1667): 자가 명보明輔로 대동 좌위大同左衛 사람이다. 처음에는 이자
성 휘하에 있다가 반기를 들고 명나라 조정에 투항하여 벼슬이 총병에 이르렀다. 남명
南明 조정이 수립되자 광창백廣昌伯에 책봉되어 영수潁壽를 수비하였다. 그러나 순치順
治 2년에 휘하 병력 20만을 이끌고 청나라 조정에 투항하여 한군 양황기漢軍鑲黃旗에
배속되고 이등자二等子에 배수되었다. 청나라 군사를 좇아 강서江西의 김성환金聲桓·
왕득인王得仁을 공격하여 그 공로로 벼슬이 좌도독左都督에 이르렀으며, 강희康熙 연간
에 병으로 은퇴하였다.
9) 악의樂毅: 악의는 전국시대의 유명한 군사전략가로, 연나라 소왕[燕昭王] 때 연燕·조
趙·초楚·한韓·위魏 다섯 나라의 대군을 이끌고 제齊나라의 칠십여 개의 성을 함락시켰
다고 전한다. 여기에서 연경燕京은 북경을 달리 부르는 이름이다.
10) 이오夷吾: 열두 번째 대목 '남경 탈출辭院'의 관련 각주를 참조할 것.
11) 각부閣部: 내각대학사內閣大學士의 '각閣'과 병부상서兵部尙書의 '부部'를 조합한 말.
내각대학사와 병부상서의 벼슬을 겸직한 조정 중신에 대한 호칭으로 사용되었다. 여
기서는 사가법을 이르는 말이다.

이다!

(절을 한다) (외가 두 손을 모으며 일어선다)

사가법 :　공들은 일어들 나시오

네 장수 :　(줄지어 서더니) 원수님의 명령을 기다리옵니다.

사가법 :　본관이 각부의 몸으로 군대를 감독하게 되었소 군왕의 어명이
　　　　지엄하시니 전 장병이 본관의 지휘를 따르도록 하시오

네 장수 :　예!

사가법 :　네 분은 당당한 제후이시니, 다른 무신들은 비교도 할 수 없
　　　　소이다. (손을 들더니) 외람되지만 앉아서 같이 군정을 의논하
　　　　도록 합시다.

네 사람 :　송구스럽습니다!

사가법 :　본관이 앉으라고 권하는 것은 군령과도 같으니 물리치지 말
　　　　기 바라오

네 사람 :　예! (읍례를 행하고) 그럼 앉겠사옵니다.

　부정이 상석에 앉자 말·축·정도 차례로 앉는다. 말이 격분해서 부정을 노려
본다.

사가법 :　　　　〈혼강룡混江龍〉
　　　　회남淮南의 험지는
　　　　기세도 도도한 양자강과 황하가 막아주누나.
　　　　일대의 기이한 구름들이 병진을 이루고
　　　　온 눈 가득 가냘픈 버드나무들이 가지를 드리웠네.
　　　　무쇠 같은 군마는 바람 속에 울부짖으며 앞장 서 요새를 돌파하고
　　　　코뿔소 같은 군대는 노궁 쏘아 진작 밀물을 놀라게 하도다.[12]

---

12) 무쇠 같은 군마는~ : 이하의 두 구절은 회남 일대가 남북 간에 군사적 우세를 가늠
　　하는 요충지라는 뜻으로 한 말이다. 여기에서 '무쇠 같은 군마'는 육군(기병)을 '코뿔

서달徐達13)·상우춘常遇春14)·목영沐英15)·등유鄧愈16)가 다 무
엇인가!

강후絳侯17)·관영灌嬰18)·소하蕭何19)·조참曹參20)과도 견줄 수

소 같은 군대'는 수군을 가리킨다.
13) 서달徐達(1332~1385): 명나라의 개국공신. 자가 천덕天德으로 안휘성 호주濠州 사람이
다. 처음에 곽자흥郭子興을 따라 홍건군紅巾軍의 장수로 있다가 나중에 주원장朱元璋의
부하가 된 후로 장사성張士誠·진우량陳友諒의 군대를 격파함으로써 주원장이 명나라를
건국하는 데에 큰 공로를 세웠다. 명나라 홍무洪武 원년에 중서 우승상中書右丞相이 되고
'위국공魏國公'에 책봉되었으며 화북華北에서 원나라의 잔여세력을 일소하였다. 그가 죽
자 주원장은 직접 태묘太廟에 신도비神道碑를 세우고 그 공로를 기렸다고 한다.
14) 상우춘常遇春(1331~1369): 명나라의 개국공신. 자가 백인伯仁으로 안휘성 회원懷遠 사
람이다. 원나라 지정至正 15년(1355)에 주원장의 휘하로 들어가 각종 전투에서 큰 공로를
세웠으며, 이로 인하여 중익대원수中翼大元帥·중서평장군국사中書平章軍國事 등을 지내
고 '악국공鄂國公'에 책봉되었다. 홍무 2년(1369)에는 부장 이문충李文忠과 함께 개평開平
을 평정하고 돌아오다가 병사했으며, 사후에 개평왕開平王으로 추증되었다.
15) 목영沐英(1345~1392): 명나라의 개국공신. 자가 문영文英으로 안휘성 정원定遠 사람
이며, 어려서 고아가 된 그를 주원장이 양자로 거두었다. 등유를 따라 티베트를 평정
하고 서평후西平侯에 책봉되었다. 홍무 14년에 운남雲南을 공략한 것을 계기로 현지에
주둔하면서 황무지를 개간하고 선정을 베풀었는데, 목씨 가문도 이때부터 명대 말기
까지 대대로 운남을 터전으로 삼았다. 사후에 검녕왕黔寧王으로 추증되었다.
16) 등유鄧愈(1337~1377): 명나라의 개국공신. 안휘성 홍현虹縣 사람으로 원래 이름은 우
덕友德이다. 부친을 따라 원나라에 반기를 들고 열여섯 살 때부터 전쟁에 참여하다가
주원장의 휘하로 들어가 여러 차례 전공을 세웠으며, 남창南昌을 사수할 때는 세 달
동안 진우량의 육십만 대군을 막아내기도 하였다. 홍무 초기에는 정수장군征戍將軍이
되어 남양南陽 이북의 적지를 귀속시켰고, 홍무 3년에는 대장군을 따라 원정에 나서
서쪽으로 감숙성 수천 리까지 진격하기도 하였다. 위국공衛國公에 책봉되어 우주국右柱
國을 하사받았다. 홍무 10년에는 정서장군征西將軍이 되어 사천·티베트 일대를 공략하
고 귀환하던 도중에 죽었다. 사후에 영하왕寧河王에 책봉되었다.
17) 강후絳侯: 한나라 고조[漢高祖] 유방劉邦을 보필하던 개국공신 주발周勃(?~B.C. 169)
을 가리킨다. 강소성 패沛 사람인 주발은 장례식에서 퉁소를 불어주는 일을 하다가 유
방을 따라 패현에서 봉기했으며, 그 후로 여러 차례 진나라 군대를 격파하였다. 나중
에는 항우를 격파하여 천하를 평정하고 고조高祖 6년에 강후絳侯로 책봉되었으며, 한
신韓信 등의 반란을 평정하기도 하였다. 유방 사후에는 여태후呂太后의 일족이 유씨劉
氏의 한나라에 위협이 되자 그들을 제거하여 왕실의 안녕을 이루었다. 문제文帝가 즉
위하자 우승상右丞相에 배수되었으나 정사에 어두운데다가 벼슬이 높아지면 재앙을
자초할 것을 우려하여 병을 핑계로 사직하였다.
18) 관영灌嬰(?~B.C. 176): 한나라의 개국공신. 수양睢陽 사람으로 처음에는 포목 장사를
하다가 유방을 따라 탕碭에서 봉기하여 창문후昌文侯로 일컬어졌다. 고조 6년에는 영

있는 것을!

마음 모아 다 같이 나라를 일으키니

공신각 장식한 초상화들을 볼작시면21)

칼 잘 쓰고 무기 찬 지금의 제후들과도 닮았구나!

황득공 : (분노하면서) 원수님께서 자리에 계시니 소장 …… 시비를 하
지 않는 것이 옳사오나, (가리키면서) 이 고걸이란 작자는 바로
투항해 온 도적22)이 아닙니까? 무슨 전공을 세웠다고 오늘
공공연히 우리 세 사람보다 상석에 앉는단 말씀이옵니까!

고걸 : 나는 제일 먼저 투항했고 연배도 높은데 어찌 그대들보다 낮
은 자리에 앉을 수 있겠는가!

유택청 : 이곳은 너희 주둔지이고 우리는 모두 손님인데, 주객의 예법
조차 모르면서 무슨 군사를 통솔한단 말인가!

유량좌 : 저 자는 양주에서 사치와 향락을 다 누리고 어른 대접을 다
받았으니, 오늘은 우리도 좀 누려야 할 차례가 아니겠소이까?

고걸 : 당신들이 도전을 하겠다면 나도 기꺼이 받아들이지!

황득공 : 그러면 누가 못 할 줄 알고? (일어서더니) 두 유형께서는 저와

음후潁陰侯에 책봉되었고, 여태후 사후에는 주발·진평陳平과 함께 황실을 넘보던 여씨
일족을 주살하였다. 문제를 옹립하여 태위太尉에 임명됐다가 곧 주발을 대신하여 승상
이 되었다.

19) 소하蕭何(?~B.C. 193) : 한나라의 개국공신. 진나라 2세 황제 원년에 유방을 보필하여
농민봉기를 일으켰다. 유방의 군대가 진나라의 수도 함양咸陽에 입성했을 때 다른 장
수들은 노략질에 혈안이 되었으나 그는 문서를 챙겨 민심을 수습했다고 전한다. 또 한
나라가 항우項羽의 초나라와 대결할 때 한신韓信을 유방에게 천거했지만 한나라 개국
후에는 한신·영포英布 등의 개국공신들을 제거하는 악역을 맡기도 하였다.

20) 조참曹參(?~B.C. 190) : 한나라의 개국공신. 강소성 패沛 사람으로, 유방이 궐기할 때
소하와 함께 많은 전공을 세웠다. 한나라가 세워진 후 평양후平陽侯에 책봉되었는데,
이때 선정을 베풀어 어진 재상으로 추앙되었다. 혜제惠帝 때 승상이 된 후에도 전임자
소하가 만든 약법約法을 그대로 시행하여 청렴한 재상으로 명망이 높았다.

21) 공신각 장식한 초상화들[功臣閣丹靑圖畵] : 열다섯 번째 대목 '어가 영접迎駕'의 각주
를 참조할 것.

22) 투항해 온 도적[投誠草寇] : 원래 이자성의 부하였던 고걸이 나중에 관군에 투항한
것을 두고 한 말이다.

같이 나가서, 당장 놈과 결판을 냅시다! (성을 내면서 퇴장한다)
사기법 :　(부정을 향하여) 황 장군 말씀이 일리가 있소이다. 아무래도 고
　　　　　장군이 양보를 하는 편이 좋겠소
고걸 :　　소장은 죽어도 놈들보다 낮은 자리에는 앉을 수가 없습니다!
사기법 :　장군, 그러면 정말 안 되오!

〈유호로油葫蘆〉
네 진영 당당하고 그 기상 늠름하여
그대들 의지하여 빼앗긴 북쪽 땅을 수복하려 하외다.
그대들 열 지은 기러기처럼 어깨 나란히 하고 있는 모습 보면
마치 사이좋은 한 형제 같거늘
어이 하여 자리다툼 하느라 그 흐뭇하던 우애를 잃어버리고
나이 싸움 하느라 서로 돕고 공경하던 모습을 바꾼단 말이요!
한 사람은 눈 부라리며 한 방에서 창·방패를 겨루고
한 사람은 노기등등해서 평지에 풍파를 일으키다니…….
전장에서 위용 과시하는 모습 보기도 전에
벌써부터 내부에서 서로 싸우고 분란을 일으키니
우습구나 중흥의 군왕께서 (가리키며) 철부지들에게 벼슬 내리신
것이!

네 진영의 영웅이라는 작자들이 이토록 가소로울 줄이야! 오
늘은 하루 동안 기쁘다 싶었더니만 금새 흥이 다 깨져 버렸
구나! (…) 어쩔 수 없지. 일단 포고문을 내어 세 진영에 각자
주둔지로 돌아가 명령을 기다리라고 일러야겠군.
(부정을 향하여) 그대는 이미 이 지역에 주둔하고 있으니, 본관
휘하에서 선봉장을 맡도록 하시오. 각자 맡은 바 소임이 있
다면 저들도 분란을 일으키진 못할 게요

고걸 : 감사합니다. 원수님!

사가법 : 이 몸이 포고문을 쓰리다. (쓴다)

무대 뒤에서 고함 소리가 들린다. 부정이 피하지 않고 나간다.
말·축·정이 칼을 들고 등장한다.

세 장수 : 고걸아, 냉큼 나오지 못할까!

고걸 : (나와서 대면하더니) 네놈들이 백주 대낮에 칼을 들고 고함을 치
다니, 모반이라도 일으킬 참이냐!

사가법 : 우리가 왜 모반을 일으킨단 말이냐? 무례한 네 놈만 죽이면
되는 것을!

고걸 : 감히 원수님 막부 앞에서 이토록 방자하게 굴다니, 네놈들이
야말로 무례한 도적놈들이 아니고 뭐냐!

말·축·정이 부정에게 달려든다.

부정 : (원문으로 들어가 외친다) 각부 대감, 살려주십시오! 황가와 유가
형제 세 도적놈이 원수부까지 쳐들어 왔습니다!

말·축·정이 문 밖에서 고함을 지르고 욕을 한다. 외가 놀라 일어선다.

사가법 : 〈천하락天下樂〉
난 그저 변방의 말 남하하여 전쟁을 거느라고
쇄도하는 함성 소리 점차 높아져 가나 보다 싶었는데
이제 보니 아군끼리 싸움을 벌인 것이었을 줄이야······.
이때면 힘 모아 함께 원수를 갚아도 모자랄 판에
어쩌자고 한 집안서 북소리 울리며

사이 벌어질 사단을 만들었단 말인가?

이거야말로 장수 고르기는 힘들고

북녘 도적 토벌하기가 더 쉬운 격이 아니겠는가!

(분부한다) 어서 후상공을 모셔라!

호위병 : (무대 뒤를 향하여) 후 나리, 부르십니다! (생이 급히 등장한다)

후방역 : 소생이 벌써 자세하게 들었습니다.

사기법 : 후형 도움을 좀 받읍시다. 본관의 명령을 알려 난군을 위무

해 주시오.

후방역 : 어떻게 위무해야 할까요?

사기법 : 이 몸에게 포고문이 한 장 있으니 속히 가서 그들에게 알리

면 됩니다.

후방역 : 명령대로 하겠습니다.

(포고문을 받고 그 자리를 나와 사람들과 대면한다)

제후 각하! 소생은 본 막부 참모의 자격으로 각부 대원수님

의 명령을 받자와 장군들께 전하는 바입니다.

"삼가 새 군왕께옵서 중흥하셨으나 틈적闖賊이 아직 토벌되

지 않았으니, 우리들이 창을 베고 밤을 지새며23) 공을 세워

보답해야 할 시기인 바, 사소한 울분을 품고 대사를 그르치

---

23) 창을 베고 밤을 지새며[枕戈待旦] : 『진서晉書』 「유곤전劉琨傳」에 따르면, 유곤劉琨
(271~318)은 자가 월석越石으로, 위창魏昌(지금의 산동성 무예현) 사람이었다. 무예가
출중할 뿐 아니라 시부詩賦에도 뛰어나 젊을 때부터 유명하였다. 유곤은 서진의 국력
이 날로 약화되고 이민족이 부단히 진나라를 침범하자 몇몇 청년과 함께 국가대사를
논하고 나라를 위하여 내우외환을 없앨 뜻을 세웠다. 특히 조적祖逖과는 각별한 사이
로 늘 서로 격려하였다. 나중에 조적이 벼슬을 하게 되자, 집에 편지를 보내 "나는 창
을 베고 아침을 기다리며 오랑캐들을 효수하는 데에 뜻을 두고 있다[吾枕戈待旦, 志
梟逆虜]"고 하면서, 자신이 나라를 위해 외적을 물리치고자 하는 집념을 조금도 늦추
지 않고 있음을 천명했다고 한다. 스물여섯 살 되던 해에 마침내 관직에 임명되었으
며, 그 후로 저작랑著作郞 · 태학박사 · 상서랑 등을 지냈다.

는 것은 옳지 않다. 중원이 수복되어 천하가 태평해지고 축
하연이 마련되면 논공행상 문제도 조정에서 논의가 있을 것
이다. 지금은 상황이 긴박하니 매사에 임기응변이 필요한
바, 다들 서로 이해하고 전날의 우애를 잃는 일이 없도록 하
라. 홍평후興平侯 고걸군은 원래 양주揚州·통주通州에 주둔해
왔으나, 이제부터는 본관 휘하에 남아 선봉장을 맡도록 하
라. 정남후靖南侯 황득공군은 임지인 여주廬州·화주和州로 복
귀하고, 동평후東平侯 유택청군은 회주淮州·서주徐州로 복귀
하고, 광창후廣昌侯 유량좌군은 봉양鳳陽·사주泗州로 복귀하
도록 하라. 조용히 명령을 따르되 항명하는 일이 없도록 하
라. 군법이 지엄하여 본관도 용납할 수 없는 바, 이에 특별히
알리는 바이다.”
황득공 : 우리는 그 무례한 도적놈만 죽이려는 게요. 어찌 감히 원수
님의 군법을 어기겠소이까?
후방역 : 방금 전에 원문내에서 소란을 피웠으니, 그게 바로 군법으로
용납되지 않는 일이지요.
유택청 : 그렇다면, 원수님을 놀라게 해 드리면 곤란하니 다들 일단
해산합시다.
유량좌 : 내일 고걸의 집으로 쳐들어갑시다! 그야말로

나라의 원수는 그래도 용서할 수 있지만
사사로운 원한은 절대 삭히기 어려운 법.

(퇴장한다)

생이 들어가서 대면한다.

후방역 : 세 진영의 장수들이 명령을 받들어 일단 물러갔습니다만, 내

사가법:　　일 또 충돌할 기세입니다.

사가법:　　이걸 대체 어쩐다? (부정을 가리키면서)

〈후정화後庭花〉
고장군
그대가 무모하게 원한을 불렀소이다.
어찌하여 겸손하지 못하고
망령되이 교만하게 처신하느라
세 원로24)보다 윗자리에 앉아서
저 각 진영의 제후들이 칼 휘두르는 불상사를 초래한 게요?
장의張儀25) · 소진蘇秦26)의 현란한 말솜씨를 빌리더라도
반나절밖에 싸움을 막지 못하겠구려!
아무리 중재해도
괜히 속만 태우고
울분을 해소하기 어려워
부질없이 괴로워하기만 하노라.
이 상황을 그저 지켜만 보아야 한단 말인가?
저 국가대사가 모두 끝장나고 말 텐데…….

고걸:　　　원수님, 당황하실 것 없습니다. 내일 그 놈들과 결판을 내고
　　　　　세 진영의 병력을 소장한테 몰아주신다면 원수님을 좇아 중

----

24) 세 원로[鄕三老]: 진秦 · 한漢대에는 지방에서 쉰 살 이상의 노인을 '향삼로鄕三老'로
　　추대하고 그 고장의 교화를 담당하게 했다. 여기서는 군사적으로 중요한 위치에 있는
　　황득공과 유씨 형제 등 세 진영의 장수를 가리키는 말로 사용되었다.
25) 장의張儀: 전국시대 위魏나라의 유세가. 자세한 내용은 열한 번째 '무창 입성投轅'의
　　각주 '장의'를 참조할 것.
26) 소진蘇秦: 전국시대 연燕나라의 유세가. 자세한 내용은 열한 번째 '무창 입성投轅'의
　　각주 '소진'을 참조할 것.

원을 회복하는 데에 또 무슨 어려움이 있겠습니까?

사기법 : 무슨 말을 그렇게 하는 게요! 지금 유적이 북녘에서 달려와
머지않아 황하를 건널 기세여서 총병總兵 허정국許定國[27]조차
이를 막아내지 못하고 밤새 급보를 알려오는 판국이요! 지금
은 네 진영이 중지를 모아 병력을 출동시켜서 강을 지켜야
할 시점이거늘, 오늘 사단을 만드는 바람에 대사를 그르치게
되었으니 어찌 걱정이 안 되겠소?

고걸 : 세 진영 놈들은 다른 뜻이 있어서가 아니라, 양주가 번화한
곳이어서 가로채자는 속셈인데, 제가 어떻게 놈들에게 양보
를 할 수 있겠습니까!

사기법 : 그 말씀이 더더욱 가소롭구려!

〈살미煞尾〉
일단의 병력 이끌면서도
그 세 사람과 자존심 싸움만 하니
달걀을 쌓아 태산을 이기려는 격[28]이로구려.
그대는 번화한 이십사교二十四橋[29] 차지하고

---

27) 허정국許定國 : 하남 태강太康 사람으로, 명나라 말기에 병졸에서 시작하여 나중에는
하남 총병河南總兵으로 승진하였다. 청군이 남하하자 고걸을 죽이고 청나라에 투항하
였다. 그의 행적에 관한 보다 상세한 언급은 스물여섯 번째 대목 '고걸 암살賺將'에서
찾아볼 수 있다.
28) 달걀을 쌓아 태산을~ : 고걸이 병력을 이끌고 세 진영 장수들에게 오만하게 행동하
는 것이 그야말로 달걀을 쌓아서 태산泰山을 압도하려는 것과 같은 꼴이라는 뜻이다.
29) 이십사교[卄四橋] : 양주의 유명한 다리. 수많은 문학가들이 시문을 통해 이 다리의
아름다움을 언급하곤 하였다. 당대 시인 두목杜牧의 「양주의 한작 판관에게 부침[寄揚
州韓綽判官] 시에서도 "이십사교에 밝은 달 뜬 밤, 옥 같은 님은 어디서 퉁소 부는 것
가르치시나[二十四橋明月夜, 玉人何處敎吹簫]"라고 하여 이 다리를 노래하고 있다.
다리 숫자에 대해서는 혹자는 글자 그대로 스물네 개라는 설도 있고 양주 방언에서
'이십사'가 실수가 아니라 단순히 '많다'는 것을 나타내는 허수라는 설도 있지만 한 개
였다는 설이 우세하다.

죽서정竹西亭30) 달 밝은 밤에 퉁소 불지만
저들 역시 수나라 때 제방31) 버드나무 아래에 군영 두고
그대 혼자 번리관蕃釐觀32)서 희귀한 꽃 자랑 못하게 할 심산인
게요.
그 누가 학 타고 노닌다는 양주를 부러워하지 않을 것이며
허리춤에 번듯하게 십만 관을 찬 그대를 시기하지 않겠소?33)
내일 싸움 소리가 밀물처럼 광릉廣陵34) 땅에 울려 퍼질까 걱정이
오!

그만 둡시다, 본관은 벌써 이 한 몸 바치기로 했으니 다른 방
법이 없소이다. 후형이 출중한 재능을 가지셨으니 후형의 계
획대로 따를 수밖에요.
후방역:　　일단 정세를 관망하면서 다시 상의하도록 하시지요.

외·생이 퇴장한다. 군악을 울리면서 문을 닫고 잡도 모두 퇴장한다. 부정이

---

30) 죽서정竹西亭: 양주 북문北門 밖으로 다섯 리 떨어진 곳에 있었다는 정자.
31) 수나라 때 제방[隋堤]: 양주에 있는 제방. 수나라 양제[隋煬帝]가 만들었다 하여 '수
　　제隋堤'로 불린다. 『양주부지揚州府志』에 따르면 "수나라 때 한구를 터서 장강에 대고
　　옆으로는 어용 제방을 짓고 수양버들을 심었다[隋開邗溝入(長)江, 旁築御堤, 樹以楊
　　柳]"고 한다.
32) 번리관蕃釐觀: 양주부揚州府 옛 성 밖에 있던 건물로, 한대 원연元延 연간에 축조되었
　　는데, 원래 경화관瓊花觀으로 불리다가 송대에 번리관으로 고쳐 부르게 되었다고 한다.
　　여기에서 '경화瓊花'란 대단히 진귀한 꽃으로, 번리관에 단 한 그루가 있었는데 원대에
　　말라죽었다고 한다.
33) 학 타고 노닌다는~: 당대에 은운殷芸이 쓴 『소설小說』에 따르면, 옛날 몇 사람이 둘
　　러앉아서 자기 소망을 이야기하는 자리에서 첫 번째 사람이 양주자사揚州刺史 벼슬을
　　하고 싶다, 두 번째 사람이 돈이 많으면 좋겠다, 세 번째 사람이 학을 타고 하늘로 날
　　아가고 싶다고 했더니 남은 한 사람이 "나는 십만 관을 허리춤에 차고 학을 타고 양주
　　로 가는 게 소원이다[我願腰纏十萬貫, 騎鶴上揚州]"라고 했다고 한다. 여기서는 양주
　　에서 방탕한 생활을 하는 고걸과 이를 질시하는 세 진영 장수들의 내심을 묘사하는
　　말로 사용되고 있다.
34) 광릉廣陵: 양주揚州를 이르는 다른 이름.

조장弔場35)을 한다.

고걸 :　나 고걸 또한 사내 대장부인데, 앉아서 죽기만을 기다릴 수
　　　　야 없지! 내일 날이 밝으면 황금패黃金壩36)에서 병력을 점검
　　　　하고 병진을 배치한 후 놈들이 쳐들어오면 즉각 응전하리라.
　　　　그야말로.

　　　　　　용과 범이 싸워 자웅을 겨루는 형국이니
　　　　　　술 오가는 잔치 자리에서 칼이 난무하겠구나.
　　　　　　유방劉邦과 항우項羽를 성패로 평가할 필요가 어디 있겠나?
　　　　　　장군 머리가 달아나도37) 조조曹操 따위에게 굽할 순 없지!

---

35) 조장弔場 : 중국 고전극에서 사용되는 연출용어. 무대에서 등장인물들이 모두 퇴장한
　　사이에 한 사람만 남아 자신의 심경이나 의견을 피력하는 것을 이르는 말로 연출기법
　　상 현대극에서 사용되는 방백(aside)과 유사하다. 고걸은 여기서 사가법·후방역의 설
　　득에도 불구하고 기어이 자신의 의지대로 결행할 뜻을 내비친다.
36) 황금패黃金壩 : 안휘성 무호蕪湖의 경항운하京杭運河 부근의 지명.
37) 장군 머리가 달아나도[將軍頭斷] : 삼국시대에 유장劉璋 휘하에 있던 엄안嚴顔이 한
　　말로 전해진다. 파군巴郡을 지키고 있던 장수 엄안을 사로잡은 장비張飛가 항복할 것을
　　요구하자 '여기에는 목 잘린 장군은 있어도 항복할 장군은 없다'고 했다고 한다. 여기
　　에서 '조조'는 세 진영 장수들을 가리키며 '장군'은 고걸이 스스로를 일컫는 말로 사용
　　되었다.

열아홉 번째 대목

화의 중재

和戰

원제는 "화전和戰"으로, 싸움에서 강화를 맺는다는 뜻이다. 이 대목에서 군사를 이끌고 황금패黃金壩로 달려가 황득공과 유씨 형제는 전투태세를 갖추고 있던 고걸과 차례로 접전을 벌이지만, 모반을 일으키려면 자신부터 죽이라는 사가법의 포고문을 받자 그제서야 자신들의 잘못을 인정하고 군사를 철수시킨다. 그러나 사가법의 중재안에 불만을 품은 고걸은 자신의 병력을 이끌고 그 자리를 떠나고, 이에 유택청마저 위기감을 느끼고 황득공·유량좌의 진영으로 귀환함으로써 장수들의 화해와 단합을 모색 하려던 사가법과 후방역의 노력은 결국 허사가 되고 만다. 이 대목은 '과장희過場戲'(막간극)으로서, 극중 줄거리의 비중은 그다 지 크지 않기 때문에 노래는 두 곡만 사용되고 있으며, 주로 고걸 과 세 진영 장수들 간의 전투 장면을 위주로 하는 화려한 볼거리 를 선보이는 데에 역점을 두고 있다.

난홍실본 도화선 삽화 서울대학교 도서관 소장

갑신년(1644) 5월

등장인물

        말 : 황득공

        정 : 유량좌

        축 : 유택청

        잡 : 측 군교 / 정찰병 / 군사

        부정 : 고걸

        생 : 후방역

　말·정·축이 각각 황득공·유량좌·유택청으로 분장하여 갑옷을 입고, 잡이 군교軍校[1]로 분장하여 깃발과 무기를 들고 고함을 지르면서 등장한다.

황득공 :　형제들, 다들 조심합시다! 듣자니 고걸이 병력을 점검하고 황금패에서 응전할 태세를 취하고 있다고 합니다. 우리는 세 부대로 나누어 차례로 진격합시다!

유량좌 :　저는 대동한 병력이 적으니 제가 싸움을 걸면 두 분 형님께서 대적하도록 해 주십시오

황득공 :　내 휘하의 전웅田雄[2]이 아직 당도하지 않았으니 나는 두 번째 부대를 맡겠소. 후위대는 역시 하주河洲 형님께 부탁드리도록 하겠습니다.

유택청 :　그렇게 하도록 합시다. 다들 앞으로 돌격하라!

---

1) 군교軍校 : 보조·부관의 직책을 수행하는 군관.
2) 전웅田雄 : 명대의 총병으로 황득공의 부장部將. 청군이 남하하자 홍광제를 결박해서 투항하였다.

부정이 고걸로 분장하여 갑옷을 입고, 군교는 무기를 들고 그 뒤를 따라 등장
한다.

고걸 :　　　전군은 병진을 짜고 응전 태세를 취하라!

잡이 정찰병으로 분장하고 등장한다.

정찰병 :　아뢰오, 아뢰오! 세 진영의 적병들이 깃발을 흔들고 고함을
　　　　　지르면서 곧 우리 진영으로 쇄도할 기세이옵니다!

정이 큰 칼을 들고 등장한다.

유량좌 :　고가야, 냉큼 나오렷다! 오늘 네놈과 결판을 내고 말 테다!

부정이 창을 들고 욕을 하면서 등장한다.

고걸 :　　　네 이 화마花馬 유가3)야! 네놈은 우리 중에서 제일 막내인데
　　　　　누가 너를 두려워할 줄 아느냐!

무대 뒤에서 북이 울리자 정과 부정이 맞붙어 싸운다.

고걸 :　　　(외친다) 전군은 모두 달려들어 이 유가놈을 사로잡아라!

---

3) 화마 유가[花馬劉] : 유량좌劉良佐의 별명. '화마花馬'는 점박이 말이라는 뜻이다.

잡이 등장하여 혼전을 벌인다. 정이 패하여 퇴장한다. 말이 쌍편雙鞭을 들고 등
장한다.

황득공 :　　나 황틈자黃闖子4)의 실력은 네놈도 알 것이다. 냉큼 머리를
　　　　　조아린다면 목숨만은 살려주마!
고걸 :　　이 고 나리께서는 산 대가리 따위에는 관심도 없다. 네 놈의
　　　　　죽은 대가리를 다오!

무대 뒤에서 북이 울리자 말과 부정이 맞붙어 싸운다.

고걸 :　　（외친다） 전군은 다시 달려들어라!

잡이 등장하여 혼전을 벌인다.

황득공 :　　（당황하면서） 지금까지 장수는 장수와, 병사는 병사와 싸우는
　　　　　것이 원칙이었거늘, 어떻게 이런 혼전을 벌인단 말인가? 정
　　　　　말 경우 없기 짝이 없는 도적놈이구나! 오늘은 일단 네놈에
　　　　　게 져 주마! （패하여 퇴장한다）

축이 쌍칼을 들고 병사들을 이끌고 고함을 지르면서 등장한다.

유택청 :　　고걸아, 거들먹거리지 마라! 나 유하주께서도 병력을 제법
　　　　　끌고 오셨단다. 한 바탕 혼전을 벌이는 것쯤이야 어렵지도
　　　　　않지.
고걸 :　　나 번천요자翻天鷂子5)는 남을 두려워하지 않는 분이시다. 네

---

4) 황틈자黃闖子 : 황득공黃得功의 별명. '틈자闖子'는 용감무쌍한 사람이라는 뜻이다.
5) 번천요자翻天鷂子 : 고걸高傑의 별명. '하늘(세상)을 뒤엎어 놓을 용맹스러운 새매'라는

놈이 이렇게 싸우든 저렇게 싸우든 상관없단 말이다! 공격하라, 공격!

두 장수가 병력을 이끌고 혼전을 벌인다.

생이 영전슈箭6)을 들고 높은 누대에 서자 졸병이 징을 친다. 사람들이 싸움을 멈추고 바라본다.

후방역:　(영전을 흔들면서) 각부 대원수님의 명령이요!

　　　　"네 진영 장수들이 모반을 일으킨 것은 모두 본관의 허물이다. 먼저 원수부로 와서 원수인 나부터 죽이고 나서 남경으로 몰려가 궁궐을 노략질할 일이지, 여기서 혼전을 벌여 백성들에게까지 해를 끼치지는 말…….

유택청:　우리는 결코 모반을 일으키지 않았소이다! 고걸이 무례하게도 앉는 순서까지 어지럽혀서 그런 것일 뿐이요. 우리가 시비를 가리고 나면 나중에 원수님을 찾아뵙고 잘 말씀 올릴 것이오.

고걸:　　나 고걸은 원수님 휘하의 선봉장인데 어찌 감히 모반을 하겠소? 저 놈들이 병력을 이끌고 쳐들어 왔길래 어쩔 수 없이 응전한 것뿐이올시다!

후방역:　군령을 받들지 않고 망령되이 서로 맞붙어 싸움을 했으니 모두가 역적인 것이요. 내일 조정에 상소를 올릴 터인즉, 그대들이 직접 가서 소명을 하도록 하시오!

유택청:　조정은 우리가 옹립했고, 원수님도 조정에서 파견하신 분이

뜻이다.

6) 영전슈箭 : 영기슈旗라고도 한다. 옛날 군대에서 군령軍令을 내릴 때 사용하던 작은 깃발로, 깃대에 화살촉이 붙어 있어서 영전이라고 부르게 된 것이다. 영전은 일반적으로 경극京劇 등 중국 고전극의 법정 장면에서 많이 보이며, 영기는 장수들이 등에 몇 개씩 끼고 등장하는 경우가 많다.

시오 그런데 군령을 어겼으니 조정에 반역한 셈인데 어떻게
해야 좋단 말이요? 몸을 결박하고 처벌을 기다릴 테니 원수
님께서 그저 용서해 주시기 바랍니다!
후방역 :   고장군, 그대는 어떻소이까?
고걸 :   소장 고걸은 원수님의 수하로서 군법을 어겼으니 원수님의
처분에 따를 뿐입니다.
후방역 :   그러시다면 속히 황득공·유량좌 두 장군에게 전하고 함께
원문으로 가서 원수님께 사죄하십시오!
유택청 :   두 장군은 패하여 각자 주둔지로 돌아가 버렸습니다만…….
후방역 :   회주와 양주의 두 분 장군은 입술과 이 같은 관계[7]인데다,
과거부터 숙원이 있는 것도 아닌데 어째서 남의 지시를 따른
단 말입니까! 어서 가서 원수님의 처분을 기다리도록 하시오!

양쪽 병력이 퇴장한다.

생이 누대를 내려온다. 축·부정이 동행하여 원수부에 당도한다.

후방역 :   벌써 원문에 당도했군요. 두 분 장군은 밖에서 기다리시오,
제가 가서 전해 드리겠습니다.
(약간 지체했다가 이내 나오더니) 원수님의 명령이십니다.
"네 진영의 장군들이 함부로 분란을 일으켰으니 전원을 군
법에 따라 처벌함이 옳다. 다만, 고 장군은 예법을 몰라 원한
을 만들고 사단을 일으켰으니 죄가 없다고 할 수 없으니 세
진영 장군들에게 예의를 갖추도록 하라. 양측이 화해하면 다
시 처분하기로 하겠다."

---

7) 입술과 이 같은 관계[脣齒之邦] : 원래는 입술과 이처럼 서로 접경해 있는 두 나라를
가리키는 말이지만, 여기서는 고걸과 유량좌 두 사람의 주둔지가 서로 이웃해 있는 것
을 두고 한 말이다.

〈향류낭香柳娘〉

장군께 권하노니 스스로 생각해 보오.

장군께 권하노니 스스로 생각해 보오.

재난이 닥치면 구명해 드리기 어려우니

가시 회초리 지고[8] 얼른 원문 가서 머리를 조아리시오.

고걸 :   (성을 내면서) 나 고걸은 원수님 휘하의 선봉장이건만, 원수님
께서는 두둔해 주지는 못할망정 되레 세 놈에게 예의를 갖추
라고 하시니 참으로 수치스럽기 짝이 없구나! (…) 아서라,
아서! 원수님께서도 나를 쓰지 않을 작정이신가 보다. 차라
리 병력을 이끌고 강을 건너 따로 후일을 도모하는 편이 낫
겠다!

이 굴욕을 어이 견딜꼬?

이 굴욕을 어이 견딜꼬?

양자강을 건너가면

후사를 다시 도모하리라!

(부른다) 전군은 어서 와서 나를 따르라!

군사들이 등장했다가 고함을 지르고 깃발을 흔들며 따라서 퇴장한다.

유택청 :   (바라보면서) 아이쿠, 저런! 고걸이 강을 건너려 하는구나. 조만

---

8) 가시 회초리 지고[負荊]: 맨살을 드러내고 가시 회초리를 진다는 말로, 사죄의 뜻으
로 사용되었다. 전국시대에 조趙나라의 장군 염파廉頗는 재상 인상여藺相如의 벼슬이
자신보다 높은 것을 참지 못해 번번이 그를 모욕했지만, 인상여는 그때마다 국익을 위
해 충돌을 피하곤 하였다. 나중에 염파는 인상여의 본심에 크게 감동하여 스스로 맨살
을 드러내고 가시 회초리를 진 채 그를 찾아가 사죄했다고 한다.

간 강남에 있는 일당을 끌고 와서 나와 맞붙으려는 것이 분명하다. 나도 얼른 가서 황득공·유량좌 두 사람과 회동한 후 병력을 더 많이 끌고 와서 대응해야겠다!

힘 다하자 멀리 내빼는 꼴이 우습구나.
힘 다하자 멀리 내빼는 꼴이 우습구나.
부끄러움일랑 장강에 씻어버리고
놈이 다시 와서 도적질 하는 일부터 막으리라.

축이 퇴장한다.

후방역 : (넋을 잃고 있다가) 상황이 이렇게 돼 버릴 줄이야 (…) 이걸 어떻게 수습한단 말인가!

〈전강前腔〉
한스럽도다. 산하가 반이나 기울었으니
한스럽도다. 산하가 반이나 기울었으니
어이 해야 다시 일으킬 수 있을꼬?
도의가 무너져 옛 은혜조차 잊어버리다니…….
(남쪽을 바라보면서)
의기양양하게 강 건너는 모습을 보니
의기양양하게 강 건너는 모습을 보니
깃발은 강물을 어지럽히며
거침없이 남서南徐[9] 어귀로 진입하누나.
(북쪽을 바라보면서)

---

9) 남서南徐 : 지금의 강소성 진강鎭江.

이 자욱한 연기며 먼지 앞에서

이 자욱한 연기며 먼지 앞에서

그야말로 우리 원수님은 머리만 긁적이시고

참모인 나도 두 손만 비비고 있을 수밖에 없게 되었구나!

(걸으면서) 일단 각부 원수님께 보고부터 올리는 수밖에…….

그야말로

후방역:　　당당히 막부 열고 제후들 관할하시니[10]

강북과 회남은 상류라고 할 수 있겠으나[11]

그저 누선과 철마[12]들이

나란히 아름다운 양주 탐낼까 걱정이구나!

---

10) 막부 열고 제후들 관할하시니[開府轄通侯]: '통후通侯'는 한나라 때 무장에게 내려
　　지던 작위로, 여기서는 사가법이 네 진영을 통솔하는 것을 두고 한 말이다. "막부를
　　열다[開府]"에 대해서는 열여덟 번째 대목 '적전 분열爭位'의 관련 각주를 참조할 것.
11) 강북과 회남은~: 사가법이 관할하는 강북江北·회남淮南 일대가 장강의 상류에 위
　　치해 있다는 말이다.
12) 누선樓船과 철마鐵馬: '누선'은 고걸과 갈등을 빚고 있는 황득공과 유씨 형제 진영을
　　두고 한 말이며, '철마'는 산해관山海關을 넘고 그 기세를 몰아 강남을 넘보고 있던 청
　　나라 대군을 두고 한 말이다.

스무 번째 대목

황하 전출

移防

원제는 "이방移防"으로, 방어병력을 이동시킨다는 뜻이다. 이 대목에서는 자기 병력을 이끌고 무단으로 양자강을 건넌 고걸高傑이 강남의 번화한 도시인 소주蘇州와 항주杭州를 점령하려다가 현지 관군들의 완강한 저항에 부딪혀 진퇴양난에 처하자 결국 뒤늦게 사가법史可法의 막부로 찾아가 사죄 하고, 그의 경솔함을 나무라던 사가법도 후방역의 제안에 따라 황하黃河 방어를 목적으로 고걸을 개봉開封 · 낙양洛陽 방면으로 전출시킴으로써 사태를 수습하는 내용을 주로 다루고 있다. 이 대목에서는 사가법이 주로 노래를 부르고 고걸과 후방역이 화창和唱 하는 방식을 기조로 하면서, 적지적소에 〈옥포두玉抱肚〉 등의 합창을 안배함으로써 웅장하면서도 비장한 분위기를 한껏 고양시키고 있다.

<h1 style="text-align:center">갑신년(1644) 6월</h1>

등장인물

  부정 : 고걸

  잡 : 파발꾼 / 사가법의 종복 / 병졸들

  외 : 사가법

  생 : 후방역

  축 : 중군관

부정이 고걸로 분장하여 무기를 든 군사들을 이끌고 등장한다.

고걸 :   〈금상화錦上花〉

    말 몰고 어디로 가려는가?

    말 몰고 어디로 가려는가?

    강물은 성을 단단히 지켜 주고

    노궁은 거친 군사들 겨냥하네.[1]

    일단 병력 거두고

    일단 병력 거두고

    이 양주시를 단단히 지켜내리라.

    나 고걸, 병력을 이끌고 장강을 건너가 소주蘇州[2]와 항주杭州[3]를 빼앗으려 했더니, 뜻밖에도 순무巡撫 정선鄭瑄이 배를

---

1) 강물은 성을 단단히~ : 순무 정선이 장강의 형세에 의지하여 소주를 수비하는 한편 포를 배치하여 강어귀를 막고 있는 것을 두고 한 말이다.
2) 소주蘇州 : 강소성의 도시 이름.

몰아 포를 배치하고 강어귀를 봉쇄하는 바람에 별 수 없이
양주로 돌아오고 말았다. 그런데 황득공과 유가 형제놈은 지
금 어디로 갔는지 모르겠구나.

잡이 파발꾼으로 분장하고 등장한다.

파발꾼 : 아뢰오! 세 진영이 군사를 총동원하여 남하하는 중으로, 정
찰대가 벌써 고우高郵[4]까지 당도했다고 하옵니다!
고걸 : 아이쿠, 야단났구나! 남하할 수도 없고 북상도 틀렸으니, 정
말 진퇴양난이 아닌가!
(생각하더니) 아서라, 아서! 아무래도 각부 사史원수님한테 가
서 그 분의 체면을 빌려 나를 구해 달라고 부탁하는 수밖
에……. (간다)

〈전강前腔〉
어서 자비를 빌러 가자.
어서 자비를 빌러 가자.
부질없이 수치스런 낯짝 돼 버렸으니
무슨 말로 대답할꼬!
이렇게 해야겠네.
이렇게 해야겠네.
"스스로 재앙을 불렀으니
하늘께서 죽이려 하신다."

무대 뒤에서 고함소리가 들린다. 부정이 병력을 이끌고 걸어서 퇴장한다.

---

3) 항주杭州 : 절강성의 도시 이름.
4) 고우高郵 : 강소성의 현 이름.

외가 사기법으로 분장하고 종복과 함께 등장한다.

사기법 : 　　　〈도련자搗練子〉
　　　　　　국면이 이미 바뀌어
　　　　　　세력을 지탱하기도 어렵게 되고 보니
　　　　　　망설임 속에 밤에도 잠들지 못하노라.

　　　생이 등장한다.

후방역 : 　　　'경륜이 헛되게도 종이 쪼가리에 불과하다'며 스스로 한탄하네.

사기법 : 　　(생을 향하여) 후형, 보시오, 고걸이 작별인사도 없이 가 버리고
　　　　　　세 진영 장수들도 군법을 지키지 않는구려! 내 휘하의 군사
　　　　　　는 그 수가 얼마 되지도 않으니 강북을 어찌 지켜낼 수 있겠
　　　　　　소이까! (…) 대세가 이미 기운 것 같은데, 이를 어찌 해야 좋
　　　　　　겠소, 어찌 해야!
후방역 : 　　들자니 순무 정선이 강어귀를 봉쇄하는 바람에 고걸이 남하
　　　　　　하지 못하고 다시 양주로 돌아왔다 하옵니다.
사기법 : 　　세 진영은 어떻소이까?
후방역 : 　　세 진영에서는 그가 퇴각했다는 사실을 알고 군사를 총동원
　　　　　　해 다시 남하하는 중으로, 정찰대가 벌써 고우에 당도했다
　　　　　　하옵니다.
사기법 : 　　(걱정하면서) 상황이 더더욱 난처하게 꼬여 버렸구려!

　　　　　〈옥포두玉抱肚〉
　　　　　삼백 년의 기업을
　　　　　그 누가 이 지경으로 뒤흔들어 놓았단 말인가!

한 손으로 어찌 푸른 하늘을 떠받칠 수 있으리오?

내萊나라 군사5)들을 역시 헛소리만으로 물리치겠다는 것일까?

합창한다.

일동:　　　　연기와 먼지는 눈앞에 자욱하고 들판엔 시체들만 널렸으니

　　　　　　기댈 것이라고는 그저 양주의 병력뿐이로구나!

축이 중군관中軍官6)으로 분장하고 북을 친다. 외가 묻는다.

사가법:　　문 밖에서 북을 치는군. 무슨 변고라도 있는 걸까?

중군관:　　장군 고걸이 병력을 이끌고 원문 앞으로 와서 원수님 뵙기를

　　　　　　청합니다.

사가법:　　역시 그 자가 왔구려. 들라 이르라! (…) 그 자가 무슨 소리를

　　　　　　하는지 봅시다.

외가 막부에 오르자 문이 열리고 병졸들이 좌우로 늘어선다.

부정이 황급히 뛰어서 등장한다.

고걸:　　　소장 고걸, 함부로 주둔지를 이탈했으니 그 죄 만 번 죽어 마

　　　　　　땅하옵니다! 부디 은혜를 베푸시어 용서해 주십시오!

사가법:　　네놈은 원래 일개 역도였건만 조정에서 투항을 받아들여 작

---

5) 내나라 군사[萊兵]: 춘추시대에 제후齊侯는 내萊나라 군사들을 동원하여 노나라 정
　공[魯定公]을 공격하려다가 공자孔子의 고언을 듣고 군사를 물렸다고 한다.

6) 중군관中軍官: 명대의 하급 군관. 가정嘉靖 29년(1550)에 오군영五軍營·신추영神樞
　營·신기영神機營 등 북경의 삼대 군영을 재편할 때 설치되었는데, 자체 추천을 통해
　각 군영마다 열한 명씩 선발하였다. 지방의 경우에는 총독·순무·총병 휘하에도 좌
　영중군관坐營中軍官을 두었다고 한다.

위까지 내리시는 등 박대한 적이 없었다. 그런데 어찌 하여 한 마디가 거슬린다 하여 멋대로 돌아갔다가, 이제 강을 건널 수 없게 되니까 그제서야 다시 원문을 찾는단 말이냐! 멋대로 모반을 하고 멋대로 투항을 하면서, 모반과 투항을 아이들 장난으로 여기니 이 어찌 괘씸한 일이 아니겠느냐! 원래는 군법에 따라 처리해야겠지만, 네놈이 죄를 바로 뉘우친 점을 감안하여 잠시 용서하도록 하겠다! (부정이 머리를 조아린 후 일어선다) (묻는다) 그래, 또 할 말이 있느냐?

고걸 : (다시 무릎을 꿇더니) 전번에 주둔지를 함부로 이탈한 것은 그 자들에게 예의를 차리기 싫어서였사옵니다. 이제 세 진영에서 소장이 돌아온 것을 알면 또 맞붙어 싸우려 들 것입니다. 소장이 강하기는 하오나 혼자서 어떻게 버티겠사옵니까? 그저 원수님께서 구해만 주시옵소서! (생에게도 간청한다) 후선생께서 말씀 좀 좋게 올려 주십시오!

후방역 : 그대 자신은 예의조차 차리지 않으려 들면서 원수님께 무엇을 어떻게 해결하시라고 그러는 게요!

사가법 : 그렇고 말고! 일이 이 지경이 돼 버렸으니 본관도 역성을 들 수가 없게 돼 버렸네.

〈전강前腔〉
앉을 차례 갖고 말다툼 하고
무기까지 휘두르며 그칠 줄을 모르더니…….
그들 세 사람은 솥 다리처럼 영웅을 자처하는데
자네만 외톨이로 목숨이 실처럼 위태롭구나!

앞서의 두 구절을 다시 합창한다.[7]

일동 :   연기와 먼지는 눈앞에 자욱하고 들판엔 시체들만 널렸으니
               기댈 것이라고는 그저 양주의 병력뿐이로구나!

고걸 :   원수님께서 구해주지 않으시면 소장, 차라리 원문에 머리를
               부딪쳐 죽을지언정 절대로 놈들에게 굴복하지 않겠습니다!
후방역 :   황금패에서 자랑하던 그 위풍은 다 어디로 가셨소이까!
고걸 :   그때는 놈들이 병력을 대동하지 않았길래 제가 전군을 총동
               원해 혼전을 벌였기 때문에 이긴 거지요. 오늘은 세 놈이 합
               세해서 일제히 달려드니 이 사태를 앞두고 겁을 내지[8] 않을
               래야 않을 수 없지 않습니까?
후방역 :   소생에게 묘책이 있기는 합니다만 귀하께서 듣지 않을까 격
               정이올시다.
고걸 :   예의를 차리라는 말씀 말고는 무조건 다 따르겠소이다.
후방역 :   지금 유적들이 남하하여 머지않아 황하를 건널 참인데 허정
               국이 이를 막아내지 못해 밤새 급보를 알려 왔습니다. 원수
               님께서 군사를 내어 황하를 방어하려 하시던 참인데, 귀하께
               서 명령을 받들어 출정하여 개봉開封·낙양洛陽 일대에 주둔
               한다면 지금의 포위도 풀 수 있을 뿐만 아니라 장차 큰 공을
               세우는 격이 될 겁니다. 세 진영도 장군이 멀리 떠난 것을 알

---

7) 앞서의 두 구절 : 중국 고전극에서 사용되는 용어. "앞 부분(같은 부분)을 합창한다"
   라는 뜻으로 '합전合前'이라 하며, 합창을 하는 노래의 두 구절을 가리킨다. 여기에서
   '앞 부분'에 해당되는 것은 앞 노래 〈옥포두〉의 마지막 두 구절("연기와 먼지는 눈앞
   에 자욱하고 들판엔 시체들만 널렸으니, 기댈 것이라고는 그저 양주의 병력뿐이로구
   나!")이다.

8) 사태를 앞두고 겁을 내지[臨事而懼] : 『논어論語』 「술이述而」에 나오는 "맨손으로 범
   을 잡고 맨발로 강을 건너면서 죽어도 후회가 없는 사람과는 함께 하지 않는다. 반드
   시 일을 앞두고 두려워하면서 계획을 세워 마침내 일을 완성하는 사람과 함께 할 것
   이다[暴虎馮河, 死而無悔者, 吾不與也; 必也臨事而懼, 好謀而成者也]" 부분을 차용
   한 것. 이 말은 원래 매사에 임할 때 신중하고 조심해야 한다는 뜻이지만, 여기에서는
   고걸이 그 말뜻을 잘못 이해한 것으로 보인다.

면 명분도 없이 군사를 일으키지는 않을 테지요. 어떻게 생
각하십니까?

고걸 :　　　(고개를 숙이고 생각한다) 상의를 좀 해 봅시다.

　　무대 뒤에서 고함소리가 들린다.

사기법 :　　성 밖에서 쇄도하는 소리가 하늘을 울리니, 이게 어디 군사
　　　　　　들인가? (축이 고한다)
중군관 :　　황득공·유씨 형제 세 장군이 군사를 이끌고 성 앞으로 쇄도
　　　　　　해 와서 고 장군과 맞붙어 싸울 기세이옵니다.
고걸 :　　　(두려워하면서) 이를 어떻게 한답니까? 그저 원수님께서 하명
　　　　　　하시는 대로 무조건 따르는 수밖에 없군요!
사기법 :　　가겠다고 하니 어서 군령을 전하여 세 장군에게 알리도록 하
　　　　　　라!

　　영전令箭을 뽑아 땅바닥에 던진다. 축이 영전을 줍고 무릎을 꿇는다.

사기법 :　　"고걸이 무례를 범한 것은 응당 군법에 따라 처벌해야 옳다.
　　　　　　그러나 지금은 인재를 중용해야 할 때인데다 전날 어가를 모
　　　　　　신 공로를 감안하여 잠시 용서하고 벌로 개봉·낙양 방면으
　　　　　　로 파견하여 황하를 사수하게 할 터인즉, 공을 세워 그 죄를
　　　　　　갚으라 명령하고 오늘 이미 양주를 떠나게 하였다. 세 진영
　　　　　　의 장군들도 다들 사소한 감정을 풀고 함께 큰일을 도모하여
　　　　　　속히 주둔지로 귀환한 후 지시를 기다리도록 하라."
중군관 :　　명령대로 전하겠사옵니다! (퇴장한다)
사기법 :　　(고걸을 가리키면서) 고 장군, 고 장군! 그대의 성미 때문에 가서
　　　　　　도 평안하지 못할까 걱정이오.

〈전강前腔〉
황하도 의지하기 어려우니
장군은 매사를 심사숙고 하도록 하시오
반드시 술 마시기 전, 차 마신 후9)를 조심하도록 하시오
물러터진 칼과 창으로 어찌 자웅을 겨룰 수 있겠소?

앞서의 두 구절을 다시 합창한다.

일동 :　　　연기와 먼지는 눈앞에 자욱하고 들판엔 시체들만 널렸으니
　　　　　　기댈 것이라고는 그저 양주의 병력뿐이로구나!

사가법 :　　(생을 향하여) 황하를 지키는 일은 나라의 중대한 조치인데, 고
　　　　　　장군은 용맹함은 넘치지만 지략이 부족하니, 만약 실수라도
　　　　　　한다면 그 죄가 이 몸에까지 미칠 것이요 곰곰이 생각해 보
　　　　　　면, 하남은 원래 후형의 고향이고 후형도 날마다 귀향하기만
　　　　　　고대하면서도 길이 험난하여 가지 못하던 참이니 고 장군을
　　　　　　수행해서 가보시는 게 어떻겠소이까? 귀향의 소원도 풀고 황
　　　　　　하 수비대를 감독하면서, 거기다 백성들에게 복까지 베푼다
　　　　　　면 일거삼득이 아니고 무엇이겠소?
후방역 :　　자상하신 뜻에 감사드립니다. 여기서 원수님께 하직 인사를
　　　　　　올리고 행장을 꾸려 바로 출발하도록 하겠습니다.
고걸 :　　　같이 하직 인사를 드리도록 합시다. (절을 한다)
사가법 :　　(생을 향하여) 후참모의 이번 출행은 이 몸이 친히 황하 방어에
　　　　　　나서는 것과 같소이다. 다만 정세가 예측하기 어려우니 각별
　　　　　　히 조심하도록 하시오 이 몸은 좋은 소식만 기다리고 있겠

---

9) 술 마시기 전, 차 마신 후[酒前茶後] : 한가하게 여가를 즐기는 시간을 말하는데, ‘주
　여차후酒餘茶後’ 또는 ‘주후차여酒後茶餘’라고 하기도 한다.

소이다. (…) 그야말로

이기고 지는 일은 인간 세상에서 늘상 있는 일이지만
흥하고 망하는 일은 오로지 하늘의 뜻에 달려 있나니…….

퇴장한다.
군악이 울리면서 문이 닫힌다.
생과 부정어 막사에서 나온다.

고걸:　　후선생, 들어 보시오. 군사가 쇄도하는 소리가 그치지 않는
　　　　군요. 그 자들이 앞에서 기습이라도 하면 어쩝니까?
후방역:　　상관없습니다. 그들도 장군이 전보된 사실을 알면 화를 가라
　　　　앉히고 자연히 해산할 것입니다. 게다가 세 진영의 군사는
　　　　모두 동쪽 길로 행군하지만 우리는 군사 점검이 끝나면 바로
　　　　북문으로 나가서 천장天長10) · 육합六合11)을 따라 곧장 하남
　　　　으로 향할 테니 누가 우리를 막겠습니까?

군사들이 깃발과 의장을 들고 호위한다.

고걸:　　그럼 출발합시다! (행진한다)

후방역:　　〈조원령朝元令〉
　　　　고향 땅이 마음에 걸려도
　　　　오랫동안 안부 여쭙는 편지조차 끊긴 채
　　　　까마귀가 가지에 깃들어 있는 듯

---

10) 천장天長 : 안휘성의 현 이름.
11) 육합六合 : 강소성의 현 이름.

울적하여 이곳서 지내기 어려웠네.

길동무 함께 고향에 돌아가니

흰 구름도 빠르게 흘러가듯

돌아가겠다던 소원을 삼년 만에 푸는구나.

고걸 :　전군을 통솔하며

안개 낀 성·버드나무 늘어진 역참을 굽이굽이 걷노라.

지난날의 웅장한 모습 뽐내지 않고

함관函關을 남몰래 지나가리라.12)

합창한다.

일동 :　양주 땅 되돌아보지만

이제 보이지도 않는구나 평산平山13)과 소씨蕭氏네 절14)은,

평산과 소씨네 절은…….

고걸 :　지는 해는 나뭇가지에서 큰 깃발을 비추는데

후방역 :　북녘으로 종군하며 향수를 달래노라.

고걸 :　황하 굽이마다 천고마비 대비하는15) 장수는

후방역 :　마치 말로를 맞은 영웅을 닮았구나.

---

12) 함관을 남몰래~ : 전국시대에 제齊나라의 맹상군孟嘗君이 진秦나라의 함곡관函谷關을
　　남몰래 지나간 일을 가리키는 말로, 여기서는 적군의 방어선을 몰래 넘어가는 것을 두고
　　하는 말이다. 함관은 하남성 영보현靈寶縣 남서쪽에 위치한 요새인 함곡관函谷關을 말한다.

13) 평산平山 : 강소성 강도江都 북서쪽의 촉강蜀崗 위에 세워진 평산당平山堂을 말하는데,
　　송대에 구양수歐陽修가 축조했다고 전해진다.

14) 소씨네 절[蕭寺] : 전설에 따르면 양나라 무제[梁武帝] 소연蕭衍은 불심이 아주 깊어
　　불교 사찰을 많이 조성했기 때문에 후세에 불교 사찰을 '소씨네 절[蕭寺]'로 부르기도
　　하였다.

15) 천고마비 대비하는[防秋] : 옛날 중국 북서쪽 유목민족들은 가을하늘 높고 말이 살
　　찌는 때가 되면 국경을 넘어와 노략질을 일삼았기 때문에 중국에서는 늘 이 무렵이
　　되면 변방 수비에 주의를 기울였는데, 이를 '방추防秋'라고 하였다.

여분의 스무 번째 대목

노변 담소

閒話

원제는 "한화^{閑話}"로, 한가하게 담소를 나눈다는 뜻이다. 북경北京에서 전란을 피해 남하하던 장미張薇는 중원절中元節에 역시 남경으로 향하던 남영藍瑛·채익소蔡益所 일행과 조우하게 된다. 객주에 행장을 내려놓은 세 사람은 이자성李自成의 북경 점령과 숭정황제의 자결 등 북경에서 난리중에 벌어지는 인간 천태만상을 안주 삼아 담소를 나눈다. 비가 내리자 방으로 자리를 옮긴 장미는 순국한 황제를 애도하는 추모제를 올리고 잠자리에 들었다가 꿈속에 황제와 충신열사들이 현몽한 사실을 알리고 다음 해 같은 날 남경南京에서 다시 성대하게 추모제를 거행할 것을 제안한다. 이 대목은 전기의 전반부(상본上本)를 마무리하는 '소수살小收煞'로, 이제까지 일어났던 다양한 사건들을 요약하고 중원절 추선공양 제안을 통해 극적 줄거리를 후반부(하본下本)으로 이끄는 단서를 제공한다.

갑신년(1644) 7월

등장인물

> 외 : 장미
>
> 소생 : 남영
>
> 축 : 채익소

무대 뒤에서 징과 북을 울리면서 고함을 지른다.

외가 늙은 관리로 분장하여 흰 두건에 베옷을 입고 보따리를 짊어진 채 황급히 등장한다.

관리 :　　　전쟁은 언제나 그치려나?

　　　　　천지에 이 몸만 남았구나.

　　　　　강 위의 백발 나그네가

　　　　　피눈물로 수건을 적시도다.

서서 통곡한다. 소생이 은자로 분장하고 행장을 맨 채 등장한다.

은자 :　　　해 저무니 마을엔 밥 짓는 연기 나고

　　　　　강물 차가워지니 습한 공기가 이는구나.

축이 상인으로 분장하고 행장을 맨 채 등장한다.

상인 :　　　해마다 지나다니는 길이건만

　　　　　난리통에 긴가민가하여라.

소생이 축과 대면한다.

은자 : 이리로 오십시요. 우리는 모두 남경으로 가는 사람이랍니다. 날이 저물고 있으니 좀 서둘러 갑시다.
상인 : 전쟁으로 혼란스러운 때라서 강 길 가기가 어려우니 다들 동행이 있어야 됩니다. (외를 가리키면서) 저 노인네는 어째서 서서 울고불고 난리일까요?
은자 : (외에게 묻는다) 노형께서는 길을 잘못 들어서 피붙이라도 잃어버리셨구려?
관리 : (손사래를 치면서) 아니요, 아니야. 저는 북경에서 왔는데, 하남에 이르러 고걸의 군사와 마주치는 바람에 참으로 놀랍고 무서운 일을 당했지 뭡니까! 간신히 도망 쳐서 강을 건너고 보니, 길에 온통 살자고 피신하는 사람들 투성이길래 나도 모르게 속이 상해서 통곡을 좀 한 겁니다. (눈물을 훔친다)
은자 : 그러셨군요. 불쌍하기도 하다! 안타깝기도 하구나!
상인 : 북경에서 오셨다니 최근 소식을 좀 여쭈어 보아야겠군요. 객주에 같이 묵으면서 이야기라도 나누실까요?
관리 : 좋소이다. 나도 늙어서 다리에 힘도 없으니 일찍 쉬기도 해야겠고…….
은자 : (가리키면서) 이 객주는 그나마 담장이라도 있으니 다들 여기서 묵도록 합시다. (권한다) 들어가시지요. (함께 들어간다)
관리 : (위쪽을 바라보면서) 콩 시렁 하나 튼실하다!
은자 : 다들 행장을 내려놓고 이 콩 시렁 아래에 쪼그리고 앉아서 이야기를 나눠도 좋겠구려.

다 같이 행장을 내려놓고 앉는다. 부정이 객주 주인으로 분장하고 등장한다.

주인 :　　　객주에 새로 바른 흙 담장은

　　　　　　농가의 낡은 질그릇이라네.

　　　　　　(묻는다) 손님 여러분, 저녁식사라도 올릴깝쇼?

일동 :　　　됐소이다.

은자 :　　　술이나 한 주전자 사다가 외 깎고 콩 까서 갖다 주시오 나와

　　　　　　두 분이 허기라도 좀 채우게…….

관리 :　　　(소생을 향하여) 폐를 끼쳐서 어쩝니까?

상인 :　　　(외를 향하여) 사방 천지가 다 형제이니 상관없소이다. 이 술을

　　　　　　마시고 나서 우리 둘이서 저 분한테 갚아드리면 되지요 뭘.

부정이 술과 안주를 들고 등장한다. 세 사람이 마주앉아 술을 마신다.

관리 :　　　(묻는다) 조금 전에는 다들 길에서 마주쳐서 성함을 여쭙지 못

　　　　　　했습니다만, 남경에는 무슨 일로 가십니까?

은자 :　　　소생은 성이 남藍 이름이 영瑛 자가 전숙田叔[1]으로, 서호西湖

　　　　　　의 환쟁이인데 친구를 방문하러 남경에 가던 중이지요.

상인 :　　　소생은 채익소蔡益所[2]로, 대대로 남경에서 서상書商을 하고

　　　　　　있는데, 방금 강포江浦에서 빚을 받아오던 참입니다. (외에게

　　　　　　묻는다) 노형께서는 북경에서 왔다고 하시던데, 성함이 어찌

　　　　　　되시는지요? 무슨 급한 일이 있으시길래 이토록 다급해 하시

　　　　　　는지…….

관리 :　　　솔직히 말씀드리면, 소관은 성이 장張 이름이 미薇[3]로, 원래

---

1) 성이 남藍~ : 명대 말기의 절파浙派 화가 남영藍瑛. 자세한 내용은 두 번째 대목 '노
　래 수업傳歌'의 각주 '남전숙'을 참조할 것.

2) 채익소蔡益所 : 명말 남경에서 도서의 출판과 유통으로 명성이 높던 서상書商.

3) 성은 장 이름은 미[姓張名薇] : 자가 요성瑤星, 호가 영생瑛生으로 강소성 상원上元 사
　람이다. 명대 말기에 제생諸生 신분으로 금의위錦衣衛 천호千戶의 벼슬을 세습했으며, 이

금의위錦衣衛4)의 당상관5)이었습니다.

채익소:　(놀라면서) 알고보니 벼슬을 하는 분이셨군요! 실례했습니다!

남영:　(묻는다) 무슨 일로 남쪽으로 내려오셨는지요?

장미:　삼월 열아흐레에 유적들이 북경을 공략하여 선황이신 숭정崇禎 황제께옵서 매산煤山에서 목을 매어 자진하시고 주황후周皇后6)께서도 난리통에 자진하셨답니다. 소관은 성 위에서 내려와 예하의 교위校尉7)들을 데리고 시신을 찾아내어 동화문東華門8) 밖으로 메고 가서 재궁梓宮9)을 사고 염을 한 후 혼자서 장례를 치렀지요

남영:　왕년의 그 문무백관은 다 어디로 갔답니까?

장미:　한 사람도 안 보이더군요 그때 틈적闖賊10)은 찾아낸 조정 관

자성이 북경을 점령하고 명나라가 망해도 끝까지 투항하기를 거부하였다. 남명 왕조 수립 후에는 원직에 복직되고 나중에는 지휘사指揮使로 승진하였다. 청군이 남하하자 남경 교외의 서하산棲霞山에서 은거했는데, 공상임이 치수작업을 벌일 때 그를 방문했다고 전한다. 저서로는 『옥기검광집玉氣劍光集』이 있다.

4) 금의위錦衣衛 : 명대 홍무洪武 15년(1382)에 설치된 관청의 이름. 원래는 황궁을 호위하는 친위군으로 황제의 출입 때 의장을 맡았으나, 나중에 권력이 강화되면서 죄인의 체포·구금 등 형옥刑獄을 담당하였다. 관직으로는 최고장관 격인 지휘사指揮使를 두어 공신이나 황제의 인척을 임명하고 그 아래로는 동지同知·첨사僉事·진무鎭撫 등을 두었다. 명대 중엽 이후로 비슷한 업무를 맡은 '동창東廠'이 새로 생겨나면서 서로 경쟁·대립하는 경우가 많았다.

5) 당상관[堂官] : 상서尙書·시랑侍郎 등, 명청대에 중앙정부 각 부部의 장관에 대한 통칭. 해당자가 각 관청의 대당大堂에서 공무를 처리했기 때문에 '당관堂官'으로 부르게 되었다. 때로는 지현知縣·지부知府 등과 같이 각 부 이외의 독립된 기관의 장관도 당관으로 일컬어졌다.

6) 주황후周皇后(?~1644) : 소주蘇州 출신으로, 순천부順天府 대흥大興으로 이사해 살다가 천계天啓 연간에 신왕信王 주유검朱由檢의 왕비로 책봉되었다. 나중에 주유검이 숭정제로 즉위하자 황후로 책봉되었으나, 이자성이 북경을 함락시키자 황제의 명령에 따라 자결하였다. 훗날 청나라 조정에 의해 장열민황후莊烈愍皇后로 추증되었다.

7) 교위校尉 : 명대에 황제가 행차할 때 어가를 호위하거나 의장을 담당하던 관리. 원래는 공위사拱衛司 의란사儀鑾司에 속해 있었으나 홍무洪武 15년(1382) 후부터는 금의위에 배속되었다.

8) 동화문東華門 : 북경 자금성紫禁城의 성문 이름.

9) 재궁梓宮 : 황제 또는 황후의 시신을 안치하는 관을 이르는 말.

리들을 협박해서 군량을 빼앗더니, 저를 감금하고 고문까지
합디다. 제가 재산을 몽땅 털어 주고 나니까 상을 치르도록
놓아주더군요. 다른 관리들이야 …… 내빼는 놈은 내빼고 숨
는 놈은 숨고, 누구는 죽임을 당하고 누구는 옥에 갇히고, 누
구는 그 한 몸 나라를 위해 희생하고 누구는 문 닫아걸고 죽
음으로 절개를 지켰답니다.

남영: 　그런 충신이 있었다니, 존경스럽군요. 존경스러워!

장미: 　어디 그런 분뿐입니까? 입조해서 축하인사까지 하면서 틈적
의 벼슬아치가 된 놈들도 있는 것을요.

채익소: 　그런 개·돼지만도 못한 놈들이 다 있나! 죽일 것들, 죽일 것
들!

장미: 　(눈물을 훔치면서) 불쌍하신 황제·황후 두 분 마마의 재궁이
길가에 버려져 있어도 아무도 거들떠보지도 않습디다! (소생
과 축도 눈물을 훔친다)
　　　사월 초사흘, 예부禮部에서 틈적의 지시에 따라 두 분 마마의
관을 황릉에 안치하게 했지요. 저는 만장을 들고 창평주昌平
州11)까지 운구해 왔는데, 웬 조趙씨 성을 가진 이목吏目12)이
의인들을 규합하여 삼백 냥의 돈을 선뜻 내놓는 덕분에 전황
비田皇妃13)의 옛 봉분을 파내고 그 속에 안장해 드렸답니다.

---

10) 틈적闖賊 : 명나라 말기에 이자성李自成이 이끌었던 농민봉기군. 이자성이 '틈왕闖王'
　　으로 불렸기 때문에 '틈적'으로 불렸는데, 여기서 '틈闖'은 무뢰한이라는 뜻이다. 때로
　　는 '유적流賊'으로 불리기도 한다.
11) 창평주昌平州 : 북경 근교에 위치한 하북성 창평현昌平縣을 가리킨다. 명대에 주州로
　　승격되어 순천부順天府(북경)에 귀속되었는데, 성조成祖 이후 명나라 황제의 능침이 모
　　두 여기에 조성되었다.
12) 조씨 성을 가진 이목[趙吏目] :『광원잡지曠園雜志』에 따르면, 조일계趙一桂는 창평주
　　의 이목이었는데, 숭정제와 황후가 자살하자 전황비田皇妃의 봉분에 합장했다고 한다.
13) 전황비田皇妃(?~1642) : 섬서성 서안西安 사람으로, 상인의 집안에서 태어나 양주揚州
　　에서 살았다. 천계天啓 연간에 주유검의 왕비로 간택되었으며, 주유검이 숭정제로 즉
　　위하자 예비禮妃로 책봉되고 얼마 후 다시 황귀비皇貴妃로 격상되었다. 재능과 미모가

소관은 그렇게 황릉을 지키면서 아침
저녁으로 향불을 올렸지요. 그런데 뜻
밖에도 오월 초순에 엄청난 군사들이
산해관山海關으로 진입하여 유적들을
몰아내고 백성들을 안무하는 등 대명
大明 왕조를 위해 큰 원수를 갚아주더

문정

군요. 그리고는 특별히 공부工部의 관리를 파견하여 보천국寶
泉局14)에서 주조했던 숭정 연간의 돈을 모두 조사하고 공사
재료들을 구입하여 제사를 올리는 전각·비각과 문장門牆·
교도橋道 등을 새로 십이릉十二陵15)과 똑같은 규모로 지어주
었는데, 참으로 보기 드문 대역사였지요. 소관 역시 완공되
기도 전에 직접 위패를 쓰고 묘비명을 적은 후 밤새 달려와
남경에 있는 신료들에게 알리려다 보니 이렇게 다급한 꼴을
보였소이다.

남영 :　　대단하십니다, 대단하셔! 만일 노선생이 도성에 안 계셨더라
면, 숭정 황제의 영전을 지킬 사람이 아무도 없을 뻔하지 않
았습니까!

채익소 :　(묻는다) 그런데 태자16) 마마와 두 분 번왕께서는 지금 어디에
계시는지요?

───────────────

　　출중하여 총애를 받았으나 숭정 15년에 병사하여 창평昌平의 천수산天壽山에 매장되었
　　다. 명나라가 멸망한 후 숭정제·주황후와 합장되었다.
14) 보천국寶泉局 : 명대에 동전을 주조하던 관청.
15) 십이릉十二陵 : 성조成祖로부터 희종熹宗에 이르기까지 모두 12대의 명나라 황제의 능
　　침을 이르는 말로, 모두 창평주에 위치해 있다.
16) 태자太子 : 명나라 숭정제의 태자 주자랑朱慈烺(1629~?)을 가리킨다. 은 숭정제의 장자
　　로, 만 한 살이 되자 황태자皇太子로 책봉되었다. 숭정 17년(1644)에 이자성의 봉기군이
　　북경을 함락시키자 사로잡혀 송왕宋王에 책봉되었으나, 봉기군이 북경을 떠난 후 행방
　　불명되었다. 홍광弘光 원년(1645)에는 태자를 자처하는 자(왕지명王之明)가 강남으로 왔
　　다가 가짜로 몰려 남경 감옥에 투옥되는 사건이 발생했다. 그 자는 청군의 남하로 복왕
　　세력이 남경을 떠나자 청나라 조정에 투항했으나, 북경으로 갔다가 죽임을 당하였다.

장미 :   정왕定王[17]과 영왕永王[18] 두 분은 전혀 소식도 없습니다만,
          듣자니 태자 마마는 바다를 건너 남쪽으로 오셨다는데 (…)
          아무래도 역시 난군들에게 몹쓸 짓을 당하지 않으셨나 싶습
          니다. (눈물을 훔친다)

남영 :   (묻는다) 듣자니 북경에서 각부 사가법에게 서찰을 보내어 망
          국의 장상들이 선황께 문상하고 조의를 표하지도 않고 군사
          를 요청하여 복수도 하지 않는 것을 힐난했다고 합디다.[19]
          그랬더니 사공께서 답신을 내고 특별히 좌무제左懋第[20]로 하
          여금 상복에 곡장을 들고 문상을 하도록 했다는데 노선생께
          서는 아시는지요?

장미 :   소관이 도중에 만나서 서로 손을 맞잡고 한바탕 통곡을 했답
          니다.

무대 뒤에서 큰 바람과 우레 소리를 낸다. 부정이 등불을 들고 급히 등장한다.

주인 :   비가 많이 오니 어서들 방으로 드시지요

사람들이 일어나서 소매로 머리를 가린 채 방으로 들어간다.

---

17) 정왕定王 : 숭정제의 삼남 주자형朱慈炯(1632~?)을 가리킨다. 숭정 14년(1641)에 왕으로
   책봉되었으나 17년에 이자성이 북경을 함락시키자 사로잡혀 행방불명되었다.
18) 영왕永王 : 숭정제의 사남 주자소朱慈炤(1632~?)를 가리킨다. 숭정 15년(1642)에 왕으로
   책봉되었으나 17년에 이자성이 북경을 함락시키자 사로잡혀 행방불명되었다.
19) 듣자니~ : 청군이 산해관山海關을 넘어온 후 청나라의 섭정왕攝政王 도르곤多爾袞은
   사가법에게 서찰을 내어 남명南明 조정이 자립하여 칭제稱帝하는 일이 부당한 처사라고
   힐난했다고 한다. 사가법은 이때 답장을 보내어 쌍방의 협상을 요청했는데, 이 서찰이
   후방역에 의해 대필된 것이었다고 한다. 여기서 '북경'은 청나라 조정을 가리킨다.
20) 좌무제左懋第 : 자가 몽석夢石으로 명대 말기 내량萊諒 사람이며, 숭정 연간의 진사 출
   신이다. 복왕 때 응천부應天府와 휘주부徽州府의 순무巡撫를 지냈으며, 청군이 이자성의
   군대를 연거푸 격퇴하자 청나라 진영에 화친을 상의하기 위해 파견되었다가 억류당하
   였다. 남경이 함락되자 절개를 꺾지 않고 목숨을 바쳤다고 한다.

일동 :　　　엄청난 비로군!

장미 :　　　날이 벌써 저물었으니 향불을 올려야겠습니다.

채익소 :　　(묻는다) 누구한테 말씀입니까?

장미 :　　　대행황제大行皇帝21)께옵서 승하하신지 일 년이 채 되지 않아
　　　　　　서 소관이 지금도 상복을 입고 매일 아침저녁으로 향불을 올
　　　　　　리고 곡을 하며 절을 올린답니다.

보따리를 들더니 향로와 향합을 꺼내 탁상 위에 늘어놓는다. 손을 씻는다. 북
쪽을 향해 절을 두 번 한다. 무릎을 꿇고 향불을 올린다.

장미 :　　　대행황제시여, 대행황제시여! 오늘 칠월 열닷새에 신 장미,
　　　　　　머리를 조아리며 향불을 올리나이다!

무대 뒤에서 큰 바람과 우레 소리를 쉬지 않고 낸다. 외가 땅에 엎드려 큰소리
로 통곡한다.

남영 :　　　(축을 부른다) 이리 오시오, 이리로 벼슬을 하지는 않았지만 우
　　　　　　리 둘도 따라서 절을 올리고 애도의 뜻을 표합시다.

소생·축이 함께 무릎을 꿇고 따라서 곡을 한다. 곡을 마치자 다 같이 머리를
조아린 후 일어섰다가 다시 절을 두 번 올린다.

남영 :　　　노선생께서는 먼 길에 피곤하실 테니 일찍 쉬십시오.

장미 :　　　그렇습니다. 다들 각자 편한 대로 합시다.

---

21) 대행황제大行皇帝 : 죽은 지 얼마 되지 않아 아직 정식 묘호廟號가 정해지지 않은 황
　　제를 부르는 말로, 여기에서는 숭정제를 가리킨다. 훗날 숭정제는 사종思宗으로 추존
　　되었다.

각자 행장을 풀고 자리에 눕는다.

남영: 창 밖에선 비바람이 도무지 그칠 줄을 모르니 내일 아침에
         어떻게 떠난다지?
장미: 하늘이 흐리고 개는 건 사람이 예측할 수가 없는 법이지요.
채익소: (묻는다) 나리, 방금 말씀하셨던 그 순국한 문무 신료들은 함
         자가 어떻게 되시는지요?
장미: 그건 왜 물으시오?
채익소: 저희 책방에서 노래책으로 엮어 전국에 알려서 만인이 그 분
         들을 우러러보게 하고 싶습니다만.
장미: 좋소이다, 소관이 적어 둔 장부가 있으니, 내일 꺼내서 드리
         리다.
채익소: 감사합니다!
남영: 틈적에게 투항한 그 불충·불의한 자들의 이름도 전해서 지
         탄받게 해야 합니다.
장미: 다 필사본이 있으니 함께 드리지요.
채익소: 그러시다면 더 잘됐군요.

　다 같이 깊은 잠이 든다. 무대 뒤에서 귀신들이 울부짖는 소리를 낸다. 외가
놀라서 듣는다.

장미: 해괴하구나, 해괴해! 창밖의 비바람 소리 속에 애절하게 울
         부짖는 소리가 섞여 있으니 저게 무엇일꼬?

　잡이 전몰한 원귀로 분장하고 소리를 지르고 펄쩍거리면서 등장한다.

장미: (외가 창 너머로 보더니) 무섭구나, 무서워! 모두가 머리도 없고

다리도 부러진 전몰한 원귀들인가 본데, 어째서 여기까지 왔을꼬?

귀신들이 퇴장한다. 외가 쓰러져 잠이 든다. 무대 뒤에서 가냘픈 음악 소리와 함께 호령을 하면서 길을 치운다.22) 외가 놀라서 듣는다.

장미 :　　창 밖에서 또 군사와 북 소리가 들리는구나. 문을 열고 보자.
　　　　　(일어서서 본다)

잡이 의관을 정제하고 말을 탄 문무 신료로 분장하고, 깃발을 들고 잔잔한 음악을 연주하면서 길잡이를 서고, 또 다른 잡은 황제와 황후로 각각 분장하여 어가를 타고 등장한다. 외가 놀라서 방에서 나와 무릎을 꿇고 맞이한다.

장미 :　　만세, 만세, 만만세! 신 장미, 삼가 어가를 영접하나이다!

모두 퇴장한다. 외가 일어나 울부짖는다.

장미 :　　황제시여, 황후시여! 어디로 가시나이까! 신 장미가 어가를 따라잡지 못하겠습니다!

다시 절하고 통곡한다. 소생과 축이 잠에서 깨어나 묻는다.

두 사람 :　날이 벌써 밝았는데 나리께서는 왜 또 곡을 하십니까? 아침 향불이라도 올리실 건가요?
장미 :　　(눈물을 훔치면서) 이상한 일이요! 방금 잠을 잘 때 울부짖는 소

---

22) 길을 치운다[警蹕] : 황제가 행차할 때 시위侍衛가 호령을 하여 행인들이 황제의 행렬 주위로 얼씬거리지 못하도록 막는 것을 말한다.

리가 하도 들리길래 창 너머로 보았더니 모두가 전몰한 원귀들이지 뭡니까?

남영 : 그래요. 어젯밤이 바로 죄를 사면 받는다는 중원절中元節23)이었으니, 아마도 우란분회盂蘭盆會24)에 가는 무리였을 겁니다.

장미 : 그것도 별 상관이 없는데, 그것 말고도 이상한 일이 있었소이다!

채익소 : 또 어떤 이상한 일이 있었길래요?

장미 : 나중에 또 군사와 군악 소리가 들리길래 문을 열고 나가서 보니까 숭정 선황께옵서 주황후 마마와 함께 어가를 타고 동쪽으로 행차하시는데, 인도하는 문무 신료들도 모두가 순국한 충신들인 것을 똑똑하게 봤답니다. 앞에서는 잔잔한 음악을 연주하고 의장대가 늘어선 것이 마치 승천이라도 하는 것 같은 모습이었소이다. 제가 길가에 엎드려 어가 행렬이 지나갈 때까지 배웅해 드리다 보니 저도 모르는 사이에 목이 메이도록 통곡을 했지 뭡니까!

남영 : 그런 신기한 일이 다 있었다니! 승하하신 황제·황후께옵서는 당연히 천상으로 승천하셨을 겁니다. 역시 장 나리의 지극한 정성 때문에 특별히 모습을 나타내셨나 봅니다그려.

---

23) 중원절[中元] : 도가에서는 음력 7월 15일을 중원절中元節이라고 부른다. 해마다 이 날이 오면 주요행사는 도교 신자와 불교 신자에 의해서 주도되며, 주로 절과 사원에서 열린다. 이 날 각 절에는 귀신들을 위해서 음식을 준비하고 도교와 불교 신자들은 의식을 거행하며, 죽은 영혼이 길을 잃지 않게 하기 위해서 절 안에 대나무 막대에 등을 달아 높이 세워 놓기도 한다.

24) 우란분회[盂蘭會] : 매년 음력 7월 15일 중원절 때마다 사찰에서 행하는 불교 법회. '우란분재盂蘭盆齋'라고도 하며, 『우란분경盂蘭盆經』을 근거로 지옥과 아귀보를 받는 중생의 구제를 위해 베풀어진다. 『우란분경』에 의하면 옛날 부처의 수제자 목건련이 죄를 짓고 돌아가신 어머니를 아귀도餓鬼道에서 구원하기 위해 부처에게 간청, 7월 15일 조상과 부모를 위하여 부처와 승려에게 정성스럽게 공양을 올려 어머니가 천계의 복락을 누리게 되었다 한다. 백 가지 음식과 과일 등을 부처님과 스님들께 공양을 올려 아귀에게 시주하고 조상의 명복을 빌면 고통에서 구제된다고 한다.

장미 :   소관 오늘 한 가지 발원을 할까 합니다. 내년 칠월 열닷새가
         되면 기금을 모아 남경의 명승지에 수륙도량水陸道場25)을 짓
         고 추선제追善祭를 올려 모든 원혼들을 제도했으면 합니다.
         두 분도 기꺼이 동참해 주시겠습니까?
채익소 :   나리께서 정말 그런 좋은 일을 하신다면 저희들이야 기꺼이
         동참하고말고요!
장미 :   정말 훌륭한 분들이십니다, 남경에 당도하면 책을 사거나 그
         림을 찾을 때 수시로 만나 뵙게 되겠지요?
채익소 :   그럼요.
남영 :   다들 행장을 꾸리고 작별하도록 합시다.

    각자 행장을 지고 퇴장한다.

일동 :   빗물이 계룡산鷄籠山26)을 파르라니 씻어 주었으니
         강 길 가자면 새벽 공기 선선할 때 떠나세나.
         까마귀는 황량한 무덤 가 나무에서 울고
         회화나무 꽃은 황폐한 궁궐 담장 아래로 지누나.

         황제의 넋은 몹시도 허약해지고
         장군의 기백 또한 소침해졌네.
         중원의 늙은이는 작별을 고하고27)
         통곡을 하며 전장을 지나노라!

---

25) 수륙도량水陸道場 : 민간에서 승려를 초빙하여 불경을 외우고 예배를 하면서 수륙의
   모든 망혼과 원귀들을 제도하는 불교 법회.
26) 계룡산[鷄籠] : 강소성 강녕현江寧縣 북쪽에 위치한 계룡산鷄籠山을 말한다.
27) 늙은이는 작별을 고하고[垂老別] : '수로별垂老別'은 원래 당대 시인 두보杜甫가 지은
   시의 제목이지만, 여기서는 그 원래의 뜻만 빌려 쓰고 있다.

도화선 원문

試一齣

先聲

康熙甲子八月

【蝶戀花】 (副末氈巾、道袍、白鬚上) 古董先生誰似我？ 非玉非銅, 滿面包漿裹。剩魄殘魂無伴夥, 時人指笑何須躲。舊恨塡胸一筆抹, 遇酒逢歌, 隨處留皆可。子孝臣忠萬事妥, 休思更吃人參果。

日麗唐虞世, 花開甲子年；山中無寇盜, 地上總神仙。老夫原是南京太常寺一個贊禮, 爵位不尊, 姓名可隱。最喜無禍無災, 活了九十七歲, 閱歷多少興亡, 又到上元甲子。堯舜臨軒, 禹皋在位；處處四民安樂, 年年五穀豐登。今乃康熙二十三年, 見了祥瑞一十二種。(內問介) 請問那幾種祥瑞？ (屈指介) 河出圖, 洛出書, 景星明, 慶雲現, 甘露降, 膏雨零, 鳳凰集, 麒麟遊, 蓂莢發, 芝草生, 海無波, 黃河清。件件俱全, 豈不可賀！ 老夫欣逢盛世, 到處遨遊。昨在太平園中, 看一本新出傳奇, 名爲《桃花扇》, 就是明朝末年南京近事。借離合之情, 寫興亡之感, 實事實人, 有憑有據。老夫不但耳聞, 皆曾眼見。更可喜把老夫衰態, 也拉上了排場, 做了一個副末脚色；惹的俺哭一回, 笑一回, 怒一回, 罵一回。那滿座賓客, 怎曉得我老夫就是戲中之人！ (內) 請問這本好戲, 是何人著作？ (答) 列位不知, 從來塡詞名家, 不著姓氏。但看他有褒有貶, 作春秋必賴祖傳；可咏可歌, 正雅頌豈無庭訓！ (內) 這等說來, 一定是云亭山人了。(答) 你道是那個來？ (內) 今日冠裳雅會, 就要演這本傳奇。你老旣係舊人, 又且聽過新曲, 何不把傳奇始末, 預先鋪敍一番, 大家洗耳？ (答) 有張道士的《滿庭芳》詞, 歌來請敎罷：

【滿庭芳】公子侯生，秣陵僑寓，恰偕南國佳人；讒言暗害，鸞鳳一宵分。又值天翻地覆，據江淮藩鎭紛紜。立昏主，徵歌選舞，黨禍起奸臣。良緣難再續，樓頭激烈，獄底沉淪。卻賴蘇翁柳老，解救殷勤。半夜君逃相走，望煙波誰弔忠魂？桃花扇、齋壇揉碎，我與指迷津。

(內) 妙，妙，只是曲調鏗鏘，一時不能領會，還求總括數句。(答) 待我說來：

奸馬阮中外伏長劍，巧柳蘇往來牽密線；

侯公子斷除花月緣，張道士歸結興亡案。

道猶未了，那公子早已登場，列位請看。

第一齣

聽稗

崇禎癸未二月

【戀芳春】(生儒扮上) 孫楚樓邊, 莫愁湖上, 又添幾樹垂楊。偏是江山勝處, 酒賣斜陽, 勾引遊人醉賞, 學金粉南朝模樣。暗思想, 那些鶯顛燕狂, 關甚興亡！

【鷓鴣天】院靜廚寒睡起遲, 秣陵人老看花時；城連曉雨枯陵樹, 江帶春潮壞殿基。傷往事, 寫新詞, 客愁鄉夢亂如絲。不知煙水西村舍, 燕子今年宿傍誰？

小生姓侯, 名方域, 表字朝宗, 中州歸德人也。夷門譜牒, 梁苑冠裳。先祖太常, 家父司徒, 久樹東林之幟；選詩雲間, 徵文白下, 新登復社之壇。早歲清詞, 吐出班香宋艷；中年浩氣, 流成蘇海韓潮。人鄰耀華之宮, 偏宜賦酒；家近洛陽之縣, 不願栽花。自去年壬午, 南闈下第, 便僑寓這莫愁湖畔。烽煙未靖, 家信難通, 不覺又是仲春時候；你看碧草粘天, 誰是還鄉之伴；黃塵匝地, 獨爲避亂之人。(歎介) 莫愁, 莫愁！教俺怎生不愁也！幸喜社友陳定生、吳次尾, 寓在蔡益所書坊, 時常往來, 頗不寂寞。今日約到冶城道院, 同看梅花, 須索早去。

【懶畫眉】乍暖風煙滿江鄉, 花裡行廚攜着玉缸；笛聲吹亂客中腸, 莫過烏衣巷, 是別姓人家新畫梁。(下) (末、小生儒扮上)

【前腔】王氣金陵漸凋傷, 鼙鼓旌旗何處忙？怕隨梅柳渡春江。(末) 小生宜興陳貞慧是也。(小生) 小生貴池吳應箕是也。(末問介) 次兄可知流寇消息麼？(小生) 昨見邸抄, 流寇連敗官兵, 漸逼京師。那寧南侯左良玉，還軍襄陽。中原無人，大事已不可問，我輩且看春光。(合) 無主春飄蕩，風雨梨花摧曉妝。

(生上相見介) 請了，兩位社兄，果然早到。(小生) 豈敢爽約！(末) 小弟已着人打掃道院，沽酒相待。(副淨 扮家僮忙上) 節寒嫌酒冷，花好引人多。稟相公，來遲了，請回罷！(末) 怎麽來遲了？(副淨) 魏府徐公子要請客看花，一座大大道院，早已占滿了。(生) 既是這等，且到秦淮水榭，一訪佳麗，倒也有趣！(小生) 依我說，不必遠去，兄可知道泰州柳敬亭，說書最妙，曾見賞於吳橋范大司馬、桐城何老相國。聞他在此作寓，何不同往一聽，消遣春愁？(末) 這也好！(生怒介) 那柳麻子新做了閹兒阮鬍子的門客，這樣人說書，不聽也罷了！(小生) 兄還不知，阮鬍子漏網餘生，不肯退藏；還在這裡蓄養聲伎，結納朝紳。小弟做了一篇留都防亂的揭帖，公討其罪。那班門客才曉得他是崔魏逆黨，不待曲終，拂衣散盡。這柳麻子也在其內，豈不可敬！(生驚介) 阿呀！竟不知此輩中也有豪傑，該去物色的！(同行介)

【前腔】仙院參差弄笙簧，人住深深丹洞旁，閒將雙眼閱滄桑。(副淨) 此間是了，待我叫門。(叫介) 柳麻子在家麽？(末喝介) 哇！他是江湖名士，稱他柳相公才是。(副淨又叫介) 柳相公開門。(丑小帽、海青、白鬚，扮柳敬亭上) 門掩青苔長，話舊樵漁來道房。

(見介) 原來是陳、吳二位相公，老漢失迎了！(問生介) 此位何人？(末) 這是敝友河南侯朝宗，當今名士，久慕清談，特來領教。(丑) 不敢不敢！請坐獻茶。(坐介) (丑) 相公都是讀書君子，甚麽《史記》、《通鑑》，不曾看熟，倒來聽老漢的俗談。(指介) 你看：

【前腔】廢苑枯松靠着頹牆，春雨如絲宮草香，六朝興廢怕思量。鼓板輕輕放，沾淚說書兒女腸。

(生) 不必過謙，就求賜教。(丑) 既蒙光降，老漢也不敢推辭；只怕演義盲詞，難入尊耳。沒奈何，且把相公們讀的《論語》說一章罷！

(生) 這也奇了，《論語》如何說的？（丑笑介）相公說得，老漢就說不得？今日偏要假斯文，說他一回。（上坐敲鼓板說書介）問余何事棲碧山，笑而不答心自閒；桃花流水杳然去，別有天地非人間。（拍醒木說介）敢告列位，今日所說不是別的，是申魯三家欺君之罪，表孔聖人正樂之功。當時魯道衰微，人心僭竊，我夫子自衛反魯，然后樂正。那些樂官恍然大悟，愧悔交集，一個個東奔西走，把那權臣勢家鬧烘烘的戲場，頃刻冰冷。你說聖人的手段利害呀不利害？神妙呀不神妙？（敲鼓板唱介）

[鼓詞一] 自古聖人手段能，他會呼風喚雨，撒豆成兵。見一夥亂臣無禮教歌舞，使了個些小方法，弄的他精打精。正排着低品走狗奴才隊，都做了高節清風大英雄！

（拍醒木說介）那太師名摯，他第一個先適了齊。他爲何適齊，聽俺道來！（敲鼓板唱介）

[鼓詞二] 好一個爲頭爲領的太師摯，他說：“咳，俺爲甚的替撞三家景陽鐘？往常時瞎了眼睛在泥窩裡混，到如今抖起身子去個清。大撒腳步正往東北走，合夥了個敬仲老先才顯俺的名。管喜的孔子三月忘肉味，景公擦淚側着耳聽；那賊臣就吃了豹子心肝熊的膽，也不敢到姜太公家裡去拿樂工。”

（拍醒木說介）管亞飯的名干，適了楚；管三飯的名繚，適了蔡；管四飯的名缺，適了秦。這三人爲何也去了？聽我道來！（敲鼓板唱介）

[鼓詞三] 這一班勸膳的樂官不見了領隊長，一個個各尋門路奔前程。亞飯說：“亂臣堂上掇着碗，俺倒去吹吹打打伏侍着他聽；你看咱長官此去齊邦誰敢去找？我也投那熊繹大王，倚仗他的威風。”三飯說：“河南蔡國雖然小，那堂堂的中原緊靠着京城。”四飯說：“遠望西秦有天子氣，那強兵營裡我去抓響箏。”一齊說：“你每日倚着塞門椿子使喚俺，今以後叫你聞着俺的風聲腦子疼。”

(拍醒木說介) 擊鼓的名方叔，入於河；播鞀的名武，入於漢；少師名陽，擊磬的名襄，入於海。這四人另有個去法，聽俺道來！ (敲鼓板唱介)

[鼓詞四] 這擊磬擂鼓的三四位， 他說：「你丟下這亂紛紛的排場俺也幹不成。您嫌這裡亂鬼當家別處尋主，只怕到那裡低三下四還幹舊營生。俺們一葉扁舟桃源路，這才是江湖滿地，幾個漁翁。」

(拍醒木說介) 這四個人，去的好，去的妙，去的有意思。聽他說些甚的？ (敲鼓板唱介)

[鼓詞五] 他說：「十丈珊瑚映日紅，珍珠捧着水晶宮，龍王留俺宮中宴，那金童玉女不比凡同。鳳簫象管龍吟細，可教人家吹打着俺們才聽。那賊臣就溜着河邊來趕俺，這萬里煙波路也不明。莫道山高水遠無知己，你看海角天涯都有俺舊弟兄。全要打破紙窗看世界，虧了那位神靈提出俺火坑； 憑世上滄海變田田變海，俺那老師父只管矇瞪着兩眼定六經。」

(說完起介) 獻醜，獻醜！ (末) 妙極，妙極！ 如今應制講義，那能如此痛快，眞絕技也！ (小生) 敬亭才出阮家，不肯別投主人，故此現身說法。(生) 俺看敬亭人品高絕，胸襟灑脫，是我輩中人，說書乃其餘技耳。

【解三醒】 (生、末、小生) 暗紅塵霎時雪亮，熱春光一陣冰凉，清白人會算糊塗帳。(同笑介) 這笑罵風流跌宕，一聲拍板溫而厲，三下漁陽慨以慷！ (丑) 重來訪，但是桃花誤處，問俺漁郎。

(生問介) 昨日同出阮衙，是哪幾位朋友？ (丑) 都已散去，只有善謳的蘇崑生，還寓比鄰。(生) 也要奉訪，尙望同來賜教。(丑) 自然奉拜的。

(丑) 歌聲歇處已斜陽, (末) 剩有殘花隔院香；

(小生) 無數樓臺無數草, (生) 清談霸業兩茫茫。

第二齣

傳歌

癸未二月

【秋夜月】 (小旦倩妝扮鴇妓李貞麗上) 深畫眉, 不把紅樓閉； 長板橋頭垂楊細, 絲絲牽惹遊人騎。將箏絃緊繫, 把笙囊巧製。

梨花似雪草如煙, 春在秦淮兩岸邊； 一帶妝樓臨水蓋, 家家分影照嬋娟。妾身姓李, 表字貞麗, 煙花妙部, 風月名班； 生長舊院之中, 迎送長橋之上, 鉛華未謝, 豐韻猶存。養成一個假女, 溫柔纖小, 才陪玳瑁之筵； 宛轉嬌羞, 未入芙蓉之帳。這裡有位罷職縣令, 叫做楊龍友, 乃鳳陽督撫馬士英的妹夫, 原做光祿阮大鍼的盟弟, 常到院中誇俺孩兒, 要替他拍客梳櫳。今日春光明媚, 敢待好來也。(叫介) 丫鬟, 捲簾掃地, 伺候客來。(內應介) 曉得！ (末扮楊文驄上) 三山景色供圖畫, 六代風流入品題。下官楊文驄, 表字龍友, 乙榜縣令, 罷職閒居。這秦淮名妓李貞麗, 是俺舊好, 趁此春光, 訪他閒話。來此已是, 不免竟入。(入介) 貞娘那裡？ (見介) 好呀！ 你看梅錢已落, 柳線才黃, 軟軟濃濃, 一院春色, 叫俺如何消遣也。(小旦) 正是。請到小樓焚香煮茗, 賞鑒詩篇罷。(末) 極妙了。(登樓介) 簾紋籠架鳥, 花影護盆魚。(看介) 這是令愛妝樓, 他往那裡去了？ (小旦) 曉妝未竟, 尚在臥房。(末) 請他出來。(小旦喚介) 孩兒出來, 楊老爺在此。(末看四壁上詩篇介) 都是些名公題贈, 却也難得。(背手吟哦介)

【前腔】 (旦艷妝上) 香夢回, 才褪紅鴛被。重點檀唇臙脂膩, 匆匆挽個拋家髻。這春愁怎替, 那新詞且記。

(見介) 老爺萬福！ (末) 幾日不見, 益發標緻了。這些詩篇贊的不差。(又看驚介) 呀呀！張天如、夏彝仲這班大名公，都有題贈，下官也少不的和韻一首。(小旦送筆硯介)(末把筆久吟介) 做他不過，索性藏拙，聊寫墨蘭數筆，點綴素壁罷。(小旦) 更妙。(末看壁介) 這是藍田叔畫的拳石。呀！就寫蘭於石旁，借他的襯貼也好。(畫介)

【梧桐樹】綾紋素壁輝，寫出騷人致。嫩葉香苞，雨困煙痕醉。一拳宣石墨花碎，幾點蒼苔亂染砌。(遠看介) 也還將就得去； 怎比元人瀟灑墨蘭意，名姬恰好湘蘭佩。

(小旦) 眞眞名筆，替俺妝樓生色多矣。(末) 見笑。(向旦介) 請敎尊號，就此落款。(旦) 年幼無號。(小旦) 就求老爺賞他二字罷。(末思介) 左傳云：“蘭有國香，人服媚之”，就叫他香君何如.(小旦) 甚妙！香君過來謝了。(旦拜介) 多謝老爺。(末笑介) 連樓名都有了。(落款介) 崇禎癸未仲春，偶寫墨蘭於媚香樓，博香君一笑。貴筑楊文驄。(小旦) 寫畫俱佳，可稱雙絕。多謝了！(俱坐介)(末) 我看香君國色第一，只不知技藝若何？(小旦) 一向嬌養慣了，不曾學習。前日才請一位清客，傳他詞曲。(末) 是那個？(小旦) 就叫甚麼蘇崑生。(末) 蘇崑生，本姓周，是河南人，寄居無錫。一向相熟的，果然是個名手。(問介) 傳的那套詞曲？(小旦) 就是玉茗堂四夢。(末) 學會多少了？(小旦) 才將《牡丹亭》學了半本。(喚介) 孩兒，楊老爺不是外人，取出曲本快快溫習。待你師父對過，好上新腔。(旦皺眉介) 有客在坐，只是學歌怎的。(小旦) 好傻話，我們門戶人家，舞袖歌裙，吃飯莊屯。你不肯學歌，閒着做甚。(旦看曲本介)

【前腔】 (小旦) 生來粉黛圍，跳入鶯花隊，一串歌喉，是俺金錢地。莫將紅豆輕抛棄，學就曉風殘月墜； 緩拍紅牙，奪了宜春翠，門前繫住王孫轡。

(淨扁巾、褶子，扮蘇崑生上) 閒來翠館調鸚鵡，懶去朱門看牡丹。在下固始蘇崑生是也，自出阮衙，便投妓院，做這美人的敎習，不强似做那義子的幫閒麼。(竟入見介) 楊老爺在此，久違了。(末) 崑老恭喜，

收了一個絕代的門生。(小旦) 蘇師父來了，孩兒見禮。(旦拜介) (淨)
免勞罷。(問介) 昨日學的曲子，可曾記熟了？(旦) 記熟了。(淨) 趁着
楊老爺在坐，隨我對來，好求指示。(末) 正要領教。(淨、旦對坐唱介)

[皂羅袍] 原來姹紫嫣紅開遍，似這般都付與斷井頹垣。良辰美景奈
何天，(淨) 錯了錯了，美字一板，奈字一板，不可連下去。另來另來！
良辰美景奈何天，賞心樂事誰家院。朝飛暮卷，雲霞翠軒；　雨絲風
片，(淨) 又不是了，絲字是務頭，要在嗓子內唱。雨絲風片，煙波畫船，
錦屏人忒看得這韶光賤。(淨) 妙妙！ 是的狠了，往下來。

[好姐姐] 遍青山啼紅了杜鵑，荼蘼外煙絲醉軟。牡丹雖好，他春歸
怎占得先。(淨) 這句略生些，再來一遍。牡丹雖好，他春歸怎占得
先。閒凝盼，生生燕語明如翦，嚦嚦鶯聲溜的圓。

(淨) 好好！ 又完一折了。(末對小旦介) 可喜令愛聰明的緊，不愁
不是一個名妓哩。(向淨介) 昨日會着侯司徒的公子侯朝宗，客囊頗
富，又有才名，正在這裡物色名姝。崑老知道麼？(淨) 他是敝鄉世家，
果然大才。(末) 這段姻緣，不可錯過的。

【瑣窗寒】破瓜碧玉佳期，唱嬌歌，細馬騎。纏頭擲錦，携手傾
杯；催粧艷句，迎婚油壁。配他公子千金體，年年不放阮郎歸，買宅
桃葉春水。

(小旦) 這樣公子肯來梳櫳，好的緊了。只求楊老爺極力幫襯，成此
好事。(末) 自然在心的。

【尾聲】 (小旦) 掌中女好珠難比，學得新鶯恰恰啼，春鎖重門人未
知。

如此春光，不可虛度，我們樓下小酌罷。(末) 有趣。(同行介)

(末) 蘇小簾前花滿畦，(小旦) 鶯酣燕嬾隔春隄；

(旦) 紅綃裹下櫻桃顆，(淨) 好待潘車過巷西。

第三齣

鬨丁

癸未三月

　　(副淨、丑扮二壇戶上) (副淨) 俎豆傳家鋪排戶, (丑) 祖父。(副淨) 各壇祭器有號簿, (丑) 查數。(副淨) 朔望開門點蠟炬, (丑) 掃路。(副淨) 跪迎祭酒早進署, (丑) 休誤。(丑) 怎麼只說這樣沒體面的話。(副淨) 你會說, 讓你說來。(丑) 四季關糧進戶部, (副淨) 誇富。(丑) 紅牆綠瓦闔家住, (副淨) 娶婦。(丑) 乾柴只靠一把鋸, (副淨) 偸樹。(丑) 一年到頭不吃素, (副淨) 醃胙。(丑) 啐！ 你接得不好, 倒底露出脚色來。(同笑介) 咱們南京國子監鋪排戶, 苦熬六個月, 今日又是仲春丁期。太常寺早已送到祭品, 待俺擺設起來。(排桌介) (副淨) 栗、棗、芡、菱、榛。(丑) 牛、羊、猪、兔、鹿。(副淨) 魚、芹、菁、茅、韭。(丑) 鹽、酒、香、帛、燭。(副淨) 一件也不少, 仔細看着, 不要叫贊禮們偸吃, 尋我們的悔氣呀。(副末扮老贊禮暗上) 啐！ 你壇戶不偸就夠了, 倒賴我們。(副淨拱介) 得罪得罪！ 我說的是那沒體面的相公們, 老先生是正人君子, 豈有偸嘴之理。(副末) 閒話少說, 天已發亮, 是時候了, 各處快點香燭。(丑) 是。(同混下)

　　【粉蝶兒】 (外冠帶執笏, 扮祭酒上) 松柏籠煙, 兩堦蠟紅初翦。排笙歌, 堂上宮懸。捧爵帛, 供牲醴, 香芹早薦。(末冠帶執笏, 扮司業上) 列班聯, 敬陪南雍釋奠。

　　(外) 下官南京國子監祭酒是也。(末) 下官司業是也。今值文廟丁期, 禮當釋奠。(分立介)

　　【四園春】 (小生衣巾, 扮吳應箕上) 楹鼓逢逢將曙天, 諸生接武杏壇前。(雜扮監生四人上) 濟濟禮樂繞三千， 萬仞門牆瞻聖賢。(副淨滿鬢冠帶, 扮阮大鋮上) 淨洗含羞面, 混入几筵邊。

(小生) 小生吳應箕, 約同楊維斗、劉伯宗、沈崑銅、沈眉生眾社兄, 同來與祭。(雜四人) 次尾社兄到的久了, 大家依次排起班來。(副淨掩面介) 下官阮大鋮, 閒住南京, 來觀盛典。(立前列介)(副末上, 唱禮介) 排班, 班齊。鞠躬, 俯伏、興, 俯伏、興, 俯伏、興, 俯伏、興。(眾依禮各四拜介)

【泣顏回】 (合) 百尺翠雲巔, 仰見宸題金匾, 素王端拱, 顏曾四座冠冕。迎神樂奏, 拜彤墀齊把袍笏展。讀詩書不愧膠庠, 畏先聖洋洋靈顯。

(拜完立介)(唱禮介) 焚帛, 禮畢。(眾相見揖介)

【前腔】 (外、末) 北面并臣肩, 共事春丁榮典； 趨蹌環佩, 窺班鷺序旋轉。(小生等) 司籩執豆, 魯諸生盡是瑚璉選。(副淨) 喜留都、散職逍遙, 歎投閒、名流譎貶。

(外、末下) (副淨拱介) (小生驚看, 問介) 你是阮鬍子, 如何也來與祭？ 唐突先師, 玷辱斯文。(喝介) 快快出去！ (副淨氣介) 我乃堂堂進士, 表表名家, 有何罪過, 不容與祭。(小生) 你的罪過, 朝野俱知, 蒙面喪心, 還敢入廟。難道前日防亂揭帖, 不曾說着你病根麼！ (副淨) 我正爲暴白心跡, 故來與祭。(小生) 你的心跡, 待我替你說來：

【千秋歲】魏家乾, 又是客家乾, 一處處兒字難免。同氣崔田, 同氣崔田, 熱兄弟糞爭嘗, 癩同吮。東林裏丟飛箭, 西廠裏牽長線, 怎掩旁人眼。(合) 笑冰山消化, 鐵柱翻掀。

(副淨) 諸兄不諒苦衷, 橫加辱罵, 那知俺阮圓海原是趙忠毅先生的門人。魏黨暴橫之時, 我丁艱未起, 何曾傷害一人, 這些話都從何處說起。

【前腔】飛霜冤, 不比黑盆冤, 一件件風影敷衍。初識忠賢, 初識忠賢, 救周魏, 把好身名, 甘心貶。前輩康對山, 爲救李空同, 曾入劉

瑾之門。我前日屈節，也只爲着東林諸君子，怎麼倒責起我來。春燈
謎誰不見，十錯認無人辯，個個將咱譴。(指介) 恨輕薄新進，也放屁
狂言！

　(小生) 好罵好罵！(衆) 你這等人，敢在文廟之中公然罵人，眞是反
了。(副末亦喊介) 反了反了！ 讓我老贊禮，打這個奸黨。(打介) (小
生) 掌他的嘴，捋他的毛。(衆亂採鬚，指罵介)

　【越恁好】闇兒瑲子，闇兒瑲子，那許你拜文宣。辱人賤行，玷庠
序，愧班聯。急將吾黨鳴鼓傳，攻之必遠； 屛荒服不與同州縣，投豺
虎只當閒猪犬。

　(副淨) 好打好打！(指副末介) 連你這老贊禮，都打起我來了。(副
末) 我這老贊禮，才打你個知和而和的。(副淨看鬚介) 把鬍鬚都採落
了，如何見人，可惱之極。(急跑介)

　【紅繡鞋】難當鷄肋拳揎，拳揎。無端臂折腰攧，腰攧。忙躲去，莫
流連。(下) (小生) (衆) 分邪正，辨奸賢，黨人逆案鐵同堅。

　【尾聲】當年勢焰掀天轉，今日奔逃亦可憐。儒冠打匾，歸家應自
焚筆硯。

　(小生) 今日此舉，替東林雪憤，爲南監生光，好不爽快。以後大家
努力，莫容此輩再出頭來。(衆) 是是！
　(衆) 堂堂義舉聖門前，(小生) 黑白須爭一着先；
　(衆) 只恐輸贏無定局，(小生) 治由人事亂由天。

第四齣

偵戲

【雙勸酒】（副淨扮阮大鋮憂容上）前局盡翻，舊人皆散，飄零鬢斑，牢騷歌懶。又遭時流欺謾，怎能得高臥加餐。

下官阮大鋮，別號圓海。詞章才子，科第名家；正做着光祿吟詩，恰合着步兵愛酒。黃金肝膽，指顧中原；白雪聲名，驅馳上國。可恨身家念重，勢利情多；偶投客魏之門，便入兒孫之列。那時權飛烈焰，用着他當道豺狼；今日勢敗寒灰，剩了俺枯林鴉鳥。人人唾罵，處處擊攻。細想起來，俺阮大鋮也是讀破萬卷之人，什麼忠佞賢奸，不能辨別？彼時既無失心之瘋，又非汗邪之病，怎的主意一錯，竟做了一個魏黨？（跌足介）才題舊事，愧悔交加。罷了罷了！幸這京城寬廣，容的雜人，新在這褲子襠裡買了一所大宅，巧蓋園亭，精敎歌舞，但有當事朝紳，肯來納交的，不惜物力，加倍趨迎。倘遇正人君子，憐而收之，也還不失爲改過之鬼。（悄語介）若是天道好還，死灰有復燃之日。我阮鬍子呵！也顧不得名節，索性要倒行逆施了。這都不在話下。昨日文廟丁祭，受了復社少年一場痛辱，雖是他們孟浪，也是我自己多事。但不知有何法兒，可以結識這般輕薄。（搔首尋思介）

【步步嬌】小子翩翩皆狂簡，結黨欺名宦，風波動幾番。撏落吟鬚，捶折書腕。無計雪深怨，叫俺閉戶空羞赧。

（丑扮家人持帖上）地僻疏冠蓋，門深隔燕鶯。稟老爺，有帖借戲。（副淨看帖介）通家敎弟陳貞慧拜。（驚介）呵呀！這是宜興陳定生，聲名赫赫，是個了不得的公子，他怎肯向我借戲？（問介）那來人如何說來？（丑）來人說，還有兩位公子，叫什麼方密之、冒辟疆，都在鷄鳴埭上吃酒，要看老爺新編的《燕子箋》，特來相借。（副淨吩咐介）速速上樓，發出那一副上好行頭；吩咐班裡人梳頭洗臉，隨箱快走。你也拿帖跟去，俱要仔細着。（丑應下）（雜抬箱，衆戲子繞場下）（副淨喚丑介）轉來。（悄語介）你到他席上，聽他看戲之時，議論什麼，速來報我。（丑）是。（下）（副淨笑介）哈哈！竟不知他們目中還有下官，有趣有趣！且坐書齋，靜聽回話。（虛下）（末巾服扮楊文驄上）周郎扇底聽新曲，米老船中訪故人。下官楊文驄，與圓海筆硯至交，彼之曲詞，我之書畫，兩家絕技，一代傳人。今日無事，來聽他燕子新詞，不免竟入。（進介）這是石巢園，你看山石花木，位置不俗，一定是華亭張南垣的手筆了。（指介）

【風入松】花林疏落石斑斕，收入倪黃畫眼。（仰看，讀介）"詠懷堂，孟津王鐸書"。（贊介）寫的有力量。（下看介）一片紅毹鋪地，此乃顧曲之所。草堂圖裡烏巾岸，好指點銀箏紅板。（指介）那邊是百花深處了，爲甚的蕭條閉關，敢是新詞改，舊稿刪。

（立聽介）隱隱有吟哦之聲，圓老在內讀書。（呼介）圓兄，略歇一歇，性命要緊呀！（副淨出見，大笑介）我道是誰，原來是龍友。請坐，請坐！（坐介）（末）如此春光，爲何閉戶？（副淨）只因傳奇四種，目下發刻；恐有錯字，在此對閱。（末）正是，聞得《燕子箋》已授梨園，特來領略。（副淨）恰好今日全班不在。（末）那裡去了？（副淨）有幾位公子借去遊山。（末）且把鈔本賜教，權當《漢書》下酒罷。（副淨喚介）叫家僮安排酒酌，我要和楊老爺在此小飲。（內）曉得。（雜上排酒果介）（末、副淨同飲，看書介）

【前腔】（末）新詞細寫烏絲闌，都是金淘沙揀。簪花美女心情慢，又逗出煙慵雲懶。看到此處，令人一往情深。這燕子唧春未殘，怕的楊花白，人鬢斑。

（副淨）蕪詞俚曲，見笑大方。（讓介）請乾一盂。（同飲介）（丑急上）

傳將隨口話，報與有心人。稟老爺，小人到鷄鳴埭上，看着酒斟十巡，戲演三折，忙來回話。(副淨) 那公子們怎麼樣來？(丑) 那公子們看老爺新戲，大加稱贊。

【急三槍】點頭聽，擊節賞，停杯看。(副淨喜介) 妙妙！ 他竟知道賞鑑哩。(問介) 可曾說些什麼？(丑) 他說眞才子，筆不凡。(副淨驚介) 阿呀呀！ 這樣傾倒，却也難得。(問介) 再說什麼來？(丑) 論文采，天仙吏，謫人間。好教執牛耳，主騷壇。

(副淨佯恐介) 太過譽了，叫我難當，越往後看，還不知怎麼樣哩。(吩咐介) 再去打聽，速來回話。(丑急下) (副淨大笑介) 不料這班公子，倒是知己。(讓介) 請乾一杯。

【風入松】俺呵！ 南朝看足古江山，翻閱風流舊案，花樓雨榭燈窗晚，嘔吐了心血無限。每日價琴對牆彈，知音賞，這一番。

(末) 請問借戲的是那班公子？(副淨) 宜興陳定生、桐城方密之、如皋冒辟疆，都是了不得學問，他竟服了小弟。(末) 他們是不輕許可人的，這本《燕子箋》詞曲原好，有什麼說處。(丑急上) 去如走兎，來似飛烏。稟老爺，小的又到鷄鳴埭，看着戲演半本，酒席將完，忙來回話。(副淨) 那公子又講些什麼？(丑) 他說老爺呵！

【急三槍】是南國秀，東林彥，玉堂班。(副淨佯驚介) 句句是贊俺，盆發惶恐。(問介) 還說些什麼？(丑) 他說爲何投崔魏，自摧殘。(副淨皺眉，拍案惱介) 只有這點點不才，如今也不必說了。(問介) 還講些什麼？(丑) 話多着哩，小人也不敢說了。(副淨) 但說無妨。(丑) 他說老爺呼親父，稱乾子，忝羞顏，也不過仗人勢，狗一般。(副淨怒介) 阿呀呀！ 了不得，竟罵起來了。氣死我也！

【風入松】平章風月有何關，助你看花對盞，新聲一部空勞贊。不把俺心情剖辯，偏加些惡謔毒訕，這欺侮受應難。

(末) 請問這是爲何罵起？(副淨) 連小弟也不解，前日好好拜廟，受了五個秀才一頓狠打。今日好好借戲，又受這三個公子一頓狠罵。此後若不設個法子，如何出門。(愁介) (末) 長兄不必吃惱，小弟倒有個法兒，未知肯依否？(副淨喜介) 這等絕妙了，怎肯不依。(末) 兄可知道，吳次尾是秀才領袖，陳定生是公子班頭，兩將罷兵，千軍解甲矣。(副淨拍案介) 是呀！(問介) 但不知誰可解勸？(末) 別個沒用，只有河南侯朝宗，與兩君文酒至交，言無不聽。昨聞侯生閒居無聊，欲尋一秦淮佳麗。小弟已替他物色一人，名喚香君，色藝皆精，料中其意。長兄肯爲出梳櫳之資，結其歡心，然後托他兩處分解，包管一舉雙擒。(副淨拍手，笑介) 妙妙！好個計策。(想介) 這侯朝宗原是敝年姪，應該料理的。(問介) 但不知應用若干。(末) 妝奩酒席，約費二百餘金，也就豐盛了。(副淨) 這不難，就送三百金到尊府，憑君區處便了。(末) 那消許多。

  (末) 白門弱柳許誰攀，(副淨) 文酒笙歌俱等閒；

  (末) 惟有美人稱妙計，(副淨) 憑君買黛畫春山。

第五齣

訪翠

癸未三月

【縋山月】（生麗服上）金粉未消亡，聞得六朝香，滿天涯煙草斷人腸。怕催花信緊，風風雨雨，悮了春光。

小生侯方域，書劍飄零，歸家無日。對三月艷陽之節，住六朝佳麗之場，雖是客況不堪，却也春情難按。昨日會着楊龍友，盛誇李香君妙齡絕色，平康第一。現在蘇崑生教他吹歌，也來勸俺梳攏；爭奈蕭索奚囊，難成好事。今日清明佳節，獨坐無聊，不免借步踏青，竟到舊院一訪，有何不可。（行介）

【錦纏道】望平康，鳳城東、千門綠楊。一路紫絲韁，引遊郎，誰家乳燕雙雙。（丑扮柳敬亭上）黃鶯驚曉夢，白髮動春愁。（喚介）侯相公何處閒遊？（生回頭見介）原來是敬亭，來的好也；俺去城東踏青，正苦無伴哩。（丑）老漢無事，便好奉陪。（同行介）（丑指介）那是秦淮水榭。（生）隔春波，碧煙染窗；倚晴天，紅杏窺牆。（丑指介）這是長橋，我們慢慢的走。（生）一帶板橋長，閒指點茶寮酒舫。（丑）不覺來到舊院了。（生）聽聲聲賣花忙，穿過了條條深巷。（丑指介）這一條巷裡，都是有名姊妹家。（生）果然不同，你看黑漆雙門之上，插一枝帶露柳嬌黃。

（丑指介）這個高門兒，便是李貞麗家。（生）我問你，李香君住在那個門裡？（丑）香君就是貞麗的女兒。（生）妙妙！俺正要訪他，恰好到此。（丑）待我敲門。（敲介）（內問介）那個？（丑）常來走動的老柳，陪着貴客來拜。（內）貞娘、香姐，都不在家。（丑）那裡去了？（內）在卞姨娘家做盒子會哩。(丑) 正是，我竟忘了，今日是盛會。(生) 爲何今日做會？(丑拍腿介) 老腿走乏了，且在這石磴上略歇一歇，從容告你。(同坐介)(丑) 相公不知，這院中名妓，結爲手帕姊妹，就像香火兄弟一般，每遇時節，便做盛會。

【朱奴剔銀燈】結羅帕，煙花雁行；逢令節，齊鬪新妝。(生) 是了，今日清明佳節，故此皆去赴會，但不知怎麽叫做盒子會。(丑) 赴會之日，各攜一副盒兒，都是鮮物異品，有海錯、江瑤、玉液漿。(生) 會期做些什麽？(丑) 大家比較技藝，撥琴阮，笙簫嘹亮。(生) 這樣有趣，也許子弟入會麽？(丑搖手介) 不許不許！最怕的是子弟混鬧，深深鎖住樓門，只許樓下賞鑑。(生) 賞鑑中意的如何會面？(丑) 若中了意，便把物事抛上樓頭，他樓上也便抛下菓子來。相當，竟飛來捧觴，密約在芙蓉錦帳。

(生) 旣然如此，小生也好走走了。(丑) 走走何妨。(生) 只不知卞家住在那廂？(丑) 住在煖翠樓，離此不遠，卽便同行。(行介)(生) 掃墓家家柳。(丑) 吹餳處處簫。(生) 鶯花三里巷。(丑) 煙水兩條橋。(指介) 此間便是，相公請進。(同入介) (末扮楊文驄、淨扮蘇崑生迎上)(末) 閒陪簇簇鶯花隊，(淨) 同望迢迢粉黛圍。(見介) (末) 侯世兄怎肯到此，難得難得！(生) 聞楊兄今日去看阮鬍子，不想這裡遇着。(淨) 特爲侯相公喜事而來。(丑) 請坐。(俱坐)(生望介) 好個煖翠樓！

【雁過聲】端詳，窗明院敞，早來到溫柔睡鄉。(問介) 李香君爲何不見？(末) 現在樓頭。(淨指介) 你看，樓頭奏技了。(內吹笙、笛介)(生聽介) 鸞笙鳳管雲中響，(內彈琵琶、箏介) (生聽介) 絃悠揚，(內打雲鑼介)(生聽介) 玉玎瑲，一聲聲亂我柔腸。(內吹簫介)(生聽介) 翺翔雙鳳凰。(大叫介) 這幾聲簫，吹的我消魂，小生忍不住要打采了。(取扇墜抛上樓介) 海南異品風飄蕩，要打着美人心上瘡！

(內將白汗巾包櫻桃抛下介)(丑) 有趣有趣！擲下果子來了。(淨解汗巾，傾櫻桃盤內介) 好奇怪，如今竟有櫻桃了。(生) 不知是那個擲來的，若是香君，豈不可喜。(末取汗巾看介) 看這一條冰綃汗巾，有九分是他了。(小旦扮李貞麗捧茶壺，領香君捧花瓶上) (小旦) 香草偏隨蝴蝶扇，美人又下鳳凰臺。(淨驚指介) 都看天人下界了。(丑合掌介) 阿彌陀佛。(衆起介) (末拉生介) 世兄認認，這是貞麗，這是香君。(生見小旦介) 小生河南侯朝宗，一向渴慕，今才遂願。(見旦介) 果然妙齡絶色，龍老賞鑑，眞是法眼。(坐介) (小旦) 虎邱新茶，泡來奉敬。(斟茶) (衆飲介) (旦) 綠楊紅杏，點綴新節。(衆贊介) 有趣有趣！煮茗看花，可稱雅集矣。(末) 如此雅集，不可無酒。(小旦) 酒已備下，玉京主會，不得下樓奉陪，賤妾代東罷。(喚介) 保兒盪酒來！(雜提酒上) (小旦) 何不行個令兒，大家歡飲？(丑) 敬候主人發揮。(小旦) 怎敢僭越。(淨) 這是院中舊例。(小旦取骰盆介) 得罪了。(喚介) 香君把盞，待我擲色奉敬。(衆) 遵令。(小旦宣令介) 酒要依次流飲，每一杯乾，各獻所長，便是酒底。么爲櫻桃，二爲茶，三爲柳，四爲杏花，五爲香扇墜，六爲冰綃汗巾。(喚介) 香君敬候相公酒。(旦斟生飲介) (小旦擲色介) 是香扇墜。(讓介) 侯相公速乾此杯，請說酒底。(生告乾介) 小生做首詩罷。(吟介) 南國佳人佩，休教袖裡藏；隨郎團扇影，搖動一身香。(末) 好詩，好詩！(丑) 好個香扇墜，只怕搖擺壞了。(小旦) 該奉楊老爺酒了。(旦斟、末飲介) (小旦擲介) 是冰綃汗巾。(末) 我也做詩了。(小旦) 不許雷同。(末) 也罷，下官做個破承題罷。(念介) 覩拭汗之物而春色撩人矣。夫汗之沾巾，　必由於春之生面也。伊何人之面，而以冰綃拭之；紅素相著之際，不亦深可愛也耶？(生) 絶妙佳章。(丑) 這樣好文彩，還該中兩榜才是。(旦斟丑洒介) 柳師父請酒。(小旦擲色介) 是茶。(丑飲洒介) 我道恁薄。(小旦笑介) 非也，你的酒底是茶。(丑) 待我說個張三郎吃茶罷。(小旦) 說書太長，說個笑活更好。(丑) 就說笑話。(說介) 蘇東坡同黃山谷訪佛印禪師，東坡送了一把定瓷壺，山谷送了一斤陽羨茶。三人松下品茶，佛印說：“黃秀才茶癖天下聞名，但不知蘇鬍子的茶量何如；今日何不鬥一鬥，分個誰大誰小。” 東坡說 :“如何鬥來？” 佛印說 :“你問一機鋒，叫黃秀才答。他若答不來，吃你一棒，我便記一筆 : 鬍子打了秀才了。你若答不來，也吃黃秀才一棒，我便記一筆 : 秀才打了鬍子了。末後總算，打一下吃一碗。” 東坡說 :“就依你說。” 東坡先問 :“沒鼻針如何穿線？” 山谷答 :“把針尖磨去。” 佛印說 :“答的好。” 山谷問 :“沒把葫蘆怎生拿？” 東坡答 :“拋在水中。” 佛印說 :“答的也不錯。” 東坡又問 :“虱在袴中，有見無見？” 山谷未及答，東坡持棒就打。山谷正拿壺子斟茶，失手落地，打個粉碎。東坡大叫道 :“和尚記着，鬍子打了秀才了。” 佛印笑道 :“你聽乒哪一聲，鬍子沒打着秀才，秀才倒打了壺子了。”（衆笑介）（丑） 衆位休笑，秀才利害多着哩。（彈壺介） 這樣硬壺子都打壞，何况軟壺子。（生） 敬老妙人，隨口詼諧，都是機鋒。（小旦） 香君，敬你師父。（旦斟、淨飲介）（小旦擲介） 是杏花。（淨唱介）“晚粧樓上杏花殘，猶自怯衣單。”（旦向小旦介） 孩兒敬媽媽酒了。（小旦飲乾，擲介） 是櫻桃。（淨） 讓我代唱罷。（唱介）“櫻桃紅綻，玉粳白露，半晌恰方言。”（丑） 崑生該罰了，唱的唇上櫻桃，不是盤中櫻桃。（淨） 領罰。（自斟，飲介）（小旦） 香君該自斟自飲了。（生） 待小生奉敬。（生斟、旦飲介）（小旦擲介） 不消猜，是柳了，香君唱來。（旦羞介）（小旦） 孩兒覥腆，請個代筆相公罷。（擲介） 三點，是柳師父。（淨） 好好！今日是他當值之日。（丑） 我老漢姓柳，飄零半世，最怕的是 “柳” 字。今日清明佳節，偏把個柳圈兒套住我老狗頭。（衆大笑介）（淨） 算了你的笑話罷。（生） 酒已有了，大家別過。（丑） 才子佳人，難得聚會。（拉生、旦介） 你們一對兒，吃個交心酒何如。（旦羞，遮袖下）（淨） 香君面嫩，當面不好講得；前日所訂梳攏之事，相公意下允否？（生笑介） 秀才中狀元，有甚麼不肯處。（小旦） 既蒙不棄，擇定吉期，賤妾就要奉攀了。（末） 這三月十五日，花月良辰，便好成親。（生） 只是一件，客囊羞澀，恐難備禮。（末） 這不須愁，妝奩酒席，待小弟備來。（生） 怎好相累。（末） 當得效力。（生） 多謝了。

【小桃紅】誤走到巫峰上，添了些行雲想，匆匆忘却仙模樣。春宵花月休成謊，良緣到手難推讓，准準備着身赴高唐。

（作辭介）（小旦）也不再留了。擇定十五日，請下清客，邀下姊妹，奏樂迎親罷。（小旦下）（丑向淨介）阿呀！忘了，忘了，咱兩個不得奉陪了。（末）爲何？（淨）黃將軍船泊水西門，也是十五日祭旗，約下我們吃酒的。（生）這等怎處？（末）還有丁繼之、沈公憲、張燕筑，都是大清客，借重他們陪罷。

（淨）煖翠樓前粉黛香，（末）六朝風致說平康；

（丑）踏靑歸去春猶淺，（生）明日重來花滿牀。

第六齣

眠香

癸未三月

【臨江仙】　(小旦艷粧上) 短短春衫雙捲袖，調箏花裡迷樓。今朝全把繡簾鉤，不敎金線柳，遮斷木蘭舟。

　　妾身李貞麗，只因孩兒香君，年及破瓜，梳櫳無人，日夜放心不下。幸虧楊龍友，替俺招了一位世家公子，就是前日飮酒的侯朝宗，家道才名，皆稱第一。今乃上頭吉日，大排筵席，廣列笙歌，清客俱到，姊妹全來，好不費事。(喚介) 保兒那裡。(雜扮保兒搧扇慢上) 席前攪趣話，花裡聽情聲。媽媽喚保兒那處送衾枕麽？(小旦怒介) 啐！今日香姐上頭，貴人將到，你還做夢哩。快快捲簾掃地，安排桌椅。(雜) 是了。(小旦指點排席介)

【一枝花】　(末新服上) 園桃紅似繡，艷覆文君酒； 屏開金孔雀，圍春晝。滌了金甌，點着噴香獸。這當壚紅袖，誰最溫柔，拉與相如消受。

　　下官楊文驄，受圓海囑托，來送梳櫳之物。(喚介) 貞娘那裡？(小旦見介) 多謝作伐，喜筵俱已齊備。(問介) 怎麽官人還不見到？(末) 想必就來。(笑介) 下官備有箱籠數件，爲香君助妝，敎人搬來。(雜抬箱籠、首飾、衣物上) (末吩咐介) 抬入洞房，鋪陳齊整着！(雜應下) (小旦喜謝介) 如何這般破費，多謝老爺！(末袖出銀介) 還有備席銀三十兩，交與廚房；一應酒殽，俱要豐盛。(小旦) 益發當不起了。(喚介) 香君快來！(旦盛妝上)(小旦) 楊老爺賞了許多東西，上前拜謝。(旦拜謝介)(末) 些須薄意，何敢當謝，請回，請回。(旦卽入介)(雜急上報介) 新官人到門了。(生盛服從人上) 雖非科第天邊客, 也是嫦娥月裡人。(末、小旦迎見介) (末) 恭喜世兄, 得了平康佳麗；小弟無以爲敬, 草辦妝奩, 粗陳筵席, 聊助一宵之樂。(生揖介) 過承周旋, 何以克當。(小旦) 請坐, 獻茶。(俱坐) (雜捧茶上, 飲介) (末) 一應喜筵, 安排齊備了麼？(小旦) 托賴老爺, 件件完全。(末向生拱介) 今日吉席, 小弟不敢攪越, 竟此告別, 明日早來道喜罷。(生) 同坐何妨。(末) 不便, 不便。(別下) (雜) 請新官人更衣。(生更衣介) (小旦) 妾身不得奉陪, 替官人打扮新婦, 攛掇喜酒罷。(別下) (副淨、外、淨扮三清客上) 一生花月張三影, 五字宮商李二紅。(副淨) 在下丁繼之。(外) 在下沈公憲。(淨) 在下張燕筑。(副淨) 今日吃侯公子喜酒, 只得早到。(淨) 不知請那幾位賢歌來陪俺哩。(外) 說是舊院幾個老在行。(淨) 這等都是我梳攏的了。(副淨) 你有多大家私, 梳攏許多。(淨) 各人有幫手, 你看今日侯公子, 何曾費了分文。(外) 不要多話, 侯公子堂上更衣, 大家前去作揖。(衆與生揖介) (衆) 恭喜, 恭喜！(生) 今日借光。(小旦、老旦、丑扮三妓女上) 情如芳草連天醉, 身似楊花盡日忙。(見介) (淨) 喚的那一部歌妓, 都報名來。(丑) 你是教坊司麼, 叫俺報名。(生笑介) 正要請教大號。(老旦) 賤妾卞玉京。(生) 果然玉京仙子。(小旦) 賤妾寇白門。(生) 果然白門柳色。(丑) 奴家鄭妥娘。(生沈吟介) 果然妥當不過。(淨) 不妥, 不妥！(外) 怎麼不妥？(淨) 好偷漢子。(丑) 呸！我不偷漢, 你如何吃得恁胖。(衆譁笑介) (老旦) 官人在此, 快請香君出來罷。(小旦、丑扶香君上) (外) 我們做樂迎接。(副淨、淨、外吹打十番介) (生、旦見介) (丑) 俺院中規矩, 不興拜堂, 就吃喜酒罷。(生、旦上坐) (副淨、外、淨坐左邊介) (小旦、老旦、丑坐右邊介) (雜執壺上) (左邊奉酒, 右邊吹彈介)

【梁州序】 (生) 齊梁詞賦, 陳隋花柳, 日日芳情迤逗。青衫傀倚, 今番小杜揚州。尋思描黛, 指點吹簫, 從此春入手。秀才渴病急須救, 偏是斜陽遲下樓, 剛飲得一杯酒。

（右邊奉酒，左邊吹彈介）

【前腔】（旦）樓臺花顫，簾櫳風抖，倚着雄姿英秀。春情無限，金釵肯與梳頭。閒花添艷，　野草生香，　消得夫人做。今宵燈影紗紅透，見慣司空也應羞，破題兒眞難就。

（副淨）你看紅日啣山，烏鴉選樹，快送新人回房罷。（外）且不要忙，侯官人當今才子，　梳櫳了絕代佳人，　合歡有酒，　豈可定情無詩乎？（淨）說的有理，待我磨墨拂箋，伺候揮毫。（生）不消詩箋，小生帶有宮扇一柄，就題贈香君，永爲訂盟之物罷。（丑）妙，妙！我來捧硯。（小旦）看你這嘴臉，只好脫靴罷了。（老旦）這個硯兒，倒該借重香君。（衆）是呀！（旦捧硯，生書扇介）（衆念介）夾道朱樓一徑斜，王孫初御富平車。青溪盡是辛夷樹，不及東風桃李花。（衆）好詩，好詩！香君收了。（旦收扇袖中介）（丑）俺們不及桃李花罷了，怎的便是辛夷樹？（淨）辛夷樹者，枯木逢春也。（丑）如今枯木逢春，也曾鮮花着雨來。（雜持詩箋上）楊老爺送詩來了。（生接讀介）生小傾城是李香，懷中婀娜袖中藏；緣何十二巫峰女，夢裡偏來見楚王。（生笑介）此老多情，送來一首催粧詩，妙絕，妙絕！（淨）“懷中婀娜袖中藏”，說的香君一搦身材，竟是個香扇墜兒。（丑）他那香扇墜，能值幾文，怎比得我這琥珀貓兒墜。（衆笑介）（副淨）大家吹彈起來，勸新人多飲幾杯。（丑）正是帶些酒興，好入洞房。（左右吹彈，生、旦交讓酒介）

【節節高】（生、旦）金罇佐酒籌，勸不休，沉沉玉倒黃昏後。私携手，眉黛愁，香肌瘦。春宵一刻天長久，人前怎解芙蓉扣。盼到燈昏珮筵收，宮壺滴盡蓮花漏。

（副淨）你聽譙樓二鼓，天氣太晚，撤了席罷。（淨）這樣好席，不曾吃淨就撤去了，豈不可惜。（丑）我沒吃够哩，衆位略等一等兒。（老旦）休得胡纏，大家奏樂，送新人入房罷。（衆起吹打十番，送生、旦介）

【前腔】（合）笙簫下畫樓，度清謳，迷離燈火如春晝。天台岫，逢阮劉，眞佳偶。重重錦帳香薰透，旁人妬得眉頭皺。酒態扶人太風流，貪花福分生來有。

　　(雜執燈，生、旦携手下) (淨) 我們都配成對兒，也去睡罷。(丑) 老張休得妄想，我老安是要現錢的。(淨數與十文錢，拉介) (丑接錢再數，換低錢，諢下)

　　【尾聲】　(合) 秦淮煙月無新舊，脂香粉膩滿東流，夜夜春情散不收。

　　(副淨) 江南花發水悠悠，(小旦) 人到秦淮解盡愁；

　　(外) 不管烽煙家萬里，(老旦) 五更懷裡囀歌喉。

第七齣

卻奩

癸未三月

（雜扮保兒掇馬桶上）龜尿龜尿，撒出小龜；鱉血鱉血，變成小鱉。龜尿鱉血，看不分別；鱉血龜尿，說不清白。看不分別，混了親爹；說不清白，混了親伯。（笑介）胡鬧，胡鬧！昨日香姐上頭，亂了半夜；今日早起，又要刷馬桶，倒溺壺，忙個不了。那些孤老、表子，還不知摟到幾時哩。（刷馬桶介）

【夜行船】（末）人宿平康深柳巷，驚好夢門外花郎。繡戶未開，簾鉤才響，春阻十層紗帳。

下官楊文驄，早來與侯兄道喜。你看院門深閉，侍婢無聲，想是高眠未起。（喚介）保兒，你到新人窗外，說我早來道喜。（雜）昨夜睡遲了，今日未必起來哩。老爺請回，明日再來罷。（末笑介）胡說！快快去問。（小旦內問介）保兒！來的是那一個？（雜）是楊老爺道喜來了。（小旦忙上）倚枕春宵短，敲門好事多。（見介）多謝老爺，成了孩兒一世姻緣。（末）好說。（問介）新人起來不曾？（小旦）昨晚睡遲，都還未起哩。（讓坐介）老爺請坐，待我去催他。（末）不必，不必。（小旦下）

【步步嬌】（末）兒女濃情如花釀，美滿無他想，黑甜共一鄉。可也虧了俺幫襯，珠翠輝煌，羅綺飄蕩，件件助新妝，懸出風流榜。

（小旦上）好笑，好笑！兩個在那裡交扣丁香，并照菱花，梳洗才完，穿戴未畢。請老爺同到洞房，喚他出來，好飲扶頭卯酒。（末）驚却好夢，得罪不淺。（同下）（生、旦艷妝上）

【沈醉東風】(生、旦) 這雲情接着雨况，剛搔了心窩奇癢，誰攪起睡鴛鴦。被翻紅浪，喜匆匆滿懷歡暢。枕上餘香，帕上餘香，消魂滋味，才從夢裡嘗。

(末、小旦上)(末) 果然起來了，恭喜，恭喜！(一揖，坐介)(末) 昨晚催妝拙句，可還說的入情麼。(生揖介) 多謝！(笑介) 妙是妙極了，只有一件。(末) 那一件？(生) 香君雖小，還該藏之金屋。(看袖介) 小生衫袖，如何着得下？(俱笑介)(末) 夜來定情，必有佳作。(生) 草草塞責，不敢請教。(末) 詩在那裡？(旦) 詩在扇頭。(旦向袖中取出扇介)(末接看介) 是一柄白紗宮扇。(嗅介) 香的有趣。(吟詩介) 妙，妙！只有香君不愧此詩。(付旦介) 還收好了。(旦收扇介)

【園林好】(末) 正芬芳桃香李香，都題在宮紗扇上；怕遇着狂風吹蕩，須緊緊袖中藏，須緊緊袖中藏。

(末看旦介) 你看香君上頭之後，更覺艷麗了。(向生介) 世兄有福，消此尤物。(生) 香君天姿國色，今日插了幾朵珠翠，穿了一套綺羅，十分花貌，又添二分，果然可愛。(小旦) 這都虧了楊老爺幫襯哩。

【江兒水】送到纏頭錦，百寶箱，珠圍翠繞流蘇帳，銀燭籠紗通宵亮，金杯勸酒合席唱。今日又早早來看，恰似親生自養，賠了妝奩，又早敲門來望。

(旦) 俺看楊老爺，雖是馬督撫至親，卻也拮据作客，為何輕擲金錢，來填煙花之窟？在奴家受之有愧，在老爺施之無名；今日問個明白，以便圖報。(生) 香君問得有理，小弟與楊兄萍水相交，昨日承情太厚，也覺不安。(末) 既蒙問及，小弟只得實告了。這些妝奩酒席，約費二百餘金，皆出懷寧之手。(生) 那個懷寧？(末) 曾做過光祿的阮圓海。(生) 是那皖人阮大鍼麼？(末) 正是。(生) 他為何這樣周旋？(末) 不過欲納交足下之意。

【五供養】(末) 羨你風流雅望，東洛才名，西漢文章。逢迎隨處有，爭看坐車郎。秦淮妙處，暫尋個佳人相傍，也要些鴛鴦被、芙蓉妝；

你道是誰的，是那南鄰大阮，嫁衣全忙。

（生）阮圓老原是敝年伯，小弟鄙其爲人，絶之已久。他今日無故用情，令人不解。（末）圓老有一段苦衷，欲見白於足下。（生）請敎。（末）圓老當日曾遊趙夢白之門，原是吾輩。後來結交魏黨，只爲救護東林，不料魏黨一敗，東林反與之水火。近日復社諸生，倡論攻擊，大肆毆辱，豈非操同室之戈乎？圓老故交雖多，因其形跡可疑，亦無人代爲分辯。每日向天大哭，說道："同類相殘，傷心慘目，非河南侯君，不能救我。"所以今日諄諄納交。（生）原來如此，俺看圓海情辭迫切，亦覺可憐。就便眞是魏黨，悔過來歸，亦不可絶之太甚，況罪有可原乎。定生、次尾，皆我至交，明日相見，卽爲分解。（末）果然如此，吾黨之幸也。（旦怒介）官人是何說話，阮大鍼趨附權奸，廉恥喪盡；婦人女子，無不唾罵。他人攻之，官人救之，官人自處於何等也？

【川撥棹】不思想，把話兒輕易講。要與他消釋災殃，要與他消釋災殃，也隄防旁人短長。官人之意，不過因他助俺妝奩，便要狥私廢公；那知道這幾件釵釧衣裙，原放不到我香君眼裡。（拔簪脫衣介）脫裙衫，窮不妨；布荆人，名自香。

（末）阿呀！香君氣性，忒也剛烈。（小旦）把好好東西，都丟一地，可惜，可惜！（拾介）（生）好，好，好！這等見識，我倒不如，眞乃侯生畏友也。（向末介）老兄休怪，弟非不領敎，但恐爲女子所笑耳。

【前腔】（生）平康巷，他能將名節講；偏是咱學校朝堂，偏是咱學校朝堂，混賢奸不問青黃。那些社友平日重俺侯生者，也只爲這點義氣；我若依附奸邪，那時群起來攻，自救不暇，焉能救人乎。節和名，非泛常；重和輕，須審詳。

（末）圓老一段好意，也還不可激烈。（生）我雖至愚，亦不肯從井救人。（末）既然如此，小弟告辭了。（生）這些箱籠，原是阮家之物，香君不用，留之無益，還求取去罷。（末）正是"多情反被無情惱，乘興而來興盡還"。（下）（旦惱介）（生看旦介）俺看香君天姿國色，摘了幾朶珠翠，脫去一套綺羅, 十分容貌, 又添十分, 更覺可愛。(小旦) 雖如此說, 捨了許多東西, 倒底可惜。

【尾聲】金珠到手輕輕放, 慣成了嬌痴模樣, 辜負俺辛勤做老娘。

(生) 些須東西, 何足掛念, 小生照樣賠來。(小旦) 這等才好。

(小旦) 花錢粉鈔費商量, (旦) 裙布釵荊也不妨;

(生) 只有湘君能解佩, (旦) 風標不學世時妝。

第八齣

鬧榭

癸未五月

【金鷄叫】（末、小行扮陳貞慧、吳應箕上）（末）貢院秦淮近，賽青衿，剩金零粉。（小生）節鬧端陽只一瞬，滿眼繁華，王謝少人問。

（末喚小生介）次尾兄，我和你旅邸抑鬱，特到奏淮賞節，怎的不見同社一人？（小生）想都在燈船之上。（指介）這是丁繼之水榭，正好登眺。（場上搭河房一座，懸燈垂簾）（同登介）（末喚介）丁繼老在家麼？（雜扮小僮上）榴花紅似火，艾葉碧如煙。（見介）原來是陳、吳二位相公，我家主人赴燈船會去了。家中備下酒席，但有客來，隨便留坐的。（末）這樣有趣，（小生）可稱主人好事矣。（末）我們在此雅集，恐有俗子闖入，不免設法拒絕他。（喚介）童子取個燈籠來。（雜應下）（取燈籠上）（末寫介）“復社會文，閒人免進。”（雜掛燈籠介）（小生）若同社朋友到此，便該請他入會了。（末）正是。（雜指介）你聽鼓吹之聲，燈船早已來了。（末、小生凭欄望介）（生、旦雅妝同丑扮柳敬亭、淨扮蘇崑生，吹彈鼓板坐船上）

【八聲甘州】（末）絲竹隱隱，載將來一隊烏帽紅裙。天然風韻，映着柳陌斜曛。名姝也須名士襯，畫舫偏宜畫閣鄰。（小生）消魂，趁晚涼仙侶同群。

（末指介）那燈船上，好似侯朝宗。（小生）侯朝宗是我們同社，該請入會的。（末指介）那個女客便是李香君，也好請他麼？（小生）李香君不受阮鬍子妝奩，竟是復社的朋友，請來何妨。（末）這等說來，（指介）那兩個吹歌的柳敬亭、蘇崑生，不肯做阮鬍子門客，都是復社朋友了。請上樓米，更是有趣。(小生) 待我喚他。(喚介) 侯社兄，侯社兄！(生望見介) 那水榭之上，高聲喚我的，是陳定生、吳次尾。(拱介) 請了。(末招手介) 這是丁繼之水榭，備有酒席，侯兄同香君、敬亭、崑生都上樓來，大家賞節罷。(生) 最妙了。(向丑、淨、旦介) 我們同上樓去。(吹彈上介)

【排歌】 (生、旦) 龍舟并，畫槳分，葵花蒲葉泛金樽。朱樓密，紫障勻，吹簫打鼓入層雲。

(見介)(末) 四位到來，果然成了個 "復社文會" 了。(生) 如何是 "復社文會" ？(小生指燈介) 請看。(生看燈籠介) 不知今日會文，小弟來的恰好。(丑) "閒人免進"，我們未免唐突了。(小生) 你們不肯做阮家門客的，那個不是復社朋友？(生) 難道香君也是復社朋友麼？(小生) 香君卻齣一事，只怕復社朋友還讓一籌哩。(末) 已後竟該稱他老社嫂了。(旦笑介) 豈敢。(末喚介) 童子把酒來斟，我們賞節。(末、小生、生坐一邊，丑、淨、旦坐一邊。飲酒介)

【八聲甘州】 (末、小生) 相親，風流俊品，滿座上都是語笑春溫。(丑、淨) 梁愁隋恨，憑他燕惱鶯嗔。(生、旦) 榴花照樓如火噴，暑汗難沾白玉人。

(雜報介) 燈船來了，燈船來了。(指介) 你看人山人海，圍着一條燭龍，快快看來！(眾起憑欄看介)(扮出燈船，懸五色角燈，大鼓大吹繞場數迴下)(丑) 你看這般富麗，都是公侯勳衛之家。(又扮燈船懸五色紗燈，打粗十番，繞場數迴下)(淨) 這是些富商大賈，衙門書辦，却也鬧熱。(又扮燈船懸五色紙燈，打細十番，繞場數迴下)(末) 你看船上吃酒的，都是些翰林部院老先生們。(小生) 我輩的施爲，倒底有些 "郊寒島瘦"。(眾笑介)(合) 紛紜，望金波天漢迷津。

(生) 夜闌更深，燈船過盡了，我們做篇詩賦，也不負會文之約。(末) 是，是，但不知做何題目？(小生) 做一篇哀湘賦，倒有意思的。(生) 依小弟愚見，不如卽景聯句，更覺暢懷。(末) 妙，妙！(問介) 我三人誰起誰結？(生) 自然讓定生兄起結了。(丑問介) 三位相公聯句消夜，我們三個陪着打盹麼？(末) 也有個借重之處。(淨) 有何使喚？(末) 俺們每成四韻，飲酒一杯，你們便吹彈一回。(生) 有趣，有趣！真是文酒笙歌之會。(末拱介) 小弟竟僭了。(吟介) 賞節秦淮榭，論心劇孟家。(小生) 黃開金裹葉，紅綻火燒花。(生) 蒲劍何須試，葵心未肯差。(末) 辟兵逢綵縷，却鬼得丹砂。(末、小生、生飲酒，丑擊雲鑼，淨彈月琴，旦吹簫一回介)(小生) 蜃市樓縹緲，虹橋洞曲斜。(生) 燈疑羲氏馭，舟是爽龍拏。(末) 星宿才離海，玻璃更煉媧。(小生) 光流銀漢水，影動赤城霞。(照前介) (生) 玉樹難諧拍，漁陽不辨撾。(末) 龜年喧笛管，中散鬧箏琶。(小生) 繫纜千條錦，連窗萬眼紗。(生) 楸枰停鬬子，瓷注屢呼茶。(照前介) (末) 焰比焚椒列，聲同對罍譁。(小生) 電雷爭此夜，珠翠膩誰家。(生) 螢照無人苑，烏啼有樹衙。(末) 憑欄人散後，作賦弔長沙。(照前介) (衆起介) (末) 有趣，有趣！竟聯成一十六韻，明日可以發刻了。(小生) 我們倡和得許多感慨，他們吹彈出無限凄凉，樓下船中，料無解人也。(淨向丑介) 閒話且休講，自古道良宵苦短，勝事難逢。我兩個一邊唱曲，陳、吳二位相公一邊勸酒，讓他名士、美人，另做一個風流佳會何如。(丑) 使得，這是我們幫閒本等也。(末) 我與次兄原有主道，正該少申敬意。(小生) 就請依次坐來。(生、旦正坐，末、小生坐左，丑、淨坐右介) (生向旦介) 承衆位雅意，讓我兩個并坐牙床，又吃一回合巹雙杯，倒也有趣。(旦微笑介) (末、小生勸酒、淨、丑唱介)

【排歌】歌才發，燈未昏，佳人重抖玉精神。詩題壁，酒沾唇，才郎偏會語溫存。

(雜報介) 燈船又來了。(末) 夜已三更，怎的還有燈船？(俱起凭欄看介)(副淨扮阮大鋮，坐燈船。雜扮優人，細吹細唱緩緩上)(淨) 這船上像些老白相，大家洗耳，細細領略。(副淨立船頭自語介) 我阮大鋮買舟載歌，原要早出遊賞；只恐遇着輕薄廝鬧，故此半夜才來，好惱人也！(指介) 那丁家河房，尙有燈火。(喚介) 小廝，看有何人在上？
(雜上岸看，回報介) 燈籠上寫着 "復社會文，閒人免進"。(副淨驚介)
了不得，了不得！(搖袖介) 快歇笙歌，快滅燈火。(滅燈、止吹，悄悄
撐船下) (末) 好好一隻燈船，爲何歇了笙歌，滅了燈火，悄然而去？
(小生) 這也奇怪，快着人看來。(丑) 不必去看，我老眼雖昏，早已看眞
了。那個鬍子，便是阮圓海。(淨) 我道吹歌那樣不同。(末怒介) 好大
膽老奴才，這貢院之前，也許他來遊耍麼！(小生) 待我走去，採掉他
鬍子。(欲下介) (生攔介) 罷，罷！ 他旣迴避，我們也不必爲已甚之
行。(末) 侯兄，不知我不已甚，他便已甚了。(丑) 船已去遠，丟開手
罷。(小生) 便盎了這鬍子，(旦) 夜色已深，大家散罷。(丑) 香姐想媽
媽了，我們送他回去。(末、小生) 我二人不回寓，就下榻此間了。(生)
兩兄旣不回寓，我們過船的，就此作別罷。請了。(末、小生) 請了。
(先下) (生、旦、丑、淨下船，雜搖船行介)

　　【餘文】下樓臺，遊人盡； 小舟留得一家春，只怕花底難敲深夜
門。

　　(生) 月落煙濃路不眞，(旦) 小樓紅處是東隣；
　　(丑) 秦淮一里盈盈水，(淨) 夜半春帆送美人。

第九齣

撫兵

癸未七月

【點絳唇】 (副淨、末扮二將官，雜扮四小卒上) 旗捲軍牙，射潮弩發鯨鯢怕。操弓試馬，鼓角斜陽下。

俺們鎮守武昌兵馬大元帥寧南侯麾下將士是也。今日點卯日期，元帥陞帳，只得在此伺候。(吹打開門介)

【粉蝶兒】 (小生戎裝，扮左良玉上) 七尺昂藏，虎頭燕頷如畫，莽男兒走遍天涯。活騎人，飛食肉，風雲叱咤。報國恩，一腔熱血揮灑。

建牙吹角不聞喧，三十登壇衆所尊；家散萬金酬士死，身留一劍答君恩。咱家左良玉，表字崑山，家住遼陽，世爲都司，只因得罪罷職，補糧昌平。幸遇軍門侯恂，拔於走卒，命爲戰將，不到一年，又拜總兵之官。北討南征，功加侯伯；强兵勁馬，列鎮荆襄。(作勢介) 看俺左良玉，自幼習學武藝，能挽五石之弓，善爲左右之射；那李自成、張獻忠幾個毛賊，何難勦滅。只可恨督師無人，機宜錯過，熊文燦、楊嗣昌既以偏私而敗績，丁啓睿、呂大器又因怠玩而無功。只有俺恩帥侯公，智勇兼全，儘能經理中原；不意奸人忌功，才用卽休，叫俺一腔熱血，報主無期，好不恨也！(頓足介) 罷，罷，罷！這湖南、湖北，也還可戰可守，且觀成敗，再定行藏。(坐介) (內作衆兵喊叫、小生驚問介) 轅門之外，何人喧譁？(副淨、末稟介) 稟上元帥，轅門肅靜，誰敢喧譁。(小生怒介) 現在喧譁，怎報沒有！(副淨、末) 那是飢兵討餉，幷非喧譁。(小生) 咦！前自湖南借糧三十船，不到一月，難道支完了。(副淨、末) 稟元帥, 本鎮人馬已足三十萬了, 些須糧草, 那够支銷。(小生拍案介) 呵呀！ 這等却也難處哩。(立起, 唱介)

【北石榴花】你看中原豺虎亂如麻, 都窺伺龍樓鳳闕帝王家； 有何人勤王報主, 肯把義旗拿。那督師無老將, 選士皆嬌娃； 却敎俺自撐達, 却敎俺自撐達。正騰騰殺氣, 這軍糧又早缺乏。一陣陣拍手喧譁, 一陣陣拍手喧譁, 百忙中敎我如何答話, 好一似薨薨白晝鬧蜂衙。

(坐介) (內又喊介) (小生) 你聽外邊將士, 益發鼓譟, 好像要反的光景, 左右聽俺吩咐。(立起, 唱介)

【上小樓】您不要錯怨咱家, 您不要錯怨咱家。誰不是天朝犬馬, 他三百年養士不差, 三百年養士不差。都要把良心拍打, 爲甚麼擊鼓敲門鬧轉加, 敢則要劫庫搶官衙。俺這裡望眼巴巴, 俺這裡望眼巴巴, 候江州軍糧飛下。

(坐介) (抽令箭擲地介) (副淨、末拾箭, 向內吩咐介) 元帥有令, 三軍聽者：目下軍餉缺乏, 乃人馬歸附之多, 非糧草屯積之少。朝廷深恩, 不可不報；將軍嚴令, 不可不遵。況江西助餉, 指日到轅, 各宜靜聽, 勿得喧譁。(副淨、末回話介) 奉元帥軍令, 俱已曉諭三軍了。(內又喊叫介) (小生) 怎麼鼓譟之聲, 漸入轅門, 你再去吩咐。(立起, 唱介)

【黃龍犯】您且忍枵腹這一宵, 盼江西那幾艘。俺待要飛檄金陵, 俺待要飛檄金陵, 告兵曹轉達車駕, 許咱們遷鎮移家, 許咱們遷鎮移家。就糧東去, 安營歇馬, 駕樓船到燕子磯邊耍。

(副淨、末持令箭向內吩咐介) 元帥有令, 三軍聽者：糧船一到, 卽便支發。仍恐轉運維艱, 枵腹難待；不日撤兵漢口, 就食南京；永無缺乏之虞, 同享飽騰之樂。各宜靜聽, 勿再喧譁！(內歡呼介) 好, 好, 好！大家收拾行裝, 豫備東去呀。(副淨、末回生介) 稟上元帥, 三軍聞令, 俱各歡呼散去了。(小生) 事已如此, 無可奈何, 只得擇期移鎮, 暫慰軍心。(想介) 且住, 未奉明旨, 輒自前行, 雖聖恩寬大, 未必加誅；只恐形跡之間，難免天下之議。事非小可，再作商量。

　　【尾聲】慰三軍沒別法，　許就糧喧聲才罷，　誰知俺一片葵傾向日花。

　　（下）(內作吹打掩門、四卒下)(副淨向末) 老哥，咱弟兄們商量，天下強兵勇將，讓俺武昌。明日順流東下，料知沒人抵當。大家擁着元帥爺，一直搶了南京，就扯起黃旗，往北京進取，有何不可。(末搖手介)我們左爺爺忠義之人，這樣風話，且不要題。依着我說，還是移家就糧，且吃飽飯爲妙。(副淨) 你還不知，一移南京，人心驚慌，就不取北京，這個惡名也免不得了。

　　(末) 紛紛將士願移家,(副淨) 細柳營中起暮笳；

　　(末) 千古英雄須打筭,(副淨) 樓船東下一生差。

第十齣

修札

癸未八月

　　(丑扮柳敬亭上) 老子江湖漫自誇，收今販古是生涯。年來怕作朱門客，閒坐街坊吃冷茶。(笑介) 在下柳敬亭，自幼無藉，流落江湖，雖則爲談詞之輩，却不是飲食之人。(拱介) 列位看我像個甚的，好像一位閻羅王，掌著這本大帳簿，點了沒數的鬼魂名姓；又像一尊彌勒佛，腆著這副大肚皮，裝了無限的世態炎凉。鼓板輕敲，便有風雷雨露；舌唇才動，也成月旦春秋。這些含寃的孝子忠臣，少不得還他個揚眉吐氣；那班得意的奸雄邪黨，免不了加他些人禍天誅；此乃補救之微權，亦是褒譏之妙用。(笑介) 俺柳麻子信口胡談，却也燥脾。昨日河南侯公子，送到茶資，約定今日午後來聽平話，且把鼓板取出，打個招客的利市。(取出鼓板敲唱介) 無事消閒扯淡，就中滋味酸甛；古來十萬八千年，一霎飛鴻去遠。幾陣狂風暴雨，各家虎帳龍船，爭名奪利片時喧，讓他陳摶睡扁。(生上) 芳草煙中尋粉黛，斜陽影裡說英雄。今日來聽老柳平話，裡面鼓板鏗鏘，早已有人領教。(相見大笑介) 看官俱未到，獨自在此，說與誰聽。(丑) 這說書是老漢的本業，譬如相公閒坐書齋，彈琴吟詩，都要人聽麼？(生笑介) 講的有理。(丑) 請問今日要聽那一朝故事？(生) 不拘何朝，你只揀著熱鬧爽快的說一回罷。(丑) 相公不知，那熱鬧局就是冷淡的根芽，爽快事就是牽纏的枝葉；倒不如把些剩水殘山，孤臣孽子，講他幾句，大家滴些眼淚罷。(生歎介) 咳！不料敬老你也看到這個田地，眞可慮也！(末扮楊文驄急上) 休敎鐵鎖沈江底，怕有降旗出石頭。下官楊文驄，有緊急大事，要尋侯兄計議；一路問來，知在此處，不免竟入。(見介)(生) 來的正好，大家聽敬老平話。(末急介) 目下何等時候，還聽平話。(生) 龍老爲何這樣驚慌。(末) 兄還不知麼，左良玉領兵東下，要搶南京，且有窺伺北京之意。本兵熊明遇束手無策，故此託弟前來，懇求妙計。(生) 小弟有何計策。(末) 久聞尊翁老先生乃寧南之恩帥，若肯發一手諭，必能退却。不知足下主意若何？(生) 這樣好事，怎肯不做；但家父罷政林居，縱肯發書，未必有濟。且往返三千里，何以解目前之危？(末) 吾兄素稱豪俠，當此國家大事，豈忍坐視。何不代寫一書，且救目前；另日稟明尊翁，料不見責也。(生) 應急權變，倒也可行；待我回寓起稿，大家商量。(末) 事不宜遲，卽刻發書，還恐無及，那裡等的商量。(生) 旣是如此，就此修書便了。(寫書介)

【一封書】老夫愚不揣，勸將軍自忖裁，旌旗且慢來，兵出無名道路猜。高帝留都陵樹在，誰敢輕將馬足躧；乏糧柴，善安排，一片忠心窮莫改。

(寫完，末看介) 妙妙！ 寫的激切婉轉，有情有理，叫他不好不依，又不敢不依，足見世兄經濟。(生) 雖如此說，還該送與熊大司馬，細加改正，方爲萬妥。(末) 不必煩擾，待小弟說與他便了。(愁介) 只是一件，書雖有了，須差一的當家人早寄爲妙。(生) 小弟輕裝薄遊，只帶兩個童子，那能下的書來。(末) 這樣密書，豈是生人可以去得。(生) 這却沒法了。(丑) 不必著忙，讓我老柳走一遭何如。(末) 敬老肯去，妙的狠了；只是路盤詰，也不是當耍的。(丑) 不瞞老爺說，我柳麻子本姓曹，雖則身長九尺，却不肯食粟而已。那些隨機應變的口頭，左衝右擋的膂力，都還有些兒。(生) 聞得左良玉軍門嚴肅，山人遊客，一槩不容擅入。你這般老態，如何去的？(丑) 相公又來激俺了，這是俺說書的熟套了。我老漢要去就行，不去就止，那在乎一激之力。(起問介)

【北鬭鵪鶉】你那裡筆下謅文，我這裡胸中畫策。舌戰群雄，讓俺不才； 柳毅傳書，何妨下海。丟却俺的癡騃，用著俺的詼諧，悄去明來，萬人喝采。

　　(末) 果然好個本領，只是書中意思，還要你明白解說，才能有濟。

　　【紫花兒序】 (丑) 書中意不須細解，何用明白，費俺脣腮。一雙空手，也去當差，也會摳乖。憑著俺舌尖兒把他的人馬罵開，仍倒回八百里外。(生) 你怎的罵他？ (丑) 則問他防賊自作賊，該也不該。

　　(生) 好，好，好！ 比俺的書字還說得明白。(末) 你快進去收拾行李，俺替你送盤纏來，今夜務必出城才好。(丑) 曉得，曉得！ (拱手介) 不得奉陪了。(竟下) (末) 竟不知柳敬亭是個有用之才。(生) 我常誇他是我輩中人，說書乃其餘技耳。

　　【尾聲】一封書信權宜代，仗柳生舌尖口快，阻回那莽元帥萬馬晨霜，保住這好江城三山暮靄。

　　(末) 一紙賢於汗馬才，(生) 荊州無復戰船開；
　　(末) 從來名士誇江左，(生) 揮塵今登拜將臺。

第十一齣

投轅

癸未九月

（淨、副淨扮二卒上）（淨）殺賊拾賊囊，救民佔民房，當官領官倉，一兵喫三糧。（副淨）如今不是這樣唱了。（淨）你唱來！（副淨）賊兇少棄囊，民逃剩空房，官窮不開倉，千兵無一糧。（淨）這等說，我們這窮兵當眞要餓死了。（副淨）也差不多哩。（淨）前日鼓譟之時，元帥著忙，許俺們就糧南京，這幾日不見動靜，想又變卦了。（副淨）他變了卦，俺們依舊鼓譟，有何難哉。（淨）閒話少說，且到轅門點卯，再作商量。正是"不怕餓殺，誰肯犯法"。（俱下）

【北新水令】（丑扮柳敬亭，背包裹上）走出了空林落葉響蕭蕭，一叢叢蘆花紅蓼。倒戴著接䍦帽，橫跨著湛盧刀，白鬚兒飄飄，誰認的詼諧玩世東方老。

俺柳敬亭衝風冒雨，沿江行來，并不見亂兵搶糧，想是訛傳了。且喜已到武昌城外，不免在這草地下打開包裹，換了靴帽，好去投書。（坐地換靴帽介）

【南步步嬌】（副淨、淨上）曉雨城邊饑烏叫，來往荒煙道，軍營半里遙。（指介）風捲旌旗，鼓角縹緲，前面是轅門了，大家趲行幾步。餓腹好難熬，還點三八卯。

（丑起拱介）兩位將爺，借問一聲，那是將軍轅門？（淨向副淨私語介）這個老兒是江北語音，不是逃兵，就是流賊。（副淨）何不收拾起來，詐他幾文，且買飯吃。（淨）妙！（副淨問介）你尋將軍衙門麼？（丑）正是。（淨）待我送你去。（丢繩套住丑介）（丑）呵呀！怎麼拿起我來了？（副淨）俺們是武昌營專管巡邏的弓兵，不拿你，拿誰呀。（丑推二淨倒地，指笑介）兩個沒眼色的花子，怪不得餓的東倒西歪的。（淨）你怎曉得我們捱餓。（丑）不爲你們捱餓，我爲何到此？（副淨）這等說來，你敢是解糧來的麼？（丑）不是解糧的，是做甚的。（淨）啐！我們瞎眼了，快搬行李，送老哥轅門去。（副淨、淨同丑行介）

【北折桂令】（丑）你看城枕著江水滔滔，鸚鵡洲闊，黃鶴樓高。鷄犬寂寥，人煙慘淡，市井蕭條。都只把豺狼喂飽，好江城畫破圖拋。滿耳呼號，鼛鼓聲雄，鐵馬嘶驕。

（副淨指介）這是帥府轅門了。（喚介）老哥在此等候，待我傳鼓。（擊鼓介）（末扮軍官上）封拜惟知元帥大，征誅不讓帝王尊。（問介）門外擊鼓，有何軍情，速速報來。（淨）適在汛地捉了一個面生可疑之人，口稱解糧到此，未知眞假，拏赴轅門，聽候發落。（末問丑介）你稱解糧到此，有何公文？（丑）沒有公文，止有書函。（末）這就可疑了。

【南江兒水】你的北來意費推敲，一封書信無名號，荒唐言語多虛冒，憑空何處軍糧到。無端左支右調，看他神情，大抵非逃卽盜。

（丑）此話差矣，若是逃、盜，爲何自尋轅門。（末）說的也是。旣有書函，待我替你傳進。（丑）這是一封密書，要當面交與元帥的。（末）這話益發可疑了。你且外邊伺候，待我稟過元帥，傳你進見。（淨、副淨、丑俱下）（內吹打開門，雜扮軍卒六人各執械對立介）（小生扮左良玉戎服上）荊襄雄鎮大江濱，四海安危七尺身。日日軍儲勞計畫，那能談笑淨煙塵。（升坐，吩咐介）昨因饑兵鼓譟，本帥詐他就糧南京；後來細想：兵去就糧，何如糧來就兵。聞得九江助餉，不日就到，今日暫免點卯，各回汛地，靜候關糧。（末）得令。（虛下，卽上）奉元帥軍令，掛牌免卯，三軍各回汛地了。（小生）有甚軍情，早早報來。（末）別無軍情，只有差役一名，口稱解糧到此，要見元帥。（小生喜介）果然糧船到了，可喜，可喜！（問介）所賫文書，係何衙門？（末）并無文書，止有私書，要當堂投遞。（小生）這話就奇了，或是流賊細作，亦未可定。(吩咐介) 左右軍牢, 小心防備, 着他膝行而進。(衆) 是！(末喚丑進介)(左右交執器械, 丑鑽入見介)(揖介) 元帥在上, 晚生拜揖了。(小生) 唗！你是何等樣人, 敢到此處放肆。(丑) 晚生一介平民, 怎敢放肆。

【北雁兒落帶得勝令】俺是個不出山老漁樵,　那曉得王侯大賓客小。看這長鎗大劍列門旗, 只當深林密樹穿荒草。儘著狐狸縱橫虎咆哮, 這威風何須要。偏嚇俺孤身客無門跑, 便作個長揖兒不是驕。(拱介) 求饒, 軍中禮原不曉。(笑介) 氣也麼消, 有書函將軍仔細瞧。

(小生問介) 有誰的書函？(丑) 歸德侯老先生寄來奉候的。(小生) 侯司徒是俺的恩帥,　你如何認得？(丑) 晚生現在侯府。(小生拱介) 這等失敬了。(問介) 書在那裏？(丑送上書介)(小生) 吩咐掩門。(內吹打掩門, 衆下)(小生) 尊客請坐。(丑傍坐介)(小生看書介)

【南僥僥令】看他諄諄情意好, 不啻敎兒曹。這書中文理, 一時也看不透徹, 無非勸俺鎮守邊方。不可移兵內地。(歎介) 恩帥, 恩帥！那知俺左良玉, 一片忠心天可告, 怎肯背深恩, 辱薦保。

(問丑介) 足下尊姓大號？(丑) 不敢, 晚生姓柳, 草號敬亭。(雜捧茶上)(小生) 敬亭請茶。(丑接茶介)(小生) 你可知這座武昌城, 自經張獻忠一番焚掠, 十室九空。俺雖鎮守在此, 缺草乏糧, 日日鼓譟, 連俺也做不得主了。(丑氣介) 元帥說那裏話, 自古道 "兵隨將轉", 再沒個將逐兵移的。

【北收江南】你坐在細柳營, 手握著虎龍韜, 管千軍山可動, 令不搖。饑兵鼓譟犯天朝, 將軍無計, 從他去自逍遙。這惡名怎逃, 這惡名怎逃。說不起三軍權柄帥難操。

(摔茶鐘於地下介)(小生怒介) 呵呀！這等無禮, 竟把茶杯擲地。(丑笑介) 晚生怎敢無禮, 一時說的高興, 順手摔去了。(小生) 順手摔去,　難道你的心做不得主麼。(丑)　心若做得主呵,　也不叫手下亂動了。(小生笑介) 敬亭講的有理。只因兵丁餓的急了, 許他就糧內裏。

亦是無可奈何之一著。(丑) 晚生遠來， 也餓急了， 元帥竟不問一聲兒。(小生) 我倒忘了，叫左右快擺飯來。(丑摩腹介) 好餓，好餓！(小生催介) 可惡奴才， 還不快擺！(丑起介) 等不得了， 竟往內裏吃去罷。(向內行介)(小生怒介) 如何進我內裏？(丑回顧介) 餓的急了。(小生) 餓的急了，就許你進內堅麼？(丑笑介) 餓的急了，也不許進內裏，元帥竟也曉得哩。(小生大笑介) 句句譏誚俺的錯處， 好個舌辯之士。俺這帳下倒少不得你這個人哩。

【南園林好】俺雖是江湖泛交，認得出滑稽曼老； 這胸次包羅不少，能直諫，會旁嘲。

(丑) 那裏，那裏！ 只不過遊戲江湖，圖鋪啜耳。(小生問介) 俺看敬亭，既與縉紳往來，必有絶技，正要請教。(丑) 晚生自幼失學，有何技藝。偶讀幾句野吏， 信口演說， 曾蒙吳橋范大司馬、桐城何老相國，謬加賞贊，因而得交縉紳，實堪慚愧。

【北沽美酒帶太平令】俺讀些稗官詞，寄牢騷，稗官詞，寄牢騷，對江山喫一斗苦松醪。小鼓兒顫杖輕敲，寸板兒軟手頻搖； 一字字臣忠子孝，一聲聲龍吟虎嘯； 快舌尖鋼刀出鞘，響喉嚨轟雷烈炮。呀！似這般冷嘲、熱挑，用不著筆抄，墨描。勸英豪，一盤錯帳速勾了。

(小生) 說的爽快，竟不知敬亭有此絶技，就留下榻衙齋，早晚領教罷。

【清江引】從此談今論古日傾倒， 風雨開懷抱。你那蘇張舌辯高，我的巧射驚羿鼻，只愁那匝地煙塵何日掃。

(丑) 閒話多時，到底不知元帥向內移兵，有何主見？(小生) 耿耿臣心，惟天可表，不須口勸，何用書責。

(小生) 臣心如水照清霄，(丑) 咫尺天顏路不遙；

(小生) 要與西南撑半壁，(丑) 不須東看海門潮。

第十二齣

辭院

癸未十月

【西地錦】（末扮楊文驄冠帶上）錦繡東南列郡，英雄割據紛紛；而今還起周郎恨，江水向東奔。

下官楊文驄，昨奉熊司馬之命，託侯兄發書寧南，阻其北上，已遣柳敬亭連夜寄去。還怕投書未穩，一面奏聞朝廷，加他官爵，廕他子姪；又一面知會各處督撫，及在城大小文武，齊集淸議堂，公同計議，助他糧餉，這也是不得已調停之法。下官與阮圓海雖罷閒流寓，都有傳單，只得早到。（副淨扮阮大鋮冠帶上）黑白看成棋裏事，鬚眉扮作戲中人。（見介）龍友請了，今日會議軍情，旣傳我們到此，也不可默默無言。（末）事體重大，我們廢員閒宦，立不得主意，身到就是了。（副淨）說那裏話。

【啄木兒】朝廷事，須認眞，太祖神京今未穩，莫漫愁鐵鎖船開，只怕有蕭牆人引。角聲鼓音城樓震，帆揚幟飛江風順，明取金陵，有人私啓門。

（末）這話未確，且莫輕言。（副淨）小弟實有所聞，豈可不說。（丑扮長班上）處處軍情緊，朝朝會議多。稟老爺，淮安漕撫史可法老爺，鳳陽督撫馬士英老爺俱到了。（末、副淨出候介）（外白鬚扮史可法，淨禿鬚扮馬士英，各冠帶上）（外）天下軍儲一線漕，無能空佩呂虔刀。（淨）長陵坏土關龍脈，愁絕烽煙搔二毛。（末、副淨見揖介）（外問介）本兵熊老先生爲何不到？（丑稟介）今日有旨，往江上點兵去了。（淨）這等又會議不成，如何是好？

【前腔】　(外) 黃塵起, 王氣昏, 羽扇難揮建業軍；　幕府山蠟橄星馳, 五馬渡樓船飛滾。江東應須夷吾鎮, 淸談怎消南朝恨, 少不得努力同捐衰病身。

　(末) 老先生不必深憂, 左良玉係侯司徒舊卒, 昨已發書勸止, 料無不從者。(外)　學生亦聞此舉雖出熊司馬之意, 實皆年兄之功也。(副淨) 這倒不知；只聞左兵之來, 實有暗裏勾之者。(外) 是那個？(副淨) 就是敝同年侯恂之子侯方域。(外) 他也是敝世兄, 在復社中錚錚有聲, 豈肯爲此？(副淨) 老公祖不知, 他與左良玉相交最密, 常有私書往來；　若不早除此人, 將來必爲內應。(淨) 說的有理, 何惜一人, 致陷滿城之命乎？(外) 這也是莫須有之事, 況阮老先生罷閒之人, 國家大事也不可亂講。(別介) 請了, 正是 "邪人無正論, 公議總私情"。(下)(副淨指恨介)(向淨介) 怎麼史道鄰就拂衣而去, 小弟之言鑿鑿有據；　聞得前日還託柳麻子去下私書的。(末)　這太屈他了, 敬亭之去, 小弟所使, 寫書之時, 小弟在傍；　倒虧他寫的懇切, 怎反疑起他來？(副淨) 龍友不知, 那書中都有字眼暗號, 人那裏曉得？(淨點頭介) 是呀, 這樣人該殺的, 小弟回去, 卽著人訪拿。(向末介) 老妹丈, 就此同行罷。(末) 請舅翁先行一步, 小弟隨後就來。(副淨向淨介) 小弟與令妹丈不啻同胞, 常道及老公祖垂念, 難得今日會著。小弟有許多心事, 要爲竟夕之談。不知可否？(淨) 久荷高雅, 正要請敎。(同下)(末) 這是那裡說起！侯兄之素行雖未深知, 只論寫書一事呵,

【三段子】這冤怎伸, 硬疊成曾參殺人；這恨怎吞, 強書爲陳恒弑君。不免報他一信, 叫他趁早躲避。(行介) 眠香占花風流陣, 今宵正倚薰籠困, 那知打散鴛鴦金彈狠。

　來此是李家別院, 不免叫門。(敲門介)(內吹唱介)(淨扮蘇崑生上) 是那個？(末) 快快開門！(淨開門見介) 原來是楊老爺, 天色已晚, 還來閒遊。(末認介) 你是蘇崑老。(問介) 侯兄在那裏？(淨) 今日香君學完一套新曲, 都在樓上聽他演腔。(末) 快請下樓！　(淨入喚介)

(小旦、生、旦出介)(生)濃情人帶酒，寒夜帳籠花。楊兄高興，也來消夜。(末)兄還不知，有天大禍事來尋你了。(生)有何禍事，如此相嚇？(末)今日清議堂議事，阮圓海對著大衆，說你與寧南有舊，常通私書，將爲內應。那些當事諸公，俱有拿你之意。(生驚介)我與阮圓海素無深讐，爲何下這毒手。(末)想因却奩一事，太激烈了，故此老羞變怒耳。(小旦)事不宜遲，趁早高飛遠遁，不要連累別人。(生)說的有理。(愁介)只是燕爾新婚，如何捨得。(旦正色介)官人素以豪傑自命，爲何學兒女子態。(生)是，是，但不知那裏去好？

【滴溜子】雙親在，雙親在，信音未準； 烽煙起，烽煙起，梓桑半損。欲歸， 歸途難問。天涯到處迷， 將身怎隱。歧路窮途， 天暗地昏。

(末)不必著慌，小弟倒有個算計。(生)請教！(末)會議之時，漕撫史可法、鳳撫馬舍舅俱在坐。舍舅語言甚不相爲， 全虧史公一力分豁，且說與尊府原有世誼的。(生想介)是，是，史道鄰是家父門生。(末)這等何不隨他到淮，再候家信。(生)妙，妙！ 多謝指引了。(旦)待奴家收拾行裝。(旦束裝介)

【前腔】歡娛事，歡娛事，兩心自忖； 生離苦，生離苦，且將恨忍，結成眉峰一寸。香沾翠被池，重重束緊。藥裹巾箱，都帶淚痕。

(丑上挑行李介)(生別旦介)暫此分別，後會不遠。(旦彈淚介)滿地煙塵，重來亦未可必也。

【哭相思】離合悲歡分一瞬，後會期無憑準。(小旦)怕有巡兵踪跡，快行一步罷。(生)吹散俺西風太緊，停一刻無人肯。

(生)但不知史漕撫寓在那廂。(淨)聞他來京公幹，常寓市隱園，待我送官人去。(生)這等多謝。(生、淨、丑急下)(小旦)這椿禍事，都從楊老爺起的，也還求楊老爺歸結。明日果來拿人，作何計較？(末)貞娘放心，侯郎既去，都與你無干了。

(末)人生聚散事難論，(旦)酒盡歌終被尚溫；

(小旦) 獨照花枝眠不穩, (末) 來朝風雨俺重門。

第十三齣

哭主

甲申三月

（副淨扮旗牌官上）漢陽煙樹隔江濱，影裏青山畫裏人，可惜城西佳絶處，朝朝遮斷馬頭塵。在下寧南帥府一個旗牌官的便是，俺元帥收復武昌，功封侯爵。昨日又奉新恩，加了太傅之銜；小爺左夢庚，亦掛總兵之印，特差巡按御史黃澍老爺到府宣旨。今日九江督撫袁繼咸老爺，又解糧三十船，親來給發。元帥大喜，命俺設宴黃鶴樓，請兩位老爺飲酒看江。（望介）遙見晴川樹底，芳草洲邊，萬姓歡歌，三軍嬉笑，好一段太平景象也。遠遠喝道之聲，元帥將到，不免設起席來。（臺上掛黃鶴樓匾）（副淨設席安座介）（雜扮軍校旗仗鼓吹引導）（小生扮左良玉戎裝上）

【聲聲慢】逐人春色，入眼晴光，連江芳草青青。百尺樓高，吹笛落梅風景。領著花間小乘，載行廚，帶緩衣輕；便笑咱將軍好武，也愛儒生。

咱家左良玉，今日設宴黃鶴樓，請袁、黃兩公飲酒看江，只得早候。（吩咐介）大小軍卒樓下伺候。（衆應下）（作登樓介）三春雲物歸胸次，萬里風煙到眼中。（望介）你看浩浩洞庭，蒼蒼雲夢，控西南之險，當江漢之衝；俺左良玉鎮此名邦，好不壯哉！（坐呼介）旗牌官何在？（副淨跪介）有。（小生）酒席齊備不曾？（副淨）齊備多時了。（小生）怎麼兩位老爺還不見到？（副淨）連請數次，袁老爺正在江岸盤糧，黃老爺又往龍華寺拜客，大約傍晚才來。（小生）在此久候，豈不困倦。叫左右速接柳相公上樓，閒談撥悶。（雜跪稟介）柳相公現在樓下。(小生) 快請。(雜請介) (丑扮柳敬亭上) 氣吞雲夢澤，聲撼岳陽樓。(見介) (小生) 敬亭爲何早來了。(丑) 晚生知道元帥悶坐，特來奉陪的。(小生) 這也奇了，你如何曉得。(丑) 常言 "秀才會課，點燈告坐"。天生文官，再不能爽快的。(小生笑介) 說的有理。(指介) 你看天才午轉，幾時等到點燈也。(丑) 若不嫌聒噪呵，把昨晚說的 "秦叔寶見姑娘"，再接上一回罷。(小生) 極妙了。(問介) 帶有鼓板麽？(丑) 自古 "官不離印，貨不離身"，老漢管著做甚的。(取出鼓板介)(小生) 叫左右泡開岕片，安下胡琳。咱要紗帽隱囊，清談消遣哩。(雜設琳、泡茶，小生更衣坐，雜搥背搔癢介)(丑旁坐敲鼓板說書介) 大江滾滾浪東流，淘盡興亡古渡頭；屈指英雄無半個，從來遺恨是荊州。按下新詩，還提舊話。且說人生最難得的是亂離之後，骨肉重逢。總是地北天南，時移物換，經幾番凶荒戰鬥，怎免得梗泛萍漂。可喜秦叔寶解到羅公帥府，枷鎖連身，正在候審；遇著嫡親姑娘，捲簾下階，抱頭大哭。當時換了新衣，設席款待，一個候死的囚徒，登時上了青天。這叫做 "運去黃金減價，時來頑鐵生光"。(拍醒木介) (小生掩淚介) 咱家也都經過了。(丑) 再說那羅公問及叔寶的武藝，滿心歡喜，特地要誇其本領，卽日放炮傳操。下了敎場，雄兵十萬，雁翅排開。羅公獨坐當中，一呼百諾，掌著生殺之權。秦叔寶站在旁邊，點頭贊歎，口裏不言，心中暗道：大丈夫定當如此！(拍醒木介)(小生作驕態，笑介) 俺左良玉也不枉爲人一世矣。(丑) 那羅公眼看叔寶，高聲問道："秦瓊，看你身材高大，可曾學些武藝麽？" 叔寶慌忙跪下，應答如流："小人會使雙鐧。" 羅公卽命家人，將自己用的兩條銀鐧，擡將下來。那兩條銀鐧，共重六十八斤，比叔寶所用鐵鐧，輕了一半。叔寶是用過重鐧的人，接在手中，如同無物。跳下階來，使盡身法，左輪右舞，恰似玉蟒纏身，銀龍護體。玉蟒纏身，萬道毫光臺下落；銀龍護體，一輪月影面前懸。羅公在中軍帳裏，大聲喝采道："好呀！" 那十萬雄兵，一齊答應。(作喊介) 如同山崩雷響，十里皆聞。(拍醒木介) (小生照鏡鑷鬢介) 俺左良玉立功邊塞，萬夫不當，也是天下一個好健兒。如今白髮漸生，殺賊未盡，好不恨也。(副淨上) 稟元帥爺，兩位老爺俱到樓了。(丑暗下) (小生換冠帶、雜撤牀排席介) (外扮袁繼咸，末扮黃澍，冠帶喝道上) (外) 長湖落日氣蒼茫，黃鶴樓高望故鄉。(末) 吹笛仙人稱地主，臨風把酒喜洋洋。(小生迎揖介) 二位老先生俯臨敝鎮，曷勝光榮；聊設杯酒，同看春江。(外、末) 久欽威望，喜近節麾，高樓盛設，大快生平。(安席坐，斟酒欲飲介) (淨扮塘報人急上) 忙將覆地翻天事，報與勤王救主人。稟元帥爺，不好了，不好了！(衆驚起介) 有甚麼緊急軍情，這等喊叫？(淨急白介) 稟元帥爺：大夥流賊北犯，層層圍住神京；三天不見救援兵，暗把城門開禁。放火焚燒宮闕，持刀殺害生靈。(拍地介) 可憐聖主好崇禎，(哭說介) 縊死煤山樹頂。(衆驚問介) 有這等事，是那一日來？(淨喘介) 就是這、這、這三月十九日。(衆望北叩頭，大哭介) (小生起，搓手跳哭介) 我的聖上呀！我的崇禎主子呀！我的大行皇帝呀！孤臣左良玉，遠在邊方，不能一旅勤王，罪該萬死了。

【勝如花】高皇帝在九京，不管亡家破鼎，那知他聖子神孫，反不如飄蓬斷梗。十七年憂國如病，呼不應天靈祖靈，調不來親兵救兵；白練無情，送君王一命。傷心煞煤山私幸，獨殉了社稷蒼生，獨殉了社稷蒼生！

(衆又大哭介) (外搖手喊介) 且莫舉哀，還有大事相商。(小生) 有何大事？(外) 既失北京，江山無主，將軍若不早建義旗，頃刻亂生，如何安撫。(末) 正是。(指介) 這江漢荊襄，亦是西南半壁，萬一失守，恢復無及矣。(小生) 小弟濫握兵權，實難辭責，也須兩公努力，共保邊疆。(外、末) 敢不從事。(小生) 既然如此，大家換了白衣，對著大行皇帝在天之靈，慟哭拜盟一番。(喚介) 左右可曾備下縗衣麼？(副淨) 一時不能備及，暫借附近民家素衣三領，白布三條。(小生) 也罷，且穿戴起來。(吩咐介) 大小三軍，亦各隨拜。(小生、外、末穿衣裹布

介) (領衆齊拜，舉哀介) 我那先帝呀，

【前腔】 (合) 宮車出、廟社傾，破碎中原費整。養文臣帷幄無謀，豢武夫疆場不猛； 到今日山殘水剩，對大江月明浪明，滿樓頭呼聲哭聲。(又哭介) 這恨怎平，有皇天作證：從今後戮力奔命，報國讐早復神京，報國讐早復神京。

(小生) 我等拜盟之後，義同兄弟； 臨侯督師，仲霖監軍，我左崑山操兵練馬，死守邊方。倘有太子諸王，中興定鼎，那時勤王北上，恢復中原， 也不負今日一番義舉。(外、末) 領敎了。(副淨稟介) 稟元帥，滿城喧譁，似有變動之意，快請下樓，安撫民心。(俱下樓介)(小生) 二位要向那裡去？ (外) 小弟還回九江。(末) 小弟要到襄陽。(小生) 這等且各分手，請了。(別介)(小生呼介) 轉來，若有國家要事，還望到此公議。(外、末) 但寄片紙，無不奔赴。請了。(外、末下) (小生) 呵呀呀！不料今日天翻地覆，嚇死俺也！

飛花送酒不曾擎，片語傳來滿座驚，
黃鶴樓中人哭罷，江昏月暗夜三更。

第十四齣

阻奸

甲申四月

【遶地遊】 (生上) 飄飆家舍，怎把平安寫，哭蒼天滿喉新血。國讐未雪，鄉心難說，把閒情丟開後些。

小生侯方域，自去冬倉皇避禍，夜投史公，隨到淮安漕署，不覺半載。昨因南大司馬熊公內召，史公卽補其缺，小生又隨渡江。虧他重俺才學，待同骨肉。正思移家金陵，不料南北隔絕。目今議立紛紛，尚無定局，好生愁悶。且候史公回衙，一問消息。(暫下)

【三臺令】 (外扮史可法憂容，丑扮長班隨上) 山河今日崩竭，白面談兵掉舌；弈局事堪嗟，望長安誰家傳舍。

下官史可法，表字道鄰，本貫河南，寄籍燕京。自崇禎辛未，叨中進士，便值中原多故，內爲曹郎，外作監司，敦歷十年，不曾一日安枕。今由淮安漕撫陞補南京兵部尚書。那知到任一月，遭此大變；萬死無裨，一籌莫展。幸虧長江天險，護此留都。但一月無君，人心皇皇，每日議立議迎，全無成說。今早操兵江上，探得北信，不免請出侯兄，大家快談。(丑) 侯爺，有請。(生上見介) 請問老先生，北信若何？(外) 今日得一喜信，說北京雖失，聖上無恙，早已航海而南；太子亦間道東奔，未知果否？(生) 果然如此，蒼生之福也。(小生扮差役上) 朝廷無詔旨，將相有傳聞。(到門介) 門上有人麼？(丑問介) 那里來的？(小生) 是鳳撫衙門來的，有馬老爺候札，卽討回書。(丑) 待我傳上去。(入見介) 稟老爺，鳳撫馬老爺差人投書。(外拆看，皺眉介) 這個馬瑤草，又講甚麼迎立之事了。

【高陽臺】淸議堂中，三番公會，攢眉仰屋蹴靴；　相對長吁，低頭不語如呆。堪嗟！　軍國大事非輕舉，俺縱有廟謨難說。這來書謀迎議立，邀功情切。

（向生介）看他書中意思，屬意福王。又說聖上確確縊死煤山，太子奔逃無蹤。若果如此，　俺縱不依，　他也竟自擧行了。況且昭穆倫次，立福王亦無大差。罷，罷，罷！　答他回書，明日會稿，一同列名便了。（生）老先生所言差矣。福王分藩敝鄉，晚生知之最詳，斷斷立不得。（外）如何立不得？（生）他有三大罪，人人俱知。（外）那三大罪？（生）待晚生數來：

【前腔】福邸藩王，神宗驕子，母妃鄭氏淫邪。當日謀害太子，欲行自立，若無調護良臣，幾將神器奪竊。（外）此一罪却也不小。（問介）還有那一罪？（生）驕奢，盈裝滿載分封去，把內府金錢偸竭。昨日寇逼河南，竟不捨一文助餉；以致國破身亡，滿宮財寶，徒飽賊囊。（外）這也算的一大罪。（問介）那第三大罪呢？（生）這一大罪，就是現今世子德昌王，父死賊手，暴屍未葬，竟忍心遠避。還乘離亂之時，納民妻女。這君德全虧盡喪，怎圖皇業。

（外）說的一些不差，果然是三大罪。（生）不特此也，還有五不可立。（外）怎麽又有五不可立？

【前腔】（生）第一件，車駕存亡，傳聞不一，天無二日同協。第二件，聖上果殉社稷，尚有太子監國，爲何明棄儲君，翻尋枝葉旁牒。第三件，這中興之主，原不必拘定倫次的分別，中興定霸如光武，要訪取出群英傑。第四件，怕強藩乘機保立。第五件，又恐小人呵，將擁戴功挾。

（外）是，是，世兄高見，慮的深遠。前日見副使雷縯祚、禮部周鑣，都有此論，　但不及這番透徹耳。就煩世兄把這三大罪、五不可立之論，寫書回他便了。（生）遵命。（點燭寫書介）（副淨扮阮大鋮，雜扮家僮提燈上）須將奇貨歸吾手，莫把新功讓別人。下官阮大鋮，潛往江

浦，尋著福王，連夜回來，與馬士英倡議迎立。只怕兵部史可法臨時
掣肘。今日修書相商，還恐不妥，故此昏夜叩門，與他細講。(見小生
介) 你早來下書，如何還不回去？(小生) 等候回書，不見發出。(喜介)
阮老爺來的正好，替小人催一催。(雜) 門上大叔那里？(丑) 是那
個？(副淨見，作足恭介) 煩位下通報一聲，說褲子襠裏阮，求見老
爺。(丑諢介) 褲子襠裏軟，這可未必。常言"十個鬍子九個騷"，待我
摸一摸，果然軟不軟。(副淨) 休得取笑，快些方便罷。(丑) 天色已晚，
老爺安歇了，怎敢亂傳。(副淨) 有要話商議，定求一見的。(丑) 待我
傳上去。(進稟介) 稟老爺，有褲子襠裏阮，到門求見。(外) 是那個姓
阮的？(生) 在褲子襠裏住，自然是阮鬍子了。(外) 如此昏夜，他來何
幹？(生) 不消說，又是講迎立之事了。(外) 去年在清議堂誣害世兄
的便是他。這人原是魏黨，眞正小人，不必理他，叫長班回他罷了。
(丑出，怒介) 我說夜晚了，不便相會，果然惹個沒趣。請回罷！(副淨
拍丑肩介) 位下是極在行的，怎不曉得。夜晚來會，才說的是極有趣
的話哩；那青天白日，都是些掃帳兒。(丑) 你老說的有理，事成之後，
隨封都要雙分的。(副淨) 不消說，還要加厚些。(丑) 旣是這等，待我
再傳。(進稟介) 稟老爺，姓阮的定求一見，要說極有趣的話。(外) 呸，
放屁！ 國破家亡之時，還有甚麼趣話說！ 快快趕出，閉上宅門。(丑)
鳳撫回書尙未打發哩。(生) 書已寫就，求老先生過目。(外讀介)

【前腔】二祖列宗，經營垂創，吾皇辛苦力竭。一旦傾移，誰能重
續滅絶。詳列：福藩罪案三樁大，五不可，勢局當歇。再尋求賢宗雅
望，去留先決。

(外) 寫的明白，料他也不敢妄動了。(吩咐介) 就交與鳳撫家人，早
閉宅門，不許再來囉唣。(起介) 正是江上孤臣生白髮，(生) 燈前旅客
罷冰絃。(外、生下)(丑出呼介) 馬老爺差人呢？(小生) 有。(丑) 領了
回書，快快出去，我要閉門哩。(小生接書介) 還有阮老爺要見，怎麼
就閉門？(副淨向丑介) 正是，我方才央過求見老爺的，難道忘了。

(丑佯問介) 你是誰呀？(副淨) 我便是褲子襠裏阮哪。(丑) 啐！半夜三更，只管軟裡硬裡，奈何的人不得睡。(推介) 好好的去罷。(竟閉門入介)(小生) 得了回書，我先去了。(下)(副淨惱介) 好可惡也，竟自閉門不納了。(呆介) 罷了！俺老阮十年之前，這樣氣兒也不知受過多少，且自耐他。(搓手介) 只是當前機會，不可錯過。這史可法現掌着本兵之印，如此執拗起來，目下迎立之事，便行不去了，這怎麼處？(想介) 哑！我到獃氣了，如今皇帝玉璽且無下落，你那一顆部印有何用處。(指介) 老史，老史，一盤好肉包掇上門來，你不會吃，反去讓了別人，日後不要見怪。正是：

窮途才解阮生嗟，無主江山信手拏；

奇貨居來隨處贈，不知福分在誰家。

第十五齣
迎駕

甲申四月

【番卜算】 (淨扮馬士英冠帶上) 一旦神京失守， 看中原逐鹿交走。捷足爭先，拜相與封侯，憑着這擁立功大權歸手。

下官馬士英，別字瑤草，貴州貴陽衛人也，起家萬曆己未進士，現任鳳陽督撫。幸遇國家多故， 正我輩得意之秋。前日發書約會史可法，同迎福王。他回書中有 "三大罪、五不可立" 之言。阮大鋮走去面商，他又閉門不納。看來是不肯行的了。但他現握着兵權，一倡此論，那九卿班裏，如高弘圖、姜曰廣、呂大器、張國維等，誰敢竟行。這迎立之事，便有幾分不妥了。沒奈何，又托阮大鋮約會四鎮武臣， 及勳戚內侍，未知如何，好生焦躁。(副淨扮阮大鋮急上) 胸有已成之竹，山無難劈之柴。此是馬公書房， 不免竟入。(淨見問介) 圓老回來了，大事如何？(副淨) 四鎮武臣見了書函，欣然許諾，約定四月念八，全備儀仗，齊赴江浦矣。(淨) 妙，妙！ 那高黃二劉，如何說來？(坐介)

【催拍】 (副淨) 他說受君恩爵封列侯，鎮江淮千里借籌； 神京未收，神京未收，似我輩濫功糜餉，建牙堪羞。江浦迎鑾，願領貔貅，扶新主持節復讐。臨大事，敢夷猶。

(淨) 此外還有何人肯去？(副淨) 還有魏國公徐鴻基，司禮監韓贊周，吏科給事李沾，監察御史朱國昌。(淨) 勳、衛、科、道，都有個把，也就好了。他們都怎麼說來？

【前腔】 (副淨) 他說馬中丞當先出頭，衆公卿誰肯逗留。職名早投，職名早投，大家去上書陳表，擁入皇州。新主中興，拜舞龍樓，將今日勞苦功酬，遷舊秩，壯新猷。

（淨）果然如此，妙的狠了。只是一件，我是一個外吏，那幾個武臣勳衛，也算不得部院卿僚，目下寫表如何列名？（副淨）這有甚麼考證，取本縉紳便覽來，從頭抄寫便了。（淨）雖如此說，萬一駕到，沒有百官迎接，我們三五個官，如何引進朝去？（副淨）我看滿朝諸公，那個是有定見的。乘輿一到，只怕遞職名的還挨擠不上哩。（淨）是，是！表已寫就，只空銜名，取本縉紳來，快快開列。（外扮書辦取縉紳上）西河沿洪家高頭便覽在此。（下）（副淨）待我抄起來。（偏頭遠視介）表上字體，俱要細楷的，目昏難寫，這怎麼處？（想介）有了。（腰內取出眼鏡戴，抄介）“吏部尚書臣高弘圖”。（作手顫介）這手又顫起來了，目下等着起身。一時寫不出，急殺人也。（淨）還叫書辦寫去罷。（副淨）這姓名裏面都有去取，他如何寫得。（淨）你指示明白，自然不錯了。（叫介）書辦快來。（外上）（副淨照縉紳指點向外介）（外下）（淨）自古道：“中原逐鹿，捷足先得。”我們不可落他人之後。快整衣冠，收拾箱包，今日務要出城。（丑扮長班收拾介）（副淨問介）請問老公祖，小弟怎生打扮？（淨）迎駕大典，比不得尋常私謁，俱要冠帶才是。（副淨）小弟原是廢員，如何冠帶？（淨）正是。（想介）沒奈何，你且權充個齎表官罷，只是屈尊些兒。（副淨）說那裡話，大丈夫要立功業，何所不可，到這時候還講剛方麼。（淨笑介）妙，妙，才是個軟圓老。（副淨換差吏服色介）

【前腔】拚餘生寒灰已休，喜今朝涸海更流；金鰲上鉤，金鰲上鉤，好似太公一釣，享國千秋。牛馬風塵，暫屈何憂，刀筆吏丞相根由；人笑罵，我不羞。

（外上）表已列名，老爺過目。（副淨看介）果然一些不差，就包裹好了，裝入箱中。（外包裹裝箱內介）（副淨）下官只得背起來了。（外、丑與副淨綁箱背上介）（淨看，笑介）圓老這件功勞却也不小哩。（副淨正色介）不要取笑，日後畫在凌煙閣上，倒有些神氣的。（丑牽馬介）天色將晚，請老爺上馬。(淨吩咐介) 這迎駕大事，帶不的多人，只你兩個跟去罷。(副淨) 便盒你們，後日都要議敍的。(俱上馬，急走繞場介)

【前腔】 (合) 趁斜陽南山雨收，控青驄煙驛水郵，金鞭急抽，金鞭急抽，早見浦江雲氣，楚尾吳頭。應運英雄，虎赴龍投，恨不的雙翅颼颼，銀燭下，拜冕旒。

(淨) 叫左右早去尋下店房。(副淨) 阿呀！ 我們做的何事，今日還想安歇，快跑快跑！(加鞭跑介)

(淨) 江雲山氣晚悠悠，(副淨) 馬走平川似水流，

(淨) 莫學防風隨後到，(副淨) 塗山明日會諸侯。

第十六齣

設朝

甲申五月

【念奴嬌】（小生扮弘光袞冕，小旦、老旦扮二監引上）高皇舊宇，看宮門殿閣，重重初敞。滿目飛騰新紫氣，倚着鐘山千丈。祖德重光，民心合仰，迎俺青天上。雲消簾捲，東南煙景雄壯。

一朵黃雲捧御床，醒來魂夢自徬徨；中興不用親征戰，才洗塵顏着袞裳。寡人乃神宗皇帝之孫，福邸親王之子，自幼封爲德昌郡王。去年賊陷河南，父王殉國，寡人逃避江浦，九死餘生；不料北京失守，先帝升遐，南京臣民推俺爲監國之主。今乃甲申年五月初一日，早謁孝陵回宮，暫御偏殿，看百官有何章奏。（外扮史可法，淨扮馬士英，末扮黃得功，丑扮劉澤清，文武袍笏上）再見冠裳盛，重瞻殿閣高；金甌仍未缺，玉燭又新調。我等文武百官，昨日迎鑾江浦，今早陪位孝陵；雖投職名，未稱朝賀，禮當恭上表文，請登大寶。（衆前跪上表介）南京吏部尚書臣高弘圖等，恭請陛下早正大位，改元聽政，以慰臣民之望。恭惟陛下呵，

【本序】潛龍福邸，望揚揚，貌似神宗，嫡派天潢。久著仁賢聲譽重，中外推戴陶唐。瞻仰，牒出金枝，系連花萼，宜承大統諸宗長。臣伏願登庸御宇，早繼高皇。

（四拜介）（小生）寡人外藩衰宗，才德凉薄，俯順臣民之請，來守高帝之宮。君父含冤，大讐未報，有何面顏，忝然正位。今暫以藩王監國，仍稱崇禎十七年，一切政務，照常辦理。諸卿勿得諄請，以重寡人之罪。

【前腔】休强，中原板蕩，歎王孫乞食江頭，棲止榛莽。回首塵沙何處去，洛下名園花放。盼望，兵燹難消，松楸多恙，鼎湖弓劍無人葬；吾怎忍垂旒正冕，受賀當陽。

(衆跪呼介) 萬歲，萬萬歲！眞仁君聖主之言，臣等敢不遵旨。但大讐不當遲報，中原不可久失，將相不宜緩設，謹具題本，伏候裁決。(上本介)

【前腔】開朗，中興氣象，見罙罳瑞靄祥雲，王業重創。不共天讐，從此後嘗膽眠薪休忘。參想，收復中原，調爕黃閣，急須封拜卜忠亮；還缺少百官庶士，乞選才良。

(小生) 覽卿題本，汲汲以報讐復國爲請，俱見忠悃。至於設立將相，寡人已有成議，衆卿聽着：

【前腔】職掌，先設將相，論麒麟畫閣功勞，迎立爲上。捧表江頭，星夜去擁着乘輿儀仗。尋訪，加體黃袍，嵩呼拜舞，百忙難把璽符讓。今日裏論功敘賞，文武誰當。

衆卿且退，午門候旨。(小生、內官隨下) (外、淨、末、丑退班立介) (外) 若論迎立之功，今日大拜，自然讓馬老先生了。(淨) 下官風塵外吏，焉能越次而升。若論國家用武之際，史老先生現居本兵，理當大拜。(向末、丑介) 四鎮實有護駕之勞，加封公侯，只在目下。(末、丑) 皆賴恩帥提拔。(老臣扮內監捧旨上) 聖旨下：鳳陽督撫馬士英，倡議迎立，功居第一，卽陞補內閣大學士，兼兵部尚書，入閣辦事。吏部尚書高弘圖、禮部尚書姜曰廣、兵部尚書史可法，亦皆陞補大學士，各兼本銜。高弘圖、姜曰廣入閣辦事，史可法着督師江北。其餘部院大小官員，現任者，各加三級；缺員者，將迎駕人員，論功選補。又四鎮武臣，靖南伯黃得功，興平伯高傑，東平伯劉澤清，廣昌伯劉良佐，俱進封侯爵，各歸汛地。謝恩！(衆謝恩介) 萬歲，萬萬歲！(起介) (外向末、丑介) 老夫職居本兵，每以不能克復中原爲恥，聖上命俺督師江北，正好戮力報效。今與列侯約定，於五月初十日，齊集揚州，共商復讐之事。各須努力，勿得遲延。(末，丑) 是。(外) 老夫走馬到任去也。正是：重興東漢逢明主，收復中原任老臣。(別衆下) (末、丑欲下介) (淨喚介) 將軍轉來。(拉手話介) 聖上錄咱迎立之功，拜相封侯。我等皆係勳舊大臣，比不得別個。此後內外消息，須要兩相照應，千秋富貴，可以常保矣。(末、丑) 蒙恩携帶，得有今日，敢不遵諭。(末、丑急下) (淨笑介) 不料今日做了堂堂首相，好快活也。(副淨扮阮大鋮探頭瞧介) (淨欲下介) 且住，立國之初，諸事未定，不要叫高、姜二相奪了俺的大權。且慢回家，竟自入閣辦事便了。(欲入介) (副淨悄上作揖介) 恭喜老公祖，果然大拜了。(淨驚問介) 你從那裏來？ (副淨) 晚生在朝房藏着，打聽新聞來。(淨) 此係禁地，今日立法之始，你青衣小帽，在此不便，請出去罷。(副淨) 晚生有要緊話說。(附耳介) 老師相敍迎立之功，獲此大位；晚生賫表前往，亦有微勞，如何不見提起？ (淨) 方才宣旨，各部院缺員，許將迎駕之人敍功選補矣。(副淨喜介) 好，好！還求老師相薦拔。(淨) 你的事何待諄囑。(欲入介) (副淨) 事不宜遲，晚生權當班役，跟進內閣，看看機會何如。(淨) 學生初入內閣，未諳機務；你來幫一幫，也不妨事，只要小心着。(副淨) 曉得。(替淨拿笏板隨行介)

【賽觀音】 (淨) 舊黃扉，新丞相，喜一旦趾高氣揚，廿四考中書模樣。(副淨) 莫忘辛勤老陪堂。

(淨) 殿閣東偏曉霧黃，(副淨) 新參知政氣昂昂，

(淨) 過江同是從龍彥，(副淨) 也步金階抱笏囊。

第十七齣

拒媒

甲申五月

【燕歸梁】（末扮楊文驄冠帶上）南朝領略風流盡，新立個妙齡君；清江隔斷濁煙塵，蘭署裏買香薰。

下官楊文驄，因敘迎駕之功，補了禮部主事。盟兄阮大鋮，仍以光祿起用。又有同鄉越其杰、田仰等，亦皆補官，同日命下，可稱一時之盛。目下漕撫缺人，該推陞田仰。適才送到聘金三百，託俺尋一美妓，要帶往任所。我想靑樓色藝之精，無過香君，不免替他去問。（喚介）長班走來。（雜扮長班上）胸中一部縉紳，脚下千條衚衕。（見介）老爺有何使喚？（末）你快請淸客丁繼之，女客卞玉京，到我書房說話。（雜）稟老爺，小人是長班，只認的各位官府，那些串客、表子，沒處尋覓。（末）聽我吩咐：

【漁燈兒】鬧端陽，正紛紜，水閣含春，便有那烏衣子弟伴紅裙，難道是織女牽牛天漢津。（雜）就在那秦淮河房麼，小人曉得了。（末指介）你望着棗花簾影杏紗紋，那壁廂欵問慇懃。

（副淨扮了繼之，外扮沈公憲，淨扮張燕筑上）院裏常留老白相，朝中新聘大陪堂。（副淨）來此是楊老爺私宅，待我叫門。（叫介）位下那裏？（雜出見介）衆位何來？（副淨）老漢是丁繼之，同這沈、張兩敝友，求見楊老爺；煩位下通報一聲。（雜喜介）正要去請，來的湊巧，待我通報。（欲入介）（老旦扮卞玉京，小旦扮寇白門、丑扮鄭安娘上）紫燕來何早，黃鶯到已遲。（小旦叫介）三位略等一等，同進去罷。（副淨）原來是你姊妹們。（淨）你們來此何幹？（丑）大家是一樣病根，你們怕做師父，我們怕做徒弟的。(俱入介)(末喜介) 如何來的恰好。
(衆) 無事不敢輕造，今日特來懇恩，尚容拜見。(俱叩介)(末拉起介)
請坐，有何見教？(副淨問介) 新補光祿阮老爺是楊老爺至交麼？
(末) 正是。(副淨) 聞得新主登極，阮老爺獻了四種傳奇，聖心大悅，把
《燕子箋》鈔發總綱，要選我們入內教演，有這話麼？(末) 果然有此
盛擧。(淨) 不瞞老爺說，我們兩片唇，養着八張嘴。這一入內庭，豈不
"滅門絕戶了一家兒"？(丑) 我們也是八張嘴，靠着兩片皮哩。(末笑
介) 不必着忙，當差承應，自有一班教坊男女；你們都算名士數裏的，
誰好拿你。(衆) 只求老爺護庇則個。(末) 明日開列姓名，送與阮圓海，
叫他一概免拿便了。(衆) 多謝老爺。

【前腔】看一片秣陵春，煙水消魂，借着些笙歌裙屐醉斜曛。若把
俺盡數選入呵，從此後江潮暮雨掩柴門，再休想白舫青簾載酒樽。老
爺果肯見憐，這功德不小，保秦淮水軟山溫。

（末）下官也有一事借重。(副淨) 老爺有何見教？(末) 舍親田仰，不
日就陞漕撫，適才送到聘金三百，託俺尋一小寵。(丑) 讓我去罷。(淨)
你去不得，你去了，這院中便散了板兒了。(丑) 怎的便散了板兒？
(淨) 沒人和我打釘了。(丑) 啐！(副淨) 老爺意中可有一個人兒麼？
(末) 人是有一個在這裡，只要你去作伐。(老旦) 是那個？(末) 便是李
家的香君。(副淨搖頭介) 這使不得。(末) 如何使不得？(副淨) 他是
侯公子梳櫳過的。

【錦漁燈】現有個秦樓上吹簫舊人，何處去覓封侯柳老三春，留着
他燕子樓中晝閉門，怎教學改嫁的卓文君。

（末）侯公子一時高興，如今避禍遠去，那裡還想着香君哩。但去無
妨。(老旦) 香君自侯郎去後，立志守節，不肯下樓，豈有嫁人之理，去
也無益。

【錦上花】似一隻雁失群，單宿水，獨叫雲，每夜裡月明樓上度黃
昏。洗粉黛，拋扇裙，罷笛管，歇喉唇，竟是長齋繡佛女尼身，怕落了

風塵。

（末）雖如此說，但有强如侯郎的，他自然肯嫁。（副淨）香君之母，原是老爺厚人，倒是老爺面講更好。（末）你是知道的，侯郎梳攏香君，原是下官作伐。今日覿面，如何講說，還煩二位走走，自有重謝。（淨、外）這等我們也去走走。（小旦、丑）呸！皮肉行裡經紀，只許你們做麼，俺也同去。（末）不必爭鬧，待他二位說不來時，你們再去。（衆）是，是！辭過老爺罷。（末）也不遠送了。狎客滿堂消我悶，嫁衣終日爲人忙。（下）（副淨、老旦）楊老爺免了咱們差事，莫大的恩典哩。（外、淨）正是。（副淨）你四位先回，俺要到香君那邊，替楊老爺說事去了。（丑）賺了錢不可偏背，大家八刀才好。（衆譁下）（副淨、老旦同行介）（副淨）記得侯公子梳攏香君，也是我們幫襯來。

【錦中拍】想當初華筵盛陳，配才子佳人，排列着花林粉陣，逐趁着箏聲笛韻。如今又去幫襯別家，好不赧顏，似郵亭馬廝，迎官送賓。（老旦）我們不去何如。（副淨）俺若不去呵，又怕他新錚錚春官匣印，硬選入秋宮院門。（老旦）這等如之奈何？（副淨）俺自有個兩全之法，到那邊款語商量，柔情索問，做一個閒蜂蝶花裏混。

（老旦）妙，妙！（副淨）來此已是，不免竟進。（喚介）貞娘出來。（旦上）空樓寂寂含愁坐，長日懨懨帶病眠。（問介）樓下那個？（老旦）丁相公來了。（旦望介）原來是卞姨娘同丁大爺光降，請上樓來。（副淨、老旦見介）令堂怎的不見？（旦）往盒子會裏去了。（讓介）請坐，獻茶。（同坐介）（老旦）香君閒坐樓窗，和那個頑耍？（旦）姨娘不知：

【錦後拍】俺獨自守空樓，望殘春，白頭吟罷淚沾巾。（老旦）何不招一新壻？（旦）奴家已嫁侯郎，豈肯改志。（副淨）我們曉你苦心。今日禮部楊老爺說，有一位大老田仰，肯輸三百金，娶你作妾，託俺來問一聲。（旦）這題目錯認，這題目錯認，可知定情詩紅絲拴緊，抵過他萬兩雪花銀。（老旦）這事憑你裁酌，你既不肯，另問別家。（旦）賣笑哂，有勾欄艷品。奴是薄福人，不願入朱門。

（老旦）旣如此說，回他便了。（副淨）令堂回家，不要見錢眼開。（旦）媽媽疼奴，亦不肯相强的。（副淨）如此甚好，可敬，可敬！（起介）別過了。（外、淨小旦、丑急上）　兩處紅絲千里繫，　一條黑路六人忙。（淨）快去，快去！　他二人說成，便偏背我們了。（丑）我就不依他，饒他吃到口裏，還倒出臟來。（進介）（淨）香君恭喜了。（旦）喜從何來？（小旦）雙雙媒人來你家，還不喜哩。（旦）敢也說田仰的事麼？（淨）便是。（旦）方才奴已拒絶了。（外）楊老爺的好意，如何拒得。

【北罵玉郎帶上小樓】他爲你生小綠珠花月身，尋一個金谷綺羅裏石季倫。（旦）奴家不圖富貴，這話休和我講。（副淨、老旦）我二人在此勸了半日，他決不肯嫁人的。（小旦）他不嫁人，明日拿去學戲，要見個男子的面，　也不能夠哩。歌殘舞罷鎖長門，　臥氊毹夜夜傷神。（旦）奴便終身守寡，有何難哉，只不嫁人。（丑）難道三百兩花銀，買不去你這黃毛丫頭麼？　（旦）你要銀子，你便嫁他，不要管人家閒事。（丑怒介）好丫頭，搶白起姨娘來了，我就死在你家。（撒潑介）小私窠賤根，小私窠賤根，掉巧舌訕謗尊親。（淨發威介）好大膽奴才！　楊老爺新做了禮部，連你們官兒都管的着，明日拿去挫掉你指頭。管煙花要津，管煙花要津；　觸惱他風狂雨迅，準備着桃傷柳損。（旦）盡你嚇唬，奴的主意已定了。（老旦）看他小小年紀，倒有志氣。（副淨）嚇他不動，走罷，走罷。（丑）我這裏撒潑，沒個人來拉拉，氣死我也。他不嫁人，我扭也扭他下樓。硬推來門外雙輪，硬推來門外雙輪；　兜折寶釧，扯斷湘裙。（副淨）自古有錢難買不賣貨，撒了賴當不的，大家散罷。（外、小旦）我兩個原要不來，吃虧老燕、老安强拉到此，惹了這場沒趣。走，走，走！　快出門，掩羞面，氣忍聲吞。（淨、丑）我們也走罷，乾發虛，沒鈔分，遺臊撒糞。

（外、淨、小旦、丑俱諢下）（副淨、老旦）香君放心，我們回絶楊老爺，再不來纏你便了。（旦拜介）這等多謝二位。（作別介）

（副淨）蜂媒蝶使鬧紛紛，（旦）闌入紅窗攬夢魂，

(老旦) 一點芳心探不去, (旦) 朝朝樓上望夫君。

第十八齣

爭位

甲申五月

　（生上）無定輸贏似弈棋，書空殷浩欲何爲？長江不限天南北，擊楫中流看誓師。小生侯方域，前日替史公修書，一時激烈，有“三大罪、五不可立”之議。不料福王今已登極，馬士英竟入閣辦事，把那些迎駕之臣，皆錄功補用。史公雖亦入閣，又令督師江北，這分明有外之之意了。史公却全不介意，反以操兵勦賊爲喜，如此忠肝義膽，人所難能也。現在開府揚州，命俺參其軍事；約定今日齊集四鎮，共商防河之計，不免上前一問。（作至書房介）管家那裡？（小生扮書童上）侯爺來了，待我通報。（小生請外介）

　【北點絳唇】（外上）持節江臯，龍驤虎嘯，憂國事，不顧殘軀，雙鬢蒼白了。

　（見生介）世兄可知今日四鎮齊集，共商大事；不日整師誓旅，雪君父之讐了。（生）如此甚妙。只有一件，高傑鎮守揚、通，兵驕將傲，那黃、劉三鎮，每發不平之恨。今日相見，大費調停，萬一兄弟不和，豈不爲敵人之利乎。（外）所說極是。今日相見，俺自有一番勸慰之言。（小生報介）轅門傳鼓，說四鎮到齊，伺候參謁。（生下）（外升帳吹打開門，雜排左右儀衛介）（副淨扮高傑，末扮黃得功，丑扮劉澤淸，淨扮劉良佐，俱介胄上）只恨燕京無樂毅，誰知江左有夷吾。（入見，稟介）四鎮小將，叩謁閣部大元帥。（拜介）（外拱手立介）列侯請起。（副淨等俱排立介）聽候元帥將令。（外）本帥以閣部督師，君命隆重，大小將士俱在指揮之下。（衆）是。（外）四鎮乃堂堂列侯，不比尋常武弁。（舉手介）屈尊侍坐，共議軍情。（衆）豈敢。（外）本帥命坐，便如軍令一般，不可推辭。（衆）是。（揖介）告坐了。（副淨首坐，末、丑、淨依次坐介）（末怒視副淨介）

【混江龍】（外）淮南險要，江河保障勢滔滔，一帶奇雲結陣，滿目細柳垂條。鐵馬嘶風先突塞，犀軍放弩早驚潮。說甚麼徐、常、沐、鄧，比得上絳、灌、蕭、曹。同心共把乾坤造，看古來功臣閣丹青圖畫，似今日列侯會劍佩弓刀。

（末怒介）元帥在上，小將本不該爭論。（指介）這高傑乃投誠草寇，有何戰功，今日公然坐俺三鎮之上。（副淨）我投誠最早，年齒又尊，豈肯居爾等之下。（丑）此處是你汛地，我們都是客兵，連一個賓主之禮不曉得，還要統兵。（淨）他在揚州享受繁華，尊大慣了；今日也該讓咱們來享享。（副淨）你們敢來，我就奉讓。（末）那個是不敢來的。（起介）兩位劉兄同我出來，即該見個強弱。（怒下）（外向副淨介）他講的有理，你還該謙遜才是。（副淨）小將寧死不在他們之下。（外）你這就大錯了。

【油葫蘆】四鎮堂堂氣象豪，倚仗着恢復北朝。看您挨肩雁序，恰似好同胞，爲甚的爭坐位失了同心好，鬥齒牙變了協恭貌。一個眼睜睜同室操戈盾，一個怒冲冲平地起波濤。沒見陣上逞威風，早巳窩裡相爭鬧，笑中興封了一夥（指介）小兒曹。

不料四鎮英雄，可笑如此；老夫一天高興，欲早灰冷一半也。沒奈何，且出張告示，曉諭三鎮，叫他各回汛地，聽候調遣。（向副淨介）你既駐札本境，就在本帥標下做個先鋒，各有執掌，他們也不敢來爭鬧了。（副爭）多謝元帥。（外）待老夫寫起告示來。（寫介）（內吶喊介）（副淨不辭，出介）（末、丑、淨持刀上）高傑快快出來！（副淨出見介）你青天白日，持刀吶喊，竟是反了。（末）我們爲甚麼反，只要殺你這個無禮賊子。（副淨）你們敢在帥府門前如此放肆，難道不是無禮賊子麼？（末、丑、淨趕殺副淨介）（副淨入轅門叫介）閣部大老爺救命呀，

黃、劉三賊殺入帥府來了。(末、丑、淨門外喊罵介)(外驚立介)

【天下樂】俺只道塞馬南來把戰挑，殺聲漸高，却是咱兵自鏖。這時候協力同讐還愁少，怎當的鬩牆鼓噪，起了個離間根苗。這才是將難調，北賊易討。

(吩咐介) 快請侯相公出來。(雜向內介) 侯爺有請。(生急上) 晚生已聽的明白了。(外) 借重高才，傳俺帥令，安撫亂軍。(生) 如何安撫？(外) 老夫有告示一紙，快去曉諭他們便了。(生) 遵命。(接告示出見介) 列侯請了！小弟乃本府參謀，奉閣部大元帥之命，曉諭三鎮知悉：恭逢新主中興，闖賊未討，正我輩枕戈待旦、立功報效之時；不宜懷挾小忿，致亂大謀。俟收復中原，太平賜宴，論功敘坐，自有朝儀。目下軍容匆遽，凡事權宜，皆當相諒，無失舊好。興平侯高，原鎮揚、通，今卽留在本帥標下，委作先鋒。靖南侯黃，仍回廬、和。東平侯劉，仍回淮、徐。廣昌侯劉，仍回鳳、泗。靜聽調遣，勿得抗違。軍法懍然，本帥不能容情也。特諭。(末) 我們只要殺無禮賊子，怎敢犯元帥軍法。(生) 目今轅門截殺，這就是軍法難容的了。(丑) 既是這等，不要驚着元帥，大家且散。(淨) 明日殺到高傑家裏去罷。正是"國讐猶可恕，私恨最難消"。(下) (生入見介) 三鎮聞令，暫且散去，明日還要廝殺哩。(外) 這却怎處？(指副淨介)

【後庭花】高將軍，你橫將讐釁招，為甚的不謙恭，妄自驕；坐了個首席鄉三老，惹動他諸侯五路刀。憑儀秦一番舌戰巧，也不過息兵半晌饒。費調停，乾焦躁；難消釋，空懊惱。這情形何待瞧，那事業全去了。

(副淨) 元帥不必着急，明日和他見個輸贏，把三鎮人馬併俺一處，隨着元帥恢復中原，却亦不難也。(外) 你說的是那裡話。現今流寇北來，將渡黃河，總兵許定國不能阻當，連夜告急；正要與四鎮商議，發兵防河。今日一動爭端，債俺大事，豈不可憂！(副淨) 他三鎮也不為別的，只因揚州繁華，要來奪取，俺怎肯讓他。(外) 這話益發可笑了。

【煞尾】領着一枝兵，和他三家傲，似壘卵泰山壓倒。你占住繁華廿四橋，竹西明月夜吹簫；他也想隋堤柳下安營巢，不敎你蕃釐觀獨誇瓊花少。誰不羨揚州鶴背飄，妬殺你腰纏十萬好，怕明日殺聲咽斷廣陵濤。

罷，罷，罷！老夫已拚一死，更無他法；侯兄長才，只索憑你籌畫了。(生)且看局勢，再做商量。(外、生下)(吹打掩門、雜俱下)(副淨弔場介)俺高傑也是一條好漢，難道坐以待斃不成。明早黃金壩上，點齊人馬，排下陣勢，等他來時，迎敵便了。正是：

龍爭虎鬪逞雄豪，盃酒筵邊動劍刀，

劉項何須成敗論，將軍頭斷不降曹。

第十九齣

和戰

甲申五月

　　(末、淨、丑扮黃得功、劉良佐、劉澤清戎裝，　雜扮軍校執旗幟器械吶喊上) (末) 兄弟們俱要小心著，聞得高傑點齊人馬，在黃金壩上伺候迎敵。我們分作三隊，依次而進。(淨) 我帶的人馬原少，讓我挑戰，兩兄迎敵便了。(末) 我的田雄不曾來，我作第二隊，總叫河洲哥哥壓哨罷。(丑) 就是如此，大家殺向前去。(搖旗吶喊急下) (副淨扮高傑戎裝，軍校執械隨上) 大小三軍排開陣勢，伺候迎敵。(雜扮探卒上) 報，報，報！三家賊兵搖旗吶喊，將次到營了。(淨持大刀上) 老高快快出馬，今日和你爭個誰大誰小。(副淨持槍罵上) 你花馬劉，是咱家小兄弟，那個怕你！(內擊鼓，淨、副淨廝殺介) (副淨叫介) 三軍齊上，活捉了這個劉賊。(雜上亂戰介) (淨敗下) (末持雙鞭上) 我黃闖子的本領你是曉得的，快快磕頭，饒你一死。(副淨) 我高老爺不稀罕你這活頭，要取你那顆死頭的。(內擊鼓，末、副淨廝殺介) (副淨叫介) 三軍再來。(雜上亂戰介) (末急介) 從來將對將，兵對兵，如何這樣混戰。到底是個無禮賊子，今日且輸與你。(敗下) (丑持雙刀領衆喊上介) 高傑，你不要逞強，我劉河洲也帶著些人馬哩，咱就混戰一場，有何不可。(副淨) 我翻天鷂子不怕人的，憑你豎戰也可，橫戰也可。殺，殺，殺！(兩隊領衆混戰介) (生持令箭立高臺，小兵持鑼敲介) (衆止殺，仰看介) (生搖令箭介) 閣部大元帥有令：四鎮作反，皆督師之過。請先到帥府，殺了元帥，次到南京，搶了宮闕；不必在此混戰，騷害平民。(丑) 我們幷不曾作反，只因高傑無禮，混亂坐次，我們爭個明白，日後好參謁元帥。(副淨) 我高傑乃本標先鋒，怎敢作反；他們領兵來殺，只得迎敵。(生) 不奉軍令，妄行廝殺，都是反賊。明日奏聞朝廷，你們自去分辯罷。(丑) 朝廷是我們迎立的，元帥是朝廷差來的，我們違了軍令，便是叛了朝廷，如何使得。情願束身待罪，只求元帥饒恕。(生) 高將軍，你如何說？(副淨) 我高傑是元帥犬馬，犯了軍法，只聽元帥處分。(生) 旣如此說，速傳黃、劉二鎭，同赴轅門，央求元帥。(丑) 二鎭敗走，各回汛地去了。(小) 你淮、揚兩鎭，唇齒之邦，又無宿嫌，爲何聽人指使。快快前去，候元帥發落。(衆兵下) (生下臺) (丑、副淨同行，到介) (生) 已到轅門了，兩位將軍在外等候，待俺傳進去。(稍遲卽出介) 元帥有令：四鎭擅相爭奪，皆當軍法從事；但高將軍不知禮體，挑嫌起釁，罪有所歸，著與三鎭服禮。俟解和之日，再行處分。

【香柳娘】勸將軍自思，勸將軍自思，禍來難救，負荊早向轅門叩。(副淨惱介) 我高傑乃元帥標下先鋒，元帥不加護庇，倒叫與三鎭服禮，可不羞死人也。罷，罷，罷！看來元帥也不能用俺了，不免領兵渡江，另做事業去。這屈辱怎當，這屈辱怎當，渡過大江頭，事業從新做。(喚介) 三軍快來，隨俺前去。(衆兵上，吶喊搖旗隨下) (丑望介) 呀，呀，呀！高傑竟要過江了，想江南有他的黨與，不日要領來與俺廝鬧；俺也早去約會黃、劉二鎭，多帶人馬，到此迎敵。笑力窮遠走，笑力窮遠走，長江洗羞，防他重來作寇。

(丑下) (生呆介) 不料局勢如此，叫俺怎生收救。

【前腔】恨山河半傾，恨山河半傾，怎能重搆；人心瓦解忘恩舊。(南望介) 那高傑竟是反了。看揚揚渡江，看揚揚渡江，旗幟亂中流，直入南徐口。(北望介) 那劉澤清也急忙北去，要約會三鎭人馬，同來迎敵。這煙塵遍有，這煙塵遍有，好叫俺元帥搔頭，參謀搓手。

(行介) 且去回覆了閣部，再作計較。正是：

堂堂開府轄通侯，江北淮南數上遊，

只恐樓船與鐵馬，一時都羨好揚州。

第二十齣

移防

甲申六月

【錦上花】 (副淨扮高傑領衆執械上) 策馬欲何之？ 策馬欲何之？江鎖堅城，弩射雄師。且收兵，且收兵，占住這揚州市。

俺高傑領兵渡江，要搶蘇、杭，不料巡撫鄭瑄，操舟架炮，堵住江口，沒奈何又回揚州；但不知黃、劉三鎭，此時何往。(雜扮報卒上) 報上將軍，黃、劉三鎭會齊人馬，南來迎敵，前哨已到高郵了。(副淨) 阿呀！ 不好了！ 南下不得，北上又不能，好叫俺進退兩難。(想介) 罷，罷！ 還到史閣部轅門，央他的老體面，替俺解救罷。(行介)

【前腔】速去乞恩慈，速去乞恩慈，空忝羞顏，答對何辭。這才是，這才是，自作孼，天敎死。

(內喊介) (副淨領衆走下)

【搗練子】 (外扮史可法從人上) 局已變，勢難支，躊躕中夜少眠時。(生上) 自歎經綸空滿紙。

(外向生介) 世兄，你看高傑不辭而去，三鎭又不遵軍法；俺本標人馬，爲數無幾，怎能守得住江北。眼看大事已去，奈何，奈何！ (生) 聞得巡撫鄭瑄，堵住江口，高傑不能南下，又回揚州來了。(外) 那三鎭如何？ (生) 三鎭知他退回，會齊人馬，又來迎敵，前哨已到高郵了。(外愁介) 目前局勢更難處矣。

【玉抱肚】三百年事，是何人掀翻到此； 隻手兒怎擎青天，却萊兵總仗虛詞。(合) 煙塵滿眼野橫屍，只倚揚州兵一枝。

(丑扮中軍官傳鼓介) (雜問介) 門外擊鼓，有何軍情？ (丑) 將軍高傑，領兵到轅，求見元帥。(外) 他果然來了。傳他進來，看他有何話說。(外升帳，開門，左右排列介) (副淨急跑上介) 小將高傑，擅離汛地，罪該萬死。求元帥開恩饒恕！(外) 你原是一介亂民，朝廷許你投誠，加封侯爵，不曾薄待了你。爲何一言不合，竟自反去；及至渡江不得，又投轅門。忽而作反，忽而投誠，把個作反投誠，當做兒戲，豈不可恨！本該軍法從事，姑念你悔罪之速，暫且饒恕。(副淨叩頭起介) (外問介) 你還有何說？ (副淨又跪介) 前日擅離汛地，只爲不肯服禮。今三鎮知俺回來，又要交戰，小將雖强，獨力怎支，還望元帥解救。(向生央介) 侯先生替俺美言一句。(生) 你不肯服禮，叫元帥如何處斷？ (外) 正是，事到今日，本帥也不能偏護了。

【前腔】爭論坐次，動干戈不知進止。他三家鼎足稱雄，你孤軍危命如絲。

(合前) (副淨) 元帥不肯解救，小將寧可碎首轅門，斷不拜他下風。(生) 你那黃金壩上威風那裏去了？ (副淨) 那時他沒帶人馬，俺用全軍混戰，因而取勝。今日三家捲土齊來，小將不得不臨事而懼矣。(生) 小生倒有個妙計，只怕你不肯依從。(副淨) 除了服禮，都依都依。(生) 目今流賊南下，將渡黃河，許定國不能阻當，連夜告急。元帥正要發兵防河，你何不奉命前往，坐鎮開、洛；既解目前之圍，又立將來之功。他三鎮知你遠去，也不能興無名之師了。將軍以爲何如？ (副淨低頭思介) 待我商量。(內吶喊介) (外) 城外殺聲震天，是何處兵馬？ (丑報介) 黃、劉三鎮，領兵到城，要與高將軍廝殺哩。(副淨懼介) 這怎麼處，只得聽元帥調遣了。(外) 既然肯去，速傳軍令，曉諭三鎮。(拔令箭丟地介) (丑拾令箭跪介) (外) 高傑無禮，本當軍法從事，但時值用人之際，又念迎駕之功，暫且饒恕，罰往開、洛防河，將功贖罪，今日已離揚州。三鎮各釋小嫌，共圖大事，速速回汛，聽候調遣。(丑) 得令。(下) (外指高傑介) 高將軍，高將軍，只怕你的性氣，到處不能相安哩。

【前腔】黃河難恃，勸將軍謀終慮始。那許定國也不是個安靜的。須提防酒前茶後，軟刀鎗怎鬪雄雌。(合前)

(向生介) 防河一事，乃國家要着，我看高將軍勇多謀少，倘有疏虞，罪坐老夫。仔細想來，河南原是貴鄉，吾兄日圖歸計，路阻難行，何不隨營前往；既遂還鄉之願，又好監軍防河，且爲桑梓造福，豈非一舉而三得乎。(生) 多謝美意，就此辭過元帥，收拾行裝，卽刻起程便了。(副淨) 一同告辭罷。(拜別介) (外向生介) 參謀此去，便如老夫親身防河一般；只恐勢局叵測，須要十分小心，老夫專聽好音也。正是：人事無常爭勝負，天心有定管興亡。(下) (吹打掩門) (生、副淨出介) (副淨) 侯先生，你聽殺聲未息，只怕他們前面截殺。(生) 無妨也，他們知你移防，怒氣已消，自然散去的。況且三鎮之兵，俱走東路，我們點齊人馬，直出北門，從天長、六合，竟奔河南，有何阻當。(衆兵旗仗伺候介) (副淨) 就此起程。(行介)

【朝元令】 (生) 鄉園繫思，久斷平安字； 烏棲一枝，鬱鬱難居此。結伴還鄉，白雲如駛，遂了三年歸志。(副淨) 統着全師，煙城柳驛行參差； 莫逞舊雄姿，函關偸度時。(合) 揚州倒指，看不見平山蕭寺，平山蕭寺。

(副淨) 落日林梢照大旗, (生) 從軍北去慰鄉思,

(副淨) 黃河曲裏防秋將, (生) 好似英雄末路時。

閏二十齣
閒話

甲申七月

　　(內鳴金擂鼓吶喊介) (外扮老官人，白巾麻衣背包裹急上) 戎馬消何日，乾坤剩此身；白頭江上客，紅淚自沾巾。(立住大哭介) (小生扮山人背行李上) 日淡村煙起，江寒雨氣來。(丑扮貿賈背行李上) 年年經過路，離亂使人猜。(小生見丑介) 請了，我們都是上南京的，天色將晚，快些趲行。(丑) 正是兵荒馬亂，江路難行，大家作伴才好。(指外介) 那個老者爲何立住了脚，只顧啼哭？(小生問外介) 老兄想是走錯了路，失迷什麽親人了。(外搖手介) 不是，不是。俺是從北京下來的，行到河南，遇着高傑兵馬，受了無限驚恐。剛得逃生，渡過江來，看見滿路都是逃生奔命之人，不覺傷心慟哭幾聲。(掩淚介) (小生) 原來如此，可憐，可歎！(丑) 旣是北京下來的，俺正要問問近日的消息，何不同宿村店，大家談談。(外) 甚妙，我老腿無力，也要早歇哩。(小生指介) 這座村店稍有牆壁，就此同宿了罷。(讓介) 請進。(同入介) (外仰看介) 好一架荳棚。(小生) 大家放下行李，便坐這荳棚之下，促膝閒話也好。(同放行李，坐介) (副淨扮店主人上) 村店新泥壁，田家老瓦盆。(問介) 衆位客官，還用晚飯麼？(衆) 不消了。(小生) 煩你買壺酒來，削瓜剝荳，我與二位解解困乏罷。(外向小生介) 怎好取擾？(丑向外介) 四海兄弟，却也無妨；待用完此酒，咱兩個再回敬他。(副淨取酒、菜上) (三人對飲介) (外問介) 方才都是路遇，不曾請敎尊姓大號，要到南京有何貴幹？(小生) 在下姓藍名瑛，字田叔，是西湖畫士，特到南京訪友的。(丑) 在下是蔡益所，世代南京書客，才從江浦索債回來的。(問外介) 老兄是從北京下來的了；敢問高姓大名，有甚急事，這等狼狽？(外) 不瞞二位說，下官姓張名薇，原是錦衣衛堂官。(丑驚介) 原來是位老爺，失敬了。(小生問介) 爲何南來？(外) 三月十九日，流賊攻破北京，崇禎先帝縊死煤山，周皇后也殉難自盡。下官走下城頭，領了些本管校尉，尋着屍骸，擡到東華門外，買棺收殮，獨自一個戴孝守靈。(小生) 那舊日的文武百官，那裡去了？(外) 何曾看見一人。那時闖賊搜查朝官，逼索兵餉，將我監禁夾打。我把家財盡數與他，才放我守靈戴孝。別個官兒走的走，藏的藏，或被殺，或卜獄，或一身殉難，或闔門死節。(小生) 有這樣忠臣，可敬，可敬。(外) 還有進朝稱賀，做闖賊僞官的哩。(丑) 有這樣狗彘，該殺，該殺。(外掩淚介) 可憐皇帝、皇后兩位梓宮，丟在路旁，竟沒人揪睬。(小生、丑俱掩淚介) (外) 直到四月初三日，禮部奉了僞旨，將梓宮擡送皇陵。我執旛送殯，走到昌平州；虧了一個趙吏目，糾合義民，捐錢三百串，掘開田皇妃舊墳，安葬當中。下官就看守陵旁，早晚上香。誰想五月初旬，大兵進關，殺退流賊，安了百姓，替明朝報了大讐；特差工部查寶泉局內鑄的崇禎遺錢，發買工料，從新修造享殿碑亭，門牆橋道，與十二陵一般規模。眞是亘古希有的事。下官也沒等工完，親手題了神牌，寫了墓碑，連夜走來，報與南京臣民知道，所以這般狼狽。(小生) 難得，難得！若非老先生在京，崇禎先帝竟無守靈之人。(丑問介) 但不知太子二王，今在何處？(外) 定、永兩王，并無消息；聞太子渡海南來，恐亦爲亂兵所害矣。(掩淚介) (小生問介) 聞得北京發書一封與閣部史可法，責備亡國將相，不去奔喪哭主，又不請兵報仇。史公答了回書，特着左懋第披麻扶杖，前去哭臨，老先生可曉得麼？(外) 下官半路相遇，還執手慟哭了一場的。(內作大風雷聲介) (副淨掌燈急上) 大雨來了，快些進房罷。(衆起，以袖遮頭入房介) 好雨，好雨。(外) 天色已晚，下官該行香了。(丑問介) 替那個行香？(外) 大行皇帝未滿週年，下官現穿孝服，每早每晚要行香哭拜的。(取包裹出香爐、香盒, 設几上介) (洗手介) (望北兩拜介) (跪上香介) 大行皇帝呀, 大行皇帝呀! 今日七月十五, 孤臣張薇, 叩頭上香了。(內作大風雷不止介) (外伏地放聲大哭介) (小生呼丑介) 過來, 過來, 我兩個草莽之臣, 也該隨拜舉哀的。(小生、丑同跪, 陪哭介) (哭畢, 俱叩頭起, 又兩拜介) (小生) 老先生遠路疲倦, 早早安歇了罷。(外) 正是, 各人自便了。(各解行李臥倒介) (小生) 窗外風雨益發不住, 明早如何登程? (外) 老天的陰晴, 人也料他不定。(丑問介) 請問老爺, 方才說的那些殉節文武, 都有姓名麼? (外) 問他怎的? (丑) 我小鋪中要編成唱本, 傳示四方, 叫萬人景仰他哩。(外) 好, 好! 下官寫有手摺, 明日取出奉送罷。(丑) 多謝! (小生) 那些投順闖賊, 不忠不義的姓名, 也該流傳, 叫人唾罵。(外) 都有抄本, 一總奉上。(丑) 更妙。(俱作睡熟介) (內作衆鬼號呼介) (外驚聽介) 奇怪, 奇怪! 窗外風雨聲中, 又有哀苦號呼之聲, 是何物類? (雜扮陣亡厲鬼, 跳叫上) (外隔窗看介) 怕人, 怕人! 都是些沒頭折足陣亡厲鬼, 爲何到此? (衆鬼下) (外睡倒介) (內作細樂警蹕聲介) (外驚聽介) 窗外又有人馬鼓樂聲, 待我開門看來。(起看介) (雜扮文武冠帶騎馬, 旛幢細樂引導, 扮帝后乘輿上) (外驚出跪迎介) 萬歲, 萬歲, 萬萬歲! 孤臣張薇恭迎聖駕。(衆下) (外起呼介) 皇帝, 皇后, 何處巡遊, 我孤臣張薇不能隨駕了。(又拜哭介) (小生, 丑醒問介) 天已發亮, 老爺怎的又哭起來, 想是該上早香了。(外掩淚介) 奇事, 奇事! 方才睡去, 聽得許多號呼之聲, 隔窗張看, 都是些陣亡厲鬼。(小生) 是了, 昨夜乃中元赦罪之期, 想是赴盂蘭會的。(外) 這也沒相干, 還有奇事哩。(丑) 還有什麼奇事? (外) 後來又聽的人馬鼓吹之聲, 我便開門出看, 明明見崇禎先帝同着周皇后乘輿東行, 引導的文武官員, 都是殉難忠臣; 前面奏着細樂, 排着儀仗, 像個要昇天的光景。我伏俯路旁, 送駕過去, 不覺失聲大哭起來。(小生) 有這等異事。先皇帝、先皇后自然是超昇天界的, 也還是張老爺一片至誠, 故此特特顯聖。(外) 下官今日發一願心, 要到明年七月十五日，在南京勝境，募建水陸道場，修齋追薦，並脫度一切冤魂，二位也肯隨喜麼？(丑) 老爺果能做此好事，俺們情願搭醮。(外) 好人，好人。到南京時，或買書，或求畫，不時要相會的。(丑) 正是。(小生) 大家收拾行李作別罷。(各背行李下)

  雨洗鷄籠翠，江行趁曉凉，

  烏啼荒塚樹，槐落廢宮牆；

  帝子魂何弱，將軍氣不揚，

  中原垂老別，慟哭過沙場。